KATHLEEN E. WOODIWISS

Wie Blüten am Fluß

Roman

Deutsch von Michaela Link

BLANVALET

Die Originalausgabe erschien unter dem Titel
»Petals on the River« bei Avon Books,
The Hearst Corporation, New York.

Umwelthinweis:
Alle bedruckten Materialien dieses Taschenbuches
sind chlorfrei und umweltschonend.
Das Papier enthält Recycling-Anteile.

Blanvalet Taschenbücher erscheinen im Goldmann Verlag,
einem Unternehmen der Verlagsgruppe Bertelsmann.

Taschenbuchausgabe Januar 2000

Umschlaggestaltung: Design Team München
Druck: Elsnerdruck, Berlin
Verlagsnummer: 35212
SK · Herstellung: Heidrun Nawrot
ISBN 3-442-35212-6
Made in Germany
www.blanvalet-verlag.de

3 5 7 9 10 8 6 4

1. Kapitel

Newportes Newes, Virginia
25. April 1747

Eine frische Brise aus Nordost wiegte die *London Pride* sanft in ihren Trossen und ließ sie immer wieder ächzend an der Kaimauer entlangscheuern. Dicht über ihren Mastspitzen jagten einzelne Wolken wie böse Vorzeichen eines bevorstehenden Unwetters dahin. Möwen schossen durch die Takelage des Schiffs, und ihre heiseren Rufe mischten sich mit dem Rasseln von Ketten, als eine Zweierreihe ausgehungerter, zerlumpter Sträflinge die Kajüttreppe hinaufstolperte und im Gleichschritt über die verwitterten Planken schlurfte. Die mit Beineisen und Ketten von nur einem Faden Länge aneinandergefesselten Männer wurden für die Inspektion durch den Bootsmann mittels groben Stößen in eine gerade Reihe gebracht. Die Frauen waren ebenfalls gefesselt, konnten sich jedoch ungehindert zu der vorderen Luke bewegen, wo man ihnen zu warten befohlen hatte.

Weiter achtern hielt ein einfacher Matrose in seiner Arbeit inne, um die Gruppe der Frauen zu mustern. Nach einem vorsichtigen Blick Richtung Achterdeck verstaute er, ermutigt durch die Abwesenheit von Kapitän Fitch und dessen schwerfälliger Frau, hastig Schrubber und Eimer, bevor er breitbeinig über das Deck schlenderte. Wie ein Gockel stolzierte er um die schäbig aussehenden Frauen herum und provozierte mit seinem lüsternen Grinsen und seinem aufdringlichen Gehabe eine beinahe körperlich spürbare Abwehrmauer verbitterter Blicke. Die einzige Ausnahme bildete eine dunkeläugige Hure mit rabenschwarzem Haar, die verurteilt worden war, weil sie die Männer, die sie mit in ihr Bett genommen hatte, ihrer Börsen zu berauben pflegte; eine erkleckliche Anzahl dieser Freier hatte dabei außerdem ernsthafte Verletzungen in Kauf nehmen müssen. Sie allein hatte ein verheißungsvolles Lächeln für den Seemann übrig.

»Dieser irische Trampel ist mir jetzt fast 'ne Woche nicht mehr unter die Augen gekommen, Mr. Potts«, säuselte die Dirne mit rauher Stimme. Dann warf sie ihren finster dreinblickenden Gefährtinnen ein böses, triumphierendes Lächeln zu. »Sie glauben wohl nicht, daß die kleine Bettlerin sich da unten im Kabelgatt den Tod geholt hat, wie? Das wär 'ne gerechte Strafe für dieses Miststück, das mir eins auf die Nase gegeben hat.«

Ein schmächtiges Ding mit strähnigem braunen Haar drängelte sich durch die Menge nach vorn und gab der Hure eine scharfe Antwort. »Du kannst deine verlogene Zunge drehen und wenden, wie du willst, Morrisa 'atcher, aber wir alle hier wissen, daß Myliedy dir nicht mehr gegeben hat, als du verdienst. Wie du sie in die Rippen gestoßen hast, als sie nicht aufpaßte, das war schon 'ne Schande! Du hättest in den Kettenkasten gehört, und nicht sie! Und wäre dein kleines Schoßhündchen hier nicht gewesen«, sie zeigte mit vernichtender Abscheu auf Potts, »das Mrs. Fitch einen Haufen Lügen aufgetischt hat, dann hätte Myliedy vielleicht auch ihre Version der Geschichte erzählen können.«

Potts baute sich vor der temperamentvollen kleinen Frau auf und stemmte die fleischigen Arme in die Hüften. »Und du, Annie Carver, hättest uns allen einen mächtigen Gefallen getan, wenn du unseren Segeln mit deiner ständig flatternden Zunge 'n bißchen Wind gemacht hättest. Is' keine Frage nich', daß wir auf *dem* Sturmwind übers Meer geflogen wär'n.«

Das Geräusch schleifender Ketten aus dem Schiffsinneren erregte augenblicklich die Aufmerksamkeit des Matrosen. Ein sadistisches Funkeln trat in seine kleinen Augen. »Na, Donner und Doria! Ich glaub', ich höre Myliedy kommen.« Leise vor sich hin kichernd, bewegte er seinen massigen Leib auf den Niedergang zu und hockte sich hin, um nach unten in die Dunkelheit zu spähen. »Na, du irischer Trampel? Immer noch blütenfrisch und ganz die alte, was da aus den unteren Gemächern zu uns heraufsteigt?«

Shemaine O'Hearn blickte mit glühenden grünen Augen zu der

breiten Silhouette auf, die über der Öffnung thronte. Dafür, daß sie es gewagt hatte, sich gegen die Bordhure zur Wehr zu setzen, hatte sie die letzten vier Tage mutterseelenallein in einem dunklen Loch in den Tiefen des Vorschiffs zugebracht. Um jeden Brotkrumen, den man ihr hingeworfen hatte, mußte sie erst mit den Ratten und Kakerlaken kämpfen. Wäre sie nicht so vollkommen am Ende ihrer Kraft gewesen, hätte sie sich jetzt auf Händen und Füßen die Stufen hinaufgeschleppt und dem Seemann mit ihren abgebrochenen Fingernägeln das häßliche Gesicht zerkratzt. Aber das einzige, wozu ihre Energie noch reichte, war triefender Sarkasmus. »Welche andere arme Seele hätte diese stinkende Kröte«, sie warf einen verächtlichen Blick neben sich, »denn heraufholen sollen, wenn nicht mich? Sie haben doch sicherlich Mrs. Fitch überredet, dieses himmlische Quartier einzig und allein für mich zu reservieren.«

Potts seufzte übertrieben und kostete ihre hilflose Lage weiter aus: »Da haben wir's schon wieder, Sh'maine. Immer mußt du meine Freunde beleidigen.«

Der vierschrötige kleine Mann, der neben Shemaine herhumpelte, streckte die Hand aus und kniff sie zum zweiten Mal, seit er sie aus dem Kabelgatt befreit hatte, hinterhältig in den Arm. Er war genauso niederträchtig wie Potts und ließ seinen Groll an jedem aus, der sich nicht wehren konnte. »Denk an deine Manieren, du unverschämtes Weibsbild.«

»Das mache ich, Freddie«, stieß sie mit zusammengebissenen Zähnen hervor, während sie sich mit einem heftigen Ruck von seinen schmutzigen Fingern befreite, »und zwar genau an dem Tag, an dem ihr alle hier welche annehmt.«

Potts' rauhe Stimme hallte den Niedergang hinunter. »Besser, du schwingst sofort deinen Hintern hier rauf, Sh'maine, oder ich muß dir noch 'ne Lektion erteilen.«

Das Mädchen hatte nur ein abfälliges Lachen für dieses Scheusal übrig, dessen Stern rapide im Sinken begriffen war. »Da hat Kapitän Fitch wohl auch noch ein Wörtchen mitzureden, wenn er mich heute verkaufen will.«

»Gewöhnlich hat der Käpt'n schon was zu sagen«, räumte Potts ein, während er mit hämischem Grinsen zusah, welche Mühen es sie kostete, sich mit den schweren Beineisen und Ketten die Stufen hinaufzuquälen. »Aber jeder hier weiß, daß auf dieser Reise das letzte Wort seine Missus hat.«

Seit man sie in Fesseln auf das Schiff gezerrt hatte, war Shemaine zu der Überzeugung gekommen, daß kein anderer Ort auf Erden größere Ähnlichkeit mit der Hölle hatte, als ein englisches Sträflingsschiff auf dem Weg zu den Kolonien. Und gewiß hatte kein anderer Mensch so viel dazu beigetragen, diesen Glauben zu fördern, wie Gertrude Turnbull Fitch, die Ehefrau des Kapitäns und einziger Sprößling von J. Horace Turnbull, dem alleinigen Besitzer der *London Pride* und einer kleinen Flotte anderer Handelsschiffe.

Die Erinnerung an Gertrude Fitch war für Shemaine wahrlich Grund genug, auf der Hut zu sein, und sie hielt nur kurz inne, um sich eine notdürftige Kopfbedeckung zurechtzuzupfen. Bei mehreren Spaziergängen an Deck hatten ihre feurigroten Haare diese Xanthippe mit dem mürrischen Gesicht derart erzürnt, daß sie die ganze irische Rasse als derbe, schwachsinnige Meute beschrieben und Shemaine selbst als schmutzigen kleinen Irentrampel geschmäht hatte – ein Schimpfwort, mit dem viele Engländer die Iren zu bedenken pflegten.

»Und daß du dich unterstehst, jetzt rumzutrödeln«, schnauzte Potts. Der gehässige Glanz in seinen Augen legte ein deutliches Zeugnis für seine Neigung zu Grausamkeiten ab, während er begierig nach irgendeiner kleinen Übertretung Ausschau hielt, die er zum Anlaß nehmen konnte, um zuzuschlagen.

»Ich komm ja schon! Ich komm ja schon!« murmelte Shemaine gereizt und kletterte aufs Deck. Verbittert dachte sie an all die Ungerechtigkeiten, die sie während der dreimonatigen Seereise erlitten hatte. Die Gedanken daran gaben ihrem Groll so viel neue Nahrung, daß sie diesem fetten, hirnlosen Ochsen am liebsten all ihre Verachtung ins Gesicht gespuckt hätte. Aber seit ihrer Verhaftung in London waren schmerzliche Erfahrungen wirksame Lehrmeister gewesen. Auf brutale Weise wurde ihr die Tatsache eingebleut, daß kühl berechnete Fügsamkeit für einen Gefangenen überhaupt die einzige Möglichkeit war, vor einem englischen Gerichtshof oder auf einem ihrer Höllenschiffe zu überleben.

Weil sie um keinen Preis ihre zunehmende Schwäche eingestehen durfte, setzte Shemaine alles daran, ihre von Fesseln behinderten Gliedmaßen mit einem Mindestmaß an Würde weiterzuschleppen. Der scharfe Wind schlug ihr heftig entgegen, und sie stemmte ihre nackten Füße gegen die Planken, um nicht das Gleichgewicht zu verlieren. Dann straffte sie mit zäher Entschlossenheit den Rücken. Die frische Luft war ein Luxus, der ihr in letzter Zeit nur allzuselten vergönnt gewesen war, und sie hob den Kopf, um die salzhaltige Würze der Meeresbrise tief in sich aufzunehmen.

Potts, dem die Haltung der jungen Frau nicht entgangen war, sah sie mit schmalen Augen an. Nach seinem Geschmack trat sie bei weitem zu stolz und unerschrocken auf. »Wir tun mal wieder mächtig vornehm, wie? Die Dame kommt sich wohl vor wie eins von den feinen Dingern bei Hof.« Dann zeigte er mit weitausholender Gebärde auf ihre zerfetzten Kleider und plärrte mit lautstarker Belustigung: »Vom Bettlerhof in Whitefriars, würd' ich sagen!«

Es fiel Shemaine wahrlich nicht schwer, sich vorzustellen, was für ein erbärmliches Bild sie mit ihren schmutzigen Lumpen und ihren Eisenfesseln abgab. Da ihr grünsamtenes Reitgewand einst die mißgünstigen Blicke vieler verhätschelter Töchter wohlhabender Aristokraten erregt hatte (derselben, die neidisch ihr Verlöbnis mit dem attraktivsten und wahrscheinlich reichsten Junggesellen von ganz London beklagt hatten), hätte ihr gegenwärtiger Zustand eben jenen Damen ein ebenso hochmütiges wie befriedigtes Kichern abgenötigt.

Shemaines trostloser Seufzer war gewiß nicht gespielt. Sie, die vor ihrer Verhaftung nur ein Leben in Luxus und Behaglichkeit gekannt hatte, war ohne Grund in ein gräßliches Gefängnis geworfen worden, wo die Ärmsten der Armen nichts als Haß, Unterdrückung und abgrundtiefe Verzweiflung zu erwarten hatten. »Es ist in der Tat eine böse Unbequemlichkeit, wenn eine Dame von hoher Geburt ohne ihre Diener und ihren Schneider auf Reisen gehen muß«, erwiderte sie ironisch. »Die Dienstboten, mit denen ich es in jüngster Zeit zu tun hatte, verstehen wirklich nicht das mindeste von ihrer Arbeit und beherrschen nicht einmal die simpelsten Dienste eines Lakaien.«

Potts war zwar außerstande, festzustellen, wo in ihren Worten die Beleidigung verborgen war, blieb aber trotzdem mißtrauisch. Ihre vornehme Ausdrucksweise konnte einem Mann ziemlich gründlich das Maul stopfen, vor allem einem, der in jungen Jahren von zu Hause weggelaufen war, weil seine verwitwete Mutter versucht hatte, seinen Streifzügen mit allerhand Raufbolden einen Riegel vorzuschieben.

Plötzlich ließ er eine gewaltige Faust vorschnellen und riß Shemaine an der Kette zwischen ihren gefesselten Handgelenken jäh nach vorn, so daß sie nur noch das breite, bärtige Gesicht ihres Peinigers und ein rotes Zyklopenauge vor sich sah. Nach all der Not und den Härten, die sie erlitten hatte, verweigerte das Mädchen ihm immer noch das, wonach es ihn am meisten gelüstete: ein unleugbares Gefühl der Überlegenheit. »Du flennende irische Hündin!« fauchte er, während er ihre Ketten strammzog. »Du glaubst, du wärst was Besseres als ich, wie? Du und deine hochtrabende Art! Nun, du irrst dich, du kleines Stück irische Scheiße. Du bist nicht mal gut genug, um mir die Spucke von den Stiefeln zu lecken.«

Shemaine würgte bei dem widerlichen Gestank, der aus dem Mund des Seemanns kam, und konnte nicht umhin, zusammenzuzucken, als die Eisenarmbänder sich brutal in ihre Handgelenke schnitten. Beinahe von der ersten Sekunde an, da sie Jacob Potts erblickt hatte, hatte sie eine tiefe Abneigung gegen den Mann empfunden. Auf Geheiß des Kapitäns war nur den vertrauenswürdigsten Mitgliedern der Mannschaft der Zugang zum Quartier der Frauen gestattet, aber Potts hatte dieses Verbot regelmäßig ignoriert. Mit der Arroganz eines Sultans, der seinen privaten Harem musterte, war er vor ihrer Zelle auf und ab stolziert. Die hübscheren der Frauen hatte er mit gestohlenem Essen, frischem Regenwasser und anderen Notwendigkeiten in Versuchung geführt, bis einige in ihrer Verzweiflung seinen perversen Forderungen nachgegeben hatten. Diese Unglücklichen hatten ihre Schmach und Demütigung auf qualvolle Weise mit ihren Zellengefährtinnen geteilt, denn es konnte niemandem entgehen, wozu der Schuft seine Opfer zwang. Jenen, die sich angewidert abgewandt hatten, hatte der in seinen lüsternen Forderungen überaus wortgewandte Potts ein obszönes Bild seiner Gelüste gemalt, das sogar die weniger Zartbesaiteten stets verfolgt hatte.

Die verstohlenen Besuche dieses niedrigen Matrosen hatten schließlich dazu geführt, daß die Frauen ihm mit tiefster Feindseligkeit begegneten – alle bis auf Morrisa Hatcher, die ihn in ein Netz böser Ränke einspann. Während die anderen Frauen Potts, so gut es ging, ignorierten, hatte die Hure ihre eigenen Zwecke verfolgt, indem sie seine abartigen Erwartungen noch übertraf und ihn mit ihren Listen an sich kettete, bis sie den Spieß umdrehen konnte. Mit einem Mal war es Potts, der sprang, wenn Morrisa pfiff.

Und die entschlossenste Gegenspielerin seiner Hure gnadenlos verfolgte, überlegte Shemaine voller Ingrimm. Dann warf sie alle Vorsicht über Bord und wagte es, den Mann herauszufordern. »Wenn Mrs. Fitch nur wüßte, was Ihre Belohnung für die Lügen war, die Sie über mich erzählt haben …«

Das war zuviel für Potts. *Das kleine Miststück würde ihm diese alte Hexe sicher mit größtem Vergnügen auf den Hals hetzen!* »Du wirst nicht wagen, es ihr zu erzählen, du erbärmliches Frauenzimmer! Oder du bekommst 'ne Sonderration von dem hier!«

Potts holte mit einem seiner mächtigen Arme weit aus und schlug zu. Er traf Shemaine, die noch versuchte, sich zu ducken, an der Schulter, so daß sie unbeholfen über ihre Ketten stürzte. Seine Rachegelüste waren jedoch noch lange nicht gestillt. Er wollte sie in tiefster Furcht vor sich im Staub kriechen sehen. Gehässig angelte er nach ihrer Beinkette und zog ihr mit einem Ruck die Füße unter dem Leib weg.

Mit einem empörten, halb unterdrückten Schmerzensschrei schlug Shemaine rückwärts der Länge nach auf die Decksplanken. In Wirklichkeit schaukelte das Schiff nur eben spürbar in seinen Festmachern, aber für die benommene und geschwächte Shemaine schien sich das Quietschen der Planken an der Kaimauer im selben Maße zu steigern, wie der Wind auffrischte. Es war, als sei das Deck mit der schwellenden Dünung, die den Schiffsrumpf rhythmisch hob und senkte, lebendig geworden. Sie warf einen vorsichtigen Blick nach oben, wo die Masten und Rahen in einem schwindelerregenden Nebel vor dem wechselhaften Hintergrund eines düster brütenden Himmels herumwirbelten. Ein Schaudern durchlief sie, und ihr Magen zog sich bei den einander seltsam zuwiderlaufenden Bewegungen zusammen. Um nicht das wenige, das sie gegessen hatte, zu erbrechen, rollte sie sich zur Seite und preßte ihre schweißnasse Stirn in die Beuge ihres Arms, während sie darauf wartete, daß die Übelkeit abebbte.

Der Bootsmann hatte sich von seiner Musterung der männlichen Sträflinge gerade abgewandt und den Zwischenfall beobachtet. Jetzt eilte er, nachdem er sich einen Stock geschnappt hatte, gereizt auf das Geschehen zu. »Halt, Potts!« blaffte er den Matrosen an. »Laß das Frauenzimmer in Ruhe!«

»Aber Mista 'arper!« protestierte Potts. »Ich hab' doch bloß versucht, mich zu wehren, bevor diese Natter hier ihre Giftzähne in mein armes Fleisch bohren konnte.«

James Harper stieß ein lautes, angeekeltes Schnauben aus. »Jawohl, Mr. Potts! Und die Sonne geht im Osten unter!«

»Ich hab' Zeugen, ja!« Potts sah sich nach Morrisa um, damit diese sein Lügenmärchen bestätigte.

»Ich habe keine Lust mehr, mich von dir oder deiner kriecherischen Hure für dumm verkaufen zu lassen!« knurrte Harper. Dann hob er, wie um seinen Worten Nachdruck zu verleihen, mit drohender Gebärde seinen Stock. Als Symbol seiner Autorität hatte er den Stock während der Fahrt viele Male dazu benutzt, Dummköpfe und Faulpelze Mores zu lehren. »Jetzt hör mir mal gut zu, du nichtsnutziger Tölpel! Ich habe die Nase voll von deinen erbärmlichen Streichen! Wenn der Kapitän für diese Gefangene nicht den vollen Wert erzielt, schwöre ich dir, daß du diesen Stock zu schmecken bekommen wirst. Und jetzt hilf ihr auf, du Mistkerl, und zwar vorsichtig, oder ich gerbe dir das Fell, daß dir Hören und Sehen vergeht.«

Große Hände packten Shemaine, bevor sie überhaupt wieder ganz bei sich war. Aber die Wirklichkeit flutete mit einer heißen Woge über sie hinweg, als gierige Finger sich um ihre weichen Brüste schlossen. Mit einem zornigen Kreischen, das einer Dame absolut unwürdig war, rollte sie sich zur Seite und trat mit ihren nackten Füßen wild um sich. Ihre blindwütigen Tritte erwiesen sich für den beleibten Potts als recht prekär; er heulte vor Schmerz jaulend auf und fiel der Länge nach zu Boden. Als Shemaine sich mühsam hochrappelte, hatte sie die Befriedigung, zu sehen, wie der Mann sich vor Qual krümmte.

Es war ein Gebot der Klugheit, sich möglichst schnell an einen Platz zu begeben, wo er sie weder sehen noch erreichen konnte, und Shemaine nutzte die günstige Gelegenheit, als einige der Frauen sie eilig zu sich winkten. Nachdem sie flink zwischen ihnen hindurchgeschlüpft war, ließ sie sich auf dem Lukendeckel nieder. Die Reihen der Frauen schlossen sich um sie herum, so daß man sie nicht mehr ohne weiteres entdecken würde. Shemaine, die für den Augenblick in Sicherheit war, zog die Beine an die Brust, preßte das Gesicht auf die Knie und machte sich so unsichtbar wie nur möglich.

Potts hatte sich indessen mühsam auf die Füße gehievt und starrte nun wutentbrannt um sich; er hatte nur einen Gedanken, nämlich das Mädchen zu finden und an ihm seinen Zorn auszulassen. Wie ein verletzter Bulle, der sich für den Angriff rüstete, schwenkte er seinen von einem Strohhut bedeckten Kopf, und sein Blick flackerte suchend über die Gruppe der Frauen. Durch die mit tristen Lumpen bedeckten Körper erblickte er einen üppigen, roten Haarschopf, der wie ein leuchtendes Banner in der stürmischen Brise hin und her wehte. Daraufhin bleckte er seine schwarzfleckigen Zähne und pflügte sich mit kehligem Knurren durch die Frauen auf Shemaine zu.

»*POTTS!*« brüllte James Harper mit donnernder Stimme. Er machte ein paar Schritte nach vorn, was so aussah, als wolle er seine Warnung wahrmachen und den gewalttätigen Klotz verprügeln. »Wenn du dem Frauenzimmer auch nur ein Haar krümmst, lasse ich dich auspeitschen, bis kein Fetzchen Haut mehr auf deinem Rücken hängt! Das ist ein Versprechen!«

Dieser drohende Ausruf seines Bootsmanns war das erste, was Kapitän Fitch hörte, als er hinter seiner Frau aufs Achterdeck hinaustrat. Und noch während ein Schiffsjunge seine Pfeife blies und rief: »Kapitän auf der Brücke!«, blieb Everette Fitch am Geländer stehen, um zu beobachten, wie Potts unbeirrt über das Hauptdeck trampelte. Sein Blick schweifte über die Sträflinge, um nach dem Opfer zu suchen, auf das der Seemann es abgesehen hatte. Schließlich erspähte er es: die junge Schönheit, die ihm vor nicht allzu langer Zeit bittere Vorwürfe gemacht hatte, weil er – wie sie und die anderen Gefangenen meinten – einer der Frauen Unrecht getan hatte. Damals hatte sie mit ihrer Schimpftirade nicht nur erfolgreich seine Aufmerksamkeit auf sich gezogen, sondern durch die Leidenschaft, mit der sie sich für die Rechte eines anderen menschlichen Wesens einsetzte, unwissentlich auch seine Wollust entfacht. Seit diesem Augenblick war Kapitän Fitch von der wilden Gier besessen, all die Freuden zu kosten, die Shemaine O'Hearn einem Mann zu bieten hatte. Gertrude mußte die Gesundheit eines Ochsen und einen offensichtlich mit Eisen ausgekleideten Magen besitzen, die sie gegen das Laudanum, das er heimlich in ihren Wein gab, immun machten. Anderenfalls hätte das Mädchen gewiß schon lange den Preis gezahlt, nach dem des Kapitäns Leidenschaft verlangte. Sein Mißerfolg hatte seine Leidenschaft nur noch angestachelt, und Fitch hatte sich geschworen, das Frauenzimmer gleich nach ihrer Ankunft im Hafen heimlich für sich selbst zu beanspruchen und an einem Ort unterzubringen, an dem seine herrschsüchtige Frau es nicht finden konnte. Um seine Pläne zu verbergen, hatte er klugerweise die Strafen, die seine Frau sich für Shemaine ersann, nur so weit abgeschwächt, daß ihr Leben nicht in Gefahr geriet. Nun aber schien es ihm trotz Harpers eindrucksvoller Warnungen geraten, selbst einzugreifen.

»Legt diesen Matrosen in Eisen, wenn er nicht gehorcht!« brüllte Fitch. Dann senkte er die Stimme zu einem bösartigen Brummen. »Und sollte der elende Hund das Weib beschädigen, bekommt er für jeden blauen Fleck auf ihrer Haut ein Dutzend Peitschenhiebe.«

Diese Warnung drang endlich bis zu Potts durch und ließ ihn schwankend innehalten. Dann bedachte er Shemaine, die sich schon für eine Flucht bereitgemacht hatte, mit einem haßerfüllten Blick und einem finsteren Fluch. »Hör genau zu, was ich sage, du Irentrampel. Ob in vierzehn Tagen oder erst in einem Jahr, ich werde dafür sorgen, daß du den Tag bereust, an dem du mir getrotzt hast.«

Shemaine ließ sich keine Gefühlsregung anmerken, damit nicht womöglich das leiseste Zucken den Mann endgültig zur Raserei trieb. Für diesmal war sie einer weiteren Verletzung entronnen, aber wenn sie erst das Schiff verlassen hatte, würde er sie sicherlich finden und sich an ihr rächen, falls ihr neuer Herr sie nicht gegen diesen ungehobelten Wüstling in Schutz zu nehmen vermochte.

»*POTTS!*« brüllte James Harper, und der Matrose wandte sich widerwillig von seinem Opfer ab.

Potts sah seinen Vorgesetzten an und versuchte nicht einmal, Respekt zu heucheln. »Ja, Mista 'arper? Was wollen Sie denn jetzt schon wieder?«

Der mürrische Tonfall des Seemanns ließ Harpers Temperament auflodern. »Dich wegen Ungehorsams am Rahnock aufknüpfen, wenn's nach mir ginge!« Er fuchtelte erregt mit seinem Stock. »Und jetzt, du nutzloser Trunkenbold, schwing deinen Hintern nach unten! Du hast erst einmal drei Tage Zeit, die Ankerkette zu putzen!«

»Na kommen Sie, Mista 'arper«, wandte Potts mit schmeichelnder Stimme ein. Sein Kopf wackelte in purer Unschuld hin und her. »Wir haben doch zwei Tage Landurlaub vor uns, und mir juckt mächtig der Schwanz. Ich will mir eine oder zwei kleine Huren suchen, die mich kratzen können.«

»Du wirst während der nächsten fünf Tage nicht weiter als bis zum Ende des Kettenkastens gehen«, knurrte Harper, der langsam vor Zorn kochte. »*ALSO*, Potts, hast du sonst noch irgendwelche Klagen?«

Die Schweinsäuglein zogen sich erfüllt von beinahe körperlich greifbarer Feindseligkeit zusammen, aber der Matrose hatte keine andere Wahl, als zu gehorchen. Sonst lief er Gefahr, noch ein paar Tage zusätzlich aufgebrummt zu bekommen. »Nicht die Bohne, Mista 'arper.«

»Gut! Dann melde dich sofort im Kabelgatt.« Mit düsterem Stirnrunzeln sah James Harper einige Sekunden lang dem riesigen, unförmigen Seemann nach, dann bedeutete er einem anderen Matrosen, Potts zu folgen und ihn im Vorschiff einzuschließen. Nachdem er das aufsässige Muskelpaket entschlossen aus seinen Gedanken verbannt hatte, wandte Harper sich dem Bootsmannsmaat zu und widmete sich der Angelegenheit, die im Augenblick viel dringender war.

»Die männlichen Gefangenen sind alle hier aufgeführt, Sir«, sagte der jüngere Mann, während er dem anderen eine Liste reichte. Dann fügte er nur für Harpers Ohren hörbar hinzu: »Minus der einunddreißig, die unterwegs ins Gras gebissen haben.«

»Das ist ein ungewöhnlich hoher Verlust, den die *London Pride* erlitten hat, Mr. Blake«, murmelte Harper.

»Jawohl, Sir, und wenn ich denke, daß Sie den Käpt'n gebeten haben, nicht zuzulassen, daß seine Missus die Rationen der Gefangenen runtersetzt, haben Sie wohl allen Grund, sich grün und blau zu ärgern. Noch eine Woche auf See, und von den armen Teufeln wären nicht mal mehr genug übriggeblieben, um die Verpflegung der Mannschaft zu bezahlen, ganz zu schweigen von unseren Löhnen.«

Harpers Kiefermuskeln spannten sich, als er an die vielen Male dachte, da er die Leichen von Sträflingen über Bord hatte werfen lassen müssen. Und warum? Nur weil die Abrechnungen früherer Fahrten der *London Pride* Horace Turnbulls Argwohn erweckt hatten und er darauf bestanden hatte, daß seine Tochter ihren Mann auf dieser Überfahrt begleiten solle, damit er einen zuverlässigen Bericht erhielt. Außerdem hatte der alte Schiffsbaron Gertrude eine noch nie dagewesene Vollmacht gegeben, die Rechnungsbücher des Schiffs einzusehen und alle Kosten, die ihr überflüssig erschienen, zu streichen – ein Auftrag, der ernste Konsequenzen nach sich gezogen hatte.

»Als Mr. Turnbull seiner Tochter die Vollmacht gab, nach eigenem Gutdünken zu schalten und zu walten, hat er bestimmt nicht vermutet, daß er auf dieser Reise mehr verlieren würde als in den ganzen letzten fünf Jahren, seit wir Gefangene in die Kolonien bringen. In ihrer Gier, ihrem Vater ein paar Schilling zu sparen, hat Mrs. Fitch es geschafft, nicht weniger als ein Viertel der Gefangenen umzubringen. *Das* dürfte den Profit des Alten wohl mindestens um ein paar hundert Pfund verringern.«

»Wenn Mr. Turnbull schon vor dieser Reise gedacht hat, er würde bestohlen«, murmelte Roger Blake grimmig, »könnte ich darauf wetten, daß er es jetzt erst recht denkt.«

»Und zweifellos wird er seine hochwohlgeborene Tochter auch auf die nächste Fahrt mitschicken, damit sie ihm noch einen Bericht geben kann.« Diese düstere Aussicht ließ einen Schatten über Harpers Gesicht gleiten.

»Hatte Mr. Turnbull recht, Sir? Haben wir wirklich einen Dieb unter uns?«

James Harper stieß einen gequälten Seufzer aus. »Was auch immer die Wahrheit sein mag, Mr. Blake, ich ziehe es vor, meinen Verdacht für mich zu behalten.« Dann fügte er mit einem Achselzucken hinzu: »Trotzdem, wenn ich rausfände, wer der Schurke ist, würde ich ihn wohl kaum Mrs. Fitch auf einem silbernen Tablett servieren. Sie hat ja keinen Zweifel daran gelassen, daß sie uns alle im Verdacht hat, ihren Vater zu betrügen.«

»Und ob, Sir, und ob«, pflichtete Roger Blake ihm von Herzen bei. Mrs. Fitch hatte eindeutig die Gabe, einem ehrlichen Seemann das Gefühl zu geben, weder Respekt noch Vertrauen zu verdienen. Nicht einmal der Käptn blieb von ihrer Kritik verschont. Allerdings hatte sie im Laufe der Reise die seltsame Neigung entwickelt, dem Geschwätz von Jacob Potts durchaus wohlwollend zu lauschen, obwohl dieser abscheuliche Kerl bekanntermaßen allenthalben unbeliebt war – sowohl bei den wenigen Offizieren als auch bei den meisten seiner Mannschaftskameraden.

Roger Blake warf einen kurzen Blick auf die Brücke und schloß mit sich selbst eine Wette ab, daß das ältliche Ehepaar wieder einmal in eine erbitterte Auseinandersetzung verstrickt war. Die Tatsache, daß er seine Wette gewann, nötigte ihm nur ein klägliches Lächeln ab. Die beleibten Eheleute lagen sich auch heute in den Haaren, und er wußte aus Erfahrung, daß Mrs. Fitch keinen Millimeter weichen würde, bevor sie nicht ihren Kopf durchgesetzt hatte. Voller Dankbarkeit, daß er nicht mit einer Frau wie diesem Walroß geschlagen war, wandte Roger sich wieder seinen Pflichten zu.

Shemaine empfand zunächst ein vages Gefühl der Erleichterung, als Potts fortgeschafft wurde. Aber nach einer Weile sickerte das aufgeregte Gemurmel der anderen Frauen in ihr Bewußtsein durch.

Die verängstigten Kommentare und Spekulationen darüber, welche neuen Grausamkeiten sie alle in der Gewalt ihrer zukünftigen Herren erwarteten, verfehlten ihre Wirkung nicht und würzten Shemaines Angst mit einer scharfen Prise härtester Realität. Trotz aller Widrigkeiten, die sie seit ihrer Abfahrt aus England hatte ertragen müssen, hatte sie immer versucht, sich Mut zu machen, und sich an die winzigkleine Hoffnung geklammert, ihre Eltern oder vielleicht sogar ihr Verlobter könnten durch irgendein Wunder herausgefunden haben, wohin man sie gebracht hatte. Dann würden sie gewiß rechtzeitig zur Stelle sein, um sie vor dem Schicksal zu bewahren, als unfreie Dienstbotin verkauft zu werden. Aber bisher hatte sie kein einziges der geliebten Gesichter entdecken können, und es blieben ihr nur noch wenige Augenblicke, bevor dieses demütigende Geschehen seinen Lauf nehmen würde.

Shemaine ließ ihre schlanken Finger unter das Eisenband gleiten, das ihre Handgelenke umschlossen hielt, um das ständige Scheuern ein wenig zu mildern. Daß sie hier war, konnte man nur als grausame Ironie ansehen, aber nachdem sie die bittere Arznei der englischen Rechtsprechung gekostet hatte, glaubte sie nicht länger, daß sie die einzige Gefangene an Bord der *London Pride* war, die zu Unrecht verurteilt worden war. Andere hier hatten gleichermaßen harte Strafen für kein geringeres Vergehen erhalten, als einen Laib Brot zu stehlen oder eine politische Meinung zu äußern, was einigen der jungen irischen Hitzköpfe nur allzu ähnlich sah. Trotz der unbedeutenden Vergehen und der abgrundtiefen Absurdität der dafür verhängten Strafmaße waren sie als widerlicher Abschaum aus England verbannt worden. Selbstherrliche Richter mit schweren Perücken hatten den Gefängniswärtern Anweisung gegeben, jedem Verbrecher königliche Begnadigung zu versprechen, der sich in den Kolonien zu mehrjährigem Arbeitseinsatz verdingte. Die Alternativen dazu hatten einen solchen Vorschlag vergleichsweise großmütig erscheinen lassen. Es hieß entweder Vertragsarbeit außerhalb des Landes oder eines der beiden anderen Extreme: für schwerere Verbrechen am Galgen zu hängen oder für ein niedrigeres Strafmaß in den dunklen Verließen des Gefängnisses von Newgate Vergewaltigung, Mord oder Verstümmelung zu riskieren; dieser Kerker war ein Ort, an dem man nicht den leisesten Versuch unternahm, die Gefangenen nach Alter, Geschlecht oder der Schwere ihrer Vergehen zu trennen.

Niemals würde Shemaine den Schock verwinden, wie man sie heimlich aus dem Stall ihrer Familie entführt und gleich einer gefährlichen Verbrecherin vor Gericht gezerrt hatte. Das Ganze hatte sie einem häßlichen Gnom von einem Mann zu verdanken, der sich ihr nur als »Ned, der Häscher« vorgestellt hatte. Ein kurzer Aufenthalt in Newgate hatte sie die Vergeblichkeit tränenreicher Bitten gelehrt, und es dauerte nicht lange, da wußte sie auch, daß verzweifelte Versprechen einer hohen Belohnung für jeden, der zu den Lagerhäusern ihres Vaters in Schottland reisen und ihre Eltern von ihrer Verhaftung in Kenntnis setzen würde, ebensowenig nutzten. Sie hatte kein anderes Gesicht mehr gesehen als die verwüsteten Mienen von Verbrechern, übelgelaunten Gefängniswärtern und deren hilflosen Opfern – es war absurd gewesen, zu denken, in dieser Umgebung irgend jemanden zu finden, der ihrem Versprechen einer schweren Börse Glauben schenkte.

Später dann, nachdem sie an Bord der *London Pride* gekommen war und aus erster Hand die Qualen der anderen miterlebt hatte, hatte sie alle Hoffnung verloren, jemals selbst einen mitleidigen Helfer zu finden. Sie hatte mit ansehen müssen, wie man Säuglinge von den Brüsten ihrer verzweifelt flehenden Mütter riß wie im Fall von Annie Carver. Nie im Leben hätte die junge Frau damit gerechnet, daß man ihr in all dem Elend auch noch ihr Kind aus den Armen reißen und es an einen zufällig vorübergehenden Fremden verkaufen würde. Jammernde Kinder mit todtraurigen Augen, denen die Tränen über die mageren, schmutzigen Gesichter strömten, waren im Hafen zurückgeblieben. Sie hatten mitansehen müssen, wie die einzigen Menschen, die sie auf der Welt hatten, als Gefangene in Ketten über die Laufplanke getrieben wurden. Andere Kinder, die für erbärmlich geringe Vergehen verurteilt worden waren, waren neben abgestumpften Zuhältern und Dieben in Fesseln gelegt worden. Die beiden einzigen Kinder, die an Bord der *London Pride* gekommen waren, hatten die Fahrt nicht überlebt.

Diese Bilder waren für die feinfühlige und sorgfältig erzogene Shemaine ein einziger, grauenvoller Schock gewesen. Solche Barbarei hätte sie sich nie vorstellen können – bevor sie sie nicht mit eigenen Augen mit angesehen und am eigenen Leibe erfahren hatte. Man hatte sie und die anderen Sträflinge wie gemeines Ungeziefer behandelt, wie etwas Abscheuliches, das aus England entfernt werden mußte. Auf diese Weise sollte das Land für eine bessere Klasse von Menschen sauber und bewohnbar gehalten werden, Menschen, die zweifellos der gleichen vornehmen Gesellschaftsschicht angehörten wie die, die einen Häscher dafür bezahlt hatten, sie zu entführen. Man hatte ihr ein Vergehen angehängt, das ihr sieben Jahre Gefängnis eingetragen hatte – und das alles nur, um sie daran zu hindern, die hohe englische Herkunft ihres Verlobten bei eventuellen späteren Kindern mit ihrem eigenen irischstämmigen Blut zu verderben.

In letzter Zeit waren Shemaines Erinnerungen an ihr früheres Glück seltsam verblaßt, als hätte sie nur geträumt, daß der hochgeborene Maurice du Mercer sie gebeten hatte, seine Frau zu werden. Schließlich war Maurice ein Engländer von hohem Adel und hätte seine Wahl unter einer Vielzahl junger Mädchen treffen können, die derselben vornehmen Schicht angehörten wie er. Shemaine konnte nur nachweisen, daß sie der einzige Sproß einer Ehe zwischen einem hitzköpfigen irischen Kaufmann und einer anmutigen englischen Dame war.

»Unverschämte Bauerndirne«, hatten die Gräfinnen sich zugetuschelt, wann immer Maurice sie beim Tanz herumgewirbelt hatte. Dennoch hätte der Reichtum ihres Vaters wahrscheinlich all diese anmaßenden Aristokraten in ihre Schranken verwiesen, die so wild mit ihren hochgeschätzten Titeln prahlten, finanziell aber oft nicht einmal das Nötigste zahlen konnten. Maurice dagegen war nicht nur der Erbe von gewaltigen Vermögenswerten, Ländereien und dem Titel seines verstorbenen Vaters, des Marquis von Merlonridge, Phillip du Mercer; er war überdies der Enkel von Edith du Mercer, einer ehrfurchtgebietenden Matrone und strengen Bewahrerin der Tradition ihres Hauses. Dennoch, überlegte Shemaine verbittert, die gewaltige Bestechung, die diese Dame ihr angeboten hatte, entsprang der übelsten Scheinheiligkeit. Warum sonst war sie sofort nach ihrer Weigerung, Maurice und England für alle Zeiten hinter sich zu lassen, hier an Bord dieses Sträflingsschiffs gelandet? Warum sonst hatte sie die Demütigung hinnehmen müssen, als Verbrecherin abgeurteilt zu werden? Hätte sie den Bedingungen von Edith du Mercer zugestimmt, wäre es höchst unwahrscheinlich, daß sie sich in ihrer jetzigen Situation befände.

Tränen trübten Shemaines Blick, und Wogen der Qual spülten über sie hinweg, bis sie in einem Meer der Verzweiflung zu ertrinken drohte. Wenn es tatsächlich Edith du Mercers Verdienst war, daß man sie aus England verbannt hatte, dann war die böse Saat dieser Frau wahrlich aufgegangen. Sie befand sich nicht nur einen ganzen Kontinent von ihrer Familie und ihrem Zuhause entfernt, sondern ihr stand auch unmittelbar der Verkauf als unfreie Dienstbotin bevor. Damit würde sie dann ihres letzten Hoffnungsfunkens beraubt, daß irgend jemand sie in letzter Sekunde doch noch vor einem Leben rettete, das in jeder Weise erniedrigend für sie werden würde. Wenn sie nicht an Kummer oder Mißhandlung starb, würde sie aller Wahrscheinlichkeit nach einer der gefürchteten Krankheiten dieser Kolonien erliegen oder, falls Potts sie fand, der Rache, die er für sie vorgesehen hatte.

Ein dünner Arm legte sich um Shemaines Schultern und riß sie abrupt aus ihren düsteren Gedanken heraus. Überrascht sah sie sich um und stellte fest, daß Annie Carver sie mitfühlend musterte.

»Eine gerechte Strafe für den widerlichen Potts, wie, Myliedy?« bemerkte die junge Frau mit einem schüchternen Lächeln, bevor sie weiter versuchte, die Tränen ihrer Freundin zu trocknen. »Der bekommt bestimmt nicht noch mal eine Chance, Ihnen was anzutun, bloß weil Morrisa 's ihm befohlen hat. Bis der wieder auftaucht, sind wir lange von Bord.«

Shemaine war keineswegs überzeugt, daß sie Potts zum letzten Mal gesehen hatte. »Ich würde mich bei weitem wohler fühlen, wenn Mr. Harper den elenden Kerl so lange ins Kabelgatt sperren würde, bis die *London Pride* wieder nach England zurücksegelt«, gestand sie schaudernd. »Morrisa weiß genau, womit sie ihren Maulhelden gegen mich aufhetzen kann, und sie wird bestimmt keine Ruhe geben, bis ich nicht halbtot bin. Schließlich habe ich es gewagt, ihr in all diesen Monaten auf See zu trotzen.«

Im Geiste mußte Annie ihr recht geben. Bevor sie an Bord des Schiffs auf Shemaine gestoßen war, hatte Morrisa mit Erfolg ihre Zellengefährtinnen gezwungen, ihr den besten und größeren Teil des wenigen zu geben, was man ihnen zuteilte. Sie hatte selbstverständlich erwartet, daß Shemaine sich ebenfalls fügen würde, denn es konnte kein Zweifel daran bestehen, daß das Mädchen bisher ein geschütztes, verhätscheltes Leben geführt hatte, in Kreisen, die denen der anderen Frauen hier bei weitem überlegen waren. Aber trotz der Drohungen der Dirne war Shemaine keinen Zentimeter zurückgewichen. Sie hatte sich allen Versuchen Morrisas widersetzt, sie zu zerbrechen oder zu besiegen. Schließlich konnte Shemaine die übrigen Frauen sogar zu einer Revolte gegen die Hure überreden, was den Haß der Frau ins Unermeßliche gesteigert hatte. »Jawohl, die Morrisa haben Sie so ziemlich von Anfang an auf ihren Platz verwiesen. Seitdem ist sie fuchsteufelswild.«

Die Zwistigkeiten, die die Hure heraufbeschworen hatte, hatten Shemaine von einer Sache jedenfalls überzeugt. »Morrisa würde nichts lieber tun, als mich mit ihrem kleinen Messer in Stücke zu schneiden. Oder besser noch – Potts die Schmutzarbeit für sie machen zu lassen. Sie scheint ja gern Befehle zu geben, aber es ist ihr doch lieber, wenn andere den Tadel und die Strafe für ihr Verhalten einstecken müssen.«

Annies Blick richtete sich plötzlich auf etwas hinter Shemaine, und eisige Kälte trat in ihre Augen. »Da wir gerade von der Hexe sprechen – da kommt sie schon.«

Shemaine folgte Annies feindseligem Blick und stieß einen genervten Seufzer aus, als sie Morrisa hüftenschwingend heranstolzieren sah.

Die dunkeläugige Dirne blieb mit einem selbstgefälligen, affektierten Lächeln neben Shemaine stehen. »Hat's dir gefallen da unten im Kabelgatt, Schätzchen? Na, ich kann nicht sagen, daß ich's dir verübeln würde, aber ich wüßt' keinen anderen, der das Quartier da unten mehr verdient hätt'.«

»Oh, ich wüßte da schon jemanden.« Annie richtete ihren Blick bedeutungsvoll auf die Dirne.

Morrisa, die die Mundwinkel zu einem zynischen Grinsen hochgezogen hatte, bedachte die zarte Frau mit einer geballten Ladung Verachtung. »Na, wenn das nicht die halsstarrige kleine Kröte ist, die mal wieder hinter ihrer Liedyschaft auf dem Bauch herrutscht. Du hoffst wohl, sie wird dir was von ihrem guten Aussehen abgeben. Na, Schätzchen, da verschwendest du aber deine Zeit mit diesem irischen Schweinedreck. Shemaine hat nichts mehr, was sie mit dir teilen könnte.«

»Ich weiß, wer meine Freunde sind«, bemerkte Annie energisch. »Und ich weiß, wer meine Feinde sind. Zu meinen Freunden zählst *du* nicht. Wenn du's genau wissen willst: Ich würde lieber im Grab eines ›irischen Trampels‹ verrotten, als von dem Flittchen dieses schweinischen Lüstlings gehätschelt zu werden.«

Diese beleidigenden Worte ließen Morrisas braune Augen aufflackern, und sie holte aus, um zuzuschlagen, hielt dann aber, auf einmal vorsichtig geworden, inne. An Muskelkraft konnte es Annie Carver, wie sie bereits hatte entdecken müssen, selbst mit einer Frau aufnehmen, die doppelt so groß war wie sie selbst. Das letzte, was Morrisa im Augenblick gebrauchen konnte, war eine geschwollene Lippe oder ein blaues Auge, die einen Käufer vielleicht abgeschreckt hätten: Niemand würde das Risiko eingehen, eine Arbeitskraft zu kaufen, die sich möglicherweise als aufsässig entpuppte. Obwohl sie sich kaum bezähmen konnte, führte Morrisa ihr Vorhaben nicht aus. Widerstrebend ließ sie den Arm sinken und zuckte mit den Achseln, so daß ihre dürftig bekleideten Brüste auf- und abhüpften. An der Üppigkeit der Kurven, die sie zur Schau stellte, ließ sich unschwer erkennen, daß es ihr während der langen Reise nicht an Nahrung gemangelt hatte. »Wirklich zu schade, daß der Bootsmann wieder mal was an Potts rumzunörgeln hatte. Dem hätt's vielleicht gar nicht gepaßt, daß du deinen Schnabel an mir wetzt.«

Shemaine seufzte schwer und sagte dann übertrieben kummervoll: »Der arme blinde Potts. Wenn er nur wüßte, wie sehr du ihn in Wahrheit haßt. Nein wirklich, er würde dich zerquetschen wie eine lästige Mücke.«

Morrisa grinste selbstzufrieden. »Aber *dir* würde er nicht glauben, Schätzchen, selbst wenn du's ihm auf die Nase binden tätest.

Die Sache ist nämlich die, Sh'maine, ich weiß, wie man den alten Potts nehmen muß. Außerdem könnte er mir hier unten in den Kolonien noch nützlich sein. Er hat sogar davon gesprochen, abzumustern und hier bei mir zu bleiben, statt nach England zurückzusegeln. Wärt ihr zwei Hübschen überrascht, wenn er genau das täte?«

Shemaine schauderte innerlich bei dem Gedanken. Und wirklich, sie konnte schon beinahe die Todesfeen ihren Namen wispern hören. Trotz der Furcht, die kribbelnd ihren Nacken hochkroch, gab sie sich bewußt nachdenklich und äußerte eine mögliche Lösung für ein solches Problem. »Vielleicht sollte ich deinen Käufer warnen, daß du oder dein Büttel ihm wahrscheinlich die Kehle durchschneiden werdet. Dein Herr könnte dich dann zumindest für eine Weile in Fesseln legen – allein schon, damit du ihm keine Scherereien machst. Außerdem wirst du, wenn Potts dir nicht mehr von Nutzen ist, bestimmt einen anderen Trottel finden, der nach deiner Pfeife tanzt. Ich kann mir nicht vorstellen, daß du irgendeinem Mann länger die Treue hältst, als er braucht, um dir deinen Hurenlohn auszuhändigen.«

Morrisas hochmütiges Grinsen verzerrte sich zu einer Grimasse des Zorns. »Du weißt nicht, was gut für dich ist, Sh'maine! Jede andere hätte es mittlerweile kapiert, aber nicht du! Ich muß es dir anscheinend in deinen häßlichen Schädel prügeln!«

Mit zu Krallen gebogenen Fingern stürzte Morrisa sich auf Shemaine, und es sah so aus, als hätte sie die feste Absicht, diese grünen Augen aus ihren Höhlen zu kratzen. Aber genau in dieser Sekunde erklang zum zweitenmal der Ruf des Bootsmanns, der ihr Vorhaben vereitelte.

»Wenn ihr noch mal was anfangt, meine Damen«, warnte James Harper, der mit diesem Titel recht großzügig umging, die beiden Frauen, »laß ich euch beide kielholen, bis ihr wieder einen kühlen Kopf habt!«

Morrisas wütender Blick ließ keinen Zweifel daran, daß ihr Zorn keineswegs verebbt war. Aber der Bootsmann machte keine leeren Versprechungen, und eine so schreckliche Drohung war selbst für sie Grund genug, sich zu besinnen. Schließlich entspannten sich ihre Finger, und sie schüttelte ihre rabenschwarze Mähne, bevor sie mit schleifenden Ketten davonschlenderte.

Der schrille Schrei eines Seeadlers durchschnitt das Heulen des Windes und lenkte Shemaines Blick auf die Sturmwolken, die sich am Himmel zusammentürmten. Knapp darunter zog ein gewaltiger Raubvogel seine Bahn. Die Möwen trudelten in erschreckten Kreisen durch die Luft und tauchten bis auf die Wasseroberfläche herab, um dieser Gefahr zu entrinnen. Aber der Riesenvogel schien sich nicht im mindesten für die kleineren Tiere zu interessieren, sondern ließ sich in majestätischer Ruhe auf ausgebreiteten Schwingen vom Wind in schwindelerregende Höhen tragen. Wie gebannt von diesem Anblick der Freiheit konnte Shemaine sich beinahe selbst auf ähnlichen Flügeln in die Lüfte aufsteigen sehen, um dem Martyrium, dem sie die nächsten sieben Jahre ausgesetzt sein würde, zu entrinnen. Aber die rauhe Wirklichkeit war nur einen Herzschlag entfernt. In Ketten und auf ewig erdgebunden, konnte sie nur in hilfloser Qual zusehen, wie der Adler ihren Blicken entschwebte. Seine Freiheit, dorthin zu ziehen, wohin es ihn trieb, war ein Hohn auf die Zwänge und die Gewalt, die sie und die anderen Gefangenen erdulden mußten, seit sie ein englisches Gericht schuldig gesprochen hatte.

Neben ihr stieß Annie einen sehnsüchtigen Seufzer aus. »Ich werde froh sein, endlich von dem Schiff hier runterzukommen, Myliedy, aber noch glücklicher wär' ich, wenn irgendwelche netten Leute mich kaufen würden, mit ein oder zwei Kindern vielleicht, um die ich mich kümmern könnt'.«

»Vielleicht hast du ja Glück, Annie.« Shemaine stieg auf den Lukendeckel und reckte den schlanken Hals in die Höhe, bis sie über die Reling schauen konnte. Ihr Blick schweifte über die Kolonisten, die am Kai darauf warteten, daß der Verkauf vom Schiff begann. Was sie dort sah, ermutigte sie wahrhaftig nicht besonders. Die Vorstellung, Annie könne von einer jungen Familie gekauft werden, schien ihr geradezu unmöglich, als sie die potentiellen Käufer musterte. Grauhaarige Männer mit bleicher Haut und kleinen, dicklichen Ehefrauen, kahlköpfige Grundbesitzer und altjüngferliche Frauen mit dünnen, scharfgeschnittenen Gesichtern beherrschten das Bild. Nur ein Mann, der ein wenig abseits von den übrigen stand, unterschied sich im Aussehen von allen anderen. Er war eindeutig jung genug, um ein wenig Hoffnung auf die Erfüllung von Annies Wünschen zu bieten, aber sein finsterer, grüblerischer Gesichtsausdruck ließ ihn nicht weniger erschreckend erscheinen als die anderen. Die übrigen Siedler beäugten ihn verstohlen, als hätten sie Angst, seinem gelassenen, abweisenden Blick zu begegnen, eine Tatsache, die Shemaines eigene Spekulationen über den Mann nicht gerade hoffnungsfroher machte. Trotzdem, so zurückhaltend die anderen sich ihm gegenüber auch gaben, er schien der Hauptgrund für ihr unablässiges Geschnatter zu sein.

James Harper trat auf die Frauen zu und nahm, während er seinen Blick von einer zur anderen wandern ließ, langsam den Schlüsselring von seinem Gürtel. Gertrude Fitch hatte es nicht zugelassen, daß die weiblichen Gefangenen für den bevorstehenden Verkauf an Deck unter den Blicken der Männer badeten. Statt dessen hatte sie ein winziges Bröckchen Seife und zwei Eimer Wasser hinuntergeschickt, über die die Frauen sich sofort in die Haare gerieten, so daß keine von ihnen etwas davon hatte. Drei Monate auf See hatten ihren Tribut gefordert, und sie sahen jetzt nicht besser aus als die ärmsten Bettler Londons. Die Wahrscheinlichkeit, auch nur für eine einzige von ihnen einen ordentlichen Preis zu erzielen, schien gering, und das geschah Turnbulls Tochter, die sich in alles und jedes einmischen mußte, weiß Gott recht. Warum hatte sie auch nicht dafür gesorgt, daß die Gefangenen ausreichende Rationen bekamen? Außerdem verdiente sie schon deshalb eine Strafe, weil sie sich so strikt geweigert hatte, zuzulassen, daß die Mannschaft hier und da eine nackte Brust oder einen nackten Schenkel zu sehen bekam. Mager und verhungert, wie die Frauen waren, hätten sie den Männern wohl ohnehin nur skeptische Blicke abgenötigt.

»Also gut, meine Damen! Seht zu, daß ihr einen möglichst lebhaften Eindruck macht!« bat Harper, der versuchte, einen fröhlichen Tonfall aufzusetzen. »Und dann wollen wir euch mal freilassen. Wir wollen doch nicht, daß diese Kolonistenbauern euch in Eisen sehen! Und denkt dran, das ist nicht das Ende der Welt, sondern der Anfang eines vollkommen neuen Lebens für euch alle hier.«

»Wer sagt das?« geiferte ein bereits in die Jahre gekommenes Weib.

Morrisa kicherte und machte einen Schritt nach vorn, um den Bootsmann herauszufordern. »Mein lieber Jamie, Sie glauben doch nicht, daß diese Eisen die braven Pilger da draußen auch nur das Schwarze unter dem Nagel interessieren? Ich hab' läuten hören, daß viele von diesen Kerlen genau wie wir anderen armen Teufel auch in Ketten hier angekommen sind.«

James Harper zog es vor, das Flittchen zu ignorieren, während er Roger Blake einen Schlüssel gab und auf die Beineisen zeigte. »Mach du ihnen die Strumpfbänder auf, Kumpel, während ich mich um die Armreifen kümmere...«

Auf dem Achterdeck wischte Kapitän Fitch sich mit einem zerknitterten Taschentuch über seine schweißglänzende Stirn und trat an die Reling. Nachdem er den Forderungen seiner herrischen Frau endlich nachgegeben hatte, rief er den Bootsmann zu sich herauf. »Mr. Harper, wenn Sie so freundlich wären, auf die Brücke zu kommen?« Fitch brodelte die Frustration wie bittere Säure im Magen, denn es war äußerst fraglich, ob er seine Pläne für ein Stelldichein verwirklichen konnte, wenn seine Frau den Verkauf der Sträflinge mit ihrer gewohnten zähen Hartnäckigkeit überwachte. Im Augenblick verlangte es ihn nicht im mindesten danach, ihre Tyrannei zu beschönigen. »Mrs. Fitch möchte, daß alle Betroffenen darüber im Bilde sind, daß sie jede Gelegenheit zu haben wünscht, die heutigen Transaktionen von Anfang bis Ende zu überwachen.«

»Jawohl, Kapitän«, antwortete Harper und überlegte im stillen, wann Mrs. Fitch wohl endgültig die Hosen ihres Mannes überstreifen und die ausschließliche Kontrolle über das Schiff ergreifen würde. Ihm mißfiel ihre Einmischung in den gewohnten Ablauf an Bord zwar aufs tiefste, aber es war ja weder sein Schiff noch sein Kommando. »Ganz wie Sie wünschen, Sir.«

Harper trat ein zweites Mal vor die Gefangenen hin. »Bitte schön in Reih und Glied aufstellen, meine Damen, und laßt euch von Mr. Blake die Ketten abnehmen.«

Mit pflichtschuldigstem Respekt seinem Kapitän gegenüber reichte Harper die Schlüssel an den Bootsmannsmaat weiter, begab sich zurück auf die Brücke und überließ es dem jüngeren Mann, die Inspektion der weiblichen Gefangenen vorzunehmen, eine Aufgabe, um die Harper ihn nicht gerade beneidete. Er fühlte sich immer äußerst unbehaglich, wenn er Frauen wie stumpfsinnige Tiere behandeln mußte, die zum Verkauf fertiggemacht wurden. Einige schienen so jung und unschuldig zu sein wie seine entzückende kleine Schwester.

Harper bedachte seinen Vorgesetzten mit einem knappen Nicken, bevor er dem überheblichen Blick begegnete, mit dem Gertrude ihn musterte. »Guten Tag, Madam.«

»Mr. Harper!« Ihre normalerweise schon durchdringende Stimme wurde noch lauter, wenn sie entschlossen war, in einer bestimmten Situation das Kommando zu übernehmen. »Wie Sie wissen, habe ich ein direktes Interesse an den Vorgängen an Bord dieses Schiffes. Ich möchte über jedes Angebot unterrichtet werden, bevor der Verkauf eines Sträflings endgültig besiegelt wird. Auf diese Weise kann ich alles für meinen Vater notieren. Haben Sie verstanden?«

Wie konnte irgend jemand auf dem Schiff ihre Gebote mißachten, da ihr Erzeuger doch der Besitzer der *London Pride* war? Kapitän Fitch hatte es jedenfalls nicht fertiggebracht. »Wie Sie wünschen, Madam.«

»Da ist noch eine Angelegenheit, die mir größte Sorgen bereitet, Mr. Harper«, informierte sie ihn schroff. »Es mißfällt mir, daß Sie Jacob Potts ins Kabelgatt gesperrt haben. Der Mann war mir sehr nützlich, indem er mich über das Verhalten der Gefangenen und jeden bewußten Verstoß gegen meine Befehle auf dem laufenden gehalten hat. Sie werden Ihre Order augenblicklich zurücknehmen und ihn freilassen.«

Harpers Kiefermuskeln verkrampften sich, und mit einer hart erkämpften Maske der Selbstbeherrschung brachte er seine Argumente gegen ihren Erlaß vor. »Ich bitte um Pardon, Madam. Der Mann hat mir bewußt den Gehorsam verweigert, und wenn ich gezwungen bin, seine Strafe aufzuheben, werde ich jede Gewalt über die Mannschaft verlieren. Es wäre sehr unklug, wenn ich es täte, Madam.«

Kapitän Fitch hatte sichtbare Mühe, seines eigenen Zorns Herr zu werden. Die Tatsache, daß seine Frau dem Geplärr eines gemeinen Matrosen ihr Ohr geschenkt hatte, war ein weiterer Grund, ihr ihre Anwesenheit an Bord der *London Pride* zu verübeln. Ein erfahrener Offizier hätte die Quelle seiner Informationen kritischer betrachtet und die Motive des Seemanns hinterfragt. »Gertrude, der Bootsmann hat recht…«

»Nichtsdestoweniger, Mr. Harper«, unterbrach sie ihn rüde. Die Einwände ihres Mannes ignorierte sie vollkommen. »Sie werden Ihren Befehl zurücknehmen, oder ich werde dafür sorgen, daß Kapitän Fitch Sie vom Dienst auf diesem Schiff entläßt!«

»Gertrude!« Fitch war entsetzt von ihrer Drohung und beeilte sich, sie von dieser Idee abzubringen, ohne einen endgültigen Bruch mit ihrem Vater herbeizuführen. »Du kannst nicht von mir erwarten, daß ich einen Mann entlasse, der seine Pflicht tut!«

»Ich erwarte von dir, daß du stets im Kopf behältst, wem dieses Schiff gehört!« fuhr Gertrude ihn an.

»Wie könnte ich das vergessen, da du mich doch ständig daran erinnerst?« gab ihr Mann wütend zurück.

»Du vergißt dich, Everette«, erwiderte Gertrude mit bedrohlich leiser, hochmütiger Stimme. Sein böser Blick schien sie nicht im mindesten zu berühren. »Ich hoffe, ich werde diesen Vorfall Papa gegenüber nicht erwähnen müssen.«

Wie diese Frau ihre Macht ins Spiel brachte, widerte James Harper geradezu an, aber er war kaum in der Position, sich zu beschweren. Während er sich feierlich gelobte, nie wieder auf demselben Schiff zu segeln wie sie, besann er sich auf alle Würde eines Seemanns der Handelsmarine und zwang sich, seine Worte mit größtem Bedacht zu wählen – obwohl es ihm ungemein schwerfiel, die Frau nicht einfach anzubrüllen. »Madam, ich habe meine Befehle stets direkt vom Kapitän bekommen. Wenn er mir befiehlt, Potts freizulassen, dann habe ich keine andere Wahl, als das zu tun.«

In dem Bewußtsein, daß er seinem Vorgesetzten das volle Gewicht der Verantwortung aufgelastet hatte, sah Harper den älteren

Mann an und wartete auf dessen Entscheidung, die zu treffen Fitch offensichtlich widerstrebte.

»Geh'n Sie wieder an die Arbeit, Mr. Harper«, forderte Fitch ihn schließlich auf. »Wir werden diese Angelegenheit zu einer passenderen Zeit erörtern.«

»Everette Fitch!« Gertrudes gewichtiger Busen stellte ihr Mieder auf eine harte Probe. Sie schnaufte wie ein erzürntes Walroß. »Willst du damit sagen, du läßt es Mr. Harper einfach durchgehen, daß er meine Wünsche ignoriert? Wenn du ihn nicht dazu bringst, meinen Anweisungen Folge zu leisten, wird Papa dich vielleicht daran erinnern müssen, wem hier eigentlich deine Loyalität zu gelten hat. Er wird auf der *Black Prince* in New York einlaufen, noch bevor wir den Hafen verlassen haben, und ich bin sicher, daß er zu deinem heutigen Verhalten das eine oder andere zu sagen haben wird.«

Kapitän Fitch brachte es fertig, seine Verärgerung hinter einem höflichen, wenn auch ein wenig steifen Gehabe zu verbergen. Er wußte aus Erfahrung, daß ein Streit mit Gertrude stets den Zorn ihres Vaters heraufbeschwor, der niemals mit irgend jemandem Mitleid gezeigt hatte, schon gar nicht mit jenen, die ihn oder seine Tochter verärgerten. Wäre Turnbull nicht der alleinige Besitzer der *London Pride* gewesen, hätte Fitch Gertrudes Einmischungen schon gleich zu Beginn der Seereise Einhalt geboten, aber er konnte einfach nicht vergessen, wer die Börse in der Tasche hatte. Dies war eine der Fallgruben, wenn man Geld heiratete, Geld, von dem er im übrigen bisher nur sehr wenig hatte genießen können. Abgesehen von dem, was er hier und da zusammengaunern konnte, war ihm die Hauptmasse von Turnbulls Reichtum unzugänglich geblieben. Das trieb ihn beinahe zum Wahnsinn, denn Horace Turnbull war unvorstellbar reich.

»Ich bitte um Verzeihung, Gertrude. Ich hielt es für klüger, abzuwarten und diese Angelegenheit erst zu bereinigen, wenn der Großteil der Mannschaft von Bord gegangen ist, damit die Leute von Potts Freilassung nichts erfahren.«

Wie ein übergroßes Reptil ließ Gertrude ihren Kopf behaglich wieder in die Falten ihres Halses zurücksinken. Ihr selbstgefälliges

Lächeln verriet äußerste Zufriedenheit darüber, daß sie sich wieder einmal durchgesetzt hatte. Jacob Potts hatte sie stets über die heißblütigen Mätzchen einer gewissen irischen Schlampe auf dem laufenden gehalten, die ihr und ihrem Mann die Leviten gelesen hatte, als wären sie nichts als ungezogene Kinder.

Der Anlaß für Shemaines Tadel war die Auspeitschung Annie Carvers gewesen, die kurz nach ihrer Abfahrt von England stattgefunden hatte. Es war das mindeste, was diese graue Maus verdient hatte, nachdem sie sich wegen des Verlustes ihres Babys das Leben hatte nehmen wollen. Aber ihr Vergehen war nichts im Vergleich zu dem, was Shemaine O'Hearn getan hatte. Was für eine dreiste Unverschämtheit, sich vor der Mannschaft und den anderen Sträflingen darüber zu ereifern, wie sie dieses Gassenweib behandelt hatten. Nach dieser Begebenheit hatte Gertrude aus tiefstem Herzen den Augenblick herbeigesehnt, da sie den leblosen Körper des Mädchens den Tiefen des Meeres anheimgeben konnten – und um das zu erreichen, hatte sie zu den grausamsten Mitteln gegriffen. Aber so sehr sie auch stritt und zankte, nichts konnte Everette ins Wanken bringen, nichts ihn dazu bewegen, eine härtere Maßnahme gegen die Irin zu ergreifen, als sie vier Tage allein und mit eingeschränkten Rationen ins Kabelgatt zu sperren. Obwohl Shemaines beißende Kritik an jenem Tag auch ihm gegolten hatte, war ein bloßes Achselzucken seine einzige Reaktion darauf gewesen. Es sei ohnehin nichts von alledem sein Werk, hatte er gesagt, und die Schuld träfe einzig und allein diejenige, die alles ins Rollen gebracht hatte, indem sie die Order gab, Annie ihr Baby wegzunehmen und zu verkaufen.

Gertrude hielt sich mit einer Hand an der Reling fest und blickte auf die Frau hinunter, die sie zweimal zu einem einsamen Aufenthalt im Kabelgatt verurteilt hatte. Jetzt trug sie ein ausgefranstes, schmutziges Taschentuch über ihren feuerroten Haaren, aber so unzureichend die Kopfbedeckung auch war, ließ sie keinen Zweifel an der gewinnenden Schönheit des ovalen Gesichts und der großen, smaragdenen Augen, die sich an den Augenwinkeln unter anmutig geschwungenen Brauen leicht nach oben zogen. Gertrude, die in der zerbrechlichen Schönheit und der gertenschlanken Gestalt Shemaines etwas von einer Wassernixe oder gar einer Feenkönigin zu erblicken vermeinte, vermochte sich nicht länger zurückzuhalten und ließ ihrer zänkischen Natur die Zügel schießen.

»Nein, seht nur, wer aus den schmutzigen Tiefen wieder ans Tageslicht gekrochen ist«, geiferte sie, und der Blick der jüngeren Frau schoß sofort in die Höhe. »Solange, wie du da unten warst, müssen dir doch Schwimmhäute zwischen den Zehen gewachsen sein! Und wie drollig du wieder aussiehst! Du hast, wie ich feststelle, einige Verschönerungen vorgenommen. Aber weißt du das denn nicht, Shemaine? Eine rothaarige Hexe kann sich schwer verstecken.«

Wenn hier irgend jemand eine Hexe ist, höhnte Shemaine im Geiste, dann bestimmt diese gemästete Gans, die mit ihrer boshaften, rachsüchtigen Art den Gefangenen das Leben schwergemacht hatte. Shemaine riß sich das Taschentuch vom Kopf, ließ alle Vorsicht fahren und ihr leuchtendes Haar im Wind fliegen. Es war eine schweigende Herausforderung an die ältere Frau, deren Gesichtszüge nun von mörderischem Haß verzerrt wurden.

»Du bist eine Hexe, eine böse Hexe, Shemaine O'Hearn«, zischte Gertrude durch zusammengebissene Zähne. »Der Narr, der dich kauft, tut mir jetzt schon leid!«

Ganz plötzlich fuhr eine Windböe über das Deck, die weit heftiger war als die vorherigen, und riß mit ihrer frischen Kühle Shemaine aus dem Dunkel ihrer Seelenqualen heraus. Mit stolz erhobenen Kopf sah sie Gertrude in die von brennendem Zorn erfüllten Augen. Mit einem Mal wurde ihr klar, daß es vieles gab, wofür sie dankbar sein mußte, denn sie hatte bewiesen, daß sie unter den unerträglichsten Bedingungen überleben konnte, Bedingungen, von denen viele von dieser Frau absichtlich herbeigeführt worden waren. Aber trotz aller Mißhandlungen, trotz der gehässigen Schimpfworte, die es auf sie herabgeregnet hatte, wußte Shemaine ohne den Schatten eines Zweifels, daß sie immer noch herrlich, prickelnd lebendig war! Und diese Leistung war wahrlich etwas, wofür sie dankbar sein mußte!

»Ich wünsche Ihnen noch einen angenehmen Tag, Mrs. Fitch«, rief sie und brachte es fertig, ihren Worten trotz ihrer tiefen Abneigung gegen diesen Teufel von einer Frau einen fröhlichen Klang zu geben. »Habe ich es Ihnen nicht gesagt, daß ich das Kabelgatt noch einmal überleben würde? Und jetzt bin ich hier, damit Sie sich selbst überzeugen können!«

Gertrudes Lippen verzerrten sich zu einem bedauernden Hohnlachen. »Wirklich schade, Shemaine. Wirklich schade. Aber, wer weiß, vielleicht hast du ja in den nächsten sieben Jahren weniger Glück.«

2. Kapitel

Der Schiffsjunge blies seine Pfeife und gab damit das Signal für die auf dem Kai wartenden Siedler, an Bord zu kommen. Obwohl die meisten Männer hier waren, um Feldarbeiter zu erwerben, schlenderten sie gemächlich an den weiblichen Sträflingen vorbei, als zögen sie es ernsthaft in Erwägung, eine der Frauen zu kaufen. So ging es zumindest, bis sie Morrisa erreichten, die sich in der Nähe des Besanmastes herausfordernd in Pose gesetzt hatte. Die Männer starrten ihre offen zur Schau gestellten Reize sprachlos an und schienen außerstande, sich abzuwenden. Ihre Frauen jedoch begegneten dem Flittchen mit offenkundiger Verachtung. Ein kleiner, langsam erkahlender Mann begaffte mit offenem Mund die üppigen Kurven der Hure, aber als er versuchte, sie zu befragen, scheuchte Morrisa ihn mit einer ärgerlichen Handbewegung weg.

»Verschwinde, du kleine Kröte«, fuhr sie ihn an. »Ich suche nach einem richtigen Mann, der mich kauft.«

Das Gesicht des Mannes verdüsterte sich, und auf seinen Wangen malten sich rote Flecken ab, während er sie mit finsterem Blick weiter musterte, aber Morrisa zog nur angewidert die Lippen zurück und stieß ein zischendes Geräusch aus, als wäre sie eine Schlange, die ein Raubtier verscheuchte. Zutiefst gekränkt wich der Mann einige Schritte zurück und zog dann mit einem ärgerlichen Blick seinen Mantel zurecht.

»Hier pflegen wir Hexen immer noch zu ertränken, hörst du!« warnte er sie. Dann zog er angewidert die Nase hoch und spazierte zu einer anderen Gruppe von Männern hinüber, die Shemaine und einige der jüngeren Frauen näher in Augenschein nahmen.

Es war fast mehr, als Shemaine ertragen konnte, sich von diesen Siedlern wie ein Stück Ware abschätzen zu lassen. Sie hatte sich gerade hinzustellen und mußte sich eine sorgsame Inspektion ihrer

Hände und Arme gefallen lassen. Ihre höflichen Antworten entlockten den Frauen ein wohlmeinendes Nicken, aber das verräterische Funkeln in den Augen der Männer sprach eine andere Sprache. Der Gedanke, daß sie einzig zu dem Zwecke gekauft werden konnte, den Appetit irgendeines Wüstlings zu stillen, erfüllte sie mit Entsetzen, und sie flüsterte ein verzweifeltes Gebet, daß sie schon bald von einer freundlichen Frau gekauft werden möge, die sie geduldig in den Pflichten eines Hausmädchens unterweisen würde.

»Ihr Frauen da drüben!« rief James Harper von der Reling aus, »kommt sofort hier herüber und schenkt diesem Herrn eure Aufmerksamkeit!« Er zeigte mit dem Daumen auf einen großen, dunkelhaarigen Kolonisten, der neben ihm stand. »Sein Name ist Gage Thornton, und er sucht ein Kindermädchen für seinen zwei Jahre alten Sohn.«

Augenblicklich erhob sich unter den Leuten aus der Stadt ein Raunen, und sie gafften den Mann an, als wären ihm plötzlich zwei Köpfe gewachsen. Obwohl Shemaine ihn wiedererkannte – es war derjenige, der sich auf dem Kai abseits der anderen gehalten hatte, und der einzige von allen, der ihr jung genug erschienen war, um Annies Wünsche möglicherweise erfüllen zu können –, vermochte sie doch den Grund für die allgemeine Aufmerksamkeit, die man ihm zollte, nicht zu ergründen.

Shemaine stieß die kleine Frau neben sich sanft an, um ihr Mut zu machen. »Eil dich, Annie! Das ist vielleicht deine einzige Chance!«

Annie kam der Aufforderung ihrer Freundin nur allzugern nach und verschwendete keine Zeit, um bei den ersten Frauen zu sein, die nun vorstürzten. Der Eifer der anderen weiblichen Gefangenen ließ keinen Zweifel daran, daß auch sie die Stellung wollten, die Mr. Thornton zu bieten hatte. Jung und alt gleichermaßen drängelte sich rücksichtslos zu ihm vor, denn die Stellung eines Kindermädchens war verständlicherweise weit begehrter als etwa die einer Spülhilfe oder einer Feldarbeiterin.

»Denkt daran, daß ihr Damen seid«, ermahnte Harper die weiblichen Sträflinge und überlegte bei sich, ob er in Bälde eine wilde Schlägerei zu schlichten haben würde.

Shemaine war die einzige Frau, die sich nicht ins Gedränge stürzte, aber dennoch befiel sie, während sie den Mann betrachtete, eine lebhafte Neugier. Er hatte die Ärmel bis über die Ellbogen aufgerollt, als habe er eine wichtige Arbeit liegenlassen, um hierher zu kommen; andererseits legte seine tiefgefurchte Stirn und sein angespanntes Kinn die starke Vermutung nahe, daß ihm der Grund für seine Anwesenheit hier zuwider war, vor allem jetzt, da man den Eindruck gewinnen mußte, daß er sich schon bald inmitten einer heftigen Rauferei wiederfinden würde. Schmutzstarrende Finger klammerten sich an sein Hemd aus gesponnener Wolle und an seine Fellhosen, während einige Frauen mit bewundernden Ahs und Ohs tatsächlich die Kühnheit besaßen, mit den Fingern über die schlaffe Rundung zu streichen, die unter dem hautengen, ledernen Kleidungsstück zu erkennen war.

»Meine Damen!« ermahnte Harper sie gereizt. »Laßt die Finger von dem Käufer, bitte!«

»Oooh, na komm schon, Meister«, brummte ein zahnlückiges Flittchen mit übertriebener Enttäuschung. »Das ist der hübscheste Bursche, den wir seit langer Zeit zu Gesicht gekriegt haben! Außerdem wird ihm ein bißchen Streicheln schon nichts schaden. Bei allen Heiligen! Wir brauchen es mehr als er!«

Drei Monate in einer Zelle mit diesen Frauen hatten nicht annähernd genügt, um Shemaines Gefühl für Schicklichkeit und Anstand abstumpfen zu lassen. Sie schämte sich zutiefst für ihr Geschlecht und spürte außerdem noch den Ärger des Kolonisten, als er für eine Sekunde den Blick himmelwärts hob. Wenn er es plötzlich bedauerte, überhaupt an Bord der *London Pride* gekommen zu sein, oder wenn dieser Blick gen Himmel ein lautloses Gebet um ein Eingreifen von oben war, so war es doch nun für beides zu spät. Er stand weiterhin im Mittelpunkt der Aufmerksamkeit ihrer Leidensgenossinnen, und das mit gutem Grund, wie Shemaine zugeben mußte.

Sein Gesicht war von gemeißelter Schönheit und goldbraun von der Sonne. Seine Augen glitzerten wie warme, braune Kristalle, die mit bernsteinfarbenen Blitzen durchsetzt waren. Überschattet von finster zusammengezogenen, klargeschnittenen Brauen, waren diese dunkelbewimperten Augen geradezu durchscheinend. Seine Nase war schmal und wies eine feine, aristokratische Wölbung auf, um die jeder vornehme Grieche ihn hätte beneiden können. Seine hohen schmalen Wangenknochen wären gleichermaßen Gegenstand des Neids gewesen. Das bartlose Kinn unter der bronzefarbenen Haut hatte starke, klare Konturen – kurzum, das Gesicht war – wie der ganze Körper – durch und durch männlich.

Er war fast einen Kopf größer als der untersetzte Mr. Harper. Wenn er auch weder von massigem Körperbau war noch gewaltige Muskeln zur Schau stellte, wurden seine breiten Schultern doch von einer kräftigen Männerbrust getragen, die sich zu einer schlanken Taille und zu schmalen Hüften hin verjüngte. Wenn die sehnigen Arme irgendwelche Rückschlüsse auf den Rest seines Körpers zuließen, mußte er am ganzen Leib so hart wie Stahl sein.

Während der Siedler seine Blicke nun langsam über die Frauen wandern ließ, die um ihn herumstanden, trat ein gequälter Ausdruck in seine Augen. Als sich Morrisa schließlich mit den Ellbogen zu ihm vorkämpfte und eine andere Frau mit einem bösartigen Stoß ihrer Hüften zur Seite fegte, zogen sich seine dunklen Augenbrauen mit der Heftigkeit eines Donnerschlags zusammen. Er schien nicht im mindesten gefesselt zu sein von dem durchsichtigen Stoff ihrer dürftigen Bluse, sondern nur verärgert über ihre Dreistigkeit.

»Na, wenn mir das nicht mal 'n hübscher Kerl ist«, gurrte das Flittchen. Während sie affektiert einen Finger über seinen Unterarm gleiten ließ, lächelte sie zu ihm auf. »Mein Name ist Morrisa Hatcher, Meister, und ich würd' vor Freude einen Luftsprung machen, wenn ich Ihren kleinen Fratz versorgen dürfte.«

Gage Thornton war jetzt vollends davon überzeugt, daß sein Vorhaben von Anfang an reine Narretei gewesen war. Gerade noch hatte er sich entschlossen, die unvermeidliche Unverfrorenheit der weiblichen Gefangenen auf die winzige Chance hin zu ignorieren, daß er unter ihnen vielleicht doch die eine finden würde, die seinen Ansprüchen genügte, aber nun erschien ihm diese ganze abenteuerliche Idee völlig verrückt. Wie konnte er selbst in seinen kühnsten Phantasien je gehofft haben, ausgerechnet hier eine solche Rarität zu finden, wie er sie suchte? Er mußte verzweifelter sein, als er selbst es bisher geahnt hatte. Andererseits war er fest entschlossen, sich mit nichts Geringerem zufriedenzugeben als dem, was er sich als ideale Besetzung der Kindermädchenstelle vorgestellt hatte. Doch es wurde immer deutlicher, daß die Art Frau, nach der er suchte, an Bord eines Sträflingsschiffs nicht zu finden war.

»Ich habe andere Qualitäten im Sinn als die, die Sie so großzügig zur Schau stellen, Miss Hatcher. Ich fürchte, Sie sind für meine Zwecke nicht die Richtige.«

Morrisa quittierte diese Absage mit einem wissenden Nicken und mit einem höhnischen Lächeln: »Angst vor Ihrer Frau, wie?«

Gage spürte, wie seine Kehle sich vor Empörung langsam zusammenzog. Diese Frau konnte natürlich keine Ahnung haben, was er seit Victorias Tod durchgemacht hatte, und keine noch so beißende Erwiderung würde es ihr begreiflich machen. »Pardon«, entgegnete er statt dessen nur knapp. »Meine Frau wurde vergangenes Jahr bei einem Unfall getötet. Wäre sie heute am Leben, das versichere ich Ihnen, wäre ich niemals auf eine so dumme Idee gekommen.«

Kaum hatte er zu Ende gesprochen, trat Annie schüchtern vor und zog ihn am Ärmel. »Ich heiß' Annie Carver, Sir. Mein eigenes Kleines ist verkauft worden, kurz nachdem ich an Bord des Schiffes kam, und ich wünsch' mir von Herzen wieder eins, um das ich mich kümmern kann. Ich versprech' auch, daß ich Ihren Sohn lieben würd' wie meinen eigenen, Sir.« Sie errötete in jäher Verwirrung und fügte, die Hände ringend, hinzu: »Das heißt, wenn's Ihnen nichts ausmachen tät', die Münzen hinzulegen, um mich zu kaufen.«

Gages genervter Blick wurde ein wenig weicher, als er nun auf die kleine, reizlose Frau hinabblickte. Ihre verworrene Redeweise legte jedoch nur allzu deutlich Zeugnis von ihrer mangelnden Schulbildung ab. »Ich hatte gehofft, eine Frau zu finden, die meinem Sohn in späteren Jahren Lesen und Schreiben beibringen könnte. Wäre es möglich, daß Sie ihn unterweisen könnten?«

»Heiliger Himmel, nein, Meister!« stöhnte Annie, die diese Bedingung in noch tiefere Verwirrung stürzte. Sie wollte sich gerade schwer enttäuscht abwenden, als ihr plötzlich ein Gedanke kam. Mit einem schüchternen Lächeln sah sie ihn noch einmal an und sagte: »Aber ich kenn' eine, die wo das kann! Sie ist eine Liedy, soviel steht man fest, Sir.«

»Eine Lady?« Jetzt, da Gage den größeren Teil der Frauen gesehen hatte, erschien ihm diese Behauptung doch sehr zweifelhaft. »Hier auf einem Sträflingsschiff?«

»Jawohl, Sir!« In Annies Worten schwang großer Nachdruck mit. »Myliedy kann lesen und schreiben und im Kopf Zahlen zusammenrechnen. Ich hab' es selbst mitgekriegt, Sir.«

»Und zweifellos ist sie neunzig Jahre alt«, knurrte Gage. Er konnte sein Geld nicht für eine Frau verschwenden, die wahrscheinlich fünf Minuten, nachdem sie das Schiff verlassen hatte, tot umfallen würde. Wieder stiegen alle Argumente an die Oberfläche, die seine Erwartungen in das Reich des Absurden verwarfen, ihn seiner Zuversicht beraubten und seine Hoffnungen zunichte machten. Gewiß konnte keine Frau von guter Herkunft und Erziehung ein so schwerwiegendes Verbrechen begangen haben, daß man sie auf einem Sträflingsschiff in die Kolonien schickte. Es sei denn natürlich, man hätte sie ins Schuldgefängnis geworfen. Aber selbst dann hatte er ernste Zweifel, ob er sie sich würde leisten können. Er hatte andere Verpflichtungen, die einer solchen Ausgabe im Weg standen.

Ein helles Lächeln glitt über Annies Gesicht. »Aber gar nicht, Sir! Eine junge Dame! Und hübsch ist sie noch dazu, Sir.«

»Wo soll dieses wunderbare Wesen denn sein?« fragte Gage kühl. Er fürchtete, daß Annie die Bedeutung des Wortes *Dame* nicht ganz begriff, denn seit er an Bord der *London Pride* gekommen war, hatte er nichts dergleichen gesehen oder gehört.

Annie wandte sich um und bedeutete ihren Gefährtinnen, ein Stückchen beiseite zu treten, damit sie nach ihrer Freundin suchen konnte. Als sie sie erspäht hatte, zeigte sie mit ihrem dünnen Arm auf eine einsame Gestalt, die auf dem Lukendeckel saß. »Das ist sie, Meister! Shemaine O'Hearn, so heißt sie!«

Shemaine wurde sich augenblicklich der Aufmerksamkeit bewußt, die sich auf sie konzentrierte, und sie spürte die Kraft der verblüffend schönen braunen Augen, die nun voller Erstaunen auf ihr ruhten. Es ließ sich nicht bezweifeln, daß sie das Interesse des Fremden auf sich gezogen hatte, denn er konnte den Blick kaum mehr von ihr abwenden.

Gage Thornton hatte sich alles, was er im Augenblick besaß, zu hart erarbeiten müssen, um sich einreden zu lassen, er könne eines seiner Ziele so mühelos erreicht haben. Diese junge Frau war ungewöhnlich hübsch und genau das, was er suchte. Aber er argwöhnte, daß es da noch irgendeinen verborgenen Makel gebe.

Er beugte sich vor, um Annie zu befragen. »Eine Dame, sagst du?« Auf ihr bestätigendes Nicken stellte er die bohrende Frage. »Aber warum ist sie dann hier? Welches Verbrechen hat sie begangen, daß man sie auf einem Sträflingsschiff hierher brachte?«

Annie senkte die Stimme zu einem Flüstern. »Ein Häscher hat Myliedy entführt, als ihre Eltern nicht zu Hause waren. Er wollte ihr nicht erlauben, Leute zu holen, die sie kannten. Und deshalb, Sir, war keiner da, der dem Burschen widersprechen konnte, als er schwor, sie hätte einer anderen Dame den Schmuck gestohlen.«

Gage war noch lange nicht überzeugt, aber seine Vorbehalte waren doch nicht stark genug, um sein Interesse an dem Mädchen zu verlieren. Selbst mit schmutzverschmierten Wangen und verfilztem Haar, das ihr wild über die mageren Schultern und den Rücken fiel, war Shemaines Schönheit unübersehbar. Ihr Gesicht schien verzaubert, als hätte ein Künstler ein Bild aus einem Traum gemalt und es mit einem Kuß zum Leben erweckt. Ihrer Herkunft nach war sie wohl durch und durch Irin, denn keine andere Rasse schien von der Natur mit dieser Kombination aus flammendrotem Haar, leuchtendgrünen Augen und rahmheller Haut gesegnet zu sein. Trotz der Lumpen, die sie am Leibe trug, legte ihre anmutige Haltung unleugbar Zeugnis von vornehmer Erziehung ab; sie hatte etwas geradezu Königliches an sich, wie sie das Kinn leicht emporreckte und ihm direkt in die Augen sah, als hegte sie keinen Zweifel, daß sie einander ebenbürtig waren.

Gage nahm den ungewöhnlichen Aufruhr seiner Gefühle mit einigem Erstaunen wahr und konnte sich nur fragen, was ihn mehr erregte – die Entdeckung eines Mädchen, das all seine Anforderungen an ein Kindermädchen zu erfüllen schien, oder die Aussicht, sich hier noch einen anderen, unausgesprochenen und stets für hoffnungslos gehaltenen Wunsch erfüllen zu können. Wenn er sie tatsächlich kaufte, würden seine Absichten für die Zukunft gewiß Freund und Feind gleichermaßen in Erstaunen setzen. Andererseits wäre es nicht das erste Mal, daß er geziemende Anstandsformen über Bord warf, um sein Leben in bestimmte Bahnen zu lenken.

Im Geiste legte Gage seinen davonstürmenden Gedanken Zügel an und machte den Bootsmann mit geheuchelter Lässigkeit auf das Mädchen aufmerksam. »Mr. Harper, ich möchte Ihnen einige Fragen über diese Gefangene da drüben stellen.«

Gerade als James Harper sich umwandte, um festzustellen, welche der Frauen den Mann interessierte, kam ein altes Weib vor Shemaine zu stehen. Harper bedeutete der Alten vorzutreten, obwohl er innerlich den Geschmack und die Vernunft des Mannes in Frage stellte, aber Gage winkte schon ungeduldig ab. Statt weiter auf Vermittlung zu warten, ging er einige Schritte auf Shemaine zu und bat sie mit einer einzigen knappen Geste vorzutreten.

Shemaine war sich nur allzu deutlich der leuchtendbraunen Augen bewußt, die jede ihrer Bewegungen verfolgten. Langsam erhob sie sich von dem Lukendeckel und schob sich durch das Gedränge der Frauen, deren Mienen unverhohlenen Neid und Niedergeschlagenheit verrieten. Man ließ sie jedoch ungehindert passieren, bis Morrisa ihr den Weg vertrat.

»Wenn ich du wär', Schätzchen, tät ich mich hüten, mit diesem Herrn, diesem Thornton, auf und davon zu spazieren. Ich hab' nämlich mein Lebtag keinen so hübschen Kerl gesehen, und ich will ihn für mich. Und wenn du mir dazwischenfunkst, Sh'maine, kratz' ich dir die Augen aus.«

Shemaine fand es erstaunlich, daß Morrisa immer noch versuchte, sie einzuschüchtern. Mittlerweile müßte eigentlich selbst ein Schwachsinniger begriffen haben, daß sie viel zu eigensinnig war, um sich von Drohungen beeindrucken zu lassen. »Und wenn ich du wäre, Morrisa«, stieß sie mit einem gezwungenen Lächeln hervor, »würde ich vorher darüber nachdenken, ob der Mann dir dann nicht vielleicht doch die Peitsche zu kosten geben wird, wenn du jemanden von seinem Gesinde verletzt, vor allem jemanden, für den er gutes Geld bezahlt hat.«

»Ich kriege dich, Sh'maine, das verspreche ich dir. Und wenn ich dich gefunden hab', wird es dir bitter leid tun, daß du mir in die Quere gekommen bist. Wenn ich mit dir fertig bin, wird dieser hübsche Bursche da dich nicht mehr haben wollen.«

Die blitzenden Dolche, die das Flittchen durchbohrten, straften die Sanftheit in Shemaines Worten Lügen. »Ich hoffe, es wird dich nicht allzusehr überraschen, Morrisa, wenn ich es Mr. Thornton wissen lasse, daß du mich bedroht hast.«

Morrisa fauchte Shemaine, die sich an ihr vorbeischob, einen wütenden Fluch hinterher. Das Scheitern ihrer Versuche, das Irenweib zu töten oder zumindest doch schwer zu verstümmeln, erzürnten sie nun um so mehr, als offenkundig wurde, daß die Rothaarige den besten Käufer anzog. Ein vernarbtes Gesicht hätte dem hübschen Burschen das Mädchen gewiß verleidet.

James Harper hatte nicht einmal aufgeblickt, als Shemaine neben ihn trat. Das ganze Aufhebens um diesen Siedler hatte seine Geduld inzwischen erschöpft; er brannte darauf, den Verkauf zum Abschluß zu bringen, damit er sich an Land vergnügen konnte, denn es gelüstete ihn zunehmend nach einem großen Humpen Bier. Nach einem letzten Blick auf seine Listen fragte er schroff: »Dein Name?«

»Shemaine O'Hearn.«

Beim Klang der samtenen Stimme warf er überrascht den Kopf herum. Der Name beschwor verschiedene Bilder von einer schlanken rothaarigen Schönheit herauf, die er von ferne betrachtet und aus der Nähe glühend bewundert hatte. Wenn es eine Gefangene an Bord gab, die er nur mit größtem Widerstreben einem anderen Mann überlassen würde, dann war es dieses Mädchen, das in so manchem Matrosen der *London Pride* Hoffnung und feurige Phantasien entfacht hatte. Selbst Kapitän Fitch war in das Mädchen vernarrt. Nur die verschwiegensten Mitglieder der Mannschaft wußten, daß seine Frau schon bald einen wirklich triftigen Grund zur Eifersucht auf das Mädchen haben würde. Denn ihr Gemahl hatte vor, das Mädchen in einem nahe gelegenen Haus unterzubringen und zu seiner Geliebten zu machen. Es behagte Harper keineswegs, für seinen Vorgesetzten ein solches Arrangement zu treffen, aber er hatte in dieser Hinsicht einfach keine Wahl.

Nun wandte er sich in gedämpftem Tonfall an den Fremden. »Ich fürchte, an der da hätten Sie nicht viel Freude, Sir«, riet er ihm; Kapitän Fitch hatte ihn eigens angewiesen, alle ernsthaften Kaufinteressenten abzuweisen. »Sie hat eine scharfe Zunge, mit der sie einen Mann im Handumdrehen mundtot macht. Fragen Sie den Kapitän und seine Frau, wenn Sie an meinen Worten zweifeln.«

Shemaine, die die Warnung des Bootsmanns mit angehört hatte, sah Harper mit einem ungläubigen Blick an. Der Mann dachte gewiß an die Ereignisse jenes Tages, an dem er alle Gefangenen an Deck versammelt hatte, damit sie die Auspeitschung Annie Carvers mit ansahen. Aber warum stellte er die Dinge auf so furchtbar verzerrte Weise dar? An jenem Tag hatten sie zusehen müssen, wie die neunschwänzige Katze den Rücken der zierlichen Frau aufriß; während die Peitsche sich in ihr Fleisch schnitt, waren die anderen Sträflinge verwarnt worden, daß ähnliche Vergehen auf dieselbe Weise geahndet werden würden. Ihr verwirrtes und fragendes Gemurmel hatte sich schnell in gestammelte Entrüstung verwandelt, denn sie hatten nur zu gut gewußt, aus welchem Grunde Annie versucht hatte, sich das Leben zu nehmen. Eine nach der anderen hatten sie sich zum Achterdeck umgedreht, wo der Kapitän stoisch neben seiner hämisch grinsenden Frau stand. Shemaine erinnerte sich lebhaft an die Verachtung, die wie saure Galle in ihrer Kehle aufgestiegen war, als ihr Blick sich auf diese beiden geheftet hatte. Mit all der Leidenschaft, die sie von ihrem irischen Vater geerbt hatte, war sie auf den Lukendeckel geklettert und hatte das Paar für seine barbarische Behandlung Annies herrisch zur Rechenschaft gezogen.

Nun stellte Shemaine – mit beträchtlich geringerem Ungestüm, als sie noch vor drei Monaten an den Tag gelegt hatte – den Bootsmann zur Rede. »Wollen Sie mir keine Chance geben, die Dinge zu erklären, Mr. Harper?«

»Habe ich vielleicht nicht die Wahrheit gesagt?« fragte er zurück. Die ganze Angelegenheit bekümmerte ihn zutiefst, denn er lief Gefahr, sie vollends gegen sich einzunehmen, indem er seinen Befehlen gehorchte. Der Gedanke, sie mit diesem Mann davongehen zu lassen, behagte ihm genausowenig wie die Tatsache, daß der Kapitän sie für sich haben wollte. Aber was blieb ihm schon zu tun?

»Sie haben mich zu Recht beschuldigt, Sir«, gab Shemaine mit scharfer Stimme zu. Mit hoch erhobenem Kopf begegnete sie seinem beunruhigten Blick. »Aber mit diesem Zwischenfall hatte es weit mehr auf sich, als Sie hier angedeutet haben. Mrs. Fitch' Vorgehen gegen eine trauernde Mutter war dasselbe, als hätte man eine Witwe ausgepeitscht, weil sie den Tod ihres Mannes beklagte. Und lediglich aus kaufmännischen Gründen hatte sie ein gewisses Interesse daran, daß Annie die Tortur überlebte. Aber Sie, Sir… konnten Sie Annie ihre tiefe Verzweiflung nicht nachfühlen, als sie versuchte, ihrem Leben ein Ende zu machen? Oder fehlt Ihnen so vollkommen jedes Mitleid, daß Sie den Schmerz einer jungen Mutter nicht begreifen können, der man ihr Kind geraubt hat? Oder haben Sie tatsächlich die Notwendigkeit gesehen, sie noch mehr zu bestrafen – mit der Peitsche?«

»Es steht mir nicht zu, meinen Vorgesetzten den Gehorsam zu verweigern«, wandte Harper ein. »Genausowenig war es an mir, die Angelegenheit mit ihnen zu diskutieren.«

»Also haben Sie mit Ihrem Schweigen die Auspeitschung gebilligt«, tadelte Shemaine ihn leise. »Wie ritterlich von Ihnen.«

Harper lief dunkelrot an und mußte einsehen, daß ihre Argumente seine eigene Stellung erschüttert hatten. Ihre überzeugenden Einwände würden den Siedler gewiß für sie einnehmen. In der Hoffnung, jeden Gedanken an heldenmütige Tapferkeit zu zerstören, versuchte er, seine Behauptungen zu rechtfertigen. »Und dir stand es gewiß nicht an, den Kapitän oder seine Frau anzuklagen und die anderen Gefangenen zur Meuterei anzustacheln!«

»Zur Meuterei?« Shemaine lachte ungläubig auf. »Sie haben lediglich ihre Einwände kundgetan. Glauben Sie mir, Sir, eine Meuterei lag nicht in ihrer Macht, nicht halb verhungert und von so viel Eisen niedergedrückt, daß sie sich kaum bewegen konnten…!«

»Der Bootsmann hat recht, Meister«, mischte Morrisa sich ein, die sich inzwischen wieder vorgedrängt hatte. »Dieses Irrenflittchen ist ein gemeines, niederträchtiges Weib, jawohl. Hat mich mehr als einmal niedergestreckt, jawohl, und das, wo ich nicht mal wußte, was ich ihr getan hatte.«

»Lügnerin!« kreischte Annie. Dann packte sie Morrisa am Arm, riß sie herum und ließ sie abrupt los, so daß die Hure blind in die Reihen der weiblichen Sträflinge taumelte.

Wie in diesem Augenblick hatte Shemaine auch schon während der Überfahrt verschiedentlich über Annies Temperament nur staunen können. Zu Beginn der Reise war die Frau ihr wie eine furchtsame kleine Maus erschienen, aber seit dem schicksalsträchtigen Tag ihrer Auspeitschung war Annie kühner geworden, als hätte sie sich im stillen geschworen, Rache zu nehmen an jenen, die sie mißhandelt hatten. Auch schien sie Shemaine alle Widrigkeiten wiedergutmachen zu wollen, denen diese ausgesetzt war, nachdem sie zu ihrer Verteidigung die Stimme erhoben hatte. Tatsächlich hatte Annie ihre Dankbarkeit weit deutlicher gezeigt, als Shemaine das jemals von irgend jemandem erwartet hatte. Sie selbst hatte ihre Tat keineswegs für so großartig gehalten.

Nun drehte Annie sich abermals um, um Gage Thornton einen schmutzigen Finger unter die edel geformte Nase zu halten. »Ausgepeitscht haben sie mich, auf Befehl von der Missus vom Käpten, aber Myliedy hat sie ein gemeines und herzloses Weib geschimpft...«

»Jawohl! Und wir alle waren derselben Meinung wie Shemaine!« warf eine zahnlückige Alte ein. »Und obwohl uns Hände und Füße gefesselt waren, waren wir entschlossen, unsere Ketten zu zerbrechen und uns Geiseln zu nehmen, bis der Käpt'n bereit war, der Auspeitschung ein Ende zu machen.«

Annie fuhr nachdrücklich mit ihrer Verteidigung Shemaines fort. »Und wir wollten protestieren, als Myliedy ins Kabelgatt gesteckt wurde, aber Shemaine hat uns gesagt, wir sollen uns um unsere eigene Haut kümmern. Sie hat geschworen, Mrs. Fitch zu zeigen, aus welchem Holz sie ist. Sie wird genauso rauskommen, wie sie reingegangen ist, hat sie gesagt...«

Shemaine stöhnte innerlich, denn sie war überzeugt davon, daß ihre Freundin viel zu viele Worte über diesen Augenblick der Narretei machte. Sie hatte die Beherrschung verloren, mehr nicht.

»Bloß weil der Käpt'n ihre Strafe auf vier Tage verringert hat, statt sie vier Wochen ins Kabelgatt zu sperren, ist sie noch einmal mit heiler Haut davongekommen«, fügte Annie hinzu.

In Wirklichkeit machten Annies Ausführungen auf Gage Thornton kaum Eindruck. Er hatte sich bereits vor einigen Sekunden entschieden, und zwar während der Auseinandersetzung zwischen Harper und dem Mädchen. Ihre Verteidigung gegen die Anschuldigungen des Bootsmannes hatten sowohl ihre Intelligenz als auch ihre Bildung verraten. Gage stellte erfreut fest, daß sie seine Anforderungen zur Gänze erfüllte. Diese Tatsache ersparte ihm einen inneren Konflikt. Er hätte wirklich nicht gern vor dem Dilemma gestanden, sie haben zu wollen, obwohl ihr die gewünschten Qualifikationen fehlten.

Dennoch, er durfte nicht übereifrig scheinen, wenn er nicht einen übermäßigen Preis bezahlen wollte. Er mußte mit den Groschen, die er verdient hatte, äußerst sorgsam umgehen, zumindest bis er den Bau des von ihm selbst entworfenen Schiffes vollendet und einen Käufer dafür gefunden hatte. Obwohl er fest entschlossen war, eines Tages ein reicher Mann zu werden, war er von seinem Ziel im Augenblick noch weit entfernt. Da ihm aufgrund eines Zerwürfnisses mit seinem Vater jeder Zugang zu dessen Vermögen verwehrt war, war er als armer Mann in die Kolonien gekommen. Daß er es überhaupt so weit gebracht hatte, hatte er seinem Mut und seinem Verstand zu verdanken. Wenn er seinen Traum, Schiffe zu bauen, hätte aufgeben können, würden die Möbel, die er und seine vier Angestellten in seiner Tischlerwerkstatt herstellten, ihm ein hübsches und ausreichendes Einkommen garantieren, aber genau da lag das Problem. Wie konnte man einen Ehrgeiz abschütteln, den man sein Leben lang mit sich herumgetragen hatte?

»Sie haben doch sicher nichts dagegen, wenn ich mir das Mädchen einmal näher ansehe, nicht wahr, Mr. Harper?« Gage zog mit einem Ausdruck zynischen Staunens eine Augenbraue hoch und rechnete schon damit, daß der Bootsmann ihm seine Bitte abschlagen würde.

Harper machte ein finsteres Gesicht. Die Beharrlichkeit des

Mannes stellte sein Temperament auf eine harte Probe. »Nutzen wird es Ihnen aber nichts.«

»Warum nicht?« fragte Gage barsch. »Wenn ich bereit bin, hinsichtlich des Charakters des Mädchens ein Risiko einzugehen, was könnte mich dann sonst daran hindern, sie zu kaufen?«

Als der Seemann daraufhin nur schweigend die Stirn runzelte und steif mit den Achseln zuckte, wandte Gage sich mit einem knappen Nicken ab und ging an Annie vorbei auf Shemaine zu. Sie war nicht gerade das sauberste Geschöpf, das er je gesehen hatte, und er mußte auch feststellen, daß sie einen durchdringenden Geruch verströmte, aber die feurigen Lichter, die in diesen dunkelgrünen Augen aufblitzten, belustigten ihn. Und das allein war ihm einiges wert. In Wahrheit hatte er das Lachen seit dem Tod seiner Frau beinahe verlernt.

»Das Mädchen sieht halb verhungert aus«, bemerkte Gage und warf Harper einen herausfordernden Blick zu. Er hatte Gerüchte über die schlimmen Entbehrungen gehört, die an Bord von Sträflingsschiffen herrschten, und obwohl deren Kapitäne solche Geschichten als grobe Verzerrung der Wahrheit abtaten, schien der beklagenswerte Zustand der Menschen an Bord dieses Schiffes diese düsteren Berichte doch zu bestätigen.

Harper knirschte in wachsender Verärgerung mit den Zähnen. Wie beharrlich er sich auch gegen die knappen Rationen für die Gefangenen ausgesprochen hatte, die Tatsache, daß ausgerechnet *dieser* Siedler auf die Nöte der Sträflinge zu sprechen kam, fachte seinen Zorn um so mehr an, denn ihm war gewiß, daß der Fremde versuchte, einen Streit vom Zaun zu brechen. »Es geht Sie nichts an, in welchem Zustand sich das Mädchen befindet, Mr. Thornton. Wie ich Ihnen schon sagte, ich kann sie Ihnen nicht verkaufen.«

»Sie wird schon wieder Fleisch auf die Knochen kriegen, Meister«, versuchte Annie, die sich neben Shemaine gestellt hatte, Gage auf ihre impulsive Art zu überzeugen. »Wenn's Ihnen beliebt, ihr ein bißchen was Gutes zum Essen zu geben, hat sie im Handumdrehen ihre Rundungen wieder.«

»Bist du wohl still, Annie!« Die smaragdfarbenen Augen blitzten vor Ärger. »Ich bin doch kein Stück Vieh, das du verkaufen sollst.«

»Kannst du kochen?« fragte Gage.

Annie nickte und beeilte sich, für ihre Freundin zu antworten. »Natürlich kann sie das, Herr!«

»Willst du jetzt endlich den Mund halten!« flüsterte Shemaine wütend. Sie erinnerte sich nur allzugut daran, wie unwillig sie der alten Köchin im Hause ihrer Eltern zugehört hatte, als diese ihr Vorträge darüber hielt, wie wichtig es doch sei, daß eine wohlhabende Dame kochen lerne. »Wenn du so weitermachst, bringst du mich noch in Schwierigkeiten!«

Gage war sicher, daß er den Sinn der Zurechtweisung verstanden hatte, fragte Shemaine aber dennoch: »Was hast du gesagt?«

Annie tat seine Erkundigung mit einer knappen Handbewegung ab. »Ach gar nichts, Meister. Myliedy hat sich bloß geräuspert, jawohl! Das kommt von all diesen Keimen in der Luft hier.«

»Annie!« Sie stieß den Namen aus, wie ein kochender Kessel Dampf ausstieß, und vielleicht paßte diese Beschreibung auch genau auf Shemaine. Es gefiel ihr ganz und gar nicht, daß man auf solche Weise über sie sprach, ganz so, als sei sie wirklich ein Ferkel, das zum Verkauf feilgeboten wurde.

Gage, der nun langsam um Shemaine herumging, betrachtete sie von allen Seiten. Selbst in einer großen Hütte konnte es unbehaglich eng werden, wenn sie zwei Menschen als Heim diente, die einander nicht ausstehen konnten. Gerade in jüngster Zeit war ihm zunehmend deutlich geworden, wie schwierig es sein konnte, mit einer Frau fertig zu werden – namentlich mit einer gewissen Roxanne Corbin –, die versuchte, ihn mit ihrer Anwesenheit und ihrer Aufmerksamkeit zu erdrücken. Wenn er nicht so dringend eine Kinderfrau für seinen Sohn benötigt hätte, während er selbst arbeitete, wäre es ihm überhaupt nie in den Sinn gekommen, sich Roxanne ins Haus zu holen. Und nun erwartete sie weit mehr von ihm, als er zu geben bereit war. In Shemaines Fall jedoch glaubte er, daß es ihm vielleicht sogar Vergnügen bereiten würde, sie um sich zu haben und genauer kennenzulernen.

Gage blieb neben ihr stehen, streckte die Hand aus und ließ seine Finger über die zarten Knochen ihres Handgelenks gleiten. Die Berührung erschien Shemaine bei weitem zu kühn und zu vertraut.

Sie hätte sich kaum unwohler fühlen können, hätte er sie gebrandmarkt. Seine Finger erschienen ihr wie eine heiße Flamme, die langsam über ihre Haut züngelte.

»Bitte nicht!« bat sie und wich vor ihm zurück. Was konnte ein Mann, der so selbstsicher, kräftig und gesund war wie er, schon an einer so zerbrechlichen und obendrein schmutzigen Bohnenstange finden?

»Ich wollte dich nicht erschrecken, Shemaine«, entschuldigte Gage sich. »Ich wollte mir nur deine Hände ansehen... Darf ich?«

Es gefiel Shemaine nicht, Gegenstand so genauer Betrachtung zu sein, erst recht nicht, da sie sich so durch und durch schmutzig vorkam. Widerstrebend hob sie die Hände und dachte zähneknirschend daran, daß ihr nichts anderes übrigblieb. Sie konnte nur dankbar sein, daß er nicht verlangte, ihr Gebiß zu sehen!

Gage unterzog die schlanken Finger einer sorgfältigen Musterung und stellte fest, daß sie schmutzig, aber schön geformt waren. Er strich mit dem Daumen über die zerbrechlichen Knochen ihrer Handrücken, drehte sie dann um und inspizierte die Innenseiten, die so weich waren, wie man es sonst nur bei hochgeborenen Damen fand.

»Du scheinst mir nicht gut gerüstet für anstrengende Arbeit zu sein, Shemaine«, bemerkte er. Unter seinem suchenden Blick spürte Shemaine, wie sich die Röte in ihre Wangen stahl. »Ich habe keine Angst vor der Arbeit, Sir«, sagte sie vorsichtig, denn sie war sich im klaren, daß ihre nächsten Worte ihre Chancen, gekauft zu werden, ungemein verringern konnten. »Ich bin bisher nur nicht sehr vertraut damit gewesen, das ist alles.«

»Ich verstehe«, erwiderte Gage leicht verblüfft. Eventuell hatte Annie ihm doch die Wahrheit gesagt, daß nämlich Shemaine O'Hearn die Erziehung einer Dame genossen hatte. Nur die sehr Wohlhabenden konnten es sich leisten, ihre Sprößlinge mit Dienstboten zu verwöhnen, und dies schien die einzig plausible Erklärung für ihre weichen Hände und mangelnden Fähigkeiten zu sein. »Ich hoffe aufrichtig, daß du das Talent hast, deine eigene Lehrmeisterin zu sein, Shemaine. Ich kann mir keinen Lehrer für dich leisten und habe auch weder die Zeit noch die Befähigung, dich selbst zu unterweisen.«

»Ich lerne sehr schnell«, versicherte sie ihm hastig. »Wenn es Bücher gäbe, die über die Pflichten einer Haushälterin genaue Auskunft geben, dann könnte ich mir diese Kenntnisse selbst aneignen.«

»Ich werde ernsthaft nach einem solchen Buch Ausschau halten müssen.«

»Das wäre sehr hilfreich«, antwortete sie dünn.

»Kannst du denn wenigstens kochen?« Gage stellte die Frage noch einmal und versuchte, seine Sorge zu unterdrücken. Er hoffte inbrünstig, daß sie nicht Hungers sterben würden, bevor das Mädchen sich mit einigen der Grundregeln vertraut gemacht hatte.

»Ich verstehe mich gut auf den Umgang mit Nadel und Faden, Sir«, erwiderte Shemaine ausweichend. Es widerstrebte ihr, zu offenbaren, in welchen Dingen sie sich unsicher fühlte. Ihre Mutter hatte es für geraten gehalten, daß auch eine vornehme junge Dame in allen notwendigen Kenntnissen einer Ehefrau unterwiesen wurde, und ihre Köchin hatte ihr von ganzem Herzen recht gegeben. Aber Shemaine war nicht gerade die aufmerksamste Schülerin gewesen und konnte, was ihre diesbezüglichen Erinnerungen betraf, für nichts garantieren.

Gage, der ihre Erwiderung als ein Nein auffaßte, stieß einen unglücklichen Seufzer aus. Die Aussicht, die Kochkünste eines Neulings über sich ergehen zu lassen, war nicht gerade verlockend. Aber nicht einmal Roxannes Fähigkeiten auf diesem Gebiet konnten ihn dazu bringen, von dem Kurs abzuweichen, den er sich inzwischen gesteckt hatte. Er wußte, daß sein bloßes Erscheinen hier eine Herausforderung des Schicksals war, doch sein Verlangen, Shemaine zu besitzen, wog schon jetzt schwerer als alle anderen Erwägungen.

»Du scheinst mir sehr jung zu sein«, bemerkte er, um nicht länger bei ihrer Unerfahrenheit verweilen zu müssen.

»So jung nun auch wieder nicht, Sir«, erwiderte sie, denn im Augenblick fühlte sie sich uralt. »Ich bin vergangenen Monat achtzehn geworden.«

»Na, das ist doch ziemlich jung!« spottete Gage. »Es sei denn natürlich, du hältst dreiunddreißig für alt.«

Seine Bemerkung verwirrte Shemaine. »Was ist so Bedeutsames an dreiunddreißig, Sir?«

»Es ist mein Alter«, informierte Gage sie ohne Umschweife.

»Oh!« Shemaines Lippen formten das Wort, obwohl ihre Stimme es nicht vermochte, die Silbe hervorzubringen. In ihrer Verlegenheit über diesen Schnitzer mied sie seinen Blick, aus Furcht, er könne ihr Erstaunen bemerken. Sie hatte wirklich nicht gedacht, daß er schon so alt wäre!

Für eine Weile herrschte beklommenes Schweigen zwischen ihnen, bis Shemaine mit einer Mischung aus Verwirrung und Ärger den Blick hob, um ihm direkt in die Augen zu sehen. Sie rechnete nun vollauf damit, daß er ihr sagen würde, er wolle sich anderswo nach einer Dienerin umsehen, aber seine Augen tauchten tief in die ihren ein und schienen entschlossen, ihre verborgensten Geheimnisse zu ergründen.

»Also«, flüsterte Gage, als spräche er mit sich selbst. »Jetzt brauche ich nur noch Mr. Harper zu überreden, dich an mich zu verkaufen.«

Ehrliche Erleichterung ließ Shemaines Herz schneller schlagen. Obwohl sie sich zuvor gewünscht hatte, eine Frau möge sie kaufen, hatte dieser Mann etwas an sich, das ihr Vertrauen in seine Rechtschaffenheit einflößte. Vielleicht war es der wütende Blick, der seine Stirn in Falten gelegt hatte, als er die Rede auf den Hunger brachte, den die Gefangenen offensichtlich gelitten hatten. Sie hoffte nur, daß ihre mangelhaften Fähigkeiten nicht eben dieses Unglück über seine kleine Familie bringen würden.

Gage kehrte zu dem Bootsmann zurück und bot diesem mit gut gespielter Gleichgültigkeit eine Summe an. »Ich gebe Ihnen fünfzehn Pfund für das Mädchen.«

James Harper spürte förmlich, wie seine Nackenhaare sich aufstellten. Vielleicht war es seine eigene Eifersucht, die da wie eine wachsame Schlange ihren Kopf erhoben hatte, als der Mann das Mädchen von allen Seiten betrachtete. Aber mittlerweile regte sich in ihm auch der Verdacht, daß der Siedler Shemaine nicht als Kindermädchen für seinen Sohn wollte, sondern als Geliebte für sich selbst. »Der Kapitän hat mir, was das Mädchen betrifft, strikte Weisung gegeben, Mr. Thornton! Sie ist nicht zu verkaufen.«

»Dann halt zwanzig Pfund«, sagte Gage ein wenig gereizter. Er zog eine Lederbörse aus einem größeren Beutel, den er an einem Fellstreifen über der Schulter trug, so daß er auf der gegenüberliegenden Hüfte ruhte. Bedächtig zählte er die Münzen ab und hielt sie dem Bootsmann hin. »Das müßte genügen, um Ihren Kapitän zufriedenzustellen.«

»Ich sage Ihnen, das Mädchen ist nicht zu verkaufen!« beharrte Harper mit wachsendem Zorn. Die ausgestreckte Hand nahm er nicht einmal zur Kenntnis.

»Verflucht, Mann!« brauste Gage auf. Nachdem ihm klargeworden war, daß er Shemaine kaufen wollte, ganz gleich wie hoch der Preis sein sollte, fragte er spitz: »Sie bringen Ihr Sträflingsschiff in den Hafen und stellen die Ladung zur Schau, so daß jeder sie sehen kann, und dann sagen Sie, Sie hätten, was den besten Teil davon betrifft, gar nicht die Absicht zu verkaufen?« Er lachte bissig. »Nun kommen Sie, Mr. Harper, ist das ein Spiel? Wenn ja, habe ich keine Zeit für so etwas. Also sagen Sie mir, wieviel wollen Sie für das Mädchen?«

»Was geht hier vor?« verlangte Kapitän Fitch mit scharfer Stimme zu wissen, als er sich zu den beiden gesellte.

»Sir, dieser *Kolonist*«, erwiderte Harper, der mit einer wütenden Kopfbewegung auf Gage zeigte, »besteht darauf, Shemaine O'Hearn kaufen zu wollen. Sein letztes Angebot lag bei zwanzig Pfund. Er will wissen, was Sie für sie haben wollen.«

Kapitän Fitch streifte seinen Gehrock von seinem massigen Bauch zurück, hängte die Daumen in die Taschen seines Wamses und wippte auf den Fersen vor und zurück. Er sah den hochgewachsenen Fremden mit einem hämischen Grinsen an. »Ich fürchte, Sie haben nicht annähernd genug Münzen in Ihrem Beutel, um das Frauenzimmer zu kaufen, Sir. Es hat bereits jemand Anspruch auf sie erhoben.«

Shemaine hielt überrascht den Atem an und trat hastig einen Schritt näher. »Wer soll das sein, Sir?«

Everette Fitch hob seine dunklen, buschigen Augenbrauen, während er die junge Frau betrachtete. Sein verschlagenes Lächeln entzündete eine unmißverständliche Glut in seinen grauen Augen, die Shemaine eine flammende Zornesröte in die Wangen trieb; sie hatte begriffen. Irgendwie war es dem Kapitän gelungen, sie für sich zu behalten, auch wenn er sie unmittelbar vor den Augen seiner Frau verstecken mußte.

»Sir, ich bitte Sie!« Shemaine war den Tränen bedrohlich nahe, als sie diese widerwärtige Aussicht überdachte. Die Vorstellung, zum Spielzeug dieses Mannes zu werden, war entsetzlicher als alles, was sie sich bisher in ihren schlimmsten Träumen ausgemalt hatte. »Bitte, Kapitän Fitch, ich möchte Ihre Frau nicht noch zorniger machen, als sie es ohnehin schon ist.« Wahrhaftig, eine Auspeitschung würde der Rachsucht dieser Frau kaum Genüge tun, wenn sie jemals von den Absichten ihres Mannes erfuhr. »Erlauben Sie Mr. Thornton, mich zu kaufen. Er ist Witwer, Sir, und hat einen kleinen Jungen, der versorgt werden muß.«

Everette, der den schweren Schritt seiner Frau erkannte, die sich ihm von hinten näherte, versteifte sich und verschränkte die Hände hinter dem Rücken. Während der ganzen Reise hatte Gertrude es sich angelegen sein lassen, mit ihrer massigen Gestalt flink an seiner Seite zu erscheinen, wann immer sie spürte, daß es um finanzielle Dinge ging. Sie war ein aufreizender, tadelsüchtiger, alter Drache, der seine Nase in alles hineinstecken mußte. Fitch konnte es kaum mehr erwarten, sich eines Mädchens zu erfreuen, das bei weitem jünger, verlockender und süßer war als sie.

»Everette, du wirst auf der Brücke benötigt, um Verträge zu unterzeichnen«, bemerkte Gertrude, die es offensichlich für unter ihrer Würde hielt, James Harper auch nur zur Kenntnis zu nehmen.

»Ich komme sofort, Liebste«, sagte Everette und versuchte, sie wieder zu dem Teil des Schiffes hinüberzudrängen, von dem sie gekommen war. »Sobald ich diese Sache hier erledigt habe.«

Gage erfaßte die Situation augenblicklich und nahm die Frau diskret beiseite – nicht ohne vorher mit Bedacht die Menge der Münzen in seiner Börse zu verdoppeln, um sich der Aufmerksamkeit der Kapitänsgattin sicher sein zu können. »Man hat mir gesagt, dieses Mädchen, Shemaine O'Hearn, sei nicht zu verkaufen, ganz gleich, wie viele Münzen ich in meinem Besitz hätte. Vielleicht möchten Sie so freundlich sein, Madam, die Münzen selbst zu zählen.«

Gertrude sah den hochgewachsenen Fremden, der ihr nun die Börse in die Hand drückte, mit zusammengekniffenen Augen an. Dann machte sie sich mit einem argwöhnischen Seitenblick auf ihren Mann daran, das Gewicht des Geldbeutels zu schätzen. Im Handumdrehen war sie dann damit beschäftigt, sich einen genaueren Überblick über den Betrag zu verschaffen, den die Börse enthielt.

Shemaine zitterte in ängstlicher Erwartung. Wenn Gertrude Fitch auch nur einen Moment argwöhnte, wie sehr sie sich wünschte, an Gage Thornton verkauft zu werden, waren ihre Chancen augenblicklich gleich Null.

Gertrude kam zu ihren eigenen Schlußfolgerungen und zog, nachdem sie die Münzen wieder in den Beutel gegeben hatte, dessen Fellschnüre mit solcher Endgültigkeit zu, daß ihr Gatte seine Pläne augenblicklich zunichte gemacht sah. So sehr es sie verlangt hatte, Shemaine tot und begraben zu sehen, konnte sie doch eine so großzügige Summe wie diese nicht leichtfertig ablehnen, ohne ihrem Vater dafür Rede und Antwort stehen zu müssen. »Unterschreib ihre Papiere, Everette«, befahl sie anmaßend. »Es wird uns wohl kaum ein anderer Käufer mehr als vierzig Pfund bieten.«

Kapitän Fitch öffnete den Mund, um zu protestieren, hielt jedoch prompt inne, als er dem schadenfrohen Blick des Siedlers begegnete. Ihm wurde plötzlich klar, daß er, wenn er auch weiterhin ein Schiff befehligen wollte, keine andere Wahl hatte, als die Papiere des Mädchens zu unterzeichnen und es dem Siedler zu überlassen. Mit widerwilligem Murren händigte er das entsprechende Dokument aus. »Ich weiß nicht, was ich dem anderen Gentleman sagen soll, wenn er kommt, um das Mädchen zu holen.«

»Ich bin sicher, daß Ihnen dazu etwas einfallen wird«, versetzte Gage voller Verachtung. Dann rollte er mit der Andeutung eines Lächelns das Pergament zusammen und schob es in den flachen Beutel an seiner Hüfte.

Er warf einen kurzen Blick auf Shemaine. »Bist du fertig?«

Sie hatte nur noch einen Wunsch: fort zu sein, bevor Kapitän Fitch ein Grund einfiel, um sie noch einmal aufzuhalten. Als sie sich hastig nach Annie umschaute, sah sie, daß ihre Freundin furchtsam die Fragen des kleinen Mannes beantwortete, den Morrisa zurückgewiesen hatte. Sie hob zum Abschied eine Hand und mußte plötzlich blinzeln, um die Tränen zu verscheuchen, die ihr die Sicht trübten, während Annie ihrerseits mit einem schwachen Nicken und einem ebenfalls tränenreichen Blick antwortete. Als Shemaine sich dann abermals ihrem neuen Herrn zuwandte, versuchte sie, ihre Gefühle unter Kontrolle zu bringen. »Ich habe keinen anderen Besitz als die Kleider, die ich am Leibe trage, Sir, so ärmlich diese auch sind. Ich bin bereit, zu gehen, wann immer Sie bereit sind.«

»Dann machen wir uns gleich auf den Weg«, drängte Gage. Als er einen kalten, zornigen Blick von James Harper auffing, der hinter Shemaine stand, fügte er hinzu: »Ich habe hier nichts weiter zu erledigen, und es scheint sich ein Unwetter über uns zusammenzubrauen.«

Shemaine blickte zu dem düsteren Himmel auf, der dicht über ihren Köpfen zu hängen schien. Aber als sie die wütenden Gesichter der Männer ringsum bemerkte, wurde ihr klar, daß die Worte des Siedlers sich nur teilweise auf das Wetter bezogen hatten. Bereitwillig ließ sie sich davonführen.

3. Kapitel

Für einen Mann, der noch vor kurzem im Hinblick auf seine Ziele äußerste Sparsamkeit für notwendig erachtet hatte, überlegte Gage Thornton, war es ihm gerade bemerkenswert gut gelungen, jede Aufwallung von Sparsamkeit zu unterdrücken, um Shemaine O'Hearn zu bekommen. Kein Mensch wäre angesichts des offenkundigen Eifers, mit dem er eine so fette Börse angeboten hatte, auf den Gedanken gekommen, daß er nun den Kauf dringend benötigter Baumaterialien für sein Schiff würde aufschieben müssen, bis einige wohlhabende Kunden aus Williamsburg ihm die in seiner Werkstatt in jüngster Zeit angefertigten Möbelstücke bezahlt hatten. Dies bedeutete eine Verzögerung, die er normalerweise nicht so ohne weiteres in Kauf genommen hätte. Aber so, wie die Dinge lagen, war er jetzt der Besitzer dieser Vertragsarbeiterin, und seine Begeisterung hätte nicht größer sein können, hätte er das ganze letzte Jahr systematisch auf dieses Ereignis hin geplant und gespart. Es war in der Tat eine Seltenheit, daß er eines seiner Ziele erreichte, ohne sich zuvor qualvoller Planung, harter Arbeit und sorgsamen Knauserns unterziehen zu müssen.

Shemaines Gedanken kreisten ebenfalls um die Tatsache, daß ihre Papiere sich nun im Besitz dieses Siedlers Gage Thornton befanden. Für die nächsten sieben Jahre ihres Lebens würde sie seiner Autorität unterstehen. Sie würde ihm den Haushalt führen, für sein Kind sorgen und alles tun, was man vernünftigerweise von einer Dienerin erwarten durfte. Viele Fragen standen noch offen, aber für den Augenblick zumindest erschien ihr ihre Situation nicht übermäßig bedrückend. In der Tat war sie erleichtert, daß die Dinge sich so gut gefügt hatten. Sie bezweifelte, daß sie Grund haben würde, sich ihres Abschieds von der *London Pride* mit einem anderen Gefühl zu entsinnen als dem, der Hölle entronnen zu sein.

Gage trat von der Laufplanke auf den gepflasterten Kai und wandte sich beiläufig um, um seinem gerade erworbenen Besitz hinunterzuhelfen, was Shemaine veranlaßte, einen vorsichtigen Blick auf die ihr dargebotene Hand zu werfen. Offensichtlich war sie erst kürzlich gewaschen worden; das brachte ihr schmerzlich zu Bewußtsein, wie abscheulich schmutzig ihre eigenen Hände waren. Andererseits hatte der Mann erst vor wenigen Sekunden ihre Hände begutachtet und mußte daher wissen, was ihn erwartete. Beschämt durch den scharfen Kontrast ergriff sie seine Hand nur widerstrebend und stellte dabei fest, daß sie Schwielen aufwies, die von harter Arbeit zeugten, und daß die Finger schlank und stark waren. Überraschenderweise fühlte sich die Haut jedoch glatt und weich an, als sei sie mit einem exotischen Öl oder einer Salbe behandelt worden.

Kaum war Shemaine auf den Kai getreten, da hätte sie sich am liebsten wieder zurück auf die hölzerne Planke geflüchtet. Die Kälte der Steine unter ihren Füßen ließ in ihr den Wunsch nach einem wärmeren Standplatz überhandnehmen. Als wäre dies noch nicht schlimm genug, schienen ihr auch die Windböen, die durch die enge Gasse zwischen den an der Kaimauer vor Anker liegenden Schiffen und den nahe gelegenen Lagerhäusern peitschten, von besonderer Bosheit zu sein. Sie war schlecht gerüstet für das rauhe Wetter und diese Sturmwinde, die mit brutaler Gewalt ihre Lumpen durchdrangen. Ein Schutz dagegen war weit und breit nicht zu sehen. Sie konnte nur zittern und die Zähne zusammenbeißen, um sich gegen den eisigen Wind zu wappnen. Sogar ihre verzweifelten Bemühungen, ihre widerspenstigen Röcke zu bändigen, erwiesen sich als nutzlos. Der ausgefranste Saum schlug gegen ihre schlanken Waden und hob sich ab und zu bei einer Böe, als hätte er mutwillig eigenes Leben angenommen, um ihr keck einen Strich durch die Rechnung zu machen.

Gage war kein Mann, der eine wohlgestaltete Fessel nicht bewundert hätte, und versagte sich auch jetzt nicht die Gelegenheit, dieser Neigung zu frönen. Es war immerhin beträchtliche Zeit vergangen, seit er sich das letzte Mal einen Blick auf ein schönes Bein gegönnt hatte. Dennoch hätte er nicht vermocht, zu sagen, was seine Aufmerksamkeit mehr fesselte – die Eleganz der schlanken Waden oder die verräterischen roten Striemen, die von einer langen Zeit in Eisenfesseln kündeten. Dunkle Schwellungen entstellten die Haut um ihre Knöchel herum und deuteten auf eine nicht lange zurückliegende Verletzung hin. Unter seinem Blick bogen sich die feingliedrigen Zehen nach innen und brachten ihm damit das wachsende Unbehagen des Mädchens zu Bewußtsein. Stirnrunzelnd hob er den Kopf und begegnete dem wachsamen Blick grüner Augen.

»Hast du keine Schuhe?« fragte er und hoffte inständig, daß er seine knappen Reserven nicht noch weiter anknabbern mußte, um ihr welche zu kaufen. Er rechnete finster in Gedanken nach, wie er das Geld dafür aufbringen sollte.

Shemaine strich sich die zerzausten Haarsträhnen, die ihr vors Gesicht flogen, zurück und blickte vorsichtig zu ihrem neuen Herrn auf. Seine Miene war bedrohlich genug, um in ihr den Wunsch zu wecken, sich auf dem Absatz umzudrehen und fortzulaufen. »Es tut mir leid, Mr. Thornton«, murmelte sie mit einem unkontrollierbaren Beben in der Stimme, das ihr aus ganzer Seele verhaßt war. »Man hat mir kurz nach meiner Verhaftung in Newgate die Stiefel gestohlen.« Sie mußte sich erneut energisch ins Gedächtnis rufen, daß sie nichts getan hatte, was diese Verhaftung oder die Scham, die man ihr aufgezwungen hatte, rechtfertigte. Aber diese Wahrheit linderte ihre Demütigung ebensowenig wie die Nähe mehrerer alter Ehepaare, die gerade den Kai erreicht hatten. Trotz der unverhohlenen Neugier dieser Leute und dem peitschenden Wind, der sie wie ein Säbel aus Eis durchschnitt, erklärte sie mit stockender Stimme: »Ich kann Ihnen versichern, Sir… den Verlust meiner Stiefel habe ich aufrichtig bedauert. Sie waren einzigartig und sehr elegant… es hat meinen Vater eine stolze Summe gekostet, meine Initialen auf zwei winzige Goldanhänger gravieren zu lassen, die der Schuhmacher dann nur mit großer Mühe in Höhe der Fesseln an den Stiefeln befestigen konnte. Im Gefängnis schien es mir bei weitem klüger, ohne Protest auf die Stiefel zu verzichten. Jede der beiden Frauen, die sie von mir verlangten, war doppelt so schwer wie ich, und beide brannten sie darauf, die Stiefel gegen Gin einzutauschen… Ich war davon überzeugt, mein Leben verwirkt zu haben, wenn ich mich weigerte. Nach diesem Diebstahl war ich nur noch dankbar dafür, daß mein Reitgewand während meiner Gefangennahme zerrissen und beschmutzt worden war. Ansonsten hätten diese Frauen sicher auch meine Kleider mit einigem Profit verkauft, und ich stünde jetzt nicht einmal voll bekleidet vor Ihnen, wenn überhaupt.«

Die bernsteingesprenkelten, leuchtendbraunen Augen musterten sie vom Scheitel bis zu den Zehen, verrieten allerdings nur wenig von den Gedanken des Siedlers. »Wirklich ein Jammer.«

»Sir?« Shemaine wußte nicht recht, worauf er mit dieser Bemerkung hinauswollte, und fragte mit einem deutlichen Stich der Angst: »Ist es der Verlust meiner Stiefel, den Sie beklagen, oder die Tatsache, daß ich voll bekleidet bin?«

Sein Lächeln war viel zu flüchtig, um auch nur einen Hauch von Wärme auszustrahlen. »Nun, den Verlust deiner Stiefel natürlich.«

Shemaine fragte sich, was das für ein Mann war, der sie gekauft hatte. Würde sie unter dieser düsteren Unerschütterlichkeit und dem unzugänglichen Benehmen, das er an den Tag legte, einen üblen Schurken vorfinden? War es ihr bestimmt, von Gage Thornton auf dieselbe Weise mißbraucht zu werden, wie sie Kapitän Fitch vorgeschwebt hatte? Oder war da ein spitzbübischer Humor unter der Oberfläche, der seine zur Schau gestellte Zurückhaltung Lügen strafte? Er schien recht gut zu wissen, was er vom Leben wollte, und hatte seine Entschlossenheit bei der Verfolgung seiner Ziele bereits bewiesen; auch schien es ihn kaum zu kümmern, was andere von ihm denken oder reden mochten. Den Zungen, die sich in Bewegung gesetzt hatten, sobald der Bootsmann den Grund für seine Anwesenheit an Bord des Schiffes erklärt hatte, hatte er jedenfalls keine Beachtung geschenkt. Auch schienen ihn die unverschämten Blicke kaum zu stören, denen sie gegenwärtig ausgesetzt waren. Anscheinend hatte sie es mit einem Mann zu tun, der es gewohnt war, im Zentrum der allgemeinen Aufmerksamkeit zu stehen.

Nun streckte Gage eine Hand aus und fuhr mit den Fingerrücken leicht über Shemaines Ärmel, wo er von ihrem Mieder abgefetzt war. »Wenn nicht inzwischen Lumpen die neueste Mode sind, mein liebes Mädchen, möchte ich deiner Behauptung, du seiest voll bekleidet, doch widersprechen.«

Shemaine, die sich ihrer zerrissenen Erscheinung aufs Qualvollste bewußt war, zerrte den Stoff hoch, der den Blick auf ihre nackte Schulter preisgab. »Sie haben eine wahrlich schäbige Dienerin erstanden, Mr. Thornton.«

Der Blick der braunen Augen hielt abermals den ihren fest und schien in die Tiefen ihres Wesens eindringen, ja, ihre Seele ergründen zu wollen. Es war keine Wärme in diesen Augen, aber auch keine Kälte. »Wenn man bedenkt, wohin ich mich gewandt habe, um eine Dienerin zu finden, Shemaine, kann ich mich wohl glücklich schätzen, ein so seltenes Juwel ergattert zu haben.«

Ihre Miene drückte Verwirrung aus. »Bedauern Sie denn nicht, für so etwas wie mich mit einer so schweren Börse bezahlt zu haben, Mr. Thornton?«

Gage tat den Gedanken mit einem Achselzucken ab. »Ich bin heute mit einem ganz bestimmten Ziel hergekommen, und ich neige keineswegs dazu, meine Taten zu bejammern, bevor ihre Torheit unwiderlegbar bewiesen ist.« Dann hob er interessiert die Augenbrauen und stellte ihr seinerseits eine Frage. »Du kennst dich gewiß am besten, Shemaine O'Hearn. Würdest du sagen, ich hätte mein sauer verdientes Geld verschwendet?«

»Ich hoffe aufrichtig, Sir, daß dem nicht so ist.« Ihre Stimme war leise und unsicher. »Es hängt davon ab, was Sie von mir wollen. Es ist keine Prahlerei, wenn ich sage, daß ich durchaus fähig bin, Ihren Sohn zu unterweisen, wie man mit Geschicklichkeit eine Feder handhabt, wie man im Kopf eine Rechenaufgabe löst und mühelos liest. Aber es ist eine beklagenswerte Tatsache, daß Sie wohl eine tüchtigere Hausfrau hätten erstehen können, ein besseres Kindermädchen und eine fähigere Köchin, hätten Sie Annie oder eine der anderen Frauen genommen.«

Gage wandte nun endlich den Blick der Schar neugieriger Zuschauer zu, woraufhin diese unverzüglich aufgeschreckt die Flucht ergriffen, obwohl er kaum mehr getan hatte, als sie mit einem verdrossenen Stirnrunzeln zu betrachten. Ganz plötzlich schienen sie emsig darauf bedacht zu sein, die Laufplanke hinaufzueilen, um endlich an Bord des Schiffes zu gelangen… Ohne sich viel um die würdelose Hast dieser Leute zu scheren, wandte er sich wieder Shemaine zu. »Du hast, bevor ich dich kaufte, keinen Hehl aus deinen mangelnden Fähigkeiten gemacht, Shemaine. Ich kann nicht behaupten, ich sei betrogen worden. Und gewiß werde ich dich nicht zurückgeben.«

Shemaine spürte, wie ihr eine schwere Last vom Herzen fiel. »Das ist gut zu wissen, Sir.«

Gage, dem aufgefallen war, daß mehrere Matrosen das Mädchen aus der Ferne betrachteten, deutete beiläufig auf Shemaines Reitgewand. »Es dürfte allerdings feststehen, daß wir wegen deiner Kleider etwas unternehmen müssen. Die Blicke, die du auf dich ziehst, gefallen mir nicht. Außerdem möchte ich nicht, daß du dich meines Geizes wegen schämen mußt.«

Einmal mehr versuchte Shemaine, den unergründlichen Ausdruck seines sonnengebräunten Gesichts zu erforschen, als er sie nun abermals einer genauen Musterung unterzog, aber der Mann selbst schien ebenso zurückhaltend wie rätselhaft zu sein. Da sie nur allzugut ahnte, daß ihr Geruch und ihr Aussehen selbst dem Hartgesottensten peinlich sein mußte, bemerkte sie mit stockender Stimme: »Wenn es Ihnen lieber wäre, nicht mit mir gesehen zu werden, Mr. Thornton, kann ich einige Schritte hinter Ihnen hergehen, so daß niemand erfahren wird, daß wir zusammengehören.«

Gage verwarf ihren Vorschlag mit aller Deutlichkeit. »Ich habe nicht vierzig Pfund für dich bezahlt, Mädchen, um zuzulassen, daß du mir hinter meinem Rücken wieder entrissen wirst. Du kennst dich in diesem Land nicht aus, sonst wüßtest du, daß es hier nicht viele Frauen gibt, unter denen ein Mann wählen kann. Besonders rar sind Frauen, die hübsch zu nennen wären. Es gibt jedoch genug Trapper und Waldläufer hier, die einem tugendhaften Mädchen ernsten Grund zur Sorge geben könnten. Eine erkleckliche Anzahl dieser Herren würde auch vor Entführung nicht zurückschrecken, um sich eine Frau zu beschaffen, die ihr Lager wärmen könnte. Du wärest weiß Gott ein schöner Fang für einen solchen Mann, vor allem während der Wintermonate.«

Shemaine war nicht übermäßig entzückt über seine Erklärung

und rechtfertigte sich: »Ich wollte Ihnen nur die Peinlichkeit dieser Situation ersparen, Sir.«

»Ich weiß, was du dachtest, Shemaine, aber du hast dich geirrt. Selbst halb verhungert und grausam schmutzig bist du das anziehendste Mädchen, das die Leute in diesem Weiler seit Monaten zu Gesicht bekommen haben.«

Shemaine neigte nicht dazu, sich von einigen mitleidigen Komplimenten überwältigen zu lassen. »Ihre Schmeichelei würde einem einfachen Mädchen gewiß den Kopf verdrehen, Mr. Thornton. Wäre ich ein solches, hätten Ihre Worte mich wahrscheinlich mit tiefster Dankbarkeit erfüllt, aber ich bin mir vollauf bewußt, *wie* erbärmlich ich aussehe.«

Leicht verärgert über ihre unverhohlene Zurückweisung, seufzte Gage und erwiderte: »Mit der Zeit wirst du schon lernen, daß ich nichts als die Wahrheit sage, Mädchen. Das heißt, ich pflege nicht zu lügen.«

»Und mit der Zeit, Sir«, versetzte Shemaine, die seinen gespreizten Tonfall mühelos nachahmte, »werden Sie lernen, daß ich nicht irgendein Mädchen bin.«

Gage bemerkte die sich vertiefende Röte in den Wangen seiner Vertragsarbeiterin, während sie stocksteif vor ihm stand, als wappne sie sich gegen weitere Angriffe. Er beugte sich zu ihr herunter, um ihrer vollen Aufmerksamkeit gewiß zu sein. Dann gab er ihr, ohne den Blick von ihren weit aufgerissenen Augen abzuwenden, seine geflüsterte Antwort. »Glaub mir, Shemaine, das weiß ich jetzt schon.«

Dieses verblüffende Eingeständnis entwaffnete Shemaine vollkommen und entfesselte einen wahren Sturm von Fragen, die ihr durch den Kopf jagten. Mit einem Mal war sie sich nicht mehr so sicher, daß der Siedler ausschließlich an seinen Sohn gedacht hatte, als er für sie in dieser Höhe zahlte. Hätte er ihr gerade ohne Umschweife erklärt, daß er ihre weiblichen Kurven auf das Vergnügen hin taxiert habe, das sie ihm verschaffen konnten – vor allem ihren Busen, der wahrscheinlich die einzige Rundung war, die sie während ihres langen Martyriums nicht gänzlich eingebüßt hatte –, hätte er in ihr keinen größeren Argwohn wecken können.

Dennoch hielt Shemaine es im Hinblick auf ihre beklagenswerte Halsstarrigkeit für klüger, ihm einen gewissen Einblick in ihre Mängel zu gewähren, wenn sie mit dem Mann auskommen wollte oder gar die Hoffnung hegte, lange genug bei ihm zu bleiben, um seine Anerkennung zu gewinnen. Wenn sie ihn über Gebühr erzürnte... Es gab ja keinerlei Garantie, daß er sie behielt. Ebensogut konnte er sie an den nächstbesten Fremden verkaufen, der bereit war, seinen Preis zu zahlen. Zu ihrem eigenen Wohle schien es von größter Wichtigkeit zu sein, ihm ihre Bereitschaft zur Unterwürfigkeit zu beweisen. Und wenn der Siedler tatsächlich Pläne zur Befriedigung wollüstiger Begierden hegte, dann mußte sie sich eben damit auseinandersetzen, wenn es soweit war. Es war weder klug noch gerecht, einen Mann vorschnell zu verurteilen.

»Ich habe kaum Erfahrung im Dienen, Mr. Thornton«, murmelte Shemaine achtsam. »Sie werden mich bisweilen zweifellos recht freimütig finden. Vielleicht sogar unverschämt.«

Sein Blick war fest auf ihr Gesicht gerichtet. »Mir ist es lieber, wenn du sagst, was du denkst, Shemaine, als dich in meiner Gegenwart furchtsam zu sehen.«

Obwohl seine Antwort sie überraschte, fuhr sie fort: »Ich habe viele Fehler, Sir, und einer davon ist mein hitziges Temperament. Ich fürchte, in dieser Hinsicht habe ich große Ähnlichkeit mit meinem Vater.«

Gage begegnete ihren Worten mit einer Warnung seinerseits. »Ich bin sicher, du wirst mit der Zeit meine Stimmungen kennenlernen, Shemaine, und mich gelegentlich für einen übellaunigen Unhold halten. Aber du brauchst keine Angst vor mir zu haben. Ich werde dich nicht schlagen.«

Das Lächeln, mit dem sie ihn daraufhin bedachte, war echt. »Ich bin erleichtert, das zu hören, Sir.«

»Dann komm jetzt«, drängte er sie und griff nach ihrem Arm. Mit einem Blick auf die bedrohlichen Wolken, die sich immer stärker am Himmel zusammenballten, sagte er: »Wenn wir noch lange hier herumstehen, werden wir naß bis auf die Knochen.«

Ohne sie loszulassen, ging Gage den Kai entlang, schritt zügig an anderen Leuten vorbei und umrundete die im Wege stehenden

Holzkisten so energisch, als erwarteten ihn andernorts unaufschiebbare Pflichten. Mit langen Schritten strebte er seinem Ziel entgegen. Er war nicht der Mann, der Zeit verschwendete oder allzulange dem Nichtstun frönte. Seine Kraft und Vitalität waren wertvolle Gaben, und er wußte sie zu nutzen. In seiner Hast, nach Hause zu kommen, bevor der Regen einsetzte, achtete er kaum auf die Mattigkeit und den schleppenden Schritt seiner Dienerin.

Shemaine hatte ihre unfreiwillige Fastenzeit im Kabelgatt dermaßen geschwächt, daß sie kaum mit ihrem neuen Herrn mithalten konnte. Noch bevor sie das Ende des Hafenbeckens erreicht hatten, waren ihre Beine nur noch zerbrechliche Stelzen, die unstet unter ihr zu zittern begannen und schließlich gänzlich nachzugeben drohten. Als sich auch noch ihre Sicht trübte und Formen und Gestalten sich um sie zu drehen begannen, wurde Shemaine sich der unmittelbar bevorstehenden Gefahr bewußt. Taumelnd blieb sie stehen und bat ihren Herrn mit dünner Stimme, ihr eine kurze Pause zu gönnen. Als er ihre Hand losließ, stolperte sie einige Schritte auf einen nahen Pfosten zu, den sie sogleich haltsuchend umklammerte. Dann schloß sie die Augen und hoffte inbrünstig, daß ihre Kraft zurückkehren und sie wieder zu Sinnen kommen würde.

Gage bemerkte jetzt erst, wie sehr das Mädchen zitterte. Auch ihre Blässe fiel ihm auf, und er wußte, daß er es hier nicht mit einer gespielten Ohnmachtsattacke zu tun hatte. In der Erwartung, daß sie jeden Augenblick zusammenbrechen könne, trat er neben sie. »Bist du krank?«»

Shemaine, die ihr Gleichgewicht nicht noch weiter gefährden wollte, hob vorsichtig den Blick und war überrascht, ihn so nahe zu sehen. Ihr Magen war so leer, daß sie beinahe würgen mußte, und es dauerte einige Sekunden, bis es ihr mit Mühe gelang, dieses Drangs Herr zu werden. »Lassen Sie mir einen Augenblick Zeit, um wieder zu Atem zu kommen«, flehte sie in gequältem Flüsterton. »Es wird gleich besser. Es ist bestimmt nur eine vorübergehende Schwäche.«

Nun dämmerte Gage langsam, wo das Problem lag. Ihre eingefallenen Wangen und das allzu offensichtliche Beben ihres Körpers waren wohl Auswirkungen des Hungerns. »Wann hast du das letzte Mal etwas zu essen bekommen?«

Obwohl der kalte Wind immer noch an ihr zerrte und sie in einen Zustand nebliger Wahrnehmungen hinabzuziehen drohte, kämpfte Shemaine verzweifelt um einen Rest von Klarheit. »Während der vier Tage, die ich im Kabelgatt eingesperrt war, hat man mir ein paar Brotkrusten und einen Eimer abgestandenen Wassers gegeben...« Ein neuerlicher Schwindelanfall raubte ihr nun auch noch den letzten Rest der Kraft. Aber als er ihr eine Hand unter den Arm legte, um ihr Halt zu geben, wankte sie zurück, entzog sich trotz ihrer Schwäche seinem Griff und zwang sich, ohne fremde Hilfe stehenzubleiben. »In Wahrheit, Sir...« Sie schluckte und kämpfte gegen eine weitere Woge der Übelkeit, die ihr das Weitersprechen erschwerte. »Ich bin so ausgehungert... daß ich einer Ohnmacht nahe bin.«

Gage hielt umgehend einen Verkäufer an, der gerade vorbeischlenderte, und nahm den Mann beiseite. Nachdem er einige Weizenkuchen erstanden hatte, kehrte er zurück und hielt einen davon seiner Vertragsarbeiterin hin. »Vielleicht wird das ein wenig helfen.«

Shemaine nahm den Kuchen hastig entgegen, riß ihn entzwei und verschlang gierig, was sie in Händen hielt. Dabei wäre sie beinahe erstickt. Beschämt über ihren Mangel an guten Manieren war sie außerstande, zu dem Mann aufzublicken, dessen hochgewachsene, breitschultrige Gestalt sie vor den Blicken jener beschirmte, die die Hauptstraße des Ortes entlangkamen. Sie schluckte die letzten Krümel hinunter und holte noch einmal zitternd Atem, ehe sie seinem fragenden Blick zögernd begegnete. »Ich hatte weitaus mehr Glück als einige der anderen Gefangenen, Sir. Nicht wenige sind wegen der Hungerrationen gestorben. Einunddreißig insgesamt, um genau zu sein.«

Gage erinnerte sich an die fülligen Gestalten von Kapitän Fitch und dessen Frau. Der Gedanke, wie diese beiden sich mit gefräßiger Gier über üppige Speisen hermachten, während ihre Opfer Hungers starben, erfüllte ihn mit heißem Zorn. »Ich habe davon gehört, welche Not die Menschen an Bord von Sträflingsschiffen wie der *London Pride* zu leiden haben«, sagte er verbittert. »Ich bin vor einigen Jahren als Passagier an Bord eines Frachtschiffs hier angekommen und wußte damals schon, daß ich es weitaus komfortabler hatte als die meisten, die die weite Fahrt hierher antreten.«

Als es in Shemaines Magen vernehmlich zu rumoren begann, verschränkte sie verlegen die Arme vor ihrem Leib. »Ich bin dankbar, überhaupt am Leben zu sein, Sir, obwohl ich gelegentlich wirklich Zweifel hatte, ob ich meinen Bestimmungsort erreichen würde.«

Gage gab ihr einen weiteren Kuchen und wartete geduldig, während sie ihn verzehrte, diesmal mit ein wenig mehr Würde. Als sie den letzten Kuchen gegessen hatte, verspürte sie das Bedürfnis nach einem Glas Wasser. Ihr neuer Herr schien abermals ihre Gedanken zu lesen, denn er bedeutete einem anderen Verkäufer, einen Becher Apfelwein zu bringen.

Erst als Shemaine ihren schlimmsten Hunger und Durst gestillt hatte, bemerkte sie, daß sie die Aufmerksamkeit der Passanten erregten. Einige der Dorfbewohner waren sogar stehengeblieben, um sie mit offenem Mund anzugaffen. Andere schauten nach einem flüchtigen Blick auf sie angestrengt beiseite. Aber die meisten waren unverfroren genug, sich einen Platz zu suchen, von dem aus sie einen besseren Blick hatten. Ein paar britische Soldaten, die ein Stückchen weiter weg standen, lachten und rissen Witze, während sie sie mit den Augen auszogen.

Shemaine hatte keine Mühe, sich vorzustellen, was diese Leute dachten oder gar sagten. Ohne Schuhe und schutzlos der steifen Brise preisgegeben, die an ihren zerlumpten Röcken und ihrem ungekämmten Haar riß, sah sie gewiß wie eine rothaarige Wilde aus. Aber ihr fiel auch auf, daß, wer immer sie betrachtete, unwillkürlich den Blick auf ihren Begleiter richtete, um festzustellen, wer das wohl sein konnte. Der Ausdruck ihres Erkennens schwankte zwischen Erstaunen und Mißbehagen. Gage Thornton machte den Gaffern allein durch seinen Blick schon Beine. Genau wie vorher die Leute sich eilends an Bord der *London Pride* geflüchtet hatten, schienen auch diese Fremden plötzlich dringende Termine zu haben.

Gage nickte mehreren männlichen Bekannten mit einer knappen

Geste zu, aber diesen schien es geradezu peinlich zu sein, daß er sie bei ihrer Neugier ertappte. Ohne mehr als einen letzten, erschrokkenen Blick zu wagen, eilten sie davon. Gage, der keinen vernünftigen Grund fand, sie zur Rede zu stellen, bedachte Shemaine nun seinerseits mit einem aufmerksamen Blick. Das Interesse, das die Männer ihr entgegenbrachten, war kaum eine Überraschung für ihn. Sie hätten blind sein müssen, um nicht – selbst hinter all dem Schmutz – die Schönheit des Mädchens zu erkennen. Sie hatte den gleichen zarten Knochenbau wie seine verstorbene Frau, aber damit endete auch schon die Ähnlichkeit zwischen den beiden. Verglichen mit Victoria war Shemaines Teint beinahe kräftig zu nennen. Außerdem war sie um einiges kleiner und auch allgemein zierlicher, nur daß sie mehr Busen hatte, als seiner Frau von der Natur geschenkt worden war.

»Shemaine O'Hearn«, murmelte er nachdenklich; es fiel ihm kaum auf, daß er ihren Namen laut ausgesprochen hatte, bis sie fragend zu ihm aufblickte.

»Sir?«

Gage fiel keine unverfängliche Erklärung ein, daß er sie so unverhohlen anstarrte, daher kam er noch einmal auf die Vermutung zu sprechen, die er zuvor geäußert hatte. »Irin, hm?«

In den smaragdfarbenen Augen blitzte Empörung auf. *So!* knirschte Shemaine im Geiste, *Gage Thornton ist genauso wie der Rest der Engländer, die die Iren verachten!* Sie hob das Kinn und richtete sich kerzengerade auf, bevor sie mit betontem Stolz erwiderte: »Jawohl, Sir! Mein Name ist O'Hearn! Shemaine Patrice O'Hearn! Tochter von Shemus Patrick und Camille O'Hearn! Ich bin halb Irin, jawohl, Sir, und halb Engländerin, falls das für euch Kolonisten hier auch nur ein Jota zählt!«

Die dunklen Brauen fuhren überrascht in die Höhe. Wie unschuldig seine Bemerkung auch gewesen sein mochte, Gage wurde nun klar, daß er eben den leidenschaftlichen Geist entzündet hatte, vor dem das Mädchen ihn gewarnt hatte. »Weder das eine noch das andere ist ein Verbrechen, Shemaine«, erwiderte er, um ihren Argwohn zu zerstreuen. »Aber verrate mir doch bitte eins. Annie sagte, du seist eine Dame, und obwohl ich durchaus Beweise für diese Tatsache sehe, frage ich mich, wie du da an Bord eines Sträflingsschiffs gelangen konntest.«

Shemaines Zorn schmolz rasch dahin, als sie seine tolerante Haltung bemerkte, aber mit ihrer Antwort ließ sie sich Zeit. Es kam ihr vor, als hätte sie tausendmal versucht, ihre Unschuld zu beweisen – erst dem Häscher, dann dem Richter mit dem finsteren Gesicht und schließlich dem Gefängniswärter. Aber keiner dieser Männer hatte ihren tränenreichen Versicherungen Glauben geschenkt. Vielleicht waren sie durch ein hohes Bestechungsgeld dazu gekauft worden, wie Shemaine oft geargwöhnt hatte. Was auch immer ihre Gründe gewesen sein mochten, sie hatte ernste Zweifel, daß dieser Fremde ihre Geschichte nun für wahr hielt.

»Ich habe niemanden getötet, Mr. Thornton, wenn es das ist, was Ihnen Sorge bereitet.«

Gage antwortete mit einem leisen Glucksen. »Das habe ich auch nie vermutet, Shemaine.«

Sein Blick aber ruhte weiterhin auf ihr, und es stand außer Frage, daß er eine Antwort erwartete und sich nicht mit einer dürftigen Ausrede zufriedengeben würde. Mit einem Stoßseufzer wappnete Shemaine sich im Geiste gegen das Martyrium, alles noch einmal zu wiederholen. Nur widerstrebend begann sie, ihre traurige Geschichte zu erzählen. »Es ist nun annähernd acht Monate her, daß ich das Vergnügen – vielleicht sollte ich besser sagen, das Mißgeschick – hatte, mich mit dem Marquis du Mercer in London zu verloben. Seine Großmutter, Edith du Mercer, hat meinen Mangel an aristokratischen Ahnen weit weniger unbefangen aufgenommen als Maurice selbst. Ich vermute, daß sie es war oder zumindest jemand in ihren Diensten, auf dessen Verschwiegenheit sie bauen konnte ... Jedenfalls wurde ein Häscher eigens dafür bezahlt, mich während der Abwesenheit meiner Eltern aus unserem Haus zu entführen. Nur einige Diener und eine Tante haben damals auf mich achtgegeben, und das war Edith du Mercer genau bekannt. Ich vermute, das Ganze war ein verzweifelter Versuch, zu verhindern, daß ihr Enkelsohn mich zur Frau nahm. Maurice kann sehr beharrlich sein, wenn er sich erst einmal etwas in den Kopf gesetzt hat, und seine Großmutter wäre eventuell nicht in der Lage gewesen, ihn von seinem Vorhaben abzubringen. Nach meiner Verhaftung wurde ich des Diebstahls angeklagt und zu einer Gefängnisstrafe verurteilt. Nach all meinen gescheiterten Versuchen, jemanden zu bestechen, meinen Eltern oder meiner Tante die Nachricht von meiner Verhaftung zu überbringen, schien es wenig wahrscheinlich, daß meine Familie auf anderem Weg von meinem Aufenthaltsort erführe. Selbst wenn ich die nötigen Münzen zur Hand gehabt hätte, um die Gefängniswärter dazu zu bewegen, meiner Familie eine Botschaft zu überbringen, bezweifle ich doch ernsthaft, daß einer von ihnen weiter als bis zur nächsten Bierschänke gekommen wäre. Nun, ehe ich mich der Gefahr aussetzte, in Newgate vergewaltigt oder vielleicht sogar ermordet zu werden, habe ich meinen Namen auf die Liste der Gefangenen gesetzt, die einverstanden waren, sich als Vertragsarbeiter in die Kolonien verkaufen zu lassen.«

Es fiel Gage nicht weiter schwer, zu glauben, daß sie Umgang mit Aristokraten gepflegt hatte. Obwohl ein scharfes Ohr einen leichten irischen Akzent aus ihrer Sprache heraushören konnte, ging ihre Wortgewandtheit doch weit über das übliche hinaus, und sie besaß trotz ihres aufbrausenden Temperaments gute Manieren. Was ihre Behauptung betraf, keinerlei Verbrechen begangen zu haben, mußte er ihre Beteuerungen fürs erste akzeptieren, bis er Gegenteiliges herausfand. »Es sieht so aus, als sei dein Mißgeschick mein Glück gewesen, Shemaine. Obwohl es mir durchaus leid tut um das, was du durchgemacht hast, kannst du vielleicht verstehen, daß ich keinen Kummer heucheln kann, daß du jetzt hier bist.«

Shemaine spürte seinen prüfenden Blick und erkundigte sich leise: »Wäre es unpassend, wenn ich nun gern auch etwas über Sie in Erfahrung brächte, Mr. Thornton?«

Gage hob den Kopf und blickte für einen Moment in die Ferne, bevor er ihrem Wunsch nachkam. »Ich bin Schiffsbauer aus Neigung und Möbeltischler aus Notwendigkeit. Ich habe ein kleines Stück von hier entfernt an den Ufern des James River ein Blockhaus und eine Werkstatt. Zur Zeit baue ich ein Schiff nach eigenen Plänen, aber es wird noch mehrere Monate dauern, bis die Brigantine fertig ist. Sobald ich sie dann verkauft habe, werde ich meine ganze Energie dem Bau eines neuen Schiffes widmen, in der Hoffnung, daß ich eines Tages vielleicht ein bedeutender Schiffsbauer werde. Bis dahin muß ich die Arbeiter und die notwendigen Baumaterialien mit dem bezahlen, was ich für meine Möbel bekomme.«

Shemaine konnte sich kaum vorstellen, daß ein Mann von begrenzten finanziellen Mitteln diese Beharrlichkeit gezeigt hatte, sie zu kaufen. »Ich war mir sicher, daß Sie ein wohlhabender Mann seien, Mr. Thornton.«

Gage wunderte sich, was dies betraf, selbst. »Du scheinst so vollkommen meinen Zwecken zu entsprechen, Shemaine. Selbst wenn ich auf allen Schiffen gesucht hätte, die hier einlaufen, wäre ich doch sicher kein zweites Mal auf eine Frau wie dich gestoßen.« Dann schwieg er einen Augenblick, runzelte die Stirn und wurde merklich ernster, als er auf die Gründe zu sprechen kam, die ihn selbst in die Kolonien geführt hatten. »Vor neun Jahren war ich gezwungen, London zu verlassen. Ich hatte einen Zwist mit meinem Vater, weil ich mich weigerte, eine junge Frau zu heiraten, die behauptete, ich hätte ihr die Unschuld geraubt und sie geschwängert. Sie war die Tochter eines alten Bekannten meines Vaters. Wahrscheinlich aus Loyalität zu seinem Freund versuchte mein Vater, mich zu einer Heirat mit dieser Frau zu zwingen. Ich glaube, er hatte Angst, unser Name würde beschmutzt werden, wenn ich Christines Forderung nicht nachkam, sie auf der Stelle zu heiraten. Aber ich wollte mich nicht durch die Ehe an diese kleine Lügnerin binden. Außerdem widerstrebte es mir, dem Balg eines anderen Mannes meinen Namen zu geben. Ich habe nie erfahren, ob es nur eine List war, mich zur Heirat zu zwingen, oder ob Christine wirklich schwanger war. Hübsch genug, um eine ausreichende Zahl von Verehrern anzuziehen, war sie gewiß auch ohne den Reichtum ihres Vaters. Weil ich mich aber weigerte, mich seinen Wünschen zu fügen, hat mein Vater mich aus dem Haus geworfen. Du siehst also, Shemaine, daß wir beide von den Ränken hinterhältiger Frauen aus der Bahn geworfen wurden. Diesen beiden Xanthippen würde nur recht geschehen, wenn wir es hier in diesem wilden Land zu etwas brächten.«

»Da haben Sie gewiß bessere Chancen als ich, Mr. Thornton«, erwiderte Shemaine trostlos. »Meine einzige Rettung wäre es, wenn mein Vater irgendwie erführe, wohin man mich gebracht hat, und hierherkäme, um mich freizukaufen. Aber das scheint mir eingedenk meiner früheren Bemühungen doch recht weit hergeholt. Mein Vater käme wohl im Traum nicht auf die Idee, in Newgate nach mir zu forschen. Und ich habe jetzt ebensowenig Geld wie in Newgate, um jemanden für die Überbringung einer Botschaft zu entlohnen. Außerdem würde jede Botschaft, die ich an meine Familie zu schicken gedächte, Monate unterwegs sein, bevor sie ihr Ziel erreichte – falls überhaupt jemals – und noch viele weitere Monate würden dahingehen, bevor mein Vater in den Kolonien ankommen könnte. Wenn man mich überhaupt noch findet, dann wird es wohl nicht mehr im Verlauf dieses Jahres geschehen, denke ich.«

Gage hing lange Sekunden schweigend seinen Gedanken nach. Er verstand, wie glücklich das Mädchen wäre, wenn ihr Vater sie hier fände und zurück nach England brächte, aber er wußte auch, welche Enttäuschung er selbst erleiden würde, wenn er sich von neuem auf die Suche machen müßte. Da er selbst eine abrupte Trennung von Heim und Familie erlebt hatte, versuchte er die Ängste des Mädchens bezüglich seiner Zukunft zu beschwichtigen. »Manchmal, Shemaine, wenn man uns zwingt, die schützenden Mauern, hinter denen wir aufgewachsen sind, zu verlassen, haben wir die Chance, unser Schicksal selbst in die Hand zu nehmen. Jahrelang habe ich in England davon geträumt, ein Schiff nach meinem eigenen Entwurf zu bauen, aber mein Vater brauchte meine Fähigkeiten für den Bau der gewaltigen Schiffe, die er produzierte. In all diesen Jahren mußte ich annehmen, daß er entweder meine Entwürfe nicht verstand oder mir aufgrund meiner Jugend nicht genügend traute, um mich ganz allein ein Schiff bauen zu lassen. Da ich mehrere Jahre bei einem sehr begabten Möbelschreiner in die Lehre gegangen bin, verstand ich mich weit besser auf die Feinarbeiten als alle anderen Männer in den Diensten meines Vaters. Aber als er mich im Zorn verstieß und sich weigerte, auch nur in Betracht zu ziehen, daß ich das unschuldige Opfer von Christines Ränken sein könne, war ich plötzlich frei, meinen eigenen Wünschen und Zielen zu folgen.«

Shemaine jedoch wußte vor allem eins: wie sehr sie sich nach ihren Eltern und der Sicherheit ihrer Obhut sehnte. Daher erwiderte sie ernst: »Was Sie da sagen, mag durchaus die Wahrheit sein, Sir, aber ich habe kein größeres Ziel, als von meinem Vater gerettet zu werden und wieder nach Hause zu kommen.«

»Wollen wir abwarten, wie du in sieben Jahren dazu stehst«, gab Gage nicht unfreundlich zurück.

Seine Bemerkung quittierte Shemaine mit einem beunruhigten Blick, denn er schien damit anzudeuten, daß nichts als der Tod ihre Dienstjahre bei ihm vorzeitig beenden könne. Ihr blieb nur übrig, sich zu fragen, was wohl geschehen würde, falls ihr Vater sie doch eines Tages fand. In den englischen Gesetzen gab es keine Bestimmungen, die einen Dienstherren zwingen konnten, sich gegen seinen Willen von einem Vertragsarbeiter zu trennen. Würde dieser Mann die Großmut besitzen, sie an ihren Vater zu verkaufen? Oder würde er von ihr verlangen, auch gegen ihren Willen bei ihm zu bleiben?

Gage, der auf einmal die Nähe eines anderen Menschen spürte, drehte sich um und sah sich einer dünnen, ältlichen Matrone gegenüber, die sich eifrig vorbeugte, um soviel von ihrem Gespräch mitzukriegen, wie der stürmische Wind es ihr erlaubte. Unter seinem indignierten Blick richtete sie sich auf, aber die Tatsache, daß er sie beim Lauschen ertappt hatte, schien sie nur geringfügig aus der Ruhe zu bringen. Obwohl sie darauf brannte, seine Dienstverpflichtete näher in Augenschein zu nehmen, beschränkte sie ihren Gruß auf ein knappes Nicken.

»Nun, Gage Thornton, was führt Sie heute nach Newportes Newes?«

Gage wußte, daß die Frau allenthalben für ihre Schwatzhaftigkeit bekannt war. Tatsächlich hoffte sie wahrscheinlich, daß er ihre einfache Frage zuvorkommenderweise in großer Ausführlichkeit beantworten würde. Aber es verlangte ihn überhaupt nicht danach, dieser aufdringlichen Frau, die in alles ungebeten ihre Nase hineinsteckte, einen Gefallen zu tun. Also fiel sein eigener Gruß höflich, aber zurückhaltend aus. »Guten Tag, Mrs. Pettycomb.«

Die Matrone zeigte mit einer knappen Kopfbewegung auf das Mädchen. »Und wer ist diese Fremde?«

Obwohl Gage spürte, wie sehr es Shemaine widerstrebte, vorgestellt zu werden, nahm er ihren Arm und drehte sie sanft um, so daß sie der älteren Frau gegenüberstand, die dem Mädchen mit ihren neugierigen Blicken beinahe ein Loch in den schmalen Rücken gebohrt hätte. »Darf ich Ihnen Mistress Shemaine O'Hearn aus England vorstellen?«

Alma Pettycombs kleine, dunkle Augen senkten sich anzüglich auf die nackten Füße hinab, die unter dem im Wind wirbelnden Saum sichtbar waren. Dann hoben sich ihre spärlichen Augenbrauen scharf über das Drahtgestell ihrer kleinen Augengläser, die auf ihrer dünnen Adlernase thronten. Alma, die offensichtlich zu ihren eigenen Schlußfolgerungen gekommen war, preßte eine blaugeäderte Hand an ihren flachen Busen und zeigte sich diesem jüngsten Ereignis in dem Leben des Möbeltischlers gegenüber für einen Augenblick sprachlos. Mit seiner Eigenwilligkeit brachte der Mann ständig Unruhe unter die Dorfbewohner. Jeder normale Mann hätte zum Beispiel nicht länger als einige Monate getrauert, nachdem seine Frau gestorben war. Die Zeiten waren hart hier in den Kolonien, und man erwartete von den Männern, daß sie sich rasch neue Frauen nahmen, um ihnen die Bürde der Fürsorge für ihre Kinder abzunehmen. So manch ein Vater im Weiler hatte damit gerechnet, daß Gage seinem verhätschelten Liebling den Hof machen würde; und gewiß hätte man ihn mit offenen Armen empfangen. Aber er war allein geblieben und zog seinen Witwerstand offensichtlich der Ehe mit irgendeiner Frau aus dem Dorf vor. Als er dann auch noch die Tochter des Schmieds als Kindermädchen für seinen Sohn anstellte, hatte er die Hoffnungen dieser jungen Damen vollends zunichte gemacht.

»Gage Thornton! Was, in aller Welt, haben Sie jetzt schon wieder angestellt?« stieß die Matrone empört hervor. »Ist es möglich, daß Sie sich eine Zwangsarbeiterin von diesem schrecklichen Sträflingsschiff gekauft haben? Haben Sie nun ganz den Verstand verloren?«

»Ich glaube nicht, Madam«, erwiderte Gage mit kühler Höflichkeit. »In der Tat habe ich genau das getan, was ich schon seit einiger Zeit im Sinn hatte.«

Ein heftiger Windstoß drückte den Rand von Almas Stoffhäubchen auf ihre gefurchte Stirn, aber sie schob den Hut mit einer ungeduldigen Handbewegung wieder an seinen Platz und sah Gage mit unverhohlenem Argwohn an. »Wollen Sie damit sagen, daß Sie den Kauf einer Vertragsarbeiterin erwogen haben, noch bevor die *London Pride* im Hafen anlegte? Wahrhaftig, angesichts solcher Torheit muß ich wohl glauben, daß Sie tatsächlich den Verstand verloren haben.«

Die Muskeln in Gages mageren Wangen zuckten zum Zeichen seiner Verärgerung, aber seine Stimme war genauso ruhig wie sein Blick. »Sei es, wie es mag, Madam. Ich habe getan, was ich für richtig hielt, und werde mich dafür gewiß vor niemandem rechtfertigen.«

Mrs. Pettycomb hob ihre dünne Nase und blinzelte ihn durch ihre schmale Brille an. »Nicht einmal vor der Tochter des Schmieds?« hakte sie nach. »Wenn es einen Menschen in diesem Weiler gibt, dem Sie eine Erklärung und eine Entschuldigung schulden, dann dürfte das wohl Roxanne Corbin sein. Das arme liebe Mädchen ist ja so vernarrt in Sie, als wären Sie ein Gott.«

Gage zeigte nicht das leiseste Zeichen von Reue. »Ich habe die letzte Zeit oft gedacht, daß ich Roxannes Gutmütigkeit zu sehr in Anspruch nehme und ihr gestatten sollte, ihr eigenes Leben zu leben, ohne sie länger mit der Fürsorge für meinen Sohn zu belasten. Ihr Vater hat stets verlangt, daß sie zuerst ihre Pflichten in ihrem Heim versah, bevor sie in mein Haus kam, und jetzt, da Hugh mit gebrochenem Bein zu Bett liegt, wird Roxanne überhaupt nicht mehr kommen können, zumindest eine Weile nicht. Da ich also niemanden mehr hatte, der sich um Andrew kümmert, während ich meiner Arbeit nachgehe, mußte ich mich nach anderer Hilfe umsehen.« Obwohl er etwas in dem Sinn zu Roxanne gesagt hatte, hatte sie ihn angefleht, doch seine Nachbarinnen zu bitten, ihm eine Weile auszuhelfen, aber er hätte anderen Menschen, die genausoviel zu tun hatten wie er selber, niemals weitere Bürden auferlegt. Außerdem hätte er es auch niemals geduldet, daß Andrew soviel Zeit außerhalb seiner eigenen Umgebung zubrachte. »Roxanne wußte besser als irgend jemand sonst, wie dringend ich ein

Kindermädchen brauche, Mrs. Pettycomb. Daher wird sie nicht allzu überrascht sein.«

Alma, der seine Antwort offenkundig mißfiel, schaute in die Ferne, bis er ausgeredet hatte. Dann drehte sie sich wieder zu ihm um, trat dicht vor ihn hin und drohte ihm mit dem Finger. »Sie wissen sehr wohl, Gage Thornton, daß Roxanne Corbin die Fürsorge für ihren Sohn nie als Zumutung empfunden hat. Sie liebt Andrew wie ein eigenes Kind. Sie sollten endlich begreifen, wie gut sie zu ihm gewesen ist und wie sehr er davon profitieren würde, wenn sie seine Mutter wäre. Außerdem sollten Sie sich auch darüber im klaren sein, welche Probleme Ihnen bevorstehen, wenn Sie einen Sträfling in Ihr Haus bringen. Ich war stets eine entschiedene Gegnerin dieser Sträflingsschiffe, die uns den Abschaum der Gesellschaft ins Land bringen. Dieses Mädchen könnte nach allem, was Sie wissen, eine Mörderin sein! Wahrhaftig! Gut möglich, daß Sie diesem Weiler einen weiß Gott schlechten Dienst erweisen, indem Sie eine solche Frau unter Ihrem Dach beherbergen.«

Almas blindwütige Zurückweisung Shemaines mißfiel Gage aufs äußerste. Das Mädchen stand in versteinertem Schweigen neben ihm. Doch in der kurzen Zeit seiner Bekanntschaft mit Shemaine hatte er gelernt, an der unnachgiebigen Steifheit ihres Rückens das Ausmaß ihres Ärgers abzulesen. Er fühlte sich stark versucht, dem alten Weib zu sagen, es solle seine Nase in seine eigenen Angelegenheiten stecken, aber er wußte, daß sein Zorn den Groll dieses zänkischen Drachens nur noch vergrößern würde. Ruhig, aber entschlossen, bekräftigte er noch einmal seine Zufriedenheit mit der Wahl, die er getroffen hatte. »Ich bin sehr von meiner neuen Dienerin eingenommen, Mrs. Pettycomb, und beabsichtige, sie zu behalten.«

»Jawohl! Ich sehe durchaus, in welcher Hinsicht Sie zufrieden sein können«, gab Alma schneidend zurück und streifte Shemaine mit einem Blick offener Verachtung. Dann schien sie einen Augenblick lang mit sich zu ringen, als wolle sie noch mehr sagen. Als sie weitersprach, war offenkundig, daß sie der Versuchung nicht hatte widerstehen können, denn sie entlud einen wahren Sturm der Kritik auf das Haupt des Mannes, der noch schwärzer war als die bedrohlichen Wolken über ihren Köpfen. »So mancher hier in diesem Weiler hält Sie für einen Narren, Gage Thornton, und mit dem Kauf eines weiblichen Sträflings haben Sie nur bestätigt, wie recht diese Leute haben! Sie haben fast jede sauer verdiente Münze für den Bau dieses lächerlichen Bootes vergeudet, von dem doch jeder weiß, daß es niemals den James River verlassen wird!«

Es war nicht das erste Mal, daß Alma Pettycomb alle Regeln des Anstands vergaß, um einem Bürger aus der Gegend die Meinung zu sagen. Gage Thornton war beileibe nicht der erste. Obwohl sie besondere Freude daran fand, ihn genau im Auge zu behalten, wann immer er in den Weiler kam, hatte seine Zurückhaltung sie oft erzürnt und ihren Argwohn geweckt. Ein so verschlossener Mann wie er hatte für gewöhnlich etwas zu verbergen, davon war sie fest überzeugt. Jetzt war er wieder hier und verstieß gegen alle guten Sitten, indem er sich dieses niederträchtige Geschöpf ins Haus holte – und obendrein schien er nicht im mindesten zerknirscht deswegen zu sein. Almas Meinung nach brauchte er eine ordentliche Standpauke.

Gage indes war keineswegs überrascht vom mangelnden Takt dieser Frau. In den neun Jahren, die er jetzt in der Gegend lebte, war er so manches Mal gezwungen gewesen, sich ihre Bemerkungen anzuhören, entweder direkt aus ihrem Mund oder aus zweiter Hand. Mit schöner Regelmäßigkeit gab sie ihre Meinung zu Dingen zum besten, die sie nicht im mindesten betrafen; genauso großzügig war sie mit ihren Ratschlägen. Nie würde er den Nachmittag vergessen, an dem er Victoria in den Sarg legte, den er eigens für sie gebaut hatte. Er hatte sie auf seinem Wagen in die Stadt gebracht; die Nachricht von ihrem Tod hatte sich schnell herumgesprochen, und Alma Pettycomb hatte sich an die Spitze jener gestellt, die die genauen Umstände ihres Unfalls zu wissen verlangten. Als sie erfuhr, daß seine Frau vom unvollendeten Bug seines Schiffs in den Tod gestürzt war, wollte sie wissen, welche Rolle er dabei gespielt haben könne, und ging sogar so weit, anzudeuten, daß er Victoria in einem Wutanfall hinuntergestoßen haben könnte. Immerhin hatte er kaum einen Monat zuvor einem Mann in ihrem Dorf offensichtlich grundlos eine gehörige Tracht Prügel verabreicht.

Roxanne hatte sich schier überschlagen, zu erklären, daß er unmöglich habe Victoria ermorden und doch rechtzeitig die Hütte habe erreichen können, wo sie ihn selbst nur wenige Sekunden nach Victorias Sturz sah. Aber es war auch geltend gemacht worden, daß alles, was die Tochter des Schmieds erzählte, mit Zweifel betrachtet werden müsse; man deutete an, daß Roxanne schon seit Jahren hoffnungslos in den Mann verliebt gewesen sei und alles sagen oder tun würde, um ihn von jedem Verdacht zu befreien, ganz gleich, wie schuldig er gewesen sein mochte.

Direkt befragt, hatte Gage Roxannes Erklärungen weder bestätigt noch geleugnet, sondern einfach erklärt, daß er mit seinem Sohn zu dem fraglichen Zeitpunkt in die Hütte zurückgekehrt sei, um ihn zu waschen. Er könne nicht sagen, was wirklich geschehen sei von dem Moment an, da er Victoria auf dem Schiff zurückgelassen hatte, bis zum dem Augenblick, als Roxanne im Kanu angerudert kam. Die zuständigen britischen Beamten hatten keinerlei greifbare Beweise gefunden, ihm die Ermordung seiner Frau zur Last zu legen, so daß sie zu dem Schluß gekommen waren, sein Alibi nicht einfach ignorieren zu können, ganz gleich wie sehr Roxanne ihm zugetan sein mochte.

»Mein Boot ist ein seetüchtiges Schiff, Mrs. Pettycomb«, informierte Gage sie eisig. »Und ich versichere Ihnen, daß es weit über die Untiefen diese Striches hinaussegeln wird. Es ist nur eine Frage der Zeit, bis mein Schiff seinen Wert unter Beweis stellen wird.«

Seine Worte konnten Alma Pettycomb kaum überzeugen. »Das bleibt abzuwarten, nicht wahr?«

Obwohl beide für Shemaine Fremde waren, gab es für sie keinen Zweifel, daß die Frau geradezu schwachsinnig sein mußte, die Turbulenzen, die sich hinter der äußeren Zurückhaltung des Mannes zusammenbrauten, nicht zu bemerken. Da sie nur allzugut wußte, wie ihr Vater reagiert hätte, fand sie die eiserne Selbstbeherrschung ihres Herrn einigermaßen erstaunlich. Wäre Shemus O'Hearn das Opfer solch boshafter Zurechtweisungen geworden, hätte Mrs. Pettycomb schnell vor dem Hagel seiner Zornesworte die Flucht ergriffen. Wie anders reagierte da Gage Thornton, der sein Temperament fest zu zügeln wußte, obwohl er wie eine uneinnehmbare

Festung seinen Boden behauptete und seinen eigenen Zielen und Idealen durch und durch treu blieb, während er den Behauptungen der unangenehmen Frau widersprach.

»Ich kann nicht erwarten, daß Sie diese Dinge verstehen, Madam.« Gage hatte nie viel auf Alma Pettycombs Ansichten gegeben und würde das auch weiterhin nicht tun. »Man muß schon erheblich mehr von Segelschiffen verstehen, um die Bedeutung meines Entwurfes zu begreifen und das Potential der Brigantine vor dem Tag ihres Stapellaufs zu erkennen.«

Alma gestand nicht gerne ein, daß es irgend etwas an dieser Küste des Kontinents gab, von dem sie nicht eine ganze Menge verstand. In Wahrheit gab es viele Dinge, die über ihren engen Horizont gingen, und an vorderster Stelle lagen gewiß Segelschiffe. Dennoch gelang es ihr, sachlichen Fragen diesbezüglich auszuweichen, indem sie das Gespräch in eine andere Bahn lenkte. »Wenn Sie nicht bereit sind, auf die Stimme der Vernunft zu hören, Gage Thornton, hat es gewiß keinen Zweck, dieses Gespräch fortzusetzen. Verschwenden Sie nur all Ihre Zeit und Ihr Geld auf Ihre törichten Unternehmungen, wenn das Ihr Wunsch ist. Ich mache mir nur Sorgen um Roxanne. Diese Neuerwerbung hier wird sie gewiß zutiefst bekümmern. Sie können wohl kaum erwarten, daß sie einen Heiratsantrag in Erwägung zieht, solange Sie mit diesem … diesem *Geschöpf* unter einem Dach leben.«

Gage nahm den Rat des aufdringlichen alten Drachens genauso undankbar an wie zuvor den Tadel. »Ich fürchte, Sie sind äußerst schlecht informiert, wenn Sie glauben, zwischen Roxanne und mir wäre etwas, Mrs. Pettycomb.«

Alma hob eine dünne Augenbraue und streifte Shemaine mit einem angeekelten Blick. »Seit Sie diese Arbeiterin gekauft haben, gewiß nicht.«

Gage verlieh seinem Widerspruch größeren Nachdruck. »Ich bitte um Vergebung, Madam, aber zwischen uns war *nie* etwas.«

»Wollen Sie etwa behaupten, Sie wüßten nicht, daß Roxanne ihre Brautausstattung mit … *Ihren Initialen* bestickt?«

Diese Feststellung verschlug Gage für einen Augenblick die Sprache. Roxanne hatte schon kurz nach ihrer ersten Begegnung vor neun Jahren die ersten Annäherungsversuche gemacht, als er die Schmiededienste ihres Vaters benötigt hatte. In jüngster Zeit hätte sie unmißverständliche Andeutungen fallen lassen, daß ihr eine Verbindung überaus wünschenswert erschiene, aber er war aufs äußerste bedacht gewesen, sie in keiner Weise zu ermutigen...

»Ich habe das Thema Ehe Roxanne gegenüber niemals erwähnt und auch sonst mit keinem Wort angedeutet, daß ich überhaupt nur in diese Richtung dächte.«

Alma tat seine Worte demonstrativ ab. »Sie können ruhig wissen, daß Ihre Behauptungen auf taube Ohren fallen werden, Gage. Da in diesem Gebiet kein anderer heiratsfähiger Mann mit den Initialen GHT lebt, sind wir alle davon ausgegangen, daß Roxanne Monogramme stickt, die für Gage Harrison Thornton stehen.«

»Dann sind Sie allesamt einem Irrtum aufgesessen«, erwiderte Gage verärgert.

Mrs. Pettycomb sah ihn mit übertriebener Ungläubigkeit an. »Vielleicht hat Roxanne Grund zu glauben, Sie würden sie heiraten, weil Sie sich niemals allzugroße Mühe gemacht haben, sie zu entmutigen«, fuhr die Matrone fort, fest entschlossen, weiter auf dem Thema herumzureiten. »Uns allen hier ist jedenfalls klar, daß sie schon seit einiger Zeit davon träumt, Ihre Frau zu werden. Das hat sie schon getan, bevor Victoria nach Newportes Newes kam und Ihre Aufmerksamkeit fesselte. Wenn Sie nicht sehen können, daß Roxanne in Sie vernarrt ist, und das schon seit einiger Zeit, dann seien Sie versichert, daß wir anderen nicht so blind sind. Sie hätten ihr gleich sagen sollen, daß keine Hoffnung bestand, statt sie all diese vielen Jahre an der Nase herumzuführen.«

Gage, der das aufdringliche Frauenzimmer und seine gemeinen Anschuldigungen unendlich müde geworden war, brachte die Diskussion zu einem abrupten Ende. »Ich habe keine Zeit, noch länger mit Ihnen zu reden, Mrs. Pettycomb. Es tut mir leid, aber ich muß in meine Hütte zurück.«

Alma schenkte dieser schroffen Zurechtweisung keine Beachtung, sondern fachte das Feuer weiter an. »Wenn Sie klug wären, Gage Thornton, würden Sie meinen Rat annehmen und diesen Wahnsinn vergessen. Wenn Sie dieses...« Nachdem sie Shemaine mit einem verächtlichen Blick gestreift hatte, rümpfte sie arrogant die Nase und zwang sich, nachsichtiger zu sein, als sie beabsichtigt hatte. »... dieses *Gör*... mit zu sich nach Hause nehmen, werden die Leute gewiß darüber grübeln, welches die wahren Gründe sind, aus denen Sie sie gekauft haben...«

»Ich habe es eilig«, unterbrach Gage nun energisch ihre dreisten Unterstellungen.

»Eilig! Eilig! Eilig!« zeterte die Frau. »Das erzählen Sie doch immer! Sie haben keine Zeit, innezuhalten und die Dinge zu durchdenken, Gage! Ansonsten würden Sie es bemerken, wenn eine Frau ein Auge auf Sie geworfen hat. Sie arbeiten unablässig und machen niemals Pause. Warum machen Sie sich überhaupt diese Mühe?«

»Für Andrew, Mrs. Pettycomb«, antwortete Gage genervt und registrierte die ersten Regentropfen. »Für meinen Sohn.«

Ungeachtet der weiteren Wortattacken dieses Drachens griff Gage nach Shemaines Arm und führte sie davon. Dabei zeigte er mit dem Kopf in Richtung Fluß. »Mein Kanu liegt da drüben, nur ein kleines Stück von hier entfernt. Glaubst du, daß du es bis dahin schaffen wirst?«

»Ich werde mein Bestes tun, Sir«, erwiderte Shemaine mit einem schwachen Nicken.

Wie um ihre Beteuerungen zunichte zu machen, nahm der Wind an Schärfe zu und zwang Shemaine mit seiner Gewalt zurück. Die schweren Tropfen, die jetzt auf sie niederprasselten, raubten ihr beinahe die Sicht, während sie einen Fuß vor den anderen setzte. Es schien ein nutzloses Unterfangen zu sein, denn der immer wütendere Sturm drückte sie unerbittlich rückwärts.

Gage blieb abrupt stehen und drehte sich zu ihr um. Shemaine krümmte sich innerlich unter seinem verdrossenen Blick. Sie wußte, daß sie langsam und unbeholfen war, da sie beinahe ihre ganze Kraft eingebüßt hatte. Sie erwartete daher, daß er sie für ihre Schwerfälligkeit tadeln werde. Einen Augenblick lang bot seine hohe, breitschultrige Gestalt ihr einen gewissen Schutz vor dem Regen. Dann beugte der Mann sich ohne ein Wort vor und hob sie vom Boden auf.

»Mr. Thornton! Was machen Sie da? Setzen Sie mich ab!« stieß

Shemaine atemlos hervor. Wie konnte er sich die Freiheit nehmen, sie mit solcher Vertrautheit zu behandeln! Kein Mann außer ihrem Vater hatte je die Dreistigkeit besessen, sie irgendwohin zu tragen, und als ihr Vater es das letzte Mal getan hatte, war sie noch ein Kind gewesen. Die harten Muskeln ihres Herrn beunruhigten sie, denn seine Kraft brachte ihr schmerzlich zu Bewußtsein, wie dünn und zerbrechlich sie geworden war. Durch den Regen war sein sauberer, männlicher Duft nur noch undeutlich wahrnehmbar, aber immer noch stark genug, um ihr zu Kopf zu steigen und sie in noch tiefere Verwirrung zu stürzen, denn sie fühlte sich unendlich schmutzig. Schwach fügte sie hinzu: »Die L-Leute werden hersehen, Mr. Thornton.«

Gage tat ihre Sorge mit einem verächtlichen Lachen ab und überzeugte sich mit einem schnellen Blick über die Schulter davon, daß Alma Pettycomb tatsächlich genau das tat, obwohl ihr das mittlerweile welke Häubchen schlaff in die Stirn fiel. »Wenn irgendein dummes altes Klatschweib im Regen stehen und uns angaffen will, dann nur zu!« grummelte er. »Was mich betrifft, ich habe die Absicht, sobald wie möglich nach Hause zu kommen. Und ich kann nicht hier rumstehen und warten, daß du dich daran gewöhnst, wieder festen Boden unter den Füßen zu haben.«

Gage lief mit langen Schritten über die Hauptstraße des Weilers und zwang Shemaine auf diese Weise, ihm die Arme um den Hals zu schlingen und sich auf Gedeih und Verderb an ihm festzuhalten. Sie kamen weit schneller voran, als es ihr lieb war, und sie konnte nur ahnen, was ihr zustoßen würde, wenn er in dem Schlamm ausrutschte und sie durch die Luft flog. Im Vergleich dazu würden die Verletzungen, die sie Potts zu verdanken hatte, wahrscheinlich unbedeutend erscheinen.

Meine neue Dienstbotin stellt wirklich keine schwere Last dar, ging es Gage Thornton durch den Kopf, als er auf das Flußufer zueilte, denn sie lag ihm so leicht wie Distelwolle in den Armen. Ihm fiel auch auf, wie weich und fraulich sie sich mit ihren Armen um seinen Hals klammerte. Er kam sich allerdings vor wie ein Abstinenzler, den der berauschende Druck ihres wohlgerundeten Busens auf seiner Brust trunken machte. Das Vergnügen dieser Erfahrung warf die Frage auf, ob er als Witwer schon vergessen hatte, wie herrlich es war, eine junge, schöne Frau in den Armen zu halten.

Gage erreichte nun eine Reihe von Bäumen, die am Flußufer einen schützenden Baldachin über ihren Köpfen bildeten. Dort blieb er stehen und setzte seine Arbeiterin ab. Dann zog er ein Kanu zwischen den Büschen hervor, schob es ins Wasser und bedeutete Shemaine schweigend, sich am anderen Ende hineinzusetzen. Das schmale Boot war für ihren Geschmack bei weitem zu leicht, und obwohl sie dem Befehl ihres Herrn gehorchte, nahm sie doch nur widerstrebend den ihr zugewiesenen Platz ein. Ängstlich ließ sie den Blick über den breiten Fluß schweifen und schauderte.

Gage, der am anderen Ende des Bootes saß, stieß das Kanu mit dem Paddel vom Ufer ab. Die Strömung ergriff das kleine Boot, das sogleich leicht zu schaukeln begann, und Shemaines Herzschlag setzte vor Angst einen Moment lang aus. Nach allem, was sie durchgemacht hatte, wäre es der reinste Hohn, wenn sie jetzt ertrinken würde, nachdem sie erst vor wenigen Augenblicken der *London Pride* entronnen war.

Gage warf ihr ein kleines Stück Öltuch zu. »Das müßte dich eigentlich warmhalten.«

Dankbar für diesen Schutz vor dem Regen und dem Anblick der Wasserwüste ringsherum, zog sich Shemaine die Plane über den Kopf und kauerte sich darunter zusammen. Trotz der Regentropfen, die ihr ins Gesicht klatschten, hielt sie angestrengt nach Zeichen menschlicher Behausungen an den Flußufern Ausschau. Direkt hinter dem Weiler schien sich das Land flach und eben hinzuziehen, grasbestandenes Marschland, das von Wasservögeln und Amphibien bewohnt werden mochte. An manchen Stellen aber war das Unterholz so dicht, daß es wohl nur für die kleinsten Tiere zu durchdringen war. Die Schönheit der Wildnis berührte Shemaine sofort, obwohl sie sie auch ein wenig beängstigte. Sie hatte weder die geringste Vorstellung, was sie von diesem unkultivierten Land zu erwarten hatte, noch ob sie in der Lage sein würde, hier zu überleben.

Gelegentlich sah sie durch den dichten Regen eine Hütte, die mit einigen Nebengebäuden zwischen den Bäumen stand, und hier und da war zu erkennen, daß neue Quartiere gebaut wurden. Auf einer größeren Lichtung war der Bau eines Hauses im Gange, das bei weitem prächtiger war als die übrigen, und Shemaine staunte über den Mut dieser Menschen, die so weit entfernt von aller Zivilisation ohne jede Sicherheit ein solches Wagnis eingingen.

In ruhiger Regelmäßigkeit tauchte Gage das hölzerne Paddel einmal auf der einen, dann wieder auf der anderen Seite des Bootes in das von Regen aufgepeitschte Wasser und ließ das Kanu mühelos durch die lebhafte Strömung gleiten. Dann hielt er sich dicht am Flußufer, wo hohe, breitgefächerte Zweige ihnen ein wenig Schutz vor dem Unwetter boten. Weiter flußabwärts trieben dichte Felder rosafarbener und weißer Blütenblätter auf dem Wasser. Der Wind hatte sie von den knorrigen Obstbäumen des Ufers abgerissen, unter denen sie dicke Teppiche auf dem Fluß bildeten. Andere wurden von der Strömung erfaßt und mitgerissen, eine Zeitlang mutwillig hin und her geworfen, bevor sie in die Tiefe gezogen wurden. Shemaine, die sich genauso verletzlich fühlte wie diese zarten Blütenblätter, grübelte über die Ähnlichkeit zwischen ihrem eigenen Leben und der kurzen Flußfahrt dieser Blätter. Gegen ihren Willen war sie über einen ganzen Ozean gesegelt und trieb jetzt einem unbekannten Schicksal entgegen. Nur die Zeit würde offenbaren, ob sie weiter in den verhängnisvollen Strudel von Unglück und Schmerz gerissen wurde oder ob für sie irgendwann wieder einmal die Sonne scheinen würde.

Ein sandiger Seitenarm kam in Sicht, an dessen Ufer ein halbfertiges Schiff abgestützt auf Stapel lag. Niemand mußte Shemaine sagen, daß dies der Platz war, wo Gage Thornton seinen Traum zu verwirklichen trachtete. Als sie näher kamen, schien das Schiff wie ein hohes Gebäude über ihnen aufzuragen, um einiges größer, als Shemaine es sich vorgestellt hätte. Dies würde wahrhaftig ein Segelschiff für die hohe See werden, dachte sie voller Ehrfurcht und begriff plötzlich, wie leidenschaftlich und wagemutig der Mann sein mußte, der dieses Schiff entworfen hatte.

Etwas höher auf dem Ufer hinter dem Schiff stand ein großes Blockhaus. Sein steiles Dach ragte in die grauen Nebelschwaden, die dicht über die hohen Kiefern und Laubbäume im Umkreis der

Hütte hinwegzogen. Die Zweige der Bäume bogen sich mit klagendem Wimmern in den heftigen Sturmböen.

Gage steuerte das Kanu an das seichte Ufer, sprang an Land und zog das Boot aus dem Fluß. Die kalten Regentropfen prasselten immer noch heftig auf sie hernieder, als er Shemaine hochhob und mit ihr zur Hütte lief. Ohne spürbare Mühe sprang er die Stufen hinauf, durchmaß mit zwei langen Schritten die überdachte Veranda und hob den Riegel an, während er gleichzeitig die schwere Holztür mit der Schulter aufdrückte. Sobald sie im Haus waren, schloß er die Eingangstüre mit einem beherzten Tritt und setzte Shemaine vorsichtig ab. Dann nahm er ein Handtuch von einem Haken in der Nähe der Tür und trocknete sich Gesicht und Arme ab, bevor er durch die geräumige Hütte ging und mehrere Laternen entzündete.

»Ich werde die Fensterläden erst öffnen, wenn der Wind sich gelegt hat«, bemerkte Gage. Mit einer knappen Geste lenkte er Shemaines Aufmerksamkeit auf die kleinen Fenster, die in gleichmäßigen Abständen in das Zypressenholz der Wände eingelassen waren. Außer den unter dem überhängenden Dach der Veranda vor und hinter dem Haus einigermaßen geschützten Fenstern waren alle anderen durch hölzerne Läden von außen verschlossen und verriegelt. »Ich habe die Glasscheiben erst einige Monate vor dem Tod meiner Frau eingesetzt, und das war weder einfach noch billig. Wenn sich ein Sturm zusammenbraut, schließe ich für gewöhnlich die Läden, damit keine Fensterscheiben eingedrückt werden.«

Der Zauber und die Behaglichkeit der Hütte hatten Shemaine sofort beeindruckt. »Wie gemütlich es hier ist mit den Laternen.«

Die Zwischendecke wurde von einer Innenwand im Erdgeschoß gestützt, ragte aber etwas über diese Wand hinaus; wo der Überhang zu Ende war, befand sich linker Hand ein großer steinerner Feuerplatz mit Vorrichtungen zum Kochen. Gleich rechts neben der Feuerstelle und direkt dem Vordereingang gegenüber führte eine Tür auf einen breiten Flur mit einem Fenster und einem Hinterausgang. Am anderen Ende der Innenwand stand eine zweite Tür einen Spaltbreit offen und gab den Blick auf einen säuberlich geordneten Lagerraum frei. Eine weitere Wand verlief parallel zu den Seitenwänden; durch eine offene Tür darin, rechts des Eingangs, war ein geräumiges Schlafzimmer zu sehen.

Die Einrichtung mußte, wie Shemaine sogleich sah, ein begabter Künstler geschaffen haben, denn sie war ebenso schön und elegant wie die Möbel ihrer Eltern in England. Das bemerkenswerteste Stück von allen war ein großer Sekretär, der neben der Tür an der Wand zum Schlafzimmer stand. Schnitzereien in Form von Muscheln, schön geschwungene Schubläden und Türen mit Maserknollen-Furnier verliehen ihm besondere Eleganz. Die lederbezogene Schreibfläche war aufgeklappt, so daß man die vielen kleinen Schubkästchen und Fächer des Möbels sehen konnte, die eine Vielzahl kleiner Kuriositäten beherbergten. Das Ganze wurde majestätisch gekrönt von einem Paar spiralförmiger Blattschnitzereien links und rechts und einer fein modulierten Muschel in der Mitte – zweifellos die Handarbeit ihres neuen Herrn.

Shemaine drehte sich voller Staunen langsam um. Die kostbare Einrichtung war ein Luxus, den sie hier in den Kolonien nicht erwartet hätte. In der Tat gab es so viele schöne Möbelstücke, daß sie sie mit einem einzigen Blick gar nicht alle erfassen konnte. Ein Sofa und zwei große Ohrensessel, die in einem schottischen Karomuster gepolstert waren, gehörten zu einer kleinen Sitzgruppe in unmittelbarer Nähe des Sekretärs.

Im Küchenteil des Raumes säumten eine hölzerne Spüle, ein Arbeitstisch und ein hoher Schrank die Innenwand links des Herds. Nur wenige Schritte weiter standen zwei Holzbänke mit hohen Rückenlehnen zu beiden Seiten eines auf Böcken stehenden Eßtischs einander gegenüber. Am Tisch fehlte auch ein Kinderhochstuhl nicht. Und an der Feuerstelle stand ein Schaukelstuhl, so daß man dort die Wärme des Feuers genießen und den hinteren Flur im Blick behalten konnte.

Die steinerne Feuerstelle hatte eine Öffnung, die beinahe so groß war wie Shemaine. Es gab darin allerlei Haken und Stützen, auf denen die eisernen Kessel und Pfannen über dem Hauptfeuer erhitzt werden konnten. An einer Seite stand ein eiserner Ofen, der bequem innerhalb der Feuerstelle zu bewegen war, so daß man ihn beliebig in die Hitze des Feuers schieben konnte. Der massiv gebaute Kamin führte durch die Zwischendecke zum hohen Dach hinauf.

»Haben Sie dieses Haus mitsamt der Einrichtung selbst gebaut?« fragte Shemaine, während sie sich beeindruckt zu Gage umdrehte.

»Na ja, ich habe gleich nach meiner Ankunft hier eine kleine Hütte für mich selbst gebaut, und als ich Victoria heiratete, habe ich die Hütte vergrößert und nach und nach die Möbel für sie gemacht.« Sein Blick flackerte durch den Raum und heftete sich kurz auf vertraute Ecken und Winkel. »Sie war diejenige, die hier ein Zuhause für uns geschaffen hat. Sie konnte so gut mit einer Nadel umgehen wie nur je eine Frau, die ich gekannt habe.« Er zeigte auf das Sofa und die Sessel. »Sie hat mich gebeten, einem Schotten um einen Tisch diesen Karostoff abzuhandeln. Als ich die Rahmen fertig hatte, hat sie die Sitze mit Roßhaar gepolstert und erst mit Segeltuch und dann mit dem Wollstoff bezogen.«

»Sie müssen sie furchtbar vermissen«, sagte Shemaine leise, denn der seltsame Klang seiner Stimme war ihr nicht entgangen.

»Ja, ich denke viel an sie, wenn ich nichts zu tun habe«, gab er zu. Er hängte das Handtuch wieder an den Haken. »Aber wenn du ins Dorf gehst, wirst du gegenteilige Gerüchte zu hören bekommen. Alma Pettycomb und andere Lästermäuler im Weiler bezweifeln, daß ich je irgend etwas anderes lieben konnte als das Schiff, das ich baue.«

»Ich glaube nicht, daß ich allzuviel darauf geben werde, was Mrs. Pettycomb zu sagen hat«, bemerkte Shemaine mit einiger Ironie. Für sie stand bereits fest, daß diese Frau es kaum wert war, daß man sie kannte, geschweige denn, daß man auf ihr Geschwätz hörte. »Wenn Sie all diese Möbel für Ihre Frau gemacht haben, dann fällt es zumindest mir nicht schwer, zu glauben, daß Sie sie sehr geliebt haben.«

Sein Lächeln, das ebensoschnell verschwand, wie es aufgeblitzt war, blieb Gages einzige Antwort. Dann trat er ans Feuer, fachte die Glut an und legte mehrere Holzscheite nach.

Während er sich um das Feuer kümmerte, fiel Shemaine auf, daß sie bisher niemanden sonst in der Hütte gesehen hatte. »Wo ist denn Ihr Sohn?«

Gage hängte einen großen Kessel mit Wasser über die frisch entfachten Flammen und wies, während er sich zu ihr umdrehte, unbestimmt nach Westen. »Ich habe ihn bei einer Nachbarin gelassen, die ein kleines Stück flußaufwärts wohnt. Wenn Hannah Fields nicht einen Ehemann und sieben eigene Kinder zu versorgen hätte, hätte ich sie vielleicht eingestellt, um für uns zu kochen und sauberzumachen. Andererseits suchte ich eigentlich jemanden, der meinen Sohn auch unterrichten kann, und das würde Hannahs Fähigkeiten eindeutig übersteigen. Sie ist eine gute Frau, die sich nicht vor harter Arbeit scheut, und Andrew freut sich jedesmal, wenn er Gelegenheit hat, mit ihren beiden Jüngsten, Malcolm und Duncan, zu spielen. Wenn du sie erst kennengelernt hast, wirst du gewiß schnell feststellen, daß sie eine freundliche Seele ist, die keinerlei Neigung zu Klatsch und ähnlichen Dingen zeigt.«

»Es wäre schön, wenn ich jemanden fände, der mich in den Pflichten einer Dienerin unterweist, aber Mrs. Fields wird bei einer so großen Familie wohl kaum Zeit für dergleichen haben«, meinte Shemaine mit einem zaghaften Lächeln.

Obwohl Gage sich einzureden versuchte, daß er mit den Mängeln des Mädchens leicht fertigwerden konnte, stand doch fest, daß ein Mann, der den ganzen Tag über hart gearbeitet hatte, trotz der Anwesenheit einer so liebreizenden Frau großen Hunger auf eine anständige Mahlzeit entwickelte. »Sobald der Sturm nachläßt, mache ich mich auf den Weg und hole Andrew. Dann kann ich Hannah fragen, ob sie in den nächsten Tagen einmal rüberkommen kann, um dir einige Dinge in der Küche zu zeigen. Ich bin mir ziemlich sicher, daß sie dich gern einmal besuchen wird. Vielleicht bringt sie ihre beiden Jüngsten mit. Ihre älteren Söhne müssen schon dem Vater zur Hand gehen. Sie hat auch noch zwei Töchter, die eine zwölf und die andere ein paar Jährchen älter, aber die beiden haben hauptsächlich die Nachbarsjungen im Kopf. Sie bleiben lieber zu Hause, falls zufällig mal einer der Jungen auftauchen sollte.« Ein flüchtiges Grinsen ließ Gages Mundwinkel zucken, als er hinzufügte: »Ihr Vater paßt sehr gut auf, und nach der Größe seines Gewehrs kann ich mir wohl vorstellen, daß er die Jungen, die vielleicht eine Stippvisite im Sinn haben, durchaus zu entmutigen versteht.«

Shemaine lächelte. »Darf ich mich hier in der Hütte umsehen, während Sie fort sind?«

»Selbstverständlich. Aber du solltest besser zuerst baden und dich ankleiden, solange du einigermaßen ungestört bist. Im Schlafzimmer steht eine Truhe mit Kleidungsstücken, die du dir ändern kannst. Ich werde ein paar holen.«

Shemaine, die neugierig darauf war, was er ihr geben würde, folgte ihm in das Schlafzimmer und stellte fest, daß es geräumig und mit einem großen Himmelbett, einer Kommode, einem Schrank und anderen schönen Stücken behaglich eingerichtet war. Vor dem Bett lag ein großes Bärenfell.

Ein Teil des ursprünglichen Raumes war für ein kleines Kinderzimmer abgeteilt worden. Zwischen den beiden Räumen gab es keine Tür, sondern nur einen breiten Durchgang mit einem Segeltuchvorhang, der aber offensichtlich nur selten zugezogen worden war – die Falten, in denen er fiel, waren mit der Zeit recht hart geworden. Im Kinderzimmer standen ein Schaukelstuhl, eine Kommode mit Aufsatz, eine Kinderwiege sowie ein Rollbett, alles schöne Möbel und zweifellos die Werke des Hausherrn.

Gage hob den geschnitzten Deckel einer Truhe an, die am Fuß des Himmelbetts in dem größeren Raum stand, und deutete mit der Hand auf den Inhalt. »Diese Sachen haben meiner Frau gehört. Sie war groß und schlank; du wirst die Kleider wahrscheinlich kürzen müssen. Und die Schuhe an den Spitzen mit Stoff ausfüllen, bis ich es mir leisten kann, dir ein neues Paar zu kaufen. Aber du kannst alles nehmen, was dir gefällt.«

Seine Großzügigkeit überwältigte Shemaine. »Sie erlauben mir, die Kleider Ihrer Frau zu tragen?«

Gage brauchte seine Phantasie nicht zu bemühen, um sich das Ausmaß ihres Erstaunens vorzustellen. Es stand unverkennbar in ihrem schmutzigen Gesicht geschrieben. Seine Antwort fiel ziemlich lakonisch aus. »Besser diese Kleider als der Lumpen, den du am Leibe trägst.«

Eine tiefe Röte der Scham stahl sich in Shemaines Wangen, während sie abermals den abgerissenen Ärmel über ihre Schulter zog. »Ihre Großzügigkeit erstaunt mich, Mr. Thornton. Ich hätte gedacht, es müßte Ihnen widerstreben, einer Fremden etwas zu tragen zu gestatten, das früher einmal Ihrer Frau gehört hat.«

»Die Kleider werden deinen Bedürfnissen von größerem Nutzen sein als meinen Erinnerungen«, antwortete er schroff. »Und im Augenblick kann ich es mir nicht leisten, dir einen Ballen Stoff zu kaufen, damit du dir ein neues Kleid schneidern kannst. Ich habe mehr für dich bezahlt, als ich beabsichtigt hatte.«

»Ich bin nicht undankbar, Mr.Thornton«, beeilte Shemaine sich ihm zu versichern. »Ich hatte nur nicht damit gerechnet, mehr zu bekommen als ein wenig zu essen und vielleicht einen Platz zum Schlafen.«

»Der Junge und ich schlafen in diesen beiden Räumen hier«, erklärte Gage ihr ohne Umschweife. »Du kannst dir ein Schlafzimmer auf dem Dachboden einrichten.« Er bedeutete ihr, ihm zu folgen, und ging durch den großen Raum und die Tür rechts von der Feuerstelle in den Flur, der zu der Veranda hinterm Haus führte. An dessen rechter Wand stand unter einem hohen, schmalen Schrank ein großer Zeichentisch. Links befand sich eine Treppe, über die man auf den Dachboden gelangte.

Gage deutete mit der Hand auf die Treppe und ließ sie vorgehen. Er mochte den Blick gar nicht mehr von ihr abwenden, während sie die Stufen hinaufstieg, denn ihr Gang war von einer Anmut und Eleganz, die auch von ihren zerlumpten Gewändern nicht beeinträchtigt wurde. Oben ließ er ihr Zeit, den Raum zu inspizieren. Schweigend blieb sie neben dem schmalen Bett stehen, ließ dann den Blick über die wenigen anderen Möbel und die kleine Feueröffnung schweifen und ging dann zum Geländer, um einen Blick auf das Wohnzimmer unten zu werfen. Als sie wieder vor dem Bett stand, ließ sie die Finger nachdenklich über die Oberfläche des grob gearbeiteten Tisches direkt daneben gleiten.

»Ich weiß, es ist ziemlich eng hier oben«, räumte Gage nach einem Augenblick des Schweigens ein. »Aber es ist das Beste, was ich zu bieten habe, wenn du ein Zimmer für dich allein möchtest. Heute nachmittag spanne ich ein Seil über die Balustrade und hänge ein paar Segeltücher darüber, damit du hier oben ungestört bist.«

»Das ist viel mehr, als ich jemals erwartet hätte, Mr. Thornton.«

Gerührt von seiner Freundlichkeit versuchte Shemaine, sich nichts von ihren Gefühlen anmerken zu lassen, aber als sie sprach, lag doch ein leises Beben in ihrer Stimme. »Verglichen mit der Zelle, die ich mir auf dem Schiff mit den anderen Frauen geteilt habe, erscheint mir dies hier wie ein luxuriöses, üppiges Gemach. Und es ist mir ein großer Trost, zu wissen, daß ich in etwas Besserem als einem Kabelgatt ein wenig Ungestörtheit werde genießen dürfen.«

Gage bedachte sie mit einem prüfenden Blick und bemerkte den Tränenglanz in ihren schimmernden Augen. In verlegenem Schweigen trat sie einen Schritt zurück. Um ihr weitere Verlegenheit zu ersparen, ging er zur Treppe und stieg langsam die Stufen hinab.

»Hier habe ich meine ersten Möbel gefertigt«, erklärte er, nachdem sie ihm gefolgt war. »Das erste Stück war ein Kuriositätenkabinett für eine wohlhabende Dame, die mir zusagte, das Stück zu kaufen, wenn es ihr gefiele. Seither habe ich eine ganze Anzahl Möbel für sie gemacht. Augenblicklich arbeite ich auch wieder an einem Auftrag für sie.«

Er deutete flüchtig auf die schräge Fläche des Zeichentisches, die mehrere Zeichnungen des Möbels in verschiedenen Stadien der Fertigung zeigten. Seine Begabung für die Möbeltischlerei begann anscheinend beim Zeichnen; seine Skizzen waren genauso schön und präzise ausgearbeitet, wie das fertige Möbelstück selbst es einmal sein würde.

Shemaines Blick wanderte hinauf zu dem schmalen Schrank, der an der Wand über dem Zeichentisch hing. Dort stapelten sich in den kleinen Schubladen und Fächern verschiedene Rechnungsbücher, zusammengerollte Pergamente und Zeichnungen. Das kleine Schränkchen quoll schier über und legte Zeugnis ab für das Ausmaß der Arbeit, die ihr Herr an seinem Zeichentisch verrichtete.

»Da ich während der letzen Jahre immer mehr Aufträge bekam, mußte ich die Werkstatt schließlich verlegen. Sie ist jetzt in dem großen Schuppen am Ende des Weges, der hinter dem Haus beginnt. Zwei meiner Männer haben von Anfang an für mich gearbeitet. Als sie in meinen Dienst traten, waren sie absolute Neulinge und konnten nicht einmal ein Ahorn- von einem Eichenbrett unterscheiden. Selbst wie man richtig sägt, mußten sie erst lernen. Ich habe es nicht gewagt, ihnen größere Arbeiten anzuvertrauen. Aber im Laufe der Jahre haben sowohl Ramsey Tate als auch Sly Tucker größere Fortschritte gemacht, als ich mir damals hätte träumen lassen. Jetzt betrachte ich sie als zwei der besten Möbelschreiner hier in der Gegend. Vor kurzem habe ich zwei neue Lehrlinge angenommen, einen jungen Deutschen und einen Burschen aus Yorktown, aber über die Säge sind die beiden bisher noch nicht hinausgekommen. Um diese Zeit arbeite ich für gewöhnlich mit ihnen zusammen in der Werkstatt oder helfe dem alten Schiffszimmermann und seinem Sohn. Heute nachmittag aber habe ich allen freigegeben, damit sie eigene Angelegenheiten erledigen konnten, während ich mir die Ladung der *London Pride* anschaute.«

»Man sieht gleich, daß Sie ein sehr talentierter Mann sind, Mr. Thornton«, sagte Shemaine ernsthaft. »Ich verstehe nichts vom Schiffbau und ähnlichen Dingen, aber ob ich ein schönes Möbelstück vor mir sehe, erkenne ich sehr wohl. Wenn Sie Ihren Kunden ebenso gute Möbel geliefert haben, wie sie hier in der Hütte stehen, dann wird Ihre Kundschaft Ihre Handwerkskunst gewiß schmerzlich vermissen, wenn Sie beschließen, diesen Zweig Ihres Gewerbes ganz aufzugeben.«

Nur ein kurzes Zucken der Mundwinkel deutete ein Lächeln an, bevor Gage den Kopf hob, um zu lauschen. Das nunmehr leise gewordene Trommeln der Regentropfen auf dem Dach zeigte an, daß das Unwetter mit dem heftigen Wolkenbruch seinem Ende entgegenging. »Es hört sich so an, als hätte der Sturm seinen Biß verloren. Ich breche lieber auf, solange es etwas ruhiger ist. Durchaus möglich, daß das Unwetter von neuem losgeht.«

»Aber wo soll ich baden?« fragte Shemaine, die natürlich keine Ahnung hatte, wie man sich in dieser Hütte ein Bad bereitete. Im Haus ihres Vaters war diese Aufgabe den Dienstboten zugefallen.

»Ich habe bereits einen Kessel mit Wasser für dich übers Feuer gehängt. Draußen hinter der Veranda findest du einen Brunnen, aus dem du dir Wasser hochziehen kannst, falls du noch mehr brauchst. Und in der Vorratskammer hängt eine kleine Wanne. Für den Augenblick muß diese Wanne zum Baden genügen – und für die Wäsche, die du in der Hütte wäschst. Sobald ich einmal die Zeit dazu finde, werde ich den Vorratsraum zu einem Badezimmer umbauen. Bis dahin müssen wir uns mit dem begnügen, was da ist. Solange das Wetter warm genug ist, bade ich in dem Bach, der hier in die Bucht mündet. Er ist dir vielleicht auf dem Weg zur Hütte aufgefallen – dort, wo die Bäume stehen. Eine Frau wäre dort kaum vor neugierigen Blicken sicher, aber wenn dir der Sinn danach steht, würden meine Männer und ich den Anblick gewiß höchst erfreulich finden.«

»Ich bade im Haus, vielen Dank«, erwiderte Shemaine erschreckt. Abermals stieg ihr Hitze in die Wangen.

Gage akzeptierte ihre Antwort mit einem schwachen Lächeln. »Hannah freut sich immer, wenn ich eine Weile bleibe. Du hast also reichlich Zeit, zu baden und dich anzukleiden, während ich fort bin. Meine Rückkehr hängt allerdings auch vom Wetter ab.« Dann konfrontierte er sie mit einer unerwarteten Frage. »Hast du Angst, allein hierzubleiben?«

»Heute abend werde ich etwas Ungestörtheit sicher genießen. Wie Sie sich wahrscheinlich vorstellen können, war das an Bord der *London Pride* wahrhaftig ein seltenes Gut.«

»Sobald ich fort bin, kannst du die Haustür von innen verriegeln«, erklärte er ihr. »Zu dieser Vorsichtsmaßnahme würde ich dir dringend raten, nur für den Fall, daß ein Fremder auf die Hütte stößt und auf der Suche nach etwas Eßbarem oder Wertvollem herkommt und dich allein hier findet. Es würde mir gar nicht gefallen, wenn du mir gestohlen würdest, bevor ich dich jemals mit gewaschenem Gesicht gesehen habe.« Abermals ließ die Andeutung eines Lächelns ein wenig von seinem Humor ahnen. »Bei meiner Rückkehr werde ich dreimal klopfen, damit du weißt, daß du ohne Gefahr die Tür öffnen kannst. Ansonsten solltest du dich besser nicht am Fenster zeigen. Ich hoffe, daß ich dir noch vor Ende der Woche zeigen kann, wie man eine Muskete benutzt. Ich bin nicht allzuhäufig fort, aber wenn es vorkommt, würdest du dich mit einer Muskete bestimmt sicherer fühlen. Man kann nie wissen, ob man nicht vielleicht einem Bären oder einer Wildkatze begegnet...«

»Oder einem Indianer?« warf sie ein, denn sie hatte unterwegs einige Gerüchte über deren Wildheit gehört.

»Ja, gelegentlich auch einem Indianer«, gab Gage zu. »Aber die sind größtenteils in das Bergland jenseits der Alleghenies gezogen. Bei all den Engländern, Deutschen und zählebigen Schotten und Iren, die sich hier niedergelassen haben, ist es zu eng geworden für sie.«

Als Shemaine ihm zur Tür nachging, überlegte sie, ob es notwendig war, ihm jetzt schon von Jacob Potts und dessen Drohungen zu berichten. Aber er schien ohnehin etwas besorgt zu sein, seit sie von Bord der *London Pride* gegangen waren, und sie wollte ihm keinen Grund geben, sie zurückzugeben. *Zu einem passenderen Zeitpunkt*, überlegte sie, *wenn es ihn nicht allzusehr stört.*

Gage, der an der Tür stehengeblieben war, zeigte auf den kleinen Küchenschrank beim Kamin. »Da drin findest du Brot und Käse, falls du vor meiner Rückkehr Hunger bekommst. Hannah packt mir für gewöhnlich etwas zu essen ein, wenn sie weiß, daß Andrew und ich allein sind. Heute abend zumindest wirst du nicht hungrig zu Bett gehen müssen. Für morgen kann ich dir aber keine Garantien geben.«

Dann öffnete er die schwere Tür, trat hinaus auf die Veranda, sah sich schnell nach beiden Seiten hin um und zog schließlich die Tür hinter sich zu. Die Bodenbretter knirschten leise, als er die Treppe hinunterstieg. Als er fort war, genoß Shemaine die Stille in der Hütte. Dann legte sie mit einem tiefen Seufzer den schweren Riegel vor die Tür und verspürte zum ersten Mal seit vielen Monaten so etwas wie Hoffnung für die Zukunft.

4. Kapitel

Eine ausgiebige Haarwäsche und ein warmes, in Muße genossenes Bad belebten auf wundersame Weise Shemaines Lebensgeister, die in den zurückliegenden Monaten so Schreckliches hatten durchmachen müssen. Erstaunt nahm sie an sich selbst die grundlegende Veränderung zur Kenntnis, als sie ein schon reichlich abgetragenes Hemdchen aus der Kleidertruhe der verstorbenen Frau des Hauses überstreifte. Früher einmal hätte sie das Untergewand keines zweiten Blickes gewürdigt. Sie hätte es als zu schäbig aussortiert und höchstens noch als Staubtuch oder Putzlumpen für tauglich befunden. Doch wenn man erst mal mehrere Monate tagein, tagaus dasselbe Kleid getragen hatte, bis es nur noch ein Lumpen war, empfand man schließlich große Dankbarkeit für jedes Kleidungsstück, das sauber und einigermaßen heil war. Obwohl sich in der Truhe hübschere Kleider befanden, ja, sogar eines mit Spitzenbesatz, das offensichtlich das beste Kleid der Frau gewesen war, wollte Shemaine doch die Großzügigkeit ihres neuen Herrn nicht überstrapazieren. Angesichts ihrer zukünftigen Bedürfnisse hatte sie ein zweites Hemdchen herausgelegt sowie ein grünes Gewand und ein hellblaues, ferner zwei lange, weiße Schürzen und ein paar schwarze Schuhe, die allesamt in der Vergangenheit reichlich getragen worden waren.

Sobald Shemaine gebadet und sich das Haar gewaschen hatte, verspürte sie einen starken Drang, Gage Thornton ihre Dankbarkeit dafür zu beweisen, daß er sie gekauft hatte. Das ließ sich wohl am besten bewerkstelligen, indem sie sich sogleich als wagemutige Köchin und tüchtige Dienerin zeigte. Nun gut, es würde einige Zeit dauern, bevor sie ihre Kraft und ihre Energie wiedergefunden hatte, aber sie würde die Mühe nicht scheuen. Sie schlang sich ein Handtuch um ihr feuchtes Haar und machte sich, nur mit dem Hemdchen bekleidet, daran, ihre Fähigkeit bei der Zubereitung einer schmackhaften Mahlzeit zu erproben.

Es waren einige Jahre vergangen, seit Bess Huxley, die Köchin ihrer Familie, versucht hatte, ihr Interesse an kulinarischen Unternehmungen zu wecken und ihr die grundlegenden, für einen Erfolg auf diesem Gebiet unerläßlichen Techniken beizubringen. Damals hatte Shemaine die einzelnen Handgriffe nur murrend wieder und wieder getan, bis sie sie zur vollkommenen Zufriedenheit der Köchin beherrscht hatte. Aber wie sehr hatte sie es doch gehaßt, endlos Soßen zu rühren, damit sie nicht anbrannten, oder Eiweiß zu schlagen, bis man es mit dem Messer schneiden konnte. Damals war sie der Meinung gewesen, Bess' Unterweisungen seien nichts als verschwendete Zeit und Mühe, denn sie hatte sich nicht vorstellen können, einen Mann zu heiraten, der nicht über ausreichende Mittel verfügte, um ihr ein Haus voller Diener zu bieten.

Soviel zu meinen Erwartungen, verspottete Shemaine sich im Geiste. Bess hatte sie gewarnt, nicht allzu hochmütig zu sein, denn ein junges Mädchen könne nie wissen, welcher Mann einmal um ihre Hand anhalten werde oder, was das betraf, welchem Mann sie ihr Herz schenken würde – *falls* sie das Glück hatte, in dieser Angelegenheit überhaupt wählen zu dürfen. Obwohl die Köchin sie weiß Gott hart rangenommen hatte, war Shemaine sich ziemlich sicher, daß sie inzwischen einen großen Teil des damals Gelernten vergessen hatte. Aber nun mußte sie zeigen, was sie konnte, und sich, wenn irgend möglich, an alles erinnern, was Bess Huxley ihr mit solcher Mühe einzutrichtern versucht hatte.

Shemaine machte sich daran, Waffeln zu backen. Während der einsamen Tage im Kabelgatt hatte sie oft sehnsüchtig an die entspannten Nachmittagstees mit ihrer Familie gedacht. Diese Erinnerungen stellten sich nun wieder ein, während sie den Grundteig zubereitete. Als der Teig fertig war, deckte sie die Schüssel mit einem Tuch ab und stellte sie in die Wärme des Kamins, wo der Teig noch einmal gehen konnte, während sie selbst ihre Toilette beendete.

Es war eine schier endlose Plackerei, die hartnäckigen Knoten aus ihrem nassen Haar zu bekommen, während sie vor dem Feuer saß. Diese Aufgabe erforderte viel mehr Zeit, als Shemaine erwartet hatte. Schließlich verfiel sie in nervöse Hast, denn der Nachmittag schien wie im Flug zu vergehen. In ihrer Verzweiflung suchte sie nach einer Schere, um kurzen Prozeß mit ihrem Haar zu machen, fand aber nichts Besseres als ein Fleischermesser. Bei dem Gedanken an das Unheil, das dieses Werkzeug anrichten konnte, schlug sie sich das Ganze sofort aus dem Kopf.

In der Kommode hatte sie zuvor eine Bürste gefunden, an der noch mehrere lange, blonde Haare hafteten. Obwohl ihr neuer Herr ihr die Erlaubnis gegeben hatte, zu benutzen, was immer sie benötigte, konnte Shemaine sich nicht dazu überwinden, ein so kostbares Andenken zu zerstören. Statt dessen durchsuchte sie die Utensilien des Mannes und stellte dabei fest, daß der größte Teil seiner Kleidung und Unterwäsche säuberlich sortiert und aufgestapelt in seinem Kleiderschrank lag. Die einzige Ausnahme bildete ein Bündel zerknitterter Hemden von viel feinerer Qualität als das Kleidungsstück aus selbstgesponnener Wolle, das er im Augenblick trug. Die Sachen lagen zusammengeknüllt ganz hinten in dem Kleiderschrank und waren bereits so lange dort, daß sie den Geruch des Holzes angenommen hatten. So angenehm dieser Duft auch war – Shemaine beschloß, sich dieser Hemden bei der nächsten Wäsche anzunehmen.

Es begann von neuem heftig zu regnen, und da Shemaine nicht wußte, ob das Unwetter Mr. Thorntons Rückkehr verzögern oder beschleunigen würde, wagte sie es nicht, sich noch viel länger mit ihrem Haar aufzuhalten. In einer Schublade des Rasiertisches fand sie schließlich eine Bürste und benutzte sie, um auch noch die letzten verfilzten Locken auszubürsten. Ihr schweres Haar war immer noch leicht feucht, als sie es flocht und die beiden Zöpfe zu einem Knoten im Nacken zusammenband. Dann wusch sie die Bürste aus, trocknete sie und legte sie wieder dorthin zurück, wo sie sie gefunden hatte – in der Hoffnung, ihr Herr werde nicht bemerken, daß sie sie während seiner Abwesenheit benutzt hatte.

Beide Kleider waren, wie Gage vorhergesagt hatte, zu lang und saßen über ihren Brüsten ein wenig zu stramm. Es erstaunte Shemaine, daß ein Mann sich ein volles Jahr nach deren Tod noch mit solcher Genauigkeit seiner Frau erinnern konnte, um ihre Maße mit denen einer anderen Frau exakt vergleichen zu können. Die Mieder der Kleider ließen sich nicht weiter auslassen, wie Shemaine feststellte, nachdem sie die Nähte begutachtet hatte. Auch mit den Säumen würde sie sich erst beschäftigen können, wenn sie etwas mehr Zeit hatte. Sie entschied sich nur deshalb für das grüne Gewand, weil es eine Spur kürzer zu sein schien als das andere. Nachdem sie in die Schuhe geschlüpft war, band sie sie mit dünnen Schnüren aus Tierfell fest, damit sie mit den Füßen nicht herausrutschte, und wickelte die Kordeln um ihre Knöchel, bevor sie sie verknotete. Als sie sah, wie rot und angeschwollen ihre Knöchel durch das beständige Reiben der Fußfesseln geworden waren, zog sie angewidert die Nase kraus.

Shemaine überprüfte den Teig und stellte sehr zu ihrer Erleichterung und Freude fest, daß er trotz der knappen Zeit recht gut aufgegangen war. Sie fügte die nächsten Zutaten hinzu, bis er die richtige Beschaffenheit hatte. Dann setzte sie das Ganze wieder in die Nähe der Feuerstelle, bevor sie sich daranmachte, Staub zu wischen und die Hütte aufzuräumen.

Sobald der Teig das zweite Mal genügend gegangen war, legte Shemaine eine Eisenplatte auf die Stützen über der Feuerstelle, so daß die Flammen sie auf die richtige Temperatur erhitzen konnten. Fest entschlossen, ihrem neuen Herrn am Nachmittag zu einer leichten, angenehmen Stärkung zu verhelfen, ließ sie einen Kessel Tee nahe beim Feuer ziehen und hoffte inbrünstig, daß er rechtzeitig zurückkehren würde, um die Waffeln und den Tee zu kosten, solange beides noch frisch und heiß war.

Obwohl ihre Lektionen schon Jahre zurücklagen, hatten die ihr damals verhaßten, ständigen Wiederholungen doch ihre Wirkung gehabt, denn die Waffeln waren ihr wunderbar gelungen. Zum ersten Mal in ihrem Leben konnte sie sich für das Ergebnis ihrer Kochkünste begeistern und verspürte eine tiefe Dankbarkeit Bess Huxley gegenüber, die bei allem, was ihre Schülerin tat, auf Vollkommenheit gedrungen hatte. Shemaine seufzte; wenn sie sich doch nur mit demselben Erfolg an all die anderen Instruktionen erinnern könnte, die Bess ihr seinerzeit gegeben hatte.

Schnelle Schritte auf der Vordertreppe ließen sie erschrocken aufhorchen, aber bei dem folgenden kurzen dreimaligen Klopfen an der schweren Tür atmete sie erleichtert wieder durch, und das unangenehme Prickeln, das sie im Nacken verspürt hatte, verflog. Shemaine legte noch rasch einige Waffeln zum Bräunen auf die Gußeisenplatte, lief dann zur Tür, hob den Riegel hoch und zog die Tür weit auf, um den vom Regen durchnäßten Mann einzulassen.

Während des ganzen Rückwegs und der kurzen, im Laufschritt genommenen Strecke zur Hütte hinauf hatte Gage Thornton versucht, sowohl seinen kleinen Sohn, den er nun auf dem Arm trug, wie auch einen großen Korb mit Speisen unter einer Plane trocken zu halten. Mit diesem Unterfangen war er immer noch vollauf beschäftigt, als er nun über die Schwelle trat. Ohne Shemaine, die hastig zum Herd zurücklief, große Aufmerksamkeit zu schenken, schlug er die Tür mit der Schulter hinter sich zu und setzte den Korb auf den Tisch in der Nähe der Tür, bevor er die schützende Plane von seinem Sohn wegzog. Als der Junge eine Fremde im Haus sah, drückte er sich mit jäh erwachter Schüchternheit an die Schulter seines Vaters. Es widerstrebte ihm offensichtlich, seinen sicheren Platz auf dessen Arm zu verlassen, aber der Duft, der die Hütte erfüllte, ließ die bernsteinbraunen Augen schon bald zum Herd wandern.

»Papa… Andy… hat Hunger.«

Der köstliche Duft hatte auch Gages Neugier geweckt, und nachdem er seinen Sohn neben sich abgesetzt und sein durchnäßtes Hemd aus seiner Wildlederhose gezogen hatte, warf er einen fragenden Blick auf das Backblech. »Was riecht denn hier so gut?«

»Mir ist wieder eingefallen, wie man Waffeln backt«, verkündete Shemaine mit einem Lächeln, das zwischen Furcht und Stolz schwankte.

Was immer sie auch sonst hatte sagen wollen, war augenblicklich vergessen, als Gage sich das durchweichte Kleidungsstück über den Kopf zog und in einen Eichenkorb in der Nähe der Tür warf. Der Anblick seiner schlanken Hüften, der breiten, muskulösen Schultern und der straffen, sehnigen Brust war wirklich beunruhigend für eine junge Frau – vor allem eine, die bei ihren wenigen Ausflügen an Deck der *London Pride* immer wieder schmerbäuchige und schmalbrüstige Matrosen zu Gesicht bekommen hatte. Die waren mit größtem Vergnügen mit nacktem Oberkörper vor den Frauen einherstolziert, als hätten sie sich für besonders bewunderungswürdige Exemplare männlicher Kraft gehalten, würdig, die kritischsten Vertreterinnen des anderen Geschlechts zu beeindrucken.

Im Vergleich mit ihnen war Gage Thornton von außergewöhnlicher, körperlicher Schönheit und übertraf alles, was Shemaine je gesehen hatte. Er selbst jedoch schien sich weder seines ungewöhnlich fesselnden Äußeren bewußt zu sein noch der verwirrenden Wirkung, die er auf seine Vertragsarbeiterin ausübte. Shemaine konnte sich nicht daran erinnern, jemals einen Mann gesehen zu haben, der sie einfach dadurch, daß er sich seines Hemdes entledigte, aus der Ruhe zu bringen vermochte. Mit ihrer plötzlichen Unruhe stellte sich außerdem die Erkenntnis ein, daß sie, wenn man ihre Kindheit außer acht ließ, zum ersten Mal im Leben vollkommen allein mit einem fremden Mann war. Jede echte Dame hätte weniger den Körperbau des Mannes bestaunt, als nach irgendwelchen Vorsichtsmaßnahmen Ausschau zu halten. Denn unter den gegebenen Umständen war sie den Launen ihres Herrn in Wahrheit auf Gedeih und Verderb ausgeliefert.

Shemaine, die zum einen entsetzt über ihre eigene Kühnheit war, seine leicht behaarte Brust und seine breiten Schultern so offen zu bewundern, und sich zum anderen auch keinesfalls dabei ertappen lassen wollte, wandte sich entschlossen wieder ihren Waffeln zu und bemerkte mit leicht zittriger Stimme: »Ich dachte, Sie und Andrew hätten vielleicht gern ein paar Waffeln zum Tee.«

»Ich will nur schnell aus diesen nassen Sachen, dann bin ich gleich wieder da«, erwiderte Gage beschwingt und lief in sein Schlafzimmer. Das einzige, was seine absolute Zufriedenheit mit seiner Vertragsarbeiterin bisher beeinträchtigt hatte, war seine Sorge, daß sie nicht kochen konnte. Obwohl er sich alle Mühe gegeben hatte, nicht darüber nachzudenken, waren in den vergangenen Stunden doch immer wieder Befürchtungen in ihm wach geworden, wie seine kleine Familie mit schlecht zubereiteten Mahlzeiten wohl zurechtkommen würde. Es war eine gewaltige Erleichterung, festzustellen, daß das Mädchen bei weitem mehr von der Sache verstand, als es zuerst hatte durchblicken lassen. Wenn es in der Küche etwas zuwegebrachte, das so unwiderstehlich duftete, daß ihm das Wasser im Munde zusammenlief, dann durfte man wohl hoffen, daß sie noch einiges mehr zustandebringen würde.

»Papa!« kreischte Andrew plötzlich voller Panik, weil er bemerkt hatte, daß sein Vater fortgegangen war. Er warf Shemaine aus weit aufgerissenen Augen einen erschreckten Blick zu und rannte vor Angst schreiend ins Schlafzimmer.

Lächelnd hörte Shemaine zu, wie Gage seinen schluchzenden Sohn beruhigte.

»Es ist schon gut, Andy. Shemaine wird jetzt bei uns wohnen und auf dich aufpassen, während Papa Truhen und Tische baut...«

»Und großes Schiff auch, Papa?« fragte der Junge mit immer noch tränenerstickter Stimme.

»Und auch das große Schiff, Andy.«

Shemaine stellte die Teekanne auf den Tisch und holte dann Tasse und Untertasse, zwei kleine Teller, Besteck und Obstkonserven herbei, die sie im Schrank gefunden hatte. Einen Augenblick später kam Gage mit seinem Sohn auf dem Arm aus dem Schlafzimmer. Er trug jetzt eine dunkelbraune Wildlederhose und ein wollenes Hemd mit weiten Ärmeln. Vor ihrer Verhaftung hätte Shemaine einen von Kopf bis Fuß elegant gewandeten Mann bei weitem vorgezogen. Maurice hatte sich stets vorbildlich gekleidet und in Gehröcken aus schwarzer Seide und passenden Westen und Kniehosen atemberaubend gut ausgesehen. Aber wenn ihr neuer Herr ihr jetzt in seiner so groben Kleidung den Atem stocken ließ, mußte Shemaine sich fragen, wie sie sich jemals wieder von fürstlich gewandeten Lords in Seidenstrümpfen würde hinreißen lassen.

Gage setzte den Jungen in den Hochstuhl am Ende des Tisches, band ihm ein Lätzchen um den Hals und nahm dann seinerseits auf der Bank links neben Andrew Platz. Shemaine beugte sich über den Tisch, um den Teller mit Waffeln in die Mitte zu stellen. Gage blickte auf, um ihr zu danken, und im Lichtschein der von der Decke hängenden Laterne sah er zum ersten Mal seit seiner Rückkehr Shemaines Gesicht.

Wenn es irgend etwas gab, das seine rätselhafte Zurückhaltung durchbrechen konnte, dann war es gewiß, so vermutete Shemaine, die Veränderung ihres Aussehens. Als sie einander an Bord der *London Pride* das erste Mal angesehen hatten, hatte die Kraft dieser leuchtendbraunen Augen sie zutiefst überrascht, aber die langsame, durchdringende Musterung, deren er sie jetzt unterzog, war etwas ganz anderes; es schien, als sehe er sie zum ersten Mal als Frau und nicht als Besitz. Shemaine hielt beklommen den Atem an und überlegte gleichzeitig, ob er wohl seine Freundlichkeit ihr gegenüber bedauern würde, wenn er sie nun in Victorias Kleidern sah.

»Du siehst anders aus...«, murmelte Gage zu guter Letzt. »Sehr nett, um genau zu sein.« *Wahrhaftig! Bei weitem zu schön für einen Mann, der ein ganzes Jahr ohne Frau gewesen ist*, dachte er und senkte den Blick, um sich mit größter Entschlossenheit den Waffeln zu widmen. Beinahe mechanisch griff er nach der ersten, riß sie entzwei und strich für seinen Sohn auf eine der beiden Hälften etwas von dem eingelegten Obst.

»Soll ich Andrew auch ein wenig Tee einschenken?« fragte Shemaine unsicher, da sie es immer noch nicht vermochte, seine Stimmung zu deuten, denn er schien ihr nun eher noch distanzierter als zuvor.

Gage, der die Torheit, in ihre Richtung zu schauen, kein zweites Mal begehen wollte, erhob sich vom Tisch. Es war eine schmerzliche Wahrheit, daß Abstinenz die Sinne eines Mannes qualvoll zu schärfen vermochte, wenn sich eine liebreizende, junge Frau in seiner Nähe befand. »Ich habe etwas Milch im Brunnen kühlgestellt«, antwortete er schließlich. »Wenn du willst, zeige ich dir, wo sie aufbewahrt wird.«

»Soll ich die Plane holen?« fragte sie, da sie nicht noch einmal bis auf die Haut naß werden wollte.

»Nein, das ist nicht nötig. Das Dach der Veranda hinten geht bis zum Brunnen.«

Gage führte sie durch den hinteren Flur, hob den Riegel an und hielt ihr die Tür auf. Shemaine trat an ihm vorbei auf die Veranda hinaus und hatte einmal mehr Gelegenheit, über den arbeitsamen Mann zu staunen. Es war ihr immer deutlicher geworden, daß Gage

Thornton mit großer Freude Dinge schuf, die nicht nur schön, sondern auch gleichzeitig sehr nützlich waren.

Der Brunnen vor ihr war aus Stein und Holz gebaut. Vom Fuß der Treppe aus führte ein gepflasterter Pfad in Windungen zwischen blühenden Büschen und Obstbäumen und einer Vielzahl regennasser Frühlingsblumen und Kräuter hindurch und an einem bis oben mit Holz gefüllten Schuppen sowie einem kleinen Räucherhäuschen vorbei. Daneben war das Erdreich zu einem stattlichen Hügel aufgeworfen worden, der offensichtlich als Vorratskeller für Wurzelgemüse diente und durch eine Tür an seiner Vorderseite zugänglich war. Hinter dem Erdkeller lag ein Hühnerhof mit einem Hühnerstall in seiner Mitte, der in lauter kleine, ordentlich in Reih und Glied angelegte Kämmerchen aufgeteilt war, so daß sich die Eier mühelos aus den Nestern nehmen ließen. Nicht weit davon entfernt stand ein Stall, der von zwei eingezäunten Weiden aus zugänglich war – einer für zwei Pferde, der andere für eine Kuh und deren Kalb. Am Ende des Gehwegs duckte sich ein großes, mit einem Blechdach versehenes Gebäude zwischen den Bäumen.

»Da drüben fertigen die Männer und ich die Möbel an«, erklärte Gage und zeigte mit der Hand in Richtung Werkstatt. »Dahinter steht noch ein großer Schuppen, in dem wir einen Teil des Holzes lagern, das wir für das Schiff oder die Möbel benötigen.«

»Papa!« kam Andrews klägliche Stimme aus der Hütte.

»Ich bin gleich wieder da, Andy«, antwortete Gage sofort und zog ein Seil aus dem Brunnen, an dessen Ende ein Milchkrug befestigt war. Dann hielt er Shemaine die Tür weit auf, wobei ihm ihr im Mieder eingezwängter Busen nicht entgehen konnte. Als sie dann durch den hinteren Flur eilte, heftete sein Blick sich wie von selbst auf ihre rhythmisch schwingenden Röcke. Wieder am Tisch setzte Gage den Krug ab, blieb aber wartend neben der Bank stehen. Es dauerte einige Sekunden, bis Shemaine begriff, daß er damit rechnete, daß sie sich ebenfalls setzen werde. Als er ihren fragenden Blick bemerkte, deutete er einladend auf die Bank, die ihr am nächsten stand.

»Hier in dieser Hütte, Shemaine, essen wir alle zusammen. Du wirst in meinem Haus und von allen, die es betreten, wie ein Mitglied meiner Familie behandelt werden.«

Shemaine, die sich auf das blanke Holz der Bank gleiten ließ, verschränkte demütig die Hände auf dem Schoß und flüsterte dankbar: »Vielen Dank, Mr. Thornton.«

»Gage, mein Name ist Gage.« Er saß ihr gegenüber, wagte es aber immer noch nicht, sie allzulange anzusehen, aus Furcht, ein Begehren zu entfachen, das niederzukämpfen ihn einiges an Kraft kosten würde. Er hatte noch nie zuvor einen Vertragsarbeiter besessen, erst recht keinen weiblichen. Obwohl er wußte, daß so mancher Dienstherr den Verfügungen zuwiderhandelte, die Vergewaltigung und Mißbrauch der Strafarbeiter verboten, wollte er doch vermeiden, mit seinem Namen jemals auf dieser Liste zu erscheinen. »Jeder hier nennt mich Gage. Du solltest es auch tun. Ich habe es nicht gern, wenn jemand mich Mr. Thornton nennt – außer von meinen Feinden.«

Shemaine, die sich für die Tränen haßte, die in ihren Augen aufstiegen, brachte gerade noch ein kleines, unterwürfiges Nicken zustande, während sie den Rest ihrer Kraft darauf konzentrierte, den feuchten Schimmer in ihren Augen verborgen zu halten. »Wenn Sie es so wünschen ... Gage.«

Er reichte ihr den Teller mit den Waffeln. »Und jetzt iß, Shemaine. Du bist viel zu dünn für meinen Geschmack.«

»Ja, Sir.«

Andrew hatte dieses Gespräch interessiert verfolgt und blickte von einem zum anderen. Dann beugte er sich über den Tisch und sah fragend Shemaine an, die mit gesenktem Kopf dasaß. Als sie den Blick des kleinen Jungen spürte, blinzelte sie hastig, um sich nur ja nicht zu verraten, und brachte es sogar fertig, den Jungen anzulächeln. Dieser jedoch drehte sich verdutzt zu seinem Vater um.

»Shiam weint, Papa.«

Hilflos hob Shemaine den Kopf und mußte, als sie den fragenden Blick des Mannes auf sich spürte, miterleben, wie kleine Bächlein über ihre Wangen rannen. Wenn man bedachte, wie energisch sie Morrisa die Stirn geboten und wie trotzig sie sich Gertrudes Versuchen widersetzt hatte, sie zu demütigen und zu vernichten, konnte sie kaum glauben, daß sie nun nur deshalb die Beherrschung verlor, weil ihr jemand mit ein wenig Freundlichkeit begegnete. »Es tut mir leid, Mr. Thorn…« Sie stockte, weil sie fürchtete, daß es endgültig um sie geschehen sein werde, wenn sie sich nun auch noch verbesserte und die vertrautere Anrede benutzte. Aber sie hatte ihre liebe Not, ihre Gefühle zu erklären. »Ich hatte nicht… damit gerechnet, so gut behandelt zu werden. Es sind jetzt vier Monate oder mehr vergangen, seit ich das letzte Mal ein freundliches Wort gehört habe. Genausolange ist es her, daß ein Gentleman mir die Tür aufgehalten hat oder gar stehengeblieben wäre, bis ich Platz genommen habe. Es ist mir furchtbar peinlich, daß ich angefangen habe, zu weinen, Sir… aber ich kann anscheinend nicht dagegen an.«

Gage griff in seine Hosentasche, zog ein sauberes Taschentuch heraus und reichte es ihr. Dann stand er auf und drehte sich um, während sie sich die Augen betupfte. Es dauerte nicht lange, da hatte er aus dem Schrank zwei kleine Becher geholt, den einen bis zum Rand mit Milch vollgegossen und eine kleinere Menge in den anderen gegeben. Als er wieder am Tisch stand, reichte er ihr den vollen Becher und riet ihr: »Trink das, Shemaine. Du brauchst die Milch dringender als den Tee. Die Milch wird dich beruhigen.« Dann schnitt er ohne Umschweife eine weitere Waffel auf, bestrich beide Seiten mit Marmelade und legte sie auf einen zweiten Teller, den er vor sie hinstellte. »Laß dir deine Waffeln schmecken, Mädchen. Sie duften wunderbar.«

Shemaine lachte unter Tränen und bemerkte, wie ein flüchtiges Lächeln über Gages Lippen huschte, während er ihren Blick erwiderte. Aus irgendeinem Grund wurde ihr bei dem Lächeln des sonst so ernsten Mannes leichter ums Herz. Gehorsam nippte sie an dem Becher – die Milch war kalt und köstlich – und nahm dann einen kleinen Bissen von der Waffel. Andrew trank schlürfend aus dem Becher, den festzuhalten sein Vater ihm half. Danach schenkte Gage sich Tee ein und machte sich ebenfalls über die Waffeln her. Einige Minuten lang aßen sie schweigend und genossen die köstliche Speise. Dann erzählte Gage, um die Anspannung seiner Dienerin etwas zu lockern, die Geschichte des Bären, der ihn vor einigen Jahren gehörig belästigt hatte.

»Der alte Einohr war ein unglaublich bösartiges Vieh mit einem gewaltigen Haß auf die Menschen, der seinen Grund zweifellos darin hatte, daß ihn einmal ein Trapper um eines seiner Ohren gebracht hatte. Der Bär wagte sich mehrmals auf mein Land, ohne viel Schaden anzurichten. Aber an einem frostkalten Morgen überraschte ich, als ich gerade draußen vom Abort kam, den alten Einohr dabei, wie er versuchte, an ein junges Kalb heranzukommen, das ich im Frühjahr gekauft hatte. Ich schätze, er hatte es sich zum Frühstück auserkoren. Als ich ihn in seinem Tun störte, wurde er natürlich wütend. Ich brauchte nicht lange, um zu begreifen, daß Einohr auf Rache aus war – und mich selbst als Frühstück anpeilte. Ich hatte meine Muskete in der Hütte gelassen, und er stand nun vor mir und überlegte, in welche meiner Weichteile er als erstes seine Pranken schlagen konnte. Ich war mehr oder weniger schutzlos und hatte nichts am Leibe als meine Hosen. Victoria hatte den Lärm gehört und kam mit meinem Vorderlader aus der Hintertür. Sie war damals hochschwanger mit Andrew, aber sie zögerte keinen Augenblick. Der Bär fuhr gereizt herum, um sie anzugreifen, aber sie legte ungerührt an und feuerte ihm ein Loch genau zwischen die Augen.« Ein Lächeln so flink wie das Blinzeln eines Auges huschte über sein Gesicht. »Auf diese Weise sind wir zu einem Bärenfell für das Schlafzimmer gekommen. Ich habe das Fell gegerbt und auf Victorias Seite des Bettes gelegt. So bekam sie im nächsten Winter, wenn sie des Nachts aufstehen mußte, um Andrew zu stillen, keine kalten Füße.«

Obwohl Shemaines Augen immer noch gerötet waren, kamen keine neuen Tränen mehr, und in die grünen, unter langen, feuchten Wimpern verborgenen Augen trat ein warmer Glanz. Sie stützte einen Ellbogen auf den Tisch, legte das Kinn in die Hand und lächelte. »Ich glaube, Sie sollten mir bald beibringen, wie man mit einer Muskete schießt, Mr. Thornton, um Ihrer Sicherheit willen und meiner.«

»Ich hoffe, daß ich dazu noch vor Ende dieser Woche kommen werde«, antwortete Gage und erwiderte ihr Lächeln.

Als sie zu Ende gegessen hatten, stand Shemaine auf und räumte das Geschirr ab, während Gage Andrew Gesicht und Hände wusch und den Jungen auf die Arme nahm. Der Kleine gähnte, legte den Kopf auf die Schulter seines Vaters und ließ sich willig ins Schlafzimmer tragen. Als Gage wieder herauskam, zog er die Tür leise hinter sich zu. Dann nahm er den Milchkrug vom Tisch, brachte ihn wieder zum Brunnen und trat schließlich mit einem kleinen, irdenen Topf in die Küche.

»Das ist eine Salbe, die ich für alles benutze, das heilen soll«, erklärte er seiner Dienerin. »Die Salbe ist gut für alle tiefen Wunden, aber ich benutze sie überwiegend gegen Schwielen, Kratzer und ähnliches.« Er schraubte den Deckel ab, ging auf die Holzspüle zu, an der Shemaine gerade das Geschirr abwusch, und hielt ihr den Topf hin, damit sie hineinblicken konnte. »Ich dachte, die Salbe wäre vielleicht etwas für die roten Schwellungen an deinen Hand- und Fußgelenken.«

Shemaine stellte den letzten Teller in den Schrank und blickte in den kleinen Topf, der eine dunkelgelblich getönte, durchscheinende Paste enthielt. Nachdem sie kurz daran geschnuppert hatte, zog sie voller Abscheu die Nase kraus.

»Ich weiß. Der Geruch genügt, um ein Stinktier umzubringen«, scherzte Gage. »Aber es ist wirklich ein wunderbares Heilmittel.«

Shemaine, die Mühe hatte, ein Schaudern zu unterdrücken, blickte zu ihm auf. »Wie soll ich sie anwenden?«

»Nun, sie muß gut in die aufgeschürfte Haut eingerieben werden. Wenn du erlaubst, könnte ich sie dir wohl besser einmassieren als du selbst.«

Shemaine spürte, wie ihre Wangen sich röteten bei der Vorstellung, daß ein Mann einer Dame einen solchen Dienst erwies, und beeilte sich, seine Bitte abzuschlagen. »Oh, ich glaube nicht, daß sich das geziemen würde, Sir.«

»Und warum nicht, wenn ich fragen darf?« Gages Stimme klang streng. Da er nichts anderes im Sinn hatte, als ihr zu helfen, hatte er wenig Verständnis für ihre Ansichten in puncto Schicklichkeit. »Deine Hand- und Fußgelenke müssen versorgt werden, Shemaine, und wenn ich ein wenig von dieser Salbe daraufstreiche, bringe ich damit deine Tugend keineswegs in Gefahr. Glaub mir, Mädchen, du würdest es schon merken, wenn ich es mir jemals in den Sinn setzen sollte, einen Angriff auf deine Sittsamkeit zu wagen. Denn dann würde ich *weder* mit deinen Handgelenken *noch* mit deinen Knöcheln beginnen.« Sein Blick senkte sich vielsagend auf ihren Busen unter dem straffen Mieder, um die Stelle zu bezeichnen, an der er beginnen würde, bevor er den Blick genauso schnell wieder hob und fest in ihre verdutzten Augen sah.

Shemaine schloß den Mund, der ihr entgeistert offengestanden hatte. Die sengende Hitze, die sich in ihre Wangen stahl, war gewiß nicht dazu angetan, ihre Befürchtungen zu beschwichtigen. Verlegen verschränkte sie die Arme vor der Brust und wünschte, das Gewand säße nicht gar so eng. Obwohl ihre Beteuerungen nicht unbedingt der Wahrheit entsprachen, gab sie sie als solche aus. »I-ich k-kann Ihnen versichern, Mr. Thornton, daß die Sorge um meine Tugend mir keinen Augenblick in den Sinn gekommen ist!«

Ein kurzes Zucken seiner Lippen sollte wohl ein skeptisches Lächeln andeuten. »Dann unterscheidest du dich aber sehr von den meisten jungen Frauen, die ich in dieser Gegend kennengelernt habe. Viele Damen scheinen zu glauben, ein Witwer stehe solche Nöte aus, daß man stets damit rechnen müsse, daß er den nächstbesten Rock hochziehen und sich notfalls mit Gewalt sein Vergnügen verschaffen werde.« Gage stellte fest, daß ihre Wangen jetzt flammendrot waren, und fragte sich, ob seine doch recht unverblümte Bemerkung sie gekränkt oder gar an die Wahrheit gerührt hatte. »Glaub mir, Shemaine, ich bin da doch etwas wählerischer.«

»Dasselbe gilt für mich, Sir!« Shemaine hob entschlossen das Kinn. »Und, wenn es gestattet ist, daß ich Einwände dagegen erhebe, mit den anderen Frauen aus der Gegend hier verglichen zu werden, kann ich Ihnen versichern, daß ich, Sir, gewiß nicht dazu neige, mich überhaupt *irgend*einem Mann zu Füßen zu legen. Glauben Sie mir, ich werde es mehr als zufrieden sein, meine gesamte Dienstzeit hier bei Ihnen als unbefleckte Jungfrau zu verleben. Und ich werde mich selbst um meine Handgelenke und Knöchel kümmern, *falls* Sie nichts dagegen haben!«

Gages Mundwinkel bogen sich ärgerlich nach unten, aber er streckte, ohne zu zögern, die Hand aus und reichte ihr den kleinen Topf. »Falls du deine Meinung ändern solltest, Shemaine, stehe ich dir mit Freuden zu Diensten – ohne deine Tugend in Gefahr zu bringen.«

Dann drehte er sich auf dem Absatz um, durchmaß das Zimmer mit langen Schritten und donnerte so laut die Haustür hinter sich zu, daß Shemaine zusammenzuckte. Ganz plötzlich war all ihr Zorn verflogen, und an seine Stelle trat ein überwältigendes Gefühl der Furcht. Ich hätte wahrscheinlich klüger handeln können, schalt sie sich. Es war unnötig gewesen, dem Mann so deutlich klarzumachen, daß sie Angst hatte, er könne sie mit seinen schönen, schlanken, eleganten Händen berühren.

Im Nebenzimmer begann Andrew zu weinen, vielleicht weil er von dem Zuschlagen der Tür geweckt worden war. Shemaine eilte an die Schlafzimmertür, drückte sie vorsichtig auf und blickte hinein. Der Junge lag in der Mitte des Himmelbetts unter einer Decke zusammengerollt. Er hatte die Augen geschlossen, aber seine kleine Stirn war tief gefurcht. Ein leises, unglückliches Wimmern kam über seine Lippen. Shemaine schlich sich auf Zehenspitzen ans Bett, beugte sich vor und streichelte liebevoll das Gesicht des Kleinen und begann ein irisches Wiegenlied zu singen. Der finstere Gesichtsausdruck war augenblicklich verschwunden, und Andrews Atemzüge wurden regelmäßiger. Dann legte er sich mit einem heiteren, kleinen Seufzer auf den Rücken und war wenige Sekunden später wieder fest eingeschlafen. Leise vor sich hin summend deckte Shemaine den Jungen wieder zu und wandte sich zum Gehen.

Ihr Herz sprang ihr beinahe aus der Brust, als ihr Blick auf die dunkelgewandete Gestalt an der Tür fiel. Gage lehnte völlig entspannt am Türpfosten und sah so aus, als stünde er da schon eine ganze Weile. Der Gedanke trieb ihr abermals die Hitze in die Wangen, und sie versuchte, sich hastig darauf zu besinnen, was sie während der letzten Minuten getan hatte. Außerstande, sich vorzustellen, was ihn dazu getrieben hatte, sie zu beobachten, ohne sich bemerkbar zu machen, lief sie zur Tür, um ihn auf keinen Fall in seinem Schlafzimmer zu stören, aber zu ihrem Entsetzen machte er keine Anstalten, beiseitezutreten.

Da ihr hochgewachsener, breitschultriger Dienstherr ihr den Weg versperrte, hob Shemaine den Kopf, um ihn anzusehen; sie war sich durch und durch der Tatsache bewußt, wie gering ihre Kräfte waren im Vergleich zu seinen. Und sie wußte sehr wohl, wie es enden würde, wenn er beschloß, ihr seinen Willen aufzuzwingen. Mit hämmerndem Herzen wartete sie, bis er einen Schritt Richtung Wohnzimmer tat und ihr endlich den Fluchtweg freigab. Eine Woge der Erleichterung durchflutete sie, als sie ihm durch die offene Tür folgte. Im Bewußtsein seiner Nähe hätte sie sich am liebsten schnell davongestohlen, aber als sie an ihm vorbeiging, hielt er sie am Arm fest, so daß eine Vielzahl ängstlicher Gefühle auf sie niederprasselte. Da Andrew jetzt schlief, konnte sein Vater den günstigen Moment nutzen wollen, sie anzugreifen. Dann würde sie sich mit den spärlichen Möglichkeiten, die ihr zur Verfügung standen, verteidigen müssen. Obwohl der Griff seiner Finger sanft war, hatte sie momentan das Gefühl, von einem der gefürchteten Gefängniswärter gepackt zu sein, der die Macht besaß, ihr das Leben zu nehmen oder sie zu befreien. Auf das Schlimmste gefaßt, holte sie tief Luft und sah ihm vorsichtig in die Augen.

»Wollten Sie noch etwas von mir, Mr. Thornton?«

Gage langte dicht an ihr vorbei, woraufhin sie sich sofort furchtsam versteifte, aber er zog nur die Schlafzimmertür behutsam hinter ihr zu. »Ich bin zurückgekommen, um mich zu entschuldigen«, sagte er mit ruhiger Stimme. »Ich weiß, daß du viel durchgemacht hast, und auch, daß Kapitän Fitch die Absicht hatte, dich hinter dem Rücken seiner Frau zu kaufen und zu seiner Geliebten zu machen. Aber nicht alle Männer sind so. Ich hätte dich vorhin nicht so herausfordern dürfen, Shemaine. Es tut mir leid.«

Shemaine sah ihn völlig konsterniert an. *Das war alles, was er von mir wollte? Sich entschuldigen? Weiß er nicht, daß er mich um ein Haar zu Tode erschreckt hätte?*

Shemaine brachte ein gequältes Lächeln zustande und schämte sich ein wenig ihrer Panik und der Tatsache, daß sie ohne jeden Anlaß geglaubt hatte, er wolle sie in sein Bett zerren. Dabei hatte er bereits angedeutet, daß Witwer nicht unbedingt gleichbedeutend mit Wüstling war. Außerdem fiel ihr ein, daß er sie ohnehin viel zu dünn fand.

Während ihr hämmerndes Herz sich langsam beruhigte und sie

nach und nach wieder zu Verstand kam, war Shemaine auch in der Lage, das volle Ausmaß dessen zu begreifen, was er zu ihr gesagt hatte. Irgendwie überraschte sie seine scharfe Wahrnehmung. Kapitän Fitch hatte sich in seinem Bemühen um ein geheimes Stelldichein für äußerst schlau gehalten, aber hier stand nun ein völlig fremder Mensch vor ihr, der seine Motive sofort durchschaut hatte. Vielleicht war Gertrude Fitch nicht ganz so scharfsinnig, wie sie selbst es sich gern einbildete.

Shemaine, die immer noch um ihre Fassung kämpfte, senkte den Blick und nahm seine Entschuldigung mit spröden Worten an. »Sie hatten vermutlich Grund genug, sich durch mein kindisches Benehmen gekränkt zu sehen, Mr. Thornton. Aber mir ging es darum, daß es sich für einen unverheirateten Herrn, wie Sie es sind, nicht schickt, sich mit den Armen und Beinen einer Dame zu beschäftigen. Ich begreife jetzt allerdings, daß Sie mir lediglich helfen wollten.«

Und daß sie mich nicht vergewaltigen wollten! fügte sie stumm hinzu und schalt sich im Geiste eine dumme Pute.

»Das möchte ich immer noch«, versicherte Gage ihr freundlich. Shemaine riß die Augen auf, da seine Antwort so unmittelbar auf ihren eigenen krausen Gedanken folgte. Mit schierer Willenskraft gelang es Shemaine, ihre ungebärdigen Phantasien im Zaum zu halten und aufmerksamer auf das zu hören, was ihr Herr gerade sagte, damit sie am Ende nicht noch ihren eigenen Illusionen zum Opfer fiel. Sein Ton klang nachdrücklich, aber dennoch beinahe bittend. »Ich glaube, die Salbe würde einiges gegen deine Wunden ausrichten können.«

»Dann will ich es Ihnen gestatten.« Mit dieser gnädig vorgebrachten Erlaubnis atmete Shemaine zitternd, aber mit einem tapferen Lächeln durch. »Aber seien Sie bitte vorsichtig. Jacob Potts hat mich heute an meiner Fußkette zu Boden gerissen, und ich weiß nicht, was schlimmeren Schaden genommen hat, meine Kehrseite oder meine Knöchel.«

Die winzigste Andeutung eines Grinsens strafte seine ansonsten ernste Miene Lügen. »Wenn du möchtest, will ich dir gern beides einreiben.«

Kaum war es Shemaine gelungen, ihre zügellose Phantasie in ihre Schranken zu weisen, da machte er ihre Bemühungen auch schon wieder zunichte. Kein Wunder, daß sie dazu neigte, das Schlimmste zu vermuten. Sein Humor gab solchen unbedachten Spekulationen stets neue Nahrung.

Die grünen Augen bedachten den gutaussehenden Mann mit einem unverhohlen argwöhnischen Blick. Dann nahm sie all ihren Mut zusammen und versuchte, seine Schlagfertigkeit auf die Probe zu stellen. »Wenn ich nach der flüchtigen Bekanntschaft, die ich bisher mit Ihrem Humor gemacht habe, auf dessen Quelle schließen sollte, Mr. Thornton, würde ich schwören, daß Sie als Säugling Ihren Eltern gestohlen und ins Zwergenreich gebracht worden sind. Dort brachte man Ihnen genußvoll bei, die geduldigste Seele durch die verschiedensten Foppereien zum hellen Wahnsinn zu treiben.«

Gage brach in herzliches Lachen aus. »Und ich dachte immer, es läge an dem Stein, den ich auf König Unfugs Burg geküßt habe«, konterte er und deutete gleichzeitig mit weit ausholender Geste auf den Schaukelstuhl vor dem Herd. »Setz dich dort hin, Shemaine, dann massiere ich die Salbe in deine Haut ein.«

»Ich weiß nicht, ob ich noch ohne Hilfe stehen kann, wenn Sie fertig sind«, murmelte sie mit einem übertriebenen Stöhnen. »Bei dem Gestank dreht sich einem ja der Magen um.« Plötzlich kam ihr ein ganz anderer Verdacht, und sie sah ihn durchdringend an. »Sie wollen mich mit diesem Zeug doch nicht zum Narren halten, oder?«

Seine Augen blitzten belustigt auf. »Auf jeden Fall könnte ich dich überall riechen, wenn du beschließen solltest wegzulaufen.«

Shemaine wandte sich prompt ab, um auf der Stelle die Flucht zu ergreifen, aber Gage hielt sie mit einem kurzen Auflachen am Arm fest und zog sie zurück.

»Na komm schon, Shemaine. Ich tue nur, was die Zwerge mir mit solchem Erfolg beigebracht haben. Merkst du denn bei all dem irischen Blut, das in deinen Adern fließt, nicht, wenn du aufgezogen wirst?«

Immer noch argwöhnisch legte sie den Kopf schräg. »Gelegentlich konnte ich nachvollziehen, warum die Engländer die Iren so sehr hassen, denn meine Landsleute können den Teufel selbst zur Weißglut bringen. In unserem Falle glaube ich jedoch, daß die Rollen vertauscht worden sind.«

Die bernsteingesprenkelten Augen funkelten sie an und warfen den Feuerschein ebenso zurück wie die Wärme, die in ihrem Innern brannte. »Hab' keine Angst, Shemaine«, sagte er eindringlich. »Du kannst später die Salbe abwaschen, wenn ich sie in deine Haut massiert habe, aber sie stinkt schon vorher nicht mehr ganz so arg.«

Shemaine setzte sich in den Schaukelstuhl und überließ sich angespannt seiner Fürsorge, während er vor ihr kniete. Ihm zu gestatten, ihre Ärmel hochzuschieben, schien ihr noch erträglich, aber als er dann seine Finger in die Salbe tauchte und ihre schmalen Handgelenke damit einzureiben begann, flackerte ihr Mißtrauen wieder auf. Er strich das Heilmittel behutsam auf ihre geschundene Haut und massierte es mit sanften, kreisenden Bewegungen seines Daumens ein, bis der Geruch tatsächlich zu verfliegen begann. Shemaine schnupperte erstaunt, denn nun drang ein weit schwächerer, feinerer Duft an ihre Nase, während ihr Herr sich mit gesenktem Kopf ganz auf seine Arbeit konzentrierte. Es war eine seltsame, aber angenehme Mischung verschiedener Gerüche: der grobe Stoff seines Hemdes, die Lederhosen, die er trug, die Seife, die er vor kurzem benutzt hatte, um sich die Hände zu waschen, und ein sauberer, männlicher Duft, die sich alle zu einem warmen, durch und durch faszinierenden Aroma zusammenfügten. Es machte ihr die Nähe des Mannes überaus bewußt. Shemaine stellte überrascht fest, daß all diese Dinge eine gute, beruhigende Wirkung auf sie hatten. Ihre weiblichen Sinne reagierten auf seine sanfte Berührung; es war ein Erwachen, wie die Blütenblätter es erlebten, wenn sie sich öffneten.

»Ich würde an deiner Stelle keine Lederschnüre benutzen, um deine Schuhe zu befestigen, Shemaine, zumindest nicht, bis deine Knöchel verheilt sind«, riet Gage ihr, als er die schmalen Riemen, die sie um ihre Füße geschlungen hatte, abwickelte. »Sie könnten den Heilungsprozeß verzögern.«

Er hob einen ihrer nackten Füße hoch, und Shemaines Herzschlag beschleunigte sich. Mit weit aufgerissenen Augen begegnete sie seinem Blick, aber er schien die Ruhe selbst zu sein und tauchte die Finger abermals in den Balsam.

»Du hebst wohl besser deinen Rocksaum hoch«, mahnte Gage sie. »Ich will nicht den Stoff einreiben.«

Zögernd zog Shemaine ihr Unterkleid und ihren Rock so weit hoch, wie es sich eben noch schickte. Obwohl Gage noch wartete, war das alles, wozu sie bereit war. Mit herausfordernd hochgezogenen Augenbrauen sah er sie durchdringend an, bis sie die Säume ihrer Kleider widerstrebend ein Stückchen höherzupfte. Gage, der mit dem eingeschränkten Arbeitsfeld immer noch nicht zufrieden war, seufzte, legte ihren nackten Fuß auf seinen Oberschenkel und schob ihr die Röcke mit seiner sauberen Hand fast bis zum Knie hoch, eine Kühnheit, die Shemaine ein erschrockenes Ächzen abnötigte. Ohne sich um ihre jungfräuliche Verwirrung zu kümmern, nahm er ihren Fuß abermals in die Hand und begann, den Balsam um ihren Knöchel zu streichen. Dann rieb er ihn mit immer kleiner werdenden Kreisen ein, massierte mit dem Daumen den Rücken ihres Fußes, strich zu den Zehen hinunter und widmete sich schließlich ihrer Fußsohle. Während er ihre zierliche Ferse in der einen Hand hielt, strich er mit der anderen über den Rest des Fußes. Seine entschlossenen, methodischen Bewegungen beruhigten sie schon bald, und Shemaine stellte fest, daß sie sich langsam entspannte und den Kopf sogar an das geschwungene Oberteil des Schaukelstuhls lehnte.

»Du hast eine schöne Stimme, Shemaine«, bemerkte Gage leise, während er sich ihren anderen Fuß vornahm. »Victoria hat früher auch für Andrew gesungen. Schon als Säugling hatte er das vor dem Einschlafen so gern. Seit dem Unfall war natürlich niemand mehr da, der ihm etwas vorgesungen hätte. Ich tauge auf diesem Gebiet nicht allzuviel.«

»Sie haben dafür unendlich viele andere Begabungen, die ich nur mit größter Ehrfurcht betrachten kann«, erwiderte Shemaine, gelöst von seinen sanften Berührungen und dem wärmenden Feuer, das seine breiten Schultern und den markanten, dunklen Kopf umrahmte. »Wenn Sie nicht irgendwelche Mängel hätten, Mr. Thornton, wären Sie kein Mensch.«

»Oh, ein Mensch bin ich durchaus«, erklärte Gage, während er ihren Fuß mit den Fingern liebkoste. Seine beiden Daumen wanderten gemächlich über den Fuß, um ihn herum und darunter her. Es ging ihm durch den Sinn, daß er bisher nichts an seiner Sklavin gesehen hatte, das nicht perfekt gewesen wäre. Nicht einmal ihr zartknochiger Fuß stellte da eine Ausnahme dar.

»Wir sind alle menschlich«, seufzte Shemaine. »Keiner von uns ist vollkommen, und wir sollten auch von den anderen Menschen in unserer Nähe keine Vollkommenheit erwarten. Ja, ich denke, wenn wir unsere eigenen Fehler besser verstünden, wären wir den Schwächen anderer gegenüber toleranter und würden uns nicht beim geringsten Anlaß gekränkt fühlen. Wenn die Männer mit demselben leidenschaftlichen Geist vergeben könnten, mit dem sie in den Krieg ziehen, gäbe es wohl mehr Frieden unter den Menschen. Andererseits gibt es natürlich Menschen, die so schlecht sind, daß wir sie einfach nicht dulden dürfen.«

Gages Hände wanderten ein Stückchen weiter hinauf, um ihren Knöchel zu massieren. »Hast du jemanden von der Art an Bord der *London Pride* kennengelernt?«

Shemaine wußte, daß nun die Zeit gekommen war, ihm von ihren Feinden zu berichten. »Es gab mehrere Menschen an Bord der *London Pride*, für die das gilt. Gertrude Fitch, die Frau des Kapitäns, ist einer davon. Jacob Potts ein weiterer. Aber Morrisa Hatcher ist die raffinierteste von den dreien. Sie hat ihre Ränke geschickt geschmiedet, um die beiden anderen anzustacheln. Sie hat Potts ihre Gunst versprochen, der seinerseits in der Lage schien, Mrs. Fitch mit seinen hinterhältigen Lügen gegen uns andere aufzubringen. Jeder, der sich weigerte, vor ihm oder Morrisa zu buckeln, mußte damit rechnen, bestraft zu werden, hauptsächlich wegen irgendeiner Vollmacht, die Mrs. Fitch ihrem Mann mit Schmeichelei oder bösen Worten hatte abringen können. Obwohl Mrs. Fitch sich für so klug hält, ist sie in Wirklichkeit die leichtgläubigste von den dreien. Potts wußte zumindest, was er als Gegenleistung bekam, wenn er Morrisas gemeine Pläne unterstützte. Es war ein Teufelskreis, aber Morrisa war diejenige, die am meisten davon profitiert hat. Sie schien auch die größte Entschlossenheit an den Tag zu legen, wenn es darum ging, Unglück über ihre Feinde zu bringen, vor allem über mich. Aber es war offensichtlich, daß alle drei starken Haß gegen mich hegten und mich am liebsten tot gesehen hätten.«

Gage bemerkte, daß Shemaine nervös wurde, so als fürchte sie sich vor etwas. »Glaubst du, daß sie ihre Pläne, dich zu töten, weiterverfolgen werden?«

»Obwohl Mrs. Fitch mir sicher die Pest an den Hals wünscht, würde sie hier in den Kolonien nicht aktiv versuchen, mich zu töten. Es ist eine Sache, auf einem Schiff, das ihrem Vater gehörte, das Zepter zu schwingen, aber doch etwas ganz anderes, sich in einem fremden Land vielleicht den britischen Behörden verantworten zu müssen. Was die beiden anderen betrifft, die werden, solange sie hier sind, ihr Ziel nicht aus den Augen lassen«, stellte Shemaine ohne jeden Zweifel fest. »Genau das haben sie mir auch angedroht. Morrisa wird Potts aussenden, damit dieser die Schmutzarbeit für sie tut, und wenn es geschehen ist, wird sie sich ins Fäustchen lachen.«

»Ist das einer der Männer, die ich auf dem Schiff gesehen habe?« fragte Gage und widmete sich abermals ihrem Fußknöchel.

»James Harper hat ihn, nur wenige Augenblicke bevor Sie an Bord kamen, ins Kabelgatt verbannt. Potts ist ein Riese von einem Mann, anderthalbmal so groß wie Sie, mit strohfarbenem Haar, rötlichen Wangen und einer gewaltigen Knollennase.«

Nur ein Zucken seiner Lippen verriet Gages Belustigung. »Bei deiner Beschreibung muß ich mich doch fragen, ob Potts nicht des Nachts deine Träume heimsucht. Du hast ihn offensichtlich gut in Erinnerung behalten, Shemaine.«

»Ich würde ihn aus fast jeder Entfernung erkennen, das steht fest.«

»Hoffentlich wirst du genug Zeit haben, mich zu warnen, wenn du ihn kommen siehst.«

»Aber Sie werden mir doch recht bald zeigen, wie man eine Muskete benutzt, nicht wahr?« hakte sie ängstlich nach, denn sie wußte, daß es gewiß Tage geben würde, an denen er nicht daheim war. Wenn Potts sie an einem solchen Tag aufspüren sollte, würde sie sich allein verteidigen müssen.

Gage hob skeptisch eine Augenbraue und stellte dann die naheliegende Frage: »Glaubst du wirklich, daß du es fertigbrächtest, einen Menschen zu töten, Shemaine?«

»Wenn Mr. Potts mich findet, werde ich das müssen«, erwiderte sie fest. »Wenn ich mich nicht verteidigen kann, wird er mich töten.«

»Wenn einer der Männer oder ich ein Boot an Land kommen sehen, geht für gewöhnlich einer von uns hinunter, um die Besatzung zu begrüßen. Ich muß jedoch zugeben, daß wir bisweilen zu viel zu tun haben, um in der Werkstatt auch nur aus dem Fenster zu gucken. Falls du Potts entdeckst, brauchst du nur die Glocke an der Treppe zu läuten oder dir die Seele aus dem Leib zu schreien. Einer von uns wird dich gewiß hören und sofort zu Hilfe eilen.«

»Ich glaube nicht, daß Sie verstanden haben, womit Sie oder Ihre Männer es im Notfall zu tun hätten, Mr. Thornton«, antwortete Shemaine bedachtsam. »Der Mann ist eine Bestie. Ein riesiges Vieh von einem Kerl! Sie müßten schon zu zweit sein, um eine Chance gegen dieses Ungeheuer zu haben.«

»Für gewöhnlich kann ich auf mich und alles, was mir gehört, recht gut achtgeben«, versicherte Gage ihr, aber er wußte natürlich, daß er genausowenig wie irgend jemand sonst in der Lage war, Schwierigkeiten genau vorherzusehen. »Aber für den Fall des Falles zeige ich dir, wie man eine Muskete abfeuert.«

Shemaine nickte befriedigt. Mit der Waffe umgehen zu können würde ihr Sicherheit geben. Als sie sich vorbeugte, sah sie, daß er ihre Beine mit einem Handtuch abrieb, um die überschüssige Salbe zu entfernen. Dann hockte er sich auf die Fersen, erlaubte ihr, ihre Röcke herunterzulassen, und wischte sich die Hände an dem Handtuch ab; er schien sich auf dem Boden durchaus wohlzufühlen.

Shemaine stellte zu ihrem Erstaunen fest, daß ihre aufgeschürfte Haut sich bereits ein wenig zu erholen schien. »Ich glaube tatsächlich, Mr. Thornton, daß Sie neben all Ihren anderen Talenten auch ein begabter Arzt sind. Meine Gelenke fühlen sich bereits besser an. Ich bin Ihnen zu großem Dank verpflichtet.«

Gage neigte leicht den Kopf, um sich zu bedanken. Aber eigentlich faszinierte ihn weniger das, was sie gesagt hatte, als ihre Art, es auszusprechen, gewisse Wörter zu betonen, vor allem seinen Namen. Aus ihrem Mund klangen die Silben so zauberhaft und hübsch wie das Klimpern silbriger Glöckchen an einem windigen Morgen. Obwohl er sich durchaus bewußt war, daß er darauf bestanden hatte, von ihr beim Vornamen genannt zu werden, mußte er doch zugeben, daß die formelle Anrede aus ihrem Mund seine Sinne nicht wenig aufwühlte. Ihre Aussprache, mochte sie so gewählt sein, wie sie wollte, war offensichtlich stark von ihrem irischen Vater Shemus O'Hearn geprägt.

»Deine Gelenke müßten eigentlich schon in ein paar Tagen besser aussehen«, prophezeite er. »In einem Monat wirst du die Striemen vergessen haben, und bis dahin kann ich mir vielleicht auch ein paar Schuhe für dich leisten.«

»Sie brauchen sich keine Gedanken über Schuhe für mich zu machen, Mr. Thornton«, erwiderte Shemaine leise. »Ich bin schon dankbar für die, die Sie mir zu tragen erlaubt haben. Wie Sie richtig vermutet haben, sind sie etwas zu groß für mich, aber es wird mir nicht schwerfallen, mich an sie zu gewöhnen. Ich weiß sehr wohl, wie es ist, keine Schuhe zu haben, und ich bin froh, überhaupt welche zu besitzen, ganz gleich, wie sie aussehen oder wie gut sie passen. Es ist bei weitem angenehmer, Schuhwerk an den Füßen zu haben, als jeden Kiesel oder Splitter zu spüren, auf den ich trete.«

»Es war nicht viel Scharfsinn vonnöten, um festzustellen, daß Victorias Schuhe dir zu groß sein würden«, bemerkte Gage. »Trotz ihrer Zierlichkeit war meine Frau annähernd einen halben Kopf größer als du.«

»Ich denke, Andrew wird auch einmal sehr groß werden«, meinte Shemaine mit einem nachdenklichen Blick auf die Hände seines Vaters. Gages Finger waren lang, schlank, an den Spitzen relativ quadratisch und genauso schön anzusehen wie der Mann selbst. »Wie sollte der Junge auch nicht groß werden, da Sie selbst so hochgewachsen sind? Ich bin sicher, er wird Ihnen, wenn er älter ist, wie aus dem Gesicht geschnitten sein.«

»Das hat Victoria kurz nach Andrews Geburt auch gesagt«, erinnerte Gage sich. »Und vielleicht wird es sich auch bewahrheiten, da sie selbst ein heller Typ war. Ihr Haar hatte die Farbe von Gerstengrannen und auch deren Glanz. Ich habe oft beobachtet, wie der Wind in ihr Haar fuhr, und es hat mich stets erstaunt, daß es nie zerzaust aussah.«

Verlegen strich Shemaine sich eine ungebärdige Locke aus dem Gesicht; sie selbst hatte da gewiß mehr Schwierigkeiten, denn ihr Haar war alles andere als fein und wirkte oft zerzaust... Es war so dick und rebellisch, daß die schweren Locken in Zöpfe gezwungen oder hochfrisiert werden mußten, ein Unterfangen, das den einfallsreichsten Friseur auf eine harte Probe stellen konnte. Ihre Zofe in England hatte die Herausforderung genossen, ihr Haar nach der neuesten Mode zu frisieren, und stets dessen goldenen Glanz bewundert. Aber die Frau hatte seit ihrem zehnten Geburtstag ihr Haar gebürstet und frisiert und war natürlich ein wenig voreingenommen. Nola, die gern ihr eigenes Loblied sang, hatte oft behauptet, daß kein noch so verwöhnter Liebling eines adligen Vaters jemals so exquisit frisiert war wie *ihre* Shemaine.

»Mein Haar ist genauso widerspenstig, wie es aussieht«, jammerte Shemaine und wünschte sich, sie hätte auch nur einen Funken von Nolas Talent. »Heute nachmittag hätte ich es mir fast abgeschnitten, nur um all die Knoten darin loszuwerden.«

Gage sah, wie die eigenwillige Locke sofort wieder zurücksprang, als Shemaine sie losließ. Wie gern hätte er nach der roten Strähne gegriffen und sie zwischen den Fingern gerieben, nur um ihre seidige Weiche zu spüren. Aber er unterdrückte den Drang, da er vermutete, daß seine Dienerin wie ein erschrockenes Reh das Weite suchen würde. Eine Vielzahl ihrer Ängste kannte er bereits und betrachtete es daher als eine große Leistung, die Erlaubnis bekommen zu haben, ihre wohlgeformten Glieder zu massieren. »Ich finde dein Haar schön, Shemaine, und mir würde es nicht gefallen, wenn du es abschnittest.«

Diese Bemerkung weckte in Shemaine plötzlich die Angst, daß sie ihn mit anderen Dingen bereits unwissentlich verärgert haben könnte. Sie dachte darüber nach, was sie in den vergangenen Stunden bereits getan hatte, und kam zu dem Schluß, daß es bei weitem besser war, ihm die Wahrheit einzugestehen, als zu riskieren, daß er auf irgendeine andere Weise von ihrer Tat erfuhr. »Ich hoffe, Sie werden nicht allzu böse auf mich sein, Mr. Thornton«, sagte sie mit ängstlicher Hast. »Nachdem ich sie benutzt habe, habe ich sie sorgfältig ausgewaschen und sie wieder dorthin gelegt, wo ich sie fand…«

»Sie?« Gage hob wachsam die Augenbrauen. »Was versuchst du mir zu erklären, Shemaine? Was ist *sie*?«

»Ihre Bürste«, antwortete sie bleich. »Ich mußte sie benutzen, um die Knoten aus meinem Haar zu bekommen.«

Amüsiert lächelte Gage. »Ist das alles? So wie du dich ausgedrückt hast, war ich sicher, daß du irgendeinen irreparablen Schaden angerichtet haben müßtest.«

»Sie sind nicht böse, daß ich sie benutzt habe?« fragte Shemaine erleichtert. »Sie sind nicht ärgerlich?«

»Hätte ich denn einen Grund dazu?« fragte er mit einem teuflischen Funkeln in den Augen. »Hast du etwas, das ich vielleicht lieber nicht so gerne hätte?«

Erheitert schüttelte Shemaine den Kopf. »Ich bin mir keinerlei Ungeziefers bewußt, Sir.«

Gage rieb sich nachdenklich das Kinn und hatte alle Mühe, ein Grinsen zu unterdrücken. »Vielleicht solltest du mehr Angst haben als ich, Shemaine. Du hast doch gesagt, du hättest die Bürste *nachher* gewaschen und nicht vorher, oder?«

Shemaine stützte die Hände auf die Knie und bedachte ihn mit einem entzückenden Blick. »Sind Sie sich ganz sicher, daß Sie Engländer sind, Mr. Thornton?«

Er antwortete mit einem gleichgültigen Achselzucken. »Wenn ich der Sohn meines Vaters bin, entstamme ich einer langen Reihe englischer Vorfahren. Meine Mutter hat die Verantwortung, was meine Geburt, mein Äußeres und meine Sturheit betrifft, William Thornton angelastet.«

»Papa?« kam Andrews verschlafene Stimme aus dem Schlafzimmer.

»Ich komme gleich, Andy«, erwiderte Gage und erhob sich mit einer einzigen flinken, mühelosen Bewegung vom Boden. Shemaine bewunderte abermals seine Kraft und seine Geschmeidigkeit. Gage selbst, der mit langen Schritten durchs Wohnzimmer ging, wußte nicht, daß ihm die smaragdfarbenen Augen quer durch den Raum folgten. Er verschwand im Schlafzimmer, und Shemaine lehnte sich auf ihrem Stuhl zurück, um zu lauschen, wie seine gedämpfte Stimme sich mit dem verschlafenen Jammern seines Sohnes vermischte. Obwohl Gages Worte nicht von großer Bedeutung waren, war sein Tonfall sanft und tröstend und wärmte Shemaines Herz vielleicht noch mehr als das des Jungen.

Der Abend legte sich einige Stunden später übers Land und mit ihm ein immer dichterer Nebel, der die Hütte zu einer Insel in einem weißen Meer machte. Draußen konnte man irgendwo eine Eule rufen hören. Mit der Dunkelheit war auch eine tiefe Stille in die Hütte eingekehrt, die nur durchbrochen wurde vom Knistern und Prasseln des Feuers und von dem Kratzen einer Feder auf Pergament, als Gage sich hinten im Korridor Notizen in einem Rechnungsbuch machte. Völlig in seine Arbeit vertieft, schien er die Frau, die er vor einigen Stunden gekauft hatte, vergessen zu haben. Wann immer Shemaine von ihrer Näharbeit in der Küche aufblickte, konnte sie ihn durch die offene Tür sehen. Sie saß rechts vom Feuer in einem Schaukelstuhl und hatte die Hälfte des Flurs im Blick. Nachdem sie mit den Thorntons die von Hannah Fields zubereiteten Speisen zu Abend gegessen hatte, hatte sie alles für das Frühstück vorbereitet und die Küche aufgeräumt. Später hatte Gage Andrew in seinem kleinen Zimmer gleich neben seinem eigenen Schlafzimmer zu Bett gebracht und sich dann an seinem Zeichentisch an die Arbeit begeben. Shemaine säumte in der Zwischenzeit das blaue Gewand und das zweite Unterkleid, das sie für sich ausgesucht hatte.

Es hatte gewiß nicht in ihrer Absicht gelegen, ihren Herrn mit ihrem Verlobten zu vergleichen, aber wärend ihre Finger die Nadel durch den Stoff zogen, machten Shemaines Gedanken sich selbständig. In vieler Hinsicht ähnelten die beiden Männer sich. Beide hatten sie Haar so schwarz wie die Schwingen eines Raben. Gage Thornton trug das Haar kurzgeschnitten, Maurice dagegen hatte seine Mähne zu einem ordentlichen Zopf geflochten. Beide verzichteten sowohl auf Puder als auch auf Perücken. Wenn es einen Größenunterschied zwischen den beiden Männern gab, dann war dieser zu geringfügig, um ihn zu bemerken. Beide waren groß, breitschultrig, schlank, aber muskulös, und sahen in jeder Kleidung vorzüglich aus, ob es sich dabei um die Wildlederhosen und die groben Hemden handelte, die Gage bevorzugte, oder um Maurice' elegantere Ausstattung. Obwohl ihr Verlobter im allgemeinen schwarze Seide allen anderen Farben und Stoffen vorzog, ging es ihr durch den Sinn, daß der Marquis, so stattlich er auch war, in seiner höfischen Pracht nicht beeindruckender ausgesehen hatte als Gage Thornton in seiner strapazierfähigen Kleidung. Die Hüften ihres Herrn waren schmal genug, um den Neid des eitelsten Dandys zu erregen. Und die engen Lederhosen zeichneten jeden Muskel nach, ein unverkennbarer Beweis für die athletische Kraft des Mannes.

Maurice du Mercer war gewiß kein Schwächling gewesen, registrierte Shemaine im Geiste, damit ihr Vergleich nicht parteiisch ausfiel. Er war in der Tat ein beachtlicher Fechter und hervorragender Reiter. Des weiteren war er bewandert in sämtlichen höfischen Tänzen und bewegte sich auf dem Parkett mit derselben Anmut, mit der er ein Pferd ritt. Andererseits ließ sich der Unterschied zwischen den beiden Männern einfach durch den Vergleich ihrer Hände zusammenfassen. Gages Finger waren schlank und hart. Im Zugriff eines solch stählernen Schraubstocks hätten die blassen, schönen, von Schwielen unversehrten Hände des Marquis du Mercer üble Knochenbrüche erleiden können.

Irgendwann einmal, vielleicht vor ein oder zwei Jahrhunderten, war Shemaine davon überzeugt gewesen, daß kein Mann es mit der äußeren Vollkommenheit ihres Verlobten aufnehmen konnte. Gewiß hätte niemand die aristokratische Noblesse von Maurice' Zügen geleugnet oder die Schönheit seiner dunkelbewimperten, fast schwarzen Augen. Als ihre Mutter, die bis dahin großes Vertrauen in die Vernunft ihrer Tochter gesetzt hatte, von seinem Heiratsantrag erfuhr, hatte sie der Sorge Ausdruck verliehen, daß Maurice und Shemaine möglicherweise mehr von einer starken körperlichen Anziehung zueinander als von tiefer und unverbrüchlicher Zuneigung beherrscht wurden.

Eine Weile später hatte Camille abermals die Vermutung geäußert, daß Shemaine sich von der Grandezza ihres Verlobten und seiner Stellung im Leben hatte hinreißen lassen. Shemus O'Hearn mochte zwar von teuflischem Temperament sein, aber er war in aller Regel klug genug, den Rat seiner Frau zu beherzigen. Gemeinsam hatten sie beschlossen, ihre Zustimmung zu verweigern, und Shemaines Verehrer um Verständnis gebeten. Ihr Wunsch sei, daß Shemaine sich darüber klar wurde, welches Leben ihr als Marquise bevorstand. Maurice, der Verständnis für ihre Sorgen aufbrachte, hatte in glühenden Worten seine Liebe zu Shemaine bekräftigt und versprochen, daß es ihr an nichts mangeln werde. Es war mindestens ein Monat vergangen, bevor die O'Hearns schließlich ein Einsehen hatten und Shemaines Beteuerungen, sie würde Maurice über alles lieben, Glauben schenkten.

Das war vor acht Monaten in England gewesen!

Und jetzt lebte sie auf einem anderen Kontinent und offensichtlich in einer anderen Zeit!

Wieviel doch geschehen war seit jenem lauen Tag in London, an dem Maurice sie gebeten hatte, seine Frau zu werden. Heute war sie keine junge Dame, die ihre Tage in Muße verstreichen ließ, sondern eine Vertragsarbeiterin, die ein Siedler gekauft und bezahlt hatte. Ein Siedler, der jeden Penny umdrehte und hart arbeitete, um aus sich und seinen Hoffnungen etwas zu machen!

Shemaine versuchte, ein klares Bild ihres Verlobten heraufzubeschwören. Es dauerte lange, bis ihr klar wurde, daß der sonnengebräunte, muskulöse und überaus lebendige Mr. Thornton, den sie jedesmal, wenn sie aufblickte, deutlich vor sich sehen konnte, die Schuld daran trug, daß sich einfach kein Bild von den edlen Zügen ihres Verlobten vor ihrem inneren Auge einstellen wollte.

Gage klappte sein Rechnungsbuch zu, stellte die Feder in das Tintenfaß und stand auf. Dann entzündete er eine kleine Kerze und löschte alle übrigen in seinem Arbeitsraum aus. Als er vor dem Schaukelstuhl stand, faltete Shemaine das Unterkleid, dessen Saum sie geändert hatte, schnell zusammen.

»Du wirst das hier brauchen, um nach oben zu finden«, sagte er und hielt ihr die brennende Kerze hin. »In der Truhe neben dem Bett liegt eine Steppdecke, falls du eine brauchen solltest. Ich habe ein Seil über das Geländer gespannt und eine Plane darübergehängt, während du in der Küche mit dem Abwasch beschäftigt warst. Du brauchst sie jetzt nur noch zuzuziehen.«

Shemaine dankte ihm, nahm den Kerzenleuchter entgegen und sah verwirrt zu, wie er nach einer Laterne griff, ihr eine gute Nacht wünschte und auf sein Schlafzimmer zuging. Da sie sich auf keinen Fall der Verlegenheit aussetzen wollte, zuzugeben, daß sie dummerweise vergessen hatte, sich am Nachmittag ein Nachtgewand aus Victorias Kommode zu holen, nahm sie die Kleider, die sie geändert hatte, und ging auf die hintere Tür zu.

Gage stand bereits vor seinem Schlafzimmer, als ihm die dürftige Garderobe seiner Dienerin wieder zu Bewußtsein kam. Er drehte sicih um und sprach sie an. »Es tut mir leid, Shemaine. Ich habe vergessen, zu fragen, ob du vielleicht sonst noch etwas aus Victorias Kommode brauchst.«

»Ein Nachthemd und ein Morgenmantel wären schön, Sir, wenn Sie nichts dagegen haben«, gab sie schüchtern zu. »Daran habe ich am Nachmittag nicht gedacht.«

»Dann komm her und hol sie dir. Du hast keinen Grund, so furchtsam zu sein.« Mit diesen Worten wandte er sich ab und trat in sein Schlafzimmer.

Als Shemaine ebenfalls eintrat, hatte Gage bereits den Deckel der Kommode aufgeklappt und begonnen, das Gewünschte zu suchen. Vor ihren Augen schob er ein zerrissenes Nachthemd, das relativ weit oben gelegen hatte, beiseite und setzte seine Suche bei den weiter unten liegenden Kleidungsstücken fort. Schließlich entschied er sich für ein Gewand, das sie am Nachmittag bewundert hatte, weil es in ihren Augen das hübscheste von allen war. Dann wählte er noch ein anderes aus, ohne auf seine bessere Qualität und die zierliche Smokarbeit zu achten, fügte den einzigen Morgenmantel, der sich in der Truhe befand, hinzu und hielt ihr alle drei Kleidungsstücke hin.

»Aber diese Kleider sind viel zu gut für eine Dienerin«, widersprach Shemaine mit fester Stimme und machte keine Anstalten, sie entgegenzunehmen.

Gage schüttelte den Kopf und zwang sie, die Kleidungsstücke

anzunehmen. »Es hat doch keinen Sinn, die Sachen unbenutzt liegen zu lassen, Shemaine.«

»Sie können Sie für Ihre Frau aufheben, wenn Sie sich wieder verheiraten«, wandte sie ein, das Kleiderbündel hilflos an die Brust gepreßt.

Als erwäge er ihren Vorschlag, legte Gage nachdenklich den Kopf zur Seite und unterzog seine Dienerin einer eingehenden Musterung. Dann schien er zu einer Entscheidung gekommen zu sein, denn er nickte kurz. »Wenn mir gefällt, wie sie dir stehen, werde ich deinen Rat vielleicht beherzigen und dich heiraten.«

Shemaine starrte ihn mit offenem Mund an, außerstande, auch nur eine einzige Silbe über ihre Lippen zu bringen. Sein Vorschlag machte sie derart perplex, daß sie nicht einmal einen Protest formulieren konnte.

Mit teuflischer Selbstgefälligkeit legte Gage ihr den Zeigefinger unter ihr schmales Kinn und klappte ganz langsam ihren Mund zu. »Sieh mich nicht so erschrocken an, Shemaine. Es wäre nicht die erste Vernunftehe, die hier in den Kolonien geschlossen wird, und es würde auch nicht die letzte sein. Bei einem solchen Mangel an Frauen ist es keineswegs ungewöhnlich, daß ein Mann eine Fremde zur Frau nimmt. Wenn er dazu zu schüchtern ist, wird das Mädchen ihm wahrscheinlich unter seiner Nase geklaut, bevor er sich zu einem Antrag durchringen kann.«

Endlich fand Shemaine ihre Stimme wieder und beeilte sich, ihm zu versichern: »Es lag mir fern, Ihnen vorzuschlagen, daß wir heiraten sollten, Mr. Thornton … ich meine … ein solcher Gedanke ist mir nie gekommen … ich würde niemals davon ausgehen … ich … könnte nicht … ich war nämlich verlobt …« Plötzlich hielt sie atemlos inne, denn ihr wurde klar, daß sie bei weitem zu viel redete.

»Wir wollen uns zu so später Stunde nicht über solche Dinge unterhalten, Shemaine. Nimm dir eins von den Nachthemden und geh zu Bett. Ruh dich aus. Sieh zu, daß du wieder zu Kräften kommst. Hoffentlich können meine Männer und ich, bevor allzuviel Zeit vergeht, die Möbel abliefern, die wir für unsere Kunden in Williamsburg anfertigen. Wann immer wir fahren, sei es in zwei Wochen oder auch erst in einem Monat, möchte ich Andrew gern mitnehmen. Aber ich müßte dich bitten, ebenfalls mitzukommen, um auf ihn aufzupassen. Wir werden die Möbel an Land bringen, auf Wagen laden und dann nach Williamsburg befördern. Dabei kann ich mich unmöglich gleichzeitig um den Jungen kümmern. Ich bin sicher, du wirst deine ganze Kraft brauchen, wenn du dich den lieben langen Tag mit ihm abplagen mußt.«

»Ich werde versuchen, bei Kräften zu sein, wann immer Sie die Reise antreten wollen, Mr. Thornton«, antwortete sie würdevoll und zog sich zurück.

Gage folgte ihr bis zur Tür, hob dann den Arm und stützte sich am Türknauf ab, während er ihren Blick einfing. »Falls du es nicht schon weißt, Shemaine O'Hearn, du sprichst mit einem sehr hübschen Akzent. Ich höre es ganz deutlich, wenn du mich bei meinem Nachnamen nennst. Da es dir zu widerstreben scheint, meinen Vornamen zu benutzen, bin ich damit einverstanden, wenn du mich auch weiterhin Mr. Thornton nennst.« Ein flüchtiges Lächeln blitzte auf, und in seine Augen trat ein dämonisches Funkeln. »Natürlich nur bis zu dem Tag, an dem wir heiraten.«

»Zum Wahnsinn treibend«, murmelte Shemaine irritiert, bevor sie sich energisch auf dem Absatz umdrehte. Aber sein Gelächter entlockte ihr dann doch ebenfalls ein Lächeln, während sie mit schnellen Schritten auf den hinteren Raum zueilte.

In der Stille der Hütte lauschte der Mann dem eiligen Klickklack ihrer Schuhe nach und ihren Bewegungen auf dem Dachboden. Er war dankbar, daß es etwas anderes für ihn zu hören gab als die quälenden Schreie seiner Frau.

5. Kapitel

Im Hause Thornton war es schon lange Sitte, daß die Erwachsenen sich erhoben, bevor die Sonne sich über den Baumwipfeln zeigte. Shemaine war das frühe Aufstehen unvertraut, denn in England hatte man ihr gestattet, bis weit in den Vormittag hinein zu schlafen. Als einziges Kind ihrer Eltern war sie doch recht verhätschelt worden. Auf der *London Pride* hatte sie geschlafen, wann immer sie konnte, aber diese qualvollen Versuche waren keineswegs erquickend gewesen. Im Gegensatz dazu hatte ihre erste Nacht in der Hütte der Thorntons sie sowohl körperlich belebt als auch seelisch gestärkt. Als sie jedoch erwachte, sah sie sich augenblicklich der rauhen Wirklichkeit gegenüber: Sie durfte auf keinen Fall im Bett liegenbleiben, solange es ihr behagte. Sie war jetzt eine Vertragsarbeiterin, und man erwartete von ihr, daß sie sich auch so benehmen würde, daß sie diente, statt sich bedienen zu lassen.

Als Gage an diesem Morgen die Schlafzimmertür geöffnet hatte, war Shemaine sich das erste Mal vage ihrer Umgebung bewußt geworden, aber als sie dann seine Schritte im Wohnzimmer und kurz darauf hinten im Flur hörte, wurde sie schlagartig wach, denn sie erwartete, daß ihr neuer Herr die Treppe heraufkommen und sie aus dem Bett holen werde. Das leise Knarren der Verandatür, die geöffnet und gleich darauf wieder geschlossen wurde, bedeutete wohl, daß er die Hütte verlassen haben mußte, und ihr wild schlagendes Herz verfiel wieder in ein ruhigeres Tempo.

Immer noch zitternd mühte Shemaine sich aus dem Bett und schlug Funken an einer Zunderbüchse, um eine Kerze zu entzünden. Dann zog sie sich den Morgenmantel der verstorbenen Frau Thornton über das Nachthemd, griff nach der Kerze und stieg hastig die Treppe hinunter. Die winzige Flamme zuckte und tanzte in dem Luftzug, den sie mit ihren schnellen Schritten Richtung

Wohnküche verursachte. Ungeachtet ihrer mangelhaften Bekleidung entzündete sie dort eine Laterne, schürte das Feuer im Herd und begann, eine Mahlzeit zusammenzustellen. Ihre Morgentoilette, das hatte sie bereits entschieden, würde bis später warten müssen. Für den Augenblick hatte sie Wichtigeres zu tun.

Sie hatte das Frühstück schon am Abend zuvor geplant und ein Backblech mit Brötchen etwas abseits des Feuers aufgestellt, damit der Teig noch gehen konnte. Sie wollte vermeiden, ihren ersten Arbeitstag schlecht vorbereitet zu beginnen. Bess Huxley hatte seinerzeit die Klugheit einer Frau gepriesen, die jede Aufgabe, der sie sich unterzog, wohlvorbereitet anging, und sie hatte versucht, die Gründe dafür auch ihrer jungen Schülerin zu vermitteln. Aber erst jetzt, da Shemaine sich genötigt sah, ihre Fähigkeiten dem Mann, der sie erworben hatte, zu beweisen, wußte sie die Vorteile eines klaren Zeitplans richtig zu schätzen. Voller Freude sah Shemaine zu, wie die Brötchen im Ofen bräunten, wie die geräucherten Wildbretstreifen auf einem Blech brutzelten und die Eier fest wurden, während sie sie in einer Pfanne über dem offenen Feuer rührte. Wie sehr sich ihre Gefühle heute doch von der Langeweile unterschieden, die sie einst ausgestanden hatte, als man sie zu so monotonen Arbeiten drängte. Solange sie noch bei ihren Eltern lebte, hatte sie jede Betätigung in der Küche als abscheuliche Zumutung empfunden, und sie hatte, was von ihr verlangt wurde, nur getan, um die Köchin zu beschwichtigen.

Die ersten Strahlen der Morgensonne fielen bereits durch die Fensterscheiben, als Gage die Läden aufklappte. Als er seine Pflichten draußen erledigt hatte und mit einem Krug frischer Milch und einem Korb Eier in die Hütte zurückkehrte, war diese bereits von warmem Licht und den köstlichen Düften nach frischen Brötchen und Wildbret erfüllt. Als er in der Küche an Shemaine vorbeiging, betrachtete Gage mit unverhohlenem Staunen das Mahl, das aufzutischen sie im Begriff stand.

»Du erweist dich als Lügnerin, Shemaine«, bemerkte er, während er den Korb und den Eimer auf einen Beistelltisch stellte. Er vermochte kaum den Blick von den heißen Brötchen abzuwenden, denn er zweifelte ernsthaft, daß er jemals ein Brot gegessen hatte, das so köstlich aussah. Aber andererseits war es vielleicht nur sein Hunger, der seine Erinnerung trübte.

Seine Worte ließen Shemaine augenblicklich besorgt aufblicken. »Wieso, Sir?«

»Nun, es dürfte wohl auf der Hand liegen, daß du sehr wohl kochen kannst«, erwiderte Gage und deutete mit weit ausladender Geste auf die verschiedenen Speisen. »Vielleicht sogar gut genug, um selbst Roxanne Corbin zu beschämen. Warum hast du mich das Gegenteil glauben lassen?«

Da ihn diese Frage tatsächlich interessierte, widmete Gage ihr nun seine volle Aufmerksamkeit. Doch die Neugier, die seine Stirn in Falten gelegt hatte, konzentrierte sich langsam auf etwas anderes. Er ließ seine warmen, braunen Augen von ihrem zerzausten Pferdeschwanz abwärtsgleiten, bis hin zu den schmalen Zehen, die unter ihrem Saum hervorlugten. Unter seiner beiläufigen Musterung krümmten sich diese zarten Glieder vor Verlegenheit, bis er sie aus seinem prüfenden Blick entließ. Seine Augen wanderten wieder aufwärts und verweilten einen kaum wahrnehmbaren Moment auf dem weichen, wohlgerundeten Busen, der unter ihrem Nachtgewand offensichtlich von keinem Mieder gehalten wurde.

Shemaine, die sich ihres undamenhaften Zustandes schmerzlich bewußt war, legte sich einen Arm quer vor die Brust und zerrte den mit Spitzen eingefaßten Kragen ihres Morgenmantels enger um ihren Hals. Wären die Kleidungsstücke durchsichtig gewesen und ihr Körper seinem durchdringenden Blick schutzlos preisgegeben, hätte sie kaum weniger Grund zur Unruhe gefunden. Seine ungeteilte Aufmerksamkeit machte sie grausam nervös, denn sie hatte absolut keine Garantie dafür, daß er sie auch weiterhin mit höflicher Zurückhaltung behandeln würde. Schließlich war sie nicht viel mehr als eine Sklavin. Es gab keinen sicheren Hafen, in den sie sich flüchten konnte, und niemanden, der ihr Schutz gewähren würde. Und tatsächlich, wenn sie die Scheu, mit der die Bewohner des Weilers Gage Thornton begegnet waren, richtig deutete, durfte sie wohl von diesen Leuten nicht den Mut erwarten, daß sie sich ihretwegen mit dem Mann anlegen würden. Wenn jemand wie Alma Pettycomb zum Beispiel sich den Mund zerreißen könnte über die

Gefangenen, dann war er möglicherweise den Sträflingen gegenüber ebenso voreingenommen wie diese gräßliche Person.

Schließlich hob Gage den Kopf, um ihr direkt in die Augen zu sehen, und Shemaine wandte sich hastig ab, um ihr Erröten zu verbergen. Eilig machte sie sich daran, die Eier in eine Schüssel zu löffeln. So sehr sie sich auch bemühte, gelassen zu erscheinen – es gelang ihr nicht. Jede Faser ihres Körpers wußte von seiner Nähe.

Shemaine, die tapfer versuchte, das Beben in ihrer Stimme unter Kontrolle zu halten, beeilte sich, ihm zu antworten, und hoffte, er würde sich dann abwenden. »Als Sie mich nach meinen Fähigkeiten fragten, Sir, war ich mir keineswegs sicher, an was ich mich würde erinnern können. Sie müssen wissen, daß meine Mutter es für überaus wichtig hielt, daß unsere Köchin mich unterwies. Aber ich habe ihre Lektionen gehaßt und mir nicht vorstellen können, daß sie mir jemals von Nutzen sein würden. Sie haben mich von den Dingen abgehalten, die ich wirklich tun wollte.«

Mit diesen Worten nahm Shemaine die Schale und die Platte mit dem Fleisch, ging zum Tisch und beugte sich vor, um sie zu den beiden Tellern zu schieben, die sie bereits für ihren Herrn und seinen Sohn hingestellt hatte. Sie brauchte sich nicht eigens umzudrehen, um zu wissen, wohin der Blick ihres Herrn wanderte, denn sie konnte geradezu spüren, wie er ihre Kehrseite abtastete.

»Und was war das, Shemaine?« fragte Gage, fasziniert davon, wie sich unter Nachthemd und Morgenmantel ihr wohlgeformtes Hinterteil abzeichnete. Der Anblick, den sie ihm unwissentlich bot, war eindeutig wert, so lange wie nur möglich genossen zu werden.

»Reiten, Sir«, erwiderte Shemaine und dachte mit flüchtigem Bedauern an ihre Leidenschaft für Pferde. Edith du Mercer hatte nur Verachtung für die Vorstellung gehabt, eine junge Frau könne verwegen auf dem Rücken eines halsstarrigen Hengstes, mit dem so mancher Mann nicht fertiggeworden war, durch Wald und Feld galoppieren. Shemus O'Hearn hatte ihr schon in jungen Jahren das Reiten beigebracht und ihr seine Liebe zu diesem Sport vermittelt. Maurice war der einzige Mann in ihrer Bekanntschaft, der genausogut reiten konnte wie ihr Vater. »Mein Vater besaß einige der schönsten Pferde in ganz London. Er hat mich auf den Rücken einer Stute gesetzt, als ich erst zwei Jahre alt war. Und meine Mutter hat später geschworen, daß dieses Erlebnis in den folgenden Jahren mein Untergang gewesen sei. Wahrscheinlich hatte sie in gewisser Weise recht. Fest steht, daß der Häscher wußte, wo er mir auflauern mußte, denn es war der Stall, in dem er mich festnahm.«

»Willst du damit andeuten, daß die Großmutter deines Verlobten dem Häscher von deiner Vorliebe für Pferde berichtet hat?« hakte Gage nach; seine Enttäuschung, als sie sich zu ihm umdrehte, war nur gering. Ihr unter dem losen Gewand deutlich sichtbarer Busen war verführerisch genug, um eine ganze Reihe verstohlener Blicke spazierenzuschicken. Die weichen Hügel regten seine Phantasie stärker an, als ihm lieb war.

»Oder zumindest jemand, der in ihren Diensten stand, Sir«, erwiderte Shemaine. »So jedenfalls habe ich mir die Dinge erklärt. Schließlich hatte ich seit meiner Verhaftung viel Zeit zum Nachdenken, und die Heimlichkeit, mit der sie erfolgte, hat mich zu der Überzeugung gebracht, daß jemand mein Verschwinden geheimhalten wollte. Als ich entführt wurde, war niemand in der Nähe. Die Stallburschen waren aufs Feld gegangen, um den Stuten dort Futter zu bringen. Wenn ich mich in meinen Schlußfolgerungen irren sollte, hätte ich der Dame großes Unrecht getan.«

»Wenn deine Familie dich finden würde, würde dein Verdacht gegenüber dieser Frau dich dann davon abhalten, deinen Verlobten zu heiraten? Diesen… Maurice du Mercer?«

Genau diese Frage hatte sich Shemaine seit dem Zeitpunkt ihrer Verhaftung gestellt, und sie war ihrer gründlich müde. Es war ihr bisher nicht möglich gewesen, zu einer endgültigen Entscheidung zu gelangen, aber sie schien ihr im Grunde auch nicht mehr notwendig zu sein. Sie konnte sich kaum vorstellen, daß ein Marquis eine Strafgefangene zur Frau nehmen würde. »Es ist höchst unwahrscheinlich, daß meine Eltern oder Maurice auch nur auf den Gedanken kämen, mich hier zu suchen. Außerdem bezweifle ich doch, daß Maurice die Zeit für ein solches Unterfangen erübrigen könnte. Er muß sich in England um seinen Besitz und seine Geschäfte kümmern, und ich glaube kaum, daß er all seine Verpflichtungen so ohne weiteres beiseiteschieben würde, um hierherzukommen.«

»Nicht einmal, um seine Verlobte zu suchen?« Ihre Schlußfolgerung setzte Gage dann doch in Erstaunen, denn er konnte sich nicht vorstellen, daß irgendein Mann eine so liebreizende Frau jemals vergessen würde.

Es widerstrebte Shemaine zutiefst, ihm die Sache erklären zu müssen, daher fielen ihre Worte recht barsch aus. »Maurice litt vor unserer Verlobung nie Mangel an adligen Damen, die ihn umschwärmten. Ich bin sicher, daß er seine Gedanken und seine Aufmerksamkeit mittlerweile auf ein anderes Ziel gerichtet hat.«

Gage sah sie forschend an, bevor er seine nächste Frage stellte. »Dann hast du diesen Teil deines Lebens also hinter dir gelassen?«

Da sie nicht wußte, wie weit ihre Gefaßtheit reichen würde, antwortete Shemaine nur mit einem knappen Nicken und machte sich dann daran, Butter und eingemachte Früchte auf den Tisch zu stellen, damit sie nicht von Selbstmitleid und Bedauern überwältigt wurde.

Nachdenklich streckte Gage die Hand aus und nahm ein Brötchen aus dem Brotkorb. Während er ein Stück davon abbrach, es in den Mund schob und zu kauen begann, grübelte er über ihre Antwort nach. Aber einen Augenblick später hatte der köstliche Geschmack bereits seine volle Aufmerksamkeit errungen, und seine Augen begannen vor Wonne zu glänzen. Es war eine nüchterne Tatsache, daß er, seit er das Haus seines Vaters verlassen hatte, nichts so Köstliches mehr vorgesetzt bekommen hatte. Nicht einmal Victoria hatte so phantastisches Brot gebacken.

»Ich hätte meinen Vergleich nicht auf Roxanne Corbin beschränken sollen, Shemaine. Ich glaube, es wäre keineswegs übertrieben, dich die vielleicht beste Köchin hier in der Gegend zu nennen.«

Shemaine strich sich eine widerspenstige Locke aus dem Gesicht und blickte vorsichtig zu ihm auf. »Heißt das, daß Sie mich behalten werden, Mr. Thornton?«

Ihre Frage überraschte Gage. »Natürlich, Shemaine! Ich habe dir doch schon gesagt, daß ich dich nicht zurückgeben werde. Hast du mir denn nicht geglaubt?«

»Manche Männer sagen das eine, Sir, und tun dann etwas ganz anderes«, antwortete sie unterwürfig.

»Ich aber nicht.«

Seine Schlafzimmertür öffnete sich mit einem zögernden Knarren, und als sie sich umdrehten, tapste Andrew barfuß auf sie zu. Der Junge sah in seinem Nachthemdchen und mit seinem dunkelgelockten Haar, das ihm wirr in die Augen fiel, so hinreißend aus, daß Shemaine ihn am liebsten sofort in die Arme genommen hätte, aber sie wußte, daß er immer noch ein wenig Angst vor ihr hatte. Schließlich war sie noch eine Fremde für ihn.

Gage ging auf seinen Sohn zu, und Andrew hob gähnend und vertrauensvoll die Arme. Sein Vater schwenkte ihn hoch durch die Luft, bevor er sich den vergnügt quietschenden Jungen auf die Schultern setzte. »Wir sind in ein paar Minuten wieder da, Shemaine«, sagte Gage und wandte sich dem Flur zu. »Ich habe Andrew zwar beigebracht, aufs Töpfchen zu gehen, aber er benutzt lieber die Toilette draußen. Wenn ich nicht da bin, wirst du mit ihm gehen müssen. Er versucht, sich wie ein Mann zu benehmen, aber im Augenblick müssen wir noch ein wenig vorsichtig sein.«

»Natürlich, Mr. Thornton.« Shemaine, die ein neuerliches Erröten niederzukämpfen hatte, drehte sich hastig um. In England hatte sie, wenn sie über Land fuhren, gelegentlich aus den Fenstern ihrer Kutsche kleine Kinder nackt im Regen oder in wassergefüllten Gräben spielen sehen. So flüchtig diese Szenen auch gewesen waren, hatte sie doch einen gewissen Eindruck von der Anatomie kleiner Jungen bekommen und war nicht vollkommen unwissend. Dennoch fürchtete sie, was das andere Geschlecht betraf, nicht ganz so bewandert zu sein, wie ihr Herr das vielleicht annahm.

Kurze Zeit später kehrte Gage zurück und ging mit dem Jungen zum Ständer mit der Waschschüssel, der im Küchenbereich des Raumes stand. Dort entlockte er dem Kleinen weiteres glockenhelles Gelächter, während er ihm spielerisch Gesicht und Hände wusch.

Da der Frühstückstisch für die kleine Familie nun gedeckt war, glaubte Shemaine auf ihr Zimmer entkommen zu können. Es widerstrebte ihr, den beiden anderen das Frühstück mit ihrem ungepflegten Äußeren zu verderben. Daher war sie fest entschlossen, sich zurückzuziehen, sobald Gage seinen Sohn in den Hochstuhl gesetzt hatte. Sie ging an den beiden anderen vorbei auf die Flurtüre zu, aber ihr Herr, der ihre Absicht erahnte, streckte die Hand aus und hielt sie am Arm fest.

Überrascht suchte Shemaine in den sonnengebräunten Zügen nach einem Anzeichen für die Laune und die Wünsche ihres Herrn. Das Zittern ihrer Stimme brachte ihr zu Bewußtsein, wie schreckhaft sie doch geworden war, denn sie begegnete dem Mann mit der gleichen Scheu, mit der sein Sohn sich ihr gegenüber benahm. »Wünschen Sie sonst noch etwas, Mr. Thornton?«

»Jawohl, Shemaine, das tue ich.« Sein Lächeln war so flüchtig, daß Shemaine es kaum wahrnahm. »Ich möchte, daß du bleibst und mit uns frühstückst.«

Verlegen verschränkte sie die Arme vor dem Busen, denn sie war sich nicht ganz sicher, ob er vielleicht etwas davon zu sehen bekam. »Ich bin noch nicht ordentlich angezogen, Sir.«

»Du siehst sehr hübsch aus«, beruhigte Gage sie, und sein Blick huschte für einen Moment über ihr Gesicht und die gelockten Haarsträhnen, die es keck umrahmten. Es hatte ihn immer verblüfft, wie liebreizend Victoria ausgesehen hatte, wenn sie im Nachthemd und mit bloßen Füßen in der Küche umhergelaufen war. Seit ihrem Tod war ihm dieser Teil der Hütte auf seltsame, quälende Weise leer erschienen, selbst wenn Roxanne sich darin betätigt hatte. Aber dieses Mädchen mit dem zerzausten Pferdeschwanz und dem Mehlfleck auf der vorwitzigen Nase füllte diese gähnende Lücke mit Wärme und Leben. Er wollte ihre Gegenwart auskosten, und dann würde die Erinnerung an die schreckliche Leere hoffentlich für alle Zeit aus seinem Bewußtsein schwinden.

»Ich glaube nicht, daß Andrew und ich jemals vor einem so köstlichen Frühstück gesessen haben wie dem, das du uns heute morgen zubereitet hast, Shemaine. Roxanne mußte immer erst das Frühstück für ihren Vater richten, bevor sie hier herauskam. Deshalb fiel mir die Aufgabe zu, für den Jungen und mich irgend etwas auf den Tisch zu bringen. Ich kann dir aufrichtig versichern, daß das bestenfalls traurige Versuche gewesen sind. Und auf das Vergnügen der Anwesenheit einer schönen Frau am Tisch des Hauses haben wir seit Victorias Tod verzichten müssen. Ich würde mich freuen, wenn du hier bei uns bliebest, Shemaine, gerade so, wie du jetzt bist. Willst du mir den Gefallen tun?«

Der eindringliche Blick, den er auf ihr Gesicht richtete, stürzte Shemaine nicht weniger in Verlegenheit als seine frühere Musterung ihrer Gestalt, aber sie hielt es für klug, sich nicht darüber zu beklagen. Wenn er sich darauf beschränkte, sie nur anzusehen, dann durfte sie sich wahrhaft glücklich schätzen. »Wenn Sie es so wünschen, Sir.«

»Ja, das tue ich«, nickte Gage und beugte sich ein klein wenig vor, um den Duft ihres Haares einzuatmen. »Du riechst auch angenehm.«

Shemaine, die seine eindringliche Aufmerksamkeit aus dem Gleichgewicht brachte, fuhr sich mit den Fingern nervös durch die Löckchen, die sich an ihren Schläfen aus ihrer Frisur befreit hatten, und wünschte inbrünstig, sie könnte sich in die Sicherheit des Dachbodens zurückziehen. »Ich rieche wahrscheinlich nach Brot...«

»Wie jede Frau, wenn sie sich in der Küche betätigt hat«, griente Gage galant. Dann deutete er einladend auf die Bank, auf der sie am Abend zuvor gesessen hatte. »Nach dir, Shemaine.«

Gehorsam ließ sie sich auf ihren Platz gleiten und nahm die Teetasse entgegen, die er ihr reichte. Andrew legte den Kopf schief und sah sie neugierig an. Sie lächelte ihm aufmunternd zu und griff nach einem Stück Brot, dem sie vor dem Backen die Gestalt eines Mannes gegeben hatte.

»Das ist für dich, Andrew«, sagte sie und hielt ihm das Brot hin.

»Papa!« rief er aufgeregt und zeigte seinem Vater, was sie ihm gegeben hatte. »Shiam Mann gekocht!«

Shemaine lachte, streckte die Hand aus und zauste dem Jungen das Haar. Andrew kicherte, zog die Nase kraus und riß mit seinen kleinen Fingern einen Arm von dem Brot ab, um ihn sich sogleich in den Mund zu stopfen. Mit leuchtenden Augen sah sie zu, wie er genüßlich kaute. Dann blickte er abermals zu seinem Vater auf und giggelte: »Mann lecker, Papa!«

Mit einem leisen Lachen löffelte Gage das mit Schnittlauch gewürzte Rührei auf seinem Teller. »Ich weiß, Andy. Ich finde das Brot auch lecker.«

»Shiam dir auch Mann gemacht?« fragte Andrew und beugte sich vor, um den Teller seines Vaters zu betrachten.

»Nein, Andy, Shemaine hat den Mann extra für dich gemacht, aber sie hat uns beiden ein köstliches Frühstück bereitet.«

»Shiam lieb, Papa?

»Shemaine *sehr* lieb, Andy.«

Die Betonung, die Gage auf dieses eine Wort legte, ließ Shemaine überrascht aufschauen, und einen winzigen Moment lang fand sie ihren Blick von dem seinen festgehalten, während er fest in die durchscheinenden Tiefen ihrer grünen Augen sah. Dann verlangte Andrew ebenfalls nach einer Portion Rührei, und sein Vater kam seinem Wunsch bereitwillig nach.

Shemaines Appetit hatte sich immer noch nicht eingestellt. Nach nur wenigen Bissen befiel sie eine unangenehme Übelkeit. Tapfer versuchte sie, die kleine Portion aufzuessen, die sie sich auf den Teller gelegt hatte, aber die Angst, das wenige, das sie bisher gegessen hatte, erbrechen zu müssen, ließ sie innehalten. Sie wandte den Blick vom Tisch ab, verschränkte die Hände auf dem Schoß und ließ die beiden allein weiteressen. Da ihr Herr und sein Sohn der Mahlzeit mit offensichtlichem Genuß zusprachen und keine Eile hatten, sie zu beenden, fürchtete sie, daß es noch eine ganze Weile dauern würde, bevor sie auf den Dachboden entkommen konnte.

Gage Thornton war keineswegs blind für die Reize seiner Dienerin. Er hatte sich die größte Mühe gegeben, sie nicht noch eingehender zu betrachten, als er das bereits getan hatte, auch wenn ihn jeder Instinkt dazu trieb. Wenn es ihm schon schwergefallen war, zu verhindern, daß seine Blicke ständig zu ihr hinüberirrten, nachdem er von Hannah Fields zurückgekommen war, so war es heute morgen doppelt hart, da ihre Kleidung viel mehr preisgab. Sein besonderes Verlangen galt der Betrachtung ihrer Brüste. Obwohl sie üppig genug waren, um die begehrliche Bewunderung eines jeden Mannes zu erregen, war ihre Fülle von so jugendlicher Unschuld, daß sie in ihm die starke Sehnsucht weckte, ihre Weichheit mit den Händen zu erkunden, sie aus dem Stoff, der sie verborgen hielt, zu befreien. Aber allein diese Vorstellung wirkte sich schon verheerend auf seinen Seelenfrieden aus, denn sie brachte ihm aufs schmerzhafteste seine fleischlichen Gelüste zu Bewußtsein, die so sehr danach verlangten, befriedigt zu werden.

Obwohl es ihm widerstrebte, sie gehen zu lassen, war Shemaines ungeduldiges Streben, den Tisch zu verlassen, für Gage nicht länger übersehbar. Als sie sich erhob, um ihm Tee nachzuschenken, sah er schließlich zu ihr auf. Der wachsame Blick, den sie ihm daraufhin zuwarf, und ihre unübersehbare Unsicherheit machten ihm klar, daß sie sich wie ein Spatz im Käfig gefangen fühlte. Er hatte keine andere Wahl, als nachzugeben. »Vielleicht war es unfreundlich von mir, darauf zu bestehen, daß du bei uns bleibst, Shemaine. Wenn du möchtest, kannst du jetzt auf dein Zimmer gehen und dich ankleiden.«

Erleichterung durchflutete Shemaine, und ein zittriges Lächeln trat auf ihre Lippen. »Vielen Dank, Sir. Ich glaube nämlich, daß ich versucht habe, zuviel zu essen; es ist mir ein wenig übel geworden.«

»Das ist verständlich, wenn man bedenkt, was du durchgemacht hast«, erwiderte Gage, dem es nun leid tat, daß er sie zurückgehalten hatte. »Laß mich nur wissen, wenn es dir besser geht. Meine Männer werden in etwa einer Stunde eintreffen, und dann muß ich Andrew dir überlassen, damit ich mich an die Arbeit machen kann.«

»Ich werde nicht lange brauchen, Sir.«

Shemaine konnte es kaum erwarten, dem quälenden Anblick der Speisen auf dem Tisch zu entrinnen. Nachdem sie sich Gesicht und Körper mit kühlem Wasser gewaschen hatte, fühlte sie sich beträchtlich frischer. Sie legte sich das blaue Kleid zurecht und bemerkte dabei, daß die Spitzeneinfassung des abgerundeten Kragens am Rücken nicht fest saß. Das war ihr am Abend zuvor entgangen, aber sie wagte jetzt nicht, sich die Zeit zu nehmen, um das Kleid zu flicken. Nachdem sie sich angekleidet und das Haar zu einer ordentlichen Frisur gekämmt hatte, brauchte sie nur wenige Minuten, um den Dachboden aufzuräumen, und das Segeltuch zur Seite zu ziehen, das über der Balustrade hing.

Als sie wieder in die Küche zurückkehrte, fand Shemaine Gage im Schaukelstuhl am Feuer vor. Er las Andrew, der an der Brust seines Vaters ruhte und aufmerksam zuhörte, eine Geschichte vor. Der

Junge, dem es widerstrebte, die Sicherheit des väterlichen Arms zu verlassen, weigerte sich, zu ihr zu kommen, und ließ sich so lange nicht verlocken, bis Shemaine es auf spielerische Weise versuchte. Sie stimmte ein Liedchen an, das sie als Kind gelernt hatte, wickelte sich ein Tuch um die Hand, formte ein Gesicht daraus, schob Daumen und Zeigefinger in dessen Lippen und verbarg ihren Arm hinter dem von Gage. Dann bewegte sie die Lippen mit den Fingern, damit es so schien, als könne ihre provisorische Puppe sprechen, und versuchte Andrew mit hoher, verstellter Stimme zu sich zu locken. Schon bald hatte sie seine ungeteilte Aufmerksamkeit gewonnen, und er gluckste vergnügt, was auch seinem Vater ein fröhliches Lachen entlockte. Dann ließ Shemaine die Puppe langsam verschwinden, indem sie sie hinter den Arm seines Vaters zog. Andrew beugte sich eifrig vor, um danach zu suchen, und zu seinem großen Entzücken ließ Shemaine sie plötzlich wieder auftauchen.

»Kuckuck! Ich sehe dich!«

Ganz gefangengenommen von dem Lachen des Kleinen bemerkte Shemaine gar nicht, wie der Mann den Kopf drehte, um den feinen Duft ihres Haares aufzufangen, als sie sich vorbeugte. Und sie hatte auch keine Ahnung, daß sein Blick in aller Seelenruhe ein kleines Ohr liebkoste und den säuberlich geflochtenen Zopf, den sie sich im Nacken zu einem Knoten gebunden hatte. Hätte sie in diesem Moment den Kopf gehoben, wäre ihr vielleicht die hungrige Sehnsucht in seinen bernsteinfarbenen Augen, die sie beinahe verschlangen, nicht verborgen geblieben.

Zu guter Letzt fand Andrew sich bereit, in ihre Arme zu kommen, und schien sich dort dann sogar ganz wohlzufühlen. Shemaine, die den Jungen dicht an sich zog und leise in sein Ohr sang, folgte seinem Vater auf die Veranda hinaus. Dort konnte sie Andrew ohne Mühe dazu überreden, Gage nachzuwinken, während dieser auf die Treppe zuging.

»Wiedersehen, Papa«, rief Andrew mit lauter Stimme, was sie ihm zugeflüstert hatte. Dann zog er seine kleine Nase kraus und strahlte, als sein Vater sich lachend umdrehte. Gage kam noch einmal zurück, legte einen Finger unter das Kinn seines Sohnes und hob den kleinen Kopf, um einen liebevollen Kuß auf Andrews Stirn zu drücken. »Sei ein braver Junge, Andy.«

Andrew richtete große, fragende, braune Augen auf die Frau, die ihn im Arm hielt, und schaute dann mit großer Neugier wieder zu seinem Vater auf. »Shiam auch küssen, Papa?«

»Oh, nein, Andrew!« stieß Shemaine hervor. Dann schüttelte sie hastig den Kopf und hoffte, der Mann würde nicht glauben, sie hätte seinen Sohn auf diese Idee gebracht. Gage jedoch kam Andrews Wunsch bereitwillig nach, hob ihr Gesicht und legte zu Andrews glucksender Belustigung seine Lippen auf ihren noch immer geöffneten Mund. Sein Kuß ging weit über die Grenze dessen hinaus, was zwischen Fremden vielleicht gerade noch erlaubt gewesen wäre. Vielmehr war er nicht weniger warm und heftig, als Maurice' Küsse es gewesen waren.

Shemaine taumelte verwirrt zurück, daß eine so flüchtige Berührung der Lippen zweier Menschen in ihr eine solche Vielzahl seltsam erquicklicher Regungen wachzurufen vermochte. Gage quittierte ihren verwunderten Blick mit einem kurzen Lächeln, tippte sich dann mit dem Finger an den Kopf, nickte ihr noch ein letztes Mal grüßend zu und ging mit schnellen, langen Schritten davon. Seine Hast schien in scharfem Gegensatz zu ihrem Gefühlsaufruhr von einer Gleichgültigkeit zu künden, die ihr nicht nur die Schamröte ins Gesicht trieb, sondern auch ihren Stolz verletzte.

Sie erinnerte sich nur allzugut daran, daß auch Maurice dazu neigte, sie mit leidenschaftlicher Begierde zu küssen, und mehr als einmal hatte sie ihn ermahnen müssen, sich zu bezähmen, bis sie verheiratet waren. Nachdem ihr Verlöbnis offiziell bekanntgemacht worden war, hatte er sie angefleht, sich ihm zu schenken, hatte versprochen, vorsichtig mit ihr zu sein und so diskret, daß niemand davon erfahren würde. Aber sie hatte ihn mit einer ruhigen Entschlossenheit und einer nüchternen Sachlichkeit, die es in jeder Weise mit dem korrekten Benehmen ihrer Mutter aufnehmen konnten, davon überzeugt, daß es bei weitem besser war, zu warten und die intimen Freuden der Ehe erst in ihrer Hochzeitsnacht zu kosten, statt die bösen Konsequenzen zu ignorieren, die Shemaine allein zu tragen haben würde, falls ihn etwa ein tödlicher Unfall traf und/oder sie mit einem Kind zurückblieb.

Mit einem letzten Winken verabschiedete sich Gage von ihnen, dann lief er energisch den Pfad hinauf auf seine Werkstatt zu. Seine Männer waren bereits da; sie waren zu Pferd über die schmale, gewundene Straße durch den Wald gekommen. Den größten Teil des Tages würden er und seine Angestellten damit zubringen, die fertigen Möbelstücke für die Verschiffung nach Williamsburg einzupacken und in Kisten zu verstauen. Obwohl das Datum der Auslieferung noch nicht feststand, schien es ratsam, die Möbel jetzt schon einzupacken, damit die Gefahr, daß sie irgendwelche Schäden litten, möglichst gering blieb. Hoffentlich würden sie bald die Fahrt flußaufwärts antreten können, um die fertiggestellten Stücke auszuliefern und die Bezahlung dafür zu kassieren. Bis dahin würden der alte Schiffsbauer, Flannery Morgan, und sein Sohn Gillian allein an dem Schiff arbeiten müssen, denn es standen nicht mehr genug Baumaterialien zur Verfügung, um eine Mitarbeit Gages zu rechtfertigen.

Kurz nachdem sie die Möbelstücke abgepolstert und eingeschlagen hatten, widmeten sich die fünf Männer der Aufgabe, sie in Kisten zu verstauen. Gage kam mit Ramsey Tate, einem großen, breitschultrigen Mann von gut vierzig Jahren, aus der Werkstatt, um sich passende Bretter zusammenzusuchen. Als Gage dabei zufällig einen Blick auf die Hütte warf, hielt er mit der Arbeit inne und richtete sich langsam auf.

Neugierig, was die Aufmerksamkeit seines Arbeitgebers gefesselt hatte, folgte Ramsey dem Blick des anderen, bis er eine junge Frau mit feuerrotem Haar Wasser aus dem Brunnen heraufziehen sah. Es bedurfte keiner weiteren Erklärungen, denn der Grund für Gages Ablenkung war offensichtlich.

»Ist das deine Dienerin?« Ramsey hätte sich die Frage ebensogut sparen können, denn die Antwort kannte er bereits.

Gage nickte nur geistesabwesend.

Ramsey legte eine Hand über die Augen, um die Frau besser erkennen zu können. »Von hier aus sieht sie aber mächtig hübsch aus.«

»Ist sie auch.«

»Hat aber wenig Ähnlichkeit mit deiner Frau mit all diesem roten Haar auf dem Kopf.«

»Nicht die geringste.«

»Du wirst sie für eine Weile behalten?«

»Solange es braucht.«

Ramsey, der das herunterhängende Ende seines Schnurrbarts nachdenklich zwischen den Fingern rollte, hob fragend eine buschige Augenbraue und sah seinen Freund eindringlich an. »Solange was braucht?«

Die schlanke Frauengestalt verschwand in der Hütte, und unter dem besonnenen Blick des älteren Mannes wandte Gage seine Aufmerksamkeit wieder der Arbeit zu und hob sein Ende des inzwischen zusammengelegten Bretterstapels an. Als sein Möbeltischler keine Anstalten machte, es ihm gleichzutun, blaffte er ihn ungeduldig an. »Was ist los mit dir, Ramsey? Wach auf!«

Ramsey ging schnaubend in die Hocke, um sich ebenfalls wieder seinen Pflichten zuzuwenden. »Wenn du mich fragst, ich glaube, es hat dich erwischt.«

»Wovon, zum Teufel, redest du da?«

»Was glaubst du wohl?« gab Ramsey im selben scharfen Tonfall zurück. »Der kleine Rotschopf da oben kommt auf die Veranda rausgeschlendert, und eh man sich's versieht, hast du auch schon den Verstand verloren. So aufgebracht habe ich dich noch nie erlebt! Jedenfalls hast du nie wie ein hungriger Hund dagestanden und gesabbert, wenn Roxanne auf der Suche nach dir hier heruntergetänzelt kam.«

»Nein, und das wirst du auch gewiß nicht erleben«, brummte Gage.

»Also, was wirst du mit ihr machen?«

Gage sah den Mann an, als hätte er den Verstand verloren. »Von wem sprichst du? Von Roxanne?«

Ramsey rollte ungläubig mit den Augen und schrie seine Antwort beinahe heraus. »Nein, *verdammt!* Ich meine die Rothaarige!«

Gages Augenbraue zuckte hoch, und er bedachte seinen Angestellten mit einem durchdringenden Blick. »Ich werd's dich wissen lassen, sobald es soweit ist«, meinte er ausweichend. »Bis dahin sieh zu, daß du dich um deine eigenen Angelegenheiten kümmerst, du neugieriger, alter Nägelklopfer.«

Ramsey protestierte in gespieltem Zorn. »Wenn's Ihnen nicht allzusehr gegen den Strich geht, möchte ich Sie daran erinnern, *Mister* Thornton, daß Sie meine Angelegenheit *sind!* Ohne dich ist keiner von uns auch nur einen Pfifferling wert! Und wenn ich mir deinetwegen den Kopf zerbreche, dann bloß, weil ich an mich und meine Familie denke!«

Gage tat seine Bemerkungen mit einem Achselzucken ab. »Du bist nicht alt genug, um mein Vater zu sein, also hör auch auf, dich so zu benehmen. Du hast selber genug Söhne, um die du dich kümmern kannst.«

»Nun, dann betrachte mich als deinen Freund«, meinte Ramsey mit einem plötzlichen Prusten. »Und wo wir gerade beim Thema sind, du scheinst da wirklich einen Rat zu brauchen. Du bist ein Mann, der dringend braucht, was nur eine Frau ihm geben kann. Nach deinen gierigen Blicken da hinauf wird's dir bestimmt nicht reichen, dem Mädel um die Röcke zu streichen. Nicht, wenn du viel lieber unter besagte Röcke gingest.«

Gage wand sich unbehaglich unter dem gutmütigen Tadel des anderen Mannes. Die Tatsache, daß Ramsey den Nagel auf den Kopf getroffen hatte, warf die unerquickliche Frage auf, wie durchschaubar er wohl geworden sein mochte. Er hatte nie dazu geneigt, die Gunst käuflicher Dirnen zu suchen, und sich statt dessen bemüht, sein wachsendes Begehren nach einer Frau zu ersticken, indem er sich ganz und gar seiner Arbeit widmete. Der Kuß, den er Shemaine gegeben hatte, hatte ihn vielleicht noch mehr überrascht als das Mädchen selbst. Dieser Kuß hatte sich wie ein sengend heißes Eisen in sein Fleisch gebrannt, und der Hunger, der in ihm glühte, hatte augenblicklich seine Sinne entflammt. Um sich die Peinlichkeit zu ersparen, ihr zu zeigen, wie sehr sie ihn fasziniert hatte, war er davongestürzt wie ein waidwunder Hirsch. Aber nach außen hin leugnete er selbst jetzt noch, ungeachtet Ramseys zutreffender Beobachtung, jedes Verlangen.

»Dein Rat, mein lieber Freund, läuft darauf hinaus, daß der Bulle zur Kuh gehört. Aber ich will mehr als nur das.«

Ramsey würdigte seine Beteuerungen nur eines verächtlichen Lachens und warf dann einen letzten verstohlenen Blick auf die Hütte. »Ja, das habe ich gemerkt.«

Shemaines Talent im Umgang mit kleinen Kindern war bis zu diesem Zeitpunkt nie zutage getreten. Obwohl es ihr diesbezüglich eigentlich an Erfahrung mangelte, gelang es ihr doch, Andrews Vertrauen zu gewinnen. Mit ihrem Brotmann und ihrer improvisierten Puppe hatte sie außerdem seine Neugier geweckt. Er war bereit, sich mit ihr anzufreunden, und ließ sich sogar willig in dem Waschzuber baden und das Haar waschen. Als sie ihre Hände einseifte und Seifenbläschen in die Luft pustete, gluckste der Junge vor Wonne und fand sein größtes Vergnügen darin, die Blasen, die an ihm vorbeischwebten, mit dem Finger zu erwischen und platzen zu lassen.

Shemaine war gerade damit beschäftigt, ihn im Schlafzimmer ihres Herrn anzuziehen, als von der Haustür her ein beharrliches Klopfen ertönte. Nachdem sie Andrew in eine kleine Decke gehüllt hatte, nahm sie ihn auf den Arm und eilte zur Tür. Eine große Frau mit harten Gesichtszügen und strohfarbenem Haar, das sie sich zu einem strengen Knoten im Nacken zusammengebunden hatte, stand vor ihr auf der Schwelle. Die Antwort, die Shemaine auf ihr vorsichtiges Nicken zur Begrüßung der Fremden erhielt, war ein steifes Lächeln.

»Ich bin Roxanne Corbin...« Die grauen Augen wanderten hinab, flogen über die schlanke Gestalt und das schmerzlich vertraute, abgetragene Kleid. Es war eines, das Victoria Thornton im Garten oder bei anderen groben Arbeiten häufiger als alle anderen getragen hatte. Der Anblick einer Strafgefangenen in dem Gewand der verstorbenen Frau bohrte sich mit gärendem Groll in Roxannes Herz, bevor sie schließlich wieder in die fragenden grünen Augen schaute. »Und du mußt die Vertragsarbeiterin sein, Shemaine O'Hearn.«

Shemaine legte die Arme fester um Andrew, den sie noch immer an sich gedrückt hielt, und beantwortete diese Feststellung mit einem neuerlichen, vorsichtigen Nicken. »Wenn Sie Mr. Thornton sprechen wollen, ich glaube, der ist oben in der Werkstatt.«

»Nein, ich bin gekommen, um mit dir zu sprechen.« In Roxannes finsterem Blick lag eine solche Kälte, daß Shemaine unwillkürlich ein Schaudern durchlief. »Ich wollte sehen, was für eine Art Kindermädchen sich Gage auf einem Sträflingsschiff gekauft hat.«

Die tiefe Abneigung, die aus den abschätzigen Worten der anderen Frau sprach, trieb Shemaine die Röte ins Gesicht. Sie wünschte, sie könnte die Frau einfach ihrer Wege schicken und mit Andrew ins Schlafzimmer zurückkehren, denn ihre ohnehin geschwächten Arme würden seinem Gewicht nicht mehr lange gewachsen sein. Das Risiko, ihn fallen zu lassen, machte ihr angst, aber ihr fiel beim besten Willen keine würdevolle Art und Weise ein, wie sie die Besucherin zum Gehen auffordern konnte.

Trotz ihrer mißlichen Lage fiel Shemaine jedoch auf, daß Andrew, so sehr Mrs. Pettycomb auch betont hatte, daß der Junge Roxanne von ganzem Herzen zugetan sei, kaum einen Blick für sein ehemaliges Kindermädchen hatte. Es schien ihn viel mehr zu interessieren, einen Finger in die rebellischen Locken zu schieben, die sich an Shemaines Schläfen zu kräuseln pflegten.

Shemaine verlagerte Andrews Gewicht in ihren Armen noch einmal und nahm die letzten Reste Kraft zusammen, über die sie noch verfügte. Als Andrew ihr beide Arme um den Hals schlang und sich zusätzlich noch am Stoff ihres Kragens festhielt, war sie dem Jungen zutiefst dankbar.

»Kann ich irgend etwas für Sie tun, Roxanne?« fragte Shemaine in dem Versuch, sich so bald wie möglich aus ihrer unangenehmen Lage zu befreien. »Wenn nicht, möchte ich Andrew jetzt gerne anziehen.«

»Mistress Roxanne für dich, Mädchen«, verbesserte die blonde Frau hochmütig. »Wenn du schon nichts anderes lernst, sollte man dir wenigstens beibringen, wie du Leute, die über dir stehen, geziemend anzureden hast.«

»Mistress Roxanne, wenn es Ihnen lieber ist«, erwiderte Shemaine steif.

Die Hintertür wurde geöffnet und wieder geschlossen, und männliche Schritte kamen durch den Korridor. Ein Rascheln von Papier kündete von der Tatsache, daß Gage an seinem Schreibtisch stehengeblieben war und etwas darauf suchte.

Seine Anwesenheit erfüllte Shemaine mit einer Woge der Erleichterung. »Mr. Thornton ist jetzt hier«, eröffnete sie der Frau. »Vielleicht möchten Sie nun doch gern mit ihm sprechen.«

Gage hörte ihre Stimme, blätterte aber weiter in seinen Unterlagen, als er ihr zurief: »Ist jemand gekommen, Shemaine?«

»Sie haben Besuch, Mr. Thornton«, rief Shemaine über die Schulter. Im nächsten Augenblick wurde sie grob beiseite gestoßen und taumelte gegen den Türrahmen, während Roxanne sich an ihr vorbeizwängte.

Gage trat an die Küchentür und blieb abrupt stehen, als er erkannte, um wen es sich bei seinem Besuch handelte. Obwohl er versuchte, seinen Ärger zu verbergen, zogen seine Brauen sich doch zu einem finsteren Stirnrunzeln zusammen, denn er wußte, was nun kommen würde. »Es überrascht mich, dich hier zu sehen, Roxanne. Ich dachte, du müßtest dich um deinen Vater kümmern.«

Die blonde Frau hob das Kinn und nahm die Pose einer leidenden Märtyrerin an. »Ich bin gekommen, um festzustellen, was du dir da gekauft hast, Gage, da *du* es ja nicht für nötig gehalten hast, mich über deine Absichten zu informieren. Mrs. Pettycomb dagegen brannte förmlich darauf, mir die Neuigkeit von deiner jüngsten Neuerwerbung zu überbringen. Es war ja so *gütig* von dir, mich wissen zu lassen, daß du einen Ersatz für mich gefunden hattest und daß meine Dienste nicht länger vonnöten sein würden.«

»Ich habe dir schon vor einiger Zeit gesagt, Roxanne, daß ich jemanden brauchen würde und nicht warten konnte, bis dein Vater wieder auf die Beine kam«, konterte Gage, den es in allen Fingern juckte, dieses Klatschweib von Mrs. Pettycomb von ihrem irdischen Elend zu erlösen. »Du hättest das besser wissen sollen als jede andere. Es tut mir leid, daß ich gestern keine Zeit hatte, bei dir vorbeizufahren und dich davon zu unterrichten, aber wegen des Unwetters mußte ich mich beeilen, nach Hause zu kommen. Ich hatte die Absicht, gleich in die Stadt zu fahren und dich unterwegs aufzusuchen.« Er hielt inne und stieß einen verärgerten Seufzer aus. Es tat ihm leid, daß sie der Unverfrorenheit dieses klatschsüchtigen Frauenzimmers ausgesetzt gewesen war, aber er hatte Roxanne mehr als einmal deutlich gewarnt. Sie hatte einfach nicht auf ihn hören wollen. »Ich hätte wissen müssen, daß Mrs. Pettycomb mir in ihrer Sucht, nur ja die erste zu sein, die dir die Neuigkeiten eröffnet, zuvorkommen würde. Und dafür muß ich mich entschuldigen …«

»Bei all den Frauen hier in der Gegend«, fiel ihm Roxanne ins Wort, die sich für seine Erklärungen nicht besonders zu interessieren schien, »warum mußtest du ausgerechnet eine Gefangene für deinen Sohn kaufen? Und erst recht so eine wie die da?« Ihre Stimme nahm einen schmeichelnden, ja, beinahe flehenden Tonfall an. »Hast du keine Angst davor, was dieses Geschöpf Andrew antun könnte?«

Obwohl sich bei ihrer Frage seine Nackenhaare aufstellten, brachte Gage es fertig, Roxanne mit einem duldsamen Blick anzusehen. Es widerstrebte ihm, sie mit der Wahrheit zu verletzen, daß er nämlich schon lange, bevor sich der Schmied das Bein gebrochen hatte, zu dem Entschluß gekommen war, sich von ihr zurückzuziehen. Andererseits hatte er nicht die Absicht, sich weiter zusetzen zu lassen, was seine Motive betraf, ausgerechnet Shemaine in sein Haus geholt zu haben. »Ich bin durchaus in der Lage, ein vernünftiges Urteil zu fällen, was die Vorzüge der Frauen betrifft, die ich als Kindermädchen engagiere, Roxanne, und ich bin zuversichtlich, daß Shemaine genau das ist, wonach ich gesucht habe.«

Gage, der sich fragte, welche Wirkung diese Unterhaltung wohl auf das Mädchen haben mußte, ließ seinen Blick an Roxanne vorbeiziehen. Shemaine war offenkundig bekümmert, aber der Hauptgrund dafür schien in der Tatsache zu liegen, daß sie ihren Kampf mit Andrews Gewicht langsam zu verlieren drohte. Ihr ganzer Körper zitterte, so sehr strengte sie es an, den Jungen weiter auf dem Arm zu halten. Tatsächlich schien nicht mehr viel zu fehlen, und sie würde mitsamt dem Jungen hinfallen.

Gage trat herbei, um seiner Dienerin zu Hilfe zu kommen, ohne lange darüber nachzudenken, wie sehr er damit die eifersüchtige Empörung seiner Besucherin anstacheln würde. Shemaine war mehr als bereit, ihre Last in stärkere Arme zu legen, und beugte sich bereitwillig vor, als ihr Herr einen Arm zwischen sie und Andrew schob, um ihr seinen Sohn abzunehmen. Der Schock, seine stahlharten Muskeln an ihrer Brust zu spüren, ließ Shemaine heftig erröten, und in ihrer Qual versuchte sie einen Schritt zurückzutreten, aber ihre Bemühungen wurden im Keim erstickt. Zu ihrem Verdruß mußte sie feststellen, daß sie Andrews Gefangene war, denn die Finger des Kleinen hatten sich in der abgerissenen Spitze ihres Kragens verfangen. Um sich so schnell wie möglich zu befreien – vor allem von dem Mann –, tastete Shemaine blind ihren Rückenausschnitt ab, um die kleinen Finger zu lösen.

»Laß mich das machen«, sagte Gage und schob ihre Hände beiseite. »Du machst es ja nur noch schlimmer.«

Obwohl sie sich ihrer mißlichen Lage aufs Schmerzlichste bewußt war, stand Shemaine demütig still, damit sie ihr Dilemma nicht noch vergrößerte. Mit Andrew zwischen sich und ihr mußte Gage sich weit vorbeugen, um in ihren Nacken schauen zu können, während er versuchte, die Finger seines Sohnes von der Spitze zu lösen. Shemaine, der seine Nähe schier den Atem raubte, wagte es nicht, den Blick zu seinem markant geschnittenen Gesicht zu heben, sondern schaute nur starr Andrew an, der die Bemühungen der beiden Erwachsenen geduldig über sich ergehen ließ.

Gage indes konnte den köstlichen Druck des weichen, fraulichen Busens an seinem Arm schwerlich ignorieren, aber so ersprießlich er ihn auch fand, durfte er sich doch nicht von seinen Gefühlen mitreißen lassen. Schon gar nicht, während Roxanne dabeistand und sie scharf beobachtete.

Roxanne wurde, als sie diese beiden so zusammen sah, von einer Woge vertrauter Sehnsüchte erfaßt, die ihr während der langen Zeit, die es sie schon nach Gage Thornton verlangte, nur allzu bekannt waren. Von ganzem Herzen sehnte sie sich danach, genau dort zu sein, wo die gekaufte Frau sich in diesem Augenblick befand, aber sie stand abseits und war mehr oder weniger vergessen. Es war nicht das erste Mal, daß sie, wenn eine andere Frau im Raum war, übersehen wurde. Es geschah ihr einfach nur einmal mehr, und die Frau, die ihr das antat, hatte ein anderes Gesicht.

Als Roxanne hörte, daß sie im Hause Thornton durch eine Strafgefangene ersetzt worden war, hatte das ihre Gefühle grausam verletzt. Aber sie hatte dennoch die Hoffnung gehegt, Alma Pettycomb könnte die Schwierigkeiten absichtlich hochgespielt haben mit ihrer Behauptung, das Weibsbild sei bemerkenswert hübsch, vielleicht sogar noch liebreizender als Victoria. Heiße Wut war in Roxanne aufgeflammt, und die Worte, in denen sie nichts Geringeres als eine unausgesprochene Beleidigung sah, hatten sie zutiefst gekränkt. Die böse alte Klatschbase fand *nie* ein zustimmendes Wort für irgend jemanden, es sei denn, sie wollte ihrem jeweiligen Zuhörer eins auswischen. Als Roxanne Shemaine jedoch mit eigenen Augen sah und feststellte, daß Alma in ihren Beteuerungen keineswegs übertrieben hatte, wäre ihr beinahe das Herz stehengeblieben. Das Mädchen war außergewöhnlich hübsch, so schwer es Roxanne auch fallen mochte, dies zuzugeben. Und obwohl es mehr das Herz des Mannes war, das sie begehrte, als die Stellung selbst, sah sie nun die Gefahr, daß ihr auch dies gestohlen werden sollte. Die Angst, Gage zu verlieren, war ihr keineswegs neu, aber nun stürmten die Gefühle mit unbarmherziger Wucht von neuem auf sie ein und entfachten einen alten Groll, der schon vor Jahren seine scharfen Klauen tief in ihr Herz gesenkt hatte.

Roxanne konnte es keinen Augenblick länger ertragen, die beiden zusammen zu sehen. Während sie sich im stillen schwor, alles in ihrer Kraft Stehende zu tun, um dieser empörenden und abscheulichen Farce ein Ende zu machen, stolzierte sie mit zornflammenden Augen durch den Raum. Ihre Verbitterung hatte einen neuen Gipfel erklommen, und sie sah die Sklavin wie durch einen Nebelschleier rotglühender Wut.

Andrews Finger waren endlich befreit, und Shemaine taumelte mit einem Seufzer der Erleichterung zurück, vermied es aber immer noch, dem Mann in die Augen zu sehen. Bevor ihre Nerven jedoch Zeit hatten, sich wieder ein wenig zu beruhigen, fand sie sich einem Blick von so mörderischer Wut gegenüber, daß Morrisas Einschüchterungsversuche demgegenüber geradezu verblaßten. Shemaine, die einen körperlichen Angriff fürchtete, prallte erschrokken zurück.

Die blonde Frau kam heran wie ein wilder Sturmwind. »Du hinterhältiges kleines Miststück...«

»Roxanne!« Ihre bösartigen Schimpfwörter hatten Gage zutiefst überrascht herumfahren lassen. Obwohl die Frau ihn vor Jahren unmißverständlich hatte wissen lassen, wie sehr er sie enttäuscht hatte, indem er sich eine andere Frau nahm, hatte sie Victoria doch nie mit Worten angegriffen. Aber er würde ein solches Benehmen jetzt ebensowenig dulden wie damals. »Ich dulde in meinem Haus keine Beleidigungen! Hast du mich verstanden?«

Sein scharfer Ton ließ die Worte trotz deren Zorns zu Roxanne durchdringen, und sie drehte sich benommen nach ihm um. In ihrem Blick lag ein gequältes Flehen. »Durchschaust du denn die List des Mädchens nicht, Gage?« fragte sie erzürnt. »Hast du nicht bemerkt, wie sie sich dir an den Hals geworfen hat... wie sie dir erlaubt hat, sie zu berühren?«

Shemaines Gesicht brannte, als sie die Anschuldigungen der Frau hörte, und sie öffnete den Mund, um zu protestieren, aber ihr fehlten die Worte. Wie viele Male hatte sie vor der Richterbank versucht, ihre Schuld zu leugnen, nur um dann doch zu einer Gefängnisstrafe verurteilt zu werden? Jetzt erschienen ihr Erklärungen ebenso nutzlos wie damals.

Roxannes Benehmen beunruhigte Gage zutiefst. Alle Farbe war aus ihren Wangen gewichen, und ihre Lider flatterten über glanzlosen Augen, als balanciere sie gefährlich nahe an dem Abgrund zwischen Vernunft und Wahnsinn. Er konnte unmöglich vorhersagen, was sie als nächstes tun würde: in Ohnmacht fallen oder sich mit gezückten Krallen auf seine Sklavin stürzen.

Ohne länger zu zögern, stellte Gage sich mit dem Rücken zu Shemaine, so daß er sie hinter sich geschützt wußte, während er seine Besucherin zur Rede stellte. In der Hoffnung, Roxanne, die offensichtlich unter Schock stand, mit ruhigen Worten wieder zur Vernunft bringen zu können, versuchte er ihr noch einmal seine Gründe zu erklären. »Ich dachte, du hättest verstanden, daß ich nicht warten konnte, bis dein Vater wieder auf die Beine kam, Roxanne. Ich brauchte eine Kinderfrau, die in erster Linie mir zur Verfügung steht und nicht einem anderen; ich brauchte jemanden, der

Andrew in den nächsten Jahren Lesen und Rechnen beibringen kann. Shemaine hat eine gute Ausbildung genossen und erfüllt all diese Bedingungen, und ich konnte ihre Fähigkeiten nicht ohne weiteres außer acht lassen, da ich eine Frau dringend nötig hatte, die…«

»Nichts hattest du nötig!« fauchte Roxanne, deren Zorn von neuem entfacht war. »Das ist ein einziger erbärmlicher Vorwand, um mich loszuwerden.« Sie konnte die Leute im Dorf schon beinahe hinter ihrem Rücken tuscheln und lachen hören, wie sie sich darüber lustig machten, daß sie so töricht gewesen war, zu glauben, Gage Thornton werde ausgerechnet sie heiraten. Er, der weit reizvolleren Mädchen, als sie es war, keine Beachtung geschenkt hatte, der sich eine junge Frau genommen hatte, an deren Schönheit keine von ihnen sich messen konnte. Was für eine Närrin war sie, zu glauben, *irgend*ein Mann werde sie zur Frau nehmen, würden die Leute sagen. Was für eine Närrin, ihre Hoffnungen so unerreichbar hoch anzusetzen, daß sie es wagte, zu glauben, der Möbeltischler werde jemals um sie werben. Schließlich war sie doch nur die Tochter des Schmieds, der unattraktive Sprößling dieses harten Mannes mit den groben Gesichtszügen, dessen Frau ihn und ihre Tochter vor Jahren verlassen hatte, um mit einem Handlungsreisenden auf und davon zu gehen. Genau wie damals würden ihr wieder mitleidige Blicke folgen, die Leute würden traurig den Kopf schütteln, und wann immer sie sich näherte, würden giftige Schlangenzungen plötzlich zu zischen beginnen. »Ich hätte wieder für dich gearbeitet, sobald sich Pa einigermaßen erholt hätte. Bis dahin hätte Hannah auf Andrew aufpassen können.«

Andrew, den die wütenden Worte der Frau erschreckt hatten, begann zu wimmern und klammerte sich fester an seinen Vater. Gage wandte sich ab, um ihn zu beruhigen, aber er konnte spüren, daß der Junge in seinen Armen zitterte.

»Du weißt, daß ich die Wahrheit sage«, beschuldigte Roxanne ihn in scharfem Ton. Dann trat sie einen Schritt auf ihn zu.

Gage warf ihr über die Schulter hinweg einen Blick zu, unter dessen durchdringender Kälte Roxanne wie angewurzelt stehenblieb. »Wir werden die Angelegenheit zu einem späteren Zeitpunkt diskutieren müssen, Roxanne«, murmelte er. »Du machst Andrew angst…«

»Ich mache ihm angst?!« zeterte Roxanne, aufgebracht über seine Anschuldigung. Aber seine Ablehnung ärgerte sie nicht minder. Höhnisch warf sie den Kopf in den Nacken und zeigte auf Shemaine. »Und was ist mit diesem schmutzigen kleinen Luder, das du dir gekauft hast? Dein Sohn hat mehr Grund, sich vor der zu fürchten als vor mir! Du weißt doch gar nicht, was sie getan hat, Gage! Sie könnte durchaus eine Mörderin sein!«

Gage wirbelte mit Feuer in den Augen zu der blonden Frau herum, aber als die ungestüme Bewegung Andrew in jähem Schrecken aufschreien ließ, unterdrückte er die heftige Erwiderung, die er hatte machen wollen. Mit aller Selbstbeherrschung, deren er fähig war, legte er seinen schluchzenden Sohn wieder in Shemaines Arme und bedeutete ihr schweigend, in sein Schlafzimmer zu gehen. Dann schloß er die Tür hinter den beiden, griff, so sanft er das in diesem Augenblick schaffte, nach Roxannes Ellenbogen und führte sie auf die Veranda, wo er jedoch nicht stehenblieb. Stattdessen begleitete er sie mit schnellen Schritten die Treppe hinunter und brachte sie über den Pfad bis zum Flußufer, wo er das kleine Ruderboot ihres Vaters liegen sah. Erst nachdem er sein eigenes Schiff hinter sich gelassen hatte und außer Hörweite der beiden Männer war, die dort arbeiteten, konnte er das Wort an sie richten, ohne sie anzubrüllen.

»Roxanne, du und dein Vater, ihr gehört zu den ersten Menschen, die ich hier nach meiner Ankunft in Virginia kennengelernt habe.« Er begann mit angespannter Stimme, aber normaler Lautstärke zu reden. Dann ließ er ihren Arm fallen und sah sie an. »Du hast mir, als ich meine Hütte hier oben baute, Körbe mit Essen gebracht, obwohl ich dir damals gesagt habe, ich wolle nicht, daß du dich in Schwierigkeiten bringst. Als Victoria mit ihren Eltern in den Kolonien ankam, warst du nett zu ihnen und hast dich mit Victoria sogar angefreundet.« Einen Augenblick lang rang er mit seinem Gewissen, denn in Wirklichkeit war es Victoria gewesen, die alles nur Erdenkliche unternommen hatte, um Roxanne unter ihre Fittiche zu nehmen; Victoria hatte stets großes Mitleid mit der unverheirateten Frau gehabt. Aber er brachte es nicht übers Herz, Roxanne grausam darauf hinzuweisen, daß sie ohne Freunde gewesen war, bis Victoria sich ihrer erbarmt hatte. »Monate später hast du Victoria getröstet, als ihre Eltern starben. Ich weiß, du glaubst, ich hätte dich verraten, als ich sie heiratete. Du hast etwas in dieser Art auch gesagt. Aber schließlich hast du uns besucht, und eine Zeitlang sah es so aus, als hättest du mir verziehen. In der Nacht, als Andrew geboren wurde, bist du mit einigen anderen Frauen zu uns gekommen, um zu helfen. Du warst diejenige, die mir versichert hat, daß mit Victoria alles gutgehen würde… daß sie zu stark sei, um im Kindbett zu sterben. Danach warst du noch viele Male hier und hast uns geholfen, Andrew zu versorgen. Kurz nachdem Victoria getötet wurde, hast du mich inständig gebeten, dir zu erlauben, mein Haus sauberzuhalten und auf Andrew aufzupassen. Du sagtest, es würde dir helfen, deinen eigenen Kummer zu überwinden.

Während all dieser Zeit, Roxanne, habe ich dich niemals wissentlich ermutigt oder dir einen Grund gegeben, mehr von unserer Bekanntschaft zu erhoffen oder zu erwarten, als ich dir zu bieten hatte. Aber du wolltest durchaus mehr, du wolltest etwas, das ich nicht geben konnte. Ich weiß, daß jetzt der Zeitpunkt gekommen ist, da ich diese Dinge mit aller Deutlichkeit aussprechen muß, damit es in Zukunft keine weiteren Irrtümer geben kann. Wenn du dir *je* vorgestellt hast, zwischen uns könne mehr sein als Freundschaft, dann hast du dich geirrt, Roxanne, und bist von falschen Voraussetzungen ausgegangen.«

Seine so gelassen vorgebrachte Zurückweisung preßte alles Leben aus Roxannes Herzen. All die Liebe, die sie früher für ihn gehabt hatte, verwandelte sich in schwelenden Haß. »*Du* bist von falschen Voraussetzungen ausgegangen, Gage Thornton, wenn du glaubst, ich würde weiter Schweigen bewahren, was Victoria betrifft…«

Gage verspürte plötzlich ein kaltes Prickeln im Nacken und einen Knoten in der Magengrube. Sie hatte ihm seit Victorias Tod nie offen gedroht, aber nach dem Kauf Shemaines hatte er mit etwas Derartigem gerechnet. Vorsichtig fragte er nun: »Wie meinst du das?«

»Ich habe dir vertraut…«, Roxannes Stimme brach, aber sie hielt keine Sekunde lang inne, »ich habe dich geliebt, und ich konnte einfach nicht glauben, daß du deine eigene Frau töten könntest, aber ich war eine Närrin, die Tatsachen zu ignorieren. Ich bin hierhergekommen, als Victoria bereits tot war, *nachdem* du Andrew in die Hütte gebracht hattest. Vor kurzem, als mir all diese Dinge erneut durch den Kopf gingen, bin ich selbst noch einmal auf den Schiffsbug geklettert, und da ist mir klargeworden, daß es schon eines starken Mannes bedurft hätte, um Victoria über dieses Geländer zu werfen – auf die unten aufgehäuften Steinbrocken, die du mit deinen Männern dort hingeschleppt hast, damit die Regenfälle im Frühling nicht den Sand unter den Stützen des Schiffs wegspülen konnten. Wenn deine Frau keinen Grund hatte, sich selbst zu töten, dann bist du der einzige, der es getan haben könnte, Gage Thornton, denn du warst der einzige Mann, der seinerzeit in der Nähe war. Vielleicht hast du sie ja *wirklich* in einem Wutanfall getötet, wie die Leute in der Stadt damals vermuteten, und versucht, das Ganze wie einen Unfall hinzustellen. Was auch immer die Wahrheit sein mag, ich habe keine andere Wahl, als anzunehmen, daß du, als du mich damals kommen sahst, Victoria über Bord geworfen hast. Dann bist du mit Andrew in die Hütte zurückgelaufen, um es *mir* zu überlassen, sie zu finden, weil du *wußtest*, wie ich für dich empfunden habe! Du *wußtest*, daß ich bereitwillig alles glauben würde, was du mir erzähltest! Aber heute bin ich klüger, und ich bin zu der Auffassung gekommen, daß du Victoria an jenem Tag getötet hast, auf die eine oder andere Weise!«

»Das ist eine Lüge«, stieß Gage hervor. »Ich hörte Victoria schreien, nachdem ich die Hütte erreicht hatte, und als ich wieder zurückkam, standest du über ihrem Leichnam! Wenn ich auch nur einen Augenblick lang geglaubt hätte, daß du stark genug gewesen wärst, um Victoria auf diese Weise zu ermorden, hätte ich dafür gesorgt, daß man dich noch an jenem Tag verhaftete. Aber wie du schon sagst, es hätte eines starken Mannes bedurft, um Victoria aufs Schiff hinaufzuschleppen und sie hinunterzuschleudern, und bisher weiß ich niemanden, der Grund genug gehabt hätte, ihr weh tun zu wollen, geschweige denn, sie zu töten.«

»Du bist derjenige, der lügt, Gage Thornton. Nicht ich. Und das werde ich jetzt auch allen erzählen!«

Er hatte nur ein vernichtendes Lachen für ihre Drohung. »Und du denkst, irgend jemand würde dir noch glauben, nachdem du damals geschworen hast, du hättest Victoria schreien hören und wärest gerade rechtzeitig vom Fluß heraufgekommen, um mich aus der Hütte stürzen zu sehen? Ich sei viel zu weit entfernt gewesen, als daß ich vom Schiff hätte kommen können, hast du damals gesagt. Ich möchte doch stark bezweifeln, daß deine neue Geschichte in der Stadt große Wirkung zeigen wird, Roxanne. Die Leute werden deine gehässige Eifersucht durchschauen und wissen, daß Shemaine der Grund für deinen plötzlichen Sinneswandel ist.«

»Du hast sie ermordet!« kreischte Roxanne und riß einen Arm wie zum Schlag hoch. Mit knirschenden Zähnen und flammenden Augen schlug sie ihm ins Gesicht und spürte dabei einen stechenden Schmerz in der Hand. Aber die Gewalt ihres aufgestauten Zorns ließ sich nicht so leicht verausgaben. Sie wollte Rache, um ihre maßlose Wut zu stillen.

Einen kurzen Augenblick lang stand Gage unbeweglich da, mit geschlossenen Augen, abgewandtem Kopf und in starrer Selbstbeherrschung zusammengebissenen Zähnen. Dann wandte er sich langsam zu ihr um, zog die Augenbrauen hoch und sah sie mit eiskaltem Blick an.

»Tu das nie wieder, Roxanne«, warnte er sie, »denn sonst wirst du erleben, wozu ich wirklich fähig bin.«

»Wirst du mich dann vom Bug deines Schiffes werfen, so wie du es mit Victoria getan hast?« erwiderte sie mit schneidendem Hohn.

Nur einen flüchtigen Augenblick sah Gage sie an und verblüffte Roxanne mit der steinernen Kälte in diesen sonst so warmen braunen Augen. Dann machte er auf dem Absatz kehrt und ließ sie stehen.

Als Gage wieder in die Hütte trat, war die Schlafzimmertür immer noch geschlossen. Lange Sekunden blieb er an der Haustür stehen und lauschte dem fröhlichen Lied, das Shemaine seinem Sohn vorsang. Das Kind brach immer wieder in entzücktes Glucksen aus; anscheinend begleitete Shemaine jeden Vers mit irgend etwas, das Gage nur ahnen konnte – vielleicht kitzelte sie ihn oder zwickte sanft in sein kleines Kinn. Langsam wischte er sich ein dünnes Blutrinnsal aus dem Mundwinkel und ging auf sein Schlafzimmer zu. Dort hob er den Riegel an und drückte die Tür auf. Shemaine kniete neben seinem Bett, und Andrew, der mittlerweile vollends angekleidet war, saß in ihren Armen auf der Matratze. Als er eintrat, fiel der Blick der jungen Frau sofort auf seine brennende Wange, und sie stand verlegen auf.

Gage versuchte, sie mit einem Lächeln zu beruhigen, aber seine Bemühungen wirkten allzu verkrampft. »Ich muß heute nachmittag mit dem Wagen in die Stadt fahren, Shemaine, und ich möchte, daß ihr beide, du und Andrew, mich begleitet.« Er wagte es nicht, sie allein zu Haus zu lassen, aus Angst, Roxanne könne zurückkehren und das Mädchen angreifen. »Einer meiner Männer hat mir heute morgen die Nachricht überbracht, daß eine Witwe hier in der Gegend zu Besuch sei, die mit mir über die Bestellung eines kleinen Geschirrschranks reden will. Wenn sie mir den Auftrag gibt, werde ich über genug Geld verfügen, um einige Baumaterialien für das Schiff zu kaufen und dir ein Paar Schuhe zu bestellen.«

Seine Großzügigkeit versetzte Shemaine abermals in Verlegenheit. »Ich habe es Ihnen schon gestern gesagt, Mr. Thornton. Ich bin durchaus zufrieden mit dem, was Sie mir bereits gegeben haben. Ich brauche nicht noch ein Paar Schuhe.«

Endlich brachte Gage ein kleines, zuckendes Grinsen zustande. »Unglücklicherweise kann das ständige Klick-klack deiner Schuhe, weil sie dir um die Fersen schlabbern, selbst den ausgeglichensten Mann in den Wahnsinn treiben. Nun geh, Frau, und zieh dich an. Und mach schnell.«

Shemaine schenkte ihm ein strahlendes Lächeln. »Jawohl, Sir.«

Aber trotz seiner Ermahnungen nahm sie sich an der Tür die Zeit, ihre Schuhe abzustreifen. Dann drehte sie sich noch einmal lachend zu ihm um und eilte barfuß aus dem Zimmer. Ihre übersprudelnde Ausgelassenheit war ansteckend, und als Gage in das Wohnzimmer trat, um ihr nachzuschauen, bemerkte er, daß seine Laune sich bereits beträchtlich gehoben hatte.

6. Kapitel

Newportes Newes war vor hundert Jahren von einem Iren gegründet worden, und ursprünglich stammte ein großer Teil der dort ansässigen Siedler aus Irland. Shemaine hätte sich in dem kleinen Weiler wahrscheinlich von Anfang an zu Hause gefühlt, wenn sie die Bewohner erst besser gekannt hätte. Da sie aber als erstes Mrs. Pettycomb und Roxanne kennengelernt hatte, hielt sie jetzt Vorsicht für geraten. Außerdem konnte sie nicht wissen, wie die Bevölkerung des Dorfes sie empfangen würde, wenn sich erst einmal herumgesprochen hatte, daß sie eine Strafgefangene aus dem Gefängnis von Newgate war. Angesichts der Schwatzhaftigkeit einer Mrs. Pettycomb ging Shemaine davon aus, daß die Kunde davon bereits an jedes Ohr gedrungen war.

Als Gage den Wagen vor dem Laden für alles zum Stehen brachte, trat gerade eine kleine, weißhaarige Frau heraus. Gage sprang vom Kutschbock, um das Pferd anzubinden; als er die ältere Frau auf sich zukommen sah, tippte er höflich an die Krempe seines Hutes.

»Guten Morgen, Mrs. McGee.«

»Und einen recht guten Morgen auch Ihnen, Gage Thornton«, erwiderte sie fröhlich, bevor sie auf ihren Stock gestützt näher kam. »Was bringt Sie an diesem schönen klaren Tag in unser freundliches Dörfchen? Noch dazu in Begleitung einer hübschen jungen Fremden und Ihres prächtigen kleinen Sohnes?«

Gage ging auf ihren scherzhaften Tonfall ein und stellte sogar seine erstaunliche Fähigkeit unter Beweis, den irischen Tonfall nachzuahmen. »Ah, es wär' wohl schwerlich möglich, in der ganzen weiten Welt ein hübscheres Mädel zu finden als die Witwe Mary Margaret McGee.«

»Ha!« Die Frau warf mit ungläubiger Miene den Kopf in den

Nacken, aber ihre leuchtendblauen Augen funkelten vor Vergnügen. »Denken Sie etwa, eine gewitzte Frau, wie ich es bin, wird Ihren durchsichtigen Lügen glauben, Sie gutaussehender Teufel?« fragte sie erheitert. »Glauben Sie bloß nicht, ich wär' wie… wie all die anderen wirrköpfigen Stütchen, denen jedesmal das Wasser im Mund zusammenläuft, wenn sie Sie hier im Dorf erspähen. Aber es ist wirklich freundlich von Ihnen, uns hier einen Besuch abzustatten, damit ich mit eigenen Augen sehen kann, was Sie wieder angestellt haben. Mir sind da so wilde Gerüchte über Sie zu Ohren gekommen, daß ich nah dran war, meine eigene Kutsche anspannen zu lassen, um zu Ihrer Hütte rauszufahren und mich selbst davon zu überzeugen.« Ihr Blick ruhte nun auf Shemaine, und ganz als wöge sie in Gedanken eine bestimmte Frage ab, nickte sie langsam. »Ja, die Klatschbasen sind ihr durchaus gerecht geworden. Eine irische Strafgefangene, so habe ich von einer verdrossenen Seele gehört, die schon fast den halben Tag in der Taverne sitzt und dem Whisky zuspricht.« Mit einer eleganten Geste wies sie beiläufig auf das Lokal nebenan. Dann wurde ihr Grinsen breiter, und sie entblößte eine Reihe untadeliger, kleiner, weißer Zähne. »Wahrhaftig! Der Hornochse kann von Glück sagen, daß er ein gutes Stück kleiner ist als ich, sonst hätte ich ihm mit meinem Stock eine übergezogen, daß er eine so noble Rasse wie die Iren schmäht und uns Sumpfgewächse nennt… Als hätte dieser tolpatschige Stockfisch in ganz England keinen einzigen Sumpf gesehen!«

Unter dem unwiderstehlichen Humor Mrs. McGees schmolz Shemaines Furcht rasch dahin. Die Witwe war unzweifelhaft eine angenehme Überraschung nach ihren beiden ersten Begegnungen mit Bürgern des Weilers. Die Frau weckte in Shemaine ein wenig Hoffnung, daß es in dieser Gegend noch andere, ähnlich freundliche Naturen geben konnte.

Mary Margaret befahl Gage schweigend, aber mit herrischer Geste, dem Mädchen zu helfen. »Was? Haben Sie Ihre guten Manieren vergessen, mein vornehmer Herr? Oder denken Sie etwa, nur weil sie Ihre Vertragsarbeiterin ist, bräuchte sie keine Hilfe, um von einem Wagen herunterzusteigen?«

Gage, der unter der gutmütigen Stichelei der Frau einen Anflug von Ärger verspürte, drehte sich zur Kutsche um, blickte kurz hinauf und winkte Shemaine zu sich heran. Als er die Hände um ihre schlanke Taille legte und sie schwungvoll auf den Gehsteig setzte, bemerkte Shemaine, daß sein Gesicht unter der bronzenen Sonnenbräune errötet war, als schäme er sich der Möglichkeit, sie könne ihn womöglich für rüde oder ungehobelt halten. Daß dieser ansonsten so entschlossene Mann über einen derart jungenhaften Zug in seinem Wesen verfügte, entfachte in Shemaines Herzen einen seltsamen Aufruhr. Offensichtlich war es ihm nicht unwichtig, was sie von ihm hielt.

»Madam, darf ich Ihnen Miss Shemaine O'Hearn vorstellen«, erklärte Gage und schwenkte dabei mit lässiger Gebärde seinen Hut. Galant deutete er auf die ältere Frau. »Shemaine, diese vornehme Dame ist vielleicht das bemerkenswerteste Mitglied unserer kleinen Gemeinschaft, die unleugbar würdevolle, mit einem sanftmütigen Temperament gesegnete Witwe Mrs. Mary Margaret McGee.«

»Ah, Sie alter Schlawiner!« kicherte Mary Margaret und tat seine übertriebene Schmeichelei mit einer anmutigen Geste ihrer feingliedrigen Hand ab. Dann blickte sie der jüngeren Frau ins Gesicht, lächelte freundlich und umfaßte Shemaines schlanke Hand mit ihrer eigenen. »Es ist mir ein Vergnügen, Ihre Bekanntschaft zu machen, Schätzchen, und wenn es bisher noch kein anderer in diesem Dorf getan hat, möchte ich Sie hier herzlich willkommen heißen.«

»Ich weiß Ihre Freundlichkeit sehr zu schätzen, Madam«, antwortete Shemaine mit absoluter Aufrichtigkeit.

Mary Margaret blickte daraufhin fragend zu dem hochgewachsenen Mann auf, der nun mit seinem Sohn in den Armen wieder vor ihr stand. »Hätte ein vornehmer Herr, wie Ihr einer seid, wohl etwas dagegen, wenn eine alte Witwe seine Vertragsarbeiterin mitnähme, um ihr einige andere Bewohner dieses Dörfchens vorzustellen?«

Gage legte den Kopf zur Seite und sah die Frau mit erstaunt hochgezogenen Augenbrauen an. Dann blickte er schnell die Straße hinunter und entdeckte mehrere unverheiratete junge Männer, die dem Mädchen im Alter bei weitem näher waren als er. Obwohl er die ältere Dame von Anfang an ins Herz geschlossen hatte, war er nicht blind für ihre romantischen Neigungen. Sie hatte schon mindestens drei Ehen zwischen frisch eingetroffenen Einwanderern irischen Stammes und alteingesessenen Bewohnern des Weilers zustandegebracht. Er würde es nicht allzu gut aufnehmen, wenn sie irgendeinen dieser jungen Burschen ermutigte, ihm zuzusetzen, daß er das Mädchen verkaufte. »Ich lasse Shemaine in Ihrer Obhut, Mary Margaret, aber ich möchte Sie doch bitten, nicht hinter meinem Rücken irgendwelche Schelmereien auszuhecken.«

Die Frau reagierte mit unverhohlen zur Schau gestellter Empörung. »Also, was für eine Schelmerei soll das sein, die eine hilflose Witwe, wie ich eine bin, anzustellen vermöchte, Gage Thornton?«

Er ließ sich jedoch nicht so leicht beschwichtigen. »Sie kennen all die hinterlistigen Schliche einer erfahrenen Kupplerin, Mary Margaret, und ich werde nicht tatenlos zusehen, wie Sie irgendeinem jungen Burschen den Kopf verdrehen, damit dieser sich für meine Vertragsarbeiterin erwärmt. Kurz, ich werde Sie nicht irgendeinem betörten Romeo verkaufen, damit er sie zur Frau nehmen kann. Habe ich mich verständlich ausgedrückt?«

Mary Margaret bezwang den Wunsch, ihre Zufriedenheit mit einem süßen Lächeln zu verraten, und hob nur in gespielter Unschuld eine schön geschwungene Braue. »Was sagen Sie da, Mr. Thornton? Wollen Sie mich etwa glauben machen, Sie hätten selbst ein Auge auf die Kleine geworfen?«

Gage hatte alle Mühe, unter dem durchdringenden Blick der Frau nicht die Fassung zu verlieren. »Denken Sie, was Sie wollen, Mary Margaret, aber wenn Sie sich meine Freundschaft erhalten möchten, geben Sie gut Obacht, wie Sie mit meinem Besitz umgehen.«

Die ältere Dame neigte huldvoll den Kopf. »Ich habe Ihre Warnung sehr wohl verstanden, Sir. Und ich werde besonders gut Obacht geben.«

»Schön!« Mit einem kurzen Nicken ließ Gage sie stehen und trug Andrew in den Krämerladen.

Mary Margaret, um deren Lippen ein nachdenkliches Lächeln

spielte, drehte sich um, legte ihre zarten Hände auf den Griff ihres Spazierstocks und unterzog Shemaine langsam einer genauen Musterung. »Sie sind ein hübsches Ding, soviel steht fest«, bemerkte sie schließlich. »Und zweifellos wird die Tatsache, daß Sie einen Platz im Hause Thornton errungen haben, Ihnen schon bald den Neid eines jeden jungen Mädchens und jeder unverheirateten Frau hier in der Gegend eintragen. Ich kann nur hoffen, daß das Weibervolk nicht mit seiner ganzen Niedertracht über Sie herfällt, nachdem Sie sich den schönsten Fisch im Meer geangelt haben. Das ganze letzte Jahr haben sie jetzt versucht, diesen schmucken, eleganten Burschen in ihren Netzen einzufangen. Vor allem eine gibt es, von der ich Sie gewiß warnen sollte, aber vielleicht sind Sie ihr ja auch bereits begegnet.«

Shemaine, die es sorgsam vermied, in die neugierigen Augen der älteren Frau zu blicken, heuchelte Unwissenheit. »Ich bin mir nicht ganz sicher, wen Sie da meinen könnten, Madam.«

Mary Margaret betrachtete Shemaine mit unverminderter Beharrlichkeit, bis sie deren vorsichtige Aufmerksamkeit auf sich gezogen hatte. »Ich glaube, Kindchen, daß Sie ein intelligentes Mädchen sind und ich Ihnen da nichts zu erklären brauche. Seien Sie auf der Hut vor Roxanne«, riet sie ihr. »Sie hat sich schon vor langer Zeit in Ihren Herrn verguckt. Es sind jetzt vielleicht acht oder neun Jahre; jedenfalls geht die Sache schon bis in die Zeit zurück, bevor er Victoria heiratete. In den letzten Monaten hat Roxanne jeden im Weiler glauben gemacht, Gage beabsichtige, sie zu heiraten, so wie sie ihre Mitgifttruhe ausgestattet und über ihn geredet hat, als gehöre er ihr schon mit Haut und Haaren. Wenn Ihr Herr sie nicht heiratet, wird sie Ihnen die Schuld an dem Bruch geben. Wenn er Roxanne heiratet, dann wird sie Sie wahrscheinlich verkaufen, noch bevor Hochzeit ist.« Mary Margaret hielt inne und hielt Ausschau nach irgendwelchen Zeichen der Furcht des jungen Neuankömmlings. Als die feingemeißelten Züge jedoch keinerlei Gefühl preisgaben, wuchs in ihrer Brust ein winziger Samen des Respekts für das Mädchen. Allzuviele hübsche junge Füllen waren unbesonnen und frivol und platzten mit jedem Geheimnis heraus, ohne sich auch nur im geringsten um die Konsequenzen zu scheren. Mary Margaret stieß einen nachdenklichen Seufzer aus. »Aber das kann ich mir ehrlich gesagt nicht vorstellen; sonst hätte er mich nicht gewarnt, nur ja nicht die Hoffnungen anderer Männer zu entfachen.«

»Bisher, Madam, ist Mr. Thornton mir stets als vollendeter und höflicher Gentleman begegnet«, erwiderte Shemaine vorsichtig. »Er hat mich bei weitem besser behandelt, als ich das jemals erwarten durfte, und er hat keine ungehörigen Annäherungsversuche gemacht oder irgendwelche Forderungen an mich gestellt.« Sie hatte ihre Worte klug gewählt, um nach Möglichkeit jedwede Gerüchte, die vielleicht bereits die Runde machten, im Keim zu ersticken. Sie wußte, daß die Leute über sie und Gage Thornton reden würden. Mrs. Pettycomb hatte vielleicht unverfroren etwas Derartiges angedeutet. Aber Shemaine hoffte, daß ihr auch der bösartigste Klatsch nichts würde anhaben können, bis sie nach England zurückkehrte – mochten es auch noch sieben Jahren bis dahin sein.

Die ältere Frau nickte langsam; dann zeigte sie mit ihrem Stock die Straße hinunter. »Lassen Sie uns ein Stückchen gehen. Ich wage es nicht, Sie durch die ganze Stadt zu führen. Nicht, nachdem ich gehört habe, wie ängstlich dieser noble Herr darauf bedacht ist, Sie vor all den anderen heißblütigen Männern, die ein hübsches Frauchen suchen, zu verbergen. Natürlich herrscht hier im Weiler ein böser Mangel an anständigen Frauen, so daß die Männer hier für eine ganz andere Art von Frau leichte Beute werden, aber die flattern für gewöhnlich in der Taverne um die Männer herum und überlassen die Straßen uns anderen, zumindest während des Tages.«

Ohne Kommentar ging Shemaine neben der Witwe her, und sie hatten bereits ein ganzes Stück Wegs in gemächlichem Tempo zurückgelegt, als Mary Margaret mit einer Geste ihrer knochigen Hand und einem Nicken ihres weißen Kopfes Shemaines Aufmerksamkeit auf diverse Etablissements entlang des Gehsteigs lenkte. Besonderes Augenmerk richtete Shemaine auf die Apotheke, als Mrs. McGee von dem Besitzer Sidney Pettycomb sprach und ihn als ein würdiges und herausragendes Mitglied der kleinen Dorfgemeinschaft pries. Nachdem sie Mrs. Pettycomb bereits kennengelernt hatte, beschloß Shemaine, mit ihrem eigenen Urteil über den Mann noch zurückzuhalten.

Mehrere schwatzende Matronen drängten sich aus dem Laden und interessierten sich für nichts anderes als das Thema ihrer angeregten Unterhaltung. Das änderte sich jedoch schlagartig, als sie sahen, wer ihnen da entgegenkam. Daraufhin wären sie beinahe übereinandergestolpert, so eilig hatten sie es, wieder in den Laden zurückzustürzen. Augenblicklich entbrannte hektische Aktivität, als eine jede von ihnen sich um eine günstige Position am Fenster bemühte. Und ähnlich wie eine aufgeregte Schar gackernder Gänse reckten sie ihre faltigen Hälse und bogen ihre unter Häubchen verborgenen Köpfe bald in diese, bald in jene Richtung, um einen besseren Blick auf Shemaine zu haben.

»Lassen Sie sich von diesen alten Klatschtanten nicht ins Bockshorn jagen, Kindchen«, beruhigte Mrs. McGee sie und deutete mit einer kaum wahrnehmbaren Bewegung ihres Kopfes auf die neugierigen Frauen. »Die gehören zu Mrs. Pettycombs Gefolge. Zweifellos haben sie von Ihnen gehört, und jetzt können sie's kaum mehr erwarten, Sie selbst unter die Lupe zu nehmen.«

Shemaine warf einen kurzen Seitenblick auf die Vielzahl von Gesichtern, die sich an die Glasscheibe preßten, aber sämtliche Damen taumelten beinahe gleichzeitig einige Schritte zurück, als Mrs. McGee ihnen zuwinkte und ihnen einen fröhlichen Gruß entgegenrief.

»Guten Tag, Agnes, Sarah... Mabel... Phoebe... Josephine... ein schöner Tag heute, nicht wahr?«

Falls die Matronen sich der Hoffnung hingegeben hatten, hinter dem Fenster nicht weiter aufgefallen zu sein, hatte die ältere Frau dies als Irrtum enthüllt, indem sie jede einzelne beim Namen nannte. Um Shemaines Lippen spielte ein belustigtes Lächeln, nicht nur wegen der jähen Verblüffung und des Unbehagens der Klatschbasen, sondern auch wegen des so wunderbar koboldhaften Humors Mary Margarets.

Mrs. McGee sah ihre junge Begleiterin grinsend an. »Ich könnte mir denken, daß diese Damen alle geglaubt haben, hinter dem Glas unsichtbar zu sein wie kleine Mäuschen, die in eine Ecke huschen.«

Da keine einzige der Damen – so sehr man seine Phantasie auch anstrengte – dem Vergleich mit einem Mäuschen standgehalten hätte, war die Bemerkung der alten Irin um so komischer. Als Shemaine dann auch noch in die vergnügt funkelnden blauen Augen ihrer neuen Freundin blickte, konnte sie ein Kichern nicht mehr unterdrücken. Die Frau war einfach wunderbar, und Shemaine fühlte sich in ihrer Gesellschaft sicher und entspannt.

Sie setzten ihren Weg fort, blieben aber stehen, nachdem sie an dem einzigen Gasthaus im Dorf vorbeigekommen waren. Die ältere Frau zeigte auf das Ende der Ortschaft, wo die Werkstatt und das Haus des Schmieds standen.

»Da drüben wohnen Roxanne und ihr Vater, und die haben beide nicht allzuviel übrig für Fremde...« Die fein geschwungenen Brauen fuhren für einen Augenblick in die Höhe. »Für ihre Nachbarn übrigens auch nicht... Hugh Corbin ist heute genauso ein Griesgram wie seinerzeit, als er noch eine junge Frau hatte, die nach seiner Pfeife tanzte. Aber Leona hat ihre Familie schon vor Jahren verlassen, um mit einem Handelsreisenden auf und davon zu gehen. Auf diese Weise hat Roxanne aus erster Hand gelernt, was es bedeutet, ganz allein mit einem übellaunigen Rohling von Vater zu leben. Man sollte doch meinen, sie wäre zu einem furchtsamen Geschöpf herangewachsen, nachdem sie doch ständig unter der Fuchtel ihres Papas steht, aber ich glaube, in Roxannes Adern fließt mehr als ein gerechter Anteil von Hugh Corbins Blut. Wenn sie dem Mann nicht eines Tages den Schädel spaltet, so wie er sie rumkommandiert, dann ist das ein ausgewachsenes Wunder.«

»Ich glaube, sie kann einem nur leid tun«, murmelte Shemaine leise.

Mary Margaret sah Shemaine erschrocken an. »Ach du liebe Güte, sagen Sie ihr das bloß niemals ins Gesicht, sonst wird sie sich wie eine wildgewordene Furie auf Sie stürzen! Weiß Gott, das würde Roxanne aber gar nicht gefallen, daß Sie Mitleid mit ihr haben. Es treibt sie nämlich jetzt schon fast in den Wahnsinn, zu denken, sie täte uns allen leid, weil sie doch schon so lange Zeit als reizloses Jüngferchen vor sich hinkümmert.« Ein trauriges Lächeln umspielte die Lippen der älteren Frau, während sie die rothaarige

Schönheit an ihrer Seite mit einem nachdenklichen Blick streifte. »Aber Sie haben ein scharfes Auge und ein mitleidiges Herz, Shemaine O'Hearn. Roxanne ist tatsächlich eine arme Seele, die unser Mitleid verdient. Und fern sei uns, den Stab über sie zu brechen, da sie doch all die vielen Jahre immer mit einem griesgrämigen alten Bären zusammengelebt hat.«

»Was glauben Sie, warum Mr. Corbin so ist?« fragte Shemaine. Plötzlich überkam sie ein Gefühl der Dankbarkeit, daß ihr eigener Vater seiner Familie stets mit Liebe und Respekt begegnet war. Fremden und flüchtigen Bekannten war es in seiner Gegenwart jedoch nicht immer allzugut ergangen, denn sein Temperament hatte durchaus die Neigung, sich mit voller Wucht Bahn zu brechen, wenn er zu weit getrieben wurde. Ein kluger Mann, der sich in der Gesellschaft Shemus O'Hearns vorzusehen wußte.

Mary Margaret kicherte. »Ach, Kindchen, wenn ich das wüßte, wäre ich eine Wahrsagerin. Aber irgendwie will es mir nicht aus dem Kopf gehen, daß Hugh unbedingt einen Sohn haben wollte; vielleicht hat er es seiner Frau in all diesen Jahren nie verziehen, daß sie den einen, der ihnen ganz am Anfang ihrer Ehe geboren wurde, verloren hat. Obwohl Leona das Baby bis zum letzten Monat ausgetragen hat, kam der Kleine tot zur Welt, hat nie auch nur einen einzigen Atemzug getan. Zumindest hat man es uns so erzählt. Hugh wußte schon damals dafür zu sorgen, daß wir anderen uns von seiner Familie fernhielten; er hat auch nicht erlaubt, daß die Nachbarinnen kamen, um seiner Frau zu helfen. Es dauerte dann ganze vier Jahre, bis Leona wieder ein Kind zur Welt brachte, aber Hugh hat es nicht gut aufgenommen, daß es ein Mädchen war. Nach Roxanne kam dann keins mehr, und kurz nach dem fünften Geburtstag des Kindes erstand Leona bei einem reisenden Kaufmann einen hübschen Kamm. Was hat Hugh, dieser alte Geizhals, Zeter und Mordio geschrien, von wegen er hätte ihr nie eine Münze für solchen Unfug gegeben, obwohl sie doch für andere die Wäsche besorgt hat. Am nächsten Nachmittag kam der Vagabund wieder, und Leona schlich aus dem Haus und wurde nie mehr gesehen. Sie war wirklich ein hübsches kleines Ding, und so, wie Hugh sie behandelt hat, konnte ihr wohl niemand einen Vorwurf daraus machen, daß sie ihrem Herzen gefolgt ist. Ein Jammer nur, daß Roxanne auch äußerlich ganz nach ihrem Vater schlägt und nicht nach ihrer Mutter.«

Plötzlich zerriß ein grelles, unmenschliches Kreischen die heitere Ruhe des Dorfes, und beide Frauen blickten erschrocken zu dem Gehsteig vor der Taverne, wo ein grotesk verunstalteter Buckliger von Entsetzen geschüttelt zu Füßen eines großen, stämmigen Matrosen kauerte, der den Krüppel unter lautem Gejohle mit einem dicken Stock malträtierte. Mit bestialischer Grausamkeit trat der Seemann sein Opfer in den Magen, verhöhnte es bösartig und nannte es bei jedem Schimpfwort, das ihm einfallen wollte.

Schon vor Monaten hatte sich diese massige Riesengestalt, die da über dem Krüppel stand, mit überscharfer Deutlichkeit in Shemaines Gedächtnis eingegraben. So war es weniger ihre Empörung über seine Mißhandlung des Krüppels als der bloße Anblick von Jacob Potts selbst, der Shemaine veranlaßte, sich von Mrs. McGee loszureißen. Mit gerafften Röcken rannte sie auf die Taverne zu, als hätte der Zorn ihren Füßen Flügel verliehen.

»Shemaine!« rief Mary Margaret in eisigem Erschrecken. »Paß auf, Kind!«

Als weitere Schläge auf den unglücklichen, am Boden kauernden Buckligen niederprasselten, erreichte Shemaines Wut ihren Zenit, und noch bevor sie die Taverne erreicht hatte, schrie sie aus Leibeskräften: »Du schmutziges Schwein von einem Menschenschinder! Laß diesen Mann in Ruhe!«

Obwohl das weibliche Kreischen noch schriller klang, als er es seiner Erinnerung nach jemals auf der *London Pride* gehört hatte, wußte Jacob Potts ohne jeden Zweifel, daß da die Frau kam, deren Stimme er inmitten der verschiedensten Dialekte der Siedler zu hören so sehr gehofft hatte. Jetzt endlich konnte er ein und für alle Mal sein Mütchen an dem irischen Sumpftrampel kühlen und sich für jedes einzelne Mal rächen, das sie ihn wie einen jämmerlichen Gimpel hatte dastehen lassen. Kein aus irgendeinem irischen Sumpf gekrochenes Flittchen hatte das Recht, so anmaßend und hochfahrend zu sein. Trotzdem war die Idee, dem Mädchen mit einem Messer die Kehle durchzuschneiden, Morrisas Idee gewesen und nicht seine. Es war ein Befehl, den sie ihm schon vor annähernd drei Monaten gegeben hatte. Aber gerade diese Methode erschien ihm allzu schnell und sicher zu sein, um seine eigene Gier nach Rache zu befriedigen. Er wollte, daß Shemaine O'Hearn einen langsamen, qualvollen Tod starb.

Ohne Hast warf Potts seinen Stock weg, stemmte die Arme in die Hüften und musterte das Mädchen von oben bis unten. Sein Grinsen wurde immer breiter, und in seinen Schweinsäuglein funkelte eine boshafte Freude auf, als seine Beute, nach der er so gierig gesucht hatte, mit schnellen Schritten näher kam. »Na, wenn das nicht das Irenflittchen ist, das schon wieder mal seine Nase in meine Sachen stecken will.«

»Du trauriges Nichts von einem Mann!« zischte Shemaine durch zusammengebissene Zähne. »Ich habe langsam genug davon, mit anzusehen, wie du arme, unschuldige Menschen schikanierst.« In diesem Augenblick kam sie an einem Faß mit langen hölzernen Axtstielen vorbei, das vor dem Krämerladen stand. Ohne lange zu überlegen, riß sie einen der Holzstiele heraus und schwang ihn, als sie vor Potts stand, mit aller Kraft, deren sie fähig war. Sein lautes Schmerzgeheul, als sie ihn an der Schläfe und am Ohr traf, drang bis in die Taverne hinein. Kaum eine Sekunde später standen Männer und aufreizend gekleidete Frauen auf dem Gehsteig und gafften sie überrascht an. Obwohl das Scheusal sich eine Hand auf sein blutendes Ohr preßte und immer noch in ohrenbetäubendem Zorn heulte, wich Shemaine keinen Millimeter zurück. Statt dessen umklammerte sie ihre behelfsmäßige Keule mit beiden Händen und ließ sie abermals mit brutaler Entschlossenheit niederkrachen; diesmal traf sie die Knöchel der Hand, mit der Potts sich sein geschundenes Ohr hielt, bevor sie das Holz noch einmal von oben auf seinen Kopf schmetterte. Hätte sie ein Messer in der Hand gehabt, wäre es Shemaine vielleicht gelungen, den Mann an Ort und Stelle zu skalpieren, aber es war ihr auch so schon gelungen, Potts aufs unerträglichste in seinem Stolz zu verletzen. Mit einem gigantischen Wutgebrüll fing er den Stock in seiner fleischigen Faust auf, entriß ihn ihren Händen und warf ihn beiseite. In seinen Augen loderte unsäglicher Haß, als er sich nun auf Shemaine stürzte und ihre Kehle umkrallte. Er zog sie bis auf die Zehenspitzen in die Höhe und riß sie abrupt so nahe zu sich heran, daß sein Whiskyatem die Luft, die zu atmen sie sich mühte, schwängerte. Seine wulstigen Lippen verzogen sich zu einem hämischen Grinsen, als er sie endlich hilflos genau dort hatte, wo er sie haben wollte.

»Diesmal wirst du sterben, Miststück!« geiferte er, während seine verhornten, dicken Finger sich langsam um ihren grazilen Hals schlossen. »Und diesmal wird kein Mistah 'arper dasein, der dich rettet!«

Shemaine zerrte an seinen bulligen Händen und versuchte sie von ihrer Kehle wegzustemmen, aber sie konnte sich aus der Umklammerung nicht befreien. Und sie konnte auch nicht mehr atmen. Obwohl es vollkommen nutzlos schien, kämpfte sie heldenhaft weiter, aber langsam verließen sie die Kräfte, und ihre Hände erschlafften. Das häßliche, breite Gesicht vor ihr, die gaffenden Menschen um sie herum, ja sogar die Sonne am Himmel verwandelte sich in einen dunklen, unscharfen Nebel. Nur noch am Rande bekam sie mit, daß sich jemand, vielleicht der Bucklige, durch die Zuschauermenge drängte. Aber der Mann schien so weit fort zu sein, daß sie nicht mehr hoffen durfte, er werde sie rechtzeitig erreichen, um den stählernen Schraubstock um ihre Kehle zu lösen und sie vor dem Tod zu bewahren. Ihre Arme fielen kraftlos herunter, und sie gab ihre schwächliche Gegenwehr endlich auf. Es würde bald vorüber sein, sehr bald.

Gage war aus dem Krämerladen getreten, um festzustellen, was den Aufruhr draußen verursacht hatte. Direkt hinter dem Ring der Zuschauer, der sich um das Geschehen gebildet hatte, blieb er stehen und versuchte über die Schultern und Köpfe der Menschen zu schauen. Der Anblick Shemaines in der Umklammerung einer riesigen Bestie von Mann entfachte maßlosen Zorn in ihm. Mit einem wilden Fluch auf den Lippen packte er den ihm am nächsten stehenden Zuschauer am Kragen und stieß ihn grob beiseite. Mit den anderen Menschen, die ihm den Weg versperrten, verfuhr er genauso, bis er sich in das Zentrum des Geschehens vorgedrängt hatte und den hölzernen Axtgriff zu fassen bekam, den Potts zuvor beiseitegeworfen hatte. An seinem Ziel angekommen, trieb er das stumpfe Ende des Stockes mit solcher Wucht in den Wanst des Matrosen, daß der Mann sich mit einem lauten Grunzen vor Schmerz zusammenkrümmte, das Mädchen losließ und stöhnend rückwärts taumelte.

Gage fuhr hastig herum, um die in sich zusammensinkende Shemaine aufzufangen. Als sie in seinen Armen lag, blickte er forschend in ihr Gesicht, aber ihr Körper war vollkommen erschlafft, sie war in die dunkle Welt der Bewußtlosigkeit hinabgeglitten. Ihr Kopf ruhte haltlos an seiner Schulter. Nachdem er sich mit den Ellbogen und ohne jede Rücksicht seinen Weg durch die Menge erzwungen hatte, eilte er beinahe im Laufschritt auf den Krämerladen zu, wo Andrew das Geschehen voller Angst von der Tür aus beobachtet hatte.

Das Geräusch fliegender Schritte und ein Warnschrei von Mrs. McGee warnten Gage, so daß er gerade noch rechtzeitig einen geschickten Schritt zur Seite tun konnte, als der riesenhafte Seemann ihm nachsetzte und sich auf ihn werfen wollte. Da Potts sich jedoch nichts Festeres als Luft entgegenstellte, stürzte er wild mit den Armen rudernd vornüber. Um das Maß vollzumachen, half Gage mit einem kräftigen Tritt in das breite Hinterteil des Mannes noch nach, so daß dieser hilflos auf die Straße schlug. Gut zwei Meter von ihnen entfernt landete Potts mit dem Gesicht nach unten in einer großen Schlammpfütze, die die vorüberreitenden Pferde in den vergangenen Stunden großzügig mit frischem Dung angereichert hatten. Während er einen Mundvoll Dreck ausspie, hievte er sich auf Hände und Knie hoch und versuchte mühsam, auf die Füße zu kommen. Aber er rutschte auf dem schleimigen Grund aus, bis er sich abermals mit dem Gesicht nach unten im Schlamm wiederfand und der Mund sich von neuem mit dem widerwärtigen Modder füllte. Sein zweiter Versuch war ebensowenig von Erfolg gekrönt, und sein dritter scheiterte schon in den Anfängen. Es dauerte nicht lange, bis lautes, schadenfrohes Gelächter seine zornigen Bemühungen, aus dem Schlammloch herauszukommen, begleitete. Als es ihm endlich gelang, sich aus dem stinkenden Unrat zu befreien, johlte die Menge förmlich vor Vergnügen. Unter schadenfrohen Zurufen trottete er stinkend die Straße hinunter; seinen Spitznamen

Schlammfresser, auf den die Menge ihn so feinsinnig getauft hatte, würde er gewiß so bald nicht wieder loswerden.

»Hat Shiam Aua, Papa?« fragte Andrew, der seinem Vater in den Laden gefolgt war, mit kindlicher Bestürzung.

Gage bettete Shemaine auf eine Lederchaiselongue und ließ sich daneben auf ein Knie nieder. Sie hatte das Bewußtsein noch nicht wiedererlangt, aber sie atmete, und das ließ ihm zumindest noch einen Funken Hoffnung. Er warf einen schnellen Blick auf seinen Sohn, in dessen Augen Tränen der Angst schwammen, und versuchte, das empfindsame Gemüt des Jungen zu beschwichtigen. »Shemaine kommt schon wieder in Ordnung, Andy. Hab' keine Angst.«

Andrew schniefte und wischte sich die Tränen aus dem Gesicht. In diesem Augenblick öffnete sich die Tür, und Mary Margaret trat mit dem Krämer, Adam Foster, in den Raum. Letzterer hatte in aller Eile Wasser in eine Schüssel gegossen und stellte diese nun auf einen kleinen Tisch neben die Chaiselongue. Als er neben Gage trat, um auf das Mädchen hinabzuschauen, versperrte er dem Jungen unbewußt den Blick.

»Was für eine Schande«, zeterte Mr. Foster aufgeregt. Erzürnt über den Zwischenfall, stieß er atemlose, unvollständige Sätze aus. »Eine Frau auf so hinterhältige Weise anzugreifen! Sollte man vierteilen, so was!«

Mary Margaret seufzte kläglich. »Ein Jammer, daß uns diese Art der Bestrafung hier in den Kolonien nicht gestattet ist.«

Andrew, der nun weder zu Shemaine noch zu seinem Vater gelangen konnte, sah sich ziellos im Laden um, bis er in der Nähe des Eingangs eine Bewegung wahrnahm. Aufmerksam spähte er in die Dunkelheit hinter einer Vielzahl von Hacken, Rechen und Schaufeln, die verkehrt herum in einem kleinen Faß neben der Tür standen. Vorsichtig näherte er sich der Tür, weil er dachte, daß sich vielleicht ein Hund oder eine Katze in den Laden verirrt haben mochten. Dann gewöhnten seine Augen sich langsam an die Finsternis hinter dem Faß. Als er nun endlich die dunkel gekleidete Gestalt sah, die in nachdenklichem Schweigen dort kauerte, prallte er vor Schreck zurück. Es war aber auch ein grausiges Wesen mit kurzen

Beinen, langen Armen und zotteligem, lohfarbenem Haar, das über eine vorspringende Stirn fiel. Alles in allem bot sich dem Jungen ein wahrlich grauenvoller Anblick, wie er einem kleinen Kind eigentlich erspart bleiben sollte. Mit einem entsetzten Aufkreischen fuhr Andrew herum und rannte, so schnell seine kleinen Beine ihn trugen, um die anderen Erwachsenen, warf sich seinem Vater in die Arme und klammerte sich verzweifelt an seinen Hals.

Gage hob seinen Sohn hoch und wandte sich um, um festzustellen, was den Jungen derart erschreckt haben konnte. Dann fiel sein Blick auf den entstellten Mann, der taumelnd vorgetreten war, und er begriff den Grund für die Panik des Kleinen.

»Was gibt es denn, Cain«, fragte Gage freundlich und stand auf. »Was möchtest du?« Die Anwesenheit des Buckligen im Laden verwirrte ihn ein wenig, denn für gewöhnlich hielt Cain sich von Fremden fern. Er kam nur in den Weiler, um mit Mr. Foster Handel zu treiben oder um sich von Hugh Corbin sein Maultier beschlagen zu lassen. Ansonsten bekam man den Mann selten zu Gesicht.

Cain schlurfte, behindert von mißgestalteten Armen, Beinen und Schultern, die ihm von Geburt an schief am Körper hingen, wachsam herbei, aber als Andrew sich abermals vor Angst schreiend in den Armen seines Vaters zurückbog, blieb der Krüppel unentschlossen stehen. Gage, der beschwichtigend auf seinen Sohn einredete, stellte ihn schließlich neben Mrs. McGee auf die Füße, woraufhin diese Andrews Hand ergriff und ihn in den hinteren Teil des Ladens führte, wo sie ihm ein Glas mit Bonbons zeigte.

Cain legte indes den Kopf schief und sah den größeren Mann aus seinem grausam verzerrten Gesicht an. Dies war, soweit Gage sich erinnern konnte, das erste Mal, daß er sich dem Buckligen jemals hatte nähern können, ohne daß dieser davongehuscht war. Vielleicht war Cain noch deutlicher als allen anderen Menschen bewußt, wie furchtbar häßlich er war, so daß er es vorzog, sich zu verstecken. Seine Nase war groß und grotesk nach oben gebogen; seine Augen lagen seltsam schief unter schweren, zottigen Brauen. Er hatte nur wenige Zähne in seinem breiten, merkwürdig schiefstehenden Mund, und seine Zunge neigte dazu, ihm unkontrolliert über die Lippen zu hängen. Aus mehreren gezackten Schnitten und tiefen Kratzern in seinem Gesicht sickerte immer noch Blut und legte beredt Zeugnis für die Mißhandlung ab, die ihm wenige Minuten zuvor widerfahren war.

»Wolltest du etwas, Cain?« fragte Gage den Mann noch einmal.

Der Bucklige zeigte mit seiner großen, behaarten Hand auf Shemaine, die immer noch nicht bei Bewußtsein war. Dann starrte er abermals Gage an, bevor er eine kaum verständliche Frage hervorstieß. »Sa dahd?«

Stirnrunzelnd versuchte Gage, den verzerrten Silben eine Bedeutung zu geben. Endlich dämmerte es ihm. »Nein, sie ist nicht tot. Sie ist nur ohnmächtig. Sie müßte gleich wieder zu sich kommen.«

Cain stieß unbeholfen die Hand in die Tasche seines dünnen, zerlumpten Mantels und zog ein Paar Slipper heraus, die Shemaine, als sie besinnungslos in Potts Würgegriff gehangen hatte, von den Füßen gefallen waren. »Ahr Schoh.«

»Vielen Dank«, erwiderte Gage, der mit verwirrtem Stirnrunzeln die Schuhe entgegennahm. Es kam wahrhaftig selten vor, daß Cain Besorgnis für einen anderen Menschen zur Schau stellte oder sich gar solche Mühe machte, verlorene Besitztümer zurückzuerstatten, vor allem, wenn das bedeutete, daß er sich zu diesem Zweck irgendwelchen Bewohnern des Dorfes würde zeigen müssen. »Ich werde Shemaine sagen, daß du sie zurückgebracht hast. Sie wird dir sicher dankbar sein.«

»Shamohn?«

»She-maine O'Hearn.« Gage sprach ihren Namen sehr langsam und deutlich aus, damit der Mann ihn sich einprägen konnte, obwohl es ihm immer noch vollkommen unverständlich war, warum Cain sich für das Mädchen interessierte. In den ganzen neun Jahren, die er nun hier lebte, hatte Gage von dem Buckligen noch nie so viele Worte zu hören bekommen wie gerade eben. Einige Dorfbewohner hatten sogar Zweifel geäußert, ob Cain überhaupt sprechen könne, aber das war überwiegend die Meinung jener gewesen, die sich sorgsam von dem Mann fernhielten, weil sie in ihm einen Schwachsinnigen sahen.

Cain war als Säugling auf der Schwelle einer halb irrsinnigen alten Frau abgesetzt worden, die ganz allein in einer primitiven Hütte im Wald lebte. Wegen seiner entstellten Gestalt hatte die Alte ihm den Namen Cain gegeben, denn sie war davon überzeugt gewesen, daß der Finger Gottes das arme Kind gezeichnet hatte. Im Laufe der Jahre war die ehemals ganz muntere Frau immer schwächer geworden und schließlich noch vor Cains neuntem Geburtstag gestorben. Danach mußte das Kind um seine bloße Existenz ringen, aber die Alte hatte von Cain schon seit frühester Kindheit verlangt, daß er für seinen Unterhalt arbeitete, und ihn gelehrt, wie man Fallen stellte und sich etwas Eßbares verschaffte. Er lebte nach wie vor in der Hütte der Frau und hielt sich meistens von anderen Menschen fern, aber wenn er wichtige Dinge brauchte, die im Wald nicht zu finden waren, brachte er Hirsch- und Kaninchenfelle und andere Pelze ins Dorf, um mit Mr. Foster Handel zu treiben. Aber selbst dann achtete Cain sorgfältig darauf, sich in dunklen Ecken zu halten, wo er in Sicherheit war, bis der Krämer die Vorräte brachte, derentwegen er ins Dorf gekommen war.

Selten einmal, und nur auf das beharrliche Drängen des Krämers hin, ließ der Bucklige sich überreden, einige Holzvögel, die er mit großem Talent zu schnitzen wußte, mit ins Dorf zu bringen, um sie zu verkaufen. Aber von Foster wußte man, daß Cain sich nur ungern von den Vögeln trennte, weil er die kleinen Figuren als seine Freunde betrachtete, und obwohl Foster Cain mit einer beträchtlichen Summe zu ködern versucht hatte, hatte er nun schon seit einigen Jahren keine mehr gebracht.

Mit Ausnahme vielleicht von Mr. Foster, Mary Margaret und Hugh und Roxanne Corbin hatten die meisten Leute im Dorf Angst vor Cain. Wenn er zufällig einmal in ihre Nähe kam, scheuchten sie ihn oft davon, mit Besenstielen, Steinen oder was ihnen sonst gerade in die Hände fiel. Aber Gages Wissen nach hatte der Mann niemals einem anderen irgendwelchen Schaden zugefügt. Tatsächlich war er nach dem, was er gehört und mit eigenen Augen gesehen hatte, davon überzeugt, daß Cain bei weitem mehr Grund hatte, vor den Dorfbewohnern Angst zu haben als diese vor ihm. Denn die jungen Burschen neigten dazu, ihn als Prügelknaben zu benutzen, um ihre Männlichkeit unter Beweis zu stellen oder, wie Gage im Geiste höhnisch vermerkte, ihren Mangel an derselben.

Plötzlich fiel ein Schatten durch den Eingang, und als Gage aufblickte, sah er Roxanne zaudernd auf der Schwelle stehen. Obwohl er ihre Drohungen noch keineswegs verwunden hatte, nickte er ihr doch kurz zu, weil er es für weitaus klüger hielt, sie nicht noch mehr gegen sich aufzubringen. Der Bucklige, der diese Geste bemerkte, drehte sich unbeholfen schlurfend um, um ebenfalls zur Tür zu schauen.

»Cain hat ihr doch nichts angetan, oder?« erkundigte sich Roxanne ängstlich. Zögernd richtete sie ihren Blick auf die bewußtlose Shemaine.

»Soweit ich weiß, hat Cain nichts mit dem Zwischenfall zu tun«, erwiderte Gage steif. »Der Mann, der sie angegriffen hat, war ein Matrose von der *London Pride*. Ich habe nicht den leisesten Schimmer, wie das Ganze angefangen hat, aber er schien entschlossen zu sein, sie zu töten.«

Mary Margaret trat mit Andrew im Schlepptau vor. »Ich kann Ihnen erzählen, was passiert ist«, erklärte sie. »Ich habe alles mit eigenen Augen gesehen.«

Obwohl die alte Dame jetzt direkt neben Cain stand, nahm Andrew den Bucklingen kaum mehr wahr, denn nun hatte er einen Lutscher, den er in der Hand halten und bewundern konnte, bis sein Vater ihm die Erlaubnis gab, ihn zu essen.

Gage wollte dringend Näheres über den Angriff auf Shemaine erfahren und richtete seine ungeteilte Aufmerksamkeit auf die Frau. »Was haben Sie gesehen, Mary Margaret?«

Mrs. McGee zeigte auf das Sofa. »Dieses liebe, tapfere Mädchen hat sich mit einem Stock auf diesen abscheulichen Matrosen gestürzt, nachdem sie sah, wie dieser auf Cain einschlug. Und beinahe hätte sie mit ihrem Leben dafür bezahlt, trotz all der Trunkenbolde, die mit offenem Mund herumstanden und nur zugesehen haben. Wenn ich ein Mann gewesen wäre, hätte ich diesen Feiglingen eins hinter die Löffel gegeben, um sie aus ihrer stumpfsinnigen Erstarrung herauszureißen! Wahrhaftig, die waren alle durch die Bank sturzbetrunken. Es kann einem nur leid tun, daß die Iren so gern reden und trinken. Je mehr sie picheln, um so mehr schwatzen sie.«

»Shemaine kommt doch wieder in Ordnung, oder?« fragte Roxanne ängstlich.

Ihre Besorgnis erfüllte Mary Margaret mit Staunen. »Jawohl, mit ein bißchen Ruhe und liebevoller Pflege wird sie wieder so gut wie neu sein.«

Roxanne lächelte steif und wandte ihren Blick Gage zu. »Du läßt es mich doch bestimmt wissen, wenn ich euch in irgendeiner Weise helfen kann?«

Gage konnte sich kaum vorstellen, daß er die Torheit begehen würde, ihre Hilfe anzunehmen. Trotzdem quittierte er ihren Stimmungswechsel mit Staunen. Es wäre wahrhaftig eine Untertreibung gewesen, zu sagen, daß sie gelegentlich sprunghaft war. Es hing alles von ihrer Perspektive ab, davon, wie sie die Dinge sah, die sie persönlich betrafen. »Es ist nicht nötig, daß du dir Sorgen machst, Roxanne.«

Nachdem sie erst ihm und dann der älteren Frau zum Abschied stumm zugenickt hatte, trat sie von der Tür zurück. Dann hob sie noch einmal die Hand und winkte Cain zu sich. »Komm besser mit, bevor du dich noch weiter in Schwierigkeiten bringst.«

Mit einem letzten Blick auf Shemaine verließ der Bucklige gehorsam den Laden und schlurfte mit seinem schwerfälligen Gang den Gehsteig entlang, ungefähr in die Richtung, in der die Schmiede lag.

»Arme Seele«, seufzte Mary Margaret, die an die Tür getreten war, um ihm nachzusehen. »Er ist wie ein verirrtes, verletztes Schaf auf der Suche nach einem Hirten, der ihn führt. Ich glaube, er würde jedem, der ein wenig nett zu ihm ist, ein treuer Freund sein.«

»Finden Sie es seltsam, daß Roxanne sich um sein Wohlergehen sorgt?« fragte Gage, als er sich neben Shemaine auf der Couch niederließ. Er tauchte ein Tuch in die Schüssel mit dem kalten Wasser und tupfte, während er auf Mary Margarets Antwort wartete, sanft das Gesicht des Mädchens ab.

Die ältere Frau schüttelte seufzend den Kopf. »Es sind beides verirrte Schafe, die mit diesem Dorf und wohl mit der ganzen Welt auf Kriegsfuß stehen.«

Shemaine, die indessen langsam durch einen unheimlichen Nebel trieb, wurde sich in zunehmendem Maße einer schmerzhaften Einengung in ihrer Kehle bewußt. Sie schluckte und zuckte daraufhin gequält zusammen. Schließlich wandte sie den Kopf auf dem Lederpolster zur Seite, öffnete die Augen ein winziges Stück und versuchte, sie auf das engelsgleiche Gesicht zu richten, das sich ganz dicht neben ihr auf zwei kleine Fäuste stützte. Aber ihre Lider kratzten wie trockenes Pergament über ihre empfindlichen Augen, so daß ihr die Tränen kamen.

»Andrew?« flüsterte sie heiser. »Könntest du wohl jemanden bitten, mir ein Glas Wasser zu holen?«

»Papa?« Der Junge blickte auf und stellte fest, daß sein Vater bereits mit einem blechernen Becher hinter ihm stand.

»Hier ist etwas Wasser, Shemaine«, sagte Gage, schob einen Arm unter ihre Schultern und stützte sie. Abermals erstaunte es ihn, wie leicht und zerbrechlich sie sich in seinem Arm anfühlte. Jedenfalls war es mal wieder eine überdeutliche Erinnerung daran, wieviel Zeit vergangen war, seit er das letzte Mal eine Frau umfangen gehalten hatte. Er führte ihr den Becher an die Lippen und hielt ihn fest, während sie mühsam schluckte; er widmete sich ihr mit derselben liebevollen Aufmerksamkeit, mit der er sich um Andrew kümmerte.

Mary Margaret kam näher und betrachtete schließlich über Andrews Kopf hinweg auf ihren Stock gestützt das junge Mädchen. Sie war erleichtert, zu sehen, daß die Farbe in Shemaines Wangen zurückgekehrt war, denn sie hatte sich in den letzten Minuten doch ein wenig gesorgt, daß die junge Frau dauerhaften Schaden gelitten haben könnte. »Das war sehr mutig, was Sie da getan haben, mein Kind, so für Cain in die Bresche zu springen. Andererseits kann ich nicht verhehlen, daß es auch sehr töricht war, wenn man bedenkt, was für einen Riesen Sie da angegriffen haben.«

»Cain?« stieß Shemaine mühsam hervor. Sie runzelte verwirrt die Stirn, denn sie kannte niemanden dieses Namens. »Wer...?«

»Der Bucklige, Schätzchen.« Die ältere Frau lächelte mitleidig. »Seine Adoptivmutter fand, daß dieser Name zu ihm paßte.«

Gage stellte den Becher fort und ließ seine Vertragsarbeiterin wieder auf das Kissen sinken. Jetzt, da er sicher sein durfte, daß ihr nichts wirklich Schlimmes zugestoßen war, konnte er sich keinen Augenblick länger mehr bezähmen. »Warum hast du nicht nach mir gerufen und mich diese Sache regeln lassen, Shemaine?« zürnte er. »Ich war nicht so weit weg, daß ich dich nicht gehört hätte, wenn du mich gerufen hättest.« Dann beugte er sich vor, um sie mit einem strengen Blick beinahe zu durchbohren. »Ich verbiete dir, jemals wieder so dein Leben aufs Spiel zu setzen, hast du mich verstanden?«

Shemaine fühlte sich wie ein Kind, das von seinem Vater gescholten wurde. Die Tatsache, daß er recht hatte, machte die Sache keineswegs besser. Es war im Gegenteil höchst beunruhigend, erkennen zu müssen, wie töricht sie gehandelt hatte und welches die Konsequenzen gewesen wären, hätte Gage sie nicht rechtzeitig gerettet. Potts hätte sie getötet. Außerdem machte ihr der Gedanke zu schaffen, wie rücksichtslos sie sich Gage gegenüber gezeigt hatte. Es wäre ihm gewiß schwergefallen, die Mittel für den Kauf einer neuen Arbeitskraft aufzubringen. Tatsächlich hätte er möglicherweise geraume Zeit ohne eine Kinderfrau für seinen Sohn dagestanden.

»Es tut mir leid, Mr. Thornton. Ich fürchte, ich habe einfach den Kopf verloren, als ich sah, wie Potts auf den armen Mann einschlug«, entschuldigte sie sich zerknirscht. »Ich hätte vorsichtiger sein und an die große Summe Geldes denken müssen, die Sie in mich investiert haben. Ich werde mich bemühen, in Zukunft besser achtzugeben.«

Ihre falschen Schlußfolgerungen entfachten Gages Zorn von neuem. »Glaubst du wirklich, die vierzig Pfund, die ich für dich bezahlt habe, seien mehr wert als dein Leben?« fragte er wütend. »Worum es mir geht, ist die Narrheit, mit der du dich in Gefahr gebracht hast. Wer war dieser Mann überhaupt? Erzähl mir nicht, es hätte sich um den gehandelt, vor dem du mich gewarnt hast.«

»Doch. Es war Jacob Potts, der Matrose von der *London Pride*«, antwortete Shemaine mit heiserem Krächzen. »Bevor ich von Bord des Schiffes ging, hat er geschworen, mich zu töten.«

»Und das wäre ihm auch wahrlich beinahe gelungen!« gab Gage

heftig zurück. Er war wütend auf sie, weil sie die Drohungen des Mannes blind ignoriert und ihn obendrein sogar noch angegriffen hatte, was seinen Groll gegen sie aller Wahrscheinlichkeit nach noch vertiefen mußte. Um ihres eigenen Seelenfriedens willen hoffte er, daß es nicht allzulange dauern würde, bis der Matrose wieder in See stach.

Shemaine war außerstande, sich an etwas anderes zu erinnern als den schattenhaften Nebel, der sie in Potts' Würgegriff umfangen hatte, und war nun neugierig zu erfahren, wie es kam, daß sie dem Zorn des Matrosen beinahe unversehrt entronnen war. »Was hat ihn eigentlich daran gehindert, sein Werk zu vollenden?«

»Mr. Thornton hat Sie gerettet, Kindchen«, antwortete Mary Margaret an Gages Stelle. Sie hatte seiner Schimpftirade aufmerksam gelauscht und mit großer Freude zur Kenntnis genommen, daß seine echte Sorge dem Mädchen und nicht seiner eigenen Börse galt. Da sie unweit des Dorfes wohnte, waren ihr all die häßlichen Gerüchte zu Ohren gekommen, in denen die Leute ihn als kalten und rohen Menschen schilderten; aber sie hatte sich ein Urteil vorbehalten, weil sie es vorzog, unwiderlegbare Beweise zu sehen, bevor sie den Mann verdammte, wie so viele Dorfbewohner es mit einem Achselzucken getan hatten. Trotz der Klatschgeschichten hatte sie den Tischler im Lauf der Jahre ins Herz geschlossen, und er stand ihr heute so nah wie ein eigener Sohn, den zu gebären sie nie das Glück gehabt hatte. Auch konnte sie kaum glauben, eine so schlechte Menschenkennerin zu sein, daß sie eine so tiefe Zuneigung zu einem Mörder entwickeln konnte. »Sie hätten diesen schmucken Kerl mal sehen sollen, wie er sich durch all diese Gaffer gepflügt hat, um an Sie heranzukommen.«

Gage warf der Frau einen finsteren Blick zu. Er wußte, daß sie in jedem ledigen Paar, das ihr über den Weg lief, potentielle Ehekandidaten witterte. Aber es war ihm auch klar, daß durchaus die Gefahr bestand, daß die Witwe solche Ideen in der Stadt verbreiten würde. Nach Roxannes Drohung, ihn des Mordes an Victoria zu bezichtigen, konnte das hoffnungsvolle Geplapper der alten Dame seinen Untergang besiegeln. »Bauschen Sie die Sache nicht über Gebühr auf, Mary Margaret.«

Die Irin lächelte süß und ließ sich von seinem Tadel nicht aus der Ruhe bringen. Denn solange sie sich erinnern konnte, hatte Gage Thornton niemals etwas von sich preisgegeben und jedes lobende Wort abgeschüttelt, als sei es ein lästiger Virus. Einmal hatte er ein vierjähriges Mädchen vor dem Ertrinken im Fluß gerettet. Aber als ihre Eltern und ein Großteil der Dörfler, die sein kühnes Rettungsmanöver vom Ufer aus beobachtet hatten, ihn bejubeln und ihm auf den Rücken klopfen wollten, hatte er lediglich der Mutter das Kind in die Arme gelegt und sie mit strengen Worten ermahnt, in Zukunft besser aufzupassen. Dann war er durch den Ring der Zuschauer stolziert und nur stehengeblieben, um seine Muskete und sein Bündel, das er beiseite geworfen hatte, bevor er in den Fluß gesprungen war, wieder aufzunehmen. Nachdem er sein Kanu zu Wasser gelassen hatte, hatte er sich mit eben demselben hochmütigen Benehmen verabschiedet, das die Leute von ihm zu erwarten gelernt hatten.

Und nun widerstrebte es ihm sichtlich, das Mädchen wissen zu lassen, daß er beinahe sämtliche Gaffer zu Boden geschlagen hätte, um an ihre Seite zu eilen. Diese Tatsache gab Mary Margaret allen Grund, über seine Motive nachzudenken. War ihm sein kriegerischer Geist vielleicht peinlich? Oder ging es ihm darum, zu vermeiden, daß andere den Verdacht schöpften, er sei vielleicht wie all die Männer, die Shemaine bewunderten und sich stark zu ihr hingezogen fühlten, ebenfalls hoffnungslos in das Mädchen verliebt?

Mary Margaret lächelte bei dem Gedanken, der hochgewachsene, rauhe Mann könne so verletzlich sein. Es bestätigte nur ihre Vermutung, daß er durch und durch menschlich war, ein Charakterzug, an dem viele Dorfbewohner ihre Zweifel geäußert hatten. Aber dieses Urteil hatten jene, die hinter verhangenen Fenstern anderen nachspionierten, aus beträchtlicher Entfernung getroffen, Frauen wie diese aufgeplusterten Hennen beim Apotheker. In Wirklichkeit hatte niemand, der den Mann richtig kannte, je ein böses Wort über ihn verloren.

Jetzt hatte Gage Thornton einen neuen Feind, ging es Mary Margaret durch den Kopf, als sie noch einmal an den Matrosen dachte, wie er sich in dem Schlammloch wälzte. Man konnte nur hoffen, daß dieser Feind wenigstens in einigen Wochen Newportes Newes wieder verlassen würde. »Ich bin mir ziemlich sicher, daß Mr. Potts auf Rache aus sein wird, jetzt, wo er zum Gespött des ganzen Dorfes geworden ist. Ich fürchte, wenn irgend jemand es wagen sollte, ihn in seiner Anwesenheit *Schlammfresser* zu nennen, wird er versuchen, uns alle umzubringen.«

Gages Miene wurde um eine Spur weicher, und ein flüchtiges Lächeln huschte über seine Lippen. »Nachdem die Leute ihn geradezu aus der Stadt hinausgelacht haben, glaube ich kaum, daß Jacob Potts hier jemals wieder sein Gesicht zeigen wird.«

Shemaine teilte diese Vermutung jedoch nicht. »Meiner Erfahrung nach zahlt Mr. Potts jede Kränkung, die man ihm zugefügt hat, mit doppelter Münze zurück. Er wird nicht eher Ruhe geben, bis er sich gerächt hat.«

»Dann werdet ihr zwei den Mann wahrscheinlich wiedersehen«, prophezeite Mary Margaret düster, »denn ihr habt ihn beide bis auf die Knochen blamiert. Man stelle sich nur vor! Ein kleines Etwas von Mädchen verpaßt diesem Riesentrottel eine ordentliche Tracht Prügel! Und als wäre das nicht genug gewesen, befördert ihr Herr ihn mit einem Tritt in den Schlamm. Potts' Stolz hat unter euren Beleidigungen mächtig gelitten. Das wird er in den nächsten Jahren wohl kaum verwinden.«

Gage erhob sich von der Chaiselongue und sah die ältere Frau durchdringend an. Um Shemaines willen wollte er endlich das Thema ändern. »Ich muß mich, während ich hier in der Stadt bin, noch um einige geschäftliche Dinge kümmern. Wenn es keine allzugroße Zumutung wäre, Mary Margaret, würde ich Shemaine gern für eine Weile bei Ihnen lassen, damit sie sich noch ein wenig ausruhen kann.«

»Es wird mir eine Freude sein, Sie in meinem Haus zu Gast zu haben«, beteuerte die alte Irin. »Und ich würde es als Ehre betrachten, wenn Sie auch Andrew bei mir ließen. Er ist so ein lieber kleiner Junge, und ich hätte ihn schrecklich gern ein wenig um mich. Ich werde uns sogar etwas zu essen kochen, damit Sie sich keine Sorgen machen, die beiden könnten Hunger leiden, bevor Sie zurückkommen.«

»Ich weiß Ihre Freundlichkeit sehr zu schätzen, Madam.« Gage sah sich nach dem Krämer um, der inzwischen den Verkaufsraum verlassen hatte. »Wenn Sie mich jetzt entschuldigen würden, ich muß Mr. Foster finden und mich bei ihm bedanken, bevor wir uns verabschieden.«

Mrs. McGee deutete mit dem Kopf auf den hinteren Teil des Ladens. »Ich glaube, Adam ist dort rübergegangen, als ich ihn das letzte Mal sah.«

Gage beendete seine Mission in kürzester Frist, holte den Wagen und kehrte dann zurück, um die Frauen abzuholen. Sobald sie auf dem Wagen saß, nahm Shemaine Andrew auf den Schoß, um auf der Sitzbank neben sich Platz für Mary Margaret zu machen. Dann stieg Gage auf, schnalzte kurz mit den Zügeln, und die Stute trabte los. Sie fuhren über die Straße, die quer durch Newportes Newes verlief, und hielten schon wenige Sekunden später vor einem kleinen, hübschen Häuschen etwas außerhalb des Weilers. Gage, der Andrew auf dem Arm trug, begleitete die beiden Frauen bis zur Tür, wobei er sein Tempo den vorsichtigen Schritten seiner Dienerin anpaßte, die jede Hilfe seinerseits abgelehnt hatte. Nachdem er sie gut untergebracht wußte, verabschiedete er sich, stieg wieder auf den Kutschbock und versprach, so bald wie möglich zurückzukehren.

Drei Stunden später war Gage mit dem Beladen der Vorräte auf seinen Wagen fertig. Vorher hatte er den Auftrag einer wohlhabenden Frau aus Richmond bekommen, mehrere Möbel für ihr Eßzimmer herzustellen. Dank dieser Bestellung besaß er nun beinahe wieder halb soviel Geld, wie er für Shemaines Papiere bezahlt hatte. Auf diese Weise entspannte seine Finanzlage sich beträchtlich, und er war zuversichtlich, daß sie mit dem Schiff schon bald gute Fortschritte machen würden.

Er kehrte zum Haus der Witwe McGee zurück, wo die ältere Dame ihn schweigend hereinbat. Dann legte sie einen Finger auf die Lippen und zeigte auf eine geschlossene Tür im Flur.

»Shemaine hat sich vor ungefähr einer Stunde mit Andrew hingelegt, damit der Junge ein wenig Schlaf bekam«, flüsterte sie leise. »Seither hab' ich von den beiden keinen Muckser mehr gehört.«

Gage trat wortlos an die Tür, und nachdem er auf sein vorsichtiges Klopfen hin keine Antwort bekam, drückte er die Klinke herunter und schob die Tür langsam auf. Der Anblick, der sich ihm dort bot, erwärmte sein Herz, wie nichts anderes seit vielen Monaten es vermocht hatte. Er stahl sich behutsam in den Raum hinein, um sich an dem friedlichen Bild zu erfreuen. Shemaine und Andrew waren beide fest eingeschlafen. Auf ein und demselben Kissen lagen sie eng aneinandergeschmiegt in der Mitte des Bettes; Andrew lag auf der Seite, mit dem Rücken zu der Brust des Mädchens. Ihre Wange ruhte in seinen Locken, und ihr Arm umfaßte ihn, wie eine Mutter ihren Sohn umfaßt halten würde.

»Hätten Sie vielleicht Lust auf eine Tasse Tee, Mr. Thornton?« raunte Mary Margaret hinter ihm.

Als Gage sich umsah, stellte er überrascht fest, daß die Frau nur wenige Schritte hinter ihm am Türrahmen lehnte. Sie lächelte ihn an, und er legte den Kopf ein wenig schief, da er nicht recht wußte, ob er sich soviel Zeit nehmen sollte, denn er wollte bald nach Hause und hatte Shemaine immer noch nicht zum Schuster gebracht, um ein neues Paar Schuhe zu bestellen.

»Es wäre doch eine schreckliche Schande, einen solchen Frieden zu stören, meinen Sie nicht auch, Mr. Thornton?« flüsterte die Frau, die ihn heimlich beobachtet hatte.

Gages Blick wurde wie magisch wieder von dem Bett angezogen, wo Shemaine in tiefem Schlummer verloren lag. Sie sah unendlich zart und wunderschön aus, wie eine kleine, strahlende Blume an einem schattigen Fleckchen inmitten frischen Grüns. Ihre weichen, rosafarbenen Lippen waren leicht geöffnet, als erwarte sie den Kuß eines imaginären Liebhabers. Ihre seidenweichen, dunkelbraunen Wimpern ruhten auf Wangen, die im Schlaf einen rosigen Schimmer angenommen hatten. Ihr wohlgerundeter Busen hob und senkte sich in völliger Entspannung hinter dem Rücken ihres kleinen Bettgefährten, und in diesem Augenblick hätte Gage seinen Sohn beinahe beneidet.

»Sie muß sehr erschöpft sein, wenn sie so tief eingeschlafen ist«, überlegte er mit gedämpfter Stimme. »Ich kann mir nicht vorstellen, daß sie auf der erzwungenen Reise hierher viel Ruhe bekommen hat.«

Mrs. McGee folgte seinem unbeirrbaren Blick und legte nachdenklich den Kopf schief, während auch sie das Mädchen betrachtete. »Sie ist ein selten schönes Geschöpf, nicht wahr?«

Gage warf der Witwe einen fragenden Blick zu, denn es konnte kein Zweifel daran bestehen, was sie im Schilde führte. Er widerstand der Versuchung, sie auf ihre kupplerischen Pläne anzusprechen. »Haben Sie den Tee bereits fertig, oder soll ich Shemaine und Andrew wecken und mich auf den Weg machen?«

»Na, nun plustern Sie mal nicht Ihr hübsches Gefieder, mein herrlicher Pfau«, versetzte Mary Margaret mit sanftem, ironischen Tadel. Dann bedeutete sie ihm, zu folgen, während sie sich auf den Weg zum Herd machte. Dort griff sie nach der Teekanne und schenkte mit versonnener Miene ein. »Wenn ich mir wünsche, daß Sie und das Mädchen vor den Altar treten, dann nur, weil ich Sie und Ihren Sohn mit einer guten Frau versorgt sehen will.«

»Woher wollen Sie wissen, ob Shemaine eine gute Frau ist? Sie kennen sie doch überhaupt nicht.«

Mrs. McGee lächelte und tippte sich mit dem Zeigefinger auf die Stirn. »Ich habe hier oben nicht nur Stroh, mein lieber Mr. Thornton, und ich bin nicht blind für das, was ich deutlich vor Augen sehe.«

»Und was wäre das, verehrte Dame?« fragte Gage, während sie ihm eine Tasse Tee reichte.

»Shemaine ist genausosehr eine Dame wie jede andere Frau in diesem Dorf. Das sehe ich an der Art, wie sie sich hält. Sie verfügt über die selbstbewußte, vornehme Eleganz einer Frau, die eine hervorragende Erziehung genossen hat und in allen gesellschaftlichen Finessen wohlbewandert ist. Ich höre es auch daran, wie sie spricht, auch wenn in ihrer Stimme ein kleiner Hauch Irland mitschwingt. Sie ist die schwere Börse, die Sie für sie bezahlt haben, ganz gewiß wert, Mr. Thornton, aber das wissen Sie wohl selbst.«

»Sie ist all das, was Sie sagen, und noch mehr«, gab Gage zu. »Ihre Fähigkeiten kennen keine Grenzen. Andrew hat sie bereits liebgewonnen. Vielleicht haben Sie ja gesehen, wie besorgt er war, als er dachte, sie sei verletzt worden. Sie kann sehr gut mit ihm umgehen, besser als ...« Er hielt plötzlich inne, weil ihm auffiel, daß sie viel zu viele Worte um das Mädchen machte.

»Besser als Roxanne?« ergänzte Mary Margaret die Namen. Ihre Stimme hatte einen sanft fragenden Tonfall, da sie den Mann nicht gegen sich aufbringen wollte.

»Shemaine hat so etwas an sich«, sagte Gage, der es vorzog, die Frage der älteren Frau unbeantwortet zu lassen. »Sie ist sehr begabt.«

»Oh, das ist sie zweifellos. Zweifellos.« Die Witwe hielt inne, um einen Schluck aus ihrer Tasse zu nehmen, dann ließ sie sich in einem Schaukelstuhl vor dem Kamin nieder. Eine ganze Weile blickte sie in die flackernden Flammen und genoß ihren Tee. Dann warf sie einen schnellen, verstohlenen Blick auf den hochgewachsenen Mann. »Aber ich sollte Sie wohl warnen. Es machen schon jetzt gewisse Gerüchte in der Stadt ihre Runde; viele davon haben ihren Ursprung bei Mrs. Pettycomb, die eine wahre Heilige wäre, wenn sie sich genausosehr um ihre eigenen Angelegenheiten wie um die anderer kümmern würde.«

»Ich könnte mir denken, daß die Gerüchte nicht besonders freundlich sind«, knurrte Gage über seine Teetasse gebeugt. »Das sind sie nie.«

»Ein so hübscher Kerl wie Sie, Sir, darf sich nicht darüber wundern, wenn über ihn geredet wird. Und wenn ein Mann wie Sie dann noch ein liebreizendes Geschöpf wie Shemaine O'Hearn unter seinem Dach hat ... Nun ja, da bleiben solche Gerüchte natürlich nicht aus. Einige Leute ziehen schon jetzt über Sie her und behaupten, Sie hätten sie für sich gekauft, zu Ihrem eigenen Vergnügen. Und Sie können sicher sein, daß diese Leute ihren Bauch genau im Auge behalten werden, um festzustellen, ob sie ein Kind bekommen wird.«

Man konnte die Muskeln in Gages Wangen zucken sehen, als er halsstarrig erwiderte: »Ich habe Shemaine gekauft, weil sie Andrew in den kommenden Jahren Lesen und Schreiben beibringen kann.«

»War das der einzige Grund?« hakte Mary Margaret behutsam nach.

Gage sah sie überrascht an, aber selbst wenn sein Leben davon abgehangen hätte, hätte er die unausgesprochenen Andeutungen der älteren Frau nicht leugnen können, denn das wäre eine unverfrorene Lüge gewesen.

»Wenn ich so ein hübscher Bursche wäre wie Sie und eine Dienerin hätte, die so schön ist wie Shemaine«, meinte Mary Margaret, »würde ich erst gar keine Gerüchte aufkommen lassen. Ich würde das Mädchen heiraten und mit stolzgeschwellter Brust durchs Dorf marschieren, wenn die alten Klatschbasen ihren Bauch wachsen sehen.«

Ihr Gast hob in fragendem Erstaunen die Brauen. »Sie geben wirklich nie auf, nicht wahr, Mary Margaret?«

»Was soll denn das heißen?« Süß lächelnd heuchelte sie Unschuld.

»Sie wissen ganz genau, was ich meine«, erwiderte Gage herausfordernd. »Eher bricht in der Hölle Frost aus, als daß Sie von Ihren Bemühungen ablassen, die Leute in Ihrer Nähe zu verkuppeln. Sie sind ein überaus beharrliches Frauenzimmer, Madam.«

Die ältere Frau erwiderte sein breites Grinsen, dann hob sie ihre dünnen Schultern. »Was erwarten Sie denn? Ich bin Irin!«

Gage warf einen flehentlichen Blick himmelwärts. »Mögen die Götter diesen armen Engländer vor allen Irinnen der Welt beschützen.«

7. Kapitel

Die Schusterwerkstatt lag beinahe im Herzen von Newportes News, und obwohl der Nachmittag sich scinem Ende näherte, hatte Gage nicht die Absicht, den Weiler zu verlassen, ohne all die Dinge zu erledigen, deretwegen er hergekommen war. Der letzte Punkt seiner Liste bestand in der Bestellung von Schuhen für seine Vertragsarbeiterin. Vor der Werkstatt des Schusters zügelte er sein Pferd, hob seinen Sohn aus der Kutsche und setzte dann Shemaine auf dem Gehsteig ab. Dabei fiel ihm auf, daß eine Reihe von Leuten auf der Straße stehengeblieben waren, um sie mit unverhohlener Neugier anzustarren. Das Interesse der Leute schien sich im wesentlichen auf das Mädchen zu richten, und nach seinem jüngsten Gespräch mit Mrs. McGee hatte er keine Mühe zu erraten, was die meisten von ihnen dachten. Andererseits konnten sich auch Erzählungen von Shemaines jüngstem Zusammenstoß mit Potts im Dorf herumgesprochen haben, und einige Leute wollten zweifellos sehen, wie es dem Mädchen ergangen war.

Auch mehrere Junggesellen kamen wie unauffällig näher, um besser sehen zu können. Obwohl Gage sich nicht vorstellen konnte, daß die unfreundliche Mrs. Pettycomb die Schönheit eines Sträflings pries, waren doch andere Bewohner der Gemeinschaft Zeugen gewesen, wie er Shemaine gekauft hatte. Diesen Leuten war es schon eher zuzutrauen, daß sie seine Strafarbeiterin mit großer Genauigkeit beschrieben hatten. Es war durchaus denkbar, daß solches Gerede die Neugier der jungen Galane geweckt hatte. Wenn man andererseits bedachte, wie rar die Frauen in dieser Gegend waren, hätten sie vielleicht jede hübsche junge Frau, die sich hierher wagte, mit sehnsüchtigen Blicken bedacht.

Die meisten Männer waren Gage durchaus bekannt, wenn auch einige besser als andere. Zwei der jüngeren hatten eine Zeitlang sogar als Lehrlinge für ihn gearbeitet, waren seinen Erwartungen jedoch nicht gerecht geworden, so daß er sie wieder hatte gehen lassen. Alles in allem wußte er, welche Mühen die Junggesellen hierzulande auf sich nehmen mußten, um eine Frau zu finden. Ihm war es in dieser Hinsicht nicht besser ergangen, bevor er Victoria geheiratet hatte, und dann wieder in den letzten Monaten, während sich sein Trauerjahr dem Ende zuneigte. Aber die Nöte der anderen Männer bereiteten ihm herzlich wenig Kopfzerbrechen. Wenn sie gewollt hätten, hätten sie ebensogut wie er den bigotten Meinungen der Klatschbasen hier im Dorf trotzen und ebenfalls an Bord der *London Pride* gehen können. Aber sie hatten es nicht getan, und es sollte ihn der Henker holen, bevor er jetzt zuließ, daß sie den Rahm abschöpften. Shemaine gehörte *ihm*, und wenn nicht ihre Eltern kamen, um ihre Freiheit zurückzukaufen, hatte er nicht die leiseste Absicht, sie wegzugeben, nicht einmal für einen großen Profit. Sie war genau das, was zu finden er gehofft hatte, vielleicht sogar noch talentierter und noch schöner, als er es sich vorzustellen gewagt hätte, und das war wahrlich Grund genug, jedes, aber auch jedes Angebot in dieser Hinsicht auszuschlagen.

»Na, wenn das nicht Mr. Thornton und Shemaine O'Hearn sind!« höhnte eine Frau hinter ihnen.

Die grelle weibliche Stimme kam Gage nur vage vertraut vor, aber Shemaine kannte sie nur allzugut. Ihr beißender Tonfall weckte düstere Erinnerungen an lange, im Kabelgatt verbrachte Stunden und morbide Bilder von leblosen Körpern, die ins Meer geworfen wurden. Shemaine holte tief Atem, um Haltung zu bewahren, als Gage sich zu der Frau umdrehte, der sie und die anderen Sträflinge verächtlich den Spitznamen Mrs. Kapitän Fitch gegeben hatten.

»Madam.« Gage tippte kurz an seinen Hut, als er Gertrude Fitch erkannte. Dann nickte er mit einer gleichermaßen knappen Geste ihrem finster dreinblickenden Ehemann zu. »Kapitän Fitch.«

Gertrude ließ ihren Blick vernichtend über den Gegenstand ihres Hasses gleiten und verspürte eine bittere Enttäuschung, als sie feststellen mußte, um wie vieles besser Shemaine bereits aussah. Mit säuerlicher Miene bemerkte sie abfällig: »Das Leben eines Dienstboten scheint dir ja gut zu bekommen, Shemaine.«

Gertrude Fitch war aus Gehässigkeit hergekommen, um festzustellen, wie es der irischen Schlampe als Beinahe-Sklavin erging. Tatsächlich hatte sie ihrem Mann mehr oder weniger befohlen, sie in den Weiler zu begleiten. Wie sehr sie doch gehofft hatte, aus den Gesprächen der Dorfbewohner furchtbare Neuigkeiten über Shemaines gegenwärtige Umstände entnehmen zu können. Aber als sie sah, wie der Siedler die Hand ausstreckte und die schlanken Finger des Mädchens umfing, wäre Gertrude beinahe an der bitteren Galle der Mißgunst erstickt. Ob es sich nun um eine Geste der Beruhigung, des Mitleids oder (schlimmer noch) zärtlicher Zuneigung handelte, sie übermittelte jedenfalls Gefühle, die ihr Herz mit neuer Feindseligkeit durchdrangen. Da der Mann vor ihr auf diese Weise deutlich klarmachte, daß Shemaine unter seinem Schutz stand, konnte Gertrude sich nicht vorstellen, daß dem Mädchen hier etwas wirklich Abscheuliches zustoßen würde.

Während Gertrude sie mit einem sengenden Blick von oben bis unten musterte, entstand ein kurzes Schweigen. Kapitän Fitch hatte jedoch keinerlei Mitleid mit seiner Frau, was deren Gefühl für dieses Mädchen anging, und reagierte mit einer Spur von Verachtung auf ihr beharrliches Schweigen. »Das ist das erste Mal, daß meine Frau je über die Gestade Englands hinausgekommen ist. Sie war so neugierig auf diese verwünschte Kolonie, daß sie mir alles mögliche angedroht hat, wenn ich sie nicht herumführte.« Während er seine Verstimmung hinter einem kurzen, humorlosen Auflachen verbarg, wippte er auf den Absätzen vor und zurück und warf einen verdrießlichen Blick die Hauptstraße hinunter. Er wußte nur allzugut, daß Gertrude gehofft hatte, Berichte über Shemaines grausames Los zu hören, daher bereitete es ihm nun diebisches Vergnügen, sich weiter in versteckten Andeutungen zu ergehen. »Ich habe ihr natürlich versichert, daß es hier wahrscheinlich nichts Sehenswertes geben würde, aber sie hat wohl gehofft, irgendeine hübsche Kleinigkeit zu finden oder Neuigkeiten zu hören, die ihr Freude bereiten würden.«

Everette Fitch saugte seinen Blick für einen Moment an Shemaine fest. Jetzt, da sie ihr Haar gekämmt und zu einem geflochtenen Knoten im Nacken gebändigt hatte, sah das Mädchen genauso adrett und hüsch aus, wie er sich einst vorgestellt hatte, daß sie unter besseren Umständen aussehen würde. In Anbetracht der haßerfüllten Erwartungen Gertrudes konnte er nur erahnen, daß seine Frau mittlerweile vor Bitterkeit kaum mehr atmen konnte.

Gage entging der Blick, mit dem Kapitän Fitch Shemaine bedachte, keineswegs, genausowenig wie die gierige Sehnsucht, die in den grauen Augen brannte. Er hatte auch mit feinem Gespür den verborgenen Hintersinn in den Worten des Mannes aufgefangen und gab ihm die entsprechende Antwort. »Jawohl, es *gibt* noch Schätze hier, aber in ihrer wahren Gestalt gefallen sie dem, der so eifrig nach ihnen sucht, möglicherweise gar nicht. Andere dagegen wissen sie von Herzen zu schätzen. In der Tat würden wohl einige Männer alles aufs Spiel setzen, um sie an sich zu bringen.«

Diese listigen Andeutungen ärgerten Everette so sehr, daß er es kaum wagte, in die bernsteingesprenkelten Augen zu blicken. Erst recht hatte er das Gefühl, seiner Stimme nicht trauen zu können, um etwas darauf zu erwidern. Es erfüllte ihn noch immer mit heißem Groll, daß er Shemaine verloren hatte. Aber noch mehr grämte er sich darüber, daß dieser unverschämte Eindringling seine Autorität als Kapitän des Schiffs in Frage gestellt hatte, indem er sich gerissen an Gertrude wandte: Er hatte seine Frau gebeten, sein Angebot für Shemaine zu erwägen, als hätte er scharfsinnig erkannt, daß sie diejenige war, die letztendlich das Sagen hatte. Daß es diesem Burschen gelungen war, ihm das Mädchen unter den Händen wegzustehlen, wäre für den Stolz eines jeden Mannes ein böser Schlag gewesen, aber für Everette Fitch kam noch etwas viel Schmerzlicheres hinzu. Er hegte den Verdacht, daß J. Horace Turnbull die Dinge bewußt so geordnet hatte, daß Gertrude in jeder Situation die Zügel in Händen hielt, vielleicht zu keinem anderen Zweck als dem, seinen Schwiegersohn zutiefst zu demütigen.

Gertrude nahm nichts von dem wahr, was die beiden Männer da in Wirklichkeit miteinander ausfochten. Während ihres Gesprächs hatte sie den Blick über die schlammbespritzte Hauptstraße und die Holzhäuser gleiten lassen, die den Gehsteig säumten, und ihre eigenen Schlüsse gezogen. Mit höhnischem Auflachen machte sie ihrem Abscheu Luft. »Ich sehe nichts in dieser Siedlung, das in mir den Wunsch wecken könnte, *jemals* hierher zurückzukehren.«

Gage rang sich ein duldsames Lächeln ab. »Newportes Newes ist im Vergleich zu London gewiß nur ein Säugling, Madam. Dennoch gibt es andere Städte in diesem Land, die bereits in der Entwicklung zu beeindrucken vermögen. Williamsburg zum Beispiel. Der Palast des Gouverneurs steht für eine bei weitem elegantere Lebensart, als Sie sie hier in dieser Hafenstadt finden werden. Was mich betrifft, ich lebe gern am Fluß, und ich weiß den Raum und die Freiheit dieser Gegend zu schätzen. In diesem Land gedeiht noch der Geist des Abenteuers, und dieser Geist kommt meiner eigenen Lebensart sehr entgegen.«

Gertrude hatte nicht viel übrig für die Anschauungen eines hinterwäldlerischen Siedlers, den sie obendrein noch für einen Mann niedriger Herkunft hielt. »Ich bin sicher, daß die Abenteuer in dieser ungezähmten Wildnis geradezu überwältigend für Sie sein müssen, Sir, aber ich ziehe die zivilisierte Kultur Englands diesem kleinen, schmutzigen Nest doch bei weitem vor. Natürlich weiß nur ein gebildeter Engländer sein kulturelles Erbe wirklich zu würdigen.«

Ihr höhnischer, schriller Tonfall machte Andrew angst. Das Kind hatte von seinem Spielkameraden Malcolm Fields von Hexen gehört und fürchtete nun, vor einer solchen zu stehen. Hastig stolperte er um seinen Vater herum, verbarg sein Gesicht hinter dessen Wildlederhose und wünschte sich von Herzen, die häßliche Frau mit der gemeinen Stimme würde endlich fortgehen.

Gage ließ beruhigend die Finger durch das Haar seines Sohnes gleiten, bevor er zu einer Antwort ansetzte: »Ich kenne London sehr gut, Madam. Ich bin dort aufgewachsen und habe ganz in der Nähe für meinen Vater Schiffe gebaut. Ich bin dort auf Adlige getroffen, die glaubten, mehr zu wissen als der einfache Mann. Nun gut, in einigen Fällen traf dies zu, aber häufiger noch konnte ich spüren, daß die Anschauungen dieser Leute ihren Ursprung in engstirnigen Vorurteilen hatten.«

Gertrude warf arrogant den Kopf in ihren speckigen Nacken. So einen ungehobelten Kerl mußte man an seinen geziemenden Platz verweisen, und was wäre zu diesem Zweck besser geeignet als die Herabwürdigung seiner Vorfahren. »Sie sagen, Ihr Vater sei Schiffsbauer, Sir, aber ich frage mich, ob irgend jemand in England je von ihm gehört hat. Sie würden schließlich nicht hier in dieser Siedlung am Ende der Welt leben, wenn Ihr Vater dermaßen erfolgreich wäre. Wie ist denn sein Name?«

»William Medford Thornton«, antwortete Gage, der es vorzog, den Titel *Lord* wegzulassen.

Gertrude schüttelte den Kopf. Sie konnte sich an keinen Mann dieses Namens erinnern, erkannte jedoch nicht, wie schmerzlich klein ihre eigene Welt war und um wieviel kleiner noch ihr Freundeskreis. Mit hochnäsigem Stolz sprach sie eine weitere Mutmaßung aus. »Ich bin sicher, daß Sie von *meinem* Vater gehört haben. Er ist in den besten Kreisen wohlbekannt. Fast jeder im Schiffsbaugewerbe kennt J. Horace Turnbull.«

Gage hob belustigt die Augenbrauen. »J. Horace Turnbull, sagten Sie?«

»Dann *haben* Sie also von ihm gehört.«

»Oh, und ob!« Seine Antwort war nachdrücklich, wenn auch ein wenig rätselhaft.

Gertrude lächelte selbstgefällig, da es sie freute, in diesem Punkt recht zu behalten. »Anscheinend ist sein Ruhm selbst bis hierhin gedrungen. Aber erzählen Sie mir doch, Mr. Thornton, wie kommt es, daß Sie meinen Vater kennen?«

Eine dunkle Braue zuckte zweifelnd in die Höhe, bevor Gage ihr direkt in die Augen sah. »Ich bin nicht sicher, ob ich Ihnen das erzählen sollte, Madam.«

»Oh, aber Sie müssen!« beharrte sie. »Etwas anderes würde ich nicht zulassen.«

Gage blickte auf Shemaine hinab, die dicht an ihn herangerückt war, als suche sie genau wie Andrew unbewußt eine sichere Zuflucht. Seine Antwort würde wahrscheinlich die einzige Rache sein, die das Mädchen jemals bekommen würde. Er drückte beruhigend ihre schmale Hand.

»Vor ungefähr zehn Jahren hat mein Vater mich ausgesandt, Ihren Vater zu finden, Madam«, sagte er, nachdem er seine Aufmerksamkeit wieder auf die Matrone gerichtet hatte. »Bevor mein Vater mich zu dieser Mission aussandte, hatte J. Horace Turnbull von einem Schiff Besitz ergriffen, das er bei meinem Vater bestellt hatte. Er hatte eine Truhe mit Münzen zur Bezahlung hinterlassen. Der Inhalt wurde sorgfältig gezählt, bevor der Vertrag besiegelt wurde, aber nachdem Ihr Vater auf dem Schiff davongesegelt war, wurde die Truhe mit dem Geld zu einer Londoner Bank gebracht. Als man sie dort öffnete, enthielt sie nur noch Musketenkugeln. Irgendwann und irgendwo ist es Ihrem Vater gelungen, zwei Truhen mit genau gleichem Aussehen gegeneinander zu vertauschen. Dies war eine List, die er, wie wir später erfuhren, mit Lendon Crocket zusammen geplant hatte, einem der Männer, denen wir am meisten vertrauten.«

Als er an dieser Stelle kurz innehielt und Gertrude zornige Worte des Protests ausspie, bemerkte Gage, daß Kapitän Fitch diese Geschichte mit merkwürdiger Begeisterung aufnahm. Die gestotterten Versuche der Frau, ihn von der Unschuld ihres Vaters zu überzeugen, verebbten kläglich und Gage sprach weiter. »Obwohl Turnbull Lendon Crocket versichert hatte, daß man die Leute in der Bank zur Verantwortung ziehen werde und niemand je von der schweren Börse erfahren würde, mit der er sich hatte bestechen lassen, schien sein eigentliches Ziel doch darin bestanden zu haben, die Schuld unserem Mann in die Schuhe zu schieben. Mr. Crocket war klug genug, zu begreifen, daß man ihn genarrt hatte. Er hat alles gestanden und auf diese Weise seine sehr lange Strafe in Newgate ein wenig verkürzen können.

Obwohl ich damals erst knapp über zwanzig war, hat mein Vater mich auf einem Schiff mit doppelter Mannschaft ausgesandt, um Turnbull wenn nötig bis ans Ende der Welt zu verfolgen. Wir fanden sein Schiff denn auch in der Nähe von Portsmouth. Ihr Vater nahm dort Vorräte an Bord, und wir warteten bis zum Vorabend des Tages, an dem er wieder in See stechen wollte. Während sich die meisten seiner Männer ein letztes Mal in den Tavernen amüsierten, stahlen wir uns an Bord, warfen den Rest der Mannschaft über die Reling und segelten das Schiff wieder zurück zur Themse. Mein Vater hat die Fracht verkauft und den Profit als Zins und Zinseszins für das behalten, was Ihr Vater ihm zu stehlen versucht hatte. Turnbull war wütend und versuchte, meinen Vater des Diebstahls zu bezichtigen, vergaß aber dabei unseren Mann in Newgate, der bereit war, zu unseren Gunsten auszusagen. Turnbull war reich genug, um sich seine Unschuld zu erkaufen. Er wurde freigesprochen und setzte sein Gewerbe fort. Überflüssig zu sagen, daß dies das letzte Mal war, daß wir je ein Schiff für Ihren Vater gebaut haben.«

»Ich habe noch nie so etwas Unerhörtes gehört!« kreischte Gertrude empört. »Ich weiß nicht, was Sie bezwecken, Mr. Thornton, aber ich *weiß*, daß Ihre Geschichte nicht mehr ist als eine bösartige, verleumderische Lüge!«

In ihren Augen blitzte maßloser Zorn, als sie sich nun auf Shemaine stürzte. »Du kleine Schlampe! Irgendwie hast du deinen Herrn dazu gebracht, diese Lügen über meinen Vater zu verbreiten.« Obwohl Shemaine ihren feuerroten Schopf heftig schüttelte, schleuderte Gertrude der jungen Frau ihre ganze Verachtung entgegen: »Was hat Mr. Thornton dafür von dir verlangt? Eine wilde Nacht in seinem Bett?«

»Das genügt!« fuhr Gage scharf dazwischen. »Shemaine hatte nichts damit zu tun! Sie wollten es ja unbedingt hören, und ich habe Ihnen den Gefallen getan, Madam! Wenn Sie in dieser Angelegenheit jemanden beschuldigen wollen, dann reden Sie mit Ihrem Vater, wenn Sie ihn das nächste Mal sehen! Vielleicht wird er Ihnen ja die Wahrheit sagen. Aber lassen Sie das Mädchen aus dieser Sache raus! Sie hat nichts getan!«

»Ha!« Gertrude lachte ungläubig auf. »Sie würde alles tun, um Schande über mich zu bringen!«

»Sie bringen selbst Schande über sich, Madam«, versetzte Gage brüsk. »Sie vergehen sich aus Bosheit an anderen Menschen und beurteilen sie dann nach ihrem eigenen verabscheuenswerten Charakter. Ich versichere Ihnen, Madam, alles, was an Schande oder Schmähung Sie oder Ihr Vater in dieser Welt auf sich laden, haben Sie sich ganz allein selbst zu verdanken. Und nun wünsche ich Ihnen noch einen guten Tag.« Dann ließ er Shemaines Hand los, legte seine Finger unter ihren Ellbogen und führte sie sanft zur Tür. Da er ihr Zittern spürte, wäre er gern einen Augenblick stehengeblieben, um sie mit leisen Worten zu beruhigen, aber sie konnten hier nirgendwo ungestört sein, denn vor ihnen in seiner Werkstatt erwartete sie bereits der Schuster, und hinter ihnen stand die noch immer wutschnaubende Mrs. Fitch.

Andrew warf noch einen letzten verängstigten Blick auf die große Frau, während er hinter seinem Vater herzottelte. In den zwei Jahren, die er auf Erden zugebracht hatte, hatte er noch niemanden gesehen, der so böse wirkte oder in dessen Gesicht eine so häßliche Röte trat. Als er hastig hinter seinem Vater durch die Tür stolperte, zog er an dessen Hosen, um Gages augenblickliche Aufmerksamkeit zu erringen. Dann zeigte er furchtsam auf die Matrone, deren Gesicht mittlerweile lederfarben angelaufen war. »Dicke Hexe verrückt, Papa?«

Die angstvolle Frage seines Sohnes trug sehr dazu bei, die Anspannung, die seit ihrer Ankunft im Dorf auf Gage lastete, zu lindern. Während er sich noch ein letztes Mal nach Gertrude Fitch umdrehte, hatte er alle Mühe, seine Heiterkeit zu unterdrücken, und als er die Tür hinter sich zuwarf, war er bereits in schallendes Gelächter ausgebrochen, so daß Shemaine ihn verwundert ansah.

»Was ist denn in Sie gefahren, Mister Thornton?« fragte sie, da seine Heiterkeit sie überrascht hatte. So etwas sah dem Mann, dessen Lächeln viel zu selten zu sein schien, absolut nicht ähnlich.

»Dicke Hexe verrückt«, machte Gage seinen Sohn nach und zeigte dabei mit dem Kopf auf Gertrude, die ihnen durch die kleinen, quadratischen Glasscheiben des großen Fensters, das sich über die Ladenfront erstreckte, immer noch Drohungen nachrief, auch wenn sie die jetzt nicht mehr hören konnten. »Meinst du, das ist eine Übertreibung?«

Shemaine spürte, wie eine seltsame, sich von Sekunde zu Sekunde vertiefende Befriedigung in ihr aufstieg, als ihr Blick wieder zu der tobenden Frau draußen auf der Straße wanderte. Nach all dem Bösen, das sie unter Gertrudes Kommando erlitten hatte, fand sie es doch höchst erfreulich, Zeugin geworden zu sein, wie der aufgeblähte Stolz der alten Xanthippe eine schmerzhafte Schlappe erlitten hatte.

Dafür werden sie bezahlen! Alle beide! schwor Gertrude sich im stillen.

Ob nun ihr Unterbewußtsein einen bösen Zauber heraufbeschwor oder, was noch weiter hergeholt zu sein schien, ob das Schicksal tatsächlich nach ihrer Pfeife tanzte – aber genau in diesem Augenblick wurde hinter der Kapitänsfrau eine gurrende Stimme laut. »Was wollen Sie wegen diesen zwei da unternehmen, Mrs. Fitch? Sie werden es doch wohl Sh'maines Liebhaber nicht durchgehen lassen, daß er Ihren Pa einen Dieb genannt hat, oder?«

Gertrude drehte sich mit ihrer ganzen Körperfülle steif um, um die Frau anzusehen, die eine solche Frage zu stellen wagte, und Morrisa Hatcher schlenderte mit zuversichtlichem Lächeln aus dem Eingang des Nebengebäudes, wo sie eigens zu dem Zwecke verweilt hatte, das ganze Gespräch mit anzuhören. Als Gertrude Morrisa das letzte Mal gesehen hatte, war die Hure mit der aufdringlich gekleideten älteren Frau, die sie gekauft hatte, von Bord des Schiffes gegangen. Morrisa war in allerbester Laune gewesen und hatte den Matrosen, die ihr nachpfiffen, Kußhände zugeworfen und sie eingeladen, sie in der Taverne zu besuchen.

»Was geht das dich an, Morrisa?« fragte Gertrude hochmütig.

»Sie haben recht, Mrs. Fitch, meine Sorge soll das nicht sein, aber ich denke doch, Sie sollten dafür sorgen, daß nicht noch mehr Lügen über Ihren Pa ausgestreut werden«, erwiderte Morrisa mit einem trägen Achselzucken. Potts jüngstes Versagen, ihrer Gegnerin endlich den Todesstoß zu versetzen, hatte sie zutiefst verärgert, denn nun sah sie sich vor die Notwendigkeit gestellt, ein neues Werkzeug für die Erfüllung ihrer Pläne suchen zu müssen. Gertrude Fitch hatte ihr auf dem Schiff gute Dienste geleistet, wenn auch nur durch die Vermittlung von Potts. Aber wenn man sie richtig behandelte, konnte die alte Krähe durchaus einen nützlichen Verbündeten abgeben. Nach den Lobliedern, die Gertrude an Bord des Schiffes von ihrem Vater gesungen hatte, mußte er wohl in nächster Zeit irgendwo nördlich von Virginia landen. »Wenn Lord Turnbull heute hier gewesen wäre, hätte er sich bestimmt etwas für diese zwei da überlegt, da wette ich mein letztes Hemd drauf.«

Gegen die raffinierten Ränke einer geschickten Drahtzieherin war Gertrude machtlos; ohne weiteres fiel sie Morrisas wohlgewählten Worten zum Opfer. Die Hure hatte die Bedeutung ihres Vaters klug übertrieben, so daß der älteren Frau vor Stolz der

Kamm schwoll und sie sich dazu herabließ, den Vorschlag Morrisas zu bedenken. Gertrude wußte, daß ihr Vater an Bord der *Black Prince* in zwei, höchstens vier Wochen den Hafen von New York anlaufen würde. Die *Black Prince* war nichts Geringeres als das größte und beste seiner Handelsschiffe. Wenn sie dafür sorgte, daß ihn bei seiner Ankunft in New York eine Botschaft erwartete, würde er vielleicht nach Süden segeln und sich um diesen Thornton kümmern. Wenn diese jämmerlichen Figuren sich erst einmal dem Zorn eines J. Horace Turnbull gegenübersahen, würden der Siedler und dieses Flittchen von einer Leibeigenen schnell begreifen, was für ein Wahnsinn es war, boshafte Lügen über ihn zu verbreiten!

Gertrude brachte ihre Dankbarkeit mit einem knappen zynischen Lächeln zum Ausdruck, das Äußerste, was sie für die Dirne aufbringen konnte.

»Du brauchst dir wegen solcher Dinge nicht den Kopf zu zerbrechen, Morrisa. Ich bin sicher, es wird nicht mehr lange dauern, bis sie beide ihren gerechten Lohn bekommen.«

Morrisa heuchelte mit einem nachdenklichen Stirnrunzeln Besorgnis. »Wenn ich denk', wie bekannt Mr. Turnbull ist und wie sehr die Leute ihn bewundern, Mylady, scheint es mir so eine furchtbare Schande zu sein, daß ein hergelaufener Habenichts den guten Namen Ihres Pas in den Schmutz ziehen darf.« Sie lächelte und winkte Kapitän Fitch keck zu, woraufhin dieser vor Verlegenheit rot anlief und sich aufblähte. Dann verabschiedete sich Morrisa mit derselben schwungvollen Geste von Gertrude, was die Nöte ihres Gemahls nur geringfügig linderte. »Na, dann wünsche ich Ihnen beiden noch einen recht schönen Abend.«

Gertrude schnalzte nur angewidert mit der Zunge, während sie der aufgedonnerten Hure nachsah, die gemächlich auf die Taverne zuschlenderte. Dann bedachte sie ihren Mann mit einem flammenden Blick, obwohl dieser sich ganz auf eine unbedeutende Stelle in der gegenüberliegenden Richtung zu konzentrieren schien. Nur die Tatsache, daß Gertrude ihn seit ihrer Abreise aus England niemals aus den Augen gelassen hatte, ersparte Everette die lästige Pflicht, eine Menge wütender Fragen zu beantworten. Er war an Bord der

London Pride genausosehr ihr Gefangener gewesen wie die Sträflinge auch.

Gertrude, die abermals ihre Aufmerksamkeit auf die junge Frau in der Werkstatt des Schusters richtete, furchte bitterböse die Stirn und drohte dem Mädchen mit einem dicken Finger, als tadele sie ein ungezogenes Kind. »Du schmutzige kleine Irenschlampe, ich werde noch dafür sorgen, daß dir diese Sache heute leid tut.«

Shemaine tat die gedämpft zu ihr herüberklingenden Drohungen mit einem Achselzucken ab und wandte sich wieder ihrem Herrn zu. »Ich glaube, Sie haben die Frau absichtlich provoziert, Mr. Thornton, und dafür könnte ich Sie küssen.«

Gage beugte sich mit einem breiten Grinsen ein klein wenig vor. »Wenn das ein Versprechen ist, Shemaine, komme ich darauf zurück, sobald wir wieder zu Hause sind.«

»Nun, ich meinte nicht wirklich... Ich meinte, ich bin nur...« Abermals wurde Shemaine zu ihrem Erstaunen klar, wie leicht der Siedler sie doch aus der Ruhe zu bringen vermochte, denn sie konnte sich nicht daran erinnern, daß sie in Maurice' Gegenwart jemals so verwirrt gewesen war. Und dabei war ihr Verlobter ein *Marquis*, um Himmels willen!

Als ihr mit einem Mal zu Bewußtsein kam, daß der Schuster sie erwartungsvoll ansah, machte Shemaine Gage hilflos auf den Mann aufmerksam. »Sollten wir nicht langsam die Schuhe bestellen, damit wir vor Einbruch der Dunkelheit wieder in Ihrer Hütte sind?«

Gage winkte den Mann mit einer knappen Geste heran. »Miles, ich habe hier ein Mädchen, dem ein Paar Schuhe angepaßt werden müssen. Könnten Sie uns da behilflich sein?«

Der grauhaarige Mann kam sofort herbeigeeilt. »Aber klar doch, Gage.«

»Shemaine...« Gage stellte die beiden einander höflich vor. »Mr. Miles Becker. Miles, darf ich Ihnen Mistress Shemaine O'Hearn vorstellen.«

Miles Becker neigte zum Gruß ein wenig ruckartig den Kopf. »Miles, wenn's recht ist, Miss O'Hearn«, erwiderte er mit einem flüchtigen Lächeln. Dann bedeutete er ihr, auf einem Stuhl Platz zu nehmen, setzte sich selbst auf einen Hocker vor ihr und zog einen der viel zu großen Schuhe von ihren Füßen. Einen Augenblick lang gab er sich dann der Bewunderung ihres schlanken, bestrumpften Fußes hin, bevor er den Kopf hob und sich den grünsten Augen gegenüberfand, die er je gesehen hatte. Eingefleischter Junggeselle, der er war, fand er es doch erstaunlich, daß sein Puls plötzlich zu rasen begann, als er in diese blitzenden Augen schaute. Er wagte es nicht einmal, etwas zu sagen, während er ihren Fuß maß und seinen Umriß auf ein Stück Holz zeichnete. Dennoch konnte er die Wirkung, die sie auf ihn hatte, nicht vollends ignorieren. Sie war ähnlich dem trunkenen Schwindelgefühl, wie man es nach einem Glas starken Weins erlebte, nach dem es ihm im übrigen ganz überraschend verlangte.

Als Gage die Verwirrung des Schusters bemerkte, hob er indigniert die Augenbrauen, denn es war nicht schwierig, den Grund für die Gefühle des anderen zu erraten. Es hat schon seine Nachteile, wenn man sich allzu nahe an Shemaine O'Hearn heranwagt, wurde ihm auf einmal klar. Tatsächlich, wenn sie selbst einen Junggesellen wie Miles Becker aus der Ruhe bringen konnte – und das mit nicht mehr als einem unschuldigen Blick –, dann war kein Mann vor ihrer Schönheit und ihrem arglosen Charme sicher, am wenigsten der, der stets in ihrer Nähe war.

»Welche Art Schuh wünschen Sie denn, Miss O'Hearn?« fragte Miles mit heiserer Stimme. Dann räusperte er sich nervös und hoffte, daß sie seine Fassungslosigkeit nicht bemerkte.

»Etwas Praktisches«, antwortete Shemaine und staunte für einen flüchtigen Augenblick über sich selbst. Vor gar nicht allzu langer Zeit hätte sie die kostbarste Seide oder das weichste Leder für ihre Slipper bestellt, und das, ohne auch nur einen einzigen Gedanken daran zu verschwenden, wie lange sie sie würde tragen können. Aber das war zu einer Zeit gewesen, da sie sich darauf hatte verlassen können, daß ihr Vater für all ihre Kleider und sonstigen Bedürfnisse aufkam. Jetzt mußte sie Rücksicht auf die eingeschränkten finanziellen Mittel des Mannes nehmen, der über sie verfügte, und alles daransetzen, ihm möglichst wenig zur Last zu fallen. »Sie müssen bequem sein und dürfen nicht allzuviel kosten.«

»Ich habe zwei Modelle, die da in Frage kämen«, informierte Miles sie, während er an seine Werkbank trat. Nachdem er ein kleines, kunterbuntes Häufchen von Modellen durchsucht hatte, kam er mit zwei verschiedenen Schuhen zurück, die der jungen Frau gewiß gute Dienste leisten würden. »Diese sind ziemlich unförmig und nicht besonders hübsch anzusehen, aber sie sind äußerst strapazierfähig, Miss.«

Die Häßlichkeit beider Modelle bestürzte Shemaine einigermaßen, und sie fragte sich, wie sie sie überhaupt längere Zeit tragen konnte, ohne daß das steife Leder ihre Füße aufschürfte oder das Gewicht der massigen Schuhe ihr einen Krampf im Bein bescherte. Unglücklicherweise durfte sie es sich nicht gestatten, über so unwesentliche Einzelheiten nachzusinnen. Sie war nur eine Vertragsarbeiterin, rief sie sich energisch ins Gedächtnis, und es stand ihr nicht an, wählerisch zu sein. »Wenn Mr. Thornton einverstanden ist...«

Zwei Augenpaare blickten fragend zu Gage auf, der seine Aufmerksamkeit von dem Mädchen losreißen mußte. Während er sich im Geiste schalt, daß er für Shemaines Reize genauso empfänglich war wie Miles Becker, nahm er einen Schuh in jede Hand, hielt sie nebeneinander und erprobte dann die Biegsamkeit und das Gewicht eines jeden, bevor er sie dem Schuster mit einem tadelnden Blick zurückgab. »Sie sollen kein Pferd beschlagen, Miles. Das Mädchen wird etwas Leichteres und Biegsameres brauchen als diese klobigen Dinger.«

»Ein besseres Leder wird Sie aber mehr kosten, Gage«, wollte der Schuster ihn beraten. »Und es würde vielleicht nicht so lange halten.«

»Habe ich Sie gebeten, sich um meine Börse zu sorgen?« fragte Gage gereizt. »Lassen Sie mal sehen, was Sie sonst noch haben. Ich möchte nicht, daß Shemaine in diesen unförmigen Dingern herumhumpelt.«

Miles fügte sich, und sie einigten sich schließlich auf ein passenderes Paar, das überdies auch hübscher aussah. Gage zählte die Münzen für eine Anzahlung ab, nickte dem Schuster zum Abschied kurz zu und nahm Andrew auf den Arm. Shemaine folgte den beiden nach draußen.

Es dämmerte bereits, und in der Taverne, die nur ein kleines Stück den Gehsteig hinunter lag, hatte man die Lampen entzündet. Wildes, ausgelassenes Lachen und lebhafte Klänge von einem Saiteninstrument drangen durch die Türen der Gaststube auf die Straße hinaus.

»Papa, Andy... will essen...«

»Ich auch, Andy«, erwiderte Gage, dem aufging, daß sie seit dem Frühstück nirgends lange genug verweilt waren, um etwas zu essen. »Ich habe viel zuviel Hunger, um abzuwarten, bis wir nach Hause kommen.«

Mit einem Seitenblick auf Shemaine deutete er auf die Taverne. »Es ist keine richtige Taverne und auch kein Caféhaus, wie ich sie in den Carolinas besucht habe. Für gewöhnlich geht es da drin ziemlich laut zu, und es wird eine Menge getrunken, beträchtlich mehr, als einer wohlerzogenen jungen Dame recht sein kann. Aber in Newportes Newes ist diese Taverne nun mal zufällig das beste Lokal, wenn man außerhalb eines Privathauses etwas essen möchte. Aber wenn es dir lieber wäre, nicht...«

Shemaine lächelte kurz zu ihm auf. Nach ihrem Zusammenstoß mit Potts war ihr bei Mrs. McGee nicht nach Essen zumute gewesen. »Um die Wahrheit zu sagen, ich bin halb verhungert, und solange es da drin etwas zu essen gibt, ist mir alles egal, selbst wenn das Haus eine alte Scheune wäre.«

»Wir werden da wahrscheinlich noch mehr Matrosen von der *London Pride* treffen«, warnte Gage sie. »Es ist ein Lokal, das sich bei Seeleuten *und* ihren Damen größter Beliebtheit erfreut.«

Shemaine, die sich auch von dieser Information nicht aus der Ruhe bringen ließ, antwortete mit einem beiläufigen Achselzucken. Er versuchte offensichtlich, sie auf die Möglichkeit vorzubereiten, daß in diesem Etablissement unschickliche Dinge geschehen konnten, aber sie fragte sich, ob ein solcher Zwischenfall schlimmer sein konnte als die Dinge, denen die Gefangenen während der Ozeanüberquerung ausgesetzt waren. Drei Monate mit Morrisa auf engstem Raum eingesperrt gewesen zu sein, war eine sehr erhellende Erfahrung gewesen – und eine, die zu wiederholen gewiß nicht ihr Wunsch war. »Ich glaube, ich könnte sogar eine neuerliche Begegnung mit Mrs. Fitch in Kauf nehmen, wenn ich auf diese Weise etwas zu essen bekäme.«

Gage, der Andrew auf seinen anderen Arm schob, legte vorsichtig eine Hand um ihre Taille und ließ sie dort liegen, während sie den Gehsteig hinunter auf die Taverne zugingen. Shemaine ließ sich diese Berührung mit steifer Pose gefallen und war sich mit allen Sinnen des hochgewachsenen, gutaussehenden Mannes bewußt, der gemächlich neben ihr herschlenderte und seine feingliedrige Hand wie selbstverständlich um ihre Mitte gelegt hatte.

Eine verstohlene Bewegung im Eingang des Krämerladens ließ Gage jäh innehalten. Er hielt Shemaine vorsichtig am Arm zurück, bedeutete ihr schweigend zu warten und stellte Andrew neben ihr ab. Dann stahl er sich lautlos weiter und fragte sich dabei, ob Jacob Potts vielleicht beschlossen hatte, zurückzukehren und einen neuerlichen Angriff zu wagen. Aber als er den Krämerladen erreichte, stieß er einen erleichterten Seufzer aus, denn er sah nur den Buckligen, der da in der Dunkelheit kauerte.

Als Cain merkte, daß er entdeckt war, kam er aus seinem Versteck hervorgeschlurft, beugte sich vor und blickte um den Mauervorsprung herum zu Shemaine hin. In der Hand hielt er einen verwelkten Strauß wilder Blumen. Als Gage vor ihm stand, hielt er sie ihm hin, aber da der hochgewachsene Mann sie ihm nicht abnahm, hob Cain die Hand, um auf das Mädchen zu weisen.

»Blomen… oa… Shamohn. Batt… göben… ahr… Blomen.«

»Gib du sie ihr«, drängte Gage ihn und winkte seine Dienerin heran. »Es ist alles in Ordnung, Shemaine. Es ist Cain. Er möchte dir etwas geben.«

Shemaine bückte sich, um Andrews Hand zu nehmen, aber der Junge zuckte bei dem Gedanken, dem Krüppel auch nur in die Nähe zu kommen, heftig zurück und schüttelte den Kopf. Trotz ihrer leisen Beruhigungsversuche ließ der Junge sich nicht überzeugen und blieb furchtsam hinter ihr zurück. Es konnte kein Zweifel daran bestehen, daß er nichts mit Cain zu tun haben wollte. Schließlich gab Shemaine ihre Bemühungen auf und trat an den Eingang, in dem sein Vater stand. Als sie näher kam, zog Cain sich abermals in die Dunkelheit zurück, als widerstrebe es ihm, sich ihr aus der Nähe zu zeigen, aber dann ermutigte ihn ihr Lächeln, und während sie geduldig auf ihn wartete, trat er unbeholfen vor und reichte ihr den Strauß.

»Ich danke dir für die Blumen, Cain. Sie sind sehr schön«, murmelte sie freundlich. Dann beugte sie sich impulsiv vor und gab dem Mann einen Kuß auf die Wange.

Cain taumelte vor Überraschung zurück und starrte sie mit offenem Mund an. Dann berührte er zutiefst verwirrt und als könne er nicht glauben, was sie da getan hatte, die Stelle, an der ihre Lippen seine Wangen gestreift hatten.

Gage konnte sich über ihre Güte nur wundern. »Es sieht so aus, als hättest du sein Herz gewonnen, Shemaine.«

Sie hatte seit ihrer Verhaftung viele Dinge gesehen, die einem Menschen das Herz zerreißen konnten, und in vielen Fällen hatte ihre eigene Hilflosigkeit sie zutiefst erzürnt. Es gab wohl kaum etwas, das in einem Menschen solche Sehnsucht nach einem freundlichen Wort oder einer gütigen Tat weckte wie eine grausame Gefangenschaft. Die hassenswerten Beleidigungen und die Bosheit, der sie während ihrer Tage in Newgate und auf dem Sträflingsschiff ausgesetzt gewesen war, hatten in Shemaine ein tiefes Erbarmen für die Bemitleidenswerten und weniger vom Glück Begünstigten geweckt. Es fiel ihr nicht schwer, zu erraten, daß dieser arme, häßliche Mann, der von Geburt an nur Schlimmes erlebt hatte, sich verzweifelt nach Freundschaft und ein wenig Wärme sehnte.

Shemaine drückt das Sträußchen an ihre Brust. »Ich werde deinem Geschenk einen Ehrenplatz geben, Cain«, sagte sie. »Und ich möchte dir noch einmal für deine Freundlichkeit danken. Es war auch sehr lieb von dir, mir meine Schuhe zurückzubringen. Ich kenne noch nicht viele Leute hier im Dorf, wenn du also nichts dagegen hast, möchte ich dich gern als einen Freund betrachten.«

Der mißgestaltete Mann wußte nicht, was er antworten sollte, und legte nur den Kopf schief, um zu Gage aufzublicken, als erhoffe er sich von dem anderen Mann ein wenig Aufklärung darüber, wer dieses Geschöpf mit dem gütigen Herzen war. Gage konnte dem buckligen Mann jedoch keine Erklärung bieten, denn ihr Mitleid setzte ihn genauso in Erstaunen wie den, dem es galt.

Verwirrt und dennoch erfüllt von einem seltenen Gefühl der Ehrfurcht verabschiedete Cain sich und schlurfte davon, nicht in die Richtung, in der das kleine Kind mit vor Angst weit aufgerissenen Augen wie angewurzelt dastand, sondern in die entgegengesetzte Richtung.

Gage hatte Mitleid mit seinem erschreckten Sohn, trat auf ihn zu und nahm ihn schwungvoll auf die Arme. Andrew umklammerte den Hals seines Vaters und war überaus erleichtert, daß er in Sicherheit und der Monstermann nirgends mehr zu sehen war.

»Hast du immer noch Hunger?« fragte Gage leise. Er mußte den Kopf in den Nacken legen, um seinem Sohn ins Gesicht sehen zu können. Das Kind nickte eifrig und schlang dann mit unerwartetem Strahlen die Arme noch fester um den Vater. Gage lächelte und erwiderte seine Umarmung. Dann warf er einen Blick auf Shemaine, die immer noch geistesabwesend die Blumen betrachtete, so daß Gage seinem Sohn ins Ohr flüsterte: »Was ist mit Shemaine?«

»Kommen… Shiam auch kommen«, rief Andrew und streckte einen Arm nach ihr aus. »Papa… Hunger.«

Lachend blickte Shemaine zu den beiden feixenden Thorntons hin. Während sie der unwiderstehlichen Aufforderung nachkam und auf die beiden zuging, bemächtigte sich unversehens das vertraut muntere Lied, das aus der Taverne klang, ihres irischen Erbes, und mit einem leisen Kickser verfiel sie in einen flinken Tanzschritt, was Andrew ein entzücktes Kichern und Gage ein belustigtes Lächeln entlockte.

Als sie wieder neben ihm lief, legte Gage abermals die Hand um ihre Taille. Es schien ihm dies ein schöner und behaglicher Platz für seine Hand zu sein, und es war ihm von Herzen egal, zu welch lüsternen Schlußfolgerungen die Leute im Dorf kamen, wenn sie in Zukunft über die Motive spekulierten, aus denen er sie gekauft haben mochte. Er genoß es, sie zu berühren, und das war für ihn Rechtfertigung genug.

»Ich bringe dich wohl besser bald nach Hause«, bemerkte er, und seine Lippen zuckten amüsiert. »Sonst muß ich mich möglicherweise ganzer Heerscharen von Junggesellen erwehren. Und eines versichere ich dir, mein Mädchen, daß diese Männer nicht von der

Sehnsucht getrieben würden, dich zu töten, wie Potts es versucht hat. Wahrhaftig! Sie würden versuchen, dich mir zu stehlen!«

Shemaine konnte sich die stolze, elegante Edith du Mercer gut vorstellen, wie sie vor Entsetzen ohnmächtig zusammensackte, wenn sie ihr würdeloses Benehmen miterlebt hätte. In gekonnter Nachahmung des herablassenden Gehabes der älteren Frau streckte sie die Hand aus, als lege sie sie auf den geschwungenen Silberknauf des hohen Gehstocks, ohne den die Frau niemals das Haus verließ. Dann hob sie das Kinn und schritt mit herrischer Miene aus. »Ich nehme an, Sie zögen es vor, mich kultivierter und erhabener zu sehen, Sir.«

Mit blitzenden Augen beobachtete Gage das bezaubernde Schauspiel. »Andrew und mir gefällst du genau so, wie du bist.«

Daraufhin erhob sich Shemaine auf die Zehenspitzen, dann fuhr sie zu ihm herum und versank in einen tiefen, anmutigen Knicks, ähnlich jenen, wie sie sie einst bei prachtvollen Bällen ausgeführt hatte. Als die beiden begeistert applaudierten, lachte sie und warf mit mädchenhaftem Schwung die Arme hoch. »Sie können dem irischen Blut die Schuld geben, Mr. Thornton. Es ist ziemlich hartnäckig und gewinnt für gewöhnlich die Oberhand, auch wenn ich mich noch so sehr bemühe, es unter Kontrolle zu halten. Aber meistens lockt es mich zu Späßen und Possen.«

Ihre verspielten Mätzchen fesselten Gage. »Du bringst eine Leichtigkeit in unsere Herzen, die wir schon lange nicht mehr erlebt haben, Shemaine«, bemerkte er mit einem schiefen Grinsen. »So ausgelassen waren wir selten.«

Sein entspanntes Lächeln erfüllte Shemaine mit unerklärlicher Freude. Strahlend versank sie in einen neuerlichen Knicks. »Ich bin entzückt, daß Sie entzückt sind, Sir!«

Als Gage daraufhin laut lachte, patschte Andrew in seine kleinen Hände, um auf diese Weise ebenfalls sein Vergnügen kundzutun.

»Shiam komisch, Papa!«

»Selber komisch!« beklagte sich Shemaine und drückte ihr Gesicht an das des Kindes. Dann giggelte sie ausgelassen und wackelte übertrieben mit dem Kopf. Als sie sich wieder aufrichtete, zwickte sie sanft in die kleine Nase, was Anlaß zu neuerlichem Glucksen gab.

Sobald sie durch die Tavernentür traten, schlug ihnen lautes Getöse entgegen. Andrew hielt sich klugerweise die Ohren zu. Shemaine zuckte zusammen und wünschte sich, sie könnte dasselbe tun. Gage wurde prompt von der Frage heimgesucht, wie es um seine Fähigkeit, dieses lärmende Irrenhaus zu ertragen, denn wirklich bestellt sei. In dem Lokal wimmelte es nur so von ausgelassenen zechenden Seeleuten und lockeren Frauenzimmern, die sich in prächtigen Gewändern darboten. Shemaine sah Morrisa Hatcher auf dem Schoß eines Mannes sitzen und gemächlich aus einem Krug Bier trinken, während sie ihn bei einem Glücksspiel beobachtete. Ihr Gehabe war so unverfroren, wie ihre Profession es verlangte, der sie offensichtlich in diesem fremden Land und unter der Leitung ihrer neuen Besitzerin weiter nachgehen würde. Bisher hatte die Frau sie nicht bemerkt, und Shemaine hoffte aus ganzem Herzen, daß sie eine abgeschiedene Nische fanden, bevor Morrisa auf sie aufmerksam wurde. Kaum jemand in der Taverne schenkte ihnen besondere Beachtung, denn die Kunden schienen nur allzu beschäftigt mit ihren eigenen Abenteuern und Plänen, um sich darum zu scheren, was sich außerhalb ihrer engen Welt abspielte. Während die Gäste für Essen und Trinken mit barer Münze zahlten, eilten erschöpfte Schankmädchen in tristen Kleidern mit großen Eßschüsseln oder Bierkrügen, die sie auf Tabletts balancierten, umher. Als eines der Dienstmädchen an der Tür vorbeikam, staunte Andrew mit weit aufgerissenen Augen über die schwerbeladenen Tranchierbretter, mit denen sie sich ihren Weg durch das allgemeine Gedränge bahnte.

»Vielleicht finden wir weiter hinten ein ruhigeres Eckchen«, meinte Gage, nahm Shemaine bei der Hand und führte sie durch den Schankraum.

James Harper hatte bereits ausgiebig dem Bier zugesprochen, als er den großen dunkelhaarigen Mann erblickte und in ihm den Siedler erkannte, der Shemaine gekauft hatte. Mit einem bösen Knurren und verzerrtem Gesicht zwängte der Bootsmann sich durch das Gedränge seiner Gefährten, um dem arroganten Kerl den Weg zu versperren. Als er schließlich vor Gage stand, stellte er sich auf die Zehenspitzen und beugte sich vor, um dem anderen eindringlich ins

Gesicht zu sehen. »Ich mag Sie nicht, Mr. Thornton«, grölte er trunken, während er gleichzeitig versuchte, seinen Blick zu schärfen. Dann taumelte er mehrere Schritte zurück, fing sich aber wieder, bevor er stürzte. Mit etwas würdevollerem Benehmen zog er sich seinen Mantel zurecht und kam taumelnd wieder einen Schritt näher. »Ja, wirklich, ich halte Sie für den halsstarrigsten, hinterlistigsten Lumpen, der je das Licht der Welt erblickt hat. Es dürfte wohl feststehen, daß Shemaine O'Hearn viel zu gut für Ihresgleichen ist.«

»Ich bin hierhergekommen, um zu essen«, erwiderte Gage kühl. »Wenn Sie Streit suchen, stehe ich Ihnen ein andermal gern zur Verfügung. Heute habe ich meinen Sohn und Shemaine bei mir.«

James Harper zog die Augenbrauen arrogant in die Höhe und versuchte hinter dem Siedler die junge Frau zu erspähen, in die er so vernarrt war. Seine trüben Augen schienen sie förmlich zu verschlingen, und er sog mit lüsterner Wonne ihre erfrischende Schönheit in sich auf. Plötzlich stürzte er mit ausgebreiteten Armen auf sie zu, als wolle er sie an seine Brust ziehen, fand sich aber jäh in seinem Vorhaben gehindert, als Gage mit einer Hand sein Revers packte und ihn herumriß.

»Halten Sie sich von dieser Frau fern, Mr. Harper«, stieß er mit leiser, drohender Stimme hervor. Obwohl er seinen Sohn auf dem anderen Arm hielt, zog Gage den stämmigen Seemann bis auf die Zehenspitzen hoch und hielt ihn mit stählernem Griff fest. »Sie gehört jetzt mir, nicht Ihnen, und ich werde Ihnen Ihre verfluchten Hände brechen, wenn Sie noch einmal versuchen, sie zu berühren. Haben wir uns verstanden?«

»Sie können mir keine Angst einjagen«, murmelte Harper über die Faust, die mit weiß hervortretenden Knöcheln seinen Mantel umklammerte. »Sie sind doch nicht mehr als ein ungehobelter Siedler…«

Gage schüttelte den Bootsmann mit solch wütender Heftigkeit, daß Harpers Augen wie lose Murmeln in ihren Höhlen umherrollten. »Ich mag ja ein ungehobelter Siedler sein, aber Sie sind ein Narr, wenn Sie glauben, ich könnte Sie nicht vor Ihren Matrosen lächerlich machen. Wenn Sie uns nicht in Ruhe lassen, werden Sie den Speichel aus dem Spucknapf auflecken, bevor ich mit Ihnen fertig bin. Haben Sie mich jetzt verstanden?« Nachdem er seine drohenden Worte mit nachdrücklicher Langsamkeit hervorgestoßen hatte, hob er den Mann hoch, bis dessen Füße über dem Boden baumelten.

Als James Harper versuchte, Luft zu holen, und feststellen mußte, daß ihm dies nicht möglich war, machte sich ein Funken Verstand wieder in seinem Kopf breit. Die Faust des anderen preßte sich fest gegen seinen Kehlkopf, so daß keine Luft in seine Lungen gelangen konnte. Harper, dem nun Zweifel an seiner Fähigkeit, diese Situation zu überleben, kamen, nickte heftig und wurde sogleich beinahe sanft auf die Füße heruntergelassen. Die harte Faust entspannte sich und verschwand aus dem Gesichtskreis des Mannes. Nur wenige Augenblicke später umfaßten dieselben kräftigen Finger wieder Shemaines Hand und führten sie durch die Zuschauer, die in ihrem Tun innegehalten hatten, um sie anzugaffen.

James Harper erprobte zuerst den Zustand seiner Kehle, schluckte mehrere Male und reckte behutsam den Hals, um sich zu versichern, daß nichts Lebenswichtiges beschädigt oder gebrochen war. Obwohl es ihm einige Sekunden lang bedenklich an Atemluft gemangelt hatte, hatte er für einen Mann, dem zuvor solche Mengen Bieres die Kehle hinuntergeflossen waren, einen bemerkenswert klaren Kopf. Taumelnd näherte er sich einem Stuhl und ließ sich mit bebenden Gliedern auf die Sitzfläche fallen. Dankbar dafür, überhaupt noch am Leben zu sein, stieß er einen zitternden Seufzer der Erleichterung aus, auch wenn der Atem, der ihm dabei über die Lippen kam, nach starkem Bier stank.

Ein Schankmädchen, das neben ihm stehengeblieben war, legte den Kopf zur Seite und betrachtete erst den Bootsmann und dann das Paar, das gegenwärtig den hinteren Teil der Taverne ansteuerte. »Sie können sich glücklich schätzen, Meister«, informierte sie den Seemann. »Dieser Bursche, dieser Thornton, kann, wenn ihm der Sinn danach steht, mächtig böse werden. Ich hab' ihn mal einen Mann verdreschen sehen, der zweimal so groß war wie er selbst. Der Kerl hatte auf der Straße draußen vor dieser Taverne hier versucht, sich seiner Frau zu nähern. Natürlich ist Miz Thornton jetzt tot, und so manch einer fragt sich vielleicht, ob Mr. Thornton sie nicht eigenhändig umgebracht hat, wo er doch immer so übellaunig ist und alles. Aber wenn Sie eine wie mich fragen, wär' das eine elende Schande, wo er doch so'n schmucker Kerl ist und alles.«

Harper hatte einige Mühe, ihre Worte in eben diesem Augenblick zu verstehen. Erst einige Augenblicke später dämmerte ihm mit qualvoller Langsamkeit, was er da gerade erfahren hatte. Dieses Wissen veranlaßte ihn, endlich doch noch den Kopf zu heben und die schlampig gekleidete Frau entsetzt anzustarren.

Sein erschütterter Gesichtsausdruck erfüllte das Schankmädchen mit Sorge. »Sie brauchen nicht so 'n ängstliches Gesicht zu machen, Schätzchen.« Sie tätschelte ihm mit mütterlicher Geste die Schulter. »Mr. Thornton hat Sie längst wieder vergessen. Keine Bange.«

Morrisa Hatcher bahnte sich mit den Ellbogen einen Weg durch die Menge und schob auch das Schankmädchen unsanft zur Seite, bevor sie an dem Bootsmann vorbeiging. Mit nervös zuckenden Augenlidern verfolgte James Harper die schwingenden, kreisenden Bewegungen ihrer Hüften, aber die Hure schenkte ihm keinerlei Beachtung, sondern verfolgte unerbittlich ihre rothaarige Gegnerin. Als sie endlich an dem Tisch stand, den Gage weiter hinten im Schankraum ausgewählt hatte, baute Morrisa sich in aufreizender Pose vor ihm auf und strich sich mit der Hand über ihre sinnlichen Kurven. Während sie darauf wartete, seine Aufmerksamkeit erringen zu können, setzte Gage Andrew auf einen Stuhl zwischen sich und Shemaine und zog dann einen weiteren Stuhl für seine Dienerin zurück. Es dauerte einige Sekunden, bis er Morrisas Anwesenheit bemerkte und mit einem steifen Zucken seiner Lippen zur Kenntnis nahm, dem Äußersten an Begrüßung, das er sich in diesem Falle abringen konnte.

»Morrisa Hatcher, glaube ich.«

»Genau die, Meister.« Die Hure bog mit einer verstohlenen Bewegung den Arm zurück, so daß der Ärmel ihres magentaroten Kleides über ihre Schulter fiel und einen Großteil derselben entblößte. »Ich habe schon darauf gewartet, daß Sie den Weg hierher finden, aber ich hätte nicht gedacht, daß Sie Ihren Sohn mitbringen würden. Und was für ein hübscher kleiner Junge er ist.« Sie unterzog das Kind einer nachdenklichen Musterung, bevor sie fortfuhr: »Ist nicht schwer zu sehen, daß Sie bei seiner Ma Ihre Mannespflicht getan haben. Er ist Ihnen wie aus dem Gesicht geschnitten, ehrlich.«

»Wolltest du etwas von uns«, fragte Gage ungeduldig. Er war kaum in der Stimmung, irgendwelche Unverschämtheiten von ihr zu dulden.

»Nichts, das man wirklich wichtig nennen könnte, Meister.« Sie zuckte die Achseln und brachte es auf diese Weise zuwege, ihren ohnehin mehr als freizügigen Ausschnitt noch weiter zu vergrößern. »Ich dachte nur, ich lade Sie mal ein, wieder herzukommen und ein Weilchen zu bleiben, wenn Sie nicht Ihren Kleinen oder Shemaine an den Rockzipfeln hängen haben. Wenn's recht ist, wüßt' ich schon, was sich für einen feurigen Mann tun läßt. Ich versteh mich besser auf diese Dinge als Sh'maine, wenn's darum geht, wie man einem Burschen, wie Sie einer sind, Vergnügen bereiten kann. Wenn Sie mich lassen, könnt ich Ihnen sogar noch das eine oder andere beibringen.«

Shemaines Gesicht war bei Morrisas aufdringlichen Worten flammendrot angelaufen. Hastig wandte sie ihre Aufmerksamkeit Andrew zu, dessen Nase kaum über die Tischkante reichte, jetzt, da er auf seinem Stuhl saß. Ohne zu zögern, sprang Shemaine wieder auf, griff nach einem kleinen Faß, das in der Nähe stand, kippte es um und schob es dem Jungen unter, den ihr Herr zu diesem Zweck kurz hochhob.

Nachdem Andrew seinen Platz auf dem Fäßchen eingenommen hatte, wandte Gage sich wieder der Hure zu und stellte mit wachsendem Ärger fest, daß sie aus eigenem Antrieb wohl nicht so leicht verschwinden würde. Er stieß einen gereizten Seufzer aus. »Alles, was ich im Augenblick will, Morrisa, ist, mit meinem Sohn und Shemaine allein sein. Ich hoffe aufrichtig, daß ich damit nicht zuviel von Ihnen oder sonst irgend jemandem hier verlange.«

Morrisa hatte für seine Antwort nur wütenden Hohn. »Sie sind mir aber kein besonders freundlicher Bursche, wie?«

»Nein, das bin ich nicht«, gab Gage zurück. »Mir scheint, daß ich heute nirgendwo hingehen kann, ohne auf jemanden von der *Lon-*

don Pride zu treffen. Die Begegnungen haben bisher noch jedesmal zu irgendwelchen Auseinandersetzungen geführt, daher möchte ich dich bitten, uns in Frieden zu lassen, bevor ich *wirklich* die Geduld verliere.«

»Ganz wie belieben, Meister!« brauste Morrisa beleidigt auf. »Ich wollte nur meine Dienste anbieten... wo ich doch weiß, was für eine kleine Ignorantin Sie unter Ihrem Dach beherbergen.« Morrisa wollte sich zum Gehen wenden, blieb dann aber noch einmal stehen, als ihr Blick auf Shemaine fiel. Ihre Genugtuung hatte sich nur allzuschnell in Groll verwandelt, als der Siedler das irische Weibsstück aus Potts' Umklammerung befreit hatte. Noch immer brannte in ihr das Verlangen, ihrer Gegnerin den Todesstoß zu versetzen, aber solange es Zeugen für ihre Taten gab, mußte sie sich diesbezüglich auf eine subtilere Art der Folter beschränken. »Ich hörte, daß Annie von dieser quiekenden kleinen Maus, die gestern an Bord der *London Pride* gekommen ist, gekauft wurde, Shemaine. Wo er doch ein alleinstehender Mann ist, wird Annie wohl keine Kleinen haben, auf die sie aufpassen kann. Aber wenn ich mich nicht recht täusche, wird sie bestimmt bald irgendwo Zuflucht vor diesem säuerlichen alten Knochen suchen. Eine kleine Maus wie Samuel Myers kann manchmal schäbiger und böser sein als eine große Ratte, wenn man den Dingen auf den Grund geht.«

»Bist du jetzt fertig?« fragte Gage barsch, da er die hinterlistigen Ziele der Hure sehr wohl durchschaute. Shemaines plötzlich bekümmerte Miene legte beredtes Zeugnis von ihrer tiefen Sorge um ihre Freundin ab.

»Das ist alles, Meister! Ich sehe Sie dann irgendwann mal hier... Vielleicht wenn Sie das Fräulein Zimperlich hier satt haben.« Mit diesen Worten warf Morrisa ihre dunkle Mähne über die Schulter zurück und stolzierte mit übertriebenem Hüftschwung davon.

Shemaine beugte sich vor, um die Aufmerksamkeit ihres Herrn zu erlangen. »Mr. Thornton, glauben Sie wirklich, daß der Mann, der Annie gekauft hat, ihr etwas zuleide tut? Dieser Mr. Myers?«

Gage blickte in die besorgten Augen seiner Vertragsarbeiterin.

»Ich weiß es nicht, Shemaine, aber wenn du möchtest, kann ich mich bei einigen Dorfbewohnern, die den Mann besser kennen, nach seinem Charakter erkundigen.«

»Da wäre ich Ihnen sehr dankbar, Mr. Thornton. Annie ist in so vieler Hinsicht schon verletzt worden, daß ich mir so sehr wünsche, sie fände eine Arbeit, die ihr gefällt, und könnte dem Leben wieder ein wenig Freude abgewinnen.«

»Ich werde sehen, was ich herausfinden kann.«

Ein Schankmädchen trat an ihren Tisch und leierte gelangweilt das Speisenangebot herunter. »Wir haben Burgoo und Biskuits. Die können Sie bestellen oder auch nicht.«

»Wir bestellen sie«, erklärte Gage und zeigte dann auf Andrew. »Für den Jungen eine kleinere Portion.«

»Burgoo und Biskuits?« wiederholte Shemaine verwirrt, nachdem die Frau gegangen war. Sie hatte in dem dumpfen Loch an Bord der *London Pride* einige harte Biskuits zu knabbern bekommen, aber das Wort *Burgoo* sagte ihr überhaupt nichts.

Gage antwortete mit einem gleichgültigen Achselzucken. »Burgoo ist ein Eintopf aus verschiedenen Sorten Fleisch und Gemüsen. Biskuits sind eine Art Brot, die wir hier essen... entschieden besser als die Seezwiebäcke, mit denen du dich unterwegs vielleicht abfinden mußtest.«

Wenig später kam auch schon das Essen; jeder bekam einen eigenen Teller mit Eintopf und alle zusammen eine große Platte mit Zwieback. Shemaine folgte Gages Beispiel, der Andrews Brot mit Butter bestrich. Auf sein Drängen hin kostete sie dann schließlich einen Bissen und stellte zu ihrem großen Erstaunen fest, daß die Zwiebäcke köstlich waren.

Gage lächelte und bemerkte, wie hell ihre Augen leuchteten, wenn sie sich freute. Erwartungsvoll sah er zu, wie sie vorsichtig den Eintopf probierte. »Gut?« Shemaine nickte hingebungsvoll.

»O ja!«

»Gut, Papa«, stimmte auch Andrew mit breitem Grinsen zu.

Gage warf dem Mädchen einen fragenden Blick zu und brachte ein schiefes Feixen zustande. »Dann verzeihst du mir also, daß ich dich hierhergebracht habe?«

Shemaine konnte nur staunen, daß ein Herr über das Wohlergehen seines Sklaven auch nur nachdachte. »Da gibt es nichts zu verzeihen, Mr. Thornton. Sie sind nicht für die Anschuldigungen anderer Leute verantwortlich. Sie können Morrisa oder Mr. Harper genausowenig befehlen, wie sie der Sonne auftragen könnten, ihren Lauf in diese oder jene Richtung zu ändern.«

»Ich habe, gelinde gesagt, das Schicksal herausgefordert, indem ich dich hierherbrachte. Die Matrosen kommen nun schon seit etlichen Jahren aus den verschiedensten Gründen in diese Taverne.«

Nach den langen Wochen in Morrisas Gesellschaft konnte Shemaine sich sehr gut vorstellen, welches diese Gründe waren. »Sie haben mir die Gelegenheit gegeben, gegen den Besuch dieser Taverne zu protestieren. Aber ich muß Ihnen sagen, Sir, daß ich auf der *London Pride* wahrhaftig weit Schlimmeres gesehen und gehört habe, als es mir heute abend hier aufgefallen wäre. Wenn ich vor meiner Verhaftung wenig über das Leben wußte, Mr. Thornton, so habe ich doch im Laufe dieser schlimmen Monate manches dazugelernt, auch wenn ich vieles davon lieber vergessen würde. Ich versichere Ihnen, ich bin nicht aus Zuckerwatte. Ich werde auch nicht in der Sekunde, in der ich mich irgendwelchen Widrigkeiten des Schicksals gegenübersehe, in tausend Stücke zerbrechen. Wenn ich so zerbrechlich wäre, säße ich wohl nicht mehr hier. Wahrscheinlich wäre ich schon lange, bevor das Schiff jemals sicheren Hafen erreichte, Mrs. Fitchs Strafen oder Morrisas Gemeinheiten zum Opfer gefallen.«

»Es ist gut, das zu wissen, Shemaine«, sagte Gage, »denn dieses Land ist hart und manchmal ziemlich rauh. Die Schwachen haben es schwer, hier zu überleben. Manchmal sind die Härten, denen wir hier ausgesetzt sind, schier überwältigend und können selbst einen kräftigen und entschlossenen Menschen brechen, wenn er nicht bereit ist, den Herausforderungen der Wildnis zu trotzen. Es ist jedenfalls sehr hilfreich, widerstandsfähig zu sein.«

»Während ich im sicheren Schutz meines Elternhauses aufwuchs, hätte ich mir niemals vorstellen können, daß einmal ein Tag käme, da ich irgendwelchen Unbilden die Stirn würde bieten müssen«, überlegte Shemaine laut. »Vor meiner Verhaftung schien es mir bestimmt zu sein, Marquise zu werden. Nicht einmal im Traum wäre mir eingefallen, daß ich schon bald der Feindseligkeit und Brutalität anderer Menschen ausgeliefert sein könnte, die die Macht und die Autorität besaßen, über mich zu bestimmen, oder daß man mich in ein Leben stürzen würde, das mir vollkommen fremd war. Ich habe, seit der Häscher mich entführt hat, so manch harte Lektion gelernt, Mr. Thornton. Aber mir ist dabei auch klargeworden, daß ich über eine Menge Kraft und Energie verfüge. So Gott will, werde ich diese sieben Jahre, die vor mir liegen, zu meinem Besten nutzen.«

Gage ließ sie ein winziges Lächeln sehen. »Ich denke, daß du dich seit gestern bereits ein wenig verändert hast.«

Shemaine errötete, denn ihr ging auf, daß sie vielleicht ein wenig zu sehr mit ihrer Kraft und Ausdauer geprahlt hatte. »Mir ist durchaus klar, Mr. Thornton, daß jeder Nutzen, den ich aus meinen Dienstjahren bei Ihnen vielleicht ziehen werde, seinen Hauptgrund in Ihrer Geduld mit meinen Mängeln finden wird. Ich weiß, daß ich noch sehr viel lernen muß, aber wenn Sie mir die Zeit dazu geben, werde ich meine Fehler zu überwinden suchen.«

»Du bist ein viel größerer Segen für Andrew und mich, als du selber weißt, Shemaine«, sagte Gage mit einer großzügig bemessenen Portion Ehrlichkeit. »Du bist so erfrischend wie ein Frühlingsregen nach einem harten Winter. Gerade in diesem Augenblick bin ich viel zu sehr damit beschäftigt, mich über deine Vorzüge zu freuen, um zu bemerken, ob du überhaupt irgendwelche Mängel hast.«

Shemaine lächelte und fühlte sich angenehm beschwichtigt. »Wenn wir nicht zu spät nach Hause kommen, haben Sie und Andrew vielleicht Lust, noch ein wenig von der Senfpastete zu kosten, bevor Sie sich zurückziehen. Ich habe sie heute morgen extra für Sie und Andrew zubereitet.«

Eine Lampe in ihrer Nähe warf einen goldenen Schimmer über Gages Gesicht und verlieh seinen vornehmen Zügen den Glanz von sorgsam poliertem Messing. Shemaine hatte das Gefühl, als betrachte sie die Statue eines sagenumwobenen Gottes, der lebendig geworden war. Dasselbe Licht ließ seine braunen Augen in einem intensiven durchscheinenden Bernsteinton erglühen. Sie konnte nur andächtig staunen, wie schön diese Augen waren. Aber es war wohl eher das sanfte Strahlen seines Lächelns, das in ihrem Herzen eine seltsame lebendige Wärme entfachte.

8. Kapitel

Als sie die Taverne verließen, hatte sich die Nacht über das Dorf gesenkt, aber aus Süden kam nun ein milderer Wind. Sein warmer Duft berauschte Shemaine, die vor nicht allzu vielen Tagen kaum mehr zu hoffen gewagt hatte, jemals wieder frische Luft genießen zu dürfen. Ohne Zögern ließ sie sich von Gage auf den Sitz der Kutsche helfen und nahm dann seinen schläfrigen Sohn auf den Schoß. Währenddessen band Gage das Pferd los. Dabei stieß er einen leisen Fluch aus, der sie besorgt aufblicken ließ.

»Stimmt irgend etwas nicht?«

»Die Stute hat ein Hufeisen verloren.« Gage knirschte mit den Zähnen, denn er wußte nur allzugut, was das bedeutete. Er seufzte nachdenklich. »Ich fürchte, es hilft alles nichts. Wir werden den Corbins einen Besuch abstatten müssen, bevor wir nach Hause fahren können.«

Shemaine schauderte bei dem Gedanken, abermals mit Roxanne zu tun zu bekommen, aber sie sagte nichts, denn Gage gingen offensichtlich bereits ähnliche Bedenken durch den Kopf. »Sollen wir absteigen, damit Sie das Pferd abschirren können?«

»Für den Augenblick könnt ihr bleiben, wo ihr seid. Ich führe die Stute zum Schmied und schirre dort ab.«

Als sie schließlich an der Schmiede am anderen Ende des Weilers angelangt waren, half Gage Shemaine abzusteigen und legte ihr Andrew wieder in die Arme. Dann spannte er die Stute ab und führte das Tier in einen Schuppen, in dem noch immer die flammende Hitze aus einer steinernen Esse spürbar war.

Ein großer Mann mit einem gewaltigen Bauch kam, auf eine provisorische Krücke gestützt, aus dem Haupteingang der Holzhütte gehumpelt. Vorsichtig vermied er es, mit dem gebrochenen und geschienten Bein aufzutreten. Mit zusammengekniffenen Augen spähte er in die nächtliche Dunkelheit, die die Besucher umgab, und verlangte mit schroffer Stimme zu wissen: »Wer ist da draußen?«

»Ich bin es, Gage Thornton, Mr. Corbin. Mein Pferd hat ein Hufeisen verloren.«

Hugh Corbin reagierte mit einem lauten, wütenden Schnauben. »Es ist schon verdammt spät in der Nacht, um mit einem Pferd, das nur ein Eisen verloren hat, hierherzukommen. Jeder vernünftige Mann wäre zu dieser Zeit da, wo er hingehört. Aber so ein Mann sind Sie wohl nicht, wie?«

»Können Sie mir helfen oder nicht?« fragte Gage barsch. Er zog es vor, auf die Beleidigung nicht weiter einzugehen.

»Ich habe, was das betrifft, wohl keine Wahl, wenn ich Sie wieder loswerden will«, erwiderte Hugh gereizt. »Holen Sie mir eine Laterne aus dem Haus.«

Roxanne, die bei dem kurzen Wortwechsel Gages Stimme erkannt hatte, trat mit einer hastig entzündeten Laterne aus dem Haus. Ihr Haar hing ihr lose über Schultern und Rücken, und sie hatte sich nur in aller Eile einen Morgenmantel über ihr Nachthemd werfen können.

»Zieh dir was an!« blaffte Hugh seine Tochter an, bevor er ihr die Laterne abnahm.

»Ich habe etwas an!« fauchte Roxanne zurück und riß die Lampe ruckartig wieder an sich. Dann ging sie schnell die Stufen hinunter und rannte beinahe zur Schmiede hinüber, ohne auf das langsame Humpeln ihres Vaters die geringste Rücksicht zu nehmen. In dem milden Schein der Laterne wirkten ihre Augen belebt und voller Freude, bis der Lichtkreis schließlich auch die schlanke Gestalt erfaßte, die ein kleines Stück hinter Gage stand. Sofort trat ein Ausdruck stählerner Härte in die grauen Augen. Sie hatte erwartet, daß Shemaine nach ihrem bösen Zusammenstoß mit dem Matrosen noch bettlägerig sei und daß sich Gage vielleicht nach ihrer morgendlichen Warnung eines Besseren besonnen hatte und gekommen war, um sich zu entschuldigen. Aber nun zerschlug sich auch diese Hoffnung für Roxanne. Der Möbelschreiner war genauso halsstarrig wie ihr Vater.

Roxanne, die nur noch wenige Schritte von der Vertragsarbeiterin entfernt war, musterte diese mit einem böswilligen Blick. »Nun, Shemaine, ich sehe, du hast dich recht gut erholt. Aber vielleicht warst du ja auch gar nicht verletzt. Vielleicht war auch das nur eine List, um deinem Herrn ein wenig Mitleid abzuringen.«

Shemaine lächelte ausdruckslos. »Denken Sie, was Sie wollen, Miss Corbin. Ich kann gewiß nichts sagen, das Ihre Meinung ändern würde.«

Roxanne reckte hochmütig das Kinn vor und lachte böse. »Da hast du natürlich recht. Ich würde nie viel darauf geben, was ein Sträfling zu sagen hat.«

Mit diesen Worten wirbelte Roxanne herum, und als der Wind unvermittelt ihren Morgenmantel aufbauschte, sah es so aus, als schwebe sie auf den Mann zu, dem sie einst ihr Herz angeboten und der sie nach all den Monaten hingebungsvoller Dienste grausam zurückgewiesen und ihre Liebe verschmäht hatte. Mit gedämpfter, verletzter Stimme gestand sie ihm: »Ich dachte, du wärest hergekommen, um dein Benehmen heute morgen wiedergutzumachen, Gage, vielleicht auch, um mir zu sagen, daß du dich deiner Strafarbeiterin entledigt hättest. Aber ich sehe, daß du nicht beabsichtigst nachzugeben. Aber die Dinge müssen ja immer nach deinem Kopf gehen, nicht wahr?« Sie zuckte bedauernd die Achseln. »Ein Jammer. Um deinetwillen wie auch um deines Sohnes willen.«

Gage, der die Drohung hinter ihren Worten spürte, sah sie mit hartem Blick an, erwiderte aber nichts, weil er sich nicht in neuerliche Wortgefechte mit ihr einlassen wollte, schon gar nicht, solange Shemaine nahe genug war, um alles mit anzuhören. Es schien ihm, als wäre er den ganzen Tag lang von einem Streit in den nächsten gestolpert, und im Augenblick wünschte er sich nichts sehnlicher, als nach Hause zu fahren und einen schönen, friedlichen Abend allein mit seinem Sohn und seiner Dienerin genießen zu dürfen.

In diesem Augenblick kam Hugh auf seiner Krücke herbeigehumpelt. »Fachen Sie die Kohlen an, und machen Sie sich nützlich, wenn ich Ihr Pferd beschlagen soll«, befahl er ihm giftig. »Das kann ich nicht allein.«

»Ich kann mein Pferd auch selbst beschlagen«, erbot sich Gage.

»Alles, was ich von Ihnen brauche, wäre in diesem Fall die notwendige Ausrüstung.«

»Bezahlen werden Sie sowieso, ganz gleich, wer die Arbeit tut«, erklärte der ältere Mann unfreundlich. »Also glauben Sie ja nicht, Sie könnten mich hier für dumm verkaufen.«

»Das war auch nicht meine Absicht«, erwiderte Gage angespannt. Während langsam der Zorn in ihm hochkroch, begann er den Blasebalg zu betätigen, um Luft in das Schmiedefeuer zu blasen.

Der Schmied drehte sich plötzlich um seine eigene Achse und bedachte Shemaine mit einem nachdenklichen Blick abschätziger Musterung. Sie wandte sich gelassen ab, trug Andrew zu einem großen Baumstumpfen ein gutes Stück von der Schmiede entfernt und setzte sich darauf. Während sie sich auf das kühle Holz sinken ließ, hoffte sie nur, daß sie sich weit genug vom Besitz der Corbins entfernt hatte, denn sie war sich bereits im klaren darüber, daß sie den Schmied ebensowenig mochte wie seine Tochter.

Sie drückte den Jungen an sich und wiegte ihn leise singend in den Armen. Nach und nach entspannte Andrew sich, bis ihm schließlich die Augen zufielen. Aus seinen leicht geöffneten Lippen kam noch ein Seufzer, und eng an ihre weiche Brust geschmiegt, versank er in tiefen Schlummer.

Hugh, der beobachtete, wie Shemaine sich liebevoll um den Kleinen kümmerte, focht einen schweren inneren Konflikt mit sich aus, aber am Ende war er nicht in der Lage, den gärenden Zorn, der in seinem Herzen brodelte, zu überwinden. Qualvolle Bilder, die aus den trüben Tiefen lange begrabener Erinnerungen erstanden, machten ihm schwer zu schaffen. Als er sich zu Gage umwandte, stand düsterer, grüblerischer Neid in seinen Augen. »Da haben Sie sich aber einen hübschen Sträfling angelacht«, höhnte er mit sengender Mißbilligung. »Jetzt, wo Sie sie besitzen, werden Sie Ihr männliches Verlangen mit einem Fingerschnippen stillen können und es sich wahrscheinlich noch einmal überlegen, mein Mädchen zu heiraten.«

Gage hatte sich gerade über das Schmiedefeuer gebeugt, um das Hufeisen, das er darin erhitzte, zu begutachten, aber bei den Worten des Schmieds sah er zu Roxanne auf. Sein durchdringender Blick brachte die Frau aus dem Gleichgewicht, so daß sie sich abwandte und plötzlich damit beschäftigt schien, die Laterne an einem nahen Pfosten zu befestigen. Gage wandte sich mit wütendem Stirnrunzeln wieder dem Schmied zu. »Ich fürchte, Sie irren sich, Mr. Corbin, wenn Sie glauben, ich hätte Ihre Tochter *jemals* gebeten, mich zu heiraten. Da dies eindeutig nicht der Fall ist, wüßte ich wirklich nicht, warum ich Ihnen irgendwelche Erklärungen schuldig bin, weshalb ich Shemaine gekauft habe. Kurz und gut, Mr. Corbin, die Sache geht Sie nichts an, verdammt noch mal.«

»Sie arroganter Wüstling! Ich werd' Sie lehren, älteren Menschen mit dem geziemenden Respekt zu begegnen!« In maßloser Raserei packte Hugh das untere Ende seiner Krücke, so daß sie wie eine Keule in seiner Hand lag. Dann hüpfte er auf einem Fuß durch die Schmiede, um dem jüngeren Mann eine ordentliche Tracht Prügel zu verabreichen.

Gage, der sich langsam zu seiner vollen Größe aufrichtete, betrachtete den älteren Mann mit herablassend hochgezogenen Augenbrauen. »Wenn Sie die Absicht haben, mich mit diesem Ding da zu schlagen, Mr. Corbin, lassen Sie sich versichert sein, daß ich nicht einfach hier stehen werde, um mich demütig verprügeln zu lassen. Ich werde alles, was Sie anfangen, zu Ende bringen, glauben Sie mir.«

Der kalte Blick, der die laternenerhellte Finsternis durchdrang, kühlte Hughs Zornesausbruch wirksam ab. Die Erinnerung an den Schmerz, den er erlitt, nachdem das Pferd, das er seinerzeit beschlug, nach ihm trat und ihm das Bein gebrochen hatte, war noch zu frisch, als daß er weitere Verletzungen in Kauf nehmen wollte. Da ihm nichts einfiel, wie er sich würdevoller aus der Affäre hätte ziehen können, fuchtelte er nur wütend mit den Händen in der Luft und fauchte: »Dann beenden Sie, was Sie hier tun, und verschwinden Sie endlich. Meine Tochter und ich wollen Sie und diese schmutzige kleine Schlampe nicht länger als unbedingt nötig in der Nähe haben, hören Sie!«

Nur mit unglaublicher Selbstbeherrschung gelang es Gage, die

Versuchung niederzuzwingen, dem Mann mit der Faust ins Gesicht zu schlagen.

»Shemaine ist *keine* Schlampe, und ich verwahre mich aufs Entschiedenste dagegen, daß Sie sie so bezeichnen«, stieß Gage hinter zusammengebissenen Zähnen hervor. »Ich bedaure im Augenblick nur, daß ich noch die Stute beschlagen muß. Sonst könnten Sie von mir aus zur Hölle fahren.« Er dachte noch einmal über seine Worte nach und schnaubte verächtlich. »Warum mache ich überhaupt so viele Worte? So mies wie Sie sind, werden Sie auch ohne mich dorthin kommen.«

Die Luft knisterte förmlich vor Spannung, als die beiden Männer einander mit wütenden Blicken maßen. Hugh hätte sich am liebsten gleich an Ort und Stelle auf den anderen gestürzt, durfte aber die Aussicht auf weitere Schmerzen leider nicht vergessen. Ausnahmsweise einmal ließ er sich von seinem besseren Wissen leiten, obwohl beißender Zorn in ihm gärte.

Hugh humpelte mit Hilfe seiner Krücken zur Veranda zurück und setzte sich unbeholfen auf die Kante eines Stuhls. Von diesem Aussichtspunkt aus konnte er Wache halten, bis das Pferd fertig beschlagen war. Obwohl er niemals Grund gehabt hatte, zu glauben, Gage Thornton würde ihn je betrügen, vertraute Hugh keinem Mann seinen Besitz an. Sobald er die Münzen bekam, die ihm zustanden, würde er den Tischler seiner Wege schicken.

Roxanne schlenderte gemächlich zu der Stelle zurück, wo sie Gage besser sehen konnte. An einen Pfosten gestützt, betrachtete sie sein dem Hof zugewandtes Gesicht über den glühenden Kohlen und stellte staunend fest, daß sie sich noch immer danach sehnte, in dieses schöne, elegante Antlitz zu blicken und ihm ihre Liebe zu erklären. Es brauchte nicht mehr als ein freundliches Lächeln von ihm, um ihr Mut zu machen. Aber noch während sie seine feingemeißelten Züge bewunderte, sah Roxanne, wie seine Brauen sich finster zusammenzogen, als ärgere er sich über ihre Anwesenheit. Dieser Gedanke fachte ihren Zorn von neuem an. »Was wirst du jetzt tun, Gage? Gegen jeden Mann kämpfen, der deinen Sträfling beleidigt?«

»Wenn es sein muß!« gab er scharf und ohne aufzublicken zurück.

»Du bist ein unbelehrbarer Mann, Gage Thornton, und im Augenblick denke ich, daß du auch ein Narr bist. Shemaine verdient deinen Schutz nicht.«

Obwohl ihre Worte ihn aufbrachten, vermied Gage es, den Blick vor ihr zu senken. »Deine Ansichten interessieren mich nicht, Roxanne. Und sie haben mich auch nie interessiert.«

Seine Worte trafen sie mit derselben brutalen Wucht wie ein Schlag ins Gesicht, und seine unverhohlene Gleichgültigkeit trieb Roxannes Zorn weit über das erträgliche Maß hinaus. Wie viele Male hatte sie sich ihm während der neun Jahre ihrer Bekanntschaft mit aller erdenklichen List angeboten. Und wie viele Male hatte er sie einfach übersehen? Oder war das eine List seinerseits gewesen? Es hatte sie schier in den Wahnsinn getrieben, ihn so heiß zu begehren und dann ein ums andere Mal höflich abgewiesen zu werden, als könne er sie sich beim besten Willen nicht als seine Geliebte vorstellen... oder als seine Frau. Sie glaubte nicht, daß er seiner Strafarbeiterin gegenüber auch so unempfänglich war. O nein! Mit dieser kleinen Schlampe hatte er gewiß andere Pläne!

»Du hast die Absicht, dir dieses Flittchen in dein Bett zu nehmen, nicht wahr?« begehrte Roxanne mit gepreßter Stimme zu wissen. »Genau das wolltest du doch vom ersten Augenblick an, als du sie gesehen hast! Von Anfang an hattest du nichts anderes im Sinn, als dich mit dieser Schlampe im Bett zu wälzen!«

»Und wenn es so gewesen ist?« entgegnete Gage schnaubend. Langsam sah er keinen Unterschied mehr zwischen Vater und Tochter. Obwohl er normalerweise davor zurückgeschreckt wäre, diese Frau noch dichter an den gefährlichen Abgrund einer vollkommen unvernünftigen Eifersucht zu treiben, entfachte er ihren Groll nun mit voller Absicht zur Weißglut. Auf die steinernen Strebpfeiler der Esse gestützt, beugte er sich noch ein Stück weiter vor, um sie mit einem grimmigen Blick zu durchbohren. »Sag mir eins, Roxanne, geht es dich wirklich etwas an, was ich in der Abgeschiedenheit meiner Hütte – oder was das betrifft, in meinem Bett – mit Shemaine mache?«

Roxannes Mundwinkel zogen sich zu einer häßlichen Grimasse herab, und in ihrer Kehle stieg ein leises, beinahe gurgelndes Knurren empor. Mit dem ganzen wilden Ingrimm einer verschmähten Frau machte sich dieser erstickte Laut schließlich in einem grauenhaften Kreischen Luft. Der Saum ihres Morgenmantels fegte um ihre nackten Beine, als sie herumfuhr und wie ein Gespenst in der Nacht zur Hütte zurückfloh. Sie jagte an ihrem Vater vorbei und stürmte durch den Vordereingang. Bei dem durch die Dunkelheit hallenden Krachen der Tür, die in den Rahmen geschleudert wurde, zog Hugh Corbin den Kopf ein und schnitt eine Grimasse, als rechne er damit, daß die Dachbalken der Veranda auf ihn herabstürzen würden.

Später, während der langen Fahrt nach Hause, saß Shemaine schweigend neben Gage auf dem Kutschbock und hielt seinen schlafenden Sohn in den Armen. Der Mond stand mittlerweile über den Bäumen und warf seinen silbrigen Schein auf das Land, so daß Shemaine Gages finstere Miene deutlich erkennen konnte. Sie wagte nicht zu fragen, was der Grund für seinen Verdruß war. Es verstieß gegen jede Etikette, wenn eine Dienerin sich nach den persönlichen Gedanken, den inneren Kämpfen und Gefühlen ihres Herrn erkundigt hätte. Sie konnte jedoch nicht umhin, sich zu fragen, was die Corbins wohl getan hatten, das ihn in solch trostlose Gemütsverfassung stürzen konnte. Die bösen Worte, die gefallen waren, waren ihr natürlich nicht entgangen. Tatsächlich hätte sie mit ihren Gedanken schon sehr weit fort sein müssen, um die Drohungen zu überhören, die Hugh Corbin mit erhobener Krücke ausgestoßen hatte. Auch der Zorn, mit dem Roxanne sich in die Hütte zurückgeflüchtet hatte, war Shemaine nicht entgangen, aber der Wind hatte ihre Worte weggerissen, und die dunkle Nacht hatte sie verschlungen. Aber zu den ersten Mißstimmigkeiten war es gekommen, gleich nachdem Hugh sie, Shemaine, erblickt hatte. Deshalb konnte sie sich des Gefühls nicht erwehren, daß etwas, das er über sie gesagt hatte, der Anlaß zu dem nachfolgenden Streit gewesen war.

Selbst in dem schwachen Licht des Mondscheins spürte Gage den nachdenklichen Blick seiner Dienerin auf sich ruhen, aber sie legten viele Meilen zurück, bevor er glaubte, es wagen zu können, in ihre Richtung zu sehen. Als er es schließlich tat, blickte er unversehens in glänzende, vom Mond beschienene Augen. »Macht dir irgend etwas Sorgen, Shemaine?«

»Ich spüre nur Ihren Zorn, Mr. Thornton«, murmelte sie furchtsam, »und ich frage mich, ob ich etwas tun kann, um ihn zu lindern. Mir ist bewußt, daß ich auf irgendeine Weise dafür verantwortlich bin.«

»Es ist nicht deine Schuld«, erklärte Gage mit Nachdruck.

Nein, dachte er versonnen, die Schwierigkeiten hatten kurz nach seiner Ankunft in Newportes Newes begonnen. Nach ihrer ersten Begegnung hatte Roxanne nicht lange gebraucht, um den zwanghaften Wunsch zu entwickeln, seine Frau zu werden. Sie hatte ihre verschlagenen Ränke gewoben, um ihn mit einer erzwungenen Hochzeit in die Falle zu locken, hatte Unschuld geheuchelt, während sie sich ihm aufreizend näherte. Zweifellos hatte sie gehofft, seine ausgehungerten Junggesellensinne zu erregen. Da ihm aber seine Verletzlichkeit als Mann mit ungestillten fleischlichen Nöten durchaus bewußt gewesen war, hatte er mit äußerster Vorsicht sämtliche Annäherungsversuche ihrerseits ignoriert und sogar in Kauf genommen, daß man ihn möglicherweise für begriffsstutzig hielt. Schließlich war er nicht aus England und vor der schönen Christine geflohen, nur um mit einer Frau anzubändeln, die er am Morgen danach nicht einmal mehr hätte ansehen mögen. Wann immer Roxanne sich ihm näherte, hatte er sich umsichtig andernorts Beschäftigung gesucht.

Nach seiner Hochzeit mit Victoria, einige Jahre später, hatte Roxanne sich im Haus ihres Vaters verbarrikadiert und getrauert, als sei für sie das Ende der Welt gekommen. Zu guter Letzt war sie dann wieder aus ihrer düsteren Höhle hervorgekrochen. Dennoch hatte sie ihn eine ganze Weile mit all dem Haß behandelt, den eine geschändete Jungfer einem gewissenlosen Schurken gegenüber empfinden mochte, wenn dieser sie, nachdem er ihr die Unschuld geraubt hatte, einfach grausam beiseitestieß. Ihre Verbitterung angesichts seiner Zurückweisung war mit der Zeit abgeklungen, hatte erst sehnsüchtigen Blicken und zittrigem Lächeln Platz gemacht und sich schließlich zu subtilen Annäherungsversuchen gewandelt, bis er ihren Besuchen nur noch mit Widerwillen, ja sogar mit Abscheu entgegengesehen hatte. Victoria hatte Roxannes Hinterlist nicht zu durchschauen vermocht, und er hatte sie nicht darüber aufklären mögen. Seine Frau hatte lediglich Mitleid mit der unverheirateten Roxanne gehabt und war der Tochter des Schmieds die beste Freundin gewesen, die diese je gehabt hatte.

Nach dem Tod seiner Frau hatte Roxanne abermals große Entschlossenheit gezeigt, ihn für sich zu erringen. Da sie nach Victorias tödlichem Sturz augenblicklich zur Hand war, hatte sie offensichtlich geglaubt, dies als eine Art Druckmittel benutzen zu können, mit dem sie ihn eines Tages vor den Altar zwingen würde. Wenn auch unausgesprochen, war die Drohung doch stets gegenwärtig gewesen. Sie würde die Wahrheit sagen oder auch lügen, aber diesmal war sie fest entschlossen, ihn zu bekommen... oder er würde ebenfalls nichts bekommen.

Im vollen Bewußtsein dessen, was er riskierte, wenn er Roxannes Erwartungen abermals enttäuschte, war er eigentlich vor allem an Bord der *London Pride* gegangen, um sich seine eigene Freiheit zurückzukaufen und sein Leben in andere Bahnen zu lenken als die, die sie ihm vorgezeichnet hatte. Er hatte von Anfang an damit gerechnet, daß Roxanne Mühe haben würde, seinen Kauf einer Vertragsarbeiterin zu akzeptieren. Zweifellos war ihrer Auffassung nach jede Frau, die er kaufte, nur ein weiterer Eindringling – vielleicht auf dieselbe Weise, in der sie Victoria als Eindringling betrachtet hatte. So traurig es war, Roxanne hatte seine Erwartungen buchstabengetreu erfüllt.

Mit Hugh Corbin lagen die Dinge ähnlich schwierig, und Gage wußte, daß es nicht unter der Würde des Mannes lag, Shemaines Gegenwart als Vorwand zu benutzen, um einen Streit mit ihm vom Zaun zu brechen. »In den acht oder neun Jahren, die ich den Mann nun kenne«, überlegte Gage mit einem Seitenblick auf Shemaine laut, »war Hugh Corbin mürrisch und streitsüchtig, aber in letzter Zeit ist er beinahe unerträglich geworden, ungefähr genauso bösartig und übellaunig wie der alte Einohr. Er nimmt sich mit seinen Beleidigungen jede erdenkliche Freiheit und scheint sich schier zu überschlagen, um mich zu provozieren, vor allem, wenn ich meine Familie dabeihabe oder, wie ich heute abend erlebt habe – dich. Einmal, das ist noch gar nicht so lange her, habe ich ihn dabei erwischt, wie er Andrew mit einem seltsamen, gehetzten Blick in den Augen beobachtete. Dieser Blick hat mich beträchtlich aus der Ruhe gebracht. Ich weiß nicht, wozu dieser Mann möglicherweise fähig wäre… wenn er seinen Haß jemals an einem kleinen Kind ausließe. Sein Benehmen hat mir jedenfalls angst gemacht. In der Vergangenheit hat Roxanne mich mehrmals gebeten, Andrew mit nach Hause nehmen zu dürfen, damit er die Nacht dort verbrachte, aber ich konnte mich einfach nicht dazu überwinden, dem zuzustimmen. Ich wagte es nicht, ihrem Vater zu vertrauen.«

»Mrs. McGee hat mir erzählt, daß Mr. Corbin sich einen eigenen Sohn wünschte«, erwiderte Shemaine leise. »Der einzige Sohn, den er je gezeugt hat, kam vier Jahre vor Roxannes Geburt tot zur Welt. Wenn er Sie mit Andrew sieht, fühlt Mr. Corbin sich vielleicht an sein eigenes Unvermögen erinnert, einen Sohn zu zeugen. Möglicherweise ist es einfach Neid, was er für Sie empfindet, und nicht Haß.«

Der heiße Zorn, der sich in der vergangenen Stunde auf Gages Gemüt geschlagen hatte, begann sich langsam aufzulösen, während er nun über ihre Vermutung nachdachte. Aus seinen früheren Erfahrungen mit dem Schmied ließ sich durchaus der Schluß ziehen, daß sie mit ihrer Annahme richtig lag. Obwohl er den zänkischen Mann und seine neunzehnjährige Tochter kurz nach seiner Ankunft in den Kolonien kennengelernt hatte, brachte Corbin ihm doch erst seit zwei Jahren eine solch tiefe Abneigung entgegen.

Gage schüttelte entgeistert den Kopf und war ärgerlich auf sich selbst, daß ihm dieser Gedanke nicht schon früher gekommen war. Da mußte erst ein Mädchen daherkommen, das noch keine zwanzig war, um ihn auf diese Möglichkeit hinzuweisen. Ihr Scharfblick verblüffte ihn. »Du durchschaust die Dinge schnell. Viel schneller jedenfalls als ich. Ich habe nie begriffen, warum Hugh plötzlich so eine Abneigung gegen mich gefaßt hatte.«

»Vielleicht waren Sie der Situation zu nahe, um seine Eifersucht als solche zu erkennen«, meinte sie und blickte zu ihm auf. Was sie sah, wärmte ihr das Herz beträchtlich. Seine Miene war weicher geworden, und auf seinen Lippen stand jetzt der Anflug eines Lächelns. Er wandte sich zu ihr um, und sie hielt den Atem an, als seine Augen ihr Gesicht liebkosten. Dann wanderte sein Blick hinab zu dem kleinen Kopf, der an ihrer Brust ruhte.

»Deine Arme müssen langsam lahm werden.« Gage umfaßte die Zügel mit der einen Hand, hob den freien Arm und legte ihn auf die Rücklehne des Sitzes hinter ihr, wobei er jedoch bedachtsam den Fehler vermied, sie zu berühren und damit so zu erschrecken, daß sie von ihm weiter Abstand hielt. »Warum rückst du nicht etwas näher zu mir und legst Andrews Kopf auf meinen Schoß? Dann brauchst du ihn nicht die ganze Zeit im Arm zu halten und hast es etwas bequemer.«

Shemaine war mehr als willens, ihre verkrampften Muskeln ein wenig zu entspannen, aber als sie versuchte, sich zu bewegen, mußte sie feststellen, daß sie nicht genug Kraft hatte, um gleichzeitig den Jungen zu heben und selbst hochzukommen, damit sie ein Stück über die Bank rutschen konnte. Nach mehreren vergeblichen Versuchen gestand sie hilflos: »Es tut mir leid, Mr. Thornton, ich glaube, ich schaffe es nicht.«

Gage klemmte die Zügel zwischen die Beine, schlang den rechten Arm um ihre Taille und ließ die linke Hand unter ihre Knie gleiten. Es kostete ihn kaum Anstrengung, sie herüberzuheben und dann an seiner Seite wieder abzusetzen. Seine Hand blieb als kräftige Stütze hinter ihr liegen, während sie den Arm unter den Schultern des Jungen wegzog und den kleinen, dunklen Strubbelkopf auf Gages Schoß bettete. Andrew seufzte einmal tief auf, schlief jedoch ansonsten ungerührt weiter.

Gage blickte auf seinen schlafenden Sohn herab und betrachtete das kleine Gesicht, das von sanftem Mondlicht beschienen war. Lange Wimpern ruhten friedlich auf den Wangen des Jungen, aber da seine Kiefermuskeln im Schlaf erschlafften, stand sein Mündchen bald offen. Shemaine streckte den Arm aus, legte sanft eine Hand auf die Wange des Jungen, schob den Daumen unter das winzige Kinn und schloß den kleinen Mund. Augenblicklich bewegte Andrew sich und drehte sich auf die rechte Seite, so daß er das Gesicht dem Vater zuwandte. Dabei warf er einen Arm über den von Shemaine und hielt ihre Hand zwischen seiner Wange und den Lenden seines Vaters gefangen.

Mit einem erschrockenen Aufkeuchen versuchte Shemaine sich aus der Klemme, in die ihre Hand geraten war, zu befreien. Obwohl es nicht mehr als ein flüchtiger Augenblick war, hätte ebensogut eine ganze Ewigkeit verstrichen sein können, bevor es ihr gelang, die Hand herauszuziehen. In diesen wenigen Sekunden heizte sie in dem Mann eine Vielzahl von Gefühlen weiter an, die ohnehin bereits in wildem Aufruhr waren.

Gages Blut war schon bei der ersten Berührung ihrer Hamd mit einer rasenden, feurigen Woge aufgebrandet und hatte ihm sein brennendes Verlangen qualvoll bewußt gemacht. Jetzt, lange Sekunden nachdem sie die Hand zurückgezogen hatte, durchzuckten die hungrigen Flammen noch immer mit quälender Macht seine Lenden und sengten Löcher in die dünnen Mauern seiner Selbstbeherrschung. Mit jeder Faser seines Wesens war er sich des undefinierbaren Duftes bewußt, mit dem seine Dienerin seinen Kopf füllte; es war derselbe Duft, den er nun jedes Mal mit trunkenmachendem Wohlgefühl eingeatmet hatte, wenn er ihr nahe gekommen war oder sie berührt hatte. Es war der süße Geruch einer Frau, von der er bis zu diesem Augenblick gar nicht gewußt hatte, daß er sie begehrte. Ihr weicher Busen lockte seine Blicke, und als er sich endlich von diesem Bild losreißen konnte und ihr in die weit aufgerissenen Augen sah, fand er dort unverhohlenes Entsetzen. Selbst in dem dürftigen Licht vermeinte er tiefe Röte in ihren Wangen zu sehen, die sich unter seinem Blick noch verstärkte.

»Es … es tut mir leid!« Shemaines ersticktes Wispern, das Zeugnis für ihre Beschämung ablegte, schien die Nacht zu füllen. Obwohl sie sich die Hand, die sich dieses Vergehens schuldig gemacht hatte, an die Brust preßte, konnte sie immer noch die Hitze seiner Männlichkeit auf der Haut spüren, wie ein Brandmal, das sie gezeichnet hatte. Noch immer spürte sie an den Fingern die unerwartete Härte, die ihr den Unterschied zwischen dem Mann und seinem Sohn mit atemloser Klarheit zu Bewußtsein gebracht hatte. Obwohl all ihre Instinkte sie drängten, Schweigen zu bewahren und so zu tun, als sei es nie geschehen, erflehte Shemaine seine Verzeihung, weil sie hoffte, auf diese Weise jeden Zweifel zerstreuen zu können, daß es sich um eine vorsätzliche Tat ihrerseits gehandelt haben könnte. »Ich hatte nicht die Absicht, Sie zu berühren, Mr. Thornton.«

Gage, der sich nun vollends der im Dunkeln liegenden Straße zuwandte, erwiderte nichts, sondern schnalzte nur mit der Zunge, um die Stute zu einem schnelleren Tempo zu ermuntern. Es war ihm fast unmöglich, die weiche, weibliche Gestalt neben sich zu ignorieren, oder, was bei weitem schwieriger war, die Erinnerung an ihre Hand, die sich so betörend und sinnverwirrend auf seine Männlichkeit gelegt hatte.

Es wird wahrscheinlich einige Zeit brauchen, bis sich unser Zusammenleben eingespielt hat, dachte Shemaine eine Woche später nach dem Frühstück, da ihre Hauptaufgabe, wie ihr Herr ihr erklärt hatte, die Betreuung Andrews sein würde. Dennoch stellte sie fest, daß sie zwischen dem Kochen und der Beschäftigung mit dem Jungen weit mehr zustandebrachte, als sie sich das früher auch nur im entferntesten zugetraut hätte.

Gage hatte von seinem wichtigsten Kunden in Williamsburg die Nachricht bekommen, daß die Lieferung der neuen Möbel auf unbestimmte Zeit verschoben werden mußte. Der Bau seines Hauses sei noch im Gange, und er konnte die Möbel nicht in Empfang nehmen, bevor die Räume fertig waren. In der Zwischenzeit hatte Gage die Arbeit an den Eßzimmermöbeln aufgenommen, die vor kurzem in Newportes Newes in Auftrag gegeben worden waren. Abends fertigte er die Entwürfe an, zeichnete Muster für die Armlehnen und die Beine der Stühle und entwarf eine neue Anrichte. Tagsüber arbeitete er an den anderen Stücken, war aber regelmäßig auch an Bord des Schiffes zu finden, wo er Flannery bei einigen der komplizierten Arbeiten zur Hand ging.

Bevor er an diesem Morgen die Hütte verließ, hatte Gage angekündigt, daß er den größten Teil des Tages seinem Schiff widmen werde. Falls sie Lust dazu hatte, sagte er zu Shemaine, könne sie gegen Mittag mit Andrew und einem ausreichend gefüllten Picknickkorb für die Schiffsbauer und Zimmerleute hinunterkommen. Da der Tag versprach, warm und sonnig zu werden, könnten sie dann alle zusammen auf dem Schiff ihr mittägliches Mahl genießen.

»Wenn du soweit bist, daß du an Bord kommen kannst, brauchst du nur die Glocke an der Vordertreppe zu läuten«, erklärte Gage ihr, nachdem sie ihm versichert hatte, daß sie seinen Vorschlag gern annehmen werde, »dann schicke ich jemanden rauf, der das Essen holen kommt.«

Shemaine betrachtete es unverzüglich als Herausforderung, ein köstliches Mahl zu bereiten, das den Hunger hart arbeitender Männer stillen würde. Als sie vor einigen Tagen die unmittelbare Umgebung erkundet hatte, hatte sie sich auch in den Gemüsekeller gewagt, den ihr Herr in einen Hügel nahe der Hütte gegraben hatte. Dorthin gingen Shemaine und Andrew nun, um Möhren, Zwiebeln und verschiedene andere Gemüse für den Wildeintopf zu holen, den sie zubereiten wollte. Es würde ihre eigene Version einer herzhaften irischen Speise werden, die Bess Huxley oft für ihren Vater gekocht hatte.

Shemaine hatte schon morgens Brotteig angesetzt. Nachdem er durchgeknetet war, teilte sie ihn in kleinere Laibe und stellte diese am Feuer warm, damit sie ein zweites Mal aufgehen konnten. Dann schälte sie eine große Menge Kartoffeln und stellte sie zum Kochen auf. Anschließend machte sie sich an die Vorbereitung eines Gewürzkuchens. Während letzterer im Ofen war, widmete Shemaine sich den übrigen Hausfrauenpflichten, die in der Hütte auf sie warteten.

Wie man als Hausmädchen die große Wäsche bewältigte, war ein wichtiger Bestandteil der Unterweisungen gewesen, die ihr unter der Führung ihrer Mutter zuteil geworden waren – wenn auch aus keinem anderen Grund als dem, von der Pike auf zu lernen, wie man ein Haus voller Dienstboten führte. Ohne große Mühe konnte Shemaine sich der Ratschläge besinnen, die man ihr dereinst gegeben hatte. Mit Andrews begeisterter Unterstützung zog sie die Laken von den Betten und wusch sie zusammen mit mehreren Leinenhandtüchern, einigen Kleidungsstücken des Jungen und den Hemden, die sie kurz nach ihrer Ankunft in Gages Kleiderschrank gefunden hattte. Dann hängte sie die saubere Wäsche draußen in Wind und Sonnenschein auf. Während die Wäsche trocknete, lüftete Shemaine die Kissen, fegte und putzte die erst vorgestern geschrubbten Böden, wienerte die Möbel und brachte das Innere der Hütte auf Hochglanz. Die ganze Zeit über verstand sie es, die verschiedenen Arbeiten spielerisch darzubieten, damit Andrew nicht die Lust daran verlor. Sie begann sogar, ihm ein Kinderlied beizubringen, mit dem das Zählen erlernt werden konnte, und lachte herzlich über seine Aussprache der schwierigen Wörter. Er fand alles wundervoll und gluckste vergnügt, während er sich nach Kräften bemühte, ihr nachzusprechen.

Für den Ausflug auf das Schiff stellte Shemaine eine beträchtliche Anzahl von Dingen zusammen, angefangen von Zinntellern und -tassen aus dem Lagerraum bis hin zu einem Tischtuch und Servietten, die sie bei der Küchenwäsche gefunden hatte. Schließlich packte sie alles in einen Korb und gab noch den Kuchen hinzu, den sie zuvor mit einer Zuckerglasur versehen hatte. Sie schnitt das Brot, wickelte es in ein sauberes Tuch und legte es beiseite, damit Andrew es tragen konnte. Aus dem Brunnen zog sie einen Krug mit kühlem Apfelwein herauf. Dann wurde der Eintopf vom Herd genommen, zugedeckt und mit allem anderen hinaus auf die Veranda gestellt. Als letztes stampfte und würzte sie die Kartoffeln, löffelte sie in eine Deckelschale und wickelte eine kleine Decke um das Behältnis, um es warm zu halten.

Wenige Minuten nachdem Shemaine die Glocke geläutet hatte, die an einem Pfosten in der Nähe der Treppe hing, kam ein großer, schlaksiger junger Mann zur Hütte hinaufgelaufen, um ihr zu helfen, das Ganze zum Schiff hinunterzubringen. Als er keuchend auf der Treppe stehenblieb, tippte er sich höflich an den Hut, und ein Grinsen verwandelte seine recht zerklüfteten Züge in ein überaus liebenswertes Gesicht. Shemaine war gewiß, daß er die tiefblauesten Augen und das schwärzeste Haar besaß, die sie je gesehen hatte, sogar in Irland.

»Morgen, Miss«, rief er fröhlich. »Ich bin Gillian Morgan. Der Käpt'n schickt mich; ich soll das Essen zum Schiff runterbringen.«

Shemaines flüchtiges Stirnrunzeln verriet ihre Verwunderung. »Der Kapitän?«

»Mr. Thornton, meine ich, Miss...«, erklärte Gillian bereitwillig. »Nur daß er's nicht gerne hört, wenn man ihn so nennt. Aber wo

Mr. Thornton doch das Schiff entworfen hat und uns unsere Löhne bezahlt – ganz zu schweigen davon, daß er dreizehn Jahre älter ist als ich –, na, jedenfalls hat mein Pa ein ganz schönes Theater gemacht, als ich Mr. Thornton beim Vornamen nennen sollte. Also haben ich und mein Pa ihn Käpt'n getauft.«

»Ich verstehe.« Shemaine nickte lächelnd. »Ich weiß von Mr. Thornton, daß er eine Aversion dagegen hat, wenn die Leute ihn bei seinem Familiennamen nennen, aber ich kann mich auch nicht zu einer vertrauteren Anrede durchringen.«

Nun war Gillian an der Reihe, verwirrt zu sein. »Eine Aversion?«

»Eine Abneigung... einen Widerwillen«, erklärte Shemaine und legte neugierig den Kopf schief. »Hat Mr. Thornton Ihnen jemals erklärt, warum er sich nicht gern bei seinem Familiennamen anreden läßt?«

»Nun, er hat bloß gesagt, daß er früher mal Schiffe für seinen Pa gebaut hat. Damals hat er mit anderen Männern zusammengearbeitet, hat die gleiche Arbeit gemacht wie sie, aber sein Pa hat immer drauf bestanden, daß die Leute ihn Mr. Thornton nannten, wo er doch der Sohn vom Besitzer war. Das hat der Käpt'n natürlich gehaßt.«

Shemaine deutete auf den zugedeckten Eintopf und die mit der Decke umwickelte Schale mit den Kartoffeln. »Wir sollten besser zusehen, daß wir das Essen zum Schiff bringen, bevor es kalt wird, sonst wird Mr. Thornton am Ende noch uns hassen!«

»Jawohl! Sonst zieht er uns das Fell über die Ohren; das wär' durchaus möglich«, erwiderte Gillian mit leisem Lachen. »Er läßt es einen jedenfalls immer wissen, wenn er sich über was geärgert hat.«

»Aber er ist doch nie ungerecht, oder?« fragte sie ängstlich.

»Nein, ungerecht ist er nicht, nur sehr eigen, wenn's um die Arbeit geht, die wir für ihn machen. Er erwartet, daß wir unser Bestes geben. Sie wären gut beraten, das auch zu tun, Miss.«

Shemaine stieß einen leisen, unbehaglichen Seufzer aus. »Ich werde mir jedenfalls Mühe geben.«

Dann hängte sie das Tuch, in das sie das Brot gebunden hatte, Andrew über den Arm, griff nach seiner anderen Hand und nahm den Korb auf. Gillian nahm den schweren Topf, die Schale mit den Kartoffeln und den Krug und ging damit voran, während sie ihm mit dem Kind ein wenig langsamer folgte. Als sie sich dem Schiff näherten, kam Gage ihnen entgegen, nahm Andrew auf den Arm und ihr den Korb ab und begleitete sie auf das erst teilweise fertiggestellte Deck.

Die vier Zimmerleute und der ältere Schiffsbauer warteten an Bord des Schiffes bereits mit freundlicher Ungeduld darauf, ihre Bekanntschaft machen zu dürfen. Sie hatten sich sogar in recht lauten Andeutungen (und Hänseleien) ergangen, es würde langsam Zeit, daß *Mister* Thornton endlich aufhörte, sich Sorgen zu machen, er könne die Frau an einen von ihnen verlieren – schließlich konnte er die Vorstellung seiner Dienstkraft nicht bis in alle Ewigkeit hinauszögern. Gillian übernahm Andrew von dessen Vater, und wenige Augenblicke später rollte sie sich mit dem Jungen über das Deck. Ihr vergnügter Ringkampf entlockte dem Kleinen jubelndes, glucksendes Kreischen, während Gage Shemaine endlich in aller Form vorstellte. In Ramsey Tate erkannte Shemaine den Mann, der ihrem Herrn, am Tag nachdem er sie gekauft hatte, draußen vor der Tischlerei geholfen hatte. Sly Tucker, ein großer, ziemlich beleibter Mann mit rotblondem Haar und buschigem Bart, war ein weiterer ausgebildeter Zimmermann. Die beiden Lehrlinge waren mit vielleicht zwei- oder dreiundzwanzig Jahren ungefähr gleich alt. Einer davon war ein Deutscher namens Erich Wernher, ein junger Mann mit ebenmäßigen Gesichtszügen, dunklem Haar und dunklen Augen; der andere war Tom Whittaker, ein gutaussehender Siedler mit lohfarbenem Haar und grauen Augen. Flannery Morgan war ein bereits ergrauter älterer Herr mit fast so vielen Falten in seinem wettergegerbten Gesicht, wie der Nachthimmel Sterne hatte. Und er verfügte über einen beißenden Witz, der den anderen unwiderstehlich schallendes Gelächter abnötigen konnte.

Sie alle behandelten Shemaine mit dem Respekt, der einer Dame zukam; Shemaine schrieb das zweifellos der Hochachtung zu, die sie ihrem Arbeitgeber entgegenbrachten. Da sie ein Tischtuch mitgebracht hatte, beeilten die Männer sich nun, einige Bretter über

Böcke zu legen, und halfen anschließend, Teller und Tassen auf der notdürftigen Tafel zu verteilen. Da Sly Tucker bei seltenen Gelegenheiten auch als Laienprediger fungierte, fiel ihm die Aufgabe zu, das Tischgebet zu sprechen. Schon bald wurde überschwengliches Lob laut, als die Arbeiter den Eintopf kosteten, den sie mit Kartoffeln aßen; über das Brot fielen sie mit wahrem Heißhunger her. Der Krug mit dem kühlen Apfelwein wurde mehrmals herumgereicht, um die Zinnbecher zu füllen und den Durst der Männer zu löschen. Als schließlich der Gewürzkuchen auf den Tisch kam, konnten einige von ihnen nur noch in gespielter Qual stöhnen.

Zum ersten Mal, seit Gage Thornton sie gekauft hatte, war Shemaine in der Lage, die Portion, die sie auf ihren Teller gegeben hatte, auch zu bewältigen, aber die Speisen lagen ihr nachher doch recht schwer im Magen und machten sie müde. Sie hätte nichts lieber getan, als Andrew zu seinem Mittagsschläfchen in die Hütte zurückzubringen, aber es war unübersehbar, daß der Junge, solange Gillian in der Nähe war, nicht ohne weiteres bereit sein würde, schon so bald aufzubrechen.

Gage hatte sich auf ein geschlossenes Faß, gefüllt mit Nägeln, am Ende des provisorischen Tisches gesetzt, und als er schließlich seinen Teller von sich schob, kippte er das Fäßchen leicht zurück und lehnte sich gegen das noch rauhe Holz der Reling. Aus diesem Blickwinkel konnte er seine Männer einen nach dem anderen betrachten und mit eigenen Augen sehen, wie sehr sie das Mahl genossen. In diesem Augenblick hätte Shemaine eine warzenverunstaltete alte Kröte sein können, dachte er, und seine Männer hätten sie trotzdem bewundert, allein für ihre Kochkunst.

Gage gönnte seinen Männern ein paar Augenblicke der Ruhe, bevor sie sich wieder an die Arbeit machten, denn es lag auf der Hand, daß sie nach einem so herzhaften Essen eine kleine Pause benötigten. Den jüngeren Männern teilte man die Aufgabe zu, das schmutzige Geschirr, den leeren Topf und die spärlichen Essensreste zur Hütte zurückzubringen. So konnte Shemaine noch einige Minuten mit Andrew an Bord bleiben. Sie wanderte mit dem Jungen umher, sah sich um und bewunderte die vollendete Handwerkskunst. Gage sprach unterdessen über die Probleme, die sie mit einigen unzureichend abgelagerten Krummhölzern hatten, die Gillian unlängst aus dem Schuppen geholt hatte.

»Diese elenden Dinger werden uns in Stücke brechen, noch bevor die Woche rum ist, Käpt'n. Wir müssen die Dinger bald rausnehmen und durch andere ersetzen«, riet Flannery Morgan seinem Arbeitgeber.

»Wenn es getan werden muß, dann tun Sie's«, erwiderte Gage mit schlichter Logik. »Es sieht so aus, als hätten wir keine andere Wahl.«

Andrew erspähte eine Möwe, die niedrig über dem Vorschiff kreiste, und lief los, um sie zu fangen. Shemaine eilte hastig hinter ihm her, aber der Junge kletterte bereits geschwind wie eine kleine Maus über die ersten Balken. Der Vogel schwebte verlockend dicht über ihm, als wolle er den Kleinen foppen. Obwohl sie Mühe hatte, ihre eigene Trägheit zu überwinden, stolperte Shemaine hinter ihm her, sprang über Balken und Streben und versuchte, den Jungen nicht aus den Augen zu verlieren. Es erstaunte sie, daß ein so kleines Kind über solche Energie verfügte und noch dazu so geschickt zu klettern vermochte. Aber dann erstarb Andrews Interesse an der Möwe ebenso plötzlich, wie es aufgelodert war, und er stieg flink auf das Hauptdeck hinunter, wo ein Frosch über die Planken sprang. Shemaine, die stehenblieb, um wieder zu Atem zu kommen, stellte fest, daß sie sich mittlerweile ziemlich weit vorn auf dem Vorschiff befand, und da die Aussicht von dieser Stelle aus einfach hinreißend war, trat sie weiter auf den Decksüberhang hinaus. Unter sich konnte sie am Stützgerüst große Steinbrocken liegen sehen, und wenn sie den Blick hob, bot sich ihr eine wunderschöne Aussicht auf die Hütte,

»*Verflucht, Shemaine!*« brüllte eine Stimme, und beinahe wäre sie vor Schreck von ihrem luftigen Ausguck gefallen. »*Komm da runter! Komm runter, bevor du abstürzt!*«

Shemaine sah, daß Gage bereits auf sie zustürmte, und bevor sie noch seinem Befehl nachkommen konnte, stand er auch schon neben ihr, packte ihren Arm und riß sie von dem provisorischen Buggeländer weg, hinter dem der Abgrund gähnte. Als sie wieder auf dem Hauptdeck standen, hielt er sie an den Schultern fest und schüttelte sie grob. Dann überhäufte er sie mit sprühendem Tadel.

»Geh *nie* wieder da rauf, hast du mich gehört! Das ist gefährlich! Bleib einfach da weg!«

Shemaine nickte völlig verängstigt. Sein Zorn hatte sie zutiefst eingeschüchtert. »J... ja... na... natürlich, Mr. Thornton«, stammelte sie und mußte gleichzeitig gegen Schmerzestränen kämpfen. Seine Finger umklammerten ihre Arme mit solch unerbittlicher Härte, daß sie nicht den leisesten Zweifel hatte, daß sie später blaue Flecken dort entdecken würde. Zitternd versuchte sie, sich aus seinem stählernen Griff zu lösen. »Bitte, Mr. Thornton, Sie tun mir weh.«

Als hätte ihn seine eigene Wildheit erschreckt, ließ Gage sofort die Hände sinken und taumelte einen Schritt zurück. »Es tut mir leid«, stieß er mit heiserem Flüstern hervor. »Ich wollte dir nicht...«

Dann drehte er sich auf dem Absatz um, ließ sie stehen und verließ schnellen Schrittes das Schiff. Als seien sie zu Statuen versteinert, sahen Shemaine und seine Männer ihm nach, während er hastig die Helling hinunterlief. Dann marschierte er, als seien die Furien der Hölle ihm immer noch auf den Fersen, zur Tischlerwerkstatt, und einen Augenblick später klang das ferne Zuschlagen einer Tür wie ein Donner durch die Stille, die er an Bord des Schiffes zurückgelassen hatte.

Shemaine wandte sich mit einem ratlosen Stirnrunzeln an Gillian; der Zorn, den ihr Herr soeben an den Tag gelegt hatte, erschütterte sie zutiefst. »Was habe ich getan? Warum war Mr. Thornton so wütend auf mich?«

»Machen Sie sich man keine Sorgen, daß der Käpt'n böse auf Sie sein könnt', Miss«, murmelte der junge Mann, der versuchte, ihre Ängste zu zerstreuen. »Es war wohl Ihr Anblick, wie Sie da oben auf dem Bug gestanden haben. Das ist nämlich die Stelle, wo seine Frau in den Tod gestürzt ist.«

Shemaine preßte sich eine Hand auf den Mund, um ein verzweifeltes Aufstöhnen zu ersticken. Wie konnte sie nur einen so schlimmen Fehler machen?

»Warum gehen Sie nicht mit Andrew wieder zurück in die Hütte, Miss«, meinte Gillian freundlich. »Ich bringe Ihnen dann alles rauf, was noch übrig ist.«

Shemaine nahm seinen Rat an und ging mit Andrew an der Hand vom Schiff. Dankbar stellte sie fest, daß der jüngere Mann die Zinnteller und die Becher im Fluß abgespült und dann den Korb an der Tür der Hütte abgestellt hatte. Im Handumdrehen hatte sie alles in Seifenwasser abgewaschen und abgespült und sauber wieder in der Küche stehen.

Nachdem Shemaine dann die frisch duftenden Laken und Kissen von draußen hereingeholt hatte, machte sie die Betten und legte sich endlich zusammen mit Andy in ihr eigenes Bett oben auf dem Dachboden. Sie las ihm noch etwas vor, bis er einschlief. Dann lag sie, während sein kleiner Kopf auf ihrem Arm ruhte, noch lange Zeit wach und starrte die Decke an. Wieder und wieder mußte sie an Gages zornige Reaktion denken, als er sie auf dem Bug des Schiffes gesehen hatte. Obwohl sie verstand, daß die Art, wie seine Frau zu Tode gekommen war, ihm zu schaffen machte, hatte sie doch in diesen kurzen Sekunden, während der er sie zurechtgewiesen und durchgeschüttelt hatte, in seinen Augen einen quälenden Schmerz entdeckt, der ihr noch nie zuvor aufgefallen war. Es stand wohl außer Zweifel, daß der Mann von furchtbaren Erinnerungen heimgesucht wurde; vielleicht war es etwas, das er getan oder zu tun versäumt hatte und dem noch kein erlösendes Vergessen beschieden worden war. Was war an jenem schicksalsschweren Tag geschehen, von dem er ihr nichts erzählt hatte? Welche furchtbaren Dinge waren, abgesehen von dem Tod einer jungen Frau und Mutter, an jenem Tag vorgefallen, die die Macht hatten, die Seele eines Menschen schier zu zerreißen und ihn von schwärendem Zorn erfüllt zurückzulassen?

Das Grübeln über die vielen Möglichkeiten erschöpfte Shemaine total, denn auf ihre Fragen waren keine einfachen Antworten zu finden. Mit einem gequälten Seufzer legte sie einen Arm um Andrew, zog die Decke über sich und überließ sich der Schläfrigkeit, die sie unwiderstehlich überfallen hatte.

Ramsey Tate näherte sich der Werkstatt und kündigte sein Eintreten mit einem leisen Klopfen an. Als aus dem Inneren der Hütte ein gedämpfter Ruf kam, trat er beherzt ein und zog die Tür leise hinter sich zu. Sein Arbeitgeber starrte tief in sich versunken und mit finster zusammengezogenen Brauen aus einem der Fenster, und als ihn, Ramsey, ein durchdringender, harter Blick traf, war er sich keineswegs sicher, daß seine Anwesenheit an diesem Ort erwünscht war.

»Sly und die anderen haben Angst, hierherzukommen, weil sie glauben, sie würden dich vielleicht stören«, sagte der ältere Mann behutsam. »Sie haben mich vorgeschickt, damit ich frage, ob wir uns wieder an die Arbeit machen sollen.«

Gage schnaubte gereizt und warf seinem ersten Gesellen einen noch finstereren Blick zu. »Na, was denkst du denn?«

Ramseys buschige Brauen zuckten in die Höhe. »Na, ich habe den Männern gesagt, daß du gewiß möchtest, daß die Arbeit wie gewohnt weitergeht, ganz gleich, wie düster und grimmig deine Stimmung sein mag. Ich brauche wohl nicht zu erklären, wie sehr du die junge Frau erschreckt hast. Sie dachte, sie hätte dich irgendwie gekränkt, bis Gillian ihr erklärte, daß du nur um deine Frau trauerst.«

Gage schenkte dem Hinweis auf Shemaine absichtlich keine Beachtung. Er wußte besser als irgend jemand sonst, daß er das Mädchen erschreckt hatte. Aber der Anblick seiner jungen Dienerin, wie sie sich da über den Bug beugte, hatte sich mit quälenden Visionen von Victoria, die dasselbe getan hatte, in sein Gehirn gebrannt. Einen flüchtigen Augenblick lang hatte sich die Wirklichkeit mit einem Netz peinigender Illusionen verwoben, und er durchlitt im Bruchteil einer Sekunde noch einmal die Szene ihres Todes, gefoltert von diesen grausam lähmenden Bildern, die sich seit dem Tod seiner Frau beharrlich gehalten hatten, die ihn aus den Tiefen des Schlafs rissen und ihn wie ein Tier im Käfig in seinem Zimmer auf und ab laufen ließen. Nur war es diesmal Shemaine gewesen, die in dem Alptraum hilflos auf die Steine unten prallte, während er selbst alles von oben mit angesehen hatte.

»Meine Laune hat nichts mit meinen Erwartungen zu tun«, gab Gage schließlich zurück. »Ich erwarte, daß die Männer heute genauso arbeiten wie an jedem anderen Tag und mir einen gerechten Gegenwert für ihre Löhne geben. Ich habe mir angesehen, welche Hölzer sie für die neuen Möbel ausgewählt haben, und ich denke, daß da hinsichtlich der Maserung noch viel im argen liegt. Ich ziehe Knollenmaserung für die Türen vor, und auch das Holz für die Schubladen muß dazu passen.«

»Vielleicht willst du uns zeigen, wie es werden soll«, meinte Ramsey freundlich. Er wußte, daß weder er noch einer der anderen Arbeiter sich das fertige Produkt so gut vorstellen konnten wie der Meister. Ihm war auch bewußt, daß Arbeit ein gutes Heilmittel gegen das war, was Gage Thornton quälte, zumindest, bis er beschloß, sich eine Frau zu nehmen.

»Ruf die Männer rein«, verlangte Gage. »Ich zeige ihnen, was ich will.«

»Die Morgans auch?« fragte Ramsey unsicher. »Sie werden wissen wollen, ob du heute noch an dem Schiff weitermachst.«

»Flannery muß einige Planken auswechseln«, entgegnete Gage knapp. »Dabei braucht er meine Hilfe nicht.«

Als der Mann schließlich wieder ging, fuhr Gage sich mit der Hand über die Augen und stieß einen unglücklichen Seufzer aus. Mit reiner Willenskraft gelang es ihm schließlich, seine Gedanken von dem quälenden und allzu realistischen Trugbild, wie Shemaine in den Tod stürzte, loszureißen. Es blieb ihm nur, sich abermals zu fragen, ob ihm je Vergessen von diesen grausamen Bildern beschieden sein würde.

An diesem Abend taten sich die Bewohner der Hütte an einer herzhaften Suppe gütlich, und während das Geschirr abgewaschen wurde, las Gage Andrew eine Geschichte vor und brachte ihn zu Bett. Als er in die Küche zurückkehrte, wartete Shemaine schon auf ihn.

»Es tut mir leid, wenn ich Sie heute auf dem Schiff beunruhigt haben sollte, Mr. Thornton«, sagte sie leise. »Mir war nicht klar, auf welche Weise Ihre Frau zu Tode gekommen ist.«

Ein kurzes Zucken seiner Mundwinkel war das Äußerste an Lächeln, dessen Gage im Augenblick fähig war. »Es hat mich nur erschreckt, dich so nahe am Abgrund zu sehen und mir vorzustellen, daß Victoria ebenfalls dort oben gestanden haben könnte.«

»Ich habe im Augenblick nichts Wichtiges zu erledigen, Mr. Thornton«, sagte sie mit ruhiger Stimme. »Vielleicht würden Sie sich besser fühlen, wenn Sie einmal darüber reden könnten.«

Ihr wohlmeinender Vorschlag schien voll ehrlichem Mitgefühl zu sein, und er konnte sich nicht dazu überwinden, sie mit einer Ablehnung zu kränken. »Ich war nicht dort, als… meine Frau… stürzte«, antwortete er stockend. »Ich war mit Andrew in die Hütte gegangen, um ihm Teer von den Fingern zu waschen; er war auf dem Schiff in das Werg geraten. Und dann hörte ich plötzlich Victoria schreien. Sie klang so angstvoll. Kaum eine Sekunde später hörte ich weitere Schreie. Ich ließ Andrew in seinem Bett zurück und rannte hinunter, um festzustellen, was geschehen war. Als ich das Schiff erreichte, fand ich Roxanne hysterisch schluchzend über den toten Leib meiner Frau gebeugt. Sie sagte, sie habe gerade ihr Kanu ins flache Wasser gezogen, als sie Victoria schreien hörte. Dann habe sie meine Frau auf den Steinbrocken unter dem Bug gefunden. Victoria hatte sich bei dem Sturz den Hals gebrochen, und es gab absolut nichts, was ich tun konnte, um sie wiederzubeleben. Ich zimmerte einen Kiefernsarg und brachte sie in die Stadt, wo sie auf dem Kirchhof neben ihren Eltern begraben wurde.«

Er erwähnte nicht, welcher Behandlung er ausgesetzt gewesen war, als er nach Newportes Newes kam. Es hatte seine Situation gewiß nicht verbessert, daß er in den vergangenen Jahren gewisse Bewohner des Weilers gegen sich aufgebracht hatte, indem er es wagte, auf die Torheit einiger Gesetze hinzuweisen, die diese Leute dem Dorf selbstherrlich aufgezwungen hatten. Danach hatten sie ihn als Querulanten betrachtet, und ihre Rachsucht war schon bald nach Victorias Tod zutage getreten. Die britischen Behörden waren nach einigen Verhören zu dem Schluß gekommen, daß das Ganze nicht mehr war als eine gehässige, gegen ihn gerichtete Hetzkampagne. Dann hatten die Behörden verlauten lassen, daß seine Frau möglicherweise selbst in den Bug geklettert und lediglich ausgerutscht sein könnte. Während die meisten Dörfler diesem Urteil beigepflichtet hatten, brodelten in dem dunklen, abscheulichen Kessel von Hörensagen und Verleumdung die bösartigen Gerüchte weiter.

»Nach dem Unfall fühlte ich mich, als sei ich in einen dunklen Kerker hinabgestiegen, aus dem ich nie wieder herauskommen würde«, fuhr Gage fort. »Aber so ist das eben mit der Trauer; im Laufe der Zeit kommt man doch ein wenig darüber hinweg. Außerdem hat mir die Notwendigkeit, Andrew versorgen zu müssen, gewiß über so manche Hürde geholfen.«

»Sie haben einen wunderbaren Sohn, Mr. Thornton«, versicherte Shemaine ihm gütig. »Andrew gewinnt das Herz eines jeden Menschen.«

»Für mich war er bestimmt ein Segen«, seufzte Gage. Dann herrschte eine Weile verlegenes Schweigen zwischen ihnen, bis Gage schließlich mit dem Kopf auf die Flurtür deutete. »Wenn du jetzt gern ein Bad nehmen würdest, Shemaine, kannst du das tun. Ich habe nicht die Absicht, heute abend an meinem Schreibtisch zu arbeiten, daher könntest du in Ruhe baden.«

»Vielen Dank, Mr. Thornton« erwiderte sie lächelnd. »Der Verzicht auf ein Bad war mir an Bord der *London Pride*, gelinde gesagt, eine Qual. Nie zuvor war ich so dankbar dafür, sauber zu sein. Und gerade heute könnte ich mir nichts Schöneres vorstellen, als mir ein ausgiebiges Bad zu gönnen.«

»Dann solltest du das auch unbedingt tun«, ermunterte Gage sie. »Ich werde für eine Weile hier im Wohnzimmer sitzen und lesen, daher werde ich wohl noch auf sein, wenn du fertig bist.«

Shemaine traf schnell die notwendigen Vorbereitungen für ihr Bad, goß drei Eimer heißes Wasser in die Wanne und holte zwei weitere vom Brunnen herein. Nach Andrews Mittagsschläfchen hatte sie ihm auf der Veranda eine Weile vorgelesen und dann später, während sie ihm beim Spielen zusah, die frisch gewaschene Wäsche zusammengefaltet. Sie hatte alles in einem Korb aufgestapelt, die Handtücher obenauf gelegt, aber in ihrer Eile, sich um das Abendessen zu kümmern und Andrew vorher zu baden, hatte sie den Korb dann neben ihrem Stuhl auf der Veranda stehengelassen. Während sie nun den letzten Kübel Wasser in die Hütte schleppte, trug sie mit der anderen Hand den Bastkorb und stellte ihn auf Gages Stuhl, bevor sie das Wasser in den Zuber kippte und die Tür zum provisorischen Badezimmer schloß.

Nur wenige Sekunden später ließ Shemaine sich mit einem wohligen Seufzer in das dampfende Wasser sinken. Es war weder ein besonders schöner Zuber, noch standen ihr die feinsten Seifen zur Verfügung, aber sie genoß das Bad, als würden ihr die Dienstmägde des Königshofs aufwarten. In der Tat blieb sie so lange in der Wanne sitzen, bis die Haut an ihren Fingern und Zehen zu schrumpeln begann und das Wasser entschieden zu kühl wurde. Erst da zog sie es überhaupt in Erwägung, ihr Bad zu beenden.

Shemaine stand im Zuber auf und griff nach einem Handtuch. Mühelos bekam sie eine Ecke des Stoffs zu fassen, zog ihn dann schwungvoll aus dem Korb und bemerkte sogleich, daß das Leinen seltsam schwer war. In der nächsten Sekunde ließ ihr eisiges Entsetzen das Blut in den Adern gerinnen. Mit einem erschrockenen Keuchen betrachtete sie die große Schlange, die vor ihr zu Boden geglitten war. Das Tier begann auch sofort zu zischen und sich zu winden, während es sich hoch aufrichtete. Es hielt seinen Blick drohend auf die junge Frau gerichtet, und die Zunge schoß in erregten Stößen aus dem zahnbewehrten Maul hervor. Das Reptil zischte wie zur Warnung, hob den knotigen Schwanz und begann ihn mit einem seltsam rasselnden Geräusch zu schütteln.

Einen Augenblick später schoß der Schlangenkopf nach vorne. Shemaine schrak mit einem schrillen Angstschrei zurück und stolperte rücklings aus dem Zuber. Dann hörte sie ein Geräusch, das so klang, als sei in der Küche ein Stuhl umgeworfen worden, und einen Herzschlag später Schritte, die der Tür zueilten. Gage rief laut ihren Namen, aber sie hatte keine Zeit, zu antworten, denn die Schlange schoß abermals auf sie zu, und abermals schrie sie auf. Das Handtuch an die Brust gepreßt, taumelte Shemaine genau in dem Augenblick gegen den Zeichentisch, als die Küchentür weit aufgerissen wurde.

Die Schlange, deren gesamter Jagdinstinkt erwacht war und die nur noch Beute im Sinn hatte, war um den Badezuber herumgeglitten und befand sich gerade in der Nähe der Tür, als diese geöffnet wurde. Das Reptil wandte sich abrupt um und ließ, als der

Mann durch die Tür trat, den Kopf nach vorn schnellen, aber Gage brachte sich mit einem geistesgegenwärtigen Sprung in Sicherheit und rannte, ohne zu zögern, zum Lagerraum. Als er zurückkehrte, hielt er ein langes, gefährlich wirkendes Messer in der Hand. Die Viper beäugte ihn wachsam und lauerte auf eine Chance, ihre Giftzähne in sein Fleisch zu senken. Gage wich einem neuerlichen Angriff aus, und als die Schlange zurückzuckte, war er bereit. Mit einem blitzartigen Schritt nach vorn ließ er die breite Klinge herunterschnellen und trieb seine Waffe durch den Schädel der Schlange, so daß der teilweise abgetrennte Kopf am Boden festgeheftet wurde.

Schaudernd umklammerte Shemaine das mittlerweile feuchte Handtuch und beobachtete das bizarre Zucken des Schlangenleibes in seinen Todeskrämpfen. Gage öffnete die Hintertür, schob die flache Seite des Messers unter den verstümmelten Kopf der Schlange und umfaßte mit der anderen Hand den schuppigen Rumpf in der Nähe des Schwanzes. Dann hob er das Reptil vom Boden auf und trug es hinaus auf die Veranda.

Shemaine sank schwach vor Erleichterung und immer noch zitternd gegen den Schreibtisch. Es verstrich ein langer Augenblick, bevor ihr der Gedanke kam, daß im Korb noch eine weitere Schlange lauern könnte. Sie hatte keine Ahnung, ob Reptilien die Neigung hatten, sich zu mehreren zusammenzutun. Andererseits hätte eine weitere Schlange ihre Gegenwart mittlerweile gewiß kundgetan.

Shemaine atmete mit einem langen, befreiten Seufzer aus. Sie war jetzt in Sicherheit, versuchte sie sich zu beruhigen. Ihre Phantasie war mit ihr durchgegangen, sonst nichts. Ihr Herr hatte die Schlange getötet, und wenn sich noch weitere in dem Korb befanden, würde er auch diese töten.

Das Geräusch von Wasser, das auf die Veranda spritzte, brachte Shemaine zu Bewußtsein, daß sie die Chance, dieser Situation mit Anstand zu entrinnen, verpaßt hatte. Das Handtuch umklammert, rannte sie auf die Treppe zu, aber als sie die Schritte hörte, die sich der offenen Tür näherten, blieb sie wie erstarrt stehen. Sie sah sich vor ein Dilemma gestellt – sie konnte nicht zur Treppe und hinauf

auf den Boden gelangen, ohne sich Gage in ihrer Nacktheit zu zeigen. Aber wenn sie blieb, würde das viel zu kleine und obendrein feuchte Handtuch sie ebenfalls kaum vor seinen Blicken schützen, denn der Stoff bedeckte nur die Vorderseite ihres Körpers, und auch dies nur zum Teil. Nervös biß Shemaine sich auf die Lippen, während sie den Korb auf der anderen Seite des Badezubers einer argwöhnischen Musterung unterzog. Ein zweites Handtuch würde ihr besseren Schutz gewähren, aber konnte sie den Korb noch rechtzeitig erreichen? Gages Eintritt machte ihren Überlegungen jedoch ein Ende, und Shemaine schob sich in ihrer Verzweiflung mit einem Satz zwischen die Wand und den Schreibtisch, den einen Arm über die Brüste und den anderen schräg über den Unterleib gelegt. Mehr konnte sie nicht tun. Dennoch ließ sich ihr bebendes Herz nicht beruhigen.

Eine Woge von Gefühlen schlug über Gage zusammen, als er seine Dienerin erblickte, die hinter seinem Schreibtisch Zuflucht suchte. Es erfüllte ihn mit größtem Erstaunen, daß sie noch nicht die Flucht ergriffen hatte. Mit der Schulter warf er die Tür hinter sich zu und trat mit ruhigen Schritten in den Flur, wo er sich bedächtig daran machte, mit einem öligen Lumpen, den er eigens für solche Zwecke in einem Kasten in der Nähe des Eingangs liegen hatte, das inzwischen gewaschene Messer zu trocknen. Er blieb neben seiner Dienerin stehen und rieb mit dem Tuch die mittlerweile wieder glänzende Klinge ab. Die ganze Zeit über legte er eine Gelassenheit an den Tag, die aufrechtzuerhalten ihn große Kraft kostete.

»Du hast Glück gehabt, Shemaine«, bemerkte er. Die ins Wanken geratenen Grenzen seiner Willenskraft wurden auf eine harte Probe gestellt, während er versuchte, sich abzulenken. Er wußte nur allzugut, was der Anblick ihrer nur dürftig verhüllten Gestalt ihm antun würde. Aber selbst, wenn es um sein Leben gegangen wäre, er konnte der qualvollen Süße der Situation, in der er sich im Augenblick befand, unmöglich den Rücken kehren. »Es war eine Giftschlange. Sie hätte dich töten können. Hast du irgendeine Ahnung, wie das Tier hier hereingekommen sein könnte?«

Shemaine konnte das nervöse Zittern, das von ihr Besitz ergriffen hatte, nicht unter Kontrolle halten. Sie fühlte sich zu schutzlos, um mit einem Mann im Zimmer etwas anderes als Beklommenheit zu empfinden. Tatsächlich hatte sie in ihrer Befangenheit sogar Mühe beim Sprechen, als sie nun versuchte, ihm die Situation zu erklären. »Die Sch-Schlange muß irgendwie in den K-Korb mit der Wäsche hineingekrochen sein, den ich heute nachmittag auf der Veranda stehengelassen habe. Ich n-nehme an, sie hat sich zum Schlafen in dem Handtuch zusammengerollt.«

»Du kannst dankbar sein, daß sie nicht versucht hat, dich zu beißen, als du den Korb hereingetragen hast.«

Shemaine blickte zögernd zu ihm auf, und Gage hatte gute Lust, ihrem Blick zu begegnen. Diese einfache Entscheidung erwies sich als sein Untergang. Welch noble Absichten er in ihrer Gegenwart zur Schau zu stellen beabsichtigte – ganz gleich, wie dürftig diese gewesen sein mochten –,jetzt zerstoben sie in alle Winde, und seine männlichen Instinkte erhoben sich wie ein wilder, schwertschwingender Barbar auf einem schwarzen Streitroß. Er war ein Mann, den es nach einer Frau dürstete, und mit hungrigen Augen verschlang er den köstlichen Anblick, als betrachte er nach langem Fasten sein erstes Mahl. Bisher hatte er die Knappheit der Handtücher immer verflucht, weil sie nur wenig dienlich waren, um den Körper eines Mannes trockenzureiben, aber heute abend änderte er seine diesbezügliche Meinung. Mit großem Wohlgefallen erfreute er sich der Tatsache, daß dieses spezielle Handtuch schmal genug war, um eine großzügige Sicht zu gewährleisten.

Sein faszinierter Blick tastete sich von cremefarbenen Schultern hinab bis zu reifen Brüsten, die sie mit dem Arm verführerisch in die Höhe preßte. Der obere Rand des Handtuchs war über ihrem Arm nur teilweise zu sehen, und seine zerfransten Säume trugen herzlich wenig dazu bei, zu verbergen, was sie mit ihrer schützenden Geste nur noch besser zur Schau stellte. Tatsächlich konnte er durch seine überlegene Größe mühelos von oben hinter das notdürftige Stück Stoff blicken, das für einen flüchtigen Augenblick eine lockende Fülle preisgab. Sein Vorteil gestattete ihm den Ausblick auf ein Stückchen bleichen Rosas, das ihn begierig machte, das Ganze zu Gesicht zu bekommen.

Wo ihre Arme seiner Musterung kein Hindernis in den Weg stellten, zeichnete das feuchte Tuch jede Kurve und jede Schwellung ihres Körpers nach und gab eine Ahnung von den süßen Verlockungen, die es verschleiert hielt. Ihre ganze rechte Seite, angefangen von der Brust über die Taille und Hüfte bis dorthin, wo das Handtuch über einem wohlgeformten Schenkel endete, war seinem forschenden Blick preisgegeben. Ihre Haut war also tatsächlich so weich und hell, wie er es sich vorgestellt hatte. Und gewiß würde sie unter seinen Lippen genauso köstlich und süß sein wie unter seinen Blicken.

In seinen Augen schwelte ein dunkles Feuer, als sie ihren Weg nun wieder nach oben zurückverfolgten und Shemaine aufs qualvollste bewußt machten, wie schutzlos und verletzlich sie war. Sie vermochte weder ihr heftiges Zittern zu unterdrücken noch das unablässige verzweifelte Hämmern ihres Herzens zu beschwichtigen. Das Begehren, das in diesen braunen Augen flammte, hätte eine Amazone in Angst versetzt. Im vollen Bewußtsein der überlegenen Kraft ihres Herrn durfte sie keine Hoffnung hegen, ihn abwehren zu können, wenn er beschloß, sie niederzuwerfen und sich zu Willen zu machen.

Der Augenblick dehnte sich über das Maß des Erträglichen hinaus, bis schließlich Shemaines irisches Temperament aufflackerte. Ihr Zorn offenbarte sich schließlich in einer schroffen Frage. »Hätten Sie etwas dagegen, wenn ich mir jetzt wieder etwas anziehen würde, Mr. Thornton?« Dann setzte sie mit einer gehörigen Portion Sarkasmus hinzu: »*Falls* es Ihnen *zufällig* entgangen sein sollte, dieses Handtuch läßt als Bekleidung einiges zu wünschen übrig.«

»Bitte um Entschuldigung, Shemaine«, griente Gage mit einem kurzen, belustigten Zucken seiner Lippen. »Der Anblick, den du mir bietest, ist so süß und verlockend, daß ich beinahe vergessen hätte, daß deine mangelnde Bekleidung dich bekümmern könnte. Ich kann dich nur bitten, mir zu verzeihen.«

Shemaine reckte hochmütig das Kinn vor und überlegte, ob er sich vielleicht nur deshalb die Freiheit herausgenommen hatte, sie so unverhohlen zu begaffen, weil sie bisher keinerlei Einwand erhoben hatte. Damit ihr Versäumnis ihn auf keinen Fall ermutigte, kam sie kühn auf den Kern ihrer Angelegenheit zu sprechen. »Jawohl, ich *bin* bekümmert, Mr. Thornton, aber was mir angst macht – Angst vor den Konsequenzen –, ist das, was ich in Ihren Augen lese. Wenn Sie nicht die Absicht haben, mich zu entehren, Sir, möchte ich Sie bitten, jetzt zu gehen, bevor Sie sich eines anderen besinnen.«

Nach einer letzten, überaus vollständigen Musterung neigte Gage gelassen den Kopf und trat an die Tür. Er zog sie leise hinter sich zu, ohne innezuhalten oder noch einmal zurückzublicken. Einen Augenblick später hörte sie ein Geräusch, das so klang, als würde ein Stuhl aufgerichtet.

»Tod und Teufel«, zeterte Shemaine und schleuderte eine Sekunde später das wenig nützliche Handtuch von sich. Dann wackelte sie mit dem Kopf und äffte leise zischend die dreiste Entschuldigung ihres Herrn nach. »Ich hätte fast vergessen, daß deine mangelnde Bekleidung dich bekümmern könnte, Shemaine. Oooh, Mr. Thornton! Welch trügerische Ränke Sie zu schmieden wissen!«

Dann riß sie ihr Nachthemd an sich, schlüpfte hinein, warf sich einen Morgenmantel darüber und verknotete den schmalen Gürtel energisch über ihrer schlanken Taille, obwohl sie ernste Zweifel hegte, daß irgendein Gewand eine Verteidigung gegen das Verlangen sein konnte, das sie in diesen leuchtenden Augen entdeckt hatte. Sie war, was den lüsternen Appetit des anderen Geschlechts betraf, reichlich naiv, aber doch scharfsichtig genug, um zu wissen, daß ein Mann, wenn er eine Frau so ansah, wie Gage Thornton sie gerade eben betrachtet hatte, unzweifelhaft ans Bett dachte.

Als Gage kurze Zeit später die Bettdecke zurückschlug und zwischen die Laken glitt, durchdrang ein köstlicher Duft nach frischer Luft seine Sinne und brachte ihm die Veränderung zu Bewußtsein, die die Kissen und die Wäsche erfahren hatten, seit er das Bett am Morgen verlassen hatte. Was auch immer Shemaine damit gemacht haben mochte, es wurde ihm klar, daß Roxanne viel zuviel damit zu tun gehabt hatte, ihm nachzujagen, um ähnliche Wunder zu vollbringen. Er fand es ungemein angenehm, den Kopf in die Gänsedaunenkissen sinken zu lassen und ihren süßen Duft einzuatmen.

Tatsächlich bemerkte er, daß er, nachdem er den ganzen Nachmittag in finsterem Grübeln verbracht hatte, sich plötzlich wunderbar entspannen konnte und bereit war, sich den tröstlichen Armen des Schlummers zu überlassen, wie ein Säugling, der gerade gefüttert worden war. Aber dann wollte es ihm doch nicht recht gelingen, seine Gedanken davon abzuhalten, bei dem erregenden Anblick von Shemaines reifen Brüsten zu verweilen, die sie nur unzureichend unter dem Handtuch hatte verbergen können. Erst recht nicht vermochte er von dem köstlichen Phantasiegebilde abzulassen, das wohl jeder Mann mit Muße genießen würde, der Vorstellung nämlich, die Fülle dieser Brüste mit warmen, gierigen Küssen zu bedecken.

9. Kapitel

Vier Tage später nahmen sie kurz nach dem Abendessen die erste Waffenlektion in Angriff; Shemaine sollte als erstes lernen, die Muskete zu laden und abzufeuern. Gage unterbreitete Shemaine seinen Plan, nachdem sie das Geschirr abgetrocknet und fortgestellt hatte. Aus Gründen der Vorsicht sollte Andrew auf der Veranda bleiben und mit seinen Bauklötzen spielen, so daß sie ihn im Auge behalten konnten. Das Ziel baute Gage in der entgegengesetzten Richtung auf. Bevor er seiner Dienerin eine Waffe gab, erklärte Gage, wie sie richtig geladen und schußfertig gemacht wurde; dann demonstrierte er ihr die entsprechenden Vorgänge. Er feuerte einen Schuß ab und sah dann genau zu, wie sie die Waffe für den nächsten vorbereitete.

Bevor er Shemaine jedoch schießen ließ, erklärte Gage ihr, daß das Abdrücken nur der auslösende erste Schritt im längeren Vorgang des Abfeuerns war. Sobald der Hammer mit dem Feuerstein auf dem Feuerstahl aufschlug, würden Funken sprühen, um das Pulver zu entzünden, das daraufhin explodieren und die Bleikugel durch den Lauf katapultieren würde. Insgesamt würde sie den Eindruck haben, als verstriche eine ganze Weile, bevor der Schuß losgehe, aber in Wirklichkeit sei das nur ein kurzer Augenblick.

Gage zeigte ihr, wie sie die Muskete halten mußte, damit deren Gewicht ihre Arme nicht allzusehr ermüdete. Dann trat er, um ihre Haltung zu korrigieren, dicht hinter sie und schob ihr die Waffe richtig in die Hände. Der warme Druck seines Körpers, der sich wie von selbst ihrem Rücken anpaßte, erwies sich als eine gewaltige Ablenkung für Shemaine, und in nur wenigen Augenblicken wurde schon der einfache Akt des Atmens zum Problem. Es war in der Tat ein bemerkenswerter Umschwung, daß sie sich nun der Notwendigkeit gegenübersah, ihre eigenen Reaktionen in seiner Nähe im

Zaum halten zu müssen; ein unkontrollierbares Zittern war die geringste ihrer Schwierigkeiten. Fest stand jedenfalls, daß sie den Mann nicht allzu schroff für das unverhohlene Begehren tadeln durfte, das sie vor einigen Tagen in seinen Augen gelesen hatte – nicht, wenn sie nun spürte, wie ihr eigenes Herz schneller schlug und ihr jedes Mal, wenn sein Arm ihre Brust streifte oder seine Schenkel sich an ihrem Gesäß rieben, der Atem stockte. Ihre Röcke boten ihr davor keinerlei Schutz. Bei Lichte betrachtet, hätte sie eines eisernen Panzers bedurft, um sich vor der versengenden Wirkung seiner Berührung abzuschirmen. Sie konnte sich nicht vorstellen, daß ihrem Lehrer das wilde Schlagen ihres Herzens entging, aber falls dies zufällig doch der Fall sein mochte, so entging ihr selbst ihr Zustand ganz gewiß nicht. Es kostete sie größte Entschlossenheit, nicht einfach zu fliehen.

Trotz ihrer nervösen Erregung, des gräßlichen Knallens der Schüsse und des Rückschlags der Waffe, der sie gegen den Mann hinter sich preßte, gelang es Shemaine, eine ganze Menge über den korrekten Umgang mit Feuerwaffen zu lernen. Obwohl seine Nähe sie nicht wenig aus der Ruhe brachte, verstand es Gage, das Schießen fast so atemberaubend zu gestalten wie einen Tanz auf einem Ball. Sie freute sich königlich, als sie, obwohl sie doch noch eine Anfängerin auf diesem Gebiet war, ein unbewegliches Ziel traf. Voller Erwartung sah sie bereits dem Tag entgegen, da sie den Blick auf ein bewegliches Ziel heften und auch in dieses ein Loch schießen würde. Andererseits hegte sie doch ernste Zweifel an ihrer Fähigkeit, ein Tier oder einen Menschen zu töten, und sie hoffte inbrünstig, daß der Tag niemals kommen werde, an dem sie auf eine solche Probe gestellt würde. Allerdings wußte sie sehr wohl, daß sie wahrscheinlich ganz anders denken würde, falls sie sich jemals der Gefahr gegenübersehen sollte, von Jacob Potts besinnungslos geschlagen oder gar getötet zu werden.

»Es sieht so aus, mein Mädchen, als hättest du ein natürliches Talent dafür, das Ziel zu treffen«, lobte Gage sie am nächsten Tag. »Nun wollen wir mal sehen, wie du dich bei einem beweglichen Ziel verhältst.«

Gillian hatte sich freiweillig erboten, ihnen zu Übungszwecken einen Zinnteller hoch in die Luft zu werfen, aber Gage war es, der abermals dicht hinter Shemaine stand und die Arme um sie geschlungen hielt, um ihr zu helfen, das Gewehr zu halten, und sie durch die Prozedur des ersten Anvisierens und letztendlichen Abfeuerns der Waffe zu begleiten. Obwohl Gage es ihr gestattete, selbst das Steinschloßgewehr auszurichten und abzudrücken, stand er doch auch deshalb hinter ihr, weil er sicherstellen wollte, daß keiner ihrer Schüsse in die Irre ging. Aber als er spürte, daß sie am ganzen Leib zitterte, mißverstand er ihre Furcht und versuchte, sie zu beruhigen.

»Für eine Anfängerin hältst du dich außergewöhnlich gut, Shemaine, also entspann dich einfach und laß dir zeigen, wie du die Waffe einem Ziel nachführen mußt.«

Eine ganze Weile bevor der Schuß abgegeben wurde, mußte Shemaine einsehen, daß es ihr so gut wie unmöglich war, sich auf irgendein Ziel zu konzentrieren, denn ihre Gedanken beschäftigten sich ausschließlich mit dem Mann und nicht mit der Waffe in ihren Händen. Sobald das Gewehr losging, der Schuß den Teller um ein beträchtliches verfehlte und der Rückstoß sie gegen die kräftige Gestalt hinter sich warf, entrang sich ihr ein erschrockenes Stöhnen, und das mit gutem Grund. Es war unleugbar ein Schock für ihr weibliches Empfinden, ihr weiches Hinterteil plötzlich gegen einen harten Schenkel gepreßt zu finden. Hätte sie auf glühenden Kohlen gesessen, wäre ihre Reaktion kaum anders ausgefallen, denn sie riß sich von ihm los, als hätte sie sich die Kehrseite verbrüht.

»Das war nicht annähernd so gut wie das, was du gestern gezeigt hast, aber wir versuchen es noch einmal«, kam Gages beiläufiger Kommentar. Dann beugte er sich dicht über ihre Schulter, damit er beim nächsten Mal besser sehen konnte, wohin sie zielte. Er war keineswegs unempfänglich für ihren schmiegsamen Körper in seinen Armen, aber er hatte sich entschieden, alle widerspenstigen Gedanken im Keim zu ersticken, besonders während ihrer Lektionen. »Kein Grund, nervös zu sein, Shemaine. Entspann dich einfach.«

Ich habe absolut jeden Grund, nervös zu sein! dachte Shemaine voller Panik, als sie spürte, wie seine Brust sich abermals gegen ihren Rücken drängte und sein Arm sie beiläufig umfing, während er eine Hand unter den Lauf des Steinschloßgewehres legte, so daß dessen Gewicht sie nicht zu sehr belastete. Mit einem Mal hatte sie das Gefühl zu ersticken; sie konnte nicht mehr atmen und wußte, daß es kein Entrinnen für sie gab, es sei denn, sie hätte sich der schlimmsten Peinlichkeit ausgesetzt.

Mit einer jähen Bewegung schüttelte sie seine Arme ab, ließ das Gewehr in seinen Händen zurück und lief mit einer atemlosen Entschuldigung auf die Hütte zu. »Ich muß mein Brot kneten! Ich habe jetzt keine Zeit für weitere Lektionen.«

»Shemaine, wo willst du hin…? Komm sofort zurück!« Während sie ihre Röcke raffte und auf die Veranda zustürmte, konnte er ihr nur mit offenem Mund nachsehen. Vollends verwirrt tauschte er einen Blick mit Gillian, der sich ebenfalls keinen Reim auf Shemaines Verhalten machen konnte.

Der jüngere Mann zuckte die Achseln, betrachtete den nach wie vor unversehrten Zinnteller und hielt ihn seinem Arbeitgeber hin. Dann verkündete er grinsend: »Nun, zumindest können Sie immer noch von dem Ding essen.«

Am nächsten Tag kamen Hannah Fields und – sehr zu Andrews Entzücken – ihre beiden jüngeren Söhne zu Besuch. Die drei Jungen tollten auf dem Hof herum und spielten, während Shemaine und Hannah von der Veranda aus zusahen und einander besser kennenlernten.

»Der kleine Lümmel von Ihrem Herrn ist einfach reizend«, erklärte die stämmige Frau mit dem vergnügten Gesicht, während sie mit lächelnden Blicken Andrew über den Hof folgte. »Es steht wohl fest, daß sein Vater ihn mit sicherer Hand großzieht.«

»Kennen Sie Mr. Thornton schon lange?« fragte Shemaine, die sich wünschte, den Mann besser verstehen zu können. Obwohl an dem Abend ihrer Begegnung mit der Giftschlange ein sinnlicher Hunger in seinen Augen unübersehbar gewesen war, der ihr die Tatsache, daß sie mit ihm allein war, mit einiger Beklommenheit zu Bewußtsein gebracht hatte, hatte Gage Thornton sie seither mit all der Aufmerksamkeit behandelt, die ein Gentleman einer Dame erweist. Sie konnte natürlich nicht seine Gedanken lesen, und ab und an, wenn sie aufblickte und ihn dabei ertappte, wie er sie durchdringend ansah, konnte sie nicht umhin, sich zu fragen, was er wohl denken mochte... oder wonach es ihn gelüstete.

»Ungefähr so lange, wie Ihr Herr jetzt hier lebt«, antwortete Hannah mit einem unterdrückten Kichern. »Wir haben uns ein paar Jahre, bevor Gage nach Newportes Newes kam, hier angesiedelt. Seine Missus war eine echte Dame, jawohl. Nicht so hochnäsig oder arrogant wie so manche, nein, sondern freundlich und von sanftem Wesen. Ich hab' nie eine Frau kennengelernt, die ihren Angetrauten so liebte wie sie Mr. Thornton. Es gibt wohl Leute, die meinen, er hätte sie gar nicht verdient gehabt, wo er doch nichts lieben konnte als sein Schiff, aber ich hab' oft gedacht, daß er genausosehr für sie wie für sich selber gearbeitet hat.«

»Mr. Thornton hat sich gewiß als ehrgeiziger und begabter Mann erwiesen«, bemerkte Shemaine und zeigte dabei auf den sorgfältig freigelegten Weg, der sich von der Veranda zwischen den Obstbäumen hindurch und von dort weiter bis zu den Scheunen und anderen Gebäuden schlängelte, die ihr Herr gebaut hatte. »Wohin ich mich auch wende, finde ich Beweise für seine harte Arbeit.«

Hannah warf einen kurzen Seitenblick auf Shemaine und fragte sich, wieviel man ihr wohl über ihren Herrn erzählt haben mochte. Es schien ihr unwahrscheinlich, daß das Mädchen sich so willig in sein Dasein als seine Vertragsarbeiterin gefügt hätte, wenn ihm auch nur ein wenig von dem zu Ohren gekommen wäre, was Mrs. Pettycomb und ihr Kreis bigotter Freundinnen hinter Gage Thornton über diesen zu sagen hatten. Die Klatschbasen stürzten sich mit Feuereifer auf bösartige Spekulationen und verliehen manchmal so abwegigen Gedanken Ausdruck, daß sich nur wenige ihren Attacken zu widersetzen vermochten. Gage jedoch hatte genau das getan. Mit stoischer Entschlossenheit hatte er weiter gearbeitet wie gewöhnlich und alle Welt herausgefordert, ihn mit diesen Geschichten zu konfrontieren. Wie auch immer die Wahrheit über Victorias tödlichen Sturz aussehen mochte, Hannah hatte nicht die Absicht, solche Gerüchte selbst auszustreuen. Ihrer Meinung nach war es ein schweres Vergehen, einen unschuldigen Mann boshaft zu verleumden, ganz gleich, wie wenig Alma Pettycomb und ihresgleichen darauf gaben, welchen Schaden sie mit ihren scharfen Zungen anrichteten.

»Ich bin hergekommen, um Ihnen das wenige beizubringen, was ich vom Kochen versteh'«, eröffnete Hannah Shemaine nun mit einem belustigten Augenzwinkern. »Aber Ihr Herr hat mir, gleich nachdem ich hier ankam, erklärt, daß Sie da allein zurechtkämen … Also brauchen Sie meine Hilfe vielleicht gar nicht.«

»Ehrlich gesagt, würde ich furchtbar gern lernen, wie man Zwieback so zubereitet, wie ich sie in der Taverne gegessen habe … Das heißt, natürlich nur, wenn Sie das wissen«, erwiderte Shemaine eifrig. »Ich habe auf der Reise hierher Schiffszwieback gegessen, aber das war nichts im Vergleich zu dem in der Taverne. Man brauchte schon einen kräftigen Magen, um dieses Zeug zu vertragen mit all den Maden und dem sonstigen Ungeziefer, das man oft darin fand.«

»Wir können ein Blech Zwieback fürs Mittagessen machen«, schlug ihr die ältere Frau mit einem fröhlichen Lächeln vor. »Ich habe einen Korb mit ein paar guten Sachen mitgebracht, weil ich dachte, Sie wären es vielleicht müde, ihre selbstgemachten Sachen zu essen. Die Zwiebäcke wären eine leckere Ergänzung dazu.«

»Vielleicht sollten wir die Jungen zum Spielen in die Hütte holen, während wir kochen«, meinte Shemaine besorgt. »Ich hatte vor ein paar Tagen ein schlimmes Erlebnis mit einer Giftschlange, und es wäre furchtbar, wenn es hier noch mehr davon gäbe.«

»Diese abscheulichen Biester! Sie lassen mir das Blut gerinnen vor Angst! Es gibt da welche, die die Leute hier Klapperschlangen nennen, und wenn Sie je eine davon gehört hätten, wüßten Sie auch, warum die Viecher diesen Namen tragen.«

»Ich habe bereits eine gehört, und die war mir weit näher, als mir lieb sein konnte«, erwiderte Shemaine mit einem Schaudern.

Hannah klatschte laut in die Hände und rief nach den Kindern. »Kommt jetzt rein, Jungs. Und Malcolm und Duncan, ich möchte, daß ihr euch in Mr. Thorntons schönem, sauberen Haus anständig benehmt. Mistress Shemaine soll doch nicht denken, daß ich flußaufwärts ein Rudel wilder Tunichtgute großziehe.«

Wie das Jungen nun einmal taten, sobald sie sich in enge Räume eingezwängt sahen, begannen sie zu raufen und zu toben. Andrew als jüngster kam natürlich am schlechtesten dabei weg, und Shemaine spürte, wie ihr Herz sich zusammenkrampfte, als er von den größeren Jungen herumgestoßen wurde. In dem Verlangen, ihn zu beschützen, versuchte sie, ihn aus dem Getümmel herauszuhalten. Die älteren Jungen waren es gewöhnt, miteinander zu spielen, und gingen weit rauher zu Werke, als es für Andrew gut schien. Aber der Kleine war trotz der blauen Flecken, die er abbekommen hatte, ein tapferer Bursche und stürzte sich sogleich mit einem Kampfschrei abermals in das etwas rohe Treiben. Die wilde Balgerei fand jedoch ein jähes Ende, als Hannah ihre Söhne schließlich anfuhr, was sie augenblicklich aufmerken ließ.

»Ich habe euch beiden doch gesagt, ihr sollt euch benehmen, und wenn ihr das nicht tut, lege ich euch übers Knie und versohle euch eure nackten Kehrseiten, daß es nur so klatscht. Und ihr wißt, daß ich es ernst meine!«

Von da an hätte man die beiden Jungen für kleine Engel halten können, wäre da nicht das teuflische Glitzern in ihren Augen gewesen. Aber sie hatten offensichtlich begriffen, daß mit den Drohungen ihrer Mutter nicht zu spaßen war, denn sie ließen sich sogar dazu überreden, zusammen mit Andrew einen Mittagsschlaf zu machen, während Hannah und Shemaine die Küche aufräumten.

Bevor Hannah ihr Haus verlassen hatte, hatte sie eine Mahlzeit für ihre eigene Familie vorbereitet und ihren Töchtern die Aufgabe übertragen, das Abendessen auf den Tisch zu bringen, falls sie zu spät zurückkam. Als Gage seine Nachbarin also zum Bleiben drängte und sie bat, das abendliche Mahl mit ihnen zu teilen, nahm Hannah seine Einladung bereitwillig an, denn ihr war eine kleine Abwechslung von den häuslichen Pflichten als Frau und Mutter durchaus willkommen. Es stand außer Frage, daß sie das Essen, das Shemaine zubereitet hatte, überaus köstlich fand, und als Gage sie ermutigte, sich eine zweite Portion zu nehmen, griff sie auch gerne zu. Danach schob Hannah mit einem gespielten Ächzen ihren Stuhl zurück.

»Ich kann nur hoffen, daß mein Boot auf dem Heimweg nicht

sinken wird, denn ich brächte es nicht mehr fertig, an Land zu schwimmen. Mein armer Charly würde mir nie verzeihen, wenn ich ihn mit der Aufgabe, unsere Brut großzuziehen, alleinließe.«

Gage grinste. »Wünschen Sie eine Begleitung für den Heimweg?«

Hannah bedachte ihn mit einem schiefen Blick, und in ihren Augen schimmerte koboldhafter Übermut. »Ich sollte Ihr Angebot wohl annehmen – als Strafe für Ihren boshaften Versuch, mich zu mästen«, schalt sie ihn fröhlich, winkte dann aber ab. »Wenn das Boot sinkt, binde ich Malcolm und Duncan einfach einen Strick um und laß die beiden nach Hause schwimmen.«

»*Ma!*« riefen die beiden Jungen wie aus einem Mund und starrten ihre Mutter entsetzt an. Als diese daraufhin in lautes Gelächter ausbrach, gingen sie auf ihren Scherz ein und zeigten mit ihren Fingern aufeinander.

»Malcolm wird als erster rausgeworfen!«

»Nein, Ma! Wirf Duncan raus! Das möchte ich mal sehen, wie der nach Hause schwimmt!«

»Ich werde euch beide über Bord werfen!« warnte Hannah ihre Söhne, die die Gelegenheit zu einer neuerlichen Rauferei sogleich beim Schopf gepackt hatten.

Gage lachte leise auf, als die Frau ihn in hilflosem Flehen ansah, und machte ernst den Vorschlag: »Am besten fangen Sie sie gleich hier und jetzt mit einem Lasso ein, dann haben Sie später keine Mühe mehr mit ihnen.«

»Auf die Idee bin ich schon oft gekommen«, erklärte ihre Mutter und stieß einen verärgerten Seufzer aus. »So wie die beiden ständig miteinander raufen, müßte es schon ein Wunder sein, wenn ich diese Unholde überhaupt groß kriege.«

»Stellen Sie sich einfach vor, daß die beiden eines Tages tapfere Soldaten würden oder etwas in der Art«, schlug Gage mit einem breiten Grinsen vor. »Da kriegen Sie jetzt schon all die Erfahrung, die Sie dann brauchen werden.«

»Das können Sie laut sagen, wahrhaftig! Aber es gibt Zeiten, da wäre mir ein kleiner Waffenstillstand zwischen den einzelnen Schlachten ganz lieb, damit ich mir selbst auch mal eine Strategie zurechtlegen könnte. Zum Beispiel, wie ich es zuwegebringe, ihre Holzköpfe gegeneinander zu klopfen, ohne mir die Finger zu quetschen.«

Der Humor der Frau war einfach zuviel für Shemaine. Da sie das Gespräch, während sie Andrews Bad vorbereitete, mit anhören konnte, hatte sie alle Mühe, ihr Kichern zu bezähmen, während sie einen Kessel mit brühheißem Wasser von dem Haken über dem Feuer nahm. Ihre Erheiterung erwies sich schnell als zu ungestüm, denn während sie mit dem Kessel durch den Flur eilte, entwickelte sich ein anfänglich noch unterdrücktes Kichern zu einem unbezähmbaren Lachanfall, der so ansteckend war, daß er erst Andrew, dann Gage und schließlich auch Hannah erfaßte, die bereits an der Haustür stand. Viele Monate waren ins Land gegangen, seit es in der Hütte das letzte Mal eine solche Fröhlichkeit gegeben hatte. Für Gage war es wie ein Zauberelixier, das sein ganzes Wesen wärmte.

Nach und nach verebbte das Gelächter, und Hannah, die sich zum Gehen anschickte, bat, auf die Veranda deutend, um einen Gefallen. »Wenn Sie nichts dagegen hätten, Gage, ich habe zwei Stühle mitgebracht, die ich gern repariert hätte, wenn Sie demnächst mal etwas Zeit übrig haben. Es muß nicht sofort sein, aber es wäre schön, wenn ich sie wiederbekäme, bevor das Jahr zu Ende geht. Man sieht es den Stühlen auf den ersten Blick nicht an, aber die Rückenlehnen fallen schon fast von den Sitzen. Es ist gefährlich, sie zu benutzen.«

»Ich werde sehen, was sich da machen läßt, Hannah«, versicherte Gage ihr. »Aber sind Sie sicher, daß Sie sie nicht brauchen, bevor das Jahr vorüber ist?«

»Wir haben mehr als genug Stühle für unsere eigene Familie. Diese zwei da brauchen wir erst zu Weihnachten, wenn die Verwandtschaft kommt. Charlies Brüder und Schwestern kommen zu Besuch, und es gibt so viele davon, daß wir am Ende denken werden, eine Armee wär' über uns hergefallen.«

Der Gedanke, soviel Zeit für die Reparatur der beiden Stühle zu haben, entlockte Gage ein leises Lachen. »Ich werde in den nächsten ein oder zwei Monaten vielleicht nicht dazu kommen, mich um die Sache zu kümmern, aber bis Weihnachten haben Sie die Stühle bestimmt zurück. Wenn Sie sie früher brauchen, lassen Sie es mich nur wissen. Bis dahin behalte ich sie zur Erinnerung auf der Veranda.«

Hannah legte den Kopf schief und hielt inne, um dem Lied zu lauschen, das Shemaine Andrew hinten im Korridor, wo sie ihn badete, vorsang. Es war eine helle, freundliche Melodie, eindeutig irischen Ursprungs, und die Stimme war so rein und klar wie nur je eine Stimme, die Hannah in ihrem Leben gehört hatte. Die Frau blickte mit einem Lächeln zu Gage auf. »Falls Sie es noch nicht mitbekommen haben sollten, Gage Thornton, Ihre Dienerin könnte mir etliches beibringen, und das beschränkt sich nicht bloß aufs Kochen. Sie hat einen klugen Kopf auf den Schultern, jawohl, ganz zu schweigen von ihrer engelsgleichen Stimme. Ich glaube, ich sollte gelegentlich mal rüberkommen, wenn sie anfängt, Andrew das Lesen beizubringen. Bei solchen Dingen hab' ich nie viel getaugt.«

»Shemaine ist alles, was ich zu finden gehofft habe, und noch viel mehr«, gab Gage zu.

»Und da erzählen Sie mir, sie könne nicht kochen«, schalt Hannah ihn mit freundlichem Kopfschütteln.

Gage hob seine breiten Schultern. »Ich glaube nicht, daß Shemaine bewußt ist, wie viele Talente sie besitzt. Sie wirkt wahre Wunder, wenn sie am Herd steht, und sie kümmert sich um Andrew, als wäre er ihr eigener Sohn. Der Junge ist ihr sehr zugetan.«

»Jawohl, ich habe heute morgen gesehen, wie sehr die beiden einander mögen, als Shemaine versuchte, Andy vor meinen Jungs zu beschützen. Sie wußte nicht recht, wie sie's anstellen sollte, aus Angst, dabei meine Gefühle zu verletzen. Ich hab' die Rauferei nur ein paar Minuten durchgehen lassen, um zu sehen, wie sie reagieren würde, und ich kann Ihnen sagen, daß keine Glucke ihre Küken mit mehr Sorge bewacht hätte, als Shemaine sie für Ihren Sohn an den Tag gelegt hat.«

»Shemaine scheint die geborene Mutter zu sein«, antwortete Gage. »Ich glaube, sie besitzt eine besondere Gabe, dem Kind Frieden und Geborgenheit zu schenken, ihm das Gefühl zu geben, erwünscht zu sein … und geliebt.«

Mit einem zufriedenen Lächeln gewahrte Hannah die Veränderung, die auch in dem Mann vor sich gegangen war. All die Vorzüge des Mädchens, von denen Andrew nach Meinung seines Vaters profitierte, hatten auch ihn offenkundig berührt. Er wirkte viel entspannter und schien auch mit sich selbst mehr im reinen zu sein, als sie es seit jenem grauenvollen Tag von Victorias Tod erlebt hatte. »Es ist ein wirkliches Glück, daß Sie Shemaine gefunden haben. Frauen wie sie sind für gewöhnlich nicht für eine noch so schwere Börse zu haben.«

Ein fernes Wimmern durchdrang Shemaines Schlummer, aber es widerstrebte ihr, sich aus ihren Träumen zu lösen. Wieder einmal hatte sie den Kitzel und den Jubel eines Galopps auf dem Rücken ihres Hengstes Donegal erfahren, der sie mit fliegenden Hufen über den Besitz ihres Vaters trug. Sie hatte den Wind gespürt, der ihr das Haar um den Kopf peitschte, der am Saum ihres Reitgewandes riß, und sie hatte mit allen Sinnen die Freiheit ausgekostet, reiten zu können, wohin ihre Lust sie trieb.

Ihr Traum löste sich ganz allmählich auf, während das Wimmern fortdauerte und sich die Gitter von Newgate hinter ihr schlossen. Wieder verfolgten sie die Schreie und das hoffnungslose Schluchzen dieser verlassenen Seelen, das Scharren ihrer Füße und ihr rastloses Auf und Ab, das immer begleitet war vom Klirren der Ketten. Die furchtbare, schwarze Verzweiflung tiefster Schwermut schlug wie eine dunkle Woge über ihr zusammen und raubte ihr beinahe den Atem.

Ächzend setzte Shemaine sich im Bett auf, und während ihr Herz rasend gegen ihre Brust hämmerte, spähte sie aufmerksam in die Dunkelheit, hielt Ausschau nach den grimmig dreinblickenden Insassen von Newgate und wartete voller Furcht, daß die über den Boden schlurfenden Füße näher kommen würden. Mit peinigender Langsamkeit gelang es Shemaine endlich, die Wirklichkeit vom Reich des Traums zu trennen und schließlich zu begreifen, daß es Andrew war, den sie unten in seinem Schlafzimmer weinen hörte. Sie lauschte noch einige Sekunden, weil sie erwartete, daß sein Vater irgendwie auf das jämmerliche Schluchzen reagieren werde, aber das Wimmern wurde nur lauter und, wie es schien, auch ängstlicher. Sie konnte sich nicht vorstellen, daß Gage vom Weinen seines Sohnes nicht geweckt wurde, und plötzlich regte sich in ihr ein Gefühl der Angst. Was, wenn seinem Vater etwas zugestoßen war? Oder wenn er nach draußen gegangen war, um die Toilette aufzusuchen, und Andrew nicht hören konnte?

Beseelt von dem Wunsch, den Jungen zu trösten, warf Shemaine die Decken zurück, schlüpfte in ihren Morgenrock und lief hastig die Treppe hinunter. Die Tür von Gages Schlafzimmer stand offen, und in dem Feuerschein des Kamins und dem durchs Fenster einfallenden Mondlicht sah sie, daß ihr Herr sich weder dort noch im Wohnzimmer aufhielt. Vorsichtig stahl sie sich durch Gages Schlafzimmer zu Andrews kleiner Nische hinüber; sie fürchtete halb, daß sie sich geirrt haben könne und über den Mann stolpern werde, bevor sie den Jungen erreichte. Aber ihre Vorsicht erwies sich als unbegründet. Außer Andrew war niemand dort.

Das Schluchzen klang jetzt heftiger und zerriß Shemaine schier das Herz. Eilig trat sie vor das kleine Rollbett des Jungen und nahm ihn in die Arme. Dann begann sie mit dem Kleinen im Zimmer auf und ab zu gehen und ihm ein Wiegenlied zu summen. Sie küßte seine tränenüberströmte Wange und strich sein zerzaustes Haar glatt, bis das furchtsame Weinen allmählich verebbte und das Kind wieder tief und regelmäßig atmete. Aber als sie versuchte, ihn wieder in sein Bett zu legen, kam ein furchtsames Stöhnen über seine Lippen. Abermals hielt sie ihn fest an sich gedrückt und ging zwischen seinem Bett und dem viel größeren im Schlafzimmer ihres Herrn hin und her, wieder und wieder, bis sie spürte, wie der kleine Kopf auf ihre Schulter fiel. Behutsam sang sie immer leiser und blieb schließlich stehen, weil sie ganz sicher sein wollte, daß der Junge wirklich fest schlief, bevor sie ihn wieder ins Bett legte.

Shemaine bewunderte gerade in dem spärlichen flackernden Licht die hübschen Züge des Kindes, als sie spürte, daß jemand in den größeren Raum getreten war. Es war weniger der Klang seiner Schritte, der sie hatte aufmerken lassen, als eine leichte Bewegung, mit der er an seine Seite des Bettes trat. Sie blickte auf, um ihm zu erklären, warum sie in sein privates Reich eingedrungen war, aber als sie ihn nackt im Mondschein stehen sah, war sie plötzlich des Sprechens nicht mehr mächtig. Winzige Wassertröpfchen funkelten wie Diamanten auf seinem muskulösen Leib und verrieten, daß er soeben einem Bad im Fluß entstiegen war. Im Augenblick war er damit beschäftigt, sich mit einem Handtuch kräftig das Haar trockenzureiben. Anscheinend hatte er sie noch nicht bemerkt.

Shemaine jedoch war sich mit allen Sinnen seiner bewußt. Noch nie zuvor hatte sie einen nackten Mann gesehen, und der Anblick dieser hochgewachsenen, kraftvollen Gestalt war für ihre jungfräulichen Empfindungen ein rechter Schock. Dennoch schlugen sie gleichzeitig die Schönheit und die kühne männliche Anmut dieses Körpers vollkommen in ihren Bann. Genau wie seine Kleider ahnen ließen, waren seine Schultern unglaublich breit und hatten die Polster, die die selbstherrlichen Lords gewöhnlich in ihre Mäntel arbeiten ließen, nicht nötig. Seine kräftige Brust verschlankte sich zu der muskulösen Taille und den schmalen Hüften hin. Eine feine, dunkle Linie führte von seiner leicht behaarten Brust nach unten über seinen flachen, harten Bauch und lockte ihren Blick unwiderstehlich tiefer hinab.

Mit brennenden Wangen und wild schlagendem Herzen stand Shemaine wie angewurzelt da, außerstande, den Blick von ihm abzuwenden. Trotz all der delikaten und ein wenig verlegenen Beschreibungen, die ihre Mutter ihr vom männlichen Körper gegeben hatte, trotz all ihrer sanften Erklärungen, was sie zu erwarten haben würde, wenn sie Maurice heiratete, begriff Shemaine in diesem Augenblick, daß sie doch nicht gar so viel … männliche Reife … erwartet hätte!

Da sie auf keinen Fall seine Aufmerksamkeit erregen und sich der Demütigung aussetzen wollte, daß ihr Herr erfuhr, daß sie seine geschlechtliche Nacktheit betrachtet hatte und nicht wie eine erschrockene Jungfer geflohen war, zog Shemaine sich sehr langsam und sehr leise in Andrews kleines Zimmer zurück. Dennoch konnten ihre sich überschlagenden Gedanken keinen Fluchtweg finden, nicht, da sie wußte, daß sie früher oder später ohnehin an dem Mann vorbei mußte.

Auf einmal stockte Shemaine, denn sie sah, daß in den männlichen Lenden eine Veränderung vor sich ging. Das Fleisch seines Geschlechts wurde nun viel deutlicher, auffälliger.

Ihr Blick flog nach oben und durchdrang die Strahlen des Mondlichts ebenso wie die in Schatten getauchten Winkel des Raums, bis sie sah, daß die silberbeschienenen, braunen Augen sie von der anderen Seite des Bettes aus anlächelten. Das Handtuch baumelte um Gages kräftigen Nacken, und die Arme hingen entspannt herunter. Das schwarze Haar, feucht und wild zerzaust, schimmerte in der Düsternis.

»Es tut mir leid«, stieß sie mit erstickter Stimme hervor und überlegte gequält, daß sie sich, seit sie in seine Dienste getreten war, bei weitem zu häufig hatte entschuldigen müssen. »Andrew hat geweint, und ich wußte nicht, wo Sie waren!«

In der Stille, die nun folgte, drehte Shemaine sich auf ihren nackten Füßen um die eigene Achse und legte den Jungen in sein Bett. Verzehrt von brennender Scham, schloß sie die Augen und rang mit zitternden Gliedern um Fassung. Aber so sehr sie sich auch mühte, hatte sich doch ein Bild dessen, was sie gerade gesehen hatte, auf ewig in ihr Gedächtnis eingebrannt. Es flammte so deutlich vor ihrem inneren Auge auf, als starre sie den Mann immer noch an.

Atemlos richtete Shemaine sich auf und hielt den Blick sorgsam von dieser männlichen Nacktheit abgewandt, während sie durch die offene Tür floh und in die große Wohnküche entkam. In ihrer Hast stolperte sie auf der Treppe und mußte die Zähne zusammenbeißen, um den jähen Schmerz zu unterdrücken, der in ihrem angeschlagenen Schienbein pulsierte, aber sie blieb keinen Augenblick lang stehen. Oben in ihrem Kämmerchen warf sie sich auf ihr Bett, wandte das Gesicht der Wand zu, riß die Decke bis hoch über den Kopf und wünschte sich inbrünstig, die Welt um sie herum möge sich in nichts auflösen.

10. Kapitel

Shemaine sah dem Morgen mit starkem Herzklopfen entgegen, denn es widerstrebte ihr von Herzen, ihrem Herrn gegenüberzutreten und die Qualen durchleiden zu müssen, in seiner Nähe zu weilen. Sie würden beide Mühe haben, an irgend etwas anderes zu denken als an die vorige Nacht, als er sie dabei ertappt hatte, wie sie wie eine lüsterne Hure seine Männlichkeit betrachtete. Es war schon schlimm genug gewesen, als der Junge seinerzeit im Schlaf ihre Hand gegen die Lenden ihres Herrn gepreßt hatte, aber die Ereignisse der vergangenen Nacht waren bei weitem demütigender. Sie wünschte sich verzweifelt, im Bett liegenbleiben zu dürfen, bis Gage in seine Werkstatt ging, aber ihre Pflichten als Dienerin versagten ihr das Privileg, sich wie ein Feigling in ihrem Zimmer zu verstecken. Sie mußte aus ihrer unvermeidlichen Begegnung das Beste machen, ganz gleich, wie inbrünstig es sie danach verlangte, sich in Luft aufzulösen, bevor es zu eben dieser Begegnung kam.

Als sie vorsichtig die Treppe hinunterstieg, atmete Shemaine befreit auf; Gage war bereits hinausgegangen, um seine morgendlichen Pflichten zu versehen. Erst als sie das Frühstück gerichtet und Zeit gefunden hatte, sich anzukleiden, kehrte er mit seinen gewohnten Gaben, einem Korb Eier und einem Eimer Milch, in die Hütte zurück. Bevor er dann den Korb und den Eimer neben sie auf den Arbeitstisch stellte, warf er einen begeisterten Blick auf die appetitlich angerichteten Speisen.

»Es riecht köstlich, Shemaine.« Seit ihrer Ankunft hatte Gage gelernt, die morgendliche Mahlzeit vielleicht mehr zu schätzen als jede andere, denn sie schien sich selbst zu übertreffen, wenn es darum ging, wohlschmeckende Speisen zuzubereiten, wie er sie im Haus seines Vaters in England gekannt hatte. »Können wir jetzt frühstücken? Ich bin schon halb verhungert.«

Aus Furcht, ihm in die Augen sehen zu müssen, konzentrierte Shemaine sich ganz darauf, den Inhalt einer kleinen Pfanne in eine Soßenschüssel zu gießen. »Es fehlt nur noch diese Soße, dann bin ich mit allem fertig. Soll ich Andrew wecken?«

»Laß ihn schlafen. Der arme kleine Bursche hat eine schlimme Nacht hinter sich.«

Wie unschuldig seine Bemerkung auch gewesen sein mochte, Shemaine schien sie eine peinigend deutliche Erinnerung an ihre entsetzliche Ungeschicklichkeit zu sein. Der Löffel, den sie in die Soße hatte legen wollen, rutschte ihr aus den Fingern. Entsetzt sah sie zu, wie er quer über ihren Arbeitstisch und dann zu Boden fiel. Hastig bückte sie sich, um den Löffel aufzuheben, wäre dabei aber beinahe mit Gage zusammengestoßen, dessen Reflexe schneller waren. Er griff nach dem Löffel, hielt ihn ihr hin und schlug dabei die Fersen zusammen. Als sie ihm den Löffel abnahm, warf sie ihm einen verstohlenen, angstvollen Blick zu, der seine Neugier weckte. Er konnte nicht umhin, ihre hochroten Wangen zu bemerken und die Unsicherheit, die in ihren Augen stand. Er trat auf sie zu und legte den Kopf schräg, um ihren Blick aufzufangen, aber sie heuchelte das plötzliche Bedürfnis, einen weiteren Löffel zu finden, und weigerte sich beharrlich, ihn anzusehen.

Gage jedoch war fest entschlossen. Er faßte ihr Kinn zwischen Daumen und Zeigefinger und drehte ihr Gesicht ins Licht, bis er in ihren ebenmäßigen Zügen forschen konnte. »Was quält dich, Shemaine?« fragte er sanft. »Glaubst du, es kümmert mich auch nur einen Deut, daß du mich gestern nacht nackt gesehen hast? Oder daß du vielleicht einen flüchtigen Augenblick damit verbracht haben könntest, mich anzusehen, und vielleicht deine jungfräuliche Neugier in bezug auf Männer gestillt hast? Gütiger Himmel, Mädchen, mir ist vollauf klar, daß du nicht in diesem Zimmer warst, um mich zu verführen, sondern um meinen Sohn zu trösten, und ich bin dir dafür wirklich dankbar. Ich bin derjenige, der sich entschuldigen muß, denn ich habe dich erschreckt. Aber ein Mann hat es nicht immer in der Hand, wie sein Körper auf eine schöne Frau reagiert. Ich bin mit keiner Frau mehr zusammen gewesen, seit Victoria starb. Im Dorf gab es keine einzige, die ich in mein Bett hätte nehmen wollen, und dich in meinem Zimmer zu sehen hat ein Verlangen in mir geweckt, das zu unterdrücken ich, seit ich zum Witwer wurde, mit aller Macht versucht habe. Ich bin ein Mann, Shemaine, und mit all den Gefühlen und Mängeln meines Geschlechts geschlagen. Als Mann bewundere ich deine Schönheit zutiefst und genieße deine Gegenwart in meinem Haus. Es bereitet mir Freude, dich zu beobachten. Du bist sanft, freundlich, gütig und voller Reize. Du bist eine Zierde für diese Hütte und für unser Leben hier, wie eine zarte Blume, die mit ihrem Liebreiz und ihrem Duft die Sinne betört. In der kurzen Zeit, die ich dich jetzt kenne, ist mir klargeworden, daß ich dich *tatsächlich* als Frau begehre. Aber ich würde dich niemals zu etwas zwingen, Shemaine… oder dir wissentlich weh tun. Ich will nur das Beste für dich, also darfst du dich wegen gestern nacht nicht grämen. Wie du vielleicht erraten konntest, habe ich genossen, daß du mich angesehen hast. Es war überaus erregend, dich in meinem Zimmer zu finden. Verachte mich meinetwegen deswegen oder akzeptiere mich einfach als einen Mann, der großes Interesse an dir als Frau hat.«

Ein zartes, bebendes Seufzen kam über Shemaines Lippen. »Ich wollte Ihnen heute am liebsten gar nicht gegenübertreten«, gestand sie ihm stockend. »Ich dachte, ich könnte es nicht ertragen.«

»Du brauchst dich in meiner Gegenwart niemals zu schämen, Shemaine. Ich werde dich niemals dafür tadeln, daß du ehrliche Gefühle hast oder einfach ein Mensch bist.«

Shemaine, die sich immer noch ihre Selbst und erst recht ihrer Situation ungewiß war, deutete mit dem Kopf auf den Tisch und murmelte leise: »Ihr Frühstück wird kalt, Mr. Thornton.«

»Nach Ihnen, Miss O'Hearn«, erwiderte Gage. Dann trat er zurück, um sich galant zu verbeugen und ihr mit ausladender Geste den Vortritt zu lassen.

»Papa, wo bist du?« rief Andrew aus dem Schlafzimmer, bevor er schläfrig in den Salon getapst kam.

»Da bist du ja, meine kleine Schlafmütze«, rief Gage lachend, und er ging in die Hocke und breitete die Arme aus.

Mit einem vergnügten Kichern lief der Kleine auf seinen Vater zu und wurde einen Augenblick später hoch durch die Luft gewirbelt.

Gage zog den Jungen dicht an sich und knabberte spielerisch an seinem strammen kleinen Bäuchlein unter dem Nachthemd, während er mit einen übertrieben finsteren Knurren neuerliches Glucksen und Jubelschreie provozierte.

Als Andrew schließlich auf seinen Hochstuhl gesetzt wurde, betrachtete er das Essen, das vor ihm aufgebaut stand, und schenkte Shemaine ein strahlendes Lächeln. »Lecker! Lecker!«

Gage zwinkerte seiner Vertragsarbeiterin zu. »Ich glaube, das heißt so viel wie: Laßt uns essen. Wollen wir ihm den Gefallen tun?«

Einmal mehr war Shemaine von den beiden bezaubert und deutete ihre Ehrerbietung mit einem Knicks an. »Ich bin hier, um zu gehorchen, Mylord.«

»Alle Rechte auf diesen Titel habe ich in England zurückgelassen«, erwiderte Gage, ohne weiter darüber nachzudenken.

Shemaine jedoch hob, während sie sich langsam aus ihrem Knicks aufrichtete, verwirrt die Brauen. Da sie nicht recht wußte, was er mit diesen Worten gemeint hatte, erkundigte sie sich: »Gibt es denn einen Lord Thornton?«

»Meinen Vater, William Earl of Thornhedge.« Gage tat die Bedeutung des Titels mit einem gleichgültigen Achselzucken ab. »Nicht ganz so beeindruckend wie ein Marquisat, aber hier in den Kolonien hat ein Titel für den größten Teil der Bevölkerung ohnehin kaum Bedeutung. Die einzige Ausnahme sind da wohl die britischen Würdenträger.«

Ohne länger bei dem Thema zu verweilen, deutete er auf die Bank hinter ihr und bat Shemaine schweigend, Platz zu nehmen. Während sie dies tat, ließ er sich auf die Bank ihr gegenüber nieder. Bei anderer Gelegenheit hatte er ihr die Geschichte vom alten Einohr erzählt, um ihr die Befangenheit zu nehmen. An diesem Morgen griff er auf ein anderes Ereignis zurück – wie Sly Tucker versuchte, einer Biene zu entrinnen, während er gleichzeitig Vorräte von der Kutsche lud.

»Sly sprang auf der Flucht vor dem Winztier mit einem gewaltigen Satz hinten vom Wagen, blieb aber mit den Zehen in einem Loch hängen. Er fiel wie ein Sack Mehl der Länge nach zu Boden, wobei er sich um ein Haar die Nase gebrochen hätte. Nach dem Sturz war sie so aufgeschürft, daß alle ihn ausgelacht haben. Sly ist für gewöhnlich ein gutmütiger Kerl, aber das Gelächter, das sein Mißgeschick krönte, war laut genug, um selbst ihn zur Weißglut zu bringen. Später hat er dann oft vor sich hin gemurmelt, daß er sich wohl besser von der Biene hätte stechen lassen, als all die Witze hinnehmen zu müssen, die seine geschwollene Nase ihm eintrug.«

Zu ihrem eigenen Erstaunen hatte Shemaine angefangen zu giggeln. Dann blickte sie auf und stellte fest, daß ihr Herr sie mit warm leuchtenden Augen betrachtete, als freue er sich, daß es ihm gelungen war, sie aus der Reserve zu locken. Shemaine neigte in Anerkennung seiner Leistung den Kopf. »Vielen Dank, Mr. Thornton.«

Gage heuchelte Naivität. »Was habe ich denn getan?«

»Das wissen Sie sehr wohl«, konterte sie. »Ich war sehr verstört wegen der Ereignisse der vergangenen Nacht, aber Sie haben mich zum Lachen gebracht, und einen Augenblick lang habe ich den ganzen schrecklichen Zwischenfall vergessen.«

Gage runzelte nachdenklich die Stirn. »Was war deiner Meinung nach denn so Schreckliches daran?«

Shemaine, die auf diese Frage nicht gefaßt gewesen war, hatte ihre liebe Not, all die Gefühle zu erklären, die sie geplagt hatten, weil ihre neugierigen Blicke ihm nicht verborgen geblieben waren. Als sie ihm schließlich antwortete, konnte sie seinem ruhigen Blick nicht standhalten. »Die Tatsache, daß Sie mich vielleicht für dreist gehalten haben könnten, Mr. Thornton.«

Gage tat den Gedanken mit einem Achselzucken ab. »Du bist doch nur ein unschuldiges, junges Ding mit einer gesunden Neugier, was Männer betrifft. Es ist völlig natürlich, daß ein unerfahrenes Mädchen gewisse Fragen hat.«

»Sie scheinen eine Menge von Frauen zu verstehen, Mr. Thornton«, erwiderte sie mit sanftem Spott.

Seine Mundwinkel hoben sich belustigt, und seine braunen Augen schienen sie herauszufordern. »Gewiß mehr als Sie von den Männern, Miss O'Hearn.«

Shemaine, die diese Feststellung kaum bestreiten konnte, sah ihn nur schockiert an. »Jawohl«, seufzte sie schließlich und senkte den Blick wieder auf ihren Teller. »Ich habe noch viel zu lernen über die Männer.«

Gage lächelte ihren gesenkten Kopf an, denn er konnte sich kein größeres Entzücken vorstellen, als derjenige sein zu dürfen, der sie in diesem Punkt unterwies.

Während sie noch beim Frühstück saßen, klopfte Ramsey Tate an die Hintertür und blickte fragend in den Raum. »Darf ich eintreten?«

»Natürlich, Ramsey, komm nur«, lud Gage ihn ein. Dann rutschte er ein Stück zur Seite, um seinem Freund auf der Bank Platz zu machen. Als Ramsey in die Küche trat, konnte Gage nicht umhin, die dunklen Ringe unter den Augen des Mannes zu bemerken, aber er beschränkte seine Nachforschungen auf eine einfache Frage. »Hast du schon gegessen?«

»Nichts, was so gut ausgesehen hätte, das kann ich versichern«, erwiderte Ramsey mit einem kläglichen Schnauben. Aber als Shemaine Anstalten machte, sich zu erheben und einen Teller zu holen, hielt er sie mit einer hastigen Handbewegung davon ab. »Nein, Miss, besser nicht. Was ich gegessen habe, liegt mir wie ein Stein im Magen. Ich hab's selber gekocht und bedauere es seither.«

»Du bist viel früher dran als gewöhnlich«, bemerkte Gage. »Ist irgend etwas passiert?«

»Meiner Frau geht's nicht gut«, erwiderte Ramsey düster. »Ich mach' mir Sorgen um sie, und ich würd' heut gern bei ihr bleiben, falls sie mich braucht.«

Gage war augenblicklich besorgt. »Du kannst dir so viele Tage freinehmen wie nötig. Gibt es irgend etwas, was wir tun könnten?«

»Nun, ich bin nicht grad ein großer Koch. Wenn Sie's schaffen könnten, mir genug zu essen raufzuschicken für Calley und meinen Jüngsten, Robbie, wär' ich Ihnen sehr dankbar. Ich komm' schon zurecht mit dem, was ich mir da zusammenbraue, aber ich hab' nie Kochen gelernt, und irgendwie ist es nicht richtig, Calley noch mehr leiden zu lassen, als sie's ohnehin schon tut. Meine älteren Jungs sind flußabwärts gefahren, um bis Mittsommer für ihren

Onkel zu arbeiten, deshalb sind wir im Augenblick nur zu dritt im Haus.«

Gage widerstrebte es, Shemaines Dienste anzubieten, solange er nicht sicher sein konnte, daß Calley keine ansteckende Krankheit hatte. Wenn die Speisen ausgeliefert werden mußten, würde er das selber übernehmen und sich um Andrews und des Mädchens willen von Mrs. Tate fernhalten. »Was hat sie Ihrer Meinung nach denn?«

Ramsey stieß einen stockenden Seufzer aus. »Ich habe dir doch schon vor 'ner Weile erzählt, daß Calley gegen Ende des Frühjahrs wieder ein Baby zur Welt bringen wird, aber jetzt fürchten wir, daß sie das kleine Wurm vielleicht verlieren wird. Nach ihrer Rechnung ist es jedenfalls noch zu früh für das Baby.«

Gage richtete sich entschlossen auf. »Calley braucht einen Arzt. Wenn du nichts dagegen hast, bringe ich nachher Shemaine und Andrew zu dir rüber und hole dann Dr. Ferris aus der Stadt. Bist du damit einverstanden?«

Ramsey kämpfte mit seiner Rührung. »Ich wäre dir sehr dankbar, Gage.«

»Dann geh jetzt wieder zu Calley«, forderte Gage den Mann freundlich auf. »Wir kommen so bald wie möglich.«

»Nochmals vielen Dank.«

Einige Zeit später brachte Gage den Wagen vor dem Häuschen der Tates zum Stehen und geleitete Andrew und Shemaine hinein. Andrew und der dreijährige Robbie setzten sich augenblicklich auf dem Küchenboden zusammen, um mit einigen Holztieren zu spielen, die Ramsey für seinen jüngsten Sohn geschnitzt hatte. Ramsey führte Gage und Shemaine in den hinteren Teil des Hauses, wo seine schwer geprüfte Frau im Bett lag. Er trat vor und bedeutete ihren Besuchern, ebenfalls näherzukommen, während er die Hand seiner Frau ergriff und ihr den Neuankömmling vorstellte.

»Calley, das wär' dann Mr. Thorntons neue Vertragsarbeiterin, Miss Shemaine. Sie ist hier, um für dich und den kleinen Robbie etwas zu essen zu kochen.«

Nun trat auch Gage näher. »Shemaine wird sich für eine Weile um Sie und den Jungen kümmern, bis ich mit dem Arzt zurückkehre. Sie werden in guten Händen sein, Calley.«

Die Frau nickte und versuchte zu lächeln, während sie zu dem Mädchen aufblickte. »Erfreut, Ihre Bekanntschaft zu machen, Miss. Ich wünschte nur, die Umstände wären glücklicher.«

Gage und Ramsey verabschiedeten sich, und Shemaine machte sich daran, die Kissen der Frau aufzuschütteln und das Bett zu richten. Dann fragte sie besorgt: »Kann ich sonst noch etwas für Sie tun?«

»Vielleicht könnten Sie mir eine Weile Gesellschaft leisten«, entgegnete Calley mit einem zaghaften Lächeln. »Ramsey regt sich immer so furchtbar auf, wenn einer von uns krank wird, daß ich fast erleichtert bin, wenn er zur Arbeit fortgeht. Sein Gezappel bringt mich um den letzten Rest meiner Kraft.«

»Er liebt seine Familie gewiß sehr, und es macht ihm angst, wenn einem von Ihnen etwas fehlt«, kam Shemaines freundliche Antwort.

»Oh, das weiß ich sehr wohl«, erklärte Calley mit einem kurzen Auflachen, aber dann versteifte sie sich plötzlich, als ein Krampf durch ihren Körper lief. Mit zusammengebissenen Zähnen litt sie stumm, bis der Schmerz abebbte. Dann sah sie Shemaine mit Tränen in den Augen an. »Ich hab' gedacht, diesmal wär's vielleicht ein Mädchen. Wo wir doch schon fünf Söhne haben und diese Schwangerschaft so anders ist als alle davor, war ich sicher, daß wir diesmal ein liebes, kleines Mädchen bekämen.«

Shemaine ergriff die abgearbeitete Hand der Frau. »Sie dürfen nicht die Hoffnung verlieren, Mrs. Tate. Vielleicht kann der Arzt Ihnen ja helfen.«

Calleys Lippen zitterten. »Ich hatte noch nie zuvor Schwierigkeiten, und ich habe Angst um mein armes, kleines Kind.«

Shemaine beugte sich vor, um der Frau in die Augen zu sehen. »Dann würde ich sagen, Sie hatten bisher großes Glück, Mrs. Tate. Meine eigene Mutter hat nach meiner Geburt ein Kind verloren und konnte danach nicht mehr schwanger werden. Sie sehen also, wie gut das Schicksal es mit Ihnen gemeint hat.«

Ein stummes Gebet auf den Lippen, krümmte Calley sich mit geschlossenen Augen vor Schmerz zusammen. »So wie ich mich fühle, Miss, fürchte ich, daß ich das Kind verliere, bevor Dr. Ferris da ist.«

Shemaine erhob sich und lief eilig in die Küche. Gage war fort, und Ramsey strich in seiner Abwesenheit wie eine verirrte Seele durch den Raum, weil er nicht wußte, was er mit sich anfangen sollte. »Sie sollten vorsichtshalber etwas Wasser kochen«, drängte sie ihn. »Und halten Sie auch ein paar Lappen und Handtücher bereit, aber bringen Sie sie nicht ins Schlafzimmer, bevor ich Sie rufe.«

»Jawohl, Ma'am«, erwiderte Ramsey und machte sich daran, ihre Anweisungen auszuführen.

Shemaine ihrerseits krempelte sich die Ärmel auf, trat beherzt durch die Schlafzimmertür und murmelte dann ebenfalls ein leises Gebet, bevor sie zum Bett der Frau zurückkehrte. »Sie verstehen mehr von diesen Dingen als ich, Mrs. Tate. Ich bin nicht zimperlich. Die Reise von England hierher hat mir alle mädchenhaften Prüderien geraubt, denen ich früher vielleicht einmal nachgehangen habe. Wenn Sie mir also vertrauen wollen, bleibe ich bei Ihnen und tue, was getan werden muß, falls Hilfe vonnöten sein sollte, bevor der Arzt kommt.«

»Ich vertraue Ihnen«, flüsterte Calley zur Antwort. Dann begann sie wieder, sich zu krümmen und sich an die Laken zu klammern, während sie ihr unabwendbar scheinendes Schicksal betrauerte. Schließlich hatte sie sich so in ihren Gram hineingesteigert, daß sie nicht mehr stilliegen konnte.

»Versuchen Sie, sich zu entspannen«, redete Shemaine beschwichtigend auf sie ein. Sie erinnerte sich daran, wie ihre Freundin Annie einer ihrer Zellengefährtinnen auf der *London Pride* während der Geburt beigestanden hatte. Das Kind war wegen der Entbehrungen, die seine Mutter erlitten hatte, furchtbar mißgestaltet zur Welt gekommen. Der kleine Junge hatte den Tag nicht überlebt, aber Annie hatte die Frau beruhigt und ihr mit sanfter Beharrlichkeit durch die Wehen geholfen. Diesmal waren die Umstände anders, das war Shemaine durchaus bewußt, aber dennoch wuchs in ihr die Entschlossenheit, Calley wenn möglich auf die gleiche Art zu helfen. Bis auf ihre erste Erfahrung mit der Geburt eines Kindes wußte sie nicht genug von diesen Dingen, um ansonsten von großem Nutzen zu sein. »Versuchen Sie sich ihre kleine Tochter vorzustellen und denken Sie daran, wie sehr Sie ihr vielleicht helfen, wenn Sie die Ruhe bewahren. Sie dürfen sich nicht überanstrengen oder sich zu sehr aufregen, sonst fühlt sie sich vielleicht unerwünscht. Geben Sie ihr das Gefühl, in der sicheren, warmen Zuflucht Ihres Leibes geborgen zu sein. Schließen Sie die Augen, und denken Sie daran, wie schön Ihre Tochter ist. Ich glaube, sie wird Ihnen ähnlich sein, mit Haaren wie Weizen und Augen von der Farbe des Himmels. Sie wird einmal der ganze Stolz ihrer Brüder sein…«

Mit fest geschlossenen Augen nickte Calley nun, denn in ihrem Kopf begann sich das Bild des Mädchens zu formen. Ihr Atem wurde wie von Zauberhand gelenkt langsamer, die Tränen versiegten, und an ihre Stelle trat ein Lächeln. »Ja, sie wird ein wunderhübsches Gesicht haben.«

Shemaine beugte sich vor, um der Frau ins Ohr zu flüstern. »Können Sie sich selbst sehen, wie Sie Ihre Tochter an sich drücken und sie sanft in den Armen wiegen, während Sie ihr ein Schlafliedchen singen?«

Calley seufzte selig auf. »Ja, sie hat es gern, wenn ich singe.«

»Sie lächeln ja, Mrs. Tate«, murmelte Shemaine. Als die Frau überrascht die Augen öffnete, lachte sie leise. »Und die Schmerzen haben aufgehört.«

»Ja, das stimmt!« Calley, die den Kopf auf dem Kissen umwandte, sah Shemaine durch zurückgehaltene Tränen an. »Kann das wirklich sein? Kann ich das Baby behalten, wenn ich nur ganz fest daran glaube?«

»Das weiß ich nicht, Mrs. Tate«, antwortete Shemaine ehrlich. »Aber mir scheint, daß es Ihnen beiden besser bekommt, wenn Sie entspannt und voller Hoffnung sind und nicht ängstlich und voller Sorge.«

»Nennen Sie mich Calley«, bat die Frau sie mit ernster Miene. »Ich kann sehen, daß Sie eine echte Dame sind, genauso wie Thornton ein richtiger Gentleman ist. Er braucht eine Frau wie Sie.«

»Ich bin nur seine Vertragsarbeiterin«, erwiderte Shemaine abwehrend. Das letzte, was sie wollte – vor allem nach den Qualen der vergangenen Nacht –, war, daß diese Frau sich in den Kopf setzte, ihr Herr könne die Absicht haben, sie zu heiraten. Nicht auszudenken, wenn ihre neue Freundin den Fehler beging, etwas Derartiges zu ihm zu sagen. Sie selbst hatte sich in letzter Zeit schon viel zu oft bei Gage Thornton entschuldigt.

»Das wird sich ändern«, prophezeite Calley, die von Sekunde zu Sekunde zuversichtlicher wurde. »Ramsey sagt das auch. Er meinte, Mr. Thornton sei ganz vernarrt in Sie.«

»Mr. Thornton ist in meine Küche vernarrt«, protestierte Shemaine entschlossen. »Sonst nichts. Ihr Mann hat sich geirrt.«

Shemaines Beteuerungen, daß sich aus ihrer Verbindung mit Gage Thornton keine tieferen Bande entwickeln würden, setzten Calley in Erstaunen. »Würden Sie ihn denn nicht heiraten, wenn er Sie darum bäte?«

»Bevor ich hierher kam, war ich einem anderen Mann anverlobt...« Shemaines Worte gerieten ins Stocken, und sie mußte feststellen, daß sie ihren Satz nicht beenden konnte. Die Erinnerung an ihren Verlobten schien seltsam weit entfernt von der Wirklichkeit ihrer Gegenwart zu sein.

»England ist weit weg, Ma'am, und Mr. Thornton ist hier und wartet förmlich darauf, wieder zum Ehemann zu werden. Finden Sie nicht auch, daß er ein besonders gelungenes Exemplar dieser Gattung abgeben würde?«

»Gewiß würde er das, aber ich...« Wieder fehlten Shemaine die Worte.

»Der Mann, mit dem Sie in England verlobt waren, war der genauso anziehend wie Mr. Thornton?« hakte Calley unerbittlich nach.

»Ich weiß nicht...« Shemaine stöhnte leise. Ihr war nicht wohl bei solchen Fragen. Nach den Maßstäben aller heiratsfähigen jungen Damen in England galt Maurice du Mercer als der bestaussehendste Mann in ganz London. Dennoch hätte Gage Thornton in den Herzen mancher dieser Mädchen gewiß dieselbe Verwirrung anstiften können, wie sie sie im Augenblick erlebte. Es schien ihr irgendwie treulos, zu glauben, ihr früherer Verlobter sei weniger attraktiv. Überdies schien es eine rechte Torheit zu sein, sich über den Grad der Attraktivität des einen oder anderen Mannes den Kopf zu zerbrechen. Wenn sie Gage Thornton *tatsächlich* anziehender fand, dessen war sie gewiß, dann nur deshalb, weil er in der Nähe und Maurice so weit fort war.

»Lieben Sie Ihren Verlobten immer noch?«

»Früher einmal habe ich das gedacht«, gestand Shemaine ein wenig lahm. »Aber das alles scheint so lange her zu sein, und inzwischen ist soviel passiert. Vielleicht will Maurice mich gar nicht mehr haben, wenn man an meine Verhaftung und all das andere denkt.«

»Mr. Thornton will Sie jedenfalls, das steht fest.«

»Dieses Gespräch scheint mir völlig sinnlos zu sein«, erwiderte Shemaine in der Hoffnung, alle beunruhigenden Mutmaßungen in dieser Richtung im Keim ersticken zu können. »Niemand kann mit Gewißheit vorhersagen, was Mr. Thornton denkt. Ich bin einfach seine Dienerin, und solange er nicht selbst davon spricht, werde ich jede Diskussion über das Thema Ehe als reine Spekulation betrachten.«

»Jawohl, es ist nicht recht, wenn wir sagen, was Mr. Thornton tun wird«, räumte Calley ein. »Es gibt auch so schon genug Leute, die zu erraten versuchen, was er im Schilde führt.«

Shemaine atmete erleichtert auf; sie hatte sich offensichtlich verständlich gemacht. Dann umfaßte sie die Finger der Frau und blickte lächelnd auf sie hinab. »Wie geht es Ihnen jetzt?«

»Ich bin ein bißchen müde«, gab Calley zu. »Aber es geht mir besser.«

»Ein wenig Ruhe würde Ihnen und dem Kleinen vielleicht guttun.«

»Ja, ich glaube, jetzt kann ich schlafen... und hoffen.«

»Dann werde ich Sie jetzt allein lassen, um Sie nicht weiter zu stören. Falls Sie mich brauchen, ich bin in der Küche.«

Mit einem wohligen Seufzer schloß Calley die Augen, und Shemaine schlüpfte lautlos aus dem Raum. Ramsey erwartete sie vor dem Herd, und als sie den gramvollen Ausdruck seines Gesichtes sah, beeilte sie sich, seine Ängste zu zerstreuen.

»Ihrer Frau geht es jetzt schon viel besser, und sie wird wohl eine Weile schlafen können.« Der Druck der letzten Stunden hatte deutliche Spuren in seinem Gesicht hinterlassen. Der Mann tat Shemaine leid. »Ich glaube, es wäre gut, wenn Sie jetzt auch ein wenig schlafen würden«, sagte sie freundlich. »Ich rufe Sie, falls irgend etwas passiert.«

Gage Thornton stieg aus seinem Wagen und ging auf das Häuschen des Arztes zu. Im Nachbargarten zupfte eine zierliche Frau Unkraut, das dort bereits zu wuchern begann. Als er näher kam, richtete sie sich auf und blinzelte in die Sonne, um ihn ansehen zu können. Während er an die Haustür klopfte, rief sie ihm zu:

»Wenn Sie zum Doc wollen, der ist ein Stück flußaufwärts gefahren, um ein gebrochenes Bein zu versorgen. Es wird eine ganze Weile dauern, bis er wieder da ist. Falls Sie schreiben können, können Sie ihm einen Zettel da lassen, damit er weiß, wo er hin soll, wenn er wieder zurück ist. Doc Ferris hat mir aufgetragen, das jedem zu sagen, der zu ihm will. Er hat auf der Veranda eine Schreibfeder und Papier liegen lassen ...«

Gage Thornton sah die schäbig gekleidete Frau an und überlegte, ob er ihr schon einmal begegnet war, denn ihre Stimme klang seltsam vertraut in seinen Ohren. Als er über die Wiese auf sie zuging, bemerkte er, daß die linke Seite ihres Gesichts geschwollen und voller dunkler Flecken war. Trotzdem erinnerte er sich jetzt deutlich an die kleine Frau, die ihn auf der *London Pride* ermutigt hatte, Shemaine zu kaufen.

»Annie Carver?« Aus der Nähe sahen die Gesichtsverletzungen noch schlimmer aus, und er konnte eine Nachfrage nicht unterdrücken. »Gütiger Himmel, Frau, was ist mit dir passiert?«

Verblüfft hob Annie eine schmutzverkrustete Hand, um die Augen gegen das Blenden der Sonne zu schützen und den Fremden besser sehen zu können. »Wer sind Sie denn?«

»Gage Thornton. Ich habe Shemaine O'Hearn gekauft, weißt du nicht mehr?«

Die Frau stieß einen schrillen Schrei aus und schlug sich mit der Hand gegen ihre magere Wange. »Heiliger Bimbam! Ob ich mich an Sie erinnere? Wie könnte ich einen wie Sie vergessen? Ich hab' Sie vorher nur nicht richtig sehen können, wo mir doch die Sonne in die Augen stach und so. Wie geht es Sh'maine?« Plötzlich trat ein ängstlicher Ausdruck in ihre Augen. »Sie ist doch nicht verletzt, oder? Wär's möglich, daß Sie den Doc für sie brauchen?«

»Nein, Shemaine geht es gut, Annie. Ich bin wegen eines Freundes hier. Seine Frau erwartet gegen Ende des Frühjahrs ein Kind, aber sie hat plötzlich Probleme... wird das Kleine vielleicht sogar verlieren.«

»Ich versteh' ein bißchen was von Geburten«, eröffnete Annie ihm scheu. »Meine Ma war Hebamme, bevor sie krank wurde und starb, aber sie hat mir beigebracht, wie man einer Frau ein klein wenig helfen kann. Aber was mein Herr ist, Samuel Myers, der wird mich bestimmt nicht mit Ihnen gehen lassen.«

»Hat dein Herr dir das angetan?« fragte Gage sanft und deutete auf ihre dunkel verfärbte Wange.

Verlegen und mutlos zuckte Annie mit den Schultern. »Mr. Myers hat bestimmt gedacht, ich würd' ein paar hinter die Ohren verdienen, wo ich ihm doch das Abendessen angebrannt hab'. Er hat mich zum Holzhacken rausgeschickt, weil es ihm im Salon zu kalt war. Und ich hab' eben etwas länger gebraucht, als ich gedacht hätt'.« Sie sah Gage fragend an. »Und was ist mit Ihnen, Herr? Kriegen Sie denn genug zu essen, jetzt, wo Sh'maine das Kochen für Sie besorgt?«

»Ich bin glücklich, sagen zu dürfen, daß sie eine außergewöhnlich gute Köchin ist, Annie. Ich hätte keine bessere finden können, und wenn ich bis nach London gegangen wäre.«

Annie sah ihn unauffällig von der Seite an. »Gestern abend ist diese Mrs. Pettycomb rübergekommen, um mit meinem Herrn zu reden, Samuel Myers... Sie hat erzählt, Sie hätten sich einen Sträfling für Ihre männlichen Begierden gekauft und daß Sie den Bootsmann von der *London Pride* beinahe umgebracht hätten, weil er versucht hat, den Verkauf zu verhindern.«

Langsam ärgerte Gage sich doch ein wenig über den ungebrochenen Elan, mit dem die geschwätzige Alte ihre boshaften Gerüchte im Dorf ausstreute. »Mrs. Pettycomb bläht für gewöhnlich alles, was sie hört, kräftig auf, Annie. Also würde ich an deiner Stelle nicht allzuviel auf ihr Gerede geben. Sie scheint Vergnügen daran zu finden, die Tatsachen mit Bedacht zu verzerren, um ihre Geschichten lebendiger zu machen.«

Annie hoffte, daß er sich noch deutlicher ausdrücken würde, aber Gage bewahrte hartnäckiges Schweigen, was seine Gründe für den Kauf Shemaines betraf. Schließlich hatte er nicht die Absicht, sich vor jedem zu rechtfertigen, der sein Ohr den Schauergeschichten lieh, die über ihn erzählt wurden. Wenn er das jemals versuchte, würde er gewiß nie zum Ende kommen, vor allem, da die Matrone und ihre klatschsüchtigen Busenfreundinnen anscheinend die Absicht hatten, sich unablässig das Maul über ihn zu zerreißen.

In diesem Augenblick wurde die Haustür aufgerissen, und Samuel Myers kam auf die Veranda herausstolziert, wo er, einen Arm hinter dem Rücken verborgen, stehenblieb. Mit zorngerötetem Gesicht nahm er die Pose eines aufgebrachten Diktators an. »Du faules Miststück!« zischte er Annie an. »Ich habe deine Papiere nicht gekauft, damit du dich mit jedem Niemand unterhalten kannst, der an meinem Tor vorbeigeht. Mach dich wieder an die Arbeit, bevor auch deine andere Wange meine Faust zu spüren bekommt. Und ich warne dich, wenn du weißt, was gut für dich ist, hältst du dich auch in meiner Abwesenheit an der Arbeit, sonst lasse ich meine Peitsche auf deinem erbärmlichen Rücken tanzen. Ich kann nicht jede Stunde meinen Laden allein lassen, nur um dir auf die Finger zu sehen. Meine Kunden würden sich ärgern und denken, ich hätte die Stadt verlassen.«

Mit unwillig hochgezogenen Brauen blickte Gage quer über den Hof zu dem Mann hinüber. Ausnahmsweise einmal mußte er Morrisa Hatcher recht geben. Der kleinwüchsige Mann war genauso abscheulich wie die widerwärtigste Ratte. Der Gedanke, Annie in seiner Obhut zurückzulassen, ohne nicht wenigstens den Versuch zu machen, ihr zu helfen, behagte ihm irgendwie nicht. »Würden Sie es in Erwägung ziehen, ihre Vertragssklavin gegen eine Gebühr zu verleihen, Mr. Myers?«

Mr. Myers machte keinen Hehl aus seiner Belustigung. Er schob sich seine Brille noch ein Stück höher auf seine breite Nase und nahm Gage mit einem zweifelnden Grinsen näher in Augenschein. »Was ist los, *Mister* Thornton? Reicht Ihnen *ein* Weibsbild nicht aus? Müssen Sie *zwei* in Ihrem Bett haben?«

Wenn der Mann die Absicht gehabt hatte, Gage zu erzürnen, dann hatte er sein Ziel gewiß erreicht, denn Gage konnte förmlich spüren, wie seine Abneigung gegen den Mann ins Unermeßliche wuchs. Dennoch erwiderte er den unverschämten Hohn des anderen nur mit einem steinernen Blick. Myers hatte augenscheinlich ziemlich viele Gerüchte über ihn gehört, während Gage nur wußte, daß sein Gegenüber ein Geschäft für Herrenbekleidung führte. In Anbetracht des Eifers, mit dem die Lästermäuler im Dorf sich mühten, seinen Ruf zu beschmutzen, hätte es ihn nicht überrascht, wenn Samuel Myers ihn für einen gefährlichen Mann hielt. Deshalb führte die Art, wie Myers seinen rechten Arm vorsichtig hinter seinem Rücken hielt, zu der Annahme, daß der Mann eine Pistole geladen und gespannt in der Hand hielt. Er konnte sich einfach nicht vorstellen, daß der abstoßende kleine Mann vor ihm ansonsten so kühn gewesen wäre, schon gar nicht, wenn er all den Gerüchten Glauben schenkte, die zu berichten wußten, wie gefährlich Gage war.

»Ich habe einen Angestellten, dessen Frau nahe dran ist, eine Fehlgeburt zu erleiden«, erwiderte Gage mit wohlerwogener Vorsicht. Es war nicht die Drohung einer Pistole, die ihn zur Besonnenheit mahnte, sondern die Erkenntnis, daß er mit jeder deutlich zu Schau gestellten Feindseligkeit vielleicht all seine Chancen zunichte machte, Shemaines Freundin zu helfen. »Annie sagte, sie könne Mrs. Tate möglicherweise behilflich sein, wenn sie die Erlaubnis bekäme. Wenn Sie sie also mit mir gehen ließen, wäre ich bereit, für die Zeit Ihrer Arbeiterin zu zahlen. Der Arzt wird möglicherweise noch eine ganze Weile fort sein, und im Augenblick ist niemand bei den Tates, der sich in diesen Dingen auskennt.«

»Warum bringen Sie nicht Ihre eigene Arbeiterin rüber, *Mister* Thornton«, schlug Myers mit höhnisch verzerrten Lippen vor. »Es sei denn natürlich, Sie könnten sich nicht so lange von dem Weibsbild trennen. Sie ist ja auch mächtig hübsch für eine irische Dirne, und ich frage mich, ob sie im Bett genauso ein erfreulicher Anblick ist wie außerhalb.«

»Sie gehen für meinen Geschmack ein wenig zu freizügig mit dem Wort Dirne um, Mr. Myers, und ziehen voreilige Schlüsse, was den Charakter einer Dame betrifft«, erwiderte Gage, dessen Zorn immer mehr anstieg. Er hielt einen Augenblick inne, um sich wieder unter Kontrolle zu bekommen, bevor er weitersprach. »Das Mädchen tut dort oben bereits, was sie kann, aber sie versteht nicht genug von diesen Dingen, um Mrs. Tate darin eine große Hilfe zu sein.«

Samuel Myers war stets bereit, sich auf die eine oder andere Weise ein paar Münzen zu verdienen, und es gab wohl keine einfachere Weise, sich in den Besitz eines hübschen Sümmchens zu bringen, als seiner Vertragsarbeiterin zu gestatten, es für ihn zu verdienen. »Woher weiß ich, daß Sie die Annie auch wirklich zurückbringen?«

Gage wurde klar, daß er eine großzügige Kaution anbieten mußte, um das Interesse des Mannes zu wecken. »Wenn Sie wollen, lasse ich Ihnen als Rückversicherung dieselbe Summe da, die Sie für Annie bezahlt haben. Sie brauchen mir lediglich einen Beweis dafür zu zeigen, wie hoch die Summe war, und dann eine Quittung zu unterzeichnen. Ich muß natürlich meinerseits sicher sein können, daß ich mein Geld zurückbekomme, sobald ich Annie wieder hier abliefere.«

»Sie hat mich fünfzehn Pfund gekostet«, entgegnete der Mann mit einem sarkastischen Schnauben. »Aber Sie wird's noch mal fünf kosten, wenn Sie sie ausleihen wollen.«

»Fünf Pfund! Gütiger Himmel, Mann! Ich will das Mädchen doch nicht ein ganzes Jahr behalten!«

»Ich kriege fünf Pfund von Ihnen, oder es passiert überhaupt nichts.« Achelzuckend machte Mr. Myers sich daran, seine eigenen Bedürfnisse stark zu übertreiben. »Ich habe hier eine wichtige Arbeit für Annie und muß für jede Verzögerung, die ihre Abwesenheit mit sich bringt, entschädigt werden.«

Daraufhin schraubte Gage seine eigenen Forderungen ein wenig in die Höhe. »Für fünf Pfund will ich sie aber mindestens für zwei volle Wochen haben, nicht weniger.«

Samuel Myers grinste. »Ich denke doch, daß ich so lange allein zurechtkommen werde, aber seien Sie gewarnt, wenn Sie sie nicht zurückbringen, wird das ganze Geld mir gehören.«

»Das ganze Geld wird Ihnen gehören«, knurrte Gage zustimmend. Er hatte das unangenehme Gefühl, übers Ohr gehauen worden zu sein. »Aber ich brauche eine Quittung, nur für den Fall, daß Sie vielleicht die Lust ankommt, zu behaupten, ich hätte Ihnen das Mädchen gestohlen.«

»Sie sollen Ihre Quittung kriegen«, gab Mr. Myers dreist zurück, »aber sie wird mit denselben Kleidern hier weggehen, in denen sie gekommen ist.«

Gage drehte sich um, um festzustellen, was Annie im Augenblick trug. Unweigerlich drängte sich ihm die Frage auf, warum der Tuchhändler sich Gedanken wegen eines so unwürdigen Kleidungsstücks machte.

»Es sei denn natürlich«, hakte Myers nach, »Sie wären bereit, auch für das Kleid zu zahlen.«

Gage lehnte das Angebot mit einem verächtlichen Auflachen ab. »Das Kleid können Sie behalten, Mr. Myers. Ich bin sicher, da habe ich in Mrs. Tates Lumpeneimer Besseres gesehen.«

Wenige Augenblicke später nahm Gage seinen Platz auf dem Kutschbock wieder ein und fuhr zu den Tates zurück. Neben ihm saß Annie, die nun wieder dasselbe Kleid trug, das sie während der Überfahrt angehabt hatte. Es war genauso zerlumpt wie zuvor, aber wenigstens gewaschen.

Shemaine würde überaus erleichtert sein, ihre Freundin wiederzusehen, das wußte Gage, aber für ihn selbst brachte diese ganze Geschichte neue Probleme. Er würde einen Weg finden müssen, um seine Verluste wieder wettzumachen, denn er konnte sich nicht vorstellen, daß er Annie wieder an einen Frauenschinder wie Samuel Myers ausliefern würde. Andererseits konnte er sie auch nicht halten. Er war schließlich vollauf zufrieden mit Shemaine und wollte auf die Dauer keine zweite Frau in seinem Haus haben. Obwohl die Tates Annie im Augenblick brauchten, konnten sie es sich nicht leisten, sie zu kaufen, denn sie sparten alles für die Ausbildung ihrer Söhne. Gegenwärtig hatte er keine Ahnung, welche anderen Möglichkeiten ihm offenstehen mochten, aber er hoffte, daß ihm irgendeine Idee kommen würde, bis die Tates Annies Dienste nicht länger benötigten.

Auf dem Platz neben ihm zappelte Annie voller Nervosität. »Haben Sie dem Doc einen Zettel dagelassen, damit er auch weiß, wo er hin muß?« fragte sie mit der Besorgnis einer überängstlichen Mutter.

»Ich habe mich darum gekümmert, während du dich umgezogen hast.«

»Und Sie haben den Zettel auch bestimmt so hingelegt, daß er ihn gleich nach seiner Rückkehr findet?«

»Jawohl.«

»An eine Stelle, wo Mr. Myers ihn nicht finden kann?«

»Ich habe den Zettel unter seiner Tür durchgeschoben, und die Tür ist abgeschlossen«, antwortete Gage, den ihre pausenlosen Fragen langsam ermüdeten.

»Was ist, wenn er nicht auf den Boden blickt? Der Doc ist nämlich auch nicht mehr der jüngste. Er sagte, er würde nächsten Freitag fünfundvierzig.« Für Annie, die selbst noch vor nicht einmal zwanzig Jahren das Licht der Welt erblickt hatte, schien fünfundvierzig bereits sehr betagt zu sein.

»Annie, hör endlich auf, dir Sorgen zu machen«, drängte Gage sie ungeduldig. »Du machst mich mit deinen Fragen ganz verrückt.«

»Das tut mir leid, Mr. Thornton«, murmelte sie zerknirscht. »Ich wollte nur sicher sein, daß der Doc auch wirklich kommt, damit Ihre Freunde sich nicht ganz allein auf mich verlassen müssen. Ich weiß ja eine Menge über das Kinderkriegen; ich weiß auch, wie man ein Fieber runterbringt oder Wunden versorgt, aber es wär' wohl doch besser, jemanden dabeizuhaben, der eine richtige Ausbildung hat.«

»Ob mit oder ohne eine richtige Ausbildung, Annie, du wirst für eine Weile bei den Tates bleiben, um Calley zu versorgen. Also wirst du dich vielleicht nicht darauf verlassen können, daß der Doktor da ist, wenn du ihn am dringendsten brauchst. Ramsey arbeitet für mich. Außerdem ist er mein Freund, und ich möchte, daß du alles in deinen Kräften Stehende für seine Frau tust. Ich möchte, daß du es ihr so behaglich wie möglich machst und daß du, wenn du das vermagst, auch das Kind rettest. Seine Familie bedeutet ihm sehr viel. Hast du mich verstanden?«

»Jawohl, Herr«, antwortete sie unterwürfig.

»Sie haben einen kleinen Jungen, um den du dich kümmern wirst, bis Calley wieder auf den Beinen ist«, sagte er und sah sie von der Seite an.

Annies plötzliche Begeisterung war Beweis genug dafür, daß sie sich auf den Aufenthalt bei der Familie freute. Sie seufzte glücklich: »Oh, das wird mir bestimmt gefallen.«

Nach ihrer Ankunft bei den Tates ging Gage sofort in das Häuschen, um Shemaine zu suchen. Er fand sie in der Küche bei der Vorbereitung des Mittagsmahls. Während sie vor dem Eisenofen kniete, um einen Laib Brot hineinzuschieben, blieb er neben dem Herd stehen. »Ich habe eine Frau mitgebracht, die hier für eine Weile aushelfen kann, daher könnt ihr beide, du und Andy, nachher mit mir nach Hause zurückkehren.«

»Mr. Tate hat darauf bestanden, daß ich genug für uns alle koche«, erklärte sie. Dann schloß sie die Ofentür und erhob sich langsam. »Es war ihm sehr wichtig, daß Sie zum Essen bei ihm bleiben.«

»Wenn es ihm so wichtig ist, sehe ich nichts, was dagegen spräche«, versicherte Gage ihr.

Shemaine lächelte erfreut. »Ich bin sicher, Ihre Anwesenheit wird ihn ein wenig ablenken, Mr. Thornton. Seit Sie weggefahren sind, war der arme Mann vollkommen außer sich. Er wollte nicht einmal schlafen, obwohl ich ihm versichert habe, daß es Calley besser gehe. Er ist im Augenblick hinten auf dem Hof und hackt Holz, nur um sich irgendwie zu beschäftigen. Vielleicht können Sie ihm helfen, die Sache durchzustehen, wenn Sie nachher noch ein wenig Zeit mit ihm verbringen.«

»Ich werde tun, was ich kann, Shemaine«, antwortete Gage. »In der Zwischenzeit könntest du eigentlich die Frau in das Schlafzimmer führen und sie Calley vorstellen.«

Seine Anweisung verwirrte Shemaine ein wenig, denn die Frau würde sich wohl selber vorstellen müssen. Als jedoch Gage beiseite trat, um ihr den Blick auf besagte Frau freizugeben, stieß Shemaine einen Freudenschrei aus und warf sich in die weitgeöffneten Arme ihrer Freundin.

»O Annie! Ich habe mir ja solche Sorgen um dich gemacht!« rief sie, und ihre Augen füllten sich mit Tränen. Sie umarmte die kleine Frau und trat dann einen Schritt zurück, um sie besser ansehen zu können, aber als sie Annies Gesicht sah, verwandelte sich ihre Freude im Kummer. Sie streckte die Hand aus und strich der anderen zart über die geschundene Wange. »Hat dein Herr dir das angetan, oder bist du gegen eine Mauer gerannt?«

Annie tat ihre Besorgnis gleichgültig ab. »Machen Sie sich keine Gedanken um mein Gesicht, Myliedy. Lassen Sie sich lieber selber ansehen!« Ihr Blick wanderte über die schlanke Gestalt. Dann nahm sie Shemaines zarte Hände in ihre eigenen und lachte fröhlich. »Sie sehen wunderbar aus! Einfach wunderbar!«

»Komm mit ins Schlafzimmer, damit ich dich Calley vorstellen kann«, erwiderte Shemaine und nahm Annies Arm. »Und dann kannst du uns erzählen, wie es möglich ist, daß du hier bist.«

»Oh, das kann ich Ihnen gleich erzählen. Wenn Ihr Herr nicht zwanzig Pfund für mich auf den Tisch gelegt hätte, wär' ich überhaupt nicht hier.«

Shemaine blieb abrupt stehen und zog an Annies Ärmel, um die kleine Frau herumzudrehen. »Wie meinst du das, Annie? Hat Mr. Thornton dich gekauft?«

»Nicht direkt.« Annie zuckte mit den Schultern. »Er hat fünf Pfund bezahlt, um mich zu mieten, sozusagen, aber wenn er mich nicht zurückbringt, wird er um zwanzig Pfund ärmer sein.« Sie schüttelte verwundert den Kopf, denn seine Fähigkeit, eine so große Summe zu bezahlen, setzte sie in Erstaunen. »Ihr Mr. Thornton muß ein reicher Mann sein.«

»Er ist nicht reich, Annie, nur ein ganz wundervoller Mensch, denke ich«, sagte Shemaine mit einem überglücklichen Lächeln.

Doktor Colby Ferris, ein hochgewachsener, grauhaariger Mann mit hageren Zügen, dessen untere Gesichtshälfte stets unter einem Stoppelbart verborgen war, kam, noch bevor sie mit dem Mittagessen fertig waren. Annie nahm ihre Pflichten sehr ernst und versorgte den Arzt mit warmem Wasser und Seife, um sich die Hände zu waschen, und mit sauberen Tüchern, mit denen er sie abtrocknen konnte, bevor sie ihn in das Schlafzimmer der Frau einließ.

»Was meine Ma ist, die hat immer gesagt, es wär' nicht recht, wenn eine Hebamme aus dem einen Haus raus und ins nächste reinginge, wo Babys geboren werden, ohne den Müttern den geziemenden Respekt zu erweisen, indem sie sich die Hände wusch.«

Der hochgewachsene Arzt bedachte die kleine Frau mit einem strengen Blick. »Junge Dame, wissen Sie, wie vielen Kindern ich auf die Welt geholfen habe?«

Annie stemmte ihre dünnen Arme in die Hüften und wich keinen Millimeter zurück. »Wahrscheinlich mehr als ich zählen könnt', aber was schadet es schon, wenn Sie sich Ihre feinen Hände waschen, nachdem Sie Kranke versorgt oder vielleicht Tote angefaßt haben... oder...« Sie suchte im Geist nach einem weiteren guten Grund und deutete schließlich mit einer verärgerten Geste auf das Fenster, durch das sein Reittier zu sehen war. »Oder wenn Sie grad' ein stinkendes Pferd geritten haben?«

Die Unverfrorenheit der kleinen Frau schien Dr. Ferris einen Augenblick lang zu verblüffen, aber nach einer Pause fuhr er sich mit der Hand nachdenklich über sein stoppliges Kinn und begann zu prusten, sehr zur Erleichterung jener, die den Zusammenstoß der beiden verfolgten. »Ich schätze, es wird wohl nichts schaden, wenn ich mir die Hände wasche. Was ist mit meinen Füßen? Willst du die auch sehen?«

Annie blickte hinab und preßte sich dann eine Hand auf den Mund, als sie seine staubigen Stiefel erblickte und begriff, daß sie seinem Humor zum Opfer gefallen war. Sie legte den Kopf in den Nacken, um seinem Blick zu begegnen, grinste breit und verlieh ihrem reizlosen Gesicht auf diese Weise einen gewissen Charme. »Für den Augenblick reicht's wohl, wenn Sie sie abwischen, aber sehen Sie besser zu, daß Sie sich benehmen, denn ich werde Ihnen die Tür öffnen, wenn Sie wieder hierher kommen... Zumindest für eine Weile.«

Der Arzt zog seine buschigen Augenbrauen weit in die Höhe, als hätte ihre Drohung ihn gekränkt, aber seine nächste Frage hatte nichts mit ihren Forderungen zu tun. »Was ist mit dieser Kröte, diesem Myers? Wird er dir denn erlauben, hierzubleiben, ohne Zeter und Mordio zu schreien?«

Der Scharfblick des Arztes erstaunte Annie Carver. »Ich bin mit seiner Erlaubnis hergekommen, jawohl, also denken Sie ja nicht, ich wär getürmt. Mr. Thornton hat ein Papier, das das beweist.«

Doktor Colby Ferris lachte spöttisch auf. »Das muß Sie aber ein ganz schönes Sümmchen gekostet haben, wenn diese Kröte das Mädchen aus seinen Fängen gelassen hat. Myers war noch nie besonders großzügig mit seinem Besitz.«

»Oh, es hat wirklich ein hübsches Sümmchen gekostet«, pflichtete Annie ihm bei und zeigte dann mit dem Daumen über die Schulter, um auf ihren Wohltäter zu weisen. »Mr. Thornton hat zwanzig Pfund bezahlt, fünf um mich auszuleihen, und fünfzehn als Garantie, daß er mich auch wirklich zurückbringt.«

»Willst du damit sagen, daß Myers tatsächlich eine Quittung über die Summe ausgestellt hat?«

Annie nickte vorsichtig, denn sie konnte sich keinen Reim darauf machen, warum der Arzt so schockiert war. »Das hat er getan, Herr.«

Colby Ferris bedachte Gage mit einem durchdringenden Blick. »Dann würde ich Ihnen raten, gut auf die Quittung aufzupassen, Sir, denn Myers darf man nicht trauen. Er wird Sie betrügen, wenn er irgend kann... Oder eine Möglichkeit finden, Sie des Diebstahls zu bezichtigen.«

»Ich kenne den Mann erst seit heute und nicht besonders gut. Ich weiß nur, daß ich nach so kurzer Zeit bereits eine deutliche Abneidung gegen ihn gefaßt habe«, gab Gage zu. »Sie können versichert sein, daß ich so vorsichtig wie nur möglich sein werde.«

Der Arzt zeigte auf Annies geschwollenes Gesicht. »Sie wissen natürlich, daß Myers dem Mädchen auch in Zukunft solche Dinge antun wird, wenn Sie sie zu ihm zurückbringen.«

»Haben Sie vielleicht irgendeinen Vorschlag, was ich tun sollte?« Gage war dankbar für jede Lösung seiner gegenwärtigen Zwangslage. Er deutete kurz auf Shemaine, die am anderen Ende des Tisches stand und Andrew das Gesicht wusch. »Ich habe bereits eine Dienerin, und für eine zweite ist in meiner Hütte kein Platz.«

Der ältere Mann strich sich nachdenklich über das Kinn. »Ich habe das Mädchen bei Myers arbeiten sehen und weiß, was sie kann.« Dann schnaubte er leise und gestattete es sich, ein wenig vom Thema abzuweichen. »Sie hat da Arbeiten verrichtet, die Mr. Myers selber hätte tun sollen, statt einem schmächtigen Mädchen solche Dinge zuzumuten.«

»Brauchen Sie vielleicht eine Assistentin?« erkundigte Gage sich hoffnungsvoll. »Annie sagt, sie hätte einige Erfahrungen mit dem Hebammengewerbe und ähnlichen Dingen. Vielleicht könnten Sie sie sogar als Dienerin für Ihren Haushalt verwenden.«

Doktor Ferris schien von der Idee jedoch nicht viel zu halten. »Was?« fragte er und warf einen Seitenblick auf Annie. »Um jedesmal, wenn ich niese, so lange schikaniert zu werden, bis ich mir die Hände wasche? Der Herr bewahre mich vor einem solchen Geschick.«

»Sie brauchen sich keine Sorgen um mich zu machen!« rief Annie hitzig; die gleichgültige Zurückweisung des Arztes hatte sie gekränkt. »Ich werde zu Mr. Myers zurückkehren, wenn ich hier fertig bin. Es wär' nicht das erste Mal, daß mir jemand eine langt.«

Colby Ferris, der unterdessen an den Waschständer getreten war, schrubbte sich Gesicht und Hände, bis beide sauber waren. Dann trocknete er sich mit einem Handtuch ab und drehte sich grinsend zu Annie um. »Zeigst du mir jetzt, wo Mrs. Tate liegt? Oder willst du weiter wie ein wütendes Stachelschwein mit aufgestellten Stacheln vor mir stehen?«

»Mrs. Tate geht es besser, seit Myliedy Sh'maine mit ihr geredet hat. Vielleicht sollten Sie Mr. Thornton Sh'maine abkaufen und zu Ihren Hausbesuchen mitnehmen«, schlug Annie ihm spitz vor.

Gage bedachte die kleine Frau mit einem drohenden Blick. »Ich habe nicht mein schwerverdientes Geld für dich bezahlt, Annie, damit du hinter meinem Rücken Shemaine verkaufst.«

Annie grinste ihn an. »Der Herr sind aber mächtig empfindlich, was seine Strafarbeiterin betrifft, wie? Vielleicht gefällt sie Ihnen gar nicht so schlecht.«

»Mir gefällt Shemaine durchaus«, stellte Gage nachdrücklich fest. »Und ich bin nicht bereit, sie zu verkaufen. Habe ich mich verständlich ausgedrückt?«

Colby sah Annie an und hatte Mühe, ein Schmunzeln zurückzuhalten. »Das heißt wohl, daß ich mich besser anderswo nach einer Gehilfin umsehe.«

»Na, ich glaub', da liegen Sie richtig«, stimmte Annie ihm zu. Dann warf sie mit einem amüsierten Lachen einen Blick auf Gage, der sich immerhin zu einem schmalen Grienen erweichen ließ.

»Kommen Sie, Doc«, drängte Annie den Arzt nun. »Ich bringe Sie jetzt zur Missus.«

Sie führte den Arzt ins Schlafzimmer, und während Ramsey mit neuentfachter Angst in der Küche auf und ab lief, half Gage Shemaine, den Tisch abzuräumen, auch wenn sie wiederholt beteuerte, daß das nicht nötig sei. Mehrere Gründe hielten Gage davon ab, das Haus zu verlassen, bevor der Arzt mit seiner Untersuchung fertig war. Er wußte, daß Shemaine sein Urteil würde hören wollen, und Ramsey brauchte ihn als Stütze für den Fall, daß es galt, schlimme Nachrichten aufzufangen. Dann waren da durchaus noch seine eigenen Sorgen, denn die Angelegenheit war ihm keineswegs gleichgültig. Die Tates waren seine Freunde, und er wollte hier sein, um ihnen auf jede nur erdenkliche Weise zu helfen.

Was den Zustand des Babys betraf, erklärte Colby Ferris ernst, als er in die Stube zurückkehrte, ließe sich nichts Endgültiges sagen. Ebensowenig konnte er vorhersehen, ob Calley das Kind voll austragen konnte oder ob sie es in den nächsten Wochen verlieren würde. Es war von größter Wichtigkeit, daß sie im Bett blieb, wenn es überhaupt die Hoffnung geben sollte, daß sie ein gesundes Kind zur Welt brachte. Daher gab Ferris Annie strenge Anweisungen, sorgsam über die Frau zu wachen, denn es war gewiß keine einfache Aufgabe, eine hart arbeitende Mutter zur Untätigkeit zu zwingen. Wenn überhaupt jemand in der Lage war, ein solches kleines Wunder zu vollbringen, dann war das seiner Meinung nach wohl Annie. Immerhin hatte sie ihn ja auch dazu gebracht, sich die Hände zu waschen, neckte er sie belustigt.

Schließlich gab Colby Ramsey noch den klugen Rat, sich wieder seiner Tischlerarbeit zu widmen, sowohl um seiner Frau als auch um seiner selbst willen. Es würde Calleys Angst nur vergrößern, wenn sie die Sorge ihres Mannes sah, erklärte er logisch. Die Arbeit würde nicht nur Ramseys Zeit, sondern auch seine Gedanken in Anspruch nehmen und ihn auf diese Weise gewiß ein wenig beruhigen.

Bevor Colby sich verabschiedete, versprach er, regelmäßig bei den Tates vorbeizusehen, um sich über Calleys Zustand auf dem laufenden zu halten. Und wenn man ihm dann eine Mahlzeit vorsetzte, um ihm sein schweres Los als Witwer ein wenig zu erleichtern, sollte ihm dies Bezahlung genug sein. Zu guter Letzt verlieh er noch seiner Hoffnung Ausdruck, daß Annie ihn genauso gut bekochen würde, wie sie ihn bevormundete.

11. Kapitel

Das Leben als Dienerin war leicht zu ertragen, wenn man einen Herrn hatte, der barmherzig und großmütig genug war, einen beträchtlichen Teil seiner begrenzten Mittel zu opfern, um einem Angestellten und einer mißhandelten Vertragsarbeiterin zu helfen, fand Shemaine. Sie war der Meinung, daß sie sich unendlich glücklich schätzen konnte, von einem solchen Mann gekauft worden zu sein.

Schon bald nach ihrer Rückkehr in die Hütte am Fluß trug Gage seinen schlummernden Sohn in dessen Schlafzimmer. Als er in den großen Raum zurückkehrte, erwartete seine Dienerin ihn mit einem strahlenden Lächeln. Verzaubert von den leuchtendgrünen Augen, legte Gage erwartungsvoll den Kopf schräg.

»Wolltest du etwas von mir, Shemaine?«

»Jawohl, Mr. Thornton«, antwortete sie mit einem kaum wahrnehmbaren Nicken. »Ich verspüre den dringenden Wunsch, Ihnen dafür zu danken, daß Sie Annie helfen. Die Arbeit bei den Tates wird eine große Erleichterung für sie sein, nach dem, was sie bei Mr. Myers erlebt hat.«

Obwohl die Weichheit ihrer Stimme ein heißes Beben durch seine Sinne sandte, versuchte Gage, sich von ihrem betörenden Zauber zu befreien. Er durfte nicht zulassen, daß sein Ton irgendwelche falschen Hoffnungen in ihr weckte. Er hatte nicht die Absicht, Annie in seinem Haus aufzunehmen.

»Ich muß dir allerdings sagen, Shemaine, daß ich Annie, sobald sie den Tates nicht länger von Nutzen sein kann, wieder verkaufen muß, um mein Geld zurückzubekommen. Sie wird nicht hier bei uns leben.«

»Das weiß ich, Mr. Thornton«, versicherte Shemaine ihm leise, »aber ich vertraue fest darauf, daß Sie einen weit würdigeren Herrn für sie finden werden, als Mr. Myers einer ist. Ja wirklich, in der kurzen Zeit, die ich nun hier bin, bin ich zu der Ansicht gelangt, daß Sie ein überaus ehrenwerter Mann sind. In der Tat, Sir, ich wüßte keinen anderen Mann, den ich in diesem Augenblick mehr bewundere als Sie.«

Gage hatte Mühe, sich daran zu hindern, mehr in ihre Worte hineinzudeuten, als sie wirklich hatte sagen wollen. Das Wort *bewundern* konnte tausend Dinge bedeuten, allesamt positiv, gewiß, aber es wäre töricht von ihm gewesen, zuviel für selbstverständlich zu nehmen. Er war immer noch ihr Herr und sie seine Dienerin.

Da ihm die Worte fehlten, ging er eilig an ihr vorbei, denn er wußte, daß er keinen Augenblick länger in der Hütte bleiben durfte, sonst würde er in Versuchung kommen, ein anderes Thema anzuschneiden. Und das Thema, das er im Sinn hatte, bedurfte einer gründlicheren Unterredung, als seine Zeit es im Augenblick zuließ. »Ich gehe jetzt besser in die Werkstatt, um festzustellen, wie weit die Männer inzwischen gekommen sind.«

Sein hastiger Aufbruch überraschte Shemaine, aber sie führte sein Verhalten auf seine Ungeduld zurück, sich wieder seiner Arbeit widmen zu können. Also machte sie sich nun ebenfalls daran, die Dinge zu erledigen, die am Morgen liegengeblieben waren. Nachdem sie das Haus aufgeräumt hatte, erhitzte sie mehrere Eisen über dem Feuer und machte sich daran, die gewaschenen Kleidungsstücke zu plätten. Es verschaffte ihr eine seltsame Befriedigung, die feineren Hemden ihres Herrn unter ihrer Hand sich glätten zu sehen, und sie ging mit äußerster Sorgfalt zu Werke, um den schönen Stücken gerecht zu werden. Es war hübsch, sich vorzustellen, wie gut Gage Thornton in ordentlich geplätteten, weißen Hemden aussehen würde, statt in den zerknitterten Hemden aus grober Wolle, die er bisher getragen hatte. Ein schöner Rock mit dazu passenden Hosen würde ihre Wirkung gewiß noch vergrößern, aber sie hatte keinerlei Zweifel, daß es letztendlich der Mann selbst wäre, der die Hemden zieren würde. In einem Anfall von Frivolität stellte sie sich vor, wie sie mit ihrem reichgewandeten Herrn ein Menuett tanzte, so wie sie es viele Male mit Maurice getan hatte. In ihrer Phantasie war Gages Tanz ebenso anmutig, wie sein Benehmen höflich und aufmerksam war; ja, er stellte sogar Maurice in den Schatten, der in allen gesellschaftlichen Feinheiten die sorgfältigste Unterweisung erhalten hatte. Jedesmal, wenn Gage in ihre Nähe kam, sah sie in seinen Augen ein Versprechen, das sie in atemlose Spannung versetzte.

Es ist reine Einbildung, gemahnte Shemaine sich. Nur in den seltensten Fällen war die Wirklichkeit so verlockend wie die Phantasie. Um ihre Gedanken wieder auf etwas zu richten, das sie von diesem seltsam prickelnden Gefühl befreite, versuchte sie sich auf einen Abend zu besinnen, an dem sie Maurice im Salon ihrer Familie empfangen hatte. Als sie versuchte, ein genaues Bild dieses Mannes heraufzubeschwören, war die Gestalt ihres Verlobten genauso groß, sein Haar genauso schwarz und sein Lächeln genauso bezaubernd wie das ihres Herrn, aber statt der bernsteinbraunen Augen blitzten nun unter dichten Wimpern ebenholzschwarze Augen auf sie herab. Maurice' Lippen waren von einem natürlichen Rotton, und als er den Kopf senkte, öffneten sich diese Lippen in Erwartung des Kusses, den er sich von ihr rauben würde.

Aber plötzlich ging etwas schief mit ihrem Traum, und es war ein sonnengebräuntes Antlitz, das dicht über ihrem eigenen erschien, und es war der sich öffnende Mund ihres Herrn, der mit glühendem Begehren von ihrem eigenen Besitz ergriff. Mit derselben Plötzlichkeit wogte eine berauschende Ekstase in ihr auf, die in ihrer Weiblichkeit eine seltsame Sehnsucht entfachte. Dieses Gefühl, das bestenfalls beunruhigend genannt werden durfte, sandte eine köstliche Wärme durch ihre Brüste und wirkte nicht weniger verheerend auf ihre Sinne als Gages Arm, der bei den Schießübungen vor nicht allzulanger Zeit beiläufig über ihre Rundungen geglitten war.

Shemaine hob eine zitternde Hand und wischte sich, völlig aus der Fassung gebracht, die winzigen Schweißperlen ab, die ihre brennende Stirn befeuchteten. Ihre erschreckende Reaktion brachte die verwegene Vorstellung, sie sei eine uneinnehmbare Festung weiblicher Tugend, mit einem Mal zum Einsturz. Früher einmal mochte sie wohl gelassen und gefaßt geblieben sein, so sehr Maurice sich auch bemühte, sie davon zu überzeugen, daß sie doch so gut wie verheiratet seien. Jetzt jedoch war sie sich keineswegs sicher, daß sie genauso kühl und reserviert bleiben würde, falls Gage Thornton jemals mit ähnlicher Zähigkeit wie seinerzeit ihr Verlobter versuchen sollte, ihre Gunst zu erringen. Ihre Wangen glühten, und ihr Atem ging in hastigen kleinen Stößen, als sie daran dachte, wie seine männlichen Lenden beiläufig ihre Hüften berührt hatten, als er ihr die korrekte Handhabung eines Vorderladers demonstriert hatte. Es dauerte nicht lange, bis diese Erinnerung ein weiteres atemberaubendes Bild in ihr heraufbeschwor, das seiner in Mondlicht getauchten männlichen Nacktheit. Dieses Bild ließ eine knospende Hitze in ihr auflodern, die ihre Sinne in Brand setzte. Die Tiefe ihrer Erregung erschreckte sie über Gebühr. Wenn sie schon in solchem Maße auf bloße Erinnerungen reagierte, dann gab es unzweifelbar eine Seite in ihrem Wesen, die nicht annähernd so vernünftig und reserviert war, wie sie es früher einmal angenommen hatte.

Nachdem sie nun eine Sinnlichkeit in sich entdeckt hatte, von der sie bisher nichts wußte, fiel es Shemaine schwer, ihren Gedanken die Zucht aufzuerlegen, sich nur mit solchen Dingen zu beschäftigen, die für ein tugendhaftes Mädchen in Frage kamen. Ihr plötzlicher Hang zu mißliebigen Überlegungen wurde noch deutlicher, als Gage spätnachmittags in die Hütte zurückkehrte. Seine bloße Anwesenheit entfachte einen solch unvertrauten Aufruhr in ihr, daß sie schließlich Angst bekam, was er vielleicht entdecken mochte, wenn er in ihr gerötetes Gesicht sah und ihre zitternden Finger bemerkte.

Als er sich auf den Teppich legte, um mit Andrew zu raufen und zu spielen, war es immerhin eine große Erleichterung für Shemaine, daß er nicht in ihrer unmittelbaren Nähe war. Dennoch irrten ihre Augen, während sie die Karotten schabte, immer wieder von ihrer Arbeit ab, um den Männerkörper mit verstohlenen Blicken zu liebkosen. Es erschreckte sie maßlos, daß sie sich dabei ertappte, wie sie die Wildlederhosen beäugte, die sich locker über seine Lenden spannten. Die schlaffe Fülle führte ihre Gedanken schnell auf Abwege, hin zu Visionen von seinem hochgewachsenen, nackten Leib, auf dem silbrige Tröpfchen glitzerten. Die knisternde Wärme, die sie in immer heftigeren Wogen durchlief, beeinträchtigte ihre Atmung, bis sie ernste Zweifel an ihrer eigenen Geisteshaltung bekam. Wenn er noch einmal in ihr Bad eindrang und sie mit demselben Hunger ansah wie in jener Nacht – sie fragte sich ernsthaft, ob sie dann genauso standfest wie damals darauf beharren würde, daß er sie allein ließ.

Beim Abendessen lief das Tischgespräch ein wenig schleppend an. Gage und Shemaine waren sich der Gegenwart des anderen nur allzu deutlich bewußt, wollten aber beide auf keinen Fall ihre Verwirrung preisgeben oder verraten, wie sehr sie sich inzwischen zu dem anderen hingezogen fühlten. Getrennt durch die ganze Breite des Eßtisches tranken ihre Augen sich verstohlen satt und liebkosten in aller Heimlichkeit das Gesicht und die Gestalt ihres Gegenübers. Wenn sie einander flüchtig an der Hand oder am Arm berührten, durchschoß sie ein prickelndes Gefühl, und ihre Sinne bebten. Mit einem gemurmelten Wort oder einem direkten Blick erregten sie jederzeit die ungeteilte Aufmerksamkeit des anderen. Als sie später einmal dicht aneinander vorbeigehen mußten, waren die aufflackernden inneren Feuer eine köstliche, doch nicht weniger qualvolle Folter, für die keiner von beiden Linderung finden konnte.

Trotz all der Beteuerungen, mit denen Gage seine Dienerin zu beruhigen versucht hatte, fühlte er sich erbarmungslos von der Erinnerung an jenen Augenblick gepeinigt, da er sich das Haar getrocknet und das Handtuch um den Hals gelegt hatte. In dem weichen Lichtschein, der über dem Raum lag, hatte er Shemaine sofort bemerkt, schon als sie verstohlen rückwärts in Andrews Zimmer verschwinden wollte. In ihren durchscheinenden Augen hatte ein warmer Schimmer gestanden, die Spiegelung des Lichts, das durch das Fenster fiel, und die Richtung verriet, in die ihr Blick wanderte. Er hatte nicht gewagt, sich zu bewegen, um sie nicht zu erschrecken. Andererseits hatte er sich wie ein Mann gefühlt, der an einen Pfahl gefesselt einer exquisiten Verführung unterzogen wurde. Das Zwischenspiel war in der Erinnerung so verlockend, daß es all die schmerzhaften Sehnsüchte weckte, mit denen er sich herumplagte, selbst wenn er sich nach Kräften bemühte, ruhige Gelassenheit zu heucheln. In Wirklichkeit verlangte es ihn mit jeder Faser seines Wesens danach, weitere Augenblicke wie diesen herbeizuführen, in denen er Shemaine noch gründlicher in die intimsten Geheimnisse eines Männerkörpers einführen konnte.

Nach dem Essen mußte Gage feststellen, daß er nicht die rechte Geduld für seine Entwürfe aufbrachte. Er hatte den Rest des Nachmittags mit der Korrektur einiger Fehler zugebracht, die seine Lehrlinge während seiner Abwesenheit gemacht hatten. Nun hatte er nur noch den einen Wunsch, sich einfach zu entspannen und vorm Zubettgehen etwas anderes zu tun, als zu arbeiten. In wachsender Verzweiflung schloß er seinen Schreibtisch und bemerkte an Shemaine gewandt mit verstimmtem Tonfall, daß er für den Abend Schluß gemacht habe und ob ihr vielleicht der Sinn nach einem frühen Bad stehe. Er brachte Andrew ins Bett und fand sie, als er ins Wohnzimmer zurückkehrte, damit beschäftigt, Eimer mit dampfendem Wasser in den hinteren Raum zu tragen. Also setzte er sich in den Schaukelstuhl in der Nähe des Herds und griff nach einem Buch, von dessen Lektüre er sich eine Linderung der unerklärlichen Rastlosigkeit erhoffte, die in ihm tobte. Obwohl er gehörige Anstrengung darauf verwandte, sich auf den Inhalt zu konzentrieren, konnten die Worte in dem Buch seine Aufmerksamkeit nie für längere Zeit fesseln. Nicht, wenn sein Blick die unerquickliche Neigung hatte, von den Seiten abzuirren und Shemaine zu folgen, wie sie zwischen dem Herd und dem Korridor hin- und hereilte. Nachdem sie den letzten Kübel mit Wasser in den Badezuber gekippt hatte, trat sie mit einem Handtuch überm Arm neben seinen Stuhl und räusperte sich zu seiner Verwunderung.

»Was gibt es, Shemaine?«

»Da mir die Luft heute abend ein wenig kühl scheint, Sir, dachte ich, Sie würden heute vielleicht gern im Haus baden statt im Fluß«, erklärte sie nervös. »Ich habe mir die Freiheit genommen, Ihnen ein Bad zu bereiten, falls Ihnen der Sinn nach einem solchen steht.«

Ein heißes Bad in einer Wanne war ein Luxus, den Gage sich seit Victorias Tod nicht oft gegönnt hatte. Er hatte zuviel mit seiner Arbeit und anderen Dingen zu tun gehabt; und um sich zu säubern, hatten seine allnächtlichen Ausflüge zum Fluß genügt. Jeder vernünftige Mann fände den Gedanken, sich in die wohlige Wärme einer Wanne sinken zu lassen, überaus verlockend, und er betrachtete sich als einen solchen.

»Und was ist mit dir, Shemaine?« fragte er zögernd. »Es wird einige Zeit dauern, um noch mehr Wasser zu erhitzen. Willst du wirklich so lange warten, bis du dein Bad nehmen kannst?«

»Wenn Sie fertig sind, Sir, wird für mich noch genug heißes Wasser übrig sein«, antwortete sie und lenkte seine Aufmerksamkeit auf den großen Kessel, den sie mit Wasser gefüllt und über das Feuer gehängt hatte. »Ich finde es nicht recht, daß Sie in einem kalten Bach frieren sollen, während Ihre Dienerin drinnen im Haus solchen Luxus genießt. Also, wie ist es? Hätten Sie vielleicht Interesse, Sir?«

»Und ob!« Gage sprang auf, legte das Buch beiseite und machte sich daran, die Riemen am Hals seines Wildlederhemds zu lösen. »Um ehrlich zu sein, habe ich einem kalten Bad draußen heute nicht gerade mit Freuden entgegengesehen.«

»Das dachte ich mir«, sagte Shemaine leise. Dann reichte sie ihm lächelnd das Handtuch, deutete auf den hinteren Raum und improvisierte nach Art einer spröden Kammerzofe einen knappen Knicks. »Alles ist bereit, Mylord.«

Seine braunen Augen leuchteten warm auf, als er auf sie hinunterblickte. »Du verwöhnst mich, Shemaine.«

Ihre Mundwinkel zuckten in die Höhe, während sie versuchte, ein freudiges Erröten zu verbergen. »Ist es nicht ein schönes Gefühl, ab und zu einmal verwöhnt zu werden, Sir?«

»Deine bloße Anwesenheit verwöhnt mich schon im Übermaß, Shemaine«, erwiderte er mit plötzlichem Freimut.

Shemaine fragte sich allerdings, ob er ihre Gegenwart in der Hütte jetzt als hemmend empfand. Vielleicht hinderte sie ihn an der Arbeit, denn als er vorhin von seinem Schreibtisch aufgestanden war, hatte er beinahe wütend gewirkt. Es wäre in puncto Männer eine neue Erfahrung für sie, wenn sie sich nach der Nähe eines Mannes sehnte, der nichts mit ihr zu tun haben wollte. Zerknirscht blickte sie zu Boden. »Das tut mir leid, Sir.«

Mit belustigt gekräuselten Lippen betrachtete Gage nun den gesenkten Kopf. »Du lenkst mich derart ab, Shemaine«, murmelte er, »daß ich mir kaum vorstellen kann, jemals wieder den leichten Schwung der Röcke einer anderen Frau so zu beobachten, wie ich ihn heute abend bei dir beobachtet habe.«

Shemaines Kopf fuhr überrascht hoch, und sie sah ihn mit offenem Mund an. Sein kühner Blick zuckte keine Sekunde lang, und schließlich blieb ihr nur übrig, mit einiger Verwirrung zu flüstern: »Sie und Ihre Schelmereien.«

Gage zog zweifelnd die Brauen in die Höhe. »Ich glaube, du traust mir zuviel Witz und zu wenig Ehrlichkeit zu, Shemaine.«

Mit diesen Worten ließ er sie allein und durchmaß mit langen Schritten das Zimmer; noch im Gehen streifte er sich das Wildlederhemd über den Kopf. Noch immer ein wenig benommen von seinem Eingeständnis, drehte Shemaine sich um, erkannte jedoch bald, welch ein Fehler es war, ihm nachzusehen. Der Anblick dieser kraftvoll gespannten Muskeln, die unter der glatten, bronzefarbenen Haut seines Rückens spielten, war für eine junge Frau, deren Leidenschaften gerade erst geweckt worden waren, ungemein beunruhigend.

Gage blieb an der Tür noch einmal stehen, drehte sich um und sah sie mit einem schiefen Grinsen an. »Du ziehst es wohl nicht zufällig in Erwägung, mir den Rücken zu schrubben?«

Shemaine hatte nun alle Mühe, ihrerseits ein Grienen zu verbergen, als sie sich vorstellte, wie heftig ihn die Überraschung treffen würde, wenn sie seine Einladung annähme. In dem Wissen, daß er sie necken wollte, scheuchte sie ihn gespielt ärgerlich mit einer flinken Handbewegung davon. »Fort mit Ihnen, Sir. Für den Augenblick möchte ich keine ungezogenen Scherze mehr von Ihnen hören. Sie haben mich weiß Gott genug aus dem Gleichgewicht gebracht.«

Noch nachdem er die Tür hinter sich geschlossen hatte, konnte Shemaine in der Stille der Hütte sein vergnügtes Lachen hören. Mit einem Lächeln stellte sie die trockenen Zugaben für ein Blech Zwiebäcke zusammen, die sie am nächsten Morgen backen wollte. Aber während der Arbeit drängten sich immer wieder flüchtige Bilder von ihrem Herrn in verschiedenen Stadien der Entkleidung in ihre

Gedanken. Sie errötete, und es wurde ihr heiß, während in den Tiefen ihres Wesens wieder diese seltsame, scheinbar unersättliche Sehnsucht aufkeimte, die im selben Maße wuchs, wie sie es ihren Gedanken gestattete, ihre eigenen Wege einzuschlagen. Es war, als hungerte ihr junger Leib verzweifelt nach der Erfüllung durch eben jenes Wesen, dessen Gesicht und Gestalt durch ihre Phantasie geisterte.

Als Gage wieder in die Küche kam, war er lediglich mit der Wildlederhose bekleidet, mit der er ins Badezimmer gegangen war. Seine langen, schlanken Füße waren nackt, und sein Haar glänzte feucht im Schein der von der Decke baumelnden Laterne. Er sagte kein Wort zu ihr, sondern ging direkt auf das Feuer zu, füllte zwei Töpfe aus dem Kessel mit siedendem Wasser und trug sie in den hinteren Raum, wo er sie in den Badezuber schüttete. Dann kehrte er noch zweimal zur Feuerstelle zurück, füllte die Töpfe jedesmal bis zum Rand und schüttete alles erneut in die Wanne. Schließlich trat er vor Shemaine hin und ahmte, ein Bein nach höfischer Manier vorgestreckt, mit eleganter Gebärde ihre frühere Darbietung nach.

»Ihr Bad wartet, Mylady.«

Shemaine stemmte die Hände in ihre schmale Taille und hob skeptisch die Augenbrauen. »So! Da haben Ihre Gnaden also in höchsteigener Person für eine Dienerin geschuftet, wie?« schalt sie ihn, aber ihre Augen sprühten Funken und hypnotisierten ihn beinahe. »Als könnte ich die Wanne nicht selber leeren und wieder füllen. Das ist wirklich einmal etwas anderes, soviel steht wohl fest, Mr. Thornton.«

Mit einem hinterlistigen Grinsen ließ Gage den Blick auf eine Art und Weise über ihren Körper wandern, die ihre Sinne entflammten, denn er machte nicht einmal den Versuch, das Begehren, das in seinen Augen aufglomm, zu verbergen. »Gib gut acht, Shemaine. Das Wasser ist vielleicht ein wenig heiß für eine Frau mit so weicher, heller Haut, und wenn du schreist, werde ich gewiß herbeigeeilt kommen. Aber diesmal sei gewarnt. Ich werde nicht in der Stimmung sein, den Raum auf deinen Befehl hin so bald wieder zu verlassen.«

Dann wandte er sich ab und schlenderte gemächlich durch den

Raum auf sein Schlafzimmer zu. Er hatte keine Ahnung, daß die grünen Augen jede einzelne geschmeidige Bewegung seines langsamen, ja, beinahe animalischen Ganges verschlangen. In der Erkenntnis, daß sie ihren Gedanken gestattete, nur von diesem Mann beherrscht zu werden, atmete Shemaine langsam und stockend aus, bevor sie sich endlich abwandte. Solch lüsterne Faszination konnte ihre Absicht, die gesamte Zeit ihres Dienstes unbescholten hinter sich zu bringen, sehr wohl zunichtemachen. Vor allem, wenn sie schon ganz zu Anfang ihrer Zeit hier mit solcher Beharrlichkeit belagert wurde.

Für die erwachsenen Bewohner der Hütte verstrich der Beginn der Nacht in schlaflosem Schweigen. Sie lagen in ihren jeweiligen Betten, starrten in das Gespinst von Mondschein und Dunkelheit in ihren Schlafgemächern und lauschten aufmerksam den Geräuschen, die aus dem jeweils anderen Schlafzimmer kamen. Das Knarren eines Bettes, ein Husten, ein Seufzen, ein unterdrückter Fluch legten beredtes Zeugnis für die Unruhe ab, mit der ein jeder von ihnen zu ringen hatte. Erst zu wahrhaft später Stunde wurde Shemaine klar, daß sie vollkommen steif in ihrem Bett lag und sich mit nichts anderem beschäftigte als dem Mann im unteren Stock, der sich rastlos auf seiner Matratze hin und her warf. Wann immer sie die Augen schloß, konnte sie ihn vor sich an ihrem Bett stehen sehen; dann blickter er mit vor Verlangen leuchtenden Augen auf sie herab, bis sie schließlich die Arme hob, um ihn mit all dem Hunger und der Leidenschaft, deren sie fähig war, willkommen zu heißen.

So kann das nicht weitergehen! rief Shemaine sich zur Ordnung und legte ihren Gedanken mit eiserner Entschlossenheit Fesseln an. Dann preßte sie sich ein Kissen über die Ohren, um sich durch nichts in ihrer Konzentration stören zu lassen, und begann im Geiste, all jene Gedichte zu rezitieren, die ihr im Laufe der Jahre lieb geworden waren. Ganz allmählich versank sie in eine entspannte Schläfrigkeit und drehte sich schließlich mit einem letzten Seufzer auf die Seite, um sich den sanften Armen Morpheus' zu überlassen.

Unten in seinem einsamen Bett vermochte Gage es dagegen immer noch nicht, die Feuer der Lust zu löschen, die ihn quälten und die ihm den Schlaf versagten. Seine Gedanken waren erfüllt von qualvollen Bildern seiner Dienerin, die oben auf ihrem schmalen Lager lag; ihre schweren Zöpfe schlängelten sich mit peinigender Süße um ihre nackten Brüste, und mit ausgestreckten Armen winkte sie ihn zu sich heran. Er sah, wie ihre grünen Augen ganz weit vor Begehren wurden und wie ihre weichen Lippen sich öffneten, seinen Kuß zu empfangen. Mit jeder Faser seines Wesens spürte er die aufwühlende Erregung seiner Männlichkeit, die ihrem Ziel entgegendrängte, während ihre schlanken Glieder ihn umfangen hielten. Aber keine befreiende Erleichterung stillte seinen leidenschaftlichen Hunger, und sein Verlangen brannte heißer denn je. Es kostete ihn allergrößte Anstrengung, seine Gedanken in eine andere Richtung zu zwingen, auf einen weit weniger reizvollen Pfad, gewiß, aber einen, der ihm zu guter Letzt Ruhe schenkte... und schließlich erholsamen Schlummer.

In dem Wunsch, ihren Überlegungen ein weniger beunruhigendes Ziel zu geben, als das attraktive Gesicht und die Gestalt ihres Herrn, begann Shemaine, über die beiden Pferde nachzugrübeln, die ihr Herr auf der Weide hielt. Neben der Stute, die Gage für ihre Fahrt nach Newportes Newes vor den Wagen gespannt hatte, war da noch ein recht passabler Wallach. Shemaine konnte sich keine bessere Zerstreuung vorstellen, als Andrew Reitunterricht zu geben. Kurz nachdem Gage seine morgendlichen Pflichten erledigt hatte und zum Essen in die Küche kam, schnitt sie dieses Thema an.

»Taugt eigentlich eins von Ihren Pferden zum Reiten?«

»Sie sind beide mit Sattel und Zaumzeug wohl vertraut«, antwortete Gage, während er Andrew in seinen Hochstuhl hievte. »Der Wallach ist ein wenig halsstarrig und braucht einen erfahrenen Reiter, aber die Stute ist recht fromm. Warum fragst du?«

Shemaine erklärte hastig ihre Gründe, bevor sie den Mut verlor. »Ich habe überlegt, ob Sie mir vielleicht erlauben würden, Andrew Reitunterricht zu geben, wenn ich meine morgendlichen Pflichten versehen habe.«

»Das läßt sich arrangieren«, antwortete Gage und ließ sich, nachdem sie endlich ihm gegenüber Platz genommen hatte, auf seine

Bank fallen. »Du brauchst mich nur wissen zu lassen, wann du soweit bist. Dann komme ich runter und sattele dir die Stute. Sie ist für Andrew besser geeignet.«

»Oh, das wird nicht nötig sein«, beeilte Shemaine ihm mit nervösem Lächeln zu versichern. »Mein Vater hat mir schon, als ich noch sehr jung war, beigebracht, wie man ein Pferd sattelt und zäumt.«

»Nun, dann kann ich sie wenigstens für dich bürsten«, beharrte Gage, der im Augenblick damit beschäftigt war, Andrew etwas zu essen auf seinen Teller zu löffeln.

Shemaine verschränkte die Hände auf dem Schoß und machte sich bedachtsam daran, seine Hilfe zurückzuweisen. »Ich bin Ihnen sehr dankbar für Ihr Angebot, Mr. Thornton, aber es wäre mir schrecklich, wenn ich Sie von der Arbeit fernhielte. Ich bin durchaus in der Lage, diese Dinge selbst zu tun. Außerdem wird Andrew es ebenfalls lernen müssen.« Es würde bei weitem besser sein, wenn ihr Herr sich in sicherer Entfernung befand, so daß ihre törichte Vernarrtheit sich ein wenig abkühlen konnte. Das war schließlich der eigentliche Sinn ihrer Bitte, seinem Sohn das Reiten beibringen zu dürfen; sie wollte ihre Gedanken in andere Bahnen lenken. Schnell wandte Shemaine den Blick ab, bevor sie es wagte, eine weitere Bitte auszusprechen. »Ich habe außerdem überlegt, ob Sie wohl etwas dagegen hätten, wenn ich mit Andrew reiten würde?«

Gage bewunderte die Klarheit ihrer Augen, wenn er sie von der Seite betrachtete, denn sie sahen aus wie kleine, runde Smaragde auf weißem Untergrund. »Victorias Damensattel hängt noch in der Sattelkammer«, murmelte er geistesabwesend. »Du kannst ihn selbstverständlich benutzen, wenn du möchtest.«

»Vielen Dank, Mr. Thornton«, sagte sie und widmete ihm ihre Aufmerksamkeit, indem sie ihm einen Korb mit Zwiebäcken über den Tisch reichte, »aber ich glaube, es wäre besser, wenn Andrew und ich zusammen ohne Sattel ritten. Ich bin sicher, Ihr Sattel wäre für ihn viel zu groß und würde es mir nicht ermöglichen, einigermaßen entspannt hinter ihm zu sitzen.«

Andrew hatte ihr Gespräch aufmerksam verfolgt und beugte sich nach einigen Sekunden des Schweigens, in denen die beiden Älteren einander suchend in die Augen geblickt hatten, zu Shemaine vor. »Shiam und Andy Pferdchen reiten?«

Sie nickte. »Sobald ich meine Morgenarbeit fertig habe.«

»Andy hilft«, erbot sich der Junge eifrig.

Es war bereits später Vormittag, als Shemaine Andrew endlich rittlings auf das Pferd setzte und, nachdem sie hinter ihm Platz genommen hatte, ihre üppigen Röcke zurechtzupfte, um der Schicklichkeit Genüge zu tun. Der Junge war entzückt und begierig, alles zu lernen, was sie ihm beibringen konnte. Er erwies sich als aufmerksamer Schüler, und schon bald drehte er allein seine Runden auf dem Hof, wenn auch unter ihrer sorgfältigen Überwachung.

Was Gage betraf, so verweigerten ihm die sägespäneverklebten Fenster der Werkstatt einen klaren Blick auf das Geschehen, und die Idee, die Scheiben mit einem feuchten Tuch abzuwischen, war ebenfalls nicht besonders klug gewesen. Statt der Sägespäne hatte er jetzt einen dichten, schleimigen Film auf den Fenstern. Nachdem er die beiden draußen entdeckt hatte, ließ sein gewohnter Arbeitseifer abrupt nach. Tatsächlich schien es ihm nicht einmal aufzufallen, daß seine Lehrlinge ihn mehrmals etwas fragten. Gage hatte in der Hütte sehr wohl gemerkt, daß Shemaine ihn während der Reitstunden auf gar keinen Fall in der Nähe haben wollte. Obwohl er versuchte, sich zu bezähmen, fachte ihr Anblick, wie sie da in aufrechter Haltung hinter seinem Sohn auf dem Pferd saß, sein Interesse unwiderruflich an. Er verspürte den wachsenden Drang, sie aus geringerer Entfernung beobachten zu können. Schließlich gab er den inneren Kampf auf und verließ mit einer gemurmelten Entschuldigung die Werkstatt. Daß Sly und die anderen einander in die Rippen stießen und grinsend vielsagende Blicke tauschten, bemerkte er nicht einmal.

Gage sah sofort, mit welcher Begeisterung Andrew die Stute über den Hof ritt, und auch die Reitkünste seiner Dienstmagd entgingen ihm nicht. Tatsächlich saß sie auf dem Pferd, als ob sie niemals etwas anderes täte.

»Komm, Papa, reite mit uns«, drängte ihn der Kleine aufgeregt. Dann bedeutete er seinem Vater, hinter Shemaine aufzusitzen. »Bring uns zur Straße. Bitte, Papa!«

Gage quittierte den bezaubernden Befehl mit einem leisen Lachen und trat näher.

Bei dem Gedanken, zwischen dem Mann und dem Jungen gefangen zu sein, geriet Shemaine beinahe in Panik. »Ich steige ab und überlasse Andrew Ihnen.«

»Nicht nötig«, beteuerte Gage. Dann stand er auch schon neben ihr. »Die Stute ist durchaus in der Lage, unser aller Gewicht für einen kurzen Ritt zu tragen.«

»Oh, aber ich habe noch zu tun«, wandte Shemaine ein. Sie hatte nicht die Absicht, sich auf eine weitere sinnverwirrende Begegnung einzulassen, die ihre Gefühle auf eine ähnliche Weise aufwühlen würde wie ihre Schießübungen.

Gage sah sie neugierig an. »Aber ich dachte, du wolltest deine Arbeit erledigen, bevor du mit dem Reiten anfängst.«

Kleine, weiße Zähne nagten nervös an einer Unterlippe, während Shemaine seinem durchdringenden Blick standhielt. Sie wollte nicht, daß er dachte, sie hätte gelogen, andererseits fiel ihr keine andere plausible Ausrede ein. Ihr Zögern jedoch besiegelte die Angelegenheit für Gage, und mit einer einzigen schnellen Bewegung schwang er sich hinter ihr aufs Pferd. Gegen ihren steifen Rücken gelehnt, griff er um sie und den Jungen herum und nahm Andrew die Zügel aus der Hand.

»Halte du den Jungen fest«, wies er sie an und verbiß sich das Lachen, denn die Anspannung seiner Dienerin war ihm keineswegs entgangen. »Und versuch dich zu entspannen, Shemaine. Du bist ja so steif wie ein Zypressenbrett.«

Sie hörte das Lachen in seiner Stimme und wollte hitzig erklären, daß sie sich außerstande sehe, diesem Befehl nachzukommen. Es wäre wohl jeder Frau unmöglich gewesen, die kräftigen Schenkel, die ihr Hinterteil umspannten, einfach zu ignorieren. Tatsächlich war der Druck seines von Arbeit gestählten Körpers an ihrem Rücken beinahe mehr, als sie ertragen konnte. Andererseits hätten all die Beteuerungen, die durch ihre verzweifelten Gedanken jagten, nur allzu deutlich enthüllt, wovor sie sich in Wirklichkeit fürchtete.

Gage wendete die Stute und berührte sie mit dem Absatz leicht an der Flanke, woraufhin das Tier in einem gemächlichen Galopp auf die Straße zuhielt. Er ritt ohne jede Mühe und, wie Shemaine dachte, gut genug, um in der Gesellschaft der Reitersleute, mit denen sie bekannt oder verwandt war, ohne weiteres mithalten zu können. Allerdings hätte sie seine Reitkünste wohl besser beurteilen können, wenn sie ihm nicht buchstäblich auf dem Schoß gesessen hätte.

Der Weg schlängelte sich gemächlich durch die Bäume und wandte sich unter dem hohen Baldachin überhängender Zweige bald in diese, bald in jene Richtung. Eine Hirschkuh sprang mit ihrem Kalb vor ihnen über die Straße, und Andrew machte die beiden Erwachsenen mit aufgeregten Rufen auf das Ereignis aufmerksam. Genauso schnell, wie sie aufgetaucht waren, verschwanden die beiden Hirsche auf der anderen Seite des Weges wieder. Eine Zeitlang ließ Gage die Stute Schritt gehen, während er sich daran erfreute, winzigste Teile der jungen Frau zu betrachten, die er mit scheinbarer Selbstverständlichkeit umfangen hielt. Sein Blick liebkoste bewundernd ein kleines Ohr und einen bleichen, fein geschwungenen Nacken, wo gelockte Haarsträhnen vorwitzig aus einem geflochtenen Knoten lugten. Ihr zarter Duft betörte seine Sinne, aber sein größtes Entzücken lag in der Möglichkeit, sie mit seinen Armen und seinem Körper umschlingen zu können.

Als Shemaine einmal nervös über die Schulter blickte, wußte Gage, daß sie sich seiner genauen Musterung schmerzlich bewußt war, und er zweifelte keinen Augenblick daran, daß sie, wenn er nicht bald einlenkte, zu Fuß nach Hause zurückkehren würde. Obwohl sie bisher keine Einwände erhoben hatte, zuckte sie doch jedesmal zusammen, wenn seine männliche Gestalt sich zu dicht an sie drängte. Der Versuchung zu widerstehen, genau das zu tun, ging beinahe über seine Kräfte.

Als sie an einen seichten Bach kamen (denselben, der den Teich vor der Hütte speiste), zwang Gage seinen Gedanken eine andere Richtung auf und lenkte das Pferd in schnellem Trab auf den Wasserlauf zu. Andrew und Shemaine kreischten beide auf, als die wirbelnden Hufe das Wasser aufpeitschten. Gages schadenfrohes Gelächter verriet, wie sehr ihm diese nasse Überraschung gefiel.

Als sie das andere Ufer erreichten, wollte Andrew noch mehr. »Mach noch mal, Papa!«

»Wenn du darauf bestehst«, griente Gage. Er wendete das Pferd und ließ es abermals durch den Bach stürmen, was seinen Begleitern jetzt helle Jauchzer entlockte.

»Wenn Sie nicht bald aufhören, sind wir am Ende tropfnaß!« rief Shemaine lachend.

»Es ist ja heute schön warm«, antwortete Gage hinter ihr zweideutig.

»Ja, aber das Wasser ist kalt!« protestierte sie und hielt japsend den Atem an, als ein neuer Sprühregen sie traf. Sie wischte sich über das Gesicht und ignorierte um der Züchtigkeit willen die Rinnsale, die in die tiefe Spalte zwischen ihren Brüsten rannen.

Sobald sie die Pferdekoppel in der Nähe der Hütte wieder erreicht hatten, setzte Gage Andrew schwungvoll auf den Boden und stieg selbst ebenfalls vom Pferd. Nachdem er dann auch Shemaine heruntergehoben hatte, trat er mit einem mutwilligen Grinsen zurück, bevor die Feuchtigkeit ihres Gewandes seinen Blick fesselte.

Shemaine, die diesem Blick gefolgt war, sah einigermaßen verwirrt an sich herab und spürte, wie heiße Röte ihr in die Wangen schoß, als sie feststellen mußte, daß ihr durchweichtes Mieder ihre Brüste und auch die von der Kälte aufgestellten Brustwarzen deutlich abzeichnete. Mit einem leisen, gequälten Aufstöhnen floh sie ins Haus, stolperte aber unterwegs und verlor dabei ihre Slipper. Sie wagte jedoch nicht, innezuhalten, um sie wieder aufzuheben, sondern sprang barfuß die Verandatreppe hinauf, riß die Hintertür auf und verschwand.

Gage folgte zusammen mit Andrew in einem würdevolleren Tempo und las im Gehen ihre Schuhe auf. Er stand in der Nähe des Feuers und versuchte, die schier unstillbare Neugier seines Sohnes bezüglich einer großen Vielzahl von Themen zu befriedigen, als Shemaine endlich in einem trockenen Kleid die Treppe herunterkam. Das feuchte Haar hatte sie sich im Nacken zu einem ordentlichen Knoten gekämmt, und die Spitze ihres Kragens umspielte ihren schlanken, milchweißen Hals. Ehrfurchtsvoll weidete er sich an ihrer Schönheit und konnte sich nicht bezähmen, zumindest dem Hunger seiner Augen nachzukommen. Überhaupt schien er in letzter Zeit unersättlich zu sein, sie nur anzusehen.

Zögernd streckte Shemaine die Hand aus. »Meine Schuhe.«

Gage senkte den Blick und stellte fest, daß er sie immer noch in der Hand hielt. »Sie sind feucht.«

»Ihre auch«, sagte sie und zeigte auf seine Stiefel und die Beine seiner Wildlederhosen, die bis zu den Knien gründlich durchweicht und an den Außenseiten bis hin zu den Oberschenkeln und den Hüften feucht waren. Ihre Röcke hatten offensichtlich einen gewissen Schutz dargestellt, denn ihre Beine waren trocken geblieben. »Sie sollten sich besser umziehen. Es dauert nicht mehr lange, bis ich das Essen auf dem Tisch habe.«

»Nachdem ich mich um die Stute gekümmert habe«, antwortete er und ging durch den Hinterausgang davon.

Shemaine atmete erleichtert auf und brachte Andrew in sein Zimmer, um ihn umzuziehen. Einige Sekunden später wurde die Hintertür geöffnet und wieder geschlossen, dann hörte man nach einer kurzen Verzögerung die Dielenbretter quietschen, während leise Schritte näherkamen. Um ihn auf ihre Anwesenheit im Zimmer des Jungen aufmerksam zu machen, begann sie ein Kinderlied zu singen, geriet aber beinahe ins Stocken, als Gage eintrat, bekleidet nur mit den Hosen, in denen er geritten war. Das Flattern ihres Herzens begann von neuem, während sie verstohlen seine breiten Schultern und seine muskulöse Taille musterte. Obwohl sie seinen Anblick nur allzugern genossen hätte, solange er sich im Raum befand, gestattete sie sich nicht, ihn wie ein hirnloser Tolpatsch anzugaffen. Sie mußte hier raus!

»Komm, Andrew«, forderte Shemaine den Jungen auf und nahm seine kleine Hand in die ihre. »Gehen wir zum Feuer. Dort kann ich dich fertig ankleiden, während dein Vater sich umzieht.«

Bevor sie jedoch flüchten konnte, schlenderte Gage gemächlich auf seinen Kleiderschrank zu und versperrte ihr damit nicht nur den Weg, sondern zwang sie sogar stehenzubleiben, während er die Tür des Schranks öffnete. Shemaine hatte den Eindruck, daß er das mit Absicht tat, vor allem, weil sie doch gerade unmißverständlich gesagt hatte, daß sie das Zimmer verlassen wolle. Es blieb ihr nichts anderes übrig, als zu warten, bis er seine Suche beendet hatte.

Gage warf sich ein Hemd über die Schulter und ließ eine Lederhose aufs Bett fliegen, bevor er zurücktrat und den Schrank schloß. Dann schüttelte er die Falten aus dem Hemd und drehte sich schließlich zu ihr um. »Kannst du eigentlich genauso gut tanzen, wie du reiten kannst, Shemaine?«

Die Frage verblüffte sie, und sie nickte wachsam. Dann schüttelte sie jedoch eilig den Kopf, da ihr klar wurde, daß er sie möglicherweise für eine Angeberin halten konnte. »Ich meine, ich habe natürlich früher getanzt... ziemlich oft sogar.«

»Vielleicht hättest du Lust, zu einem Fest zu gehen, das am kommenden Samstag im Dorf stattfindet. Ich habe diese Feste seit Victorias Tod nicht mehr besucht, aber für gewöhnlich wird da viel getanzt und gezecht. Ich könnte mir vorstellen, daß so ziemlich jeder aus dem Weiler dort sein wird. Das Eintrittsgeld kommt den Waisen hier in der Gegend zugute und den wenigen Frauen, die sich um sie kümmern. Also täten wir, wenn wir hingingen, obendrein ein gutes Werk. Wenn du möchtest, würde ich dich gerne mitnehmen.«

»O nein, es ist unmöglich, daß ich mitgehe!« rief Shemaine mit ängstlicher Hast. »Es weiß doch jeder, daß ich Ihre Dienerin bin und ein... Sträfling. Es würde sich nicht gehören, wenn ich den Dorfbewohnern auf solche Weise meine Anwesenheit aufzwingen würde. Wahrhaftig, die Leute wären gewiß erzürnt, wenn sie mich dort sähen.«

»Es wäre nett, eine schöne Frau dabeizuhaben, mit der ich tanzen könnte«, versuchte er sie umzustimmen.

Ihre Wangen erwärmten sich bei seinem Kompliment. »Ich glaube nicht, daß es unter den gegebenen Umständen klug wäre, Mr. Thornton. Andrew und ich werden sehr gut allein zurechtkommen, wenn Sie mit einer anderen Frau hingehen wollen.«

Gages Blick hielt den ihren unerbittlich fest. »Ich habe aber keine Lust, mit einer anderen Frau hinzugehen, Shemaine. Wenn du also darauf bestehst, zu Hause zu bleiben, bleibe ich auch.«

Ihre Gedanken überschlugen sich, während sie noch versuchte, eine geziemende Antwort zu finden. Sie wollte nicht der Grund dafür sein, daß er dem Fest fernblieb. Genausowenig konnte sie sich jedoch vorstellen, einer solchen Geselligkeit beizuwohnen.

Sie senkte den Blick und bat, sich entfernen zu dürfen. Gage trat wieder an den Schrank, so daß sie an ihm vorbeigehen konnte, aber Shemaine spürte, wie sein Blick ihr zur Tür folgte. Als sie endlich in die Wohnküche entkommen war, zog sie Andrew an und begann dann, den Tisch zu decken. So sehr sie sich auch bemühte – das Bild, wie sie mit ihrem gutaussehenden Herrn tanzte, ließ sich einfach nicht aus ihren Gedanken verbannen.

12. Kapitel

Als Shemaine sich am nächsten Abend auf den Dachboden zurückzog, fand sie zu ihrer Überraschung ein blaßrosa und weiß gestreiftes Musselinkleid auf ihrem Bett. Sein rechteckiger Kragen war mit rosafarbenen Rüschen verziert, aber das Gewand war stark zerknittert und zerknautscht, nachdem es lange in Victorias Truhe gelegen hatte. Shemaine erinnerte sich daran, daß sie es ziemlich weit unten gefunden hatte und damals zu dem Schluß gekommen war, daß es sich um eines von Victorias besseren Kleidern gehandelt haben mußte. Ein Unterkleid, und zwar das beste aus der Truhe, lag ebenfalls dabei, außerdem ein Paar weißer Strümpfe und weicher Lederslipper. Die Schuhe hatten sogar Schnürbänder.

Oben auf den Kleidern fand sie eine von Gage unterzeichnete Botschaft. Er bat sie, sich bis zum Samstag darum zu kümmern, daß die Kleider gewaschen und soweit nötig geändert wurden – denn es würde ihm eine große Freude sein, sie zu dem Fest mitzunehmen. Was ihre Bedenken betraf, so habe er nicht die Absicht, einigen mürrischen Seelen zu gestatten, irgendwelche Entscheidungen zu beeinflussen, die in seinem Haus getroffen wurden. Das einzige, was sie retten könne, würde eine schwere Krankheit sein, zu deren Heilung ein Arzt herangezogen werden müsse. Mit anderen Worten, er ließ ihr keine Wahl, es sei denn, sie wäre dem Tode nahe.

Shemaine stöhnte innerlich bei dem Gedanken, den Matronen aus der Umgebung gegenübertreten zu müssen, von denen sie einige hatte fliehen sehen, bevor ihr Herr sie hatte grüßen können. Sie hoffte inbrünstig, daß sie genauso scheu sein würden, wenn er mit seiner Dienerin am Arm den Festsaal betrat.

Der Samstag kam, und kurz nach seinem Mittagsschlaf wurde Andrew zu den Fields hinübergebracht, wo er über Nacht bleiben sollte. Kurz bevor Shemaine fertig angekleidet war, rief Gage ihr von der Hintertür aus zu, daß er nun den Wallach anschirren werde. Shemaine faßte dies als Ermahnung auf, sich ein wenig zu beeilen, und ihre Finger flogen geradezu über ihre Knöchel, während sie die Bänder ihrer Schuhe verknotete. Wenige Augenblicke später stürmte sie im Laufschritt den Weg zur Koppel hinunter.

Beim Klang ihrer klappernden Schritte auf den Steinstufen zog Gage gerade den letzten Riemen an der Deichsel der Kutsche stramm und richtete sich auf. Was als flüchtiger Blick über den hohen Rücken des Wallachs gedacht war, verwandelte sich in eine ausgiebige und gründliche Musterung, die sich von den kleinen, weißen Slippern bis zu dem kecken Spitzenhäubchen erstreckte, das ihr nach oben gekämmtes Haar zierte. Es dauerte mehrere Sekunden, bis Gage bemerkte, daß er beinahe das Atmen vergessen hatte.

»Sehe ich annehmbar aus?« fragte Shemaine besorgt; sein langes Schweigen hatte sie verunsichert.

»Und ob«, seufzte er. »Wie ein Lichtstrahl für einen Blinden.«

Ein flüchtiges Lächeln antwortete ihm, bevor er um das Gefährt herumkam. Sobald er in voller Größe zu sehen war, fühlte Shemaine sich geneigt, seine Lobesworte mit einem ähnlichen Kompliment zu erwidern. Mit ehrlicher Bewunderung stellte sie fest, welch überaus elegante Erscheinung er abgab, denn in Festkleidung sah er noch besser aus, als sie sich vorzustellen gewagt hatte. Seine Kleidung war nicht annähernd so kostbar wie die, die Maurice für gewöhnlich trug. Aber dieser Mann ließ sie durch seine außergewöhnliche Statur und Attraktivität bei weitem prächtiger wirken, als ihr Preis es wohl gerechtfertigt hätte. Der Gehrock von tiefem Burgunderrot paßte hervorragend zu dem dunkelbraungrauen Wams und den dazugehörigen Hosen und Strümpfen, während das weiße Hemd mit dem steifen Kragen, das sie gebügelt hatte, seine bronzefarbene Haut betonte.

Gage verbeugte sich schwungvoll vor ihr, worauf sie mit einem tiefen Knicks reagierte. »Du riechst genauso wundervoll, wie du aussiehst«, bemerkte er und trat einen Schritt näher an sie heran, um ihren herrlichen Duft zu schnuppern. Jedes kleine Detail ihrer Toilette fesselte ihn. Bei näherem Hinsehen bemerkte er auch, wo die

Säume über ihrem Busen ausgelassen und säuberlich wieder zusammengenäht worden waren. Sein Blick strich in ausgiebiger Würdigung über diese Fülle, bevor Shemaine sich mit brennenden Wangen der Kutsche zuwandte. Sie griff nach dem Spritzbrett, stellte einen Fuß auf die Metallsprosse darunter und spürte, wie Gages Hände ihre Taille umfingen und er sie auf das Gefährt hob. Dort lehnte sie sich zurück, griff nach seinem Dreispitz, der neben ihr auf dem Polster lag, und strich liebevoll über die einfache Borte, die den aufgebogenen Rand säumte. Es sah dem Mann so ähnlich, auf kunstvollen Zierrat zu verzichten. Andererseits hatte er bei seinem Gesicht und seiner Gestalt auch wahrlich keinen nötig.

»Ihr Hut, Mylord«, murmelte sie und hielt ihn ihm lächelnd hin, während er sich auf dem Platz neben ihr niederließ. Ihre grünen Augen leuchteten vor Bewunderung, während sie zusah, wie er den Hut lässig aufsetzte. Als er die Zügel nahm und den Wallach mit einem Zungenschnalzen in Bewegung setzte, betrachtete sie immer noch mit verstohlener Hingabe sein klassisches Profil. Die Enge der Sitzbank ließ ihnen nicht genug Platz, um voneinander abzurükken. Gages Schulter berührte die ihre, und genauso unvermeidlich war es, daß sein Arm über ihren Busen streifte. Shemaine akzeptierte die leichten Berührungen schweigend und mit seltsamem Vergnügen; sie fragte sich jedoch, ob ihr Herr überhaupt etwas davon bemerkte. Mit einem kaum wahrnehmbaren Seufzen ließ sie sich gegen die gepolsterte Rückenlehne sinken und nahm sich fest vor, die Fahrt einfach zu genießen.

Der Wallach war ein kräftiges Tier, das einen schnellen Trab anscheinend sehr zu schätzen wußte. Schon bald flogen sie über die Straße Richtung Newportes Newes dahin, und bei ihrer Geschwindigkeit war nicht schwer vorherzusehen, daß sie den Weiler erreichen würden, lange bevor die Sonne auch nur daran dachte, unterzugehen. Wenn Shemaine irgendwelche Rückschlüsse aus dem Lächeln ziehen konnte, das recht häufig um die Lippen ihres Herrn spielte, dann vermutete sie, daß Gage Thornton ebenfalls eine schnelle Gangart genoß. Auch sie fand Gefallen an der berauschenden Fahrt, und als sie Sly Tucker und seine Frau in deren Kutsche überholten, kam es unter allgemeinem Gelächter sehr bald zu einem Wettrennen. Es stellte sich schnell heraus, daß der Wallach anscheinend eine Kämpfernatur war und sich nicht so leicht von einem anderen Roß übertreffen lassen wollte. Während seine langen Beine schier über den Boden flogen, ließ er die Tuckers weit hinter sich.

Sobald sie den Weiler erreichten, stellte Gage den Wallach in einem Mietstall unter, wo das Tier zum Abkühlen nach seinem langen Galopp eine Weile im Schritt herumgeführt werden würde, bevor man ihm zu trinken gab. Es würde wohl mehrere Stunden dauern, bis sie den Rückweg antraten. Vom Stall aus geleitete Gage Shemaine ruhigen Schrittes über den Gehsteig ihrem Ziel entgegen, und fast jeder, der sie erkannte, sah ihnen neugierig oder schockiert nach. Eine kleine Gruppe britischer Soldaten, die aus der entgegengesetzten Richtung kamen, beäugten Shemaine sehr gründlich, aber sie erinnerten sich nur allzugut daran, daß ihr Begleiter derjenige war, der den riesigen Matrosen mit einem kräftigen Tritt in das Schlammloch befördert hatte. Sie waren höchstpersönlich der Meinung gewesen, daß der tölpelhafte Ochse von einem Seemann dafür, daß er das Mädchen verletzt hatte, eine ordentliche Tracht Prügel verdiente, und aus Respekt vor Gage beschränkten sie ihre Bewunderung für seine Gefährtin auf nicht mehr als ein paar höfliche Blicke.

Potts hatte vor der Taverne an einem Pfosten gelehnt, aber als er Gage und Shemaine sah, rief er ein paar Worte über die Schulter, woraufhin Morrisa prompt in der Tür des Etablissements erschien. Nach einer höhnischen Musterung Shemaines und einer eher bewundernden für den hochgewachsenen Mann, der sie begleitete, wandte die Hure sich an den Matrosen und wies mit einer ruckartigen Kopfbewegung in die Richtung der beiden Neuankömmlinge. Als hätte sie ihm damit das entsprechende Stichwort geliefert, kam Potts breitbeinig und entschlossen auf die beiden zu.

Das letzte, was Gage in diesem Augenblick und an diesem Ort wollte, war ein Faustkampf. Aber es schien unwahrscheinlich, daß Potts ihn nicht belästigen würde, ganz gleich, wie sehr es Gage widerstreben mochte, sich seinen ersten Tanzabend mit Shemaine ruinieren zu lassen. Er hoffte nur, daß er, wenn die Sache ausgetragen war, noch auf den Beinen stehen würde.

»Ich glaube, er will sich mit Ihnen prügeln«, raunte Shemaine ängstlich, nachdem sie einen verstohlenen Blick auf ihren hünenhaften Gegner geworfen hatte.

Die vier Soldaten, die vorher Gages Weg gekreuzt hatten, drehten sich noch einmal um und erspähten nun Morrisa. Nach einer kurzen Unterredung änderten sie ihre Route und gingen quer über die Straße auf sie zu. Als sie Potts sahen, erkannte einer der Soldaten ihn wieder.

»Na, wen haben wir denn da? Das ist ja der *Schlammfresser!* Ich lass' mich hängen, wenn er das nicht ist!«

Seine Gefährten waren ebenfalls Zeuge der Schwierigkeiten geworden, die es dem Seemann bereitet hatte, aus dem Matsch herauszukommen, in den ihn sein Widersacher mit einem kräftigen Tritt befördert hatte. Sie waren genauso begierig wie ihr Kumpan, sich einen kleinen Spaß mit dem ungeschlachten Ochsen zu machen.

Einer der Soldaten zog mit gespieltem Ekel die Nase kraus. »Igitt, was ist das für ein widerlicher Gestank hier?«

»Pferdemist!« johlte ein anderer Soldat mit ungebremster Heiterkeit. »Der Schlammfresser hat nicht viel übrig fürs Baden, weißt du das nicht?«

»Er muß das Zeug wirklich lieben«, fiel der nächste ein, »gefressen hat er jedenfalls genug davon!«

Ihr schadenfrohes Gewitzel hatte den rotgesichtigen Seemann mitten auf der Straße verharren lassen; die gewaltigen Hände zu Fäusten geballt, daß die Knöchel weiß hervortraten, stand Potts zwischen Gage Thornton und den Soldaten. Gewalttätiger Zorn brodelte in seinen Adern, und seine Schweinsaugen durchbohrten die vier Soldaten, von denen zwei ihn beinahe um Haupteslänge überragten, mit ihrem wütenden Blick. »Hat einer von euch Bauernlümmeln vielleicht Lust, mir das ins Gesicht zu sagen?«

Die Soldaten grinsten und sahen einander an. Nachdem sie die Einladung des Matrosen kurz erwogen hatten, erlaubten sie dem Kleinsten von ihnen, für sie alle zu antworten. »Jawohl, wir treffen dich hinter der Taverne, wo unser Hauptmann uns nicht sehen kann.«

Das bedrohliche Zwischenspiel ermöglichte es Gage und Shemaine, buchstäblich unbemerkt weiterzugehen – nur Morrisa starrte ihnen wütend nach. Ohne sich jedoch weiter darum zu scheren, wie die Hure hinter ihnen fauchte und zischte, setzten sie ihren Weg die Straße hinunter fort.

Die Gemeindehalle war der Ort, wo alle öffentlichen Ereignisse stattfanden, denn sie war das größte Gebäude im Weiler. Gage hatte gesagt, daß so ziemlich jeder dort sein werde, was tatsächlich zutraf. Shemaine erkannte mehrere freundliche Gesichter ihrer Freunde und noch viele unbekannte, die aber alle wohlwollend dreinblickten. Die Tates hatten nicht kommen können, da Calley immer noch ans Bett gefesselt war, aber Gages beide Lehrlinge sowie der Schiffsbauer Gillian waren schon da. Sly Tucker war mit seiner Frau kurz nach seinem Arbeitgeber angekommen, ungefähr zur gleichen Zeit, zu der Mary Margaret mit Hilfe ihres Spazierstocks durch die Halle geeilt kam. Auch andere Freunde lächelten und winkten oder riefen ihnen ein Grußwort zu. Alma Pettycomb und ihr Gefolge allerdings rissen die Schandmäuler auf und begannen hastig, hinter vorgehaltenen Fächern zu tuscheln, während sie geringschätzig Shemaines Gewand beäugten. Roxanne saß an einem Tisch in der Nähe des Eingangs, da ihr die Aufgabe zufiel, von den Neuankömmlingen das Eintrittsgeld zu kassieren. Als sie Gage und seine Gefährtin erblickte, senkte sich ein düsterer Ausdruck schwelenden Grolls über ihre Züge.

Mary Margaret nahm Shemaines Hand und tätschelte sie voller Zuneigung. »Na, wenn Sie nicht die Schönste heute abend hier sind«, schmetterte sie unüberhörbar. Dann warf die ergraute Irin einen leuchtenden Blick auf Gage und grinste. »Ich kann Ihnen gar nicht sagen, wie es mich erfreut, diesen hübschen Kerl so elegant und in so vornehmer Aufmachung zu sehen.«

Gillian stand direkt hinter ihr und bat Gage um Erlaubnis, mit Shemaine tanzen zu dürfen. »Natürlich nur, wenn Sie nichts dagegen haben, Käpt'n.«

Gage ärgerte sich darüber, daß er nicht der erste sein würde, der mit Shemaine tanzte, kam aber dennoch der Bitte des jüngeren Mannes nach und ließ das Paar dann keine Sekunde aus den Augen, während sie sich zum Kontretanz aufstellten.

»Nun, Gage, ich hätte nie erwartet, dich hier zu sehen«, bemerkte Roxanne von ihrem Tisch aus. »Ich kann nur sagen, daß du mal wieder deine gewohnte Unverschämtheit zur Schau stellst.«

Nachdem er seinen Dreispitz in die Nähe der Tür gehängt hatte, trat Gage vor und zählte den Eintritt ab. »Zweimal für das Essen und den Tanz.«

Roxanne ärgerte sich über seine ungerührte Antwort und strich seine Münzen mit schnippischer Miene ein. »Ich kann zählen, Gage! Und ich bin nicht blind! Ich sehe, daß du deine Dienerin bei dir hast. Aber sag mir doch bitte eins. Wenn du sie gekauft hast, damit sie sich um Andrew kümmert und ihn unterrichtet, warum ist sie dann heute abend mit dir hier?«

»Weil ich sie darum gebeten habe«, kam Gages lakonische Antwort.

»Warum? Hattest du Angst, eine andere Frau würde dir einen Korb geben, wenn du sie fragst?« Als Gage auf ihre unverschämte Bemerkung hin beharrlich schwieg, versuchte Roxanne den Schmerz, der an ihrem Herzen fraß, zu lindern, indem sie sich einredete, daß er sie nur deshalb nicht gefragt hatte, weil er eine Zurückweisung befürchtete. War es nach all ihren Drohungen nicht durchaus vernünftig, daß er sich von ihr fernhielt?

Gage hielt es für notwendig, der Frau eine deutliche Antwort zu geben. Sie hatte sich ohnehin schon zu viele Dinge eingebildet. »Ich hatte keine Lust, mit einer anderen Frau als Shemaine zum Tanz zu gehen.«

In Roxannes grauen Augen loderte bei seinen offenen Worten feurige Empörung auf. Ganz gleich, wie viele Male sie sich auch gesagt hatte, daß Gage ihr einfach ein klein wenig zärtliche Zuneigung entgegenbringen *mußte,* ihr suchendes Herz war jedesmal zurückgestoßen worden. Vielleicht war nun die Zeit gekommen, da sie endlich aufhören sollte, sich zu belügen und Ausreden für seine kühle Zurückhaltung zu erfinden. »Ich bin sicher, Mrs. Pettycomb wird die Geschichten über deine letzte Dreistigkeit mit Wonne überall im Dorf verbreiten. Gage Thornton bringt seine Strafgefangene zu einem Ereignis mit, das für freie Menschen bestimmt ist. Das dürfte wohl jeden interessieren.«

»Das bezweifle ich.« Mit einem angespannten Lächeln wandte Gage sich ab und schlenderte zu Mrs. McGee zurück.

Die Witwe stützte vergnügt ihre schlanken Hände auf den Knauf ihres Stocks. »Ich sehe, mein vornehmer Herr, daß Sie gekommen sind, mit Ihrem hübschen Gesicht und Ihrem teuflischen Benehmen ein wenig Farbe in mein eintöniges Leben zu bringen.«

»Ich stehe gern zu Diensten, Madam«, feixte Gage. Er schlug seine Absätze zusammen und neigte den Kopf zu einem knappen, präzisen Nicken, das als Verbeugung genügte.

Die ältere Frau streifte Roxanne mit einem flüchtigen Blick, während diese gerade mehreren Neuankömmlingen den erforderlichen Eintrittspreis abverlangte. »Mir ist auch das wütende Begehren in den Augen dieser armen Seele da hinten nicht entgangen.«

Gage seufzte. »Ich kann nicht für den Rest meines Lebens versuchen, Roxanne aus dem Weg zu gehen, Mary Margaret.«

»Nein, und ich hätte auch nichts anderes von Ihnen erwartet, als das, was Sie gerade tun. Sie haben das gleiche Recht, hier zu sein, wie Roxanne.«

Gage erwiderte nichts, sondern suchte mit seinen Blicken nach Shemaine. Der jüngere Mann führte sie durch die Schritte des Kontretanzes, und Shemaine selbst schien die Lebhaftigkeit in Person zu sein; sie hatte offensichtlich all ihre Ängste bezüglich der Geselligkeit verloren. Er sah, wie mehrere Junggesellen sie genau in Augenschein nahmen, hatte aber die Absicht, an ihrer Seite zu sein, lange bevor einer dieser Männer ihm dazwischenpfuschen konnte.

»Ah, Sie haben ja doch nur Ihre Dienerin im Kopf«, bemerkte Mary Margaret mit einem Lächeln.

Die braunen Augen blitzten vor Belustigung, während Gage die Witwe mit einem schiefen Blick musterte. »Ja, ich kann es kaum erwarten, bis ich an der Reihe bin. Ist es das, was Sie hören wollten, Mylady?«

Sie nickte begeistert und registrierte die erfreuliche Veränderung bei diesem Mann. Während Roxanne für ihn arbeitete, war er ihr stets angespannt erschienen, aber jetzt wirkte er locker und glücklich. »Ja, für den Anfang soll mir das genügen.«

Als der Tanz endete, sah Shemaine Gage durch die Menge auf

sich zukommen. Ihre Blicke verschmolzen in warmer Übereinstimmung, und als er ihre Hand nahm und sie zu dem schwungvollen schottischen Volkstanz führte, der nun gespielt wurde, konnte sie das nervöse Flattern in ihrem Magen nicht ersticken, wie oft sie sich auch stillschweigend ins Gedächtnis rief, daß auch er nur irgendein Mann war.

Schließlich trat Shemaine mit den anderen Frauen zurück und bildete mit ihnen eine Reihe, die einer gleichen Reihe Männer gegenüberstanden. Sie versank vor Gage in einem tiefen Knicks, während er sich seinerseits vor ihr verbeugte. Die anderen Paare setzten sich, sobald die Reihe an sie kam, in Bewegung und fädelten sich geschickt zwischen den übrigen Paaren hindurch, während die anderen Tänzer klatschten. Dann kamen sie an die Reihe. Ganz plötzlich war es, als sei ihr Traum Wirklichkeit geworden, denn ihr gutaussehender Begleiter schien für niemand anderen als sie Augen zu haben, während er sie zum anderen Ende der Reihe schwungvoll mit sich nahm.

»Die Leute sehen uns an«, flüsterte Shemaine, als sie sich erneut aufeinander zubewegten. Tatsächlich gab es viele, die ein Stück zurückgetreten waren, um sie unverhohlen anzustarren; auch Roxanne, die sich eigens zu diesem Zweck von ihrem Platz am Eingang entfernt hatte, gehörte zu den Gaffern.

»Die Leute haben auch guten Grund«, hauchte Gage seiner Dienerin ins Ohr. »Du bist mit Abstand das hübscheste Mädchen hier.«

»Sie beobachten aber uns beide«, korrigierte Shemaine ihn, während sie an ihm vorbeitanzte. »Glauben Sie, man rechnet damit, daß wir irgend etwas Empörendes tun?«

»Vielleicht sollten wir uns wirklich etwas einfallen lassen«, meinte Gage, der ein Grinsen bezwingen mußte. Nachdem er kurz mehrere Möglichkeiten erwogen hatte, kam er mit einem flüchtigen Nicken zu einer Entscheidung. »Ein Kuß würde vielleicht genügen.«

»Oh, Sir, das würden Sie nicht wagen!« entfuhr es Shemaine im Flüsterton.

Das plötzliche spitzbübische Aufleuchten seiner Augen wurde von einem Glucksen begleitet. »Ach, nein?«

Da Shemaine keinen Zweifel daran hatte, daß Gage Thornton tun würde, was immer ihm gefiel, machte sie Anstalten, sich abzuwenden, aber er legte ihr schnell einen Arm um die Taille und hielt sie so für den Augenblick dicht an seiner Seite gefangen. Ein jähes Murmeln, das durch die Zuschauerreihen lief, bestätigte die Wachsamkeit ihres Publikums.

»Bleib bei mir, oder ich werde dich gleich hier und jetzt küssen«, drohte er und drückte sie noch ein wenig enger an sich.

Shemaine nickte hastig, denn den Aufruhr, den er mit einer solchen Tat gewiß provozieren würde, galt es ihrer Meinung nach, unbedingt zu vermeiden. »Mary Margaret hatte recht, Sir!«

»In welcher Hinsicht, mein Herz?«

Ihre Lippen kräuselten sich zu einem heiteren Lächeln. »Sie *sind* ein Teufel!«

Gage warf den Kopf in den Nacken und lachte, woraufhin die Augenbrauen vieler Leute in die Höhe schnellten, die etwas Derartiges seit langem schon nicht mehr bei ihm gesehen hatten.

Als der Tanz endete, fühlte Shemaine sich geneigt, ihre Finger in den seinen verweilen zu lassen, während sie sich ihren Weg durch die Halle bahnten. Der sanfte Druck seiner Hand bestätigte ihr, daß es ihm durchaus gefiel, sie auf diese Weise festzuhalten. So sehr waren sie ineinander vertieft, daß Roxannes böse Blicke ihnen vollkommen entgingen.

Der Abend gestaltete sich für beide recht vergnüglich. Die meisten Tänze tanzten sie miteinander, obwohl auch die beiden Lehrlinge und Gillian stets darauf lauerten, ihren Arbeitgeber um Erlaubnis zu bitten, Shemaine über den Tanzboden schwingen zu dürfen. Bis auf die Klatschbasen und jene, die Gage Thornton nicht mochten, schienen die Dörfler Shemaines Anwesenheit zu dulden. Andererseits konnten sie, solange ihr ehrfurchtgebietender Beschützer in der Nähe war, wohl kaum anders reagieren.

Es war bereits sehr spät, als Gage sich zu seiner Dienerin hinüberbeugte und fragte: »Hast du Hunger, Shemaine? Wenn du möchtest, können wir jetzt essen.«

»Hm, ich bin halb verhungert!«

»Dann komm, meine süße Sklavin, und ich werde ein Plätzchen für uns finden, wo wir unseren Hunger stillen können.«

Gage richtete sich auf und winkte seinen Freunden, sich an einem der hinteren Tische zu ihnen zu setzen. Die anderen ließen sich nicht lange bitten, und nachdem Sly das Tischgebet gesprochen hatte, führten sie während des Essens eine lebhafte Debatte über den Witz der Iren, ein Thema, das Gillian und Mary Margaret kurz zuvor angeschnitten hatten. So wurde unter fröhlichem Gelächter gegessen, bis sich schlagartig Schweigen über die Runde senkte, als eine beißende, männliche Stimme laut wurde.

»Ha! Einen Sträfling mitzubringen, daß er sich unter die ehrenwerten Mitglieder dieser Gemeinschaft mischt. Einige Männer springen wahrhaftig böse mit ihren Nachbarn um.«

Gage drehte sich abrupt um und sah, daß Samuel Myers höhnisch auf ihn herabgrinste. Er stand hinter der hakennasigen Alma Pettycomb und anderen Frauen ihresgleichen, die sich in der Nähe zusammengefunden hatten, um das Paar zu beobachten. Der Tuchhändler wähnte sich offensichtlich im Schatten solch schreckeinflößender Zeugen über jede Gefahr erhaben, aber Gage stieß sich mit einem wütenden Knurren vom Tisch ab, so daß die Frauen erschrocken die Flucht ergriffen. Er hätte sich vollends erhoben, um den Mann zur Rede zu stellen, aber sowohl Shemaine als auch Sly griffen hastig ein, bevor er sein Vorhaben in die Tat umsetzen könnte – das Mädchen mit einer beschwichtigenden Hand auf seinem Arm und der Tischler mit einer brummigen Bitte.

»Scheren Sie sich nicht um das kleine Würstchen da, Gage«, ermahnte Sly ihn durchaus laut genug, daß der Tuchhändler es hören konnte. »Der ist es nicht wert, daß Sie sich mit ihm beschäftigen.«

»Sie unverschämter Bauernflegel! Wie können Sie es wagen, mich Würstchen zu nennen?« fragte Myers, während er mit steifbeinigem Zorn auf Slys Stuhl zuhielt.

Gillian kicherte boshaft. »Zeig's ihm, Sly!«

Die Lehrlinge versuchten nicht einmal, ihre Heiterkeit zu bezähmen, während der hünenhafte Tischler sich gemächlich erhob. Myers Blick wanderte in die Höhe, bis er den Kopf ein gutes Stück in den Nacken legen mußte, um in die gefährlich blitzenden Augen des anderen Mannes sehen zu können. Bestürzt klappte Myers die Kinnlade herunter, und sein Adamsapfel hüpfte angestrengt, während er die Breite und die Größe seines Widersachers abschätzte. Mit solch überwältigender Kraft konfrontiert, fielen ihm keine beißenden Bemerkungen mehr ein.

»Mein Name ist Sly Tucker, falls Sie das interessiert«, informierte der Tischler ihn sanft.

»Ja, hm, ich werde Sie jetzt nicht länger stören«, erwiderte Myers mit brüchiger Stimme. »Tut mir leid, daß ich Ihr Mahl unterbrochen habe.«

Als sein Freund sich wieder hinsetzte, lachte Gage amüsiert auf. »Sie scheinen auf manche Männer einen beruhigenden Einfluß auszuüben, Sly. Erinnern Sie mich daran, daß ich Sie mitnehme, wenn ich jemals in den Krieg ziehen sollte. Der Feind, der Sie kommen sieht, zieht wahrscheinlich den Schwanz ein und sucht das Weite, was mir 'ne Menge Ungemach ersparen würde.«

Schon bald herrschte erneut dieselbe ausgelassene Stimmung wie zuvor, und kurze Zeit später begann wieder der Tanz. Mrs. Pettycomb indes hörte nicht auf, sich das Maul zu zerreißen, ebensowenig wie Roxanne von ihren finsteren Blicken und ihrem Groll loskam. Für Shemaine und Gage hatte der Abend einen höchst angenehmen Ausklang, indem sie den letzten Tanz miteinander beendeten. Nachdem sie ihren Freunden adieu gesagt hatten, legte Gage den Arm seiner Dienerin auf den seinen und geleitete sie zu dem Mietstall zurück, ohne sich um jene zu kümmern, die ihnen mit bösem Spott nachgeiferten.

Sie kamen gerade rechtzeitig an der Taverne vorbei, um zu sehen, wie Freddie seinem Freund Potts als menschliche Krücke diente, da dieser anscheinend etliche Schwierigkeiten hatte, sich aufrecht zu halten, während er durch die Tür taumelte. Der Matrose hielt sich einen Arm um die Mitte gepreßt und stöhnte laut, als litte er große Schmerzen. Man hatte ihm einen provisorischen Verband um den Schädel gewickelt, und seine Handgelenke waren ebenfalls verbunden. An seinem erbärmlichen Zustand ließ sich unschwer erkennen, daß er bei seiner Rauferei mit den britischen Soldaten den kürzeren gezogen hatte.

Einige Sekunden später spannte Gage im Mietstall gerade den Wallach vor die Kutsche, als schlurfende Schritte ihre Aufmerksamkeit auf einen finsteren Winkel neben der Scheune lenkten. Gage drehte sich um, um in die Dunkelheit zu spähen, und einen Augenblick später humpelte Cain mühsam aus seinem Versteck hervor. Der Bucklige sah den Mann vorsichtig an und streckte die Hand aus, um die Holzfigur eines anmutigen Reihers zu enthüllen, als ob er auf diese Weise seinen Grund preisgab, warum er sich Shemaine nähern wollte. Gage murmelte seine Zustimmung und sah zu, wie der Krüppel auf sie zuhumpelte.

»Shamon nöhme Wogel... Göschönk for Föand«, stieß Cain hervor. Dann hielt er ihr den Vogel hin.

Gage vermochte die verzerrten Worte nun bereits schneller zu deuten als früher und gab Shemaine, die nicht recht zu wissen schien, was der Bucklige von ihr wollte, eine Erklärung. »Ich glaube, Cain möchte, daß du den Vogel annimmst, weil du seine Freundin bist.«

»Cahn maach Wogel for Shamon.«

»Er hat ihn für dich gemacht«, informierte Gage sie.

»Oh, Cain, der ist ja wunderschön«, flüsterte Shemaine mit einem Gefühl der Ehrfurcht. Obwohl er selbst gräßlich entstellt war, hatte der Mann die Schönheit des Vogels mit größter Sorgfalt in Holz geschnitzt. »Du hast großes Talent, Cain, und ich fühle mich von deinem Geschenk sehr geehrt. Es ist eine schöne Erinnerung an unsere Freundschaft. Ich danke dir.«

Shemaine trat einen Schritt vor, und Cain empfing mit einem Ausdruck des andächtigen Staunens auf seinem verunstalteten Gesicht einen weiteren sanften Kuß auf die Stirn. Einen Moment lang schlang sie die Arme um ihn und drückte ihn voller Zuneigung an sich, bevor sie mit einem liebevollen Lächeln zurücktrat. Wieder einmal schienen Cain ihre Taten in totale Verwirrung zu stürzen. Als sei er, wie schon zuvor, außerstande zu glauben, was ihm gerade widerfahren war, griff er sich an die Stelle, die ihre Lippen berührt hatten. Dann schlang er die Arme um den Leib und schenkte Shemaine ein verzerrtes Lächeln, das seine spärlichen und krummen Zähne entblößte. Schließlich murmelte er einige Abschiedsworte, drehte sich um und schlurfte wieder in die Finsternis, aus der er gekommen war.

Gage trat neben Shemaine, um das Geschenk zu betrachten. Er bewunderte ihr Erbarmen mit dem Mann. »Ich glaube, du hast dir einen Freund fürs Leben gemacht, Shemaine.«

»Oh, Sir, Cain ist so einsam, und er tut mir so leid«, erwiderte sie mit von Herzen kommendem Mitgefühl. »Es macht mich traurig, zu denken, was diese arme Seele als Ausgestoßener gelitten haben mag. Was immer ich nach meiner Verhaftung durchgemacht habe, erscheint so bedeutungslos im Vergleich zu dem, was er sein ganzes Leben lang ertragen mußte. Wahrhaftig, ich muß dankbar für all die Dinge sein, mit denen ich gesegnet worden bin.«

»Du hast mit deiner Freundlichkeit ein wenig Licht in sein Leben gebracht, Shemaine«, bemerkte Gage leise. »Cain würde nicht wollen, daß du traurig bist. Das ist nicht der Grund, warum er so emsig an der Schnitzerei gearbeitet hat, die er dir geschenkt hat. Er wollte dir ein klein wenig von der Freude zurückgeben, die du ihm mit deiner Geste der Zuneigung hast zukommen lassen.«

Shemaine lächelte über seine Erklärungen und ließ sich von ihm in die Kutsche helfen. Schon bald waren sie wieder unterwegs und trabten ihrem Ziel zügig entgegen. Shemaine dachte über Cains Skulptur nach und betrachtete sie, so gut sie das in dem schwachen Mondlicht vermochte. Aber es war ein langer Tag gewesen, und sie war müde, so daß das rhythmische Klappern der Pferdehufe und die wiegende Bewegung der leicht gefederten Kutsche sie einlullten. Ihr Kopf sank ihr mehrmals auf die Brust, so daß sie für einen Moment erwachte, bis schließlich eine Hand ihren Kopf liebevoll auf eine kräftige Schulter drückte. Vom Rest der Fahrt bekam Shemaine nichts mehr mit, und selbst als Gage den Wallach eine Weile später in der Nähe der Koppel halten ließ, schlief sie ungestört weiter.

Gage schlang die Zügel um das Spritzbrett, bevor er sich auf der Sitzbank zurücklehnte und seine schlummernde Gefährtin betrachtete. Ihr Kopf ruhte immer noch an seiner Schulter, und sie schmiegte sich dicht an ihn, als suche sie seine Wärme. Eine weiche Brust schien ihn durch den Stoff seines Ärmels zu versengen, und es kostete ihn größte Willensanstrengung, seiner Hand zu verbieten, diese verführerische Fülle zu umfassen. Ihre Nähe hatte seine Sinne vom ersten Augenblick an, da er an diesem Nachmittag neben ihr Platz genommen hatte, mit dem köstlichen Duft von Veilchen betäubt. Alles in allem war es eine höchst angenehme Erfahrung gewesen, ihr im Laufe des Abends den Hof machen zu dürfen. Genauso erfreulich fand er es, sie im Schlaf zu beobachten und, wenn auch nur im Mondschein, jede noch so winzige Einzelheit ihrer Gestalt wahrnehmen zu können.

Gage führte einen Arm hinter ihrem Rücken hindurch, dann schob er sie ein kleines Stück nach vorn, bis er den Arm um ihre Schultern legen konnte. Ihr leichter Atem strich zart über sein Gesicht, als er sich nun vorbeugte. Es schien ihm das Natürlichste von der Welt zu sein, die Weichheit ihres Mundes mit seinem eigenen zu liebkosen und sie mit einem Kuß zu wecken.

Shemaine träumte von einem galanten Ritter, und die Antwort auf seinen Kuß schien in schönstem Einklang mit ihren eigenen Wünschen zu stehen, denn der Mund, der über den ihren glitt, war warm und erregend und entfachte ein seltsam prickelndes Gefühl in ihrem Leib, das für einen Traum ungewöhnlich real war. Das Gesicht über ihrem eigenen schien dunkel und unkenntlich, aber sie fügte Details hinzu, die ihren Träumen vertraut geworden waren, eine schmale Nase und feingemeißelte Züge, die wunderschön anzusehen waren.

Das Antlitz zog sich in den Hintergrund zurück, und mit einem enttäuschten Seufzen mühte Shemaine sich, die nebelhaften Schatten des Schlafs zu durchdringen. Ihre Gedanken schienen seltsam losgelöst zu sein, und in ihrem Mund blieb unerklärlicherweise ein berauschender Geschmack zurück, der irgendwie Ähnlichkeit mit dem hatte, was sie im Atem ihres Herrn gerochen hatte, nachdem er mit seinen Angestellten ein letztes Glas Bier getrunken hatte. Sie leckte sich die Lippen, kostete das Aroma noch ein letztes Mal voll aus und sehnte sich nach einem neuerlichen Kuß ihres Ritters. Der letzte war der schönste von allen gewesen!

Die Wirklichkeit ließ sich jedoch nicht länger leugnen. Während sie langsam aber sicher in die Gegenwart zurückkehrte, blickte Shemaine durch die Dunkelheit in das Gesicht des Mannes, der sie betrachtete; plötzlich bemächtigte sich eine seltsame Verwirrung ihrer Gedanken. War er der Mann aus ihrem Phantasiegebilde? Oder träumte sie immer noch? Dann sah sie ein Lächeln über die schönen Lippen huschen, und ein leises Murmeln bestätigte ihr, daß sie endgültig wach war.

»Ich dachte schon, ich würde dich hinauftragen müssen.«

»Sind wir zu Hause?« fragte sie und sah sich langsam um.

»Jawohl, gesund und ziemlich munter.«

Shemaine bemerkte, daß er den Arm um sie gelegt hatte, unternahm aber keinerlei Anstrengung, sich von ihm zu lösen. Sein Arm schenkte ihr Wärme und Trost, aber vor allem genoß sie es, ihn einfach zu spüren. »Wie lange habe ich denn geschlafen?«

Als Gage die Schulter hochzog, wurde hinter ihm der Mond sichtbar. »Du bist eingeschlafen, kurz nachdem wir Newportes Newes verließen. Ich hatte den Eindruck, du wolltest die ganze Nacht durchschlafen.«

»Ich habe geträumt«, seufzte sie.

Gage beugte sich vor, um im Schatten der Nacht in ihren Zügen zu forschen. »Wovon hast du denn geträumt, mein Herz?«

Shemaine wandte das Gesicht ab, denn sie wollte ihm nicht antworten. Wenn sie überhaupt geträumt *hatte,* dann wollte sie ganz gewiß nicht, daß er von den Höhenflügen ihrer Phantasie erfuhr. Und wenn sie *nicht* geträumt hatte, dann war es vielleicht das beste, wenn sie nichts von dem erfuhr, was sich zwischen ihnen ereignet hatte. »Wir sollten jetzt wohl ins Haus gehen.« Sie rieb sich die Arme und schauderte, als ein jäher Windstoß sie erfaßte. »Ich friere.«

Gage sprang leichtfüßig vom Kutschbock und streifte, während er auf ihre Seite kam, seinen Mantel ab. Als sie sich ihm zuwandte, nahm er den Reiher von ihrem Schoß und reichte ihn ihr mit einem Lächeln. Dann hob er sie herunter, legte ihr das viel zu große Kleidungsstück um die Schultern und griff nach ihrer freien Hand, um sie in die Hütte zu geleiten. Im hinteren Flur blieb er kurz stehen, um zwei Kerzen zu entzünden, die er dann in einem Kerzenständer auf die Treppe stellte, während sie benommen dastand und die Holzfigur bewunderte.

»Ich muß mich um den Wallach kümmern«, sagte er und trat noch einmal dicht an sie heran, um ihren süßen Duft auszukosten.

»Hat er einen Namen?« fragte Shemaine und blickte mit einem unterdrückten Gähnen zu ihm auf.

Gage grinste auf sie hinab, während er ihr seinen Mantel von den Schultern nahm und ihn über den hohen Hocker vor seinem Schreibtisch legte. »Früher.«

»Früher?« wiederholte sie ein wenig verwundert. »Das ist aber ein seltsamer Name für ein Pferd.«

»Jawohl, aber er bringt uns früher an unser Ziel als die Stute.«

Sie lächelte verschlafen über seinen Witz. »Und der Name der Stute?«

»Später.«

»Früher? Und Später?«

Er nickte kurz.

»Gott sei Dank haben Sie Ihren Sohn nicht auch nach einer solchen Logik benannt.«

Seine Mundwinkel zuckten belustigt. »Victoria hat es mir nicht erlaubt.«

»Na, ich würde Ihnen solche Mätzchen auch nicht erlauben, wenn ich Ihre Frau wäre«, erwiderte Shemaine, die ein neuerliches Gähnen unterdrücken mußte.

Gages Augen glitzerten vor Vergnügen, und plötzlich hatte er ihre ungeteilte Aufmerksamkeit. »Das werden wir ausführlicher besprechen, nachdem du unser erstes Kind zur Welt gebracht hast.«

Der letzte Rest von Müdigkeit verflüchtigte sich im Nu, und Shemaines Kopf schnellte in die Höhe. Sie starrte ihn sprachlos an, denn sie wußte nicht, ob er sie nur wieder einmal aufzog oder ob er eine drastische Wende in ihrer Beziehung prophezeite. Sie beschloß, keine Zeit mit solchen Fragen zu verschwenden. Tatsächlich schien ihr in diesem Augenblick ein hastiger Rückzug geraten zu sein.

Gage beobachtete ihre Flucht zur Treppe. »Feigling!«

Shemaine blieb, einen Fuß auf die unterste Stufe gestellt, zögernd stehen. Dann drehte sie sich mit hochgezogenen Augenbrauen noch einmal nach ihm um. »Sir? Sie nennen mich einen Feigling?«

»Jawohl.« Gage verschränkte die Arme vor der Brust und forderte sie mit seinem direkten Blick heraus.

Shemaine sah ihn, mattgesetzt von seinem Vorwurf, fragend an. »Sir, ich wüßte gern, was Sie auf den Gedanken bringt, ich sei ein Feigling. Meines Wissens nach habe ich nichts getan, womit ich diese Kränkung verdient hätte.«

Seine breiten Schultern zuckten lässig. »Du vermutest offensichtlich das Schlimmste, Shemaine, und statt Fragen zu stellen, stürmst du die Treppe hinauf, als stünden deine Unterröcke in Flammen.«

Heiße Röte ließ ihre Wangen aufglühen. »Es schien mir nicht ratsam zu sein, die Bedeutung Ihrer Worte näher zu erkunden, Sir. Schließlich sind wir ganz allein im Haus, und ich bin Ihre *Vertragsarbeiterin.*«

»Und ich bin Witwer«, stichelte er. »Ein Witwer in Nöten.«

Shemaines Röte vertiefte sich, als ihr seine Bemerkungen über die Damen des Dorfes einfielen und darüber, was sie von einem Witwer erwarteten. Den Blick auf den hölzernen Reiher in ihrer Hand gesenkt, hakte sie nach: »Sie haben zugegeben, daß Sie mich begehren, Sir. Sollte ich jetzt, da wir allein sind, etwas anderes denken?«

»Ich habe auch gesagt, daß ich dich niemals zu etwas zwingen würde, Shemaine«, erinnerte er sie leise.

Sie hob den Kopf und blickte forschend in sein lächelndes Gesicht; sie wußte nicht, was sie ihm antworten sollte.

»Aber eines gibt es, was ich durchaus begehre«, flüsterte Gage heiser.

Shemaine hielt den Atem an und fragte sich, was nun wohl folgen würde.

»Der Abend war so schön, daß ich ihn gern mit einem Kuß beenden würde...«

»Mit einem Kuß?« Shemaine staunte über die prickelnde Erregung, die sie mit einem Mal durchrann, und das chaotische Hämmern ihres Herzens. Sie konnte sich nur fragen, ob ein Kuß von ihm in Wirklichkeit genauso herrlich sein würde wie in ihrer Phantasie.

Gage ging vorsichtig ein paar Schritte auf sie zu, als pirsche er sich an eine aufgeschreckte Hirschkuh heran. »Ist das zuviel verlangt?«

Aus Angst, ihre Stimme könne die in ihr schwelende Erregung preisgeben, schüttelte Shemaine nur stumm den Kopf.

»Du hast doch keine Angst, oder?«

»Nein«, war alles, was sie sagen konnte, denn sie hatte alle Mühe, ihr Zittern zu bezähmen, während er immer näher kam. Schließlich hob sie ihm ihr Gesicht entgegen und erwartete ihn mit einer Mischung aus Angst und sehnsüchtiger Erwartung.

Gage lächelte. Sie schien so willig, daß er glaubte, sie in bezug auf seine Absichten warnen zu müssen. »Das wird kein flüchtiger Kuß wie zwischen zwei alten Bekannten sein, mein Herz, sondern ein Kuß, wie ein Mann ihn mit einer Frau teilt.«

Winzige Lichtblitze zischten ihre Nerven entlang und blendeten Shemaine mit der Intensität ihrer Erregung. Trotz des donnernden Schlages ihres Pulses brachte sie ein kurzes Nicken zuwege. »Ich verstehe, Mr. Thornton.«

Da waren auch schon seine Arme um sie, und sie fand sich dicht an ihn gepreßt. Ihr Atem stockte, und einen verblüfften Augenblick lang sah Shemaine zu ihm auf; mit jeder Faser ihres Wesens war sie sich seines unnachgiebigen, muskulösen Körpers bewußt. Im nächsten Augenblick senkte sein Mund sich wie ein Feuerball auf den ihren herab, verbrannte ihre Lippen und zwang sie in leidenschaftlicher Ekstase auseinander. Die Plötzlichkeit seines Ansturms überwältigte sie und entfachte in ihr gleichzeitig ein helles Feuer. Dann drehte er sich langsam um und drückte ihren Rücken über seine Arme nach hinten, während er sie mit einer so verzehrenden Inbrunst weiterküßte, daß ihr Atem aussetzte und sie einer Ohnmacht nahe war. Sein Mund preßte sich beharrlich und unnachgiebig auf den ihren, während seine Zunge wie eine flammende Fackel die warmen, honigsüßen Tiefen ihres Gaumens mit hungriger Gier erforschte. Ihr Busen pochte an seiner Brust, und ein prickelndes Sehnen ließ ihre Brustspitzen hart werden. Shemaine wußte, wenn er sie in diesem Augenblick dort berührt hätte, hätte sie vor Wonne laut aufgestöhnt. Sein entschlossener Ansturm raubte ihr alle Gegenwehr und entfachte ein Verlangen, das sich wie geschmolzene Lava von ihren Lenden aus in ihrem Körper verbreitete. Mit einem Mal stellte sie fest, daß sie seinen Kuß erwiderte, daß sie ihm das

Gesicht darbot, um die süßen Freuden ganz in sich aufnehmen zu können, während ihre Arme hinaufglitten und sich leidenschaftlich um seinen Hals schlossen. Sie spürte, wie ihre Zunge von einer Gewalt, die sich ihrer Kontrolle entzog, von der seinen angezogen wurde. Die Versuchung, sich allem zu überlassen, was er von ihr begehren mochte, war groß. Seine kräftigen Arme hielten sie, und bei ihrer hingebungsvollen Reaktion würde er zweifellos seinem männlichen Trachten nachgeben und alles fordern, was sie zu geben hatte. Und dann? Was würde sie danach sein? Ein Spielzeug, eine Puppe, der man mit der Zeit überdrüssig wurde? Würde sie sein wie ein Kleidungsstück, das, nachdem es seine Zwecke erfüllt hatte, in den Lumpeneimer geworfen wurde?

Shemaine fand den Gedanken einer Zurückweisung absolut unerträglich, eine Beleidigung für ihren Charakter. Gage hatte gesagt, er würde sie zu nichts zwingen. Also war es an ihr, diesem Wahnsinn ein Ende zu machen!

Sie schob gewaltsam einen Arm zwischen sich und ihn und drückte gegen seine Brust, während sie gleichzeitig das Gesicht abwandte. Nachdem sie sich aus seiner Umarmung befreit hatte, taumelte sie einen Schritt zurück und sah ihn dann mit weit aufgerissenen, verwirrten Augen an. Eine zitternde Hand über ihre noch immer bebenden Lippen gepreßt, erkannte sie einen brennenden Hunger in seinen Augen, der sich vielleicht in nichts von ihrem eigenen Verlangen unterschied. Selbst jetzt noch fühlte sie sich von dem überwältigenden Wunsch beseelt, sich diesem unwiderstehlichen Flehen zu unterwerfen. Trotzdem war ihr ein winziges Stückchen Logik verblieben, an das sie sich festklammerte. Es war die Erkenntnis, daß sie, wenn sie sich ihm schenkte, all die boshaften Prophezeiungen erfüllte, die beinahe an jedes Ohr im Dorf gedrungen waren. In diesem Augenblick schwor sie sich, daß sie den geschwätzigen Weibern *nicht* die Befriedigung verschaffen würde, zu sehen, wie ihr Bauch immer dicker wurde.

Solchermaßen entschlossen, fuhr Shemaine auf dem Absatz herum, packte den Kerzenhalter, den er für sie auf die zweite Stufe gestellt hatte, und hastete so schnell die Treppe hinauf, daß die Flamme beinahe erloschen wäre. Aber Shemaine wußte, wenn sie auch nur noch einen Augenblick länger im selben Raum mit Gage Thornton blieb, würde sie diejenige sein, die ihn in *ihr* Bett zog.

Gage legte, als sie fort war, den Kopf weit in den Nacken und starrte die in der Dunkelheit liegende Decke an. Seine Selbstbeherrschung wurde auf eine harte Probe gestellt; in seinen Lenden pochte ein lüsternes Verlangen, und es kostete ihn schier übermenschliche Kraft, nicht die Treppe hinaufzujagen und sie auf ihr Bett zu werfen. Es wäre die einzige Möglichkeit gewesen, wie er sich Erleichterung von der Qual hätte verschaffen können, die in ihm tobte. Aber er konnte nicht! Durfte nicht! Er wollte viel mehr von Shemaine O'Hearn als das bloße Vergnügen einer einzigen leidenschaftlichen Nacht.

Mit einem abgrundtiefen Seufzer wandte er sich ab und ging hinaus auf die Veranda. Was er im Augenblick brauchte, war ein Guß kalten Wassers, um sein Gehirn und seinen Leib abzukühlen.

Shemaine stand neben ihrem Bett und lauschte auf die Geräusche, die verrieten, daß Gage die Hütte verlassen hatte. Sie hämmerte sich mit der Faust gegen die Brust und hoffte, auf diese Weise diesen merkwürdig nagenden Hunger zu vertreiben, der sich dort breitgemacht hatte. Sie keuchte immer noch, als hätte sie ein wildes Rennen hinter sich gebracht. Dabei war es in Wirklichkeit nur das schmerzliche Gefühl, sich von diesem erregenden Mann losgerissen zu haben, dem sich zu schenken alles in ihr drängte.

In dem Bemühen, das Pochen in ihren Adern zu beruhigen, atmete Shemaine langsam und stockend aus und begann sich zu entkleiden; sie machte sich nicht einmal mehr die Mühe, die Leinwand über die Balustrade zu ziehen. Ihre Kleider warf sie achtlos beiseite, während sie rastlos auf dem Dachboden auf und ab ging. Rein mechanisch zog sie ein Nachthemd aus dem Schrank, verspürte jedoch keinerlei Verlangen, es überzustreifen oder ins Bett zu schlüpfen. Der sanfte Schein der Kerze tauchte ihren nackten Körper in ein warmes Licht, und sie blickte an sich hinab wie ein Mensch, der sich vollkommen von der äußeren Schale seines Daseins befreit hatte. Würde Gage sie immer noch für zu dünn halten? Sie betrachtete ihre zart geröteten Brüste und dachte daran, wie er sie erst kurz vor ihrer Fahrt ins Dorf bewundernd angesehen hatte. Neugierig wölbte sie die Finger über die Fülle ihres Busens, strich über seine Rundungen und versuchte sich vorzustellen, was für ein Gefühl es sein würde, wenn seine Hände sie in ähnlicher Weise berührten. Vor wenigen Sekunden noch war sie sich des warmen Pulsierens ihrer Brustspitzen bewußt gewesen, als er sie an sich gepreßt hatte, aber jetzt war dieses köstliche Gefühl verklungen. Zurückgeblieben war nur die unstillbare Sehnsucht nach seinen Berührungen, das Verlangen, von ihm liebkost zu werden, bis sie in sinnlichem Entzücken stöhnte. Aber ihre Arme waren leer... und die Hütte ebenfalls.

Mit einem zittrigen Seufzer zog Shemaine sich das Nachthemd über den Kopf und strich es über einem Körper glatt, der keine Ruhe finden wollte. Sie war rastlos und konnte auch in dem Gefühl der sicheren Zuflucht, das sie seit ihrer Ankunft in dieser Hütte hatte, keinen Trost entdecken. Da sie die ganze Zeit über aufmerksam auf seine Rückkehr gelauscht hatte, wußte sie, daß er immer noch draußen sein mußte. Aller Wahrscheinlichkeit nach kümmerte er sich um den Wallach und würde noch eine Weile fort sein. Sie hatte keine Ahnung, wieviel Zeit verstrichen sein mochte, seit sie sich getrennt hatten. Doch ihr wollte scheinen, als müsse es sich um ein oder zwei Jahrhunderte handeln. Wenn er nur gewußt hätte, wie sehr sie ihn sich zurückwünschte, würde er das Pferd vergessen und herbeigestürzt kommen. Dann würde der Abend nur allzuschnell verfliegen.

Shemaine, die auf einmal das verzweifelte Bedürfnis nach der beruhigenden Kühle einer nächtlichen Brise verspürte, stieg vorsichtig die Treppe hinunter. Bis auf die einsame Kerze, die im Flur brannte, und den Mondschein, der hie und da durch die Fenster fiel, lag der Rest des Hauses im Dunkeln. Die Schatten zwischen den fahlen Streifen des Mondscheins schienen finster und undurchdringlich zu sein, aber sie kannte jedes einzelne Möbelstück, jedes Hindernis zwischen ihr und der Tür.

Ein sanfter Wind strich über die Veranda, als Shemaine sich gegen das Geländer lehnte und in die herrlich funkelnde Nacht hinaussah. Grillen und Baumfrösche erfüllten die Lichtung mit ihrem Gesang, und in einem Baum jenseits des Teichs stieß eine Eule heisere Rufe aus. Kleine Seen aus Licht und Schatten tanzten in kreisenden Bewegungen auf dem Boden unter den Bäumen, durch deren spärlich beblättertes Geäst das Mondlicht blinzelte.

Ein gedämpftes Geräusch wie leises Wasserspritzen zog ihre Aufmerksamkeit zum Teich, und sie blickte konzentriert in die Dunkelheit. Plötzlich teilte ein silberner Arm die Schatten des Wassers und dann ein zweiter – nach vorne, zur Seite und verschwand nach hinten. Beim Näherkommen sah sie, daß es sich um einen Mann handelte, der aufs Ufer zuschwamm. Im seichten Wasser stand er auf. Dort begann er sich einzuseifen und zu waschen. Niemand brauchte ihr zu sagen, daß es Gage war.

Schon einmal hatte Shemaine ihren nackten Herrn beobachtet. Damals war sie, als sie sich entdeckt fand, in peinigender Verlegenheit geflohen. Diesmal hatte sie nicht die Absicht, ihre Anwesenheit zu verraten. Sie wußte, daß sie in die Hütte zurückkehren mußte, bevor er auf sie zukam, aber bis dahin würde sie ihn beobachten können. Es war diesmal anders. An die Stelle mädchenhafter Neugier war ihr Verlangen nach ihm getreten.

Der Mond war ihr wohlgesonnen und ließ sie unter dem Verandadach in dunklem Schatten, während er Gage hell beschien und seinen hochgewachsenen, nackten Leib in glitzerndes Licht tauchte. Sie spürte, wie in ihrem eigenen Körper ein Gefühl sinnlicher Wärme aufglomm, während ihre Augen sich an seiner Nacktheit labten. Man mußte dankbar nehmen, was das Schicksal einem bot, und sie verschlang mit fraulichem Erwachen seinen Anblick, während sie sich gleichzeitig danach sehnte, ihre Gegenwart kundzutun, aus ihrem Hemd zu schlüpfen und sich dort im Teich an ihn zu schmiegen.

Gage stieg aus dem Wasser und griff nach einem Handtuch, das er auf einem Felsen in der Nähe des Baches liegengelassen hatte. Nachdem er sich flüchtig abgetrocknet hatte, legte er sich das Leinentuch um den Hals. Im Gehen griff er nach seinen abgelegten Kleidern. Shemaine wandte sich um und schlüpfte ohne einen Laut in die Hütte zurück. Sie war bereits wieder auf dem Dachboden, als sie die Dielenbretter im Flur knarren hörte. Bei dem Gedanken, daß er nun vielleicht die Treppe hinaufkommen werde, begann ihr Herz zu rasen. Dann bewegte sich der Lichtschein, der bis auf den Dachboden heraufgedrungen war, weiter, und sie erkannte, daß Gage nur in den Flur zurückgekehrt war, um die zweite Kerze zu holen, die er kurz zuvor entzündet hatte. Mit zitternden Knien und bohrender Enttäuschung ließ sie sich auf ihr Bett sinken.

13. Kapitel

In der Hütte war es ungewöhnlich still. Andrew hielt seinen Mittagsschlaf, und sein Vater war mit seinen Männern in der Werkstatt. Drei Tage waren verstrichen seit ihrem Ausflug ins Dorf. Nachdem Shemaine mit ihrer Stopfarbeit fertig war, schlich sie auf Zehenspitzen in das Zimmer des Jungen, um nach ihm zu sehen. Er schlief fest und kuschelte sich an das Stoffkaninchen, das sie für ihn gemacht hatte. Sein Atem ging in tiefen, gleichmäßigen Zügen, und es war wohl nicht damit zu rechnen, daß er sehr bald erwachen würde.

Also trug Shemaine einen kleinen Korb mit schmutziger Wäsche zum Bach vor der Hütte, kniete neben einem Felsen in der Nähe des Wassers nieder und begann die dreckverkrusteten Knie von Andrews Hosen zu schrubben. Das Zwitschern der Singvögel klang wie ein freudiges Lied auf den Frühling. Mit einem glücklichen Seufzer hockte sie sich hin und ließ den Blick über die Baumwipfel gleiten, um in Erfahrung zu bringen, welch fremde und wunderbare Vögel dieses Land bewohnten und den Tag mit einer solch süßen Melodie füllten. Ihr Geträller verschmolz mit dem sanften Gurgeln des Bachs, als leite ein meisterlicher Dirigent das Orchester. Kleine Vögel flatterten zwischen den Zweigen der Bäume hin und her, während Scharen von Enten und Gänsen mit stetigem Flügelschlag nach Norden zogen. Schneeweiße Silberreiher durchmaßen träge die Höhen oder stolzierten auf der Suche nach etwas Eßbarem das Flußufer entlang.

Shemaine atmete die würzige Luft tief ein und erquickte sich an der Heiterkeit der üppiggrünen Lichtung. Hoch über dem dichten Geäst der Kiefern und frisch ergrünenden Eichen segelten flauschig weiße Wolken über einen azurnen Himmel wie stolze Schiffe übers Meer. Auf der anderen Seite des Baches näherte sich aus einem Dickicht vorsichtig ein junger Hirsch, aber als er sie erspähte, drehte er sich um und sprang hastig in die Richtung zurück, aus der er gekommen war.

In dieses Paradies drang nun das gedämpfte Wiehern eines Pferdes, und Shemaines Neugier war sofort geweckt, denn das Geräusch kam aus den Tiefen des ergrünenden Waldes und nicht von der Koppel hinter der Hütte. Sie blickte aufmerksam in die beblätterten Schatten, bis ihre Augen sich an die Düsternis gewöhnt hatten. Ein weiteres Wiehern drang an ihre Ohren und lenkte ihren Blick direkt in diese Richtung. In einiger Entfernung sah sie einen gesattelten Braunen von recht fragwürdiger Qualität an den Zweig eines Baumes gebunden. Ein Gefühl des Unbehagens kroch ihr das Rückgrat hinauf, während sie nun Ausschau nach dem dazugehörigen Reiter hielt. Ihre Wachsamkeit wandelte sich in jähes Erschrecken, als sie einen massigen Mann in hellem Hemd und dunkler Hose durch die Bäume auf sich zuschleichen sah. Die junge Frau, die mehrere Monate lang täglich den Anblick dieser riesenhaften Gestalt gefürchtet hatte, erkannte Jacob Potts sofort.

Mit einem heiseren Aufstöhnen erhob Shemaine sich und brachte mit ihrer Bewegung Potts ebenfalls zum Stehen. Seine Haltung nahm augenblicklich etwas Bedrohliches an. Er stellte sich breitbeinig hin, streckte beide Arme von sich und packte seine riesigen Hände um den Griff einer Steinschloßpistole, um sorgfältig sein Ziel ins Auge zu fassen. Mit tödlicher Gewißheit war Shemaine klar, weswegen der Mann hergekommen war. Er würde sie ermorden, wenn er konnte!

Shemaine war sich ihrer Wehrlosigkeit bitter bewußt. Sie hatte absolut nichts, womit sie sich verteidigen konnte. Sie hatte nur eine Hoffnung: Sie mußte sich in Sicherheit bringen, bevor er feuerte. Sie wirbelte herum, aber bevor sie noch einen Schritt tun konnte, zerriß die Explosion von Schießpulver das friedliche Gurren und Zwitschern der Vögel, die nun mit zeterndem Tschilpen aus Bäumen und Büschen hochflogen. Kaum einen Herzschlag später jagte ein Schuß an ihr vorbei, der ihr eine dünne Schicht Fleisch über den Rippen aufriß. Shemaine schrie vor Schmerz auf und preßte sich eine Hand auf die linke Seite, wo sie warme Flüssigkeit durch ihre Finger rinnen spürte. In atemloser Hast eilte sie nach einem verzweifelten Blick über die Schulter auf die Hütte zu. Potts war damit beschäftigt, seine Pistole nachzuladen, aber sie wußte, daß er ihr schon bald folgen würde. Gewiß brannte er darauf, sie einzufangen, bevor sie ihm tatsächlich entkam.

Ein lauter Ruf lenkte Shemaines Aufmerksamkeit auf die Werkstatt, und mit einer Woge der Erleichterung erkannte sie Gage und seine vier Männer, die allesamt mit Vorderladern in der Hand aus dem Gebäude stürmten. Aus der entgegengesetzten Richtung kamen die Morgans, ebenfalls mit Waffen ausgerüstet, die Helling hinuntergerannt. Offensichtlich hatten sie alle den Schuß, ihren Schrei oder beides gehört und sofort begriffen, daß irgend etwas nicht stimmte.

Als Potts sich umschaute und ein halbes Dutzend Männer auf sich zurennen sah, kam er sofort zu dem Schluß, daß es gesünder war, zu verschwinden. Er stürmte auf sein Pferd zu und zerrte dessen Zügel los. Dann hievte er sich auf den Rücken des Tiers, wendete es in Shemaines Richtung und drohte ihr mit einer muskulösen Faust. *»Es ist noch nicht vorbei, du elende irische Schlampe! Nicht, ehe du tot bist!«*

Potts riß das Pferd herum und bohrte dem Braunen die Absätze in die Flanken, worauf das Pferd in halsbrecherischem Tempo durch die Bäume davongaloppierte. Als Gage klar wurde, daß der Matrose schon bald außer Reichweite sein würde, blieb er stehen und hob den Vorderlader an die Schulter. Die dicht an dicht stehenden Bäume erschwerten es ihm, sein Ziel ruhig anzuvisieren. Ihm war bewußt, daß er Potts nur treffen konnte, wenn er die Mündung der Waffe der Geschwindigkeit des fliehenden Potts anpaßte. Also verfolgte er die Bewegung seines Ziels, drückte ab, schwenkte die Waffe aber weiter. Ein ohrenbetäubender Knall hallte über die Lichtung, während das Blei durch die Bäume schwirrte und sein Ziel genau in dem Augenblick traf, als Potts zwischen zwei Eichen hindurchritt. Lautes Schmerzgebrüll bewies, daß der Matrose getroffen war. Er sank im Sattel vornüber, während sich ein großer, dunkler Fleck auf seinem Hemd abzeichnete. Das Pferd, das von dem sich verlagernden Gewicht verwirrt war, verlangsamte seinen Gang, aber Potts, der nun die Treffsicherheit des Siedlers zu fürchten gelernt hatte, drosch mit den Absätzen seiner Stiefel auf das Tier ein und trieb es unter wilden Flüchen zu schnellerem Tempo.

Ramsey stoppte fluchend neben seinem Arbeitgeber, während Gage von seinem deutschen Lehrling einen weiteren geladenen Vorderlader in Empfang nahm und abermals zielte. Aber Potts war bereits in der Undurchdringlichkeit des Waldes verschwunden.

»Er ist weg«, stieß Gage verbittert hervor, während er das Gewehr sinken ließ.

»Aber Sie haben ihn getroffen, Mr. Thornton!« sagte Erich Wernher. »Das hätte keiner von uns anderen so hingekriegt!«

Gage stieß einen bedauernden Seufzer aus. »Ja, aber die Tatsache, daß ich Jacob Potts verwundet habe, wird uns nicht annähernd so viel nützen, wie ein Schuß ins Herz es getan hätte.«

»Ich glaube, die junge Frau ist verletzt«, bemerkte Ramsey und lenkte Gages Aufmerksamkeit auf Shemaine, die sich eine Hand auf den blutenden Leib preßte.

Ohne eine Sekunde zu zögern, warf Gage dem Deutschen sein Gewehr zu und eilte mit fliegenden Schritten zu seiner Dienerin; jetzt wünschte er wirklich, er hätte Potts getötet.

Shemaine trat steif auf ihn zu und versuchte, sich ihren Schmerz nicht anmerken zu lassen. »Ich bin schon in Ordnung«, stieß sie ein wenig atemlos hervor. »Es ist nur eine Fleischwunde.«

Gage war sich da nicht so sicher. Das Blut hatte bereits die eine Seite ihres Mieders durchtränkt und breitete sich nun auch auf ihrem Rock aus. Er nahm sie vorsichtig auf die Arme und sagte voller Besorgnis: »Wir werden sehen, was passiert ist, sobald ich dich in der Hütte habe.«

Shemaine zuckte vor Schmerz zusammen, als Gage sie nun den Pfad hinauftrug. Um nicht aufzuschreien, biß sie die Zähne zusammen, während sie sich mit einem Arm an seinem Hals festklammerte. Dann fiel ihr plötzlich wieder ein, womit sie sich beschäftigt hatte, bevor ihr das Wiehern des Pferdes aufgefallen war. Mit einem leisen, ärgerlichen Stöhnen zog sie Gages angespannten Blick auf sich, bis sie ihm schließlich mit einiger Verlegenheit gestand: »Es tut mir leid, Mr. Thornton, ich fürchte, ich habe die Wäsche unten am Bach liegengelassen.«

»Vergiß die Kleider!« befahl Gage ihr schroff. »Die können meinetwegen davonschwimmen.«

Er entriegelte die Vordertür, drückte sie mit der Schulter weit auf und trug Shemaine durch die Hütte in den Flur, wo er sie behutsam auf die Füße stellte. Nachdem er sie zur Seite gedreht hatte, so daß das Licht auf ihre Verletzung fiel, ging er neben ihr in die Knie und zupfte an dem blutdurchtränkten Stoff. Das Gewand war, bis auf zwei kleine Risse, wo die Bleikugel ihr Mieder aufgeschlitzt hatte, unversehrt, hinderte ihn jedoch daran, die Wunde und den Ursprung der Blutung in Augenschein zu nehmen. Er griff nach dem Stoff und hätte ihn entzweigerissen, wäre Shemaine nicht hastig einen Schritt zurückgetaumelt. Die Tatsache, daß er ein solches Vorgehen auch nur in Erwägung zog, weckte augenblicklich ihren zornigen Widerspruch. »Ich habe nicht die Absicht, wie eine hilflose Törin dazustehen und Ihnen zu erlauben, meine Kleider zu zerreißen, Mr. Thornton. Ich bin sicher, das Gewand läßt sich ohne weiteres waschen und flicken, und ich werde nicht dulden, daß ein so zweckdienliches Kleidungsstück unrettbar zerstört wird.«

Gage seufzte verärgert. »In Victorias Truhe finden sich noch mehr Kleider, Shemaine, und ich gebe dir die Erlaubnis, dir zu nehmen, was dir gefällt.«

Obwohl er abermals die Hand nach ihr ausstreckte, entzog Shemaine sich mit einem schnellen Schritt seiner Reichweite. »Ich möchte Ihre Großzügigkeit nicht ausnutzen, Mr. Thornton«, erwiderte sie mit einem eigensinnigen Kopfschütteln. »Sie haben mir ohnehin schon viel zu viel gegeben.«

»Dann zieh das Gewand aus, wenn es unbedingt sein muß!« befahl Gage gereizt. »Aber ich werde keine Ruhe geben, bevor ich mir deine Verletzung angesehen habe.«

»Und ich werde es Ihnen auch gestatten, Sir, aber nur auf eine Art und Weise, die mir behagt.« Shemaine blickte zu ihm auf und schlug mit schwacher Stimme vor: »Wenn ich mir eines Ihrer alten Hemden ausleihen dürfte, vielleicht das, das sich vorne öffnen läßt, dann ließe sich Ihr Wunsch leichter erfüllen.«

Mit einem ungehaltenen Knurren ließ Gage sie allein und kehrte einige Sekunden später mit einem wollenen Hemd aus seinem Schlafzimmer zurück. »Du kannst dir das anziehen, während ich Wasser aus dem Brunnen hole.«

Shemaine nahm das Kleidungsstück von ihm entgegen und wartete, bis er den Krug vom Waschständer genommen hatte und durch die Hintertür hinausging. Erst als er sie hinter sich geschlossen hatte, öffnete sie ihr Mieder und das Leibchen, ließ beides von ihren Schultern gleiten und knirschte vor Schmerzen mit den Zähnen, während sie den Stoff von der Wunde entfernte. Dann warf sie einen ängstlichen Blick über die Schulter, um sicherzugehen, daß Gage auch gewiß nicht in Sichtweite war, während sie die Kleidungsstücke bis zur Taille hinunterzog. Mit größter Vorsicht schlüpfte sie nun in das Hemd, knöpfte es zwischen ihren Brüsten zu und rollte die langen Ärmel auf, damit sie die Hände frei hatte. Während sie auf die Rückkehr ihres Herrn wartete, entdeckte sie im Lagerraum ein altes Hemd und begann, es zu Verbandsmaterial zu zerreißen.

Ein kurzes Klopfen an der Hintertür kündigte Gages Eintritt an, und Shemaine wartete verlegen ab, während er das Wasser in den Waschständer gab und weiteres Wasser vom Herd holte, um es zu erwärmen. Als er zu ihr zurückkehrte und das Hemd über ihre Rippen hob, wandte sie errötend das Gesicht ab und verschränkte die Arme schützend über dem Busen. Ohne diese Vorsichtsmaßnahme hätte das Hemd einen freizügigen Blick auf alles darunter preisgegeben, denn das Kleidungsstück umschloß sie so lose, als wäre es ein Zelt.

Gage befeuchtete indessen ein Tuch, mit dem er die blutige Wunde abtupfte und säuberte, bis er das genaue Ausmaß ihrer Verletzung erkennen konnte. Zu seiner Erleichterung sah er, daß die Verletzung nicht so ernst war, wie er zuerst gedacht hatte; es war nur ein Riß quer über eine Rippe, tief genug, um ausgiebig zu bluten, aber kaum lebensbedrohlich. Das einzige Risiko war eine Infektion der Wunde, aber er hatte die Absicht, diese Möglichkeit mit Hilfe des übelriechenden Balsams in den Griff zu bekommen.

»Es ist nichts Ernstes«, erklärte er und atmete befreit auf. »Aber die Wunde muß stramm verbunden werden, um die Blutung zu stillen.«

Shemaine deutete zaghaft auf die Stoffstreifen, die sie säuberlich aufgerollt hatte. Sie hatte alle Mühe, nicht zu zeigen, wie sehr die Versorgung ihrer Wunde ihr weh tat. »Werden die genügen?«

»Jawohl, es ist genau das, was wir brauchen. Jetzt steck den Zipfel des Hemdes hoch und halte ihn so, daß er mir nicht in den Weg kommt«, wies er sie an. »Ich muß die Verbände um deine Taille wickeln, und das kann ich nicht, wenn ich blind unter dem Hemd herumtasten muß.«

Gage ließ Shemaine allein, so daß sie über seinen Befehl nachdenken konnte, während er die abscheuliche Salbe holen ging. Als er zurückkehrte, hatte sie die Hemdzipfel zusammengenommen und sorgfältig zwischen ihren Brüsten verknotet, so daß ihre Taille bloßlag. Er konnte nicht umhin, das Ergebnis zu bewundern, denn der weiche Stoff zeichnete ihren Busen in vollkommener Schönheit nach und ließ die Weichheit ihrer Brustspitzen und die jugendliche Festigkeit der vollen Kurven ahnen. Ihre Taille war unglaublich schmal, und obwohl er immer noch beinahe jede ihrer Rippen zählen konnte, weckte ihr seidiges Fleisch auf ähnliche Weise seine Bewunderung wie in jener Nacht, als die Schlange in die Hütte eingedrungen war. Bis auf ihre jüngste Verletzung war ihre Haut genauso köstlich, wie er sie von jenem Abend in Erinnerung hatte.

»Du wirst wohl eine kleine Narbe als Andenken an Potts zurückbehalten«, eröffnete Gage ihr, bevor er seinen hohen Hocker neben sie schob und den Topf mit der Heilsalbe daraufstellte. »Aber es wird wohl eine glatte Narbe werden, die kaum auffallen dürfte.«

»Müssen Sie mich mit diesem Zeug einreiben?« Shemaine zog angewidert die Nase kraus, als er den Deckel aufschraubte. »Das riecht ekelhaft.«

»Ja, aber es wird helfen, die Wunde verheilen zu lassen, und es beugt einer Infektion vor«, erklärte er und blickte gerade rechtzeitig zu ihr auf, um noch die Grimasse zu sehen, mit der sie ihre Abneigung auf komische Weise unterstrich. Ihre Einwände waren genauso rührend wie die eines kleinen Kindes, das versuchte, seinen

Eltern etwas abzuschmeicheln. Obwohl er sich nun dicht über ihr Gesicht beugte, starrte sie geradeaus und erteilte ihm eine wortlose Ermahnung, indem sie sich weigerte, seine Nähe zur Kenntnis zu nehmen. »Außerdem gehe ich mit einem so wertvollen Besitz nicht gern ein Risiko ein. Du gefällst mir gut, Shemaine O'Hearn, und ich möchte dich doch nicht verlieren. Es wäre mir absolut unmöglich, eine zweite Dienerin zu finden, die so schön und talentiert wäre, wie du es bist.«

»Sie sind nur so nett zu mir, weil ich verletzt bin«, beklagte Shemaine sich matt und zog dann scharf den Atem ein, als er abermals das aufgerissene Fleisch zu säubern begann. Mit einem Mal fühlte sie sich ganz benommen, und eine Woge der Übelkeit schlug über ihr zusammen, so daß sie zu taumeln begann.

Gage legte hastig einen Arm um sie, als sie nach vorn sank, und den anderen Arm um ihre Hüfte. Der Druck ihres spärlich bekleideten Busens an der Innenseite seines Arms wühlte seine männlichen Sinne in einem solchen Maße auf, daß er es nicht wagte, auch nur einen Muskel zu bewegen, damit sie nicht wieder vor ihm floh, wie sie es in jener Nacht nach seinem Kuß getan hatte. Mit belegter Stimme fragte er: »Ist alles in Ordnung mit dir?«

Shemaine gab ihm mit einem schwachen Kopfschütteln die einzige Antwort, derer sie fähig war, und sank auf einen Stuhl. Sie fühlte sich so kraftlos wie eine Stoffpuppe, und es verstrichen lange Sekunden, bevor ihre Lethargie endlich verebbte. Während sie langsam wieder zu Kräften kam, gelang es ihr schließlich, sich aufrecht hinzusetzen, aber sie war dennoch dankbar dafür, daß er einen Arm um sie gelegt hatte und sie auf diese Weise stützte.

»Es tut mir leid, ich weiß wirklich nicht, warum ich mich so schwach fühle«, flüsterte Shemaine unglücklich; dann sah sie ihm scheu in die Augen. Sein Gesicht war so nahe, daß sie sich ohne jede Mühe einen Kuß hätte stehlen können. Ein wahrlich seltsamer Gedanke in einem solchen Augenblick!

Gage, dem es gelang, eine Beiläufigkeit an den Tag zu legen, die nicht unbedingt seinen wahren Gefühlen entsprach, bemerkte: »Du solltest dich, wenn ich die Wunde versorgt habe, hinlegen und ein wenig ausruhen.«

»Aber was ist mit der Wäsche? Und dem Abendessen? Und mit Andrew? Er wird sicher bald aufwachen.«

»Meine Männer werden eben den Rest des Nachmittags ohne mich auskommen müssen«, entgegnete Gage mit einem unterdrückten Grinsen. »Ich habe die Absicht, bis zum Morgengrauen ganz zu deiner Verfügung zu stehen.«

Shemaine zog bekümmert eine Augenbraue in die Höhe, während sie in seinen Zügen forschte. »So, Sie beabsichtigen also, Hausarbeiten zu verrichten wie ein gewöhnlicher Diener, wie? Verstehen Sie denn gar nichts, Sir? Ich sollte diejenige sein, die zu *Ihrer* Verfügung steht.«

In den braunen Augen blitzte warmer Spott auf. »Und wenn ich dich in Anspruch nähme, Shemaine O'Hearn, würdest du dann wirklich zu meiner Verfügung stehen?«

»Aber natürlich, Sir!« erwiderte sie mit einer knappen Neigung des Kopfes. »Sie haben mich gekauft, und ich muß Ihnen gehorchen.«

»Aber was wäre, wenn du frei wärst, Shemaine?« drang Gage weiter in sie. »Würdest du dann auch da sein, wenn ich dich brauche?«

Shemaine fand es überaus angenehm, wie ihr sein Atem übers Gesicht strich. Dennoch heftete sie ihren Blick stur auf den Schreibtisch, während sie versuchte, Gleichgültigkeit zu heucheln. »Aber ich bin nicht frei, Sir, und werde es auch in den nächsten sieben Jahren nicht sein.«

»Sieben Jahre.« Gage seufzte, während sein Blick ihr Gesicht liebkoste. »Das ist eine lange Zeit für einen Mann und eine Frau, die unter demselben Dach leben und nicht verheiratet oder nahe miteinander verwandt sind.«

Mit hochgezogenen Brauen betrachtete Shemaine ihn neugierig und fragte sich, worauf er wohl hinaus wolle. Wenn er die Absicht hatte, ihre Gunst zu erbitten, dann war der Zeitpunkt wahrlich schlecht gewählt. »Ich werde verbluten, Mr. Thornton, wenn Sie noch mehr Zeit aufs Reden verschwenden«, erinnerte sie ihn trocken. Seine eindringliche Aufmerksamkeit beunruhigte sie, denn sie war keineswegs in der Lage, seinen leidenschaftlichen Kuß zu vergessen, oder die seltsame Schwäche, die dieser Kuß in ihr ausgelöst hatte. Tatsächlich war ihr Bett in letzter Zeit ein Ort der Folter geworden, denn sie tat dort kaum anderes, als sich auf der Suche nach Erlösung von diesem brennenden Verlangen von einer Seite auf die andere zu werfen. Mit geheuchelter Unverfrorenheit zeigte Shemaine auf die Salbe, die auf dem Hocker stand. »Ich hoffe, Sie überlegen es sich noch einmal, ob Sie dieses abscheuliche Zeug wirklich benutzen wollen. Meinetwegen brauchen Sie es gewiß nicht zu...«

»Ich werde«, unterbrach Gage sie. Dann trat er einen Schritt zurück und strich die übelriechende Creme über ihre Rippen, was sie scharf den Atem einziehen ließ. Schließlich griff er nach einem Verband, beugte sich vor und legte die Arme um sie, während er ihr den Stoff stramm um die Rippen band. »Der muß bis morgen früh draufbleiben, dann werde ich ihn gegen einen sauberen austauschen.«

Shemaine rollte mit den Augen, sah ihn von der Seite an und brummte: »Wahrscheinlich gibt's dann auch noch mehr von dieser widerwärtigen Salbe.«

»Morgen werde ich weniger davon nehmen, wenn sie dir so zuwider ist.« Gage riß das eine Ende des Verbands ein kleines Stück weit auf und verknotete ihn dann mit dem anderen Ende. Es war gewiß keine unangenehme Aufgabe, seine Dienerin in den Armen zu halten, während er ihr den nächsten Streifen Stoff um die Rippen schlang und verknotete. Tatsächlich war er sogar ziemlich enttäuscht, als die Stoffstreifen aufgebraucht waren.

»Potts wird jetzt erst recht versuchen, uns zu töten«, stieß Shemaine hervor, während sie vor Schmerz zusammenzuckte. Sie mußte sich an die strammen Verbände erst gewöhnen. »Er wird seine Verletzung als weitere Demütigung ansehen und uns jagen, bis er uns in einem unbedachten Augenblick erwischt. Nach seinem Kampf mit den Soldaten können Sie versichert sein, daß er uns am liebsten alle auslöschen würde.«

»Ja, das dürfte als sicher gelten. Aber vielleicht habe ich das nächste Mal mehr Glück und mache seinen Besuchen ein dauerhaftes Ende«, gab Gage düster zurück. »Ich verstehe jetzt, warum du solche Angst vor dem Mann hattest. Er scheint tatsächlich höchst entschlossen zu sein, dir etwas anzutun. Glaub mir, mein Herz, sobald du dazu in der Lage bist, werden wir unsere Schießübungen wieder aufnehmen.«

»Heute nachmittag noch, wenn es nach mir geht«, erwiderte Shemaine entschlossen. Sie würde sich nie wieder sicher fühlen, nicht bis Potts entweder abgereist oder tot war.

Gage wußte schon jetzt, was er zu tun hatte, denn der Matrose ließ ihm keine andere Wahl. »Wenn Potts sich noch in Newportes Newes aufhält, dann werde ich ihn finden und die Sache mit ihm austragen. Wenn er meine Warnung nicht ernst nimmt, werde ich ihn töten müssen.«

»Morrisa wird wissen, wo er ist«, antwortete Shemaine, während sie wackelig ihren ersten Schritt tat. »Wenn ich bedenke, wie Potts da vor der Taverne herumlungerte, bezweifle ich stark, daß sich viel geändert hat, seit er auf der *London Pride* nach ihrer Pfeife getanzt ist. Es würde mich nicht einmal wundern, wenn Morrisa ihn dazu angestiftet hätte, hier herauszukommen und mich zu töten. Genau das hat sie mir nämlich die ganze Zeit schon angedroht.«

»Warum hat sie nur einen solchen Haß auf dich?«

Shemaines Brauen hoben sich zu einem überraschten Stirnrunzeln. Dies war eine Frage, die sie nicht ohne weiteres beantworten konnte. »Ich bin mir nicht sicher, ob es da einen speziellen Grund gibt, Mr. Thornton. Nun gut, ich habe ihre Versuche, die Herrschaft über die anderen Frauen zu erringen, zunichte gemacht, indem ich Annie und die anderen ermutigt habe, ihr die Stirn zu bieten. Aber wenn sie nicht völlig schwachsinnig ist, kann ich mir nicht vorstellen, daß meine Weigerung, mich ihrem Diktat zu unterwerfen, Grund genug für sie wäre, mich tot sehen zu wollen.«

»Vielleicht ist sie eifersüchtig.«

»Oh, sie wollte Sie, das steht fest«, gab Shemaine bereitwillig zu, obwohl sie abermals ein Grinsen unterdrücken mußte. »Sie schwor damals, mir die Augen auszukratzen, wenn ich das Schiff mit Ihnen verließe.«

»Morrisa betrachtet sich offensichtlich als eine hübsche Frau und besteht darauf, ihre Wahl unter den Männern selbst zu treffen. Vielleicht ärgert es sie, daß eine andere Frau ihr überlegen ist.«

»Ich kann es nicht beschwören, aber ich glaube, da steckt noch mehr hinter ihren Motiven. Es ist nur ein Verdacht, aber ich mache mir Gedanken über sie, seit sie an Bord der *London Pride* kam.«

»Und warum?«

»Morrisa hatte mich nie im Leben gesehen, bevor man sie in unsere Zelle im Frachtraum des Schiffes brachte. Sie war zwar auch in Newgate gewesen, aber in einer anderen Abteilung. Nachdem sie alle Frauen gemustert hatte, fragte sie, welche von uns Shemaine O'Hearn sei. Ich hatte seinerzeit keine Lust, meine Identität preiszugeben, und die anderen Frauen stellten sich dumm. Morrisa gab mir den Spitznamen Irentrampel und fragte nicht weiter. Später gerieten wir uns in die Haare, weil sie das Essen verlangte, das man mir gegeben hatte. Sie ging mit gezücktem Messer auf mich los, und ich schleuderte ihr einen Eimer mit Wasser ins Gesicht. Der Bootsmann kam hinunter, um der Rauferei ein Ende zu machen, und rief mich beim Namen. An Morrisas selbstgefälligem Grinsen glaubte ich erkennen zu können, daß sie meinen Namen bereits erraten hatte. Sie hat jedenfalls alles in ihrer Kraft Stehende getan, um Gertrude Fitch und Jacob Potts gegen mich aufzubringen.«

»Wer könnte ihr denn von dir erzählt haben?«

»Ich kann mir nicht vorstellen, warum irgend jemand überhaupt mit ihr über mich gesprochen haben sollte. Wir waren alle Fremde. Bis auf den Gefängniswärter und den Bootsmann, die die Gefangenen überprüften, gab es nur noch einen einzigen, der mich jemals aufforderte, meinen Namen zu nennen, und das war ein Schließer in Newgate. Nachdem ich mich bereit erklärt hatte, in die Kolonien zu gehen, kam er das erste Mal in meine Zelle.«

»Hat er jemals versucht, dir etwas anzutun?«

»Da bin ich mir nicht ganz sicher. Ich weiß nur, daß er mich viel beobachtet hat.«

»Vielleicht bewunderte er deine Schönheit«, meinte Gage, dem ihre Wirkung auf einige Männer nicht hatte entgehen können.

Shemaine lachte abwehrend auf. »Ich glaube wirklich nicht, daß ich zu seinen Lieblingsgefangenen zählte. Kurz bevor man uns an

Bord der *London Pride* brachte, geriet ich in einen Faustkampf zwischen einigen Gefangenen, und mir wäre beinahe der Kopf entzweigeschlagen worden, als einer dieser Rohlinge anfing, ihn gegen eine Steinwand zu hämmern. Der Schließer hat das Ganze beobachtet, aber keinen Finger gerührt, um etwas dagegen zu unternehmen. Erst als der Gefängniswärter den Lärm hörte und herbeikam, um der Sache auf den Grund zu gehen, konnte ich mich befreien.

Mehrere Tage später wurde ich in der Nacht von einem Geräusch geweckt, und als ich die Augen öffnete, sah ich, wie der Schließer auf mich zugeschlichen kam. Er hatte ein kurzes Seil in der Hand, und die Art, wie er es festhielt, brachte mich auf den Gedanken, daß er jemanden erwürgen wollte, ob nun mich oder eine andere Gefangene in meiner Nähe, kann ich nicht sagen. Der einzige Weg, auf dem er uns erreichen konnte, führte über die Leiber der anderen Gefangenen, die auf dem Fußboden der Zelle schliefen. Als er auf die Hand einer Frau trat, kreischte diese schrill auf, und der Gefängniswärter kam herbeigelaufen. Der Schließer gab ihm irgendeine lahme Entschuldigung – eine Ratte, die er gesehen haben wollte, zu fangen. Mir erschien die Geschichte reichlich dürftig. Den Gefängniswärter hat sie jedenfalls zum Lachen gebracht. Er machte eine spöttische Bemerkung über einen Narren, der versuchte, eine Ratte zu jagen, und befahl dem Schließer zu verschwinden. Am nächsten Tag brachte man mich aufs Schiff, und ich sah den Schließer nie wieder.«

»Könnte der Schließer irgendwie mit dem Häscher bekannt gewesen sein?«

Shemaine hob die Schultern zu einer beiläufigen Geste, bedauerte die Bewegung jedoch sofort. Ächzend ging sie zu seinem Hocker und stützte sich haltsuchend mit der Hand ab.

»Vielleicht sollte ich dich besser nach oben tragen, damit du dich etwas ausruhen kannst«, meinte Gage. »Du solltest auch überlegen, ob du nicht für den Rest des Tages ein Nachthemd anziehen möchtest. Das wäre gewiß bequemer für dich.«

»Es gehört sich nicht, so früh am Nachmittag ein Nachtgewand zu tragen«, wandte Shemaine ein. »Es ist kaum halb drei, und Ihre Männer sind noch hier.«

»Die werden bald gehen«, konterte Gage, »und falls noch jemand kommen sollte, brauche ich nur zu erklären, daß du verwundet worden seist und Ruhe benötigst.«

»Das wird den Leuten bestimmt einleuchten«, meinte Shemaine sarkastisch und warf den Kopf in den Nacken. »Nach allem, was ich von Annie gehört habe, bin ich ziemlich sicher, daß die Dörfler durchaus damit rechnen würden, mich im Nachthemd zu sehen, aber nicht, weil ich verletzt wurde. Ihre Phantasie führt sie auf weit unziemlichere Wege. Ich bin mir sicher, daß Mrs. Pettycomb ihr möglichstes getan hat, unser beider Ruf in den Schmutz zu ziehen, ganz besonders, nachdem Sie mich zu dem Tanzabend mitgenommen und sogar die Kühnheit besessen hatten, vor aller Augen mit mir zu tanzen.«

»Ein Teil des Geredes ist mir auch zu Ohren gekommen«, räumte Gage ein. »Mary Margaret dachte, wir sollten etwas tun, um die Leute zum Schweigen zu bringen.«

Shemaines Brauen zuckten leicht in die Höhe und verrieten ihre Skepsis. »Und hatte Mary Margaret vielleicht auch einen Rat für Sie, auf welche Weise wir das zuwegebringen könnten, Sir?«

Sein Blick flackerte für einen Moment, bevor er ihr in die Augen sah. »Sie meinte, wir sollten den Klatschbasen ein Schnippchen schlagen, indem wir heiraten.«

Shemaine war entsetzt darüber, daß eine so wohlmeinende Frau so undiplomatisch sein konnte. »Nun, es mag ja ein typischer Vorschlag für Mary Margaret sein, da sie doch immer bestrebt ist, Ehen zu stiften. Aber hat sie auch in Betracht gezogen, daß Sie möglicherweise keinen verurteilten Sträfling zur Frau zu nehmen gedenken? Ich finde es überaus beunruhigend, daß sie Ihnen eine solche Lösung überhaupt geraten hat. Wie unschicklich von der Frau! Wirklich, Sir, es wäre mir schrecklich, wenn Sie dächten, ich hätte sie dazu gebracht, etwas Derartiges vorzuschlagen. Meine Güte, der Gedanke ist so weit hergeholt, daß man nur darüber lachen kann.«

Gage zuckte mit den Schultern. »Ehrlich gesagt war Mary Margaret nicht die erste, die auf diese Idee gekommen ist.«

Shemaine war sprachlos, denn sie konnte sich nicht vorstellen, daß noch jemand im Dorf solche Kühnheit aufbrächte. »Roxanne wird einen solchen Vorschlag wohl nicht gemacht haben, nachdem sie keinen Zweifel daran gelassen hat, daß sie Sie für sich will.«

»Nein, Roxanne hätte das wohl kaum getan«, bestätigte er mit einem leisen Lachen.

»Dann vielleicht Calley«, sagte sie mit einiger Überzeugung.

»Calley auch nicht.«

Shemaine sah ihn mit wachsendem Unbehagen an. »Dürfte ich dann fragen, wer sich eine solche Freiheit erlaubt hat, Sir?«

Die Tür des Schlafzimmers öffnete sich, und Andrew kam mit einem Schaukelpferd im Schlepptau in die Wohnküche. Gage eilte seinem Sohn sofort zu Hilfe, bevor die Möbel in Mitleidenschaft gezogen wurden. Während Shemaine ihm zusah, hob er den Jungen auf den gepolsterten Ledersattel.

Einen Augenblick später schaukelte Andrew vergnügt hin und her und war schon bald ganz in sein fröhliches Spiel vertieft, während er die Rufe eines Fuhrmanns nachahmte, die er irgendwann einmal aufgeschnappt hatte. »Hü! Hott! Ja! Schneller, ihr Mulis!«

Shemaine und Gage beobachteten amüsiert den Jungen, dessen Locken nach seinem Mittagsschlaf wild zerzaust waren. Für den Augenblick schien Andrew keinen von ihnen wahrzunehmen.

»Ein weiteres Beispiel für Ihre vielen Talente, Mr. Thornton?« fragte Shemaine und deutete auf das Holzpferd.

Gage bestätigte dies mit einem kurzen Nicken, während er zu ihr zurückkehrte, aber der Lärm, den sein Sohn machte, störte ihn. Mit einer knappen Handbewegung bedeutete er Shemaine, ihm in den Flur zu folgen. Während sie seinem Wunsch nachkam, stellte er den Krug mit der Salbe weg und hob Shemaine vorsichtig auf den Hocker. Einen Moment lang forschte er in ihren Zügen, und nachdem er ihre Verwirrung bemerkte, versuchte er, ihr die Befangenheit zu nehmen.

»Als du zu uns kamst, Shemaine, habe ich dir erzählt, daß ich eine Fahrt flußaufwärts nach Williamsburg plante. Bisher habe ich die Reise aufgeschoben, aber gestern habe ich die Nachricht erhalten, daß das Haus meines Kunden fertiggestellt ist und er jetzt gern seine Möbel hätte. Wenn du dich morgen in zwei Wochen stark genug fühlst, würde ich dich und Andrew sehr gern mitnehmen, wenn meine Männer und ich die Möbel ausliefern.«

»Ich bin sicher, daß ich bis dahin in der Lage sein werde, mit Ihnen zu fahren und mich um Andrew zu kümmern, Mr. Thornton.«

»Während wir dort sind, würde ich mich gern um eine andere Angelegenheit kümmern, die mir sehr wichtig ist... Wenn du bereit bist...«

»Wenn ich bereit bin?« Sie zog die Brauen zusammen. »Was könnte es geben, wozu ich meine Einwilligung geben müßte, Mr. Thornton?«

»Ich möchte diese Angelegenheit noch heute mit dir besprechen, und ich bitte dich, mir dann eiligst eine Antwort zu geben, denn ich werde nicht rasten, bis ich deine Meinung kenne. So oder so.«

Nach außen hin wirkte Shemaine sehr gefaßt, aber innerlich bebte sie. Ihr fiel nämlich auf, daß Gage bei seinen Worten ruhelos in dem schmalen Flur auf und ab ging, und sie konnte sich nur vorstellen, daß diese erwähnte Angelegenheit von ernster Natur sein müsse. Vielleicht kamen ihm nun doch Zweifel, ob er sie wirklich behalten sollte. Potts Versuch, sie zu töten, hatte ihn vielleicht davon überzeugt, daß ihre Gegenwart seine kleine Familie in Gefahr brachte. Vorsichtig fragte sie: »Was ist das für eine Angelegenheit, die Sie mit mir besprechen wollen, Mr. Thornton?«

Gage trat wieder vor sie hin, denn es verlangte ihn aufrichtig danach, sie mit gewissen Wahrheiten vertraut zu machen. »Ich habe dich nicht aufziehen wollen, als ich dir vor einer Weile sagte, ich zöge es in Erwägung, dich zur Frau zu nehmen. Noch bevor ich an Bord der *London Pride* kam, hatte ich den Gedanken einer Wiederverheiratung sorgfältig erwogen. Ich brauchte eine Kinderfrau für Andrew, aber ich wollte genausosehr eine Ehefrau für mich. Wie ich dir schon früher erzählt habe, haben wir hier in der Gegend einen ernsten Mangel an jungen Frauen im heiratsfähigen Alter. Diejenigen, die hier leben, können es kaum erwarten, endlich zu heiraten, wie man an Roxannes Beispiel deutlich sehen kann. Aber keine dieser Frauen hat mir gefallen. Als ich zu dem Schiff ging, hatte ich keine Hoffnung, eine Frau zu finden, die auch nur als Kinderfrau taugte... geschweige denn zur Ehefrau. Aber ich habe mich geirrt, Shemaine. Du bist viel mehr, als ich je zu finden gehofft hätte.«

Shemaine, die seinen Ausführungen stirnrunzelnd lauschte, sah ihn ungläubig an. »Sie wollen mich heiraten?« Ihre Gedanken überschlugen sich in dem Versuch, seine Argumente zu begreifen. Er mußte die Konsequenzen, die eine Heirat mit einer Frau von zweifelhaftem Ruf bedeuteten, gewiß bedacht haben. Sie konnte sich durchaus vorstellen, daß er sie gern in seinem Bett gehabt hätte, weil das eine bequeme Lösung für ihn gewesen wäre, aber eine Ehe schien nie in Frage zu kommen, auch wenn er dazu neigte, sie bisweilen aufzuziehen. »Warum in aller Welt sollten Sie das tun wollen, Mr. Thornton, da sich doch ehrliche Leute bei meinem bloßen Anblick fragen, welch furchtbares Verbrechen ich in England begangen haben könnte? Gewiß haben die Leute über meine Gefangenschaft gerätselt und in meinen Dienst bei Ihnen so manches hineingeheimnist. Sie haben doch erlebt, wie Samuel Myers sich benahm, als er mich bei dem Tanzfest sah. Ich bin in Ketten in dieses Land verschifft worden, Sir, und wenn Sie mich zur Frau nehmen, werden Sie selbst ein Gezeichneter sein. Der Ehemann einer Strafgefangenen, werden die Leute hinter Ihrem Rücken zischeln. Zweifellos hat Mrs. Pettycomb alles getan, um jedem im Weiler zu erzählen, daß ich es nicht wert sei, von einer angesehenen Familie empfangen zu werden. Und ich vermute stark, daß es mir nicht viel nützen würde, wenn ich ihr oder den anderen geschwätzigen Damen erklären würde, daß ich nichts getan habe, womit meine Verhaftung zu rechtfertigen wäre. Wie können Sie es auch nur in Betracht ziehen, diese Art von Kritik auf sich zu ziehen?«

Nun war es an Gage, sie ungläubig zu mustern. »Glaubst du allen Ernstes, ich gäbe auch nur einen Deut auf das, was diese Frau sagt oder denkt? Alma Pettycomb ist in ihren eigenen Augen so rein, daß sie außerstande ist, zu merken, wie durch und durch boshaft und verabscheuenswert sie in Wirklichkeit ist. Sie lebt vom Blut Unschuldiger, und eines Tages, da bin ich mir sicher, wird sie für das Unheil, das sie mit ihrer gespaltenen Schlangenzunge anrichtet, bestraft werden. Glaub mir, Shemaine, sie ist es nicht wert, daß du dir auch nur die geringsten Gedanken machst. Auch sollte sie keine Entscheidung, die du triffst, verhindern oder beeinflussen können. Ich möchte, daß du dich aus eigenem Willen und ohne Einschüchterung von irgendeiner Seite entscheidest. Die Frage, ob wir heiraten oder nicht, ist eine Sache zwischen dir und mir und niemandem sonst.«

Während Gage nun ihre schmalen Hände zwischen die seinen nahm, suchte er in ihren grünen Augen nach einer Andeutung von Zurückweisung, fand aber nichts dergleichen. »Shemaine O'Hearn, ich würde mich zutiefst geehrt fühlen, wenn du meinen Heiratsantrag annehmen und meine Frau würdest.«

»Haben Sie denn keinerlei Bedenken, eine Strafgefangene zur Frau zu nehmen?« fragte sie eindringlich. Es war beinahe, als erwache sie aus einem langen Schlaf, denn das volle Verstehen dessen, was er wollte, hatte erst jetzt die Macht, ihren Herzschlag zu beschleunigen. »Sie würden unsere Heirat später wirklich nicht bedauern?«

»Ich würde dich zur Frau bekommen, Shemaine, und das ist alles, was für mich zählt«, erklärte Gage. »Du wirst feststellen, daß die Gerüchte hier in den Kolonien sehr schnell schal werden. Solche Bezeichnungen wie Sträfling, Schurke oder Dieb sind kurzlebig, es sei denn, die jeweiligen Vergehen würden wiederholt. In dem Fall können die Leute natürlich nicht vergessen. Wenn wir erst einmal verheiratet sind, werden wir wie jedes andere Ehepaar hier in der Gegend sein.«

»Werden wir das wirklich?« fragte Shemaine furchtsam. Trotz all ihrer liederlichen Phantasien bereitete ihr der Gedanke, sich als Braut zu fühlen, einige Schwierigkeiten; schließlich war sie viel zu dünn und auch ansonsten nicht begehrenswert. »Werden wir so leben, wie andere Paare es auch tun?«

Nun war es an Gage, sie besorgt und verwirrt anzusehen. »Was soll deine Frage, Shemaine? Soll ich dir etwas Geringeres sein als ein Ehemann?«

Tiefe Röte kroch in ihre Wangen. »Das würde ich nicht von Ihnen erwarten, Mr. Thornton, aber ich bin so furchtbar dünn und... und nicht sehr schön anzusehen, ohne...«

»Ohne deine Kleider?« beendete Gage den Satz für sie, denn er spürte ihr Widerstreben, weiterzusprechen. Sein Blick senkte sich kurz auf ihren Busen unter dem weichen Wollhemd und kehrte dann liebkosend zu ihrem Gesicht zurück. Er begriff nicht, warum sie sich für reizlos hielt, wo er doch gewiß war, daß sie die schönste Frau war, die er je gesehen hatte. »Wenn du auf Enthaltsamkeit in unserer Verbindung bestehst, Shemaine, wäre es besser für uns, überhaupt nicht zu heiraten, denn ich könnte es nicht ertragen, dich in meiner Nähe zu wissen, dich zu begehren... und dich nicht lieben zu dürfen. Ich bin ein Mann, Shemaine, kein Mönch. Ich begehre dich, wie ein Mann nur eine Frau begehren kann. Ich glaube, das müßtest du mittlerweile wissen. Wenn es dich quält, daß du dünn oder schwach bist, glaub mir, wenn ich dir sage, daß das für mich einfach keine Rolle spielt. Ich *will* dich genauso, wie du bist! Und falls du dich nach unserer Heirat immer noch geschwächt fühlen solltest, sei versichert, daß meine Kraft für uns beide ausreicht. Ich würde dir niemals weh tun und dir beistehen, wann immer du mich brauchst. Ich bitte dich also inständig, meine liebe Shemaine, mich als Verehrer zu betrachten, der nichts sehnlicher wünscht, in jedem Sinne des Wortes dein Ehemann zu werden.«

»Sie verstehen es, ein Mädchen zu überrumpeln, Mr. Thornton«, hauchte Shemaine, die sich kaum bezähmen konnte, sich nicht seinen wunderbar geformten Körper in scharfem Kontrast zu ihrer eigenen, dünnen Gestalt vorzustellen. Bilder, wie sie beide zusammen im Bett lagen, stürmten auf sie ein und waren bei weitem sinnlicher, als sie freiwillig zugegeben hätte. Jetzt, da sie einen nackten Mann selbst *gesehen* und bewundert hatte, wurden die recht verlegenen Erklärungen ihrer Mutter bezüglich der Dinge, die sich zwischen Ehemann und Ehefrau abspielten, sehr viel klarer und umfassender in ihren Gedanken.

Gage hob die Hand und strich sanft über ihre geröteten Wangen. »Willst du meine Frau werden, Shemaine?«

Shemaine dachte an all den Pomp, der sie umgeben hatte, als Maurice du Mercier ihr eine solche Frage stellte. Aber sie konnte sich beim besten Willen nicht daran erinnern, daß ihr Herz gar so wild in ihrer Brust gehämmert hatte, wie es das jetzt nach dem einfachen, aber unwiderstehlichen Antrag dieses Mannes tat. Sie dachte darüber nach, was die Ehe mit einem Siedler bedeutete, darüber, daß sie sich verpflichtete, weit über die sieben Jahre ihres eigentlichen Dienstvertrages hinaus bei ihm zu bleiben. Sie sehnte sich immer noch nach ihrer Familie. Aber aus Gründen, die gleichzeitig klar und mehrdeutig waren, konnte sie sich nicht mehr vorstellen, nach England zurückzukehren und dort einen wohlhabenden Mann zu heiraten. Es schien ihr passender, hier in den Kolonien zu bleiben und sich mit dem Mann, der die Leidenschaft in ihr geweckt hatte, ein Zuhause zu schaffen. Wenn sie ihn im Augenblick auch noch nicht liebte, so begehrte sie ihn jedoch gewiß, und sie konnte nicht weiter im selben Haus mit ihm leben, ohne als Frau Erfüllung zu suchen. Es war bei weitem besser, ihn zu heiraten, als während der nächsten sieben Jahre zu versuchen, ihrem Verlangen Zügel anzulegen.

Shemaine nickte langsam. »Ja, Mr. Thornton, ich will Ihre Frau werden... in jedem Sinne des Wortes.«

Gage fühlte sich plötzlich schwindelig und erregt. »Wir können in Williamsburg heiraten«, sagte er leise. »Bis dahin wird deine Verletzung schon weitgehend verheilt sein, und wir können am Abend zurückkehren und unsere Hochzeitsnacht hier in der Hütte verbringen.«

Trotz ihrer Bemühungen, ruhig und gelassen zu wirken, lag in ihrer Stimme ein vernehmliches Beben. »Ganz, wie Sie es für das beste halten, Mr. Thornton.«

Gage legte eine Hand unter ihr Kinn und streifte ihre Lippen mit einem sanften, zärtlichen Kuß, als hätte er Angst, ihr mit etwas Leidenschaftlicherem wehtun zu können. Als er sich zurückzog, erkundete er mit leuchtenden Augen ihr Gesicht. »Solltest du jetzt nicht langsam darüber nachdenken, mich Gage zu nennen?« flüsterte er. »Schließlich werde ich bald dein Mann sein.«

»Gage.« Mit einem zittrigen Seufzer sprach sie zum ersten Mal seinen Vornamen aus, und er senkte abermals seine Lippen auf die ihren, aber diesmal nahm sein Mund in verzehrender Glut von dem ihren Besitz. Ihr Pulsschlag beschleunigte sich, bis sich durch ihren

Körper abermals heiße Lava ergoß. Seine Zunge glitt mit aufreizender Kühnheit zwischen ihre Lippen und eroberte die warme Höhle ihres Mundes mit einer besitzergreifenden Unersättlichkeit, die ihre Sinne in helle Flammen setzte und die Erinnerung an einen Abend weckte, der noch nicht lange der Vergangenheit angehörte. Mit einem Mal konnte sie es kaum erwarten, daß die nächsten Wochen vergingen.

»Papa, Andy muß Pipi!« rief Andrew plötzlich und riß sie damit genauso wirksam auseinander, wie ein Eimer kalten Wassers dies vermocht hätte. Der Junge war schon in den Flur gestürmt und hüpfte dort in ängstlicher Not auf und ab. Gage stöhnte, nahm ihn auf den Arm und eilte durch die Hintertür ins Freie, während Shemaine aufgewühlt zurückblieb. Nachdem ein glutvoller Kuß von ihm sie schon einmal so erregt hatte und dieser letzte zwar sanfter, aber nicht minder elektrisierend gewesen war, war sie davon überzeugt, daß Gage Thornton zu größerer Sinnlichkeit und Hingabe fähig war, als sie es sich selbst in ihren kühnsten Träumen ausmalen konnte. Tatsächlich versetzte der Gedanke, mit diesem Mann die Intimität der Ehe zu teilen, sie in einen Zustand atemloser Glückseligkeit.

Träumte sie wieder? War ihr all dies wirklich widerfahren? Würde sie schon bald das Bett mit Gage Thornton teilen? Oder würde er mit Andrew von der Toilette zurückkehren und erklären, daß er sie nur aufgezogen hatte?

14. Kapitel

Gage ließ sein Kanu am Fluß und machte sich mit einem ganz bestimmten Ziel auf den Weg in den Weiler Newportes Newes. Zuerst suchte er die *London Pride* auf, aber nach seiner eingehenden Befragung informierte ihn der Bootsmannsmaat, daß Jacob Potts Landurlaub habe und erst in der folgenden Woche wieder an Bord erwartet werde. Als Gage einige Minuten später die Türen der Taverne aufdrückte, konnte er mitanhören, wie Morrisa von ihrer neuen Besitzerin zurechtgewiesen wurde, einer alten und recht stämmigen Frau, die ein geschmackloses rotes Kleid und eine krause, weiße Perücke trug, die leicht schief auf ihrem Kopf thronte.

»Der Herr hat gutes Geld für dich bezahlt, und du wirst ihn unterhalten«, beharrte die ältere Frau und schlug mit der Faust auf den Tisch. »Und ich will nichts mehr von deinem Genörgel hören, er wär' ein widerwärtiges, kleines Wiesel oder ein hundsgemeiner Mistkerl, wie die anderen Mädchen dir erzählt haben. Ich hab' selbst gehört, daß dieser Sam Myers nicht viel in der Hose hätte, was der Rede wert wär, und darum gefällt's ihm eben, sich auf andere Weise als Mann zu beweisen. Aber solange er bereit ist, den höheren Preis zu zahlen, den ich ihm berechne, damit ich meine Mädchen in sein Haus gehen lasse, damit sie da seine Bedürfnisse befriedigen, solange wirst du seine Schläge und seine schmutzigen kleinen Tricks hinnehmen und dich gefälligst ordentlich betragen. Hast du verstanden?«

»Ja, ich habe verstanden, Freida«, murmelte Morrisa, aber das Ganze gefiel ihr überhaupt nicht. Andererseits gab es gewisse Möglichkeiten, wie man mit einer abscheulichen, kleinen Ratte wie Samuel Myers fertig wurde. Jacob Potts zum Beispiel konnte diese elende Kröte mit einem einzigen, kräftigen Stoß einer Klinge aus seinem Elend erlösen. Das heißt, falls das Schoßhündchen je wieder auf die Beine und aus seinem Versteck herauskam.

In letzter Zeit sah es so aus, als könne Potts *gar nichts* mehr richtig machen, soweit es diesen Irentrampel betraf, höhnte Morrisa im Geiste. Hatte sie ihn nicht neulich nachts ausgeschickt, Gage auf der Straße zum Kampf herauszufordern? Aber was hatte Potts getan? Er hatte sich eine ordentliche Tracht Prügel eingehandelt, sonst nichts! Dann hatte er sich auf das Land des Siedlers gewagt, war mit einem großen Loch im Leib zurückgekommen und lag jetzt wie ein angeschossenes Walroß darnieder. Freddie hatte ihn ein ganzes Stück weit von Newportes Newes weggeschafft, an einen Ort, wo ein Arzt ihn behandeln konnte und er in Sicherheit war für den Fall, daß der Siedler nach ihm suchte. Für den Augenblick war ihr der Matrose jedenfalls absolut nutzlos.

Freida beugte sich vor, um mit einem finsteren Blick Morrisas Aufmerksamkeit zu erringen. »Ich mache gutes Geld, seit ich meine Mädchen hierhergebracht habe, und ich will nicht, daß so 'n kleiner Köter wie dieser Myers rumläuft und überall erzählt, er wäre betrogen worden. Möglich, daß er uns damit 'n paar Kunden verschreckt. Ich habe dich von diesem Sträflingsschiff gekauft, damit du mein Geschäft ankurbelst und nicht, damit du die Freier gegen mich aufbringst. Und wenn du mir nicht im ersten Jahr das Doppelte von dem einbringst, was ich für dich bezahlt habe, dann wirst du das zu spüren bekommen, das garantiere ich dir.«

Aufsässig schmollend wandte Morrisa sich von dem keifenden, alten Weib ab, aber ihre Miene erhellte sich sofort, als sie Gage Thornton durch die Tür kommen sah. Sie brannte darauf, zu erfahren, wie es Shemaine nach ihrer Verwundung ging, und der Mann war gewiß ihre beste Quelle, um an diese Information heranzukommen. Hoffentlich hatte die kleine Bettlerin sich ein Fieber zugezogen und würde bald sterben, wie sie das schon vor langer Zeit hätte tun sollen.

In ihrer Zuversicht, sich endlich an ihrer Widersacherin rächen zu können, trat ein selbstgefälliger Ausdruck in Morrisas Augen, und sie schenkte Gage ein lüsternes Lächeln. Dann fuhr sie sich mit der Hand einladend über ihre üppigen Kurven. »Einen schönen guten Tag, der Herr! Ich sehe, Sie haben sich mein Angebot noch mal durch den Kopf gehen lassen, wie? Habe ich doch gleich gewußt, daß es nur eine Frage der Zeit is', bis Sie Shemaine über haben.« Mit auf den Schoß gesenktem Blick sprach sie schließlich eine vorsichtige Vermutung aus. »Shemaine muß Sie ja wirklich wütend gemacht haben, daß Sie sie so plötzlich verlassen. Ich hätte erst in zwei oder drei Wochen mit Ihnen gerechnet. Da fragt man sich doch, was sie Ihnen alles angetan haben mag.«

Freida, die sich auf ihrem Stuhl zurücklehnte, unterzog den großen, gutaussehenden Fremden einer eingehenden Musterung. Es kam nur selten vor, daß ein so hübscher Herr die Gunst einer Hure suchte. Für gewöhnlich brauchten solche Männer keine einzige Münze zu zahlen, um zu bekommen, was sie wollten. Ihre kräftig geschminkten Lippen verzogen sich zu einem schiefen Grinsen, während sie ihn mit geübtem Auge einschätzte. »Sie sind mir aber mal ein richtig feiner Herr«, bemerkte sie heiser. »Zu fein für meinen Geschmack. Ich werd' wohl genau aufpassen müssen, nur um zu sehen, was meine Mädchen Ihnen gratis geben. Ich könnt' mir vorstellen, daß sie es für Sie einfach zum Spaß machen würden. Jawohl, ich werde gleich Kasse machen, wenn Sie bei ihnen waren, damit ich sicher sein kann, daß sie auch ihren normalen Preis verlangt haben.«

Gage schenkte den Bemerkungen und den unverschämten Blicken der Puffmutter keinerlei Beachtung, sondern konzentrierte sich ausschließlich auf Morrisa. »Ich suche Jacob Potts. Hast du ihn gesehen?«

Morrisa zog dreist die Schultern hoch und begutachtete eingehend ihre Fingernägel. »Was könnten Sie denn von dem guten, alten Potts wollen?«

Gage schloß innerlich Wetten darauf ab, daß Morrisa genau wußte, wo der Matrose war und warum er ihn suchte. »Ich möchte ihm einige Fragen stellen.«

Die Hure sah ihn mit einem berechnenden Lächeln von der Seite her an. »Erzählen Sie mir nicht, der Irentrampel hätt' sich schon wieder über Potts beklagt, um Ihr Mitleid zu wecken. Wie geht es Shemaine überhaupt?«

Gage ließ sie keine Sekunde aus den Augen. »Es geht ihr gut.«

»Gut?« Morrisa schien einen Augenblick lang verwirrt zu sein. »Sie meinen, sie... sie ist nicht... sie hat Sie gar nicht hierhergeschickt, damit Sie nach Potts fragen?«

»Nein, ich bin aus eigenem Antrieb hergekommen, um festzustellen, wie es Potts ergangen ist, nachdem ich ihn verwundet habe.«

Mit geheuchelter Überraschung ließ Morrisa sich auf ihrem Stuhl zusammensinken und stieß mit gerundeten roten Lippen ein ausdrucksvolles »Oh« hervor. Als geübte Schauspielerin hatte sie keine Mühe, Bestürzung vorzutäuschen, während sie nun ihre Frage stellte. »Warum in aller Welt haben Sie denn auf den armen, alten Potts geschossen?«

Gage hob indigniert die Augenbrauen; es war ihm nicht entgangen, daß ihre Stimme einen unnatürlich angespannten Klang hatte. »Wer sagt denn, daß ich auf ihn geschossen habe?«

Morrisa zog, von seiner Reaktion ein wenig aus dem Gleichgewicht gebracht, die Augenbrauen hoch. Der Siedler war kein Narr! Warum also war sie in seiner Gegenwart so unvorsichtig? »Aber sie haben es doch gesagt«, beharrte sie. »Ich habe Sie es selbst sagen hören!«

»Ich sagte, ich hätte ihn *verwundet*«, verbesserte Gage sie. »Von Schießen war nicht die Rede.«

Morrisa wandte sich mit einem übertrieben blasierten Achselzucken ab. »Wie sonst sollte ein Kerl wohl verwundet werden, wenn nicht durch einen Schuß?«

Gage lächelte ausdruckslos. »Ein Messer könnte genausoviel Schaden anrichten, und ich habe gehört, daß Potts eine besondere Vorliebe für Messer hätte, genau wie du übrigens. Vielleicht weißt du aber auch, daß Potts auf meinem Land gewesen ist, um Shemaine zu töten, und daß ich ihn bei seiner Flucht angeschossen habe. Vielleicht warst du ja sogar diejenige, die ihn geschickt hat. Du würdest Shemaine doch gern tot sehen, nicht wahr, Morrisa?«

Die Dirne gab sich nach außen hin lediglich verstimmt, obwohl sie tatsächlich reichlich nervös wurde. »Ich weiß nicht, wovon Sie reden, Gage Thornton! Und ich weiß auch nicht, wo Potts ist! Ich bin schließlich nicht sein Kindermädchen! Als ich ihn das letzte Mal sah, dachte er darüber nach, vielleicht nach Hampton zu fahren oder in irgendeine andere größere Stadt. Sie werden ihn also selber suchen müssen, *Mister* Thornton!«

Gage war durchaus geneigt, zu glauben, daß Potts nicht mehr in der Gegend war. »Falls er dich besucht, Morrisa, solltest du ihm besser ausrichten, daß ich ihn töten werde, wenn ich ihn jemals wieder auf meinem Land erwische – ohne erst zu fragen, warum er dort ist. Das wirst du ihm doch ausrichten, nicht wahr?«

Morrisa schoß ihm einen eisigen Blick zu. »Ich werde es ihm ausrichten, aber wenn Sie Potts auch nur ein klein wenig kennen würden, dann wüßten Sie, wie störrisch er sein kann. Ihn wird Ihre Warnung nicht sehr beeindrucken. Sehen Sie, wenn der alte Potts es sich erst einmal in den Kopf gesetzt hat, Unheil anzurichten, dann kann ihn keiner von was anderem überzeugen.«

»Dann möchtest du ihm möglicherweise aus eigenen Gründen meine Nachricht nicht übermitteln«, versuchte Gage sie in Rage zu bringen. »Eine solche Warnung könnte Potts schließlich davon abbringen, deinem Befehl nachzukommen. Wer kann schon wirklich sagen, wie der Mann reagieren würde? Vielleicht würde er ja doch meine Warnung ernstnehmen, statt das Risiko einzugehen, daß ich ihm das Lebenslicht ausblase. Aber ganz gleich, ob du es ihm sagst oder nicht, Morrisa, einer Sache kannst du ganz sicher sein. Wenn Shemaine von ihm getötet oder auf irgendeine Weise noch einmal verletzt werden sollte, werde ich nicht nur nach Potts suchen, sondern auch nach dir. Und es mag sehr gut sein, daß ich dann euch beide töten werde.«

Mit diesen Worten trat Gage zurück, bedachte beide Frauen zum Abschied mit einem knappen Nicken und verließ die Taverne.

Freida beugte sich auf ihrem Stuhl vor und besah sich mit zusammengekniffenen Augen ihre jüngste Neuerwerbung. »Was hast du gesagt, wie der Bursche heißt?«

Morrisa lachte ihm, noch während er durch die Tür ins Freie trat, höhnisch nach. »Gage Thornton! Vielleicht der widerwärtigste Mann, der mir in meinem ganzen verdammten Leben über den Weg gelaufen ist!«

»Nun, Schätzchen, wenn du weißt, was gut für dich ist, solltest du seinen Rat besser annehmen«, warnte die Kupplerin sie. »Ich habe, seit ich hier bin, 'ne ganze Menge über den da gehört und beileibe nicht nur Gutes. Ein paar Leute erzählen sich, er hätte sich eines Tages über seine Frau geärgert und sie von diesem Schiff, was er da flußaufwärts bei seiner Hütte baut, runtergestoßen. Und nach allem, was ich höre, wohnt ein Stück die Straße runter eine alte Jungfer, die ihn dabei gesehen haben könnte, aber sie hat eine Mordsangst, den Mund aufzumachen wegen dem, was er ihr antun könnte, falls sie redet.«

»Was Sie nicht sagen«, erwiderte Morrisa mit tückischem Grinsen. »Ich frage mich, ob Shemaine das wohl weiß.«

»Der Bursche ist nicht sehr redselig, wenn es um ihn selber geht, habe ich mir sagen lassen. Höchstwahrscheinlich behält er seine Taten hübsch für sich, aber wenn was dran ist an den Gerüchten, kannst du wetten, daß diese Shemaine nicht gar soviel Glück gehabt hat, wie manch einer das vielleicht denkt. Vielleicht bringt der Bursche sie genauso um, wie er seine Frau umgebracht hat.«

Morrisa grinste. »Und ich könnte meine Belohnung kassieren, ohne einen Finger krumm zu machen.«

Freida sah sie mit schmal gewordenen Augen an. »Von welcher Belohnung redest du?«

Die Hure tat ihre Frage mit einer wegwerfenden Handbewegung ab. »Ach, gar nichts. Nur etwas, das mir ein Schließer versprochen hat, als wir alle von Newgate weg sind und zum Schiff gekarrt wurden. Aber ob er die Wahrheit gesagt hat, kann ich erst wissen, wenn ich einen Beweis nach England schicke, daß die Tat getan ist, und das war mir bisher leider nicht möglich.«

»Willst du damit sagen, man hat dir Geld versprochen, wenn du eine andere Gefangene tötest?«

Die Worte der Frau schienen Morrisa in Erstaunen zu setzen. »Sehe ich aus, als könnte ich jemanden töten?«

Freida lachte heiser und stützte ihre fleischigen Arme auf den Tisch. Dann beugte sie sich vor, um Morrisa direkt in die Augen zu sehen. »Nach allem, was ich höre, Schätzchen, warst du vor deiner Verhaftung mächtig nahe dran, ein paar Männerkehlen aufzuschlitzen. Aber solchen Unfug werde ich hier nicht dulden! Ich hab' so meine Methoden, wie ich mit aufsässigen Hürchen fertig werde, und ich schwöre dir, mein Mädchen, in mir hast du deinen Meister gefunden. Was du auch tust, ich werd' eins obendrauf setzen, also solltest du dir meine Warnung zu Herzen nehmen. Hast du mich verstanden?«

Morrisa breitete mit geheuchelter Unschuld die Arme aus. »Ich werd' nichts anderes tun, als das, was Sie mir befehlen, Freida!«

»Dann ist es ja gut!« Die Bordellwirtin nickte langsam und lehnte sich auf ihrem Stuhl zurück. »Denn wenn du dich bei mir nicht anständig benimmst, sorg' ich dafür, daß du es bedauerst, wie du noch nie im Leben was bedauert hast. Du weißt nicht, was Elend ist, bevor ich es dir nicht gezeigt hab'. Und ich kann dir versichern, wenn du mich nur oft und kräftig genug ärgerst, dann hast du dir dein eigenes Grab geschaufelt.«

Die durchdringende Kälte in Freidas Augen ließ Morrisa einen Schauer über den Rücken laufen. Zum ersten Mal in ihrem Leben verstand Morrisa genau, was für ein Gefühl es war, sein Leben durch eine andere Frau bedroht zu sehen.

Gage betrat den Laden des Goldschmieds und kaufte einen Ehering, dessen Größe er ermittelt hatte, indem er ein Stück kräftigen Zwirns um Shemaines Finger geschlungen und vorsichtig wieder abgezogen hatte. Er betrachtete den schon älteren Ladenbesitzer als prinzipientreuen Gentleman und hielt es für überflüssig, ihn zu ermahnen, nichts verlauten zu lassen, denn der Mann würde über die Angelegenheiten seiner Kundschaft genauso Schweigen bewahren wie über seine eigenen. Anschließend machte Gage sich auf den Weg zum Schuster, wo er Mary Margaret fand, die auf Miles wartete. Der Schuster war nach hinten in seine Werkstatt gegangen, um ein paar Schuhe zu holen, die er für die Irin repariert hatte.

»Ich glaube, ich habe Ihr hübsches Gesicht mindestens vierzehn Tage nicht mehr zu sehen bekommen – nicht mehr seit dem ganzen Wirbel hier im Dorf, weil Sie Shemaine zum Tanz mitgebracht haben«, schmetterte Mary Margaret erfreut. »Sie haben die Stadt ganz schön auf den Kopf gestellt. Hoffentlich haben Sie wenigstens

Mitleid mit den armen Schwatzliesen; sie haben kaum lange genug den Mund halten können, um Luft zu holen.« Ihre blauen Augen blitzten vergnügt, als der Mann in ehrlicher Belustigung auflachte. »Ah, wie schön, zu sehen, daß das Leben es wieder gut mit Ihnen meint, Gage Thornton. Es ist mehr als ein Jahr her, daß ich Sie das letzte Mal so fröhlich lachen gehört habe.«

»Es ist Ihr hübsches Gesicht, Mary Margaret McGee, das mir den Tag verschönt«, antwortete Gage mit einer galanten Verbeugung.

Die schmalen Schultern der Frau bebten vor Belustigung. »Jawohl, und ich liebe alle Engländer so sehr wie Sie, Sir«, spottete sie. Dann nickte sie kokett und fuhr in anklagendem Tonfall fort: »Wahrhaftig, Sie sind mit der silbernen Zunge eines Iren gesegnet, daß Sie so nett lügen können. Aber verraten Sie mir eins, Sir, was führt Sie heute in unser schönes, kleines Dörfchen?«

»Ich komme wegen der Schuhe, die ich für Shemaine bestellt habe, aber wenn Sie ein oder zwei Augenblicke Zeit hätten, Madam, bedürfte ich auch Ihrer Dienste.«

»Meiner Dienste?« Mary Margaret war eine Sekunde lang sprachlos. »Und inwiefern kann eine alte Dame wie ich einem hohen Herrn wie Ihnen behilflich sein?«

»Für den Augenblick würde Ihr Rat genügen«, antwortete Gage grinsend.

Mary Margaret musterte ihn argwöhnisch, während sie gleichzeitig offenkundig Mühe hatte, ihr unbezwingbares Lachen zu unterdrücken. »Ich dachte, meine Meinung interessierte Sie nicht.«

»Ich glaube, das kann wohl kaum der Wahrheit entsprechen, da ich Sie recht häufig darum frage. In der Tat könnten Sie, wenn Sie heute in zwei Wochen frei wären, mit uns nach Williamsburg kommen, um etwas getan zu sehen.«

Die ältere Dame war nun gründlich verwirrt. »Ich nehme die Einladung gern an, Sie hübscher Schurke, aber ich habe keine Ahnung, wovon Sie reden.«

»Nun, wenn Ihre Phantasie Ihnen nicht auf die Sprünge hilft, Mylady, wird es eben eine Überraschung sein. Ich lasse Sie Freitag in zwei Wochen von Ramsey Tate zu Hause abholen, morgens um sechs.«

»Und welchen Rat wollen Sie von mir alten Frau einholen, wenn ich fragen darf?«

»Ich möchte Shemaine Stoff für ein neues Kleid kaufen und habe keine Ahnung, was sie alles benötigen wird, um es zu nähen.«

»Schuhe vom Schuster? Stoff für ein neues Kleid?« Obwohl Mary Margarets Lippen sich kaum hoben, stand in ihren Augen doch ein helles Leuchten. »Welches Geschenk werden Sie dem Mädchen denn als nächstes machen, Mr. Thornton?«

Gage schaute durch die kleinen Scheiben des Fensters und tat, als denke er über ihre Frage nach. »Vielleicht eine eigene Bürste und einen Kamm, ein wenig Parfüm und eine wohlduftende Seife.«

»Für eine Vertragsarbeiterin, Mr. Thornton?«

Gage sah die ältere Frau mit einem koboldhaften Glitzern in seinen bernsteingesprenkelten, braunen Augen an. »Für eine Ehefrau, Mrs. McGee.«

Mary Margaret stieß unwillkürlich einen Freudenschrei aus, bevor sie sich eine Hand auf den Mund preßte, um ihrem undamenhaften Ausbruch ein Ende zu machen. Dennoch vollführte sie mit Hilfe ihres Krückstocks ein kleines, verhaltenes Tänzchen. Danach nahm sie wieder eine würdevollere Haltung ein, bevor sie zu ihm aufblickte. »Ich nehme an, Sie verlassen sich darauf, daß ich die Sache für mich behalten werde, bis die Schwüre gesprochen sind.«

»Jawohl, Madam. Bis dahin dürfen sich nur meine engsten Freunde an dieser Nachricht erfreuen.«

Mary Margaret nickte zustimmend, denn sie hielt seine Entscheidung für klug. »Es ist bestimmt vernünftig, Mrs. Pettycomb nicht allzusehr zu beunruhigen. Sonst bekommt sie am Ende vor lauter Verwirrung noch Schreikrämpfe oder gar einen Schlaganfall. Sie rechnet ja eindeutig damit, daß man Shemaine ihren Zustand ansehen wird, noch bevor drei Monate verstrichen sind… natürlich ohne einen Ehering am Finger.« Der Gedanke an die Fassungslosigkeit der Matrone entlockte ihr heiteres Gekicher. »Ah, wie sehr ich mir doch wünschte, ein kleines Mäuschen in ihrem Haus zu sein, wenn sie die Neuigkeit erfährt. Da fallen ihr bestimmt die Augen aus dem Kopf.«

»Sie sind durch und durch skrupellos, Madam«, schalt Gage sie mit einem leisen Lachen. »Möge ich Sie niemals in den Reihen meiner Feinde wiederfinden. Dann wär's um mich geschehen, da bin ich mir sicher.«

»Und ob es das wäre«, stimmte sie ihm fröhlich zu.

Auf ihren Krückstock gestützt, näherte Mary Margaret sich der Tür, die in den hinteren Teil des Ladens führte, und rief mit lauter Stimme in den Korridor: »Mr. Becker, vielleicht wollen Sie, wo Sie schon mal da hinten sind, gleich auch Shemaine O'Hearns Schuhe holen. Mr. Thornton ist hier, um sie mitzunehmen. Und macht es Ihnen was aus, sich ein wenig zu beeilen? Mr. Thornton und ich haben heute noch wichtige Dinge zu erledigen.«

Zuerst war ihr der Freitag in zwei Wochen so fern erschienen, daß Shemaine keine Schwierigkeiten gesehen hatte, bis dahin all die Dinge zu erledigen, die sie sich vorgenommen hatte. Sie hatte Gage gefragt, ob sie eins von Victorias Kleidern ändern dürfe, das sie besonders hübsch fand. Statt dessen hatte er ihr mit einem jungenhaften Grinsen, das Andrew schon genauso besaß, einen Ballen feinen Stoffs für ein modisches Gewand geschenkt und dazu Spitze, mit der sie die Säume einfassen konnte, und genug weichen, wunderschönen Batist, um sich ein neues Unterkleid und ein Nachthemd zu schneidern. Shemaine freute sich über seine Geschenke, machte sich aber gleichzeitig ein wenig Sorgen. Ihre normalen Haushaltspflichten hielten sie für gewöhnlich fast den ganzen Tag über in Atem, und sie konnte sich nicht vorstellen, woher sie die Zeit nehmen sollte, all die Gewänder für ihren Hochzeitstag fertigzustellen. Gage löste ihr Dilemma, indem er ihr verriet, daß Mary Margaret ihre Hilfe angeboten hatte, ein Angebot, das sie nur allzugern annahm. Eine weitere große Hilfe war Ramsey, der sich freiwillig erboten hatte, die Irin während der nächsten beiden Wochen jeden Tag, wenn er zur Arbeit kam, in ihrem Häuschen abzuholen und zu Shemaine zu bringen.

Schließlich kam der große Tag, und ein schweres Boot mit einem großen Ruder und einem seltsamen Sammelsurium von Segeln legte an dem neuen Verladesteg an, den Gage und seine Männer in der vorangegangenen Woche gebaut hatten. Gelenkt wurde das Schiff von einem eingefleischten, alten Seemann, der die stürmischen Meeresüberquerungen gegen ein ruhigeres Leben eingetauscht hatte. Jeder legte mit Hand an, um als erstes die in Kisten verpackten Möbel vorsichtig zu verladen. Die Pferde an Bord zu bringen erwies sich als Problem, denn sie scheuten vor dem Boot und gerieten in Panik, als sie den Wagen über die Planken ziehen sollten, die die Brücke zum Schiff bildeten. Gage mußte schließlich vom Kutschbock steigen und die Tiere führen. Die – heimliche – Hochzeitsgesellschaft ging als letztes an Bord und mit ihr eine kleine Ansammlung von Koffern, Kleidern und anderem Gepäck.

Frühmorgendlicher Nebel hing über den Sümpfen längs des Flusses und waberte um das Boot, während es seinen Weg nach Westen nahm. Weiße und graue Reiher und fremdartige bunte Vögel erhoben sich aus den grasbewachsenen Buchten in die Lüfte, während ein Taubenschwarm lautlos vorüberflog. Gelegentlich standen Eichen, verkümmerte Zedern und Kiefern am Ufer.

Nachdem die Insel Jamestown in Sicht gekommen war, steuerte der Kapitän das Boot in den Sund zwischen Insel und Flußufer und legte an. Dort wurde die Ladung gelöscht. Sobald der Pferdewagen an Land gebracht war, wurde er mit einer der größeren Kisten beladen. Gage nahm drei seiner Männer mit, um die Bestellung an eine wohlhabende Witwe auszuliefern, und ließ Erich Wernher bei den Frauen an Bord zurück. Mit drei weiteren Fahrten wurden die übrigen Möbel zu dem Besitzer des jüngst fertiggestellten Hauses in Williamsburg geschafft. Dort wurden die Stücke sorgsamst ausgepackt, überprüft und mit unendlicher Vorsicht an ihren Bestimmungsort in dem Haus gebracht.

Nach getaner Arbeit überraschte der Kunde Gage mit einem großzügigen Bonus für die ausgezeichnete Qualität seiner Entwürfe und die Ausführung der Arbeiten. Da sein Talent und seine Anstrengungen mindestens sechzig Prozent der gesamten Leistung ausmachten, fand Gage es nur fair, fünfzig Prozent des Geldes für sich zu behalten und den Rest an seine Männer zu verteilen, wobei er vierzig Prozent zu gleichen Teilen zwischen Ramsey und Sly Tucker teilte und die übrigen zehn zu gleichen Anteilen seinen beiden Lehrlingen gab.

Nachdem sie die leeren Kisten wieder auf dem Wagen verstaut hatten, verabschiedeten Gage und seine Männer sich und machten sich auf den Rückweg zu ihrem Boot. Am Stadtrand ließ Gage die beiden Pferde an einem umzäunten Garten halten, wo eine alte Frau mit einem Stoffhäubchen auf dem Kopf die Erde harkte. Er sprang vom Kutschbock, zog sich mit schwungvoller Gebärde den Hut vom Kopf und trat an den Zaun, hinter dem sie arbeitete.

»Bitte um Verzeihung, Madam, aber da heute mein Hochzeitstag ist, wollte ich Sie fragen, ob ich Ihnen vielleicht einen Strauß Blumen aus Ihrem schönen Garten für meine Braut abkaufen dürfte.«

Die Frau musterte ihn mit einem klugen Blick und sagte schließlich: »Und warum haben Sie so lange gezögert, bis Sie vor den Altar treten wollten, Sir? Sie sind kein unerfahrener Jüngling, da möchte ich wetten.«

Gage quittierte ihre Scharfsicht mit einem belustigten Lächeln. »Nein, Madam, ich bin seit einem Jahr Witwer. Und ich habe einen zweijährigen Sohn.«

In ihren hellen Augen blitzte Humor auf. »Und ihre Braut? Ist sie auch Witwe? Oder haben Sie ein junges Ding seiner Mutter gestohlen?«

»Ein Mädchen von achtzehn und so schön, wie Sie es sind, Madam.«

Die alte Dame zeigte mit der Hand auf das Tor. »Treten Sie ein, Sir, dann werde ich Ihnen selbst einen Strauß abschneiden... nicht um Ihrer charmanten Zunge willen, das nicht, aber für Ihre kleine Braut. Ja, auch ich wurde in sehr zartem Alter mit einem Witwer verheiratet, und ich habe ihm fünf Söhne geboren und sie alle aufwachsen sehen, bevor mein John mir genommen wurde, jawohl; und es war keine böse Schwäche und auch keine Krankheit, die meinen Mann geholt hat, sondern ein stämmiger Baum, der auf ihn gestürzt ist, während er ihm fällte. Der Baum hat sich gerächt und ihn ins Grab geschickt.«

»Das tut mir leid, Madam.«

»Das muß es nicht«, meinte die Witwe mit einem freundlichen Lächeln. »Wir hatten ein gutes Leben zusammen, mein John und ich.«

Nachdem sie die frischesten Blumen aus ihrem Garten geschnitten hatte, hielt die Frau sie Gage hin und gab ihm ihren Segen. »Mögen Sie und Ihre Braut mit Würde und Anmut auf den launischen Gezeiten des Lebens segeln, Sir, und mögen Sie viele Söhne und Töchter bekommen, die Ihnen im Laufe der Jahre Freude schenken, und möge Ihnen im Greisenalter ein Reichtum an Enkelkindern beschert sein, der Ihr Herz mit Stolz auf das erfüllt, was Sie gesät haben. Jetzt gehen Sie, und möge Gott über Sie beide im Laufe Ihrer Ehejahre wachen, und möge Ihre Liebe zueinander mit jedem Tag, der vergeht, weiter wachsen.«

Gage, den ihr Segen auf seltsame Weise rührte, dankte ihr und öffnete seine Börse, um die Blumen zu bezahlen, aber die Frau winkte ab.

»Nein, Sir, die Blumen sind mein Hochzeitsgeschenk an Sie. Geben Sie sie Ihrer Braut, und erfreuen Sie sich an ihrem Lächeln. Dann ermutigen Sie sie, die Blumen in einem Buch zu pressen. Sie werden Ihnen beiden eine Erinnerung fürs Leben sein.«

Gage war vom Pferdewagen heruntergestiegen und lief zu Fuß auf das Schiff zu. Shemaine konnte nicht sehen, daß er einen Strauß hinter dem Rücken versteckt hielt, aber nach dem Funkeln seiner Augen war sie geneigt, zu glauben, daß er irgendeine Überraschung im Sinn hatte. Mit in die Hüften gestemmten Arme erwartete sie ihn und verbarg ihre Belustigung hinter einem argwöhnischen Blick.

»Sie können wetten, daß er nichts Gutes im Schilde führt«, meinte Mary Margaret mit einem perlenden Lachen. »Er sieht aus wie der Fuchs, der das Huhn verschluckt hat.«

»Ja«, gab Shemaine ihr mit warmer Stimme recht. »Genauso sieht er aus.«

Ihre Augen sogen jede seiner Bewegungen auf, bis er schließlich vor ihr stand. Die prickelnde Erregung seiner Gegenwart ließ ihr Herz schneller schlagen.

»Für meine Braut«, erklärte Gage, holte schwungvoll die Blumen hinter dem Rücken hervor und bot sie ihr mit einer eleganten Verbeugung dar.

»Oh, Gage!« rief Shemaine und drückte den Strauß an die Brust. »Sie sind wunderhübsch!«

»Das Geschenk einer alten Frau, die ich unterwegs getroffen habe. Sie hat uns auch ihren Segen für unsere Ehe gegeben.«

»Eine freundliche Seele, dessen bin ich gewiß«, sagte Shemaine begeistert und streifte die bunten Blumen abermals mit einem bewundernden Blick.

»Und jetzt, mein geliebtes Herz, brauchst du nur noch zu sagen, welche Dinge du mitnehmen möchtest, dann würde ich gern aufbrechen. Ich habe für eine Stunde einen Raum im Gasthaus Wetherburn gemietet, damit wir uns umkleiden können, bevor wir in die Kirche gehen.«

Shemaine deutete auf ihren Koffer und ihr mit einem Laken verhülltes Hochzeitskleid, das darüber ausgebreitet lag. »Alles, was ich brauche, steht dort.«

Gage nahm ihre beiden Koffer und seinen Anzug, während sie sich ihr Kleid über ihren freien Arm hängte. Dann rief er nach seinem Sohn, der die an dem Kahn vorbeischwimmenden Fische beobachtete. »Andrew, nimmst du bitte Mrs. McGees Hand und begleitest sie zum Wagen?« Gage lächelte über das kindliche Strahlen, das sich auf dem Gesicht seines Sohnes ausbreitete, und über seinen Eifer, dieser Bitte nachzukommen. Er wußte, daß die Aufgabe in den Augen des Jungen wie Männerarbeit aussehen mußte. »Wir folgen euch beiden dann.«

Erich trat neben seinen Arbeitgeber. »Kann ich Ihnen bei irgend etwas behilflich sein?«

Gage überließ dem jungen Mann bereitwillig das Gepäck und war dankbar, daß er auf diese Weise seiner Braut helfen konnte. »Wenn du erlaubst, meine Geliebte«, sagte er, nahm ihr das Kleid ab und legte es über seinen Anzug. Nachdem er den feinen Stoff glattgestrichen hatte, bot er ihr seinen Arm. »Wenn Sie mir die Ehre erweisen würden, Mylady, führe ich Sie jetzt zu Ihrer Kutsche.«

Mit einem glücklichen Lächeln legte Shemaine ihren Arm auf den seinen und drückte ihn fest an sich. Während die anderen ihnen vorausgingen, zauderten sie lange genug, damit Gage Zeit hatte, sich einen verheißungsvollen Kuß von seiner Braut zu stehlen. Sie seufzte vor Entzücken und lächelte ihm warm zu.

»Heute nacht wirst du mir gehören, meine Liebste«, flüsterte er, und seine Worte waren ein süßes Versprechen.

Williamsburg war ein kostbares Juwel im Vergleich zu dem kleinen Weiler Newportes Newes. Zu dieser Erkenntnis kam Shemaine, während Gage sie mit dem Wagen durch die Stadt fuhr. Von der Duke of Gloucester Street aus bemerkte sie einen ansehnlichen Palast, der in bestens gepflegten Parkanlagen stand, die über und über mit Blumen und kunstvoll geschnittenen Büschen bewachsen waren. Mindestens ein Dutzend Läden säumte die Straße. Ein kleines Stück weiter standen ein achteckiges, steinernes Lagerhaus und ein Wachhaus. Alles in allem war es eine junge, aber wunderschöne Stadt.

Mary Margaret half Shemaine dann im Gasthauszimmer, ihre Robe anzulegen. Als Shemaine in ihrem Hochzeitskleid Gage wieder gegenübertrat, verschlug es ihm fast die Sprache. Seine Braut bot einen atemberaubenden Anblick in einem blaßgrünen Kleid mit weißem Schalkragen, der über ihre Schultern fiel. Mehrere Reihen Spitze säumten die Ränder des Kragens und die mittellangen Ärmel. Noch mehr gerüschte Spitze war im Ausschnitt zusammengefaßt worden und betonte ihren langen, anmutigen Hals.

Ein keckes, weißes Spitzenhütchen, kunstvoll eingefaßt mit grünem Band, bedeckte den nach oben gekämmten Knoten feuerroten Haars. Den Blumenstrauß, der unten mit einem Spitzentaschentuch umwickelt war, trug sie auf dem Arm.

Gage ging auf sie zu, umfaßte ihre Hand und zog sie zu einem Kuß an die Lippen. »Du bist wunderschön, meine Geliebte.«

Ramsey blinzelte seinen Kollegen zu und warf einen Blick auf die Uhr. »Du solltest dich besser beeilen mit deinem Umziehen, Gage, oder du verpaßt noch deine eigene Hochzeit.«

Gage blickte mit einem Grinsen über die Schulter. »Keine Angst, du grauhaariger, alter Nägelklopfer. Ich werde schon kein Moos ansetzen.«

Seine Männer quittierten diese Bemerkung mit allgemeinem Gelächter. Sie hatten die tiefe Trauer beobachtet, in der Gage

Thornton nach Victorias Tod versunken war, und jetzt erlebten sie das neue Glück, das sich seit Shemaines Ankunft entwickelt hatte. Die vier Zimmerleute machten sich auf eine längere Wartezeit gefaßt, aber Gage war tatsächlich schnell. Nachdem er sich in dem gemieteten Zimmer gewaschen hatte, zog er Hemd und Kragen über, Wams und Hosen aus einem helleren Grauton und einen elegant geschneiderten dunkelblauen Gehrock – alles Stücke, die er auch bei seiner ersten Hochzeit vor mehreren Jahren getragen hatte.

Der Anblick ihres Bräutigams in so eleganter, vornehmer Kleidung rief Shemaine die Warnungen ihrer Mutter ins Gedächtnis, nachdem Maurice ihr seinen Antrag gemacht hatte. Sie hatte Bedenken gehabt, daß ihre Tochter von seinem makellosen Gesicht zum Altar gelockt werde. In diesem Falle war das nicht die ganze Wahrheit, befand Shemaine insgeheim, denn die außerordentlich gelungene Gestalt ihres Herrn faszinierte sie genausosehr wie dessen Antlitz.

Die Pfarrkirche von Bruton lag gleich westlich des Palastes. Hier versammelte sich die kleine Hochzeitsgesellschaft für die Zeremonie. Um ein Uhr mittags vereinte der Pfarrer in aller Stille Gage Harrison Thornton und Shemaine Patrice O'Hearn im heiligen Bund der Ehe. Mary Margaret und die vier Männer nahmen zu beiden Seiten des Paars ihre Plätze ein, während Andrew dicht neben seinem Vater stand. Der Junge, der stolz den Ehering am Daumen trug, blickte in Erwartung des Augenblicks, da der Ring benötigt werden würde, zum Altar. Er freute sich, daß er in den Gottesdienst mit einbezogen wurde, und als man ihn bat, den Ring herzugeben, hielt er seine winzige Hand mit einem breiten Lachen in die Höhe.

Die Erklärung, daß das Paar nunmehr zusammengehöre, wurde mit einem Kuß besiegelt. Wenn er auch nur kurz und sanft war, so senkten Gages Augen sich doch mit warmem Leuchten in Shemaines und versicherten ihr, daß dies nur eine kleine Probe der Leidenschaft sein konnte, die ihrer harrte. Dann nahm er ihre Hand, und gemeinsam drehten sie sich um, um die guten Wünsche ihrer Freunde zu empfangen.

»Was für ein schönes Paar Sie beide doch sind«, schniefte Mary Margaret und tupfte sich die Tränen aus den Augen.

»Du bist wirklich ein Glückspilz«, bemerkte Ramsey lachend. »Aber andererseits glaube ich, daß du das schon in dem Augenblick begriffen hast, in dem du sie das erste Mal sahst.«

»Jawohl, das habe ich«, gab Gage zu und dachte an jenen Augenblick zurück, da er Shemaine auf dem Lukendeckel des Schiffs entdeckt hatte. Er hatte kaum glauben können, daß sie Wirklichkeit war und nicht eine Vision, mit der seine Phantasie ihn narrte. Und er erinnerte sich deutlich, daß er überrascht gewesen war von der plötzlichen Klarheit seiner Gedanken, gleich nachdem er sie erblickt hatte.

All die fröhlichen Glückwünsche überforderten Andrew ein wenig. Deshalb nahm sein Vater ihn auf den Arm und hielt ihn seiner neuen Mutter hin, um ihm so zu helfen, die Dinge besser zu verstehen. »Wir werden jetzt eine Familie sein, Andy, und du wirst eine Mutter haben genau wie Malcolm und Duncan.«

»Shiam meine Mami?« fragte der Junge neugierig und sah seinen Vater aufmerksam an.

»Genau«, erwiderte Gage mit einem Nicken. »Sie ist jetzt deine Mami, genauso wie ich dein Papa bin.«

Andrew zappelte vor Begeisterung und begann mit kindlichem Jubel vor sich hin zu quietschen: »Mama und Papa! Mama und Papa! Mama und Papa!«

»Ich glaube, es gefällt ihm, wie das klingt«, bekundete Mary Margaret lachend.

»Andy Hunger«, erklärte Andrew nun; er wollte das Thema offensichtlich auf wichtigere Dinge lenken.

»Du hast immer Hunger«, neckte Gage ihn und zwickte ihm spielerisch in die kleine Nase.

»Shiam auch Hunger«, fiel Shemaine ein, die dicht neben ihrem Mann stand.

Der Bräutigam gab ihr einen kurzen, aber aufreizenden Kuß auf die Lippen. »Wird das genügen, meine Liebste?«

Shemaine schlang die Arme um ihren frischgebackenen Ehemann und ihren neuen Sohn, stellte sich auf die Zehenspitzen, gab Andrew einen liebevollen Kuß auf die rosige Wange und dann einen sehr viel innigeren auf Gages lächelnden Mund. Dennoch wollte ihr dies als Nahrung nicht ausreichend erscheinen, und mit blitzendem Lächeln bemerkte sie: »So süß deine Küsse auch sein mögen, mein lieber Ehemann, muß ich darauf bestehen, daß Andrew und ich etwas Nährenderes bekommen, damit uns nicht vor Hunger noch schwarz vor Augen wird.«

Gage lachte und winkte Ramsey herbei. »Meine Familie verlangt nach Futter. Würdest du bitte die Kutsche vorfahren, mein guter Mann?«

»Stehe zu Diensten, Mylord«, erwiderte sein Freund belustigt, machte eine tiefe Verbeugung und ging hinaus, um den Wagen zu holen.

Im Gasthof Wetherburn sprachen sie einem herzhaften Mahl zu, bei dem auch reichlich Getränke und die dazugehörigen Trinksprüche nicht fehlten. Aber mit fortschreitender Zeit wuchs in Gage das dringliche Verlangen, nach Hause zurückzukehren, und schließlich bat er seine Gäste lachend, sich wieder in die Kutsche zu begeben, damit sie zum Boot zurückkamen, bevor es dunkel wurde. Gage, der als einziger der Männer wirklich nüchtern geblieben war, lenkte die Kutsche.

Auf der Rückfahrt mit dem Boot legten sie kurz bei den Fields an, um Andrew abzuliefern. Dort konnte der Junge mit Malcolm und Duncan nach Herzenslust spielen, während sein Vater und seine neue Mutter das Alleinsein in der Abgeschiedenheit ihres Heims genießen konnten. Nachdem Hannah von Gages Heiratsplänen erfahren hatte, hatte sie darauf bestanden, daß Andrew für einige Tage zu ihnen kam. Gage hatte das Angebot nur zu gerne angenommen. Als sie sich anschickten, wieder aufzubrechen, überreichte Hannah dem frischgetrauten Paar lächelnd einen Korb mit einigen Speisen, an denen sie sich später am Abend gütlich tun konnten. Sie ahnte, daß die Zubereitung eines Mahls vermutlich als lästig empfunden worden wäre.

»Damit du zum Essen nicht extra aus dem Bett mußt, denk' ich mir«, murmelte Ramsey dicht hinter dem Bräutigam, nachdem Gage Hannah für ihr Hochzeitsgeschenk gedankt hatte. Dann hob der ältere Mann mit unschuldiger Miene den Blick zu den roh behauenen Deckenbalken und wippte auf den Fersen. »Ich dachte übrigens, daß ich morgen vielleicht zur Arbeit rüberkomme, um ein paar Dinge zu erledigen, solange niemand in der Werkstatt ist.«

Mit einem betont bösen Funkeln in den Augen heftete Gage seinen Blick auf seinen Lieblingstischler und zischte ihm leise eine Warnung zu. »Wenn ich in den nächsten Tagen auch nur eine Spur von deinem häßlichen Gesicht irgendwo in der Nähe meines Hauses sehe, werde ich ein paar Zielübungen machen und dir ein Loch in den Pelz brennen. Falls du's noch nicht mitbekommen haben solltest, mein begriffsstutziger Freund, ich will Shemaine in den nächsten Tagen ganz für mich allein haben und würde es nicht freundlich aufnehmen, wenn irgendein Simpel sich die Freiheit nähme, uns einen Besuch abzustatten. Muß ich mich noch deutlicher ausdrücken?«

Ramsey rieb sich mehrmals nachdenklich über die Nase und brachte es fertig, ein Grinsen hinter seinem buschigen Schnurrbart zu verbergen. »Ich sollte wohl imstande sein, eine Drohung zu erkennen, wenn ich eine höre.«

»Dann besteht ja vielleicht doch noch ein bißchen Hoffnung für dich, alter Mann«, gab Gage mit einem amüsierten Knurren zurück.

Nachdem er sich von den Erwachsenen verabschiedet hatte, zog Gage Andrew liebevoll an sich und gab ihm einen Kuß. »Sei ein braver Junge, Andy, und tu, was Mrs. Fields dir sagt«, bat er ihn. »Am Montag morgen komme ich wieder her und hole dich ab.«

Als Gage sich abwandte, um mit Hannah zu sprechen, bückte Shemaine sich und schlang ebenfalls die Arme um den Kleinen. Dann seufzte sie übertrieben und sagte: »Ich werde dich vermissen, Andy.«

Glucksend erwiderte Andrew ihre Umarmung, dann lief er zu seinen Freunden hinüber und prahlte stolz: »Shiam jetzt meine Mami! Hat Papi gesagt!«

Hannah blickte lachend zu Gage auf. »Ich glaube, Ihr Sohn ist genauso glücklich wie Sie, daß Shemaine jetzt zu Ihrer Familie gehört.«

»Ich hatte schon beinahe die Hoffnung aufgegeben, jemals eine Frau zu finden, die sowohl als Mutter für Andrew wie auch als Ehefrau für mich taugt, aber Shemaine hat sich in dieser Hinsicht als überaus fähig erwiesen«, erwiderte Gage, in dessen Stimme ebenfalls unverhohlener Stolz mitschwang. Als seine Frau näherkam, streckte er die Hand aus, um sie dicht neben sich zu ziehen. Dann blickte er ihr anbetend in die leuchtendgrünen Augen. »Ich weiß nicht, wie es möglich ist, daß ich solches Glück hatte, Hannah, aber Shemaine ist alles, wonach ich mich gesehnt habe.«

Daraufhin wandte Shemaine sich ganz ihrem Bräutigam zu und strich ihm mit den Fingern sanft über die Wange. »Selbst wenn man mir in diesem Augenblick die Wahl ließe, glaube ich nicht, daß ich zurücklassen würde, was mir so teuer geworden ist.«

Gage hatte keinen Namen für das warme, seltsame Gefühl, das er in ihrem schimmernden Blick sah, nur daß es dem sehr nahe kam, was er oft in der wonnevollen Ruhe gestillten Begehrens in Victorias blauen Augen gefunden hatte.

15. Kapitel

Als das Boot mit der Hochzeitsgesellschaft an Thorntons Anleger festgemacht hatte, nahm Gage seine Braut schwungvoll auf die Arme, überließ es seinen Männern, Mary Margaret zu helfen, und rannte ein gutes Stück vor allen anderen zur Hütte hinauf. Er trug sie über die Schwelle und stellte sie im Wohnzimmer atemlos auf den Boden. Für einen herrlichen Augenblick der Ungestörtheit drückte er seine Braut an sich und küßte sie mit all der Leidenschaft, die er seit der Nacht des Tanzabends im Zaum gehalten hatte. Sein Mund preßte sich fordernd auf ihren, und ihre weichen Lippen öffneten sich hingebungsvoll. Dann hörten sie Schritte auf der Veranda, und Gage erkannte Ramseys Stimme; der Mann ließ sich lauter als notwendig über die Schönheit der Nacht aus, zweifellos, um ihn auf ihre Anwesenheit aufmerksam zu machen. Als die Tür weit geöffnet wurde, fuhr das frischgebackene Ehepaar rechtzeitig auseinander, um seine Gäste willkommen zu heißen. Mary Margaret stahl sich unauffällig in das Schlafzimmer der beiden, um sich wenig später zufrieden wieder zu den anderen zu gesellen. Nach vielen guten Wünschen und nachdem seine Männer ihnen ihre selbstgefertigten Geschenke überreicht hatten, machten sich die Hochzeitsgäste auf den Heimweg und ließen das Paar allein zurück.

»Komm her, Frau«, murmelte Gage heiser und zog Shemaine abermals an sich. Sorgfältig darauf bedacht, nicht ihre langsam verheilende Wunde zu berühren, legte er einen Arm um ihre Taille, zog sie dicht an sich und drückte ihren weichen, weiblichen Körper gegen seinen muskulösen Leib. Im warmen Schein des Laternenlichtes tranken seine Augen sich ganz gemächlich satt und kosteten die berauschende Schönheit ihres Gesichts. Schließlich senkte er sehr, sehr langsam seinen Mund auf den ihren und liebkoste ihre sich öffnenden Lippen. Dieser Kuß war kühn und gründlich in seiner Inbesitznahme – und dabei gleichzeitig aufreizend und schmeichelnd in seiner Sanftheit. Shemaines Hemmungen fielen Stück um Stück von ihr ab. Mit wachsender Leidenschaft antwortete sie ihm. Ihre Zunge lockte die seine, und als seine Hand mit kühner Vertrautheit über ihre Hüfte wanderte, lehnte sie sich an ihn, bis ihre Brüste, die sich an seinen harten Oberkörper preßten, zu kribbeln begannen.

Schließlich hob Gage den Kopf, und sein hungernder Blick wanderte über ihre zarten Züge. »Hast du eigentlich eine Ahnung, wie oft ich mich danach gesehnt habe, dich in die Arme zu nehmen und zu küssen, bis du mich angefleht hättest aufzuhören? Du hast mein Verlangen schon an jenem ersten Abend entfacht, an dem ich dich frisch gewaschen und ordentlich gekleidet an meinem Küchentisch stehen sah. In dem Augenblick wurde mir klar, daß ich unmöglich während der ganzen sieben Jahre deiner Dienstzeit die Hände von dir lassen konnte. Ich habe nur gerade lange genug abgewartet, bis ich mir eine winzige Chance ausrechnen konnte, daß du meinen Heiratsantrag annehmen würdest.«

»Soll ich Ihnen ein Geheimnis anvertrauen, Mr. Thornton?« wisperte Shemaine mit einem spitzbübischen Lächeln. »Als du an eben jenem Abend durch diese Tür tratest und dir dein nasses Hemd über den Kopf gezogen hast – das war, glaube ich, der Augenblick, in dem Maurice du Mercer für mich endgültig in den Schatten der Vergessenheit zu treten begann.«

Gage legte erstaunt den Kopf zur Seite; ihre Worte verblüfften ihn maßlos. »Ist das wahr?«

»Falls Sie es noch nicht gewußt haben, Sir, Sie sind ein überaus attraktiver Mann, an dessen Anblick eine Frau sich gern ergötzt – selbst wenn Sie voll bekleidet sind«, murmelte sie zärtlich.

»Im Augenblick bist du mir da übrigens einen Schritt voraus.«

Nun war es an Shemaine, den Kopf schräg zu legen und ihn verwirrt anzusehen. »Wie das, Sir?«

»Ich habe dich noch nie vollkommen nackt gesehen, und genau danach verlangt es mich im Augenblick sehr, meine Schöne.«

»Oh, aber als du die Schlange getötet hast, hatte ich nur das schmale Handtuch, um mich zu bedecken«, wandte sie ein.

»Das ist mir aufgefallen«, versicherte Gage ihr grinsend. »Das Handtuch war leider nicht so naß, wie ich es mir gewünscht hätte, aber ich habe es trotzdem genossen, wie es mich mit einem winzigen Blick auf dies da geneckt hat …« Er ließ einen Finger leicht über eine Brustspitze kreisen, um die betreffende Stelle anzudeuten, und sandte dabei Wellen sprudelnden Entzückens durch ihre Sinne. »In jener Nacht und in vielen Nächten danach habe ich mir nichts sehnlicher gewünscht, als dich lieben zu dürfen.«

Shemaine erinnerte sich an den Hunger, den sie danach in seinem Blick gesehen hatte, und auch an ihr eigenes Zittern nach ihrer ersten Lektion mit dem Steinschloßgewehr; jedesmal, wenn er sie berührt hatte, war sie unter ihrem sehnsüchtigen Verlangen erschauert. »Ich bin nur froh, daß du nicht meine Gedanken lesen konntest.«

»Warum das, meine Geliebte?«

»Weil sie dich gewiß schockiert hätten.«

»Dann ist es nur gut, daß Sie niemals *meine* Gedanken lesen konnten, Madam, denn dann hätten Sie mich gewiß für einen lüsternen Schurken gehalten.«

Glucksend schmiegte Shemaine den Kopf an seine Brust. »Möchtest du jetzt etwas essen? Hannah hat sich bei den Speisen, die sie uns mitgegeben hat, selbst übertroffen.«

»Mich hungert es nur nach dir, Frau.« Während er nun die Hände langsam über ihren Rücken bis hinunter zu ihren Hüften gleiten ließ, preßte Gage sie so fest an sich, daß ihr seine heiß auflodernde Leidenschaft nicht entgehen konnte. »Mein Begehren läßt mir keine Ruhe, und ich möchte unsere Ehe vollziehen, noch bevor die Stunde vorüber ist. Länger zu warten könnte ich kaum mehr ertragen.«

Bei seinen offenen Worten schlug eine heiße Woge der Erregung über ihr zusammen. »Ich habe mir ein neues Nachthemd für unsere Hochzeitsnacht geschneidert. Wirst du mir Zeit geben, mich für dich bereit zu machen?«

»Laß mich nicht zu lange warten«, drängte Gage sie sanft.

»Keine Sorge«, versprach sie. Dann stellte sie sich auf die Zehenspitzen, hob ihren Mund dem seinen entgegen und ließ es zu, daß die Inbrunst eines wilden Kusses ihre Leidenschaft aufs neue entfachte. Dann machte sie sich mit einem verzückten Seufzer von ihm los und eilte auf sein Schlafzimmer zu. An der Tür blieb sie noch einmal stehen, um sich lächelnd nach ihm umzudrehen. »Wirst du kommen, wenn ich dich rufe?«

Sein Lächeln allein wäre ihr schon Antwort genug gewesen, aber seine Worte ließen sie jeden Gedanken an eine weitere Verzögerung vergessen. »Jawohl, Madam. Nicht einmal ein Erdbeben könnte mich daran hindern, an Ihre Seite zu eilen.«

Shemaine, die die Tür hinter sich einen Spaltbreit offenstehen ließ, betrat den Raum und betrachtete überwältigt die Vorbereitungen, die man dort für sie getroffen hatte. Zu beiden Seiten des Bettes brannten Kerzen, und die Bettdecken waren einladend aufgeschlagen, so daß die sonnengebleichte und mit irischer Spitze geschmückte Leinenwäsche sichtbar wurde, zweifellos das Geschenk einer gewissen Witwe. Shemaines neues Nachtgewand lag auf der einen Seite des Bettes sorgfältig ausgebreitet, und als sie sah, daß es am Kragen und an den Manschetten mit schmalen, kunstvoll gearbeiteten Spitzenborten verziert war, entfuhr ihr ein leiser Freudenschrei.

»Oh, Mary Margaret«, flüsterte sie leise und voller Ehrfurcht. »Was für eine talentierte Frau Sie doch sind.«

Gage, der ein undeutliches Gemurmel vernommen hatte, trat dicht vor die Tür. »Shemaine? Ist alles in Ordnung mit dir?«

»Jawohl, Ehemann«, versicherte Shemaine ihm lachend. »Ich habe nur die Ausstattung und Mary Margarets Spitzenbesatz an der neuen Bettwäsche bewundert, die sie uns geschenkt hat. Bitte, komm noch nicht herein. In ein paar Sekunden darfst du alles sehen.«

Gage tigerte rastlos im Wohnzimmer auf und ab und versuchte, sich in Geduld zu fassen. Um sich so weit, wie er es wagte, für seine Braut bereit zu machen, ohne das Risiko einzugehen, sie allzusehr zu erschrecken, streifte er seinen Rock ab, legte sein Wams beiseite, befreite sich von dem steifen Kragen und öffnete die Verschlüsse seines Hemdes. Dann begann er von neuem im Raum auf und ab zu gehen, bis er einige Sekunden später schließlich in einem selten benutzten Schrank nach einer Flasche Madeira suchte, die er dort aufbewahrte. Als er sie endlich hinter mehreren anderen Getränken entdeckt hatte, zog er sie hervor, brach das Wachssiegel auf und goß einige Schlucke in einen kleinen Becher. Dann kostete er davon, um sich zu versichern, daß der Wein würdig war, ihn mit seiner jungen Braut zu teilen.

Endlich rief Shemaine nach ihm. »Du kannst jetzt hereinkommen, Gage.«

»Jawohl, meine Liebste ... bin gleich da«, erwiderte er und nahm eilig zwei schwere Kristallkelche aus dem Schrank; Victoria hatte sie einst als Anfang einer Sammlung erstanden, die sie später zu vollenden gehofft hatte. Gage goß ein wenig von dem dunklen Wein in beide Kelche, drückte dann mit der Schulter die Türe auf und trat ins Schlafzimmer. Gleich hinter der Schwelle richtete er mit einem glücklichen Lächeln den Blick auf seine Braut. Shemaine saß, gegen ein spitzengesäumtes Kissen gelehnt, vor dem Kopfbrett in seinem Bett. Angetan mit einer weichen, duftigen Kreation, die mit winzigen Biesen und hauchzarter Spitze besetzt war, erschien sie ihm wie der erregend schöne Inbegriff all dessen, was jeder Bräutigam sich in seiner Hochzeitsnacht nur erhoffen durfte.

Gage erinnerte sich seines brennenden Verlangens, sie in Besitz zu nehmen, vor allem, nachdem sie ihm ihr Jawort gegeben hatte. Aber trotz der Qualen, die er in ihrer Nähe gelitten hatte, und obwohl er sie mit jeder Faser seines Wesens begehrt hatte, wäre es ihm nicht recht erschienen, ihr die Jungfräulichkeit zu nehmen, solange sie noch seine Dienerin war. Sie sollte nicht das Gefühl haben, seinen Forderungen nachgeben zu müssen. Während er sie nun mit Blicken liebkoste, verspürte er eine große Dankbarkeit, daß er sie nicht über Gebühr bedrängt hatte. Die Zeit des Wartens war all seine fleischlichen Qualen wert gewesen. Sie war seine Braut, seine schöne Braut, und die heutige Nacht würde ihnen für alle Zeit als die Nacht in Erinnerung bleiben, in der sie als Mann und Frau zusammenkamen.

»Mary Margaret hat uns diese Bettwäsche zur Hochzeit geschenkt und das alles so arrangiert.« Shemaine deutete voller Freude auf die spitzengesäumten Laken und Kopfkissenbezüge und die brennenden Kerzen.

Gage ging um das Bett herum, dorthin, wo Shemaine saß. Dann drückte er ihr mit einem flüchtigen Kuß einen der Kelche in die Hand. Während sie von dem Wein kostete, fuhr er bewundernd mit den Fingern über die zarte Nadelarbeit; nun fiel ihm auch wieder ein, mit welcher Hast Mary Margaret ihn am Morgen vor ihrem Aufbruch nach Williamsburg aus seinem eigenen Schlafzimmer gescheucht hatte. Und vorhin war sie dann mit einem geheimnisvollen Lächeln noch einmal schnell im Schlafzimmer verschwunden.

»Die Dame ist das reinste Wunder. Sie steckt wirklich voller Überraschungen«, meinte Gage feixend.

Shemaine strich mit den Fingern über die Spitze ihres Kragens, um Gages Aufmerksamkeit auf sich zu ziehen. »Mary Margaret hat auch mein Nachthemd mit Spitze gesäumt.«

Gages Augen glühten, während sein Blick sie schier verschlang. Er stellte seinen Kelch beiseite, setzte sich neben sie und hob eine brennende Kerze in die Höhe, um die komplizierte Arbeit zu bewundern.

»Das ist wunderschön«, flüsterte er, aber sein Blick wurde unwiderstehlich zu der lockenden Fülle ihres Busens hinabgezogen. Im Kerzenlicht war der durchscheinende Stoff kaum mehr als ein milchiger Nebel über der köstlichen, hellen Vollkommenheit ihrer Brüste. Victoria war sehr mager gewesen und hatte bis auf die Monate, in denen sie Andrew genährt hatte, nur einen kleinen Busen gehabt. Ansonsten hatte sie sich immer wegen der Zierlichkeit ihres Busens geschämt, obwohl sie ihm dadurch niemals weniger weiblich erschienen war. Jetzt jedoch bewunderte er Shemaines üppige Kurven, die ihn in freudiger Erwartung erbeben ließen.

Shemaine konnte unter der Hitze seines Blickes kaum mehr atmen, aber sie wartete schweigend ab, während ihr Mann erst ihren spärlich verhüllten Busen musterte und dann den schweren Zopf, in den sie ein Band geflochten hatte. Seine dichten, schwarzen Wimpern verschleierten seine schönen Augen und verwehrten seiner Braut jeden Blick in diese durchscheinenden Tiefen; so sehr sie auch in seinen feingeschnittenen Zügen forschte, vermochte sie nicht zu erahnen, was als nächstes kommen würde. Sie konnte sich nur die bange Frage stellen, ob dieser Fremde, mit dem sie nun verheiratet war, sich zur Erfüllung seines Verlangens plötzlich in einen Wilden verwandeln würde.

Gage griff nach ihren Fingern, hob sie an die Lippen und sah in ihre weit aufgerissenen Augen, während er spielerisch an den schlanken Knöcheln zu nagen begann. Dann schenkte er ihr ein Lächeln von unglaublicher Wärme, und es war, als täte sich vor Shemaine das Paradies auf. Mit einem leisen, bebenden Seufzer atmete sie langsam aus.

»Jawohl, meine Geliebte, das Gewand ist wunderschön«, raunte er, »aber nicht annähernd so liebreizend wie seine Trägerin.«

Gage stellte den Kerzenleuchter auf den Tisch und beugte sich über seine junge Frau, um ihren Mund mit dem seinen zu liebkosen. Der Kuß war warm und leidenschaftlich, nicht weniger berauschend als der Madeira, eine sensible Begegnung sich öffnender Lippen und forschender Zungen, die Bereitschaft der einen, sich dem kühnen Eindringen der anderen zu unterwerfen. Ein schwacher Seufzer kam Shemaine über die Lippen, als seine Küsse eine flammende Bahn über ihre Kehle zogen, an dem zarten Spitzenkragen vorbeistrichen und weiter hinabwanderten, bis sein Mund die Wölbung ihrer Brust eroberte. Der jähe Strudel der Lust, der sie zu verschlingen drohte, ließ sie den Atem anhalten. Die erregende Feuchtigkeit seines Mundes durchdrang den duftigen Stoff ihres Nachthemds und setzte die empfindliche Kuppe ihrer Brust in Brand, bis sich ihr ein atemloses Stöhnen entrang. Ihr Kopf fiel auf das Kissen zurück, und ihre Sinne taumelten in reinster Glückseligkeit. Einen flüchtigen Augenblick lang fragte sie sich, ob sie das alles würde ertragen können, ohne sich in einem Meer der Ekstase aufzulösen.

»O bitte, hör nicht auf«, flehte sie, als Gage sich zurückzog. Ihr ganzer Körper erbebte unter dem, was er begonnen hatte. Sie hob den Kopf, suchte sein feingemeißeltes Gesicht und beschwor ihn schweigend, sein Werk zu vollenden.

Die braunen Augen tauchten tief in die ihren ein, als er sich vorbeugte. »Ich brauche nur eine kurze Pause, um mich zu entkleiden, meine Geliebte«, flüsterte er heiser. Dann legte er eine Hand auf die eine Brust und strich mit dem Daumen über den feucht gewordenen Stoff, der die pralle Knospe nachzeichnete. »Ich muß mich bezähmen, damit ich dich nicht um dein Vergnügen betrüge.«

»O Sir, ich wage zu sagen, daß Sie mich bisher wohl kaum um etwas betrogen haben«, versicherte Shemaine ihm mit einer Stimme, die vor Verlangen zitterte. »Fühl nur mein Herz, wie es unter deiner Berührung erbebt.« Sie liebkoste mit den Fingerspitzen sanft den Rücken seiner Hand, während er die Fülle fester umfing, um das schnelle, rhythmische Schlagen darunter zu fühlen. »Siehst du? Du weckst in mir den Hunger nach mehr, viel mehr von allem, was du mich zu lehren vermagst.«

»Nie habe ich eine willigere Schülerin gehabt«, murmelte Gage. Dann drehte er seine Hand unter der ihren um und zog seine Finger durch die ihren. Er hob ihre Hand an die Lippen, drückte einen Kuß darauf und erhob sich schließlich – ohne sich abzuwenden. Shemaines Blick wanderte unwiderstehlich angezogen in seine Mitte. Beinahe genauso schnell flogen die grünen Augen wieder empor, um seinem Lächeln zu begegnen. »Jawohl, Madam, ich kann es auch kaum mehr erwarten.«

Gage ging um das Bett herum und trat an einen Stuhl an der Wand. Dann drehte er sich leicht zur Seite, um ihr den vollen Schock seiner Erregung zu ersparen, und streifte seine Hosen ab. Als er das Kleidungsstück über die erste Wade zog, beobachtete Shemaine das Spiel der Muskeln in seinen kräftigen Oberschenkeln, während er auf einem Fuß balancierte. Dann verlagerte er sein Gewicht auf das rechte Bein und hob das linke Knie, um die Hose herunterzustreifen, so daß sich nun andere Teile seines männlichen Körpers offenbarten. Shemaine spürte, wie eine sengende Hitze in ihre Wangen schoß, als sie die Fülle erblickte, die zwischen seinen Beinen an seinem Unterleib hervorsprang. Außerstande, den Blick abzuwenden, saß sie wie vor Schreck erstarrt da. Das Mondlicht, in dem sie ihn zweimal beobachtet hatte, war doch recht trügerisch gewesen und hatte seinen Körper als etwas unglaublich Schönes enthüllt. Das war er tatsächlich, aber darüber hinaus wirkte er doch auch ungemein bedrohlich. Im Augenblick erschien ihr nichts an ihm so einschüchternd wie der Beweis seiner Leidenschaft.

Als Gage sich in all seiner nackten Pracht wieder zum Bett umdrehte, wandte Shemaine nun doch hastig den Blick ab und betrachtete ebenso eingehend wie nervös den Kleiderschrank, bis ihr Mann neben ihr ins Bett geglitten war. Gage, der taktvoll die spitzengesäumte Leinenwäsche über seine Hüften zog, rückte dicht an sie heran, stützte sich mit einem Kissen im Rücken ab und lehnte sich gegen das Kopfbrett. Er bemerkte das Zittern ihrer Hände und schlang abermals seine Finger durch die ihren. Mit seiner freien Hand drehte er ihr Gesicht zu sich herum, bis er in die großen, furchtsamen grünen Augen blicken konnte.

»Hast du Angst, Shemaine?«

»Ein wenig«, gestand sie mit kaum hörbarem Wispern.

»Es scheint mir nichts als eine vorübergehende Unbehaglichkeit zu sein, mein süßes Herz«, sagte Gage sanft. »Ein Opfer, das der Braut abverlangt wird, gewiß, aber doch nur ein kleines Ungemach im Vergleich zu der Wonne, die sie erwartet, wenn sie keine Jungfrau mehr ist. Und ich verspreche dir, meine liebste Gemahlin, daß ich dir so viel Vergnügen schenke, wie ich es nur vermag.«

Da ihre Furcht ihrem Bräutigam solche Sorgen zu bereiten schien, konnte Shemaine nicht glauben, daß er in irgendeiner Weise rücksichtslos gegen sie sein würde. Obwohl das Lächeln, das sie ihm nun schenkte, immer noch ein wenig zittrig und unsicher war, kam es doch von Herzen. »Es war auch nicht mehr als ein vorübergehender Augenblick der Panik, Mr. Thornton.«

»Jawohl, Mrs. Thornton«, erwiderte Gage, der sich von ihrem zärtlichen Blick getröstet fühlte. »Und nun, Madam, möchte ich vorschlagen, daß wir auf unsere Hochzeit anstoßen.« Er griff über sie hinweg nach seinem Kelch und wartete, bis sie ihr eigenes Glas erhoben hatte. Dann lächelte er in ihre fragenden Augen. »Auf daß unsere Ehe all das sein möge, was wir beide uns von ihr erhoffen, und auf daß wir nach einem langen, gemeinsamen Leben eines Tages in ruhevoller Zufriedenheit zurückblicken können und wissen, daß wir mit einer großen Familie reich gesegnet wurden.«

»Auf uns!« pflichtete Shemaine ihm bei; all ihre Angst war vergessen, und sie war wieder so fröhlich wie zuvor. Sie schlang einen Arm unter den seinen und nahm einen zaghaften Schluck. Das Getränk war ein wenig stärker, als sie es gewohnt war, und sie mußte sich räuspern, bevor sie ebenfalls einen Trinkspruch ausbringen konnte. »Und mögen wir am Ende unseres Lebens feststellen, daß uns eine große und tiefe Liebe geschenkt wurde, die uns zu einem zärtlichen und fruchtbaren Bund zusammengeführt hat.«

»Amen!«

Sie brachen in Gelächter aus und lehnten die Köpfe gegeneinander, um noch einmal von dem süßen Wein zu trinken. Eine kurze Begegnung ihrer Lippen löste ihre Belustigung jedoch augenblicklich auf und trieb sie sofort weit sinnlicheren Gefühlen entgegen. Gage stellte die Gläser beiseite. Dann legte er seiner Frau einen Arm um die Schultern und zog sie zu einem weiteren Kuß dicht an sich. Es war ein verheißungsvolles Spiel von Lippen und Zungen, von atemlosen Seufzern, die sich mit dem Aroma des Madeiras mischten, und schließlich eine gemächliche Erkundung zweier Herzen, die im gleichen Takt schlugen. Als Gage schließlich den Kopf hob, tauchten seine mit einem warmen Braun gesprenkelten Augen leuchtend in die ihren ein, während er die Knöpfe ihres Gewandes öffnete. Sie waren winzig und widerspenstig, aber er ging sehr behutsam zu Werke.

Dann schob er das Kleidungsstück zurück – erst über den einen bleichen Hügel und dann über den anderen, bis die schwellende Reife ihrer Brüste sich ihm keck durch die Öffnung ihres Gewands darbot. Shemaine sah mit angehaltenem Atem zu, wie er ihre Haut geradezu mit der Hitze seines Blickes versengte. Während er mit den Fingern sanft über die weichen, gefügigen Rundungen strich, überließ Gage sich fast andächtig dem Anblick der schimmernden Halbkugeln, deren Vollkommenheit ihn in Entzücken versetzte. Sie waren wie von cremefarbener Seide, gekrönt von zarten, leicht geröteten Rosenknospen. Unter seiner forschenden Hand vertiefte sich ihre zarte Farbe noch.

»Ich bin wie trunken von dieser reichen Pracht«, flüsterte Gage. »Du bist noch schöner, als ich es mir vorgestellt habe.«

Dann senkte er den Kopf, um eine der rosafarbenen Knospen mit der Zunge langsam zu umkreisen, und einen ekstatischen Augenblick lang stockte ihr der Atem. Da richtete er sich auf, und Shemaine schaute ihn in einer Mischung aus Enttäuschung und Besorgnis an – bis ihr klar wurde, daß er nur innegehalten hatte, um sie in eine andere Lage zu bringen. Er zog sie tiefer in das Bett hinab, und ein leises Wimmern entrang sich ihren Lippen, als sein Mund zurückkehrte, um mit verzehrender Gier ihre Brüste schier zu verschlingen. Ihre Finger fuhren durch sein Nackenhaar, und sie wölbte sich ihm entgegen, während er ihre Brustspitzen mit seiner heißen Zunge behutsam in kreisenden Bewegungen liebkoste. In ihr erwachten lodernde Funken der Glut, bis Schauer der Lust nach mehr verlangten, nach viel mehr …

Gage schleuderte die Decke auf den Boden und ein schlanker Schenkel strich ihr mit aufreizender Trägheit das Gewand bis zur Taille hinauf. Während Gages Mund nach wie vor sein erregendes Spiel mit ihren Brüsten trieb, glitt seine Hand mit entschlossener Zielstrebigkeit zwischen ihre Schenkel, bis sie ein ächzendes, verzücktes Stöhnen von sich gab.

Als er sich von ihr zurückzog, hob Shemaine ihm begehrlich das Gesicht entgegen, um einen weiteren leidenschaftlichen Kuß zu fordern. Gage nahm von ihrem Mund Besitz wie ein Verhungernder, dem ein üppiges Mahl vorgesetzt wird. Als der Kuß endete, wirkte er wie ein starkes Rauschmittel in ihr nach und stürzte sie in einen herrlichen Taumel. Sie nahm nur am Rande wahr, wie ihr das Gewand über Arme und Kopf gestreift wurde. Dann fand sie sich abermals in die weichen Kissen gedrückt, und als ihr Mann sie fest an sich zog, konnte sie jede muskulöse Biegung seines nackten Körpers spüren. Es war ein Gefühl von unendlicher, prickelnder Köstlichkeit. Jetzt hatte sie keine Furcht mehr vor der warmen, fremden Härte, die sie zuvor erblickt hatte und die sie jetzt an ihrem Schenkel spürte.

Gage war sich des immer stärker werdenden Bebens bewußt, das seinen eigenen Körper durchlief, aber noch bezähmte er sich und hielt die drängenden Leidenschaften, die in ihm tobten, im Zaum. Seine schwer erkämpfte Zurückhaltung wurde sowieso schon auf eine harte Probe gestellt, aber als er die schüchterne Berührung von Shemaines Hand an seinem Schenkel spürte und ihre schlanken Finger die männliche Härte ertasteten, erreichte die süße, brutale Intensität seiner Lust die äußerste Grenze des Erträglichen.

»Ah, meine Geliebte, du hast ein Feuer entfacht, das jetzt gelöscht werden muß«, stieß er rauh hervor und schloß seine stählernen Finger um die ihren. Auch wenn es eine noch so exquisite Folter war, er konnte nicht mehr lange standhalten. »Mein Verlangen brodelt, mein Herz, aber bevor ich selbst Erlösung suche, möchte ich doch zuerst dir Freude schenken.«

Gage bedeckte sie mit seinem Leib und küßte sie, während seine Männlichkeit mit der ganzen Behutsamkeit eines liebenden Mannes die süße Feuchtigkeit ihres Leibes ertastete. Dann drang er mit einem einzigen schnellen Stoß in sie ein, ein Tun, das seiner Braut ein erschrockenes Keuchen entrang. Dennoch hielt er sich auf der Schwelle der Verzückung zurück, beschwichtigte ihren Schmerz und ihre Angst, küßte ihren Mund und liebkoste ihre weichen Brüste, bis er ganz allmählich spürte, wie sie ihm vertraute, sich entspannte und dann zunehmend selbst nach Erfüllung hungerte.

Shemaines Atem ging stoßweise, und ihr Herz begann zu rasen, bis es denselben donnernden Rhythmus annahm, in dem Gages Herz schlug. Wie von selbst schlangen ihre Beine sich um seine schmalen Hüften und preßten ihn dicht an sie, während ihre Fingerspitzen sich in seinen sehnigen Rücken bohrten. Wie als Antwort auf die leitenden Hände unter ihren Pobacken paßte sie sich dem Auf und Nieder seines Körpers an. Und dann, ganz plötzlich, fühlte sie, wie ein seltsames, heißes Drängen sie erfaßte, das ihr völlig unbekannt war. Gage dagegen erkannte diese Zeichen nur allzugut und strebte der Erfüllung mit Macht entgegen, bis sie schließlich in einer explodierenden Schönheit splitternden Lichts beide gemeinsam den Höhepunkt erreichten. Ein immer machtvoller werdendes Crescendo pulsierte durch alle Fasern ihres Seins, trieb sie auf luftigen Schwingen zu einem Jubel der Verzückung und schließlich hinauf zu jenen sinnverwirrenden Höhen jenseits des Reiches der Wirklichkeit, an einen Ort von solch reiner Wonne, daß sie wie verzaubert dalagen, bevor sie gleich einer Handvoll weicher Distelwolle wieder auf die Erde und in ihr eigenes Bett zurückschwebten.

Shemaine legte schwer atmend eine Hand auf ihre Stirn und blickte jetzt leicht verblüfft zu ihrem lächelnden Gemahl auf. In seinen Augen stand ein leuchtender Glanz, wie sie ihn noch nie zuvor darin gesehen hatte. »Oh, Mr. Thornton, Sie verstehen sich aber darauf, einem Mädchen den Atem zu rauben.«

»Und du, meine wunderschöne Shemaine, hast diesen ehemaligen Witwer weit über seine Erwartungen hinaus in Erstaunen versetzt«, pustete er angenehm erschöpft. »Ich kann das Verdienst nicht einmal meiner langen Abstinenz zuschreiben. Müßte ich nach dem Grund für solch exquisites Entzücken forschen, würde ich ihn in deiner Gabe suchen, mir Freude zu schenken und selbst welche zu empfangen.«

Shemaine machte sich, was ihr eigenes Verhalten betraf, nun doch ein wenig Sorgen. »War ich dir zu kühn?«

»Aber nein, Madam, wo denken Sie hin!« Gage lachte, so absurd erschien ihm der Gedanke. »Ich war über alle Maßen dankbar, entdecken zu dürfen, daß du eine sehr leidenschaftliche Frau bist, so dankbar, daß ich gern eine neuerliche Probe davon hätte! Aber du bist sehr zart, und ich habe versprochen, vorsichtig mit dir zu sein.«

Shemaine schlang ihre seidigen Arme um seinen Hals und genoß den erregenden Kitzel seines männlichen Körpers auf dem ihren. »Seltsam, ich fühle mich überhaupt nicht zart.«

»Vielleicht sollten wir dieser Frage weiter auf den Grund gehen«, meinte Gage und dachte ernsthaft über die Idee nach. Dennoch gab es auch andere Dinge, die er ihr zeigen wollte. »Doch das muß noch einen Augenblick lang warten, meine Liebste. Jetzt habe ich erst einmal eine Überraschung für dich. Dein Hochzeitsgeschenk erwartet dich in einem anderen Zimmer.«

»Mein Hochzeitsgeschenk?« Shemaine war sichtlich betroffen. »Aber ich habe nichts für dich.«

»Wie kannst du das sagen, meine Geliebte, wo du mir doch gerade erst mit vollen Händen geschenkt hast, wonach ich mich sehne, seit ich dich in mein Haus geholt habe?« Er küßte sie mit unverminderter Glut und brachte ihr aufs neue seine Leidenschaft zu Bewußtsein. »So, siehst du jetzt, wie sehr ich dich begehre? Aber im Augenblick verlangt es mich genausosehr, dir dein Geschenk zu zeigen.«

Gage zog sich von ihr zurück, rollte sich zur Bettkante und stand auf. Dann ging er in nackter Herrlichkeit zur Tür, wo er noch einmal stehenblieb, um sich nach seiner Frau umzusehen. Shemaine hatte beschlossen, ihm so lange nachzusehen, bis er aus dem Zimmer war. Jetzt jedoch zog sie sich schüchtern die Decke über, um ihre Nacktheit zu verhüllen. Er lächelte ihr einladend zu. »Kommst du?«

Shemaine nickte, stieg aus dem Bett, drehte sich das oberste Laken um den Leib und schob den Zipfel zwischen ihre Brüste. Als sie auf ihn zutrat, wanderte Gages Blick zum Bett zurück. Daraufhin drehte Shemaine sich noch einmal um, um festzustellen, was seine Aufmerksamkeit erregt hatte. Als sie die roten Flecken auf dem Weiß des Lakens bemerkte, flammten ihre Wangen leuchtend rot auf. Aber ihr Mann legte einen Arm um ihre weißen Schultern, zog sie dicht an sich und sagte nichts, sondern lächelte nur.

Während Gage vor ihr her ins Wohnzimmer ging, konnte Shemaine nicht widerstehen, seinen Körper heimlich zu betrachten. Obwohl die fehlende Bekleidung ihrem Mann keinerlei Unbehagen zu bereiten schien, wagte sie es immer noch nicht recht, ihre Wißbegier offen zu befriedigen. Wie so viele andere Eltern es bei ihren Töchtern halten, hatten auch die ihren sie sehr behütet und sie, was Männer betraf, weitgehend im Ungewissen gelassen. Andererseits hatte ihre Schweigsamkeit keinesfalls Shemaines natürliche Neugier erstickt. Sie brannte darauf, sich alles an Wissen anzueignen, was es über ihren Mann zu lernen gab, denn niemand brauchte ihr zu sagen, daß Gage Thornton wahrlich ein schönes Exemplar seiner Gattung war.

Gage blickte lächelnd auf sie hinab und ertappte sie dabei, wie sie ihn verstohlen anstarrte. »Könnte ich dich vielleicht für ein gemeinsames Bad gewinnen, meine Liebste?«

»Das soll natürlich ein Scherz sein.« In Anbetracht des begrenzten Raums, den der Waschzuber bot, war Shemaine sicher, daß er sie nur neckte. »Da bräuchten wir schon eine größere Wanne, wenn wir je ein gemeinsames Bad genießen wollten.«

»Und meinst du nicht, so etwas würde ein passendes Hochzeitsgeschenk abgeben?« fragte er, beugte sich vor und ließ seine Lippen über ihre Stirn streichen.

Shemaine legte den Kopf in den Nacken, um zu ihm aufzublicken. »Was würde ein passendes Hochzeitsgeschenk abgeben?«

Gage deutete auf die geschlossene Tür des Lagerraums. »Nach Ihnen, Madam.« Ein Ausdruck der Verwirrung trat in ihr Gesicht, aber dennoch griff sie nach einer Talglaterne und ging durch den Flur. Nachdem sie die Tür zum Lagerraum aufgedrückt hatte, sog Shemaine überrascht die Luft ein: Was sie sah, war eine große Badewanne in der Mitte des Raumes, die mühelos Platz für zwei Menschen bot. Dahinter stand ein Wandschirm, und als sie sich nun in dem kleinen Raum umschaute, bemerkte sie auch, daß er keinerlei Ähnlichkeit mehr mit einem Lager hatte, sondern zu einem richtiggehenden Badezimmer umgebaut worden war. Da standen ein Waschständer, eine Wäschekommode mit eigenem Stuhl, daneben Gages Rasierständer und, kaum sichtbar hinter einem Wandschirm, ein Nachttopf. Neben dem Waschständer befand sich sogar ein hoher Hocker, der zweifellos für Andrew bestimmt war.

Gage folgte ihr durch die Tür, nahm ihr dann die Laterne ab und entzündete mehrere andere Kerzen, um die Dunkelheit zu durchdringen. »Ich habe die Morgans hier arbeiten lassen, während wir heute fort waren. Gefallen dir die Veränderungen, die die beiden vorgenommen haben?«

»O ja, Gage!« Shemaine wirbelte herum, schlang ihm die Arme um den Hals und zog ihn glückselig an sich. Dann lehnte sie sich in seinen Armen zurück, um ihrer Freude Luft zu machen. »Ich danke dir! Was für ein wunderbares Geschenk!«

Gage blickte lächelnd auf sie herab. »Mir ist aufgefallen, wie sehr du das Baden genießt – und ich dachte natürlich auch daran, wieviel Freude es mir machen würde, mit dir zusammen zu baden, wenn ich die Zeit dazu habe. Die Wanne ist zu schwer, als daß du sie allein bewegen könntest, selbst wenn sie leer ist, daher fand ich, daß man sie an Ort und Stelle leeren können müsse. Ich habe Flannery Morgan gebeten, ein Loch in das eine Ende des Zubers zu bohren, darunter einen Trichter anzubringen und unter den Bodenbrettern aus Kupferblech einen Abfluß anzulegen, damit das Wasser aus dem Haus fließen kann. Alles, was Sie jetzt noch tun müssen, Madam, ist, den Korken aus dem Loch in der Wanne ziehen und zusehen, wie das Wasser ausläuft.«

Shemaine war beeindruckt über die Klugheit seiner Planung. »Sie sind ein Genie, Mr. Thornton!«

Er jedoch tat ihr Kompliment mit einem Achselzucken ab. »Die Triebkraft, die hinter dem Ganzen steckte, war zum großen Teil mein eigenes Verlangen. Du bist eine sehr verführerische Braut, Shemaine, und ich wollte all die Annehmlichkeiten und Freuden mit dir teilen, die ich mir nur vorstellen konnte.«

Ein verspieltes Lächeln zuckte um ihre Lippen. »Mir braucht niemand zu erzählen, was für eine lebhafte Phantasie Sie haben, Sir. Dafür finde ich reichlich Beweise, wohin auch immer ich mich wende.«

»Es ist stets nützlich, wenn man durch eine solche Schönheit wie die deine inspiriert wird, meine Liebste«, erwiderte er schmunzelnd.

»Jetzt kannst du jedenfalls auch die Behaglichkeit genießen, im Haus zu baden«, bemerkte sie glücklich.

Gage streckte die Hand aus, um den Zipfel des Lakens aus dem verlockenden Tal zwischen ihren Brüsten zu ziehen. »Ein Bad im Flußweiher ist gar nicht so schlecht, wenn zwei Menschen es teilen, die einander lieben. Morgen werde ich dir einige der Freuden zeigen, die man dort finden kann.« Dann ließ er die Hände über ihre runden Brüste und ihre schlanke Taille hinabgleiten und beobachtete, wie ihre Augen dunkel und beinahe durchscheinend wurden, während er dem Herabrutschen des Lakens nachhalf, bis es an ihren Hüften hängenblieb.

»Wollen wir jetzt das Wasser in den Zuber gießen?« fragte sie atemlos.

»Hol du die Seife und die Handtücher«, bat Gage, der sich vorbeugte, um an ihrem Ohr zu knabbern, mit heiserer Stimme. »Ich kümmere mich um das Wasser.« Aber er machte keinerlei Anstalten, sich abzuwenden. Statt dessen setzten seine Hände ihre sanfte Liebkosung fort und öffneten auf ihrem Weg hinab endgültig das Laken.

Shemaine fing das fallende Tuch auf, wirbelte es herum und hielt es, ausgebreitet wie riesige Schwingen, hinter sich, bevor sie sich willig der magischen Verführung seiner Hände unterwarf. Sie bewegten sich mit erfahrener Kühnheit über ihren Leib und waren ganz auf Inbesitznahme, Erkundung, Liebkosung und Erforschung der geheimsten Stellen aus. Die Wollust, die er in ihr weckte, ließ sie immer wieder nach Luft schnappen, bis sie dann langsam und mit einem glückseligen Seufzer wieder ausatmete. Wie eine vom Feuer angelockte Motte folgte sie ihm, während er langsam rückwärts auf den Hocker zuging. Als er ihn erreichte, ließ er sich auf der Kante des Sitzes nieder. Shemaines Augen brannten vor Leidenschaft, als er sie rittlings auf seine nackten Schenkel zog und behutsam mit seiner pulsierenden Männlichkeit in sie drang. Das Laken flatterte unbeachtet zu Boden, während sie sich ihm erregt entgegenwölbte und ihre Brüste seinen heißen, gierigen Küssen und der flammenden Hitze seiner Zunge überließ. Seine Hand glitt ihren Rücken hinab, um ihre Hüften zu umfangen und ihr in den sinnlichen Riten von Liebe und Leidenschaft eine Antwort abzuverlangen. Mit wachsendem Verlangen drängte sie sich ihm entgegen, bis eine verzehrende Wonne sie überspülte und ihr ein gutturales Stöhnen entlockte. Auch Gages Atem kam nun in heftigen Stößen, während er seinem Höhepunkt entgegenflog. Wieder waren sie in einem unendlich köstlichen Rausch vereint, und es dauerte lange, bis sie in die Wirklichkeit zurückkehrten.

Nachdem die Wogen der Leidenschaft verebbt waren, schmiegte Shemaine sich in die Arme ihres Mannes und hätte sich am liebsten nie wieder von ihm gelöst. Gage hielt sie fest, liebkoste ihren Mund und küßte sanft ihre Augenlider, während er selbst die samtene Weichheit ihrer Brüste genoß und das köstliche Gefühl, mit dem ihre Wärme seine Männlichkeit umfangen hielt.

Kurz nachdem sie sich voneinander gelöst hatten, hüllte Gage Shemaine in das Laken, bis es sie wie ein Kokon umgab. Sie saß auf dem Hocker, hatte den einen Fuß auf eine Sprosse gestellt und den anderen auf den Sitz hochgezogen, so daß ihr Kinn auf ihrem Knie ruhte. Am Waschständer blieb Gage stehen, um sich kurz zu säubern, dann machte er sich daran, eimerweise Wasser für ihr Bad herbeizuholen. Ihr Mann schien, was seine Nacktheit betraf, vollkommen unbekümmert zu sein, und für Shemaine war die Versuchung, ihn zu betrachten, einfach überwältigend. Sie sehnte sich danach, ihre Wissenslücken zu füllen, und bemerkte, daß ihre Kenntnis des männlichen Körpers sich rasch vervollständigte. Trotzdem senkte sie, wann immer er sie ansah, schnell den Blick, denn sie wollte nicht, daß er ihr lüsternes Interesse bemerkte.

Als der Badezuber gefüllt war, kehrte Gage zu dem Hocker zurück, auf dem seine junge Frau saß. »Ihr Bad ist bereit, Mylady«, sagte er, nahm ihre Hand und zog sie vom Hocker herunter. »Und Ihr Gemahl kann es kaum erwarten, es mit Ihnen zu teilen.«

Shemaine blieb stehen, um verlegen das Laken zurechtzuzupfen, aber Gage hielt ihre Hand fest.

»Sie sind bei weitem zu reizvoll, um sich unter einer Decke verstecken zu müssen, Madam. Außerdem möchte ich Sie ansehen. Verspüren Sie nicht ebenfalls das Verlangen, mich zu betrachten?«

Trotz der tiefen Röte, die sich über ihre Wangen zog, nickte Shemaine. »Ja! Ja, das will ich tatsächlich.«

»Dann gebe ich dir die Erlaubnis, mich nach Herzenslust anzuschauen«, erwiderte Gage mit amüsiertem, warmen Tonfall. Schließlich nahm er ihre Hand und ließ sie an seinem festen Körper hinabgleiten. »Es ist mir eine Freude, mich von dir betasten zu lassen.«

»Und mir ist es eine Freude, es zu tun«, flüsterte Shemaine und spürte den Trommelschlag ihres eigenen Herzens, während er sie weiter in die Kunst der Liebe einführte.

Sein Flüstern klang heiser und atemlos. »Sehen Sie, Madam? Ich bin Wachs in Ihren Händen.«

»Kein Wachs, möchte ich meinen«, seufzte sie bewundernd, »sondern eher eine mächtige Eiche.«

»Dann komm, kleiner Vogel, und hock dich auf meinen Zweig«, schmeichelte er und drückte ihr die Lippen auf die Schläfe.

»Was ist mit unserem Bad?«

»Wir werden es überaus genüßlich finden, Madam, denn es wird der Ort sein, an dem die mächtige Eiche von einem kleinen Vogel gefällt werden soll.«

16. Kapitel

Das jubilierende Zwitschern der Vögel, die in der hohen Kiefer vor dem Schlafzimmerfenster nisteten, weckte das frisch verheiratete Paar. Als ihr Mann sich an ihrem Rücken regte, lächelte Shemaine schläfrig; sie genoß das Gefühl, seine starke maskuline Gestalt neben sich zu wissen. Sie lag auf der Seite, dicht an seinen nackten Körper geschmiegt. Nachdem sie es nur wenige Augenblicke getragen hatte, war ihr neues Nachthemd unbeachtet über denselben Stuhl gehängt worden, auf den Gage am Abend zuvor seine Kleider gelegt hatte. Nur die Bettdecken verhüllten sie, und darunter waren ihre Körper so warm wie ihre Gedanken.

»So sehr es mich danach verlangt, hierzubleiben und dich noch einmal zu lieben, mein Herz«, wisperte Gage dicht an ihrem Ohr, »ich muß diesen behaglichen Hafen verlassen und mich meinen morgendlichen Pflichten widmen.«

Shemaine drehte sich zu ihm und kuschelte sich eng an ihn. Es widerstrebte ihr, ihn gehen zu lassen. »Wir haben nicht besonders viel Schlaf bekommen.«

»Ja, wir haben zuviel Zeit in der Wanne vertrödelt, aber was bedeutet schon Schlaf, wenn man solche Seligkeit gekostet hat? Ich kann noch immer deinen nassen, wunderschönen Körper im Kerzenschein sehen, die glitzernden Hügel und die schattigen Täler, die mich wieder und wieder in Versuchung geführt haben, sie zu kosten und zu berühren.«

Selbst jetzt noch stockte ihr bei der Erinnerung an seine leidenschaftliche Glut der Atem. Sie war nicht minder fasziniert gewesen vom Anblick seiner Gestalt. Die Flammen der Kerzen hatten seinen glitzernden Körper mit einer goldenen Aura umgeben, hatten die kräftigen Sehnen über seinen mageren Rippen beleuchtet und die langen, biegsamen Muskeln in seinen Schultern, Schenkeln und

Armen. Alles in allem war es ein Bild gewesen, das ihr größte Ehrfurcht abverlangt hatte. »Nie wurde einem Hochzeitsgeschenk eine solch sinnvolle Nutzung zuteil, denke ich, und nie wieder werde ich den Fehler machen, zu glauben, das Ehebett sei der einzige Ort, an dem Kinder empfangen werden können.«

»Wenn wir allein sind, Madam, ist jeder Augenblick reif und jeder Ort der richtige für die Liebe, ob wir voll bekleidet sind oder so nackt wie an dem Tag, da wir diese Welt betraten. Es spielt keine Rolle. Wenn zwei Menschen bereit sind, findet sich immer ein Weg.«

»Ich werde mich bemühen, Ausschau nach solchen Augenblicken zu halten, um Ihre Behauptung auf die Probe zu stellen, Sir«, neckte sie ihn. Der Gedanke an ein solches Unternehmen erschien ihr überaus fesselnd...

»Sei nicht überrascht, wenn solche Augenblicke völlig unerwartet kommen«, warnte Gage sie grienend und drängte sich auch schon gegen ihre Hüften, um seine Behauptung zu veranschaulichen.

Shemaine hob einen nackten Fuß und strich mit ihm über seine harte Wade. »Solange ich deine Schritte hören kann, wirst du mich in erwartungsvoller Vorfreude finden.«

Er ließ eine Hand über die lockende Kurve ihrer Hüfte gleiten und dann weiter hinunter über ihren Oberschenkel. Gleichzeitig beugte er sich vor, um ihren Mund mit einem innigen Kuß zu liebkosen. »Wirst du hier auf mich warten, bis ich zurückkomme?«

Shemaine warf ihm einen überraschten Blick zu. »Soll ich denn nicht das Frühstück bereiten? Wir haben das Essen, das Hannah uns mitgegeben hat, kaum angerührt. Sie wäre enttäuscht, wenn sie wüßte, wie wenig wir davon gekostet haben.«

Gage lachte leise auf. »Ich bin mir sicher, Hannah würde es verstehen, wenn wir es ihr erzählten, aber ich glaube nicht, daß das nötig sein wird, oder?«

Sie gab einen entzückten Seufzer von sich, als sein Mund über ihre Kehle und ihre Schultern streifte. »Da würde Hannah sich nur fragen, was wir wohl die ganze Zeit über getan haben.«

Der sanfte Luftzug seines Lachens wärmte ihre Haut. »In Anbetracht der Zahl der Kinder, die sie zur Welt gebracht hat, würde sie das sicher erraten können.«

Shemaine fragte sich, ob wohl alle Paare in ihrer Hochzeitsnacht so aktiv waren wie sie, aber dann fiel ihr wieder ein, daß einige ihrer Freundinnen in England kurz nach ihrer Verheiratung eine heftige Abneigung gegen *»alles, was sich im Ehebett abspielt«*, kundgetan hatten. Sie dagegen war von Gages Leidenschaft ungemein fasziniert. »Es ist wohl das beste, wir schweigen«, überlegte sie laut. »Wir wollen doch nicht, daß irgend jemand glaubt, wir hätten die ganze Nacht mit einer privaten Orgie zugebracht.«

»Ah, aber genau das haben wir getan, Madam«, erwiderte Gage mit unverhohlener Belustigung.

Lächelnd und mit wohliger Zufriedenheit schmiegte Shemaine sich an ihn. »Ich weiß, Gage, aber das braucht niemand außer uns zu erfahren. Die Leute werden ohnehin geneigt sein, zu glauben, daß du eine lüsterne Dirne geheiratet hast.«

Ihr Mann seufzte und setzte eine Jammermiene auf. »Dagegen läßt sich wohl nichts tun. Die Wahrheit kommt eben immer ans Licht.«

Shemaine wies diese Worte mit gespielter Empörung zurück. »Oh, du ungehobelter Flegel! Du englischer Schurke! Du hast mich elendiglich mißbraucht! Was für ein hassenswerter Spitzbube du doch bist!«

Mit einem vergnügten Lachen wollte sie aus dem Bett steigen, aber ihr Mann streckte schnell einen Arm aus und zog sie zurück. Einen Augenblick lang rangen sie in spielerischer Heiterkeit miteinander, bis Gage einen Schenkel über ihre Beine drückte. Dann hielt er ihre Arme weit auseinander, preßte ihre Handgelenke auf die Matratze und schob sich über sie.

»Habe ich dir nicht erzählt, wie gern ich eine schöne Dirne in meinem Bett habe?« flüsterte er und belagerte einen Augenblick später ihren Mund mit heißen Küssen.

»Wenn ich eine Dirne bin, Sir«, gab sie zurück, während sie es sich bereitwillig unter seinem Körper bequem machte, »dann sind Sie derjenige, der in mir die unersättliche Gier nach all den Dingen geweckt hat, die zwischen einem Ehemann und seiner Frau sein können.« Ihre Worte waren nur zum Teil Scherz, sie entsprachen auch weitgehend der Wahrheit, denn er hatte auf geschickteste Art und Weise ihre Glut geweckt und sie zu Höhen unvorstellbarer Ekstase getrieben.

Gage stützte sich über ihr auf die Ellbogen, und in seinen braunen Augen, die ihr Gesicht liebkosten, brannte ein verzehrendes Feuer. »Denk nur an all das, was wir gemeinsam lernen können, mein süßes Herz.«

»Du meinst, es gäbe da tatsächlich noch Dinge, die du nicht kennst?« fragt Shemaine überrascht.

Der Gedanke, daß seine Braut anscheinend glaubte, er wisse alles über die Frauen, was es zu wissen gab, belustigte und erschütterte Gage gleichermaßen. »Ich habe noch viel zu lernen, meine Liebste, vor allem über dich. Wenn wir das Glück haben, miteinander alt zu werden, dann wirst du eines Tages gewiß in mir lesen können wie in einem vertrauten Buch, das du im Laufe der Jahre auswendig gelernt hast. Ich hoffe nur, ich werde dich nicht allzusehr langweilen.«

Shemaine tat diese Möglichkeit mit jugendlicher Unbekümmertheit ab. »Das wohl kaum, Mr. Thornton! In Wahrheit fürchte ich viel eher, daß das Gegenteil eintreten könnte.«

»Niemals!«

»Die Sonne geht auf«, erinnerte sie ihn sanft.

»Jawohl, ich weiß, und ich muß dich jetzt wohl allein lassen, aber nur, wenn du mir versprichst, dich nicht anzuziehen«, feilschte Gage. »Ich erinnere mich, wie du am ersten Morgen ausgesehen hast, als du durch die Küche huschtest, um uns ein Mahl zu bereiten. Ich weiß noch genau, wie weich und biegsam du unter deinen Nachtgewändern ausgesehen hast. Ich kann dir aufrichtig versichern, daß die Art, wie deine Kleider sich an deine Hüfte und deinen Busen schmiegten, mir schier die Sinne geraubt haben. Vor allem deine Brustspitzen schienen allergrößte Aufmerksamkeit zu fordern, und ich war mehr als bereit, sie ihnen zu widmen.«

Shemaine stöhnte, als sie sich an ihre eigene Unruhe an jenem Morgen erinnerte. »Das ist also der Grund, warum du mich so durchdringend angesehen hast.«

Gage ließ die Hände über die Innenseite ihrer Arme wandern und dann weiter hinab zu ihren Brüsten. »Du warst so verlockend, daß ich dich am liebsten gleich an Ort und Stelle genommen hätte.« Mit einem Grinsen fügte er hinzu: »Und noch viele Male danach.«

Shemaine hob die Hand und fuhr mit den Fingern durch sein schwarzes, zerzaustes Haar. »Wenn ich gewußt hätte, was mich erwartete, hätte ich mich schon bald, nachdem wir die *London Pride* verließen, nach der Ehe gesehnt. Sie können einem wirklich den Kopf verdrehen, Mr. Thornton. Ja, wenn ich denke, was ich verpaßt habe, frage ich mich, ob ich nicht auf all die Frauen neidisch sein sollte, die du im Laufe der Jahre geliebt hast.«

Eine dunkle Braue zuckte zweifelnd in die Höhe. »Wofür halten Sie mich, Madam? Für einen unersättlichen Wüstling? Habe ich Ihnen nicht hinreichend versichert, daß ich in der Wahl der Frauen, die ich mit mir ins Bett nahm, immer sehr vorsichtig war?« Mit diesen Worten ließ er von ihr ab, rollte sich neben sie und stützte sich auf einen Ellbogen, um grinsend auf sie hinabzublicken. »Außerdem warst du, als ich anfing, nach einer Frau zu suchen, noch nicht alt genug, um meine Aufmerksamkeit zu wecken. Wahrhaftig, du bist ja selbst heute kaum mehr als ein Wickelkind.«

»Sehe ich vielleicht aus wie ein Wickelkind?« fragte Shemaine schmollend. Dann räkelte sie sich sinnlich und errang damit seine ungeteilte Aufmerksamkeit.

»Nein, Madam, und das ist eine schlichte Tatsache.« Während er zusah, wie ihr makelloser Körper sich einladend auf dem Bett wand, blitzten die bernsteingesprenkelten braunen Augen warm auf. »Hat dir schon mal jemand gesagt, wie vollkommen schön du ohne Kleider bist? Vor allem dieser besonders ersprießliche Teil von dir hier.« Er betrachtete ihre Brüste und bemerkte den scharfen Kontrast zwischen ihrem hellen Ton und seiner eigenen sonnengebräunten Hand. Das Morgenlicht fiel durch die Kiefernzweige draußen vorm Fenster und verlieh den üppigen Halbkugeln das Aussehen von Alabaster. Ihre Vollkommenheit war unwiderstehlich, und er beugte sich vor, um die köstliche Süße einer der Knospen zu kosten, bis er sie mit der glühenden Hitze seines Mundes schier versengte und ihr unter dem warmen Spiel seiner Zunge der Atem stockte.

»Wenn Sie diesen Weg weiter beschreiten, Sir«, flüsterte sie zitternd, »dürfen Sie sicher sein, daß ich Sie nicht eher gehen lasse, als bis Sie vollendet haben, was Sie begannen.«

Auch Gage kamen langsam Zweifel an seiner Entscheidung, sie allein zu lassen, und er hätte gewiß seinen männlichen Wünschen nachgegeben, hätte er nicht den Magen seiner Frau vernehmlich knurren hören. Dieses Geräusch brachte ihm zu Bewußtsein, wie lange sie nichts mehr gegessen hatte. »Ich nehme an, dein Verlangen gilt im Augenblick nahrhafteren Dingen.«

»Ich bin völlig ausgehungert«, gab Shemaine zu und kicherte dann, als Gage in geheucheltem Zorn knurrte und drohte, sich mit einem Bissen aus ihrer Brust zu sättigen. »Ich kann nichts dagegen tun! Du bist eben ein Sklaventreiber.«

»Sklaventreiber, wie?« Der warme Hauch seines Lachens streifte ihr Ohr. »Und da dachte ich, ich wäre viel zu nachsichtig mit dir. Soll ich dir zeigen, welche Forderungen ich stellen würde, wenn du mir nicht immer noch sehr zart schienst?«

»O ja!«

Ihre Begeisterung entlockte ihm ein heiteres Lachen. Bisher waren seine unablässigen Forderungen auf keinerlei Hindernis gestoßen. Und das würde sich, wie es schien, auch jetzt nicht ändern. »Das werde ich, meine Geliebte, aber du brauchst Nahrung, um wieder ganz zu Kräften zu kommen. Also, mein kleiner Vogel, müssen wir warten, bis du gegessen hast. Und nun steh auf, Frau, und bereite ein Mahl, wie es deinem Gatten würdig ist.«

Shemaine stöhnte, als er die Decken aufschlug und frische Luft an ihre nackten Körper kam. Langsam rollte sie sich über die Matratze, nur um festzustellen, daß er sie verfolgte. Als sie auf den Beinen stand, hatte er sich bereits hinter ihr erhoben. Sie konnte seinem Arm nicht mehr ausweichen und wurde sogleich zurückgerissen und an diese herrlich erregende Gestalt gepreßt.

»Du wirst mir nicht entkommen, kleine Füchsin«, stieß Gage dicht neben ihrem Ohr heiser hervor. Dann glitten seine Hände mit langsamen, aufreizenden Bewegungen über ihren Körper. Er drehte sie zu sich um und hielt sie dicht an sich gedrückt. Shemaine antwortete ihm mit wachsender Leidenschaft, drängte ihren weichen

Körper begierig seiner stählernen Härte entgegen, aber dann wurde ihnen beiden klar, daß ihre Morgenarbeit, wenn sie nicht augenblicklich voneinander abließen, nie getan werden würde. Widerstrebend löste Gage sich aus ihrer Umarmung.

»Leider muß ich jetzt die arme Kuh melken, bevor sie platzt.« Dennoch wanderten seine Hände zu ihren Brüsten hinauf, um sie noch einmal zu liebkosen. »Obwohl ich viel lieber hier bleiben und den süßen Nektar aus diesen Alabasterbrüsten lutschen würde.«

Mit diesen Worten setzte Gage sich wieder aufs Bett, zog sie zwischen seine Schenkel und kostete so lange und mit solchem Hunger ihre üppige Fülle, daß Shemaine vor Erregung fast die Sinne schwanden. Als sie sich auf ihn sinken ließ, hatte sie nicht mehr Kraft im Leib als eine Stoffpuppe. Sein eigenes pochendes Begehren schlug über Gage zusammen, und statt länger zu widerstehen, zog er sie mit größter Entschlossenheit auf seinen Schoß.

»Bestehst du darauf, im Damensattel zu reiten, wenn du deinen Hengst über die Felder fliegen läßt?« flüsterte er heiser.

Shemaine forschte verwirrt in seinen Zügen. »Nicht immer.«

Gages Lippen verzogen sich zu einem verheißungsvollen Lächeln. »Ich weiß, daß du auch rittlings im Sattel sitzen kannst. Gefällt dir diese Art zu reiten?«

Ein erster Funke des Begreifens glomm in ihr auf. »Jawohl, wenn ich einen schönen Hengst unter mir habe.«

»Was halten Sie von mir, Madam?«

»Sie sind der allerbeste, würde ich meinen«, seufzte sie und strich über seine Brust, während er sich auf die Matratze zurücksinken ließ. Dann manövrierte er sie beide ohne jede Anstrengung in die Mitte des Bettes und blickte mit glühenden Augen zu ihr auf, bevor er sich mit ihr vereinte.

»Dann reite nach Herzenslust, meine schöne Dame.«

Kein anderer Hengst hatte ihr je so gute Dienste geleistet wie dieser muskulöse, braungebrannte Herkules, der sich unter ihr bewegte. Immer heftiger und wilder wurde der stürmische Ritt, bis ihr Atem in keuchenden Stößen kam und ihr Gemahl immer tiefer in sie eindrang. Er wölbte sich ihr entgegen und stieß mit einer Härte in sie, die sie vor Wonne erbeben ließ. Sengende Erregung schlug über ihr zusammen, während sie durch die aufgewühlten Wogen der Leidenschaft jagte. Beinahe konnte sie spüren, wie der Wind ihr Haar peitschte und die salzige Gischt ihr den Atem raubte und ihren nackten Körper mit winzigen Tröpfchen bedeckte, während ihre Hüften sich ungestüm den glatten, kräftigen Lenden entgegenwarfen, die sie herausforderten. In hemmungsloser Verzückung tauchten sie gemeinsam in ein Meer der Ekstase, in dem sie wie losgelöst verharrten.

Die Zeit schien stehengeblieben zu sein, bevor sie langsam, ganz langsam zurück zur Erde trieben, wo sie mit ineinandergeschlungenen Gliedern in süßem Frieden liegen blieben. Kurze Zeit später ließ Gage seine Braut endlich allein. Shemaine, die immer noch auf dem Bett lag, sah träge zu, wie ihr Mann eine Wildlederhose aus dem Kleiderschrank nahm und überzog. Dann stieg er in ein Paar weicher Fellstiefel und trat schließlich noch einmal ans Bett. Er lächelte in ihre leuchtendgrünen Augen und breitete eine Decke über ihren liebreizenden Körper.

»Du hattest recht, meine Geliebte.«

Ein fragendes Zucken ihrer Augenbrauen verriet ihre Verwirrung.

»Du reitest tatsächlich gut.«

Shemaines Mundwinkel fuhren erheitert in die Höhe. »Ich hatte aber auch ein exzellentes Roß, das schönste, das ich je geritten habe.«

Gage neigte zur Antwort auf ihr Kompliment grienend den Kopf und fragte dann: »Hättest du Lust, nach dem Essen ein Bad im Fluß zu nehmen?«

Allein der Gedanke ließ seine Frau schaudern. »Zu kalt.«

»Ich werde dich warm halten«, drängte Gage schmeichelnd.

Als Shemaine bemerkte, daß es ihm tatsächlich ernst war, sah sie ihn fragend an. »Die Sonne steht hoch am Himmel. Jeder, der zufällig vorbeikommt, könnte uns sehen.«

»Ich habe meinen Männern unmißverständlich klargemacht, daß sie sich fernzuhalten hätten. Sie werden es nicht wagen, uns zu stören.«

»Und Potts? Was ist mit dem?«

»Bevor seine Wunde verheilt ist, wird er wohl kaum genug Kraft haben, um den weiten Weg vom Dorf herauf zu machen, selbst wenn er immer noch dort wäre.« Gage legte den Kopf schief und schenkte ihr ein lüsternes Lächeln. »Ich könnte dir ein paar Dinge beibringen, die wir bisher noch nicht ausprobiert haben.«

Shemaine schürzte geziert die Lippen. »Es ist wirklich unfair, wie du mich zu bestechen versuchst.«

»Ja, ich weiß«, erwiderte er mit einem Glucksen.

»Dann sieh zu, daß du deine Arbeit erledigst, mein schöner Gemahl«, drängte sie ihn mit plötzlichem Eifer. »Und eil dich. Was mich betrifft, ich werde sehen, was ich uns auf die Schnelle zum Frühstück zubereiten kann.«

Während er lachend durch die Tür verschwand, blickte Shemaine noch einmal verträumt zur Decke hoch und dachte an die leidenschaftliche Nacht, die hinter ihr lag. Sie war jetzt fest davon überzeugt, daß Gage Thornton sich auf das Handwerk der Liebe noch weit besser verstand als auf das des Tischlers – und daß er diese Profession meisterlich beherrschte, das stand wohl fest.

Die Zeit verstrich schnell, während sie ihre jeweiligen Aufgaben erfüllten, und erst nach zwei Stunden nahmen sie schließlich gemeinsam ihr Frühstück ein. Sie saßen nebeneinander auf derselben Bank und teilten ihr Essen so aufmerksam, wie sie zuvor die Liebe geteilt hatten. Sie küßten und liebkosten sich und konnten einfach nicht genug voneinander bekommen.

Shemaine trug nicht mehr am Leibe als einen Morgenmantel, als sie Gage über die Veranda folgte und sich von ihm lachend die Treppe hinabhelfen ließ. Am Ufer des kleinen Gewässers widerstrebte es ihr dann jedoch, das Gewand abzulegen und sich der Ungewißheit der Natur auszusetzen, aber nachdem sie sah, wie Gage alle Hüllen fallen ließ und sich ins Wasser stürzte, gab sie schließlich auf.

»Gott, ist das kalt!« quietschte sie, als sie durch das flache Wasser watete.

»Nicht kalt – erfrischend und belebend!« verbesserte Gage sie heiter; ihm selbst fiel die Temperatur des Wassers kaum mehr auf, denn ihm wurde bereits wieder heiß durch den Anblick ihres nackten Körpers.

»Eiskalt!« beharrte Shemaine, die heftig zitterte, als das Wasser ihre Schenkel benetzte.

»Komm her, mein Liebes, ich werde dich wärmen.« Ihr Mann breitete einladend die Arme aus und winkte sie mit einem strahlenden Lächeln zu sich. »Nur noch ein kleines Stück, und du liegst in meinen Armen.«

Shemaine biß die Zähne zusammen und zwang sich, durch den tiefer werdenden Bach zu waten, bis Gage sie an sich zog. Dann legte er ihre Arme um seinen Hals, lächelte und schlang die seinen um ihren Leib.

»Du bist ja ganz warm«, zitterte Shemaine verblüfft.

»Siehst du, das passiert mit mir, wenn ich dich nur ansehe«, gab Gage zu, während er den Mund sanft über ihre geöffneten Lippen gleiten ließ. Ihre Brustspitzen waren kalt und hart und schienen trotzdem kleine Löcher in seine Brust zu brennen.

»Mir gefällt es, wie du mich ansiehst«, flüsterte Shemaine unter seinen Küssen. »Und mir gefällt, was ich sehe, wenn ich dich anschaue. Ich schaue auch gerne zu, wenn du dich anziehst. Ich habe bis auf den heutigen Tag noch nie einen Mann dabei beobachtet.«

»Wenn ich erst alt und gebrechlich bin, wirst du des Zuschauens gewiß müde werden.«

»Das glaube ich kaum«, seufzte sie mit einem Lächeln.

»Zumindest wirst du dann keine Angst mehr haben, mich anzusehen.«

»Diese Angst hatte ich nie.« Shemaine wartete auf seine Reaktion und lachte leise, als er sie mit skeptisch hochgezogenen Augenbrauen von sich weg hielt. »Ich hatte nur Angst, du könntest mich dabei ertappen.«

Ihre Erklärung entlockte Gage ein amüsiertes Lachen. »Sie dürfen mich nach Herzenslust betrachten, Madam. Ich gehöre Ihnen mit Leib und Seele.«

»Mit Leib und Seele«, wiederholte sie leise und ließ die Hände an seiner harten Brust hinaufwandern und dann über seinen Rücken zurück bis zu seinen festen Hüften. »Was für ein köstlicher Gedanke, zu wissen, daß du mein bist und daß ich dich berühren darf, wann immer ich möchte. Es gibt so viele Stellen an deinem Körper, die zu streicheln und zu liebkosen ich überaus erfreulich finde.«

»Da geht es dir nicht anders wie mir«, murmelte Gage dicht an ihrer Kehle.

Shemaine fuhr mit den Lippen über seine gebräunte Wange. »Tu, was du versprochen hast, bevor du rausgegangen bist, um die Eier einzusammeln«, hauchte sie. »Lehr mich etwas Neues.«

Gage ließ sich nicht lange bitten, sondern hob sie hoch und ließ sie auf sein geschwollenes Glied gleiten. Shemaine seufzte beglückt.

»Gefällt dir das?« stieß er heiser hervor, bevor er die Hände stützend unter ihre Gesäßbacken schob.

»O ja!« Sie war atemlos vor Glückseligkeit. »Mir gefällt alles, was du mit mir machst.«

»Widerlich!«

Das Wort durchschnitt ihre Leidenschaft von einer Sekunde zur anderen und ließ sie entsetzt auseinanderfahren. Beinahe gleichzeitig drehten sie sich um. Es war Roxanne, die steif vor Verachtung am Rand der Lichtung stand. Zutiefst gedemütigt und beschämt, daß ein anderer Zeuge ihrer Intimitäten geworden war, verschränkte Shemaine die Arme über dem Busen und sank halb ohnmächtig an Gages Brust, der sie schützend an sich zog.

»Was zum Teufel hast du hier zu suchen, Roxanne?« fuhr er sie an. Dann schoß ihm plötzlich der Gedanke durch den Kopf, daß sie so wild und bösartig aussah wie eine Hexe. Sie hatte sich nicht einmal Zeit genommen, ihr flachsfarbenes Haar zu kämmen, und der Wind schien ihr die verfilzten Strähnen um Gesicht und Schultern zu peitschen, als würde er von dem Zorn der Frau genährt.

Roxanne funkelte sie verächtlich an und ließ keinen Zweifel an der Wut, die in ihr tobte. Mit trotzig zurückgeworfenem Kopf und anmaßendem Hohn schrie sie Gage an. »Ich habe heute morgen gehört, daß du diese Sträflingshure geheiratet hast! Aber ich mußte herkommen, um die Wahrheit mit eigenen Augen zu sehen, denn es fiel mir schwer, zu glauben, daß du so töricht sein konntest.«

»Warum? Weil ich nicht *dich* geheiratet habe?« fragte Gage scharf.

»Nein!« kreischte die Frau. »Weil du töricht genug warst, überhaupt eine neue Frau zu nehmen, nachdem man dich beinahe für den Mord an der ersten gehängt hätte!«

Bei Shemaines erschrockenem Aufkeuchen lachte Roxanne gehässig, aber Gage zögerte nicht, die Anklage mit Donnerstimme richtigzustellen.

»Das ist eine elende Lüge, Roxanne, und du weißt es auch!«

Die blonde Frau bedachte Shemaine mit einem niederträchtigen Blick. »Er wird dich auch töten, genauso wie er Victoria getötet hat… Wenn dein Mann sich über dich ärgert, ist es um dich geschehen.«

»Ich höre mir deine boshaften Beschuldigungen nicht länger an!« brüllte Gage. »Du weißt besser als irgend jemand sonst, daß ich Victoria nicht getötet habe. Du bist nur hier, um Shemaine mit deinen schändlichen Lügen zu erschrecken!«

Shemaines Gedanken überschlugen sich, und während sie sich zitternd gegen ihren Mann drückte, fragte sie sich, ob an den Anklagen der Frau etwas Wahres sein konnte. Aber andererseits – warum wäre Roxanne so begierig darauf gewesen, Gage für sich zu gewinnen, wenn sie ihn des Mordes für fähig hielt? Wenn die Frau wirklich glaubte, was sie sagte, hätte sie dann nicht Angst gehabt, ihm auch nur in die Nähe zu kommen? Wenn er schon einmal getötet hatte, konnte er das durchaus wieder tun. Was sollte ihn daran hindern, in Rage ein weiteres Leben zu nehmen, wenn er Victoria tatsächlich das Leben genommen hatte? Dennoch hatte Roxanne sich mit Leib und Seele dem Wunsch verschrieben, diesen Mann für sich zu gewinnen.

Entschlossen hob Shemaine das Kinn, um voller Verachtung Roxannes Blick zu erwidern. Sie hatte nicht die Absicht, ihrer Widersacherin die Befriedigung zu geben, zu sehen, daß sie vor Gage zurückschrak. »Ich glaube Ihnen nicht, Roxanne. Mein Mann würde niemals einen anderen Menschen töten!«

»Ach nein?« Roxanne schlenderte mit selbstgefälligem Grinsen zum Ufer. Der Teich, der vom Bach gespeist wurde, war klar genug, um ihr ein verschwommenes Bild der beiden Körper vor ihr zu zeigen. Der Anblick durchschnitt ihr das Herz und schürte den brennenden Zorn in ihr, der nun Gage und Shemaine gleichermaßen galt. Es war genau das eingetreten, was sie befürchtet hatte, seit Shemaine hier aufgetaucht war. Welcher Mann konnte einer solchen Schönheit widerstehen? Gage jedenfalls nicht, höhnte sie im Geiste. Er hatte ja immer einen Blick für Schönheit gehabt! Dafür war schon Victoria der lebende Beweis gewesen! Dieses Flittchen, das ihn mit seinen lüsternen Blicken und aufreizenden Gesten in die Ehe gelockt hatte, bestätigte nur die Tatsache, daß Gage Thornton es nie auch nur in Betracht gezogen hätte, eine reizlose Frau zu ehelichen! Aber sie, Roxanne, würde sich an ihnen beiden rächen! Gage konnte sie nicht ein zweites Mal übergehen, ohne ihre Macht zu spüren zu bekommen! »Jeder hier weiß, was für ein bösartiges Temperament Gage hat, und Victoria ist diesem Temperament zum Opfer gefallen.«

Nun war es an Gage, spöttisch aufzulachen. »Glaubst du, irgend jemand wird noch auf deine Lügen hören, nachdem du damals so heftig beteuert hast, ich sei in jeder Hinsicht unschuldig? Außerdem – wenn du *wirklich* davon überzeugt gewesen wärst, daß die Leute im Dorf deiner neuen Geschichte Glauben schenken würden –, warum hast du sie ihnen dann nicht gleich nach deinem letzten Besuch hier aufgetischt? Aber soweit ich weiß, hast du geschwiegen. Ich kann dir auch sagen, warum. Du rechnest nämlich im Ernst gar nicht damit, daß man dir glauben wird. Du willst nur Shemaine Angst einjagen.«

»Glaubst du ehrlich, daß ich noch einmal ein oder zwei Jahre lang den Mund halte, während du mit deinem schmutzigen, kleinen Sträfling ins Bett steigst?« keifte die blonde Frau. »Glaubst du, daß ich noch einmal warten werde, bis du ihrer müde wirst, wie du Victorias müde geworden bist?« Roxanne verzog die Lippen zu einem bitteren Hohnlächeln. *»Niemals!* Worüber du dir im Augenblick wirklich den Kopf zerbrechen solltest, ist die Frage, wie du deine Familie retten kannst, wenn erst einmal heraus ist, daß du Victoria getötet hast. Ich habe dich gewarnt, daß du dich nicht länger hinter meinen Röcken würdest verstecken können, und jetzt werde ich allen Leuten erzählen, was damals wirklich passiert ist.«

»Na gut! Tu das!« forderte Gage sie mit eisiger Stimme heraus.

»Erzähl ihnen, welche Rolle du bei dem Tod meiner Frau gespielt hast, denn du warst bei ihr, als sie abstürzte! Nicht ich!«

»Victoria war bereits tot, als ich zu ihr kam!« protestierte Roxanne.

Gage lachte gequält. »Das möchte ich doch ernsthaft bezweifeln!«

»Willst du damit andeuten, daß ich in der Lage gewesen wäre, deine Frau über den Bug zu heben und hinunterzuwerfen? Bin ich so stark?« fragte sie beißend. »Und bist du so verzweifelt darauf bedacht, einen anderen Sündenbock zu finden, daß du jede Vernunft vergißt und behauptest, ich hätte Victoria überwältigt? Meinst du nicht, sie hätte mit Zähnen und Klauen gegen mich gekämpft, um mich davon abzuhalten, sie in die Tiefe zu werfen?«

»Vielleicht hast du sie überrascht«, versetzte Gage brüsk. »Vielleicht hast du sie von hinten gestoßen.«

»Na komm schon, Gage«, tadelte Roxanne ihn spitz. »Denk doch ein einziges Mal logisch. Du weißt sehr wohl, daß Victoria mich über die Helling kommen sehen hätte. Tatsächlich wäre sie wahrscheinlich hinuntergestiegen, um mir entgegenzugehen. Wir waren Freundinnen! Oder hast du das vergessen?«

»Ich weiß nicht, wie du eine solche Tat hättest bewerkstelligen können, Roxanne«, gab Gage zu. »Ich weiß nur, daß du seit dem ersten Tag meiner Werbung um Victoria von einer vollkommen unvernünftigen Eifersucht getrieben wurdest. Und jetzt ist es dasselbe Gefühl, das dich in Rage bringt. Deine Eifersucht spricht dafür, daß du die einzige warst, die ein Motiv hatte, Victoria zu töten.«

Roxanne lachte mißbilligend auf. »Was für ein grausamer Zorn hat dich an jenem Tag in seinen Fängen gehabt, daß du die Mutter deines Kindes ermorden konntest, und das, wo Andrew kaum der Brust entwöhnt war?«

An dieser Stelle kam Shemaine zu dem Schluß, daß sie genug hatte von den Anklagen dieses zänkischen Weibes. Mochten ihre eigenen Kenntnisse auf dem Feld der Liebe und der Eifersucht auch sehr eingeschränkt sein, so konnte sie doch nicht glauben, daß eine Frau, deren Verstand unversehrt war, weiter einem Mann nachstellen würde, den sie ernsthaft des Mordes verdächtigte! Aber Roxanne hatte deutlich gemacht, wie verzweifelt sie Gage begehrte, und nach seinem Gang auf die *London Pride* war sie stets nahe dran gewesen, die Beherrschung zu verlieren. Offenbar fürchtete sie ihn nicht so sehr, daß sie es nicht gewagt hätte, ihn jetzt mit derart verleumderischen Bemerkungen herauszufordern.

Shemaine legte eine Hand um Gages Hals, zog seinen Kopf zu sich herab und drückte, ungeachtet seiner Überraschung, einen liebevollen Kuß auf seine Lippen.

»Mir ist kalt, und ich habe keine Lust, mir das verrückte Geplärr dieser Frau noch länger anzuhören«, verkündete sie so laut, daß ihre Worte bis zu Roxanne dringen mußten. »Ich gehe jetzt wieder in die Hütte, um ein heißes Bad zu nehmen. Wenn du magst, kannst du ja mit mir kommen. Vielleicht finden wir dort ein wenig Ungestörtheit, so daß wir beenden können, was wir begonnen hatten, bevor wir so *rüde* unterbrochen wurden.«

Gage spürte, wie ihm vor Staunen der Kiefer nach unten klappte. Was auch immer er von seiner Braut erwartet haben mochte, niemals hätte er mit dieser bedingungslosen Loyalität im Angesicht von Roxannes krankhaften Bosheiten gerechnet. Voller Ehrfurcht sah er zu, wie Shemaine sich abwandte und, ohne auch nur die geringsten Anstrengungen zu unternehmen, ihre Nacktheit zu bedecken, gemächlich ans Ufer watete. Dann stieg sie auf den Felsen, auf dem sie ihren Morgenrock liegengelassen hatte, hob ihn auf, hängte ihn sich mit ruhiger Sorgfalt über den Arm und drehte sich dann in der ganzen Pracht ihrer nackten Schönheit noch einmal um. Es war ein klares und stolzes Bekenntnis zu ihrem Mann, das vor allem für die Ohren der anderen Frau bestimmt war.

»Kommst du, mein Liebster?«

Gage, der Angst hatte, sein Herz könne vor Seligkeit zu schlagen aufhören, antwortete mit gepreßter Stimme: »Jawohl, meine Geliebte, sobald unsere Besucherin uns verläßt… Es sei denn, es wäre dir lieber, ich käme sofort zu dir…«

»Nein, mein Gemahl«, erwiderte Shemaine mit Nachdruck. »Ich möchte nicht einmal den winzigsten Anblick dessen, was mir gehört, mit einer anderen Frau teilen. Komm, wenn du kannst. Ich werde auf dich warten.«

Obwohl Gage kaum der Verlockung widerstehen konnte, ihre Nacktheit zu bewundern, während sie den Weg zur Hütte hinaufschlenderte, wandte er sich schließlich doch Roxanne zu. Er spürte, wie ein stiller Jubel in ihm anschwoll, als er sah, daß sie der entschwindenden Gestalt seiner Frau mit vor Überraschung geöffnetem Mund nachstarrte.

»Würde es dir etwas ausmachen, jetzt zu gehen?« fragte er scharf und verschränkte dann demonstrativ die Hände vor seiner Männlichkeit. Er wußte nicht genau, wieviel Roxanne durch das Wasser sehen konnte, aber er wollte verdammt sein, bevor er ihr auch nur einen flüchtigen Blick auf das freigab, was Shemaine so stolz als ihren Besitz bezeichnet hatte. »Mir ist kalt, und meine Frau wartet auf mich.«

Roxanne sah ihn mit knirschenden Kiefern an. »Die Sache ist noch nicht ausgestanden, Gage Thornton! Es wird dir noch leid tun, daß du mich beiseite gestoßen hast, um diese irische Hündin zu heiraten!«

»Das glaube ich nicht«, sagte Gage mit einer ruhigen Gewißheit, die ihn erst seit einigen Minuten erfüllte – seit seine Frau ihr Vertrauen zu ihm offenbart hatte. »Je länger ich mit Shemaine zusammen bin, um so fester bin ich davon überzeugt, daß ich eine wirklich außerordentliche Frau gefunden habe. Tatsächlich! Wenn ich die Gefühle, die ich im Augenblick für sie hege, richtig deute, könnte ich wohl sagen, daß ich eine tiefe Liebe für sie entwickelt habe.«

»Aaahh!« Roxannes zorniges Fauchen schien jeden Felsspalt, jede Erdfurche und jede Pflanze um sie mit einem solch giftigen Geräusch zu erfüllen, daß sogar die Vögel mit erschrockenem Kreischen aus ihren Nestern aufstoben und wild über den Baumwipfeln zu flattern begannen. Inmitten des Tumults der aufgeschreckten Tiere fuhr Roxanne auf dem Absatz herum und stolperte Richtung Flußufer zurück.

Gage wartete, bis er die Ruder gegen das Boot ihres Vaters knirschen hörte, bevor er ans Ufer des kleinen Sees watete. Nachdem er seine Hose übergestreift hatte, griff er nach seinen Stiefeln, wanderte barfuß den Weg zur Hütte hinauf und trat leise durch die Tür.

Shemaine hatte sich in den Morgenmantel gehüllt, den sie mit einer Hand am Hals geschlossen hielt, während sie mit einem Eimer heißen Wassers auf das neue Badezimmer zueilte. Als sie ihn sah, schenkte sie ihm ein zittriges Lächeln.

»Wenn d-du mir hilfst, das W-Wasser reinzubringen«, sagte sie mit klappernden Zähnen, »h-haben wir es b-bald wärmer.«

»Ich kümmere mich um das Wasser«, sagte Gage und warf seine Stiefel beiseite. »Du solltest dich besser ans Feuer stellen, bis ich die Wanne für uns gefüllt habe.«

Seine Frau hielt inne und sah ihn an, als hätte er den Verstand verloren. »F-frierst d-du d-denn überhaupt nicht?«

Ein Lächeln spielte um seine Lippen. »Ich bin daran gewöhnt.« Er zuckte die Achseln. »Vielleicht ist es weniger die Kälte, die dir zu schaffen macht, Shemaine, als die Aufregung.«

»Und ob Roxanne mich aufgeregt hat!« bestätigte Shemaine gereizt. »Was für eine Unverschämtheit von dieser Frau, sich vorzustellen, ich würde ihren Lügen glauben!« Plötzlich jedoch schmolz ihr Zorn dahin, und an seine Stelle trat ein Gefühl schmerzlicher Unzulänglichkeit. Sie sah aus, als würde sie gleich in Tränen ausbrechen, obwohl sie sich alle Mühe gab, es zu verhindern. Dennoch trat ihr Mann schützend neben sie, und als er sie in die Arme nahm, begann sie unglücklich, sich an seiner Brust auszuweinen. »Ich habe Schande über mich gebracht! Und ich habe Schande über dich gebracht, Gage! Ich habe mich von dieser Frau provozieren lassen, bis ich alles vergessen habe, was man mir je über Sitte und Anstand beigebracht hat! So, wie ich meine Nacktheit vor euch beiden zur Schau gestellt habe, hat Roxanne jetzt bestimmt keinerlei Zweifel mehr daran, daß ich eine Hure bin!«

»Ha!« lachte Gage. Dann rückte er ein kleines Stück von ihr ab und blickte forschend in ihre feuchten Augen. »Was regt dich eigentlich mehr auf, Shemaine! Die Anklagen, die Roxanne gegen mich erhoben hat? Oder die Tatsache, daß du splitternackt hier heraufstolziert bist?«

Seine offene Frage trieb ihr erneut die Tränen in die Augen. Endlich stieß Shemaine dann die eine Frage hervor, die sie so furchtbar quälte. »Habe ich dich sehr beschämt?«

»Gütiger Himmel, Frau! Wie kommst du nur auf diese Idee!« rief Gage mit herzlichem Lachen aus. »Ich hätte beinahe gebrüllt vor Schadenfreude!« Er preßte seine Frau abermals an sich und legte seine Wange auf ihren Kopf. »Shemaine, ist dir denn nicht klar, wie glücklich du mich gemacht hast, als du so unmißverständlich dein Vertrauen zu mir erklärt hast? Es war, als hätte sich der Himmel vor mir aufgetan! Weiß Gott, meine Geliebte, ich fühlte mich wie ein Kaiser, dem nach endlosen Jahren des Exils und der Gefangenschaft sein Reich zurückgegeben wird. Das Glück, das ich in diesem Augenblick erfuhr, kennt keine Grenzen. Ich hätte nie gedacht, daß Roxannes bösartige Anklagen dich kalt lassen würden. Was du getan hast, hat mich schier überwältigt... und dein Vertrauen in mich hat mich auch ein wenig erstaunt.«

Seine Reaktion auf ihre Schamlosigkeit verblüffte Shemaine – aber nachdem sie unter den Anschuldigungen eines gedungenen Häschers hatte leiden müssen, nachdem sie niemanden gefunden hatte, dem Mitleid oder menschlicher Anstand wichtig genug gewesen wären, um auch nur in Erwägung zu ziehen, daß sie vielleicht unschuldig sein konnte, nach alledem, was sie durchgemacht hatte, hatte sie allergrößtes Verständnis für den inbrünstigen Wunsch eines anderen Menschen, daß man ihm glauben und vertrauen möge. Mit einiger Überraschung stellte sie fest, daß sie aufgehört hatte zu zittern. Dicht an ihren Mann geschmiegt, fing sie übergangslos an zu giggeln.

»Ich habe mich aber doch *empörend* benommen, oder?«

Gage lachte leise und drückte sie wunderbar eng an sein Herz. »Durch und durch verworfen, meine Geliebte.«

17. Kapitel

Nach Andrews Rückkehr spielte sich im Hause Thornton langsam der Alltag einer richtigen Familie ein. Obwohl es dem Jungen seltsam erschien, daß Shemaine nun im Schlafzimmer seines Vaters untergebracht war, akzeptierte er sie willig als Ersatz für die Mutter, an die er sich kaum erinnern konnte. Gelegentlich huschten noch undeutliche Bilder eines liebenden Gesichts und langen, hellen Haars, in das er die Fingerchen gekrallt hatte, wenn seine Mutter ihn auf dem Schoß wiegte und ihm vorsang, durch seinen kindlichen Sinn. Aber auch andere, weit beunruhigendere Erinnerungen suchten seine Träume heim. Dann sah er seinen Vater vor sich, der ihn schluchzend in seinem Bett zurückließ und erst nach beängstigend langer Zeit in die Hütte zurückkehrte – mit der schlaffen, geschundenen Gestalt dieser schönen Dame auf den Armen. Selbst nach so langer Zeit konnte das Traumbild dieser Frau, die auf dem größeren Bett lag und aus deren bleichen Mundwinkeln ein dünnes Blutrinnsal lief, ihn aus dem Schlaf aufschrecken. Dann lag er schluchzend in seinem Bett und sehnte sich nach Trost.

Auch seine neue Mutter sang ihm vor, und wenn er aus einem Alptraum erwachte, hielt sie ihn in den Armen und sprach sanft auf ihn ein. Oft nahm sie ihn dann sogar mit in ihr Bett. Den Kopf an ihre Schulter gebettet, lauschte er ihrem Gesang, während sein Vater sie beide fest umschlungen hielt. Eine Weile später wachte er dann gerade lange genug auf, um festzustellen, daß sein Vater ihn wieder in sein eigenes Bett getragen hatte. Dort verbrachte er dann in friedlicher Behaglichkeit den Rest der Nacht.

In den folgenden Tagen wurde Andrews Zimmer offiziell von dem seiner Eltern getrennt. Man baute eine Wand mit einer Tür in die große Öffnung zwischen den beiden Räumen, und eine weitere Tür wurde in die angrenzende Wand eingelassen, so daß der Junge direkt von seinem Schlafzimmer aus in den Hauptraum der Hütte gelangen konnte. Diese bauliche Veränderung verringerte das Risiko, daß Andrew durch die Geräusche und das Stimmengemurmel aus dem Elternschlafzimmer geweckt wurde. Gleichzeitig schenkte dieser Umbau seinem Vater und seiner neuen Mutter etwas mehr Ungestörtheit.

Die Tür zwischen den beiden Schlafräumen machte eine Störung jedoch nicht völlig unmöglich. Diese Tatsache wurde deutlich, als Andrew eines Nachts erwachte und das dringende Bedürfnis hatte, die Toilette aufzusuchen. Nachdem er die Tür zum Elternschlafzimmer weit aufgestoßen hatte, stürzte er sogleich hindurch. Der Junge verstand die fliegende Hast nicht, mit der sein Vater sich auf die andere Seite des Bettes und von Shemaine wegrollte; auch das verzweifelte Gerangel nach den Bettdecken war dem Kleinen ein Rätsel. Als Gage sich endlich in sein Kissen sinken ließ, hörte Andrew ein unterdrücktes Stöhnen und fragte sich, ob sein Vater vielleicht Bauchschmerzen hatte. Auch die plötzliche Belustigung seiner Eltern war verwirrend für den Jungen. Er wußte nur, daß seine Not groß war, und als er neben dem Bett stehenblieb und durch die vom Himmel beschienene Dunkelheit in Shemaines erheitertes Gesicht blickte, konnte er seinen Drang kaum mehr bezähmen.

Von da an wurde jeden Abend, bevor Andrew ins Bett ging, ein kleiner Nachttopf in sein Zimmer gestellt. Sein Vater ermutigte ihn von Anfang an, diesen Topf zu benutzen, wann immer er des Nachts diesen gewissen Drang verspürte. Außerdem wurde an der gegenüberliegenden Seite der Tür zwischen den beiden Schlafzimmern schon bald ein Riegel angebracht, der die Wahrscheinlichkeit verringerte, daß das Paar ohne vorherige Warnung gestört wurde, oder daß das Kind etwas sah, das nicht für seine Augen bestimmt war.

Aus Newportes Newes kamen Gerüchte, daß Roxanne ihre Drohungen wahrgemacht hatte, aber bisher hatte sich keiner der Dorfbewohner dazu herabgelassen, der verbitterten Frau ein Ohr zu leihen, obwohl sie tatsächlich mit großem Eifer versuchte, die Leute von Gages Schuld zu überzeugen. Die Mehrheit ihrer Zuhörer im

Weiler wußte, daß Roxanne Gage seit fast zehn Jahren nachlief. Man war allenthalben der Meinung, daß sie, nachdem sie ein zweites Mal zurückgewiesen worden war, nur von Gehässigkeit getrieben wurde und nicht etwa von einer neuen Entdeckung. Andererseits hatten sich die Spekulationen über Victoria Thorntons Tod mit der Zeit auch ziemlich abgenutzt, vor allem, da Mrs. Pettycomb seit beinahe einem Jahr den Leuten mit ihren Theorien in den Ohren gelegen hatte, bis sich niemand mehr ihre bösartigen Verleumdungen länger anhören mochte. Nicht einmal die hakennasige Matrone wagte es, Roxannes jüngste Beteuerungen mit ihrer gewohnten Inbrunst zu wiederholen. Sie fürchtete die Zurechtweisung jener, die fanden, daß kein vernünftig denkender Mensch der Tochter des Schmieds Glauben schenken würde.

Obwohl mehrere Wochen verstrichen, kam kein offizieller Vertreter der Behörden aus der Stadt, um eine Verhaftung vorzunehmen. Gage atmete ebenso wie seine Frau vorsichtig auf, und ihr Leben verlief endlich in geordneten Bahnen. Zu ihrem Erstaunen kamen immer wieder Besucher aus dem Weiler, um Shemaine als Beweis ihrer Freundschaft kleine Geschenke zu bringen – als wollten sie damit zeigen, daß sie sie akzeptierten und sie näher kennenlernen wollten. Diese veränderte Haltung ließ sich im wesentlichen auf die Beharrlichkeit von Calley Tate (die über die Besucher, die an ihr Bett kamen, Einfluß nahm), Hannah Fields und Mary Margaret McGee zurückführen. Alle drei Frauen sangen einstimmig das Loblied ihrer neuen Freundin und erklärten jedem, der zuhören wollte, daß Shemaine eine vornehme Dame sei, die zu Unrecht verurteilt worden war.

Das Leben war jedoch nicht so idyllisch, wie es hätte sein können, denn Shemaine begann zu fürchten, daß Jacob Potts sich langsam von seiner Verletzung erholt haben müsse und wieder in der Nähe war. Sie tat kaum einen Schritt aus dem Haus, ohne das Gefühl zu haben, daß jemand sie aus den Tiefen des Waldes heraus beobachtete. Gage durchstreifte wieder und wieder die bewaldete Umgebung der Hütte, konnte aber nur einige frisch abgebrochene Zweige und jüngst aufgewühlte, verrottende Blätter auf dem Waldbogen entdecken. Es waren Spuren, wie sie auch ein Hirsch oder ein anderes Tier hinterlassen haben mochten. Dennoch konnte Shemaine sich einer bösen Vorahnung nicht erwehren. Sie fürchtete, daß ihrer aller Leben in Gefahr war, und aus Gründen der Vorsicht gewöhnte sie es sich an, stets ein Steinschloßgewehr mitzunehmen, sobald sie die Hütte verließ. Ob sie hinausging, um mit Andrew zu spielen, Kleider zu waschen oder eine andere Pflicht zu erledigen, stets war sie auf das Schlimmste gefaßt. Wenn ihre Befürchtungen sich am Ende als das Produkt einer überspannten Phantasie erwiesen, dann hatte sie nichts verloren, aber wenn Potts wirklich irgendwo dort draußen lauerte, mußte sie gewappnet sein. Nachdem Gage sie weiter in der Benutzung der Waffe unterwiesen hatte, verbesserte sich ihre Zielsicherheit in solchem Maße, daß sie schließlich zuversichtlich glaubte, daß sie das Gewehr im Notfall durchaus zu gebrauchen wissen würde.

Gage seinerseits hielt stets Wache, auch wenn das Ausmaß seiner Sorge seiner jungen Frau verborgen blieb. Jeden Morgen und jeden Nachmittag ritten er oder einer seiner Männer in weitem Bogen durch die Wälder. Bei anderer Gelegenheit machte einer von ihnen sich unauffällig zu Fuß auf den Weg, um festzustellen, ob er jemanden finden oder sogar überraschen konnte. Keiner von ihnen war ein erfahrener Fährtensucher, und sie bemerkten nur, was offen zutage trat, und das war sehr wenig. Wenn Potts sich tatsächlich zwischen den Bäumen versteckte, ging er mit äußerster Vorsicht zu Werke.

Nachdem Gage seine Männer gebeten hatte, ein schützendes Auge auf seine Familie zu werfen, fuhr er eines Tages noch einmal nach Newportes Newes, um Morrisa zu befragen. Aber die Hure hatte den Befehl bekommen, mit einigen anderen Dirnen hinunter zum Hafen zu gehen, um das große Schiff zu begrüßen, das gerade einlief. Die *London Pride* würde bald wieder Segel setzen, jetzt, da ihre Frachträume gefüllt waren, und die Mädchen sollten sich unter den gerade ankommenden männlichen Passagieren und Matrosen neue Kundschaft suchen. Wenn sich ihre Einkünfte verringerten, hatte Freida gedroht, würden sie bald nur noch das Allernotwendigste zu essen bekommen. Bis auf ein schroffes Leugnen, irgend etwas über den Aufenthaltsort von Potts zu wissen, weigerte Morrisa sich, noch mehr Zeit für seine »dämlichen« Fragen zu vertrödeln. Falls Gage mehr wollte, verlangte sie einen voll bezahlten Abend oben in ihrem Zimmer – mit im voraus bezahltem Honorar, denn sie konnte es sich nicht leisten, den Zorn der Bordellwirtin zu erregen.

»Dieses kleine Würstchen von Myers hat sich bei Freida über mich beklagt, und jetzt muß ich doppelt so viele Herren bedienen wie früher, um das elende Weib zufriedenzustellen. Ich tu das nicht, weil ich gern nach ihrer Pfeife tanz'n, verstehn Sie? Ich würd' viel lieber hier bei Ihnen bleiben und Ihnen meine Dienste kostenlos geben. Es wird Zeit, daß Sie begreifen, wieviel mehr Vergnügen ich Ihnen schenken kann als dieses kleine Irentrampel, das Sie geheiratet haben. Aber wenn ich Freida um das Geld betrügen würd', das ihr ihrer Meinung nach zusteht, will sie mich an einen dieser Trapper verkaufen, die manchmal herkommen. Haben Sie eine Ahnung, wie abscheulich gemein diese Bestien sein können? Ha! Einer von denen hat mich so gebissen, daß ich geblutet habe. Ich hab' laut geschrien, jawohl!«

»Nachdem du Potts mit deiner Gunst beehrt hast, müßte dir solches Benehmen eigentlich vertraut sein«, bemerkte Gage ohne eine Spur von Mitleid.

Morrisa kreischte vor Zorn und riß einen schweren Zinnkrug von einem nahen Tisch. Sie holte bereits aus, um ihn nach Gage zu werfen, als das ungerührte Lächeln auf dessen Lippen sie plötzlich vorsichtig werden ließ.

»Freida beobachtet uns«, warnte er sie mit größter Befriedigung. Der Zorn der Hure schmolz rasch dahin, als Gage eine Hand hob, um ihre Aufmerksamkeit auf die Treppe zu lenken. Dort stand, wie eine wohlbewehrte Festung, die Bordellwirtin. Die fahlen, fleischigen Arme über der Brust verschränkt, klopfte sie mit der Spitze ihres Schuhs ein zorniges Staccato auf die Treppenstufe. Freidas nur allzu deutlich übermittelte Botschaft bestand wohl darin, daß Morrisa auf mehr als nur ein paar Mahlzeiten verzichten müsse, falls sie noch weiteren Ärger stiftete.

Vorsichtig stellte Morrisa den Humpen wieder auf den Tisch, während Freida die Treppe vollends herunterkam und auf sie zuging. Gage hatte nicht den Wunsch, den strengen Tadel zu hören, der der Hure nun bevorstand, und trat durch die Tür der Taverne auf den Gehsteig, wo er um ein Haar mit Mrs. Pettycomb zusammengestoßen wäre.

»Na, wenn das nicht Gage Thornton ist!« rief die Matrone überrascht. Dann rückte sie das Drahtgestell ihrer Brille auf ihrer dünnen Hakennase zurecht, damit ihren kleinen, dunklen Augen auch nicht das winzigste Detail entging. Jeder Mann, der eine Strafgefangene heiratete, mußte in der einen oder anderen Hinsicht mit Vergeltung rechnen, wenn er sich nicht den Launen seiner Frau unterwarf. Aber sehr zu Almas Enttäuschung hatte Gage weder ein blaues Auge noch irgendwelche Kratzer im Gesicht. Neugierig spähte Alma durch die offene Tür der Taverne und suchte den Raum dahinter ab, bis ihr Blick auf Morrisa fiel. Daraufhin zog sie scharf die Augenbrauen in die Höhe und richtete ihre Aufmerksamkeit mit einem selbstgefälligen Lächeln wieder auf den hochgewachsenen Mann vor ihr. »Zu Besuch hier, Gage?«

In die braunen Augen trat angesichts dieser irrigen Mutmaßung durchdringende Kälte. »Ich bin geschäftlich hier, Mrs. Pettycomb.«

»Oh, natürlich.« Alma feixte. »Das behaupten sicher alle Männer, wenn sie dabei ertappt werden, wie sie einem lockeren Frauenzimmer den Hof machen.«

Gage hatte nur ein gereiztes Schnauben für ihren Verdacht. »Das ist in meinem Fall gewiß eine Fehleinschätzung, Mrs. Pettycomb, aber denken Sie, was Sie wollen!«

Alma schürzte hochmütig die dünnen Lippen, mußte aber schon in der nächsten Sekunde hastig beiseitetreten, weil Morrisa aus der Taverne gestürmt kam. Die Hure schien die erschrockene Matrone überhaupt nicht zu bemerken, sondern stürzte sich nur mit finsterem Blick auf den Mann neben ihr.

»Wenn Sie nicht so vernarrt wären in dieses Irentrampel, das Sie geheiratet haben, Gage Thornton, würden Sie sehen, was zwischen uns beiden sein könnte. Aber nein! Sie müssen Mylady Sh'maine ja ein getreuer Ehemann sein. Nun, ich hoffe, Sie werden glücklich sein mit der Bande kleiner Bälger, die Sie von ihr kriegen werden, denn das ist alles, was *die* Ihnen geben kann. Auf mehr versteht sie sich ja nicht! Was mich betrifft, ich geh' jetzt runter und seh' mir an, was für Herren heute in den Hafen kommen. Vielleicht lach' ich mir diesmal ja einen hübschen Kerl an.«

Mit diesen Worten stolzierte Morrisa an ihm vorbei über die Straße, während Alma ihr nur atemlos hinterhersehen konnte. Die Matrone klappte den Mund zu, und Gage wandte sich, ohne sie weiter zu beachten, ab.

»Gehen Sie auch runter zum Schiff, Gage?« hakte sie nach, denn es widerstrebte ihr, ihre Beute so ohne weiteres ziehen zu lassen. »Es ist ein englisches Schiff und müßte Sie doch eigentlich interessieren. Andererseits ist dieses Schiff wohl zu vornehm, um eine Ladung Sträflinge mitzubringen.«

Gage warf einen Blick über die Schulter und bedachte sie mit einem geheimnisvollen Lächeln. »Ich habe keinen Grund, zum Hafen zu gehen, Madam. Wie Morrisa ganz recht bemerkte, habe ich alles, was ich mir wünschen kann. Ich glaube kaum, daß sich an Bord dieses Schiffes jemand befindet, der für mich auch nur von geringstem Interesse wäre. Und nun wünsche ich Ihnen noch einen schönen Tag.«

Ohne sich auf ein weiteres Gespräch einzulassen, ging Gage mit langen Schritten auf das Flußufer zu, wo sein Kanu lag. Nach seiner schroffen Abfuhr fühlte Mrs. Pettycomb sich wie eine alte Henne, die sich gerade die Federn versengt hatte. Wutschnaubend sah sie ihm nach. In diesem Augenblick verspürte sie nur den einen Wunsch, ihm all ihren Zorn ins Gesicht schleudern zu können. Allerdings war es bei weitem ungefährlicher, wenn sie hinter seinem Rücken ihre giftigen Geschichten verbreitete und auf schändlicheren Wegen ihre Rache suchte.

Nachdem sie, neugierig wie sie war, selbst zum Hafen hinuntergegangen war, näherte Alma Pettycomb sich dem gerade angekommenen Schiff und blieb dann eine Weile in der Nähe, um die von Bord gehenden Passagiere einer eingehenden Musterung zu unterziehen. Sie sah, daß Morrisa am Arm eines hübschen jungen Mannes davonging, achtete aber nicht weiter auf die Hure, denn in diesem Augenblick kam ein hochgewachsener, grauhaariger Mann in Begleitung des Kapitäns die Laufplanke herunter. Die Kleidung des vornehmen älteren Gentlemans legte auf geschmackvolle Weise Zeugnis für seinen Reichtum ab. Andererseits war er sehr attraktiv und brauchte sich eigentlich nicht mit kostbarem Tuch zu schmücken, um Aufmerksamkeit auf sich zu ziehen. Kurze Zeit unterhielt er sich noch auf dem Kai mit dem Schiffskapitän, und Alma Pettycomb beobachtete fasziniert, wie respektvoll sich der Kapitän dem Fremden gegenüber benahm. Da sie darauf brannte, etwas von ihrem Gespräch mitzubekommen, trat sie verstohlen etwas näher an die beiden Männer heran.

»Falls ich Ihnen irgendwie behilflich sein kann, Mylord, werde ich mit Freuden alles in meiner Macht Stehende tun, um Ihre Suche voranzutreiben«, erbot sich der Kapitän freundlich. »Ich wünschte, ich wüßte mehr als das, was ich Ihnen bereits erzählt habe, aber nachdem mein Passagier an jenem Tag von Bord ging, habe ich ihn leider nie wiedergesehen.«

»Ich kann nur hoffen, daß Ihre Informationen mir weiterhelfen werden, auch wenn viele Jahre verstrichen sind, seit Sie das erste Mal in diesen Gewässern vor Anker gingen. Wenn das Glück mir hold ist, wird es nur eine Frage der Zeit sein, bis ich den, den ich suche, finde.«

Der Kapitän winkte einen Matrosen herbei, der gerade mit einer großen Ledertruhe auf den Schultern die Laufplanke herunterkam. »Judd, du wirst bei Seiner Lordschaft bleiben und ihm mit seinem Gepäck helfen, bis er dich nicht mehr braucht. Dann kannst du dich wieder hier melden und deinen Landurlaub antreten.«

»Aye, aye, Käpt'n.«

Die beiden Männer trennten sich, und Seine Lordschaft wartete einen Augenblick, bis der Matrose neben ihn getreten war, dann wandte er sich ab, um unverzüglich ins Dorf zu gehen. Allerdings fand er sich statt dessen der mausgesichtigen Mrs. Pettycomb gegenüber, die nun so dicht hinter ihm stand, daß er ihr beinahe auf den Fuß getreten wäre.

»Ich bitte um Verzeihung«, entschuldigte sich der Mann und machte Anstalten, um sie herumzugehen.

»Ich bin diejenige, die um Verzeihung bitten muß, Sir«, erwiderte die geschwätzige Frau, die den Fremden unbedingt festhalten wollte, bis sie Näheres über ihn und seine Suche in Erfahrung gebracht hatte. »Mein Name ist Alma Pettycomb, und ich konnte nicht umhin, Ihr Gespräch mit dem Kapitän mit anzuhören. Ich habe mich gefragt, ob ich Ihnen nicht vielleicht behilflich sein könnte. Ich kenne mich hier in der Gegend aus und weiß so manches über die Menschen, die hier leben. Ich habe gehört, daß Sie nach jemandem suchen. Vielleicht kenne ich den Betreffenden?« Sie zögerte erwartungsvoll, aber ihre Frage wurde nicht sofort beantwortet.

Seine Lordschaft sah sie erst einmal prüfend an. Vielleicht war es nur Einbildung gewesen, aber als er kurz zuvor ihren Schatten bemerkt hatte, der sich über seinen eigenen warf, war es ihm beinahe so erschienen, als hätte die Matrone sich vorgebeugt, um sein Gespräch mit dem Kapitän zu belauschen. Andererseits war eine aufdringliche Einheimische mit einer Vorliebe für Klatsch und Tratsch wahrscheinlich die beste Person, um Erkundigungen einzuziehen, denn solche Leute wußten für gewöhnlich mehr über die Angelegenheiten aller anderen als sonst jemand. »Wissen Sie zufällig, ob ein Mann namens Thornton hier in der Gegend lebt? Er hat England vor fast zehn Jahren verlassen, und das Schiff, auf dem er gefahren ist, hat hier in Newportes Newes angelegt.«

Alma Pettycomb konnte sich nur fragen, warum ein englischer Lord sich auf die Suche nach einem niederen Gemeinen begab, vor allem, wenn es sich um eine so abstoßende Kreatur wie den Möbeltischler handelte. »Ein Stück flußaufwärts wohnt ein gewisser Gage Thornton«, informierte sie den Fremden, aufgebläht von ihrer eigenen Wichtigkeit. »Könnte das derjenige sein, nach dem Sie suchen?«

Seine Lordschaft lächelte so befreit, als hätten ihre Worte ihn zutiefst erleichtert. »Jawohl, das ist er.«

Die Frau konnte der Versuchung nicht widerstehen, mehr zu erfragen, als ihr zustand. »Ich muß noch einmal um Vergebung bitten, Mylord, aber ich wüßte doch gern, was Gage Thornton getan haben könnte, das einen Gentleman wie Sie dazu veranlaßt, ihn den ganzen Weg von England bis hierher zu verfolgen. Und das, nachdem so viele Jahre verstrichen sind.«

Die Augen Seiner Lordschaft nahmen plötzlich einen kalten, bernsteinbraunen Ton an. »Meines Wissens hat er nichts Verwerfliches getan, Madam. Warum vermuten Sie, daß es anders sein könne?«

»Nun, hier in der Gegend hat er jedenfalls genug getan, um die guten Bürger dieses Weilers um ihr Leben fürchten zu lassen«, antwortete Alma bereitwilligst. »Es heißt, er hätte seine erste Frau ermordet, aber trotzdem spaziert er überall herum, als gehörte ihm die ganze Welt. Jetzt hat er eine ehemalige Strafgefangene zur Frau genommen; niemand wagt sich auch nur vorzustellen, welche Verbrechen sie in England begangen haben könnte. Ich habe ihm schon an dem Tag, als er sie kaufte, klargemacht, daß er dieser Stadt einen schlechten Dienst erwiesen habe.«

»Wo finde ich diesen Mr. Thornton?«

Nicht einmal die Knappheit seiner Frage vermochte es, Alma zu entmutigen, und sie beeilte sich, ihm die Richtung zu weisen und ihm die Namen mehrerer Männer zu nennen, die ihn gegen eine kleine Gebühr flußaufwärts bringen würden. Seine Lordschaft brachte mit wenigen höflichen Worten seine Dankbarkeit zum Ausdruck und bedeutete dem Matrosen, ihm zu folgen, aber Alma vertrat dem Gentleman erneut den Weg.

»Dürfte ich um das Vergnügen bitten, den Namen Eurer Lordschaft zu erfahren?«

Seine Lordschaft schenkte ihr ein dünnes Lächeln, das sie ein klein wenig an ein anderes Lächeln erinnerte, das ihr in derselben Stunde zuteil geworden war. »Lord William Thornton, Earl of Thornhedge.«

Mrs. Pettycomb klappte für einen Augenblick der Kiefer herunter, bevor sie sich zitternd eine Hand über den Mund schlug. Erschrocken und auch ein wenig benommen, fragte sie: »Irgendwie verwandt mit Gage Thornton?«

»Er ist mein Sohn, Madam.« Mit diesen Worten ließ Seine Lordschaft die entgeisterte Frau stehen und steuerte mit Judd im Schlepptau auf den Fluß zu. Wenige Augenblicke später war er auf dem Weg stromaufwärts und winkte dem Matrosen zum Abschied nach.

Ein leises, aber energisches Klopfen an der Haustür riß Andrew und Shemaine aus ihrem Mittagsschlaf, und obwohl der Junge sich flink aus dem Bett seines Vaters schlängelte und zur Tür rannte, stürzte Shemaine ihm mit jäher Angst hinterher. Sie konnte sich nicht vorstellen, daß Potts die Kühnheit besaß, bis zu ihrer Hütte heraufzukommen, schon gar nicht, nachdem Gage ihn verwundet hatte, aber sie durfte kein Risiko eingehen.

»Mach die Tür nicht auf, Andrew, bevor ich sehe, wer da ist«, bat sie ihn ängstlich.

Der Junge blieb gehorsam stehen und wartete ab, während sie ans Fenster trat und hinaussah. Der Mann, der auf der Veranda stand, war Shemaine vollkommen fremd; in Newportes Newes hatte sie ihn jedenfalls noch nie gesehen. Er hatte etwas Stolzes an sich, und seine Haltung zeugte von unbestreitbarer Würde.

Also trat Shemaine neben Andrew, hob den Riegel hoch und erlaubte dem Kind, die Tür weit zu öffnen. Die Aufmerksamkeit des Mannes galt zuerst dem Jungen, und Shemaine konnte nicht umhin, seine Überraschung zu bemerken; gleichzeitig wurde sein Gesichtsausdruck, wenn auch nur schwach wahrnehmbar, weicher. Eine Sekunde später hob sich der Blick der bernsteinfarbenen Augen, um sich mit steinerner Kälte auf sie zu heften. Shemaine stieß einen leisen Laut der Überraschung aus. Das war auch schon alles, was ihr einfiel, um diesem kalten Blick zu begegnen, ohne zurückzuprallen, denn es konnte kein Zweifel daran bestehen, daß Gages Vater vor ihr stand. Die Ähnlichkeit war zu deutlich, als daß sie sie hätte übersehen können.

»Ist Mr. Thornton hier?« fragte er beherrscht.

»Er müßte mittlerweile aus dem Dorf zurück sein«, antwortete sie stirnrunzelnd. »Einer seiner Männer sagte, er sei vor einigen Stunden nach Newportes Newes gefahren. Aber wenn Sie solange ins Haus kommen und mit dem Jungen zusammen warten wollen, Mylord, werde ich schnell in die Werkstatt laufen und feststellen, ob er wieder da ist.«

Verblüfft über ihren Scharfblick trat William in die Hütte, wo er die junge Frau genauer in Augenschein nehmen konnte. Ihm fielen jedoch nicht nur ihre zarten, feingemeißelten Züge auf, sondern auch der Ehering am Finger ihrer linken Hand. Mit hochgezogenen Augenbrauen sah er sie an. »Sie wissen, wer ich bin?«

Shemaine legte die Hände auf die Schultern des Jungen. »Ich glaube, Sie sind Andrews Großvater... und der Vater meines Mannes.«

Williams Lippen verzogen sich zu einer dünnen Linie, und er versuchte, seine Verärgerung zu verbergen. Die alte Klatschbase aus dem Dorf hatte also recht! Gage hatte sich nicht nur, was den Tod seiner ersten Frau betraf, in irgendwelche Schwierigkeiten gebracht, sondern seinen Namen auch einer verurteilten Straftäterin gegeben. Dennoch war das Mädchen weit aufmerksamer und offensichtlich auch sehr viel intelligenter, als er es von einer gewöhnlichen Verbrecherin erwartet hätte.

»Bekümmert es Sie, daß Ihr Sohn und ich verheiratet sind?« fragte Shemaine gelassen.

Seine Frage war dagegen weit weniger diplomatisch. »Sind Sie der Sträfling, von dem Mrs. Pettycomb mir erzählt hat?«

Shemaine hob trotzig das Kinn. »Würde es eine Rolle für Sie spielen, daß ich zu Unrecht verurteilt wurde?«

»Vielleicht würde es das, wenn die Möglichkeit bestünde, Ihre Unschuld zu beweisen, aber die Kolonien sind weit entfernt von England, und ich nehme an, daß sich hier niemand findet, der Ihre Worte bestätigen könnte«, antwortete William scharf. »Kein Vater würde es gern sehen, wenn sein Sohn eine Verbrecherin zur Frau nimmt, und ich bin da keine Ausnahme.«

»Ob es Ihnen gefällt oder nicht, Mylord, geschehen ist geschehen«, antwortete sie. »Und nichts wird unsere Schwüre ungeschehen machen, es sei denn, Sie könnten Ihren Sohn dazu bewegen, mich mit einer Annullierung unserer Ehe zu verstoßen. Ich will Ihnen jedoch aufrichtig sagen, daß die Dinge dafür zu weit gediehen sind.«

»Mein Sohn hat bereits unter Beweis gestellt, daß er einen eigenen Kopf hat«, bemerkte William angespannt und stieß dann einen tiefen Seufzer aus, als er an seine letzte Auseinandersetzung mit Gage dachte. Es hatte mehrere Jahre gedauert, bis die Wahrheit ans Licht gekommen war, aber die Einsamkeit, in die der Verlust seines

Sohnes ihn gestürzt hatte, hatte ihn von Anfang an gequält. »Es würde ihn nicht interessieren, was ich ihm rate; Gage wird immer tun, was er für das Beste hält, und gewiß würde es ihm widerstreben, eine junge Frau aufzugeben, die so reizvoll ist, wie Sie es trotz aller Verbrechen sind, die Sie in der Vergangenheit begangen haben mögen.«

Als Shemaine sich der wachsenden Feindseligkeit zwischen ihnen bewußt wurde, spürte sie, wie kalte Furcht ihr Herz zusammenpreßte. Dieser Mann hatte bereits beschlossen, daß sie eine Verbrecherin war, und nichts außer einem Beweis ihrer Unschuld würde ihn zufriedenstellen. Es war dieselbe Art von Falle, in der sie sich nach ihrer Verhaftung durch Ned, den Häscher, wiedergefunden hatte. Obwohl sie nichts von dem getan hatte, was der verknöcherte Mann ihr damals zur Last gelegt hatte, war kein Richter bereit gewesen, ihr Glauben zu schenken.

»Würden Sie bei Andrew bleiben, während ich zur Werkstatt gehe, um Gage zu holen?« Als Seine Lordschaft nickte, deutete Shemaine auf das Sofa. »Sie können gern Platz nehmen. Ich werde nicht lange fort sein.«

Andrew sträubte sich dagegen, mit einem Fremden allein gelassen zu werden, und stieß einen schrillen Angstschrei aus, als Shemaine auf die Tür zuging. Er rannte hinter ihr her, und obwohl sie versuchte, ihn zu beschwichtigen, klammerte der Junge sich verzweifelt an sie. William sah aufmerksam zu, während sie beruhigend auf den Kleinen einsprach, seine Wange streichelte und schließlich seine kleine Hand in die ihre nahm.

»Es tut mir leid, Mylord«, entschuldigte sie sich. »Andrew möchte im Augenblick nicht mit Ihnen allein bleiben. Wenn er Sie besser kennengelernt hat, wird er gewiß eher bereit sein, sich mit Ihnen anzufreunden.«

»Ich verstehe.«

Als sie die Hütte verließen, lehnte William sich auf dem Sofa zurück und sah sich in dem Raum um. Da er einen guten Blick für vortreffliche Arbeit hatte, überwältigte ihn die hohe Qualität eines jeden Möbelstücks hier. Nachdem er mit seinem Koffer an Land gegangen war und sich Gillians Hilfe bei dessen Transport zur

Veranda versichert hatte, war er in der Nähe der Helling stehengeblieben, um das halbfertige Schiff zu bewundern und den alten Mann, Flannery, über die Entwürfe seines Sohnes auszufragen. Die beiden Schiffsbauer hatten ihn willig über das Schiff geführt und währenddessen mit Begeisterung das Loblied ihres Arbeitgebers gesungen. Mit vor Stolz überquellendem Herzen hatte er sich alles angesehen und schließlich zu begreifen begonnen, was Gage ihm einst in England zu erklären versucht hatte. Nach annähernd zehn Jahren der Entfremdung von seinem Sohn war der Anblick dessen, was Gage da geschaffen hatte, beinahe eine ebenso große Erleuchtung gewesen wie die Tatsache, daß er nun endlich verstehen konnte, warum Gage seinerzeit England und den Schoß der Familie verlassen hatte.

Fast genau auf den Tag drei Jahre nach Gages Aufbruch aus England war Christine einer Lungenentzündung erlegen (oder einem gebrochenen Herzen, wie sie röchelnd behauptet hatte). Auf dem Totenbett hatte sie allerdings ihrem Vater unter Tränen gestanden, sie sei so verliebt in Gage gewesen, daß sie ihn mit der Behauptung, er habe sie geschwängert, zur Ehe habe zwingen wollen. Sie war, nachdem sie ihren Namen beschmutzt hatte, als Jungfrau gestorben. Aber ihren eigenen Worten zufolge war der Versuch, Gage für sich zu gewinnen, den Preis wert gewesen, denn sie hatte nie einen anderen Mann so sehr gewollt, wie sie Gage Thornton gewollt hatte.

Nach ihrer Beerdigung hatte ihr Vater William angefleht, seiner Familie zu verzeihen, daß sie die Schuld an dem Zerwürfnis mit seinem Sohn trug. Aber im Laufe seiner langen und immer wieder mit Enttäuschungen verbundenen Suche war William zu der Erkenntnis gekommen, daß der Grund für ihren Bruch wahrscheinlich in seiner eigenen hochmütigen Sturheit zu suchen war. Er war so fest entschlossen gewesen, seinen Sohn zum Gehorsam zu zwingen, daß er die Möglichkeit, Gage könne eine unschuldige Schachfigur im Spiel der Dame gewesen sein, gar nicht in Betracht gezogen hatte.

Da wurde die Hintertür wieder geöffnet, und William erhob sich mit ängstlicher Hast, als Gage durch den Flur auf das Wohnzimmer zuging. Es war dann auch eher der Vater als der Sohn, der die Kluft zwischen ihnen überbrückte. Durch einen Tränenschleier sah er den jüngeren Mann an. Es war ein gereiftes Gesicht, aber mit seiner bronzefarbenen Haut und den mageren, feingezeichneten Zügen noch anziehender als zuvor. In diesen Zügen erblickte William eine kraftvolle Kopie seines eigenen Gesichtes – natürlich noch ohne den Tribut, den die Jahre und das sehnsuchtsvolle Büßen ihm abverlangt hatten, das tiefe Furchen in seine Stirn gegraben und eine scharfe Traurigkeit in die Linien um seinen Mund gezogen hatte.

»Ich hatte schon fast die Hoffnung verloren, dich zu finden«, stieß William schließlich mit einem Kloß in der Kehle rauh hervor. Seine eiserne Haltung geriet nun endgültig ins Wanken, als er Gages Schultern umfaßte und ihn sanft schüttelte, eine Geste, die wie der verzweifelte Versuch wirkte, ihm klarzumachen, wie sehr er ihn vermißt hatte. »Ich habe all diese vielen Jahre erfolglos nach dir gesucht und Männer bis in die entlegensten Winkel der Welt geschickt. Es war reiner Zufall, daß ich eines Tages den Kapitän traf, der das Schiff, auf dem du hierher gesegelt bist, befehligte. Mein lieber Sohn, kannst du mir jemals verzeihen, daß ich dich aus unserem Haus vertrieben habe?«

Die Erschütterung, die sich in den Zügen seines Vaters widerspiegelte, verblüffte Gage. Er hätte es nie für möglich gehalten, daß er seinen unbeugsamen Vater eines Tages so verletzlich und demütig sehen würde. Dies war eine Seite von William Thorntons Charakter, die er nicht kannte. Seine Mutter war kurz nach seinem zwölften Geburtstag gestorben, und der Schmerz über ihren Verlust hatte seinen Vater anscheinend noch härter als vorher gemacht und ihn in einen strengen Lehrmeister verwandelt. Aber nun stand eben dieser Mann vor ihm und schluchzte beinahe vor Glück über ihr Wiedersehen.

Die Verwandlung war so groß, daß Gage sich verunsichert fühlte und nicht recht wußte, wie er reagieren sollte. Am liebsten hätte er die Arme um seinen Vater geschlungen und ihn fest umfangen, aber ein solches Benehmen wäre ihm seltsam und unbeholfen erschienen. Doch da tat sein Vater den ersten Schritt.

»Mein Sohn! Mein lieber Sohn!« William umarmte ihn fest und drückte sein tränennasses Gesicht an seine Schulter.

In dem Moment öffnete sich die Hintertür knarrend, und Andrew kam ins Zimmer gerannt. Als er sah, daß der fremde Mann seinen Vater umarmte, blieb er abrupt stehen. Die beiden Männer wandten sich zu dem Jungen um, und Andrew bemerkte eine seltsame Feuchtigkeit in den Augen seines Vaters.

»Papa weint?« fragte er verdutzt.

Mit einiger Verlegenheit fuhr Gage sich über das Gesicht, bevor er seinen Sohn hochhob und ihn seinem Großvater hinhielt. »Andy, das ist *mein* Vater, *mein* Papa... und dein Großvater, dein *Opa.*«

»Opa?« Andrew sah den älteren Mann neugierig an. Malcolm und Duncan hatten einen Opa, der sie regelmäßig besuchte, aber sein Vater hatte ihm noch nie erzählt, daß auch er einen solchen Opa besaß. William streckte die Arme nach dem Jungen aus, aber Andrew preßte sich kopfschüttelnd an die Schulter seines Vaters.

»Wo ist Mami?« fragte Gage, dem aufgefallen war, daß Shemaine nicht mit Andrew hereingekommen war.

Der Junge schwenkte den Arm und zeigte nach hinten. »Mami Shiam auf der Veranda.«

Gage setzte seinen Sohn ab und bat ihn mit sanfter Festigkeit, dort zu bleiben. »Warte hier bei deinem Großvater, Andy. Ich gehe nur schnell hinaus auf die Veranda. Ich bin gleich wieder da.«

Gage trat durch die Hintertür und blickte erst den Weg zur Werkstatt hinunter, bevor er bemerkte, daß Shemaine in sich zusammengesunken auf einem Stuhl am anderen Ende der Veranda kauerte. Sie hatte die Knie bis ans Kinn hochgezogen und die Arme um die Beine geschlungen. Als er näherkam, sah sie ihm mit einem ängstlichen Blick entgegen. Er ging neben ihr in die Hocke und betrachtete sie lange. Als ihm ein heller Tropfen in ihren seidigen Wimpern auffiel, streckte er die Hand aus und zog ihre bebenden Finger zu einem Kuß an die Lippen. »Warum bist du nicht mit Andrew hereingekommen?«

Shemaine zuckte mit den Schultern und wandte den Blick ab. »Ich dachte, du und dein Vater, ihr würdet gewiß erst einmal miteinander allein sein wollen.«

»Warum machst du dann so ein gehetztes Gesicht?«

Shemaine entzog ihm vorsichtig ihre Finger und schlang sie ineinander. »Mrs. Pettycomb hat deinem Vater erzählt, daß ich eine Strafgefangene bin.«

Gage stieß einen leisen Fluch aus und schwor sich stillschweigend, dieser abscheulichen Klatschbase eines Tages den dünnen Hals umzudrehen. Aber wichtiger war im Augenblick, daß er herausfand, was sein Vater gesagt oder getan hatte, um seine Frau zu kränken. »Hat er irgend etwas zu dir gesagt?«

»Nein«, log sie und schüttelte den Kopf. Sie wollte auf keinen Fall der Grund für eine weitere Zwistigkeit zwischen Gage und seinem Vater sein, schon gar nicht so kurz, nachdem sie einander wiedergefunden hatten.

Gage jedoch war keineswegs überzeugt. »Er muß etwas gesagt haben.«

»Nichts!« beharrte Shemaine mit stockender Stimme.

»Du lügst nicht besonders gut, Shemaine«, schalt ihr Mann sie liebevoll. »Jetzt erzähl es mir, meine Liebste, was hat mein Vater zu dir gesagt?«

Shemaine bewahrte stoisches Schweigen, und Gage wußte, daß es keinen Sinn hatte, weiter nachzuhaken. »Komm mit hinein«, drängte er sie und erhob sich. »Ich möchte dich als meine Frau vorstellen.«

Shemaine wußte, daß es nutzlos gewesen wäre, ihm Widerstand zu leisten, und nahm seine Hand. Während sie sich vom Stuhl erhob, wischte sie sich die Tränen aus den Augen, strich sich das Haar an den Schläfen glatt und ignorierte den langen Zopf, der ihr über den Rücken fiel. Ihr Mann beobachtete ihre nervösen Versuche, sich in einen präsentableren Zustand zu bringen, und legte lächelnd die Arme um sie, bevor er sie an sich zog.

»Du bist schön, so wie du bist, meine Geliebte«, flüsterte er und senkte den Mund auf ihre Lippen. Sein Kuß war sanft und zärtlich und brachte Shemaine erneut zu Bewußtsein, wie sehr sie ihn in diesen wenigen Wochen lieben gelernt hatte. Wie konnte sie weiterleben, wenn es William Thornton gelang, einen Keil zwischen sie zu treiben?

Ihre Arme schlangen sich wie von selbst voller Leidenschaft um seine schlanke Taille, und sie erwiderte seinen Kuß mit allem, was sie besaß, ihrem Herzen, ihrer Seele und ihrem Verstand. Schließlich hob Gage den Kopf und blickte mit glühenden Augen auf sie hinab. »Wir werden dies hier später im Bett beenden, aber wenn wir jetzt noch lange zaudern, wird Andrew nach uns suchen.«

»Dann laß uns besser hineingehen«, murmelte Shemaine. »Er hat es nicht gern, wenn man ihn mit Fremden allein läßt.«

Sobald sie die Hintertür öffneten, kam Andrew auch schon durch den Flur auf sie zugestürzt. Sein Vater schwenkte ihn hoch durch die Luft und vertrieb das Unbehagen aus dem Gesicht des Jungen. Gemeinsam traten sie schließlich wieder vor Seine Lordschaft hin.

»Vater, das ist Shemaine, meine neue Frau«, verkündete Gage bestimmt. Er hielt einen Arm um ihre Schultern gelegt, als wolle er für alle Welt sichtbar bekräftigen, daß sie ihm gehörte. Dann erst machte er sich daran, seinem Vater die Dinge zu erklären. »Andrews Mutter ist vor ungefähr einem Jahr bei einem Unfall gestorben und hat mich als Witwer zurückgelassen. Bevor Shemaine hierherkam, war sie mit dem Marquis du Mercer in London verlobt. Dort wurde sie dann aus dem Haus ihrer Eltern entführt und mit Hilfe hinterhältiger Methoden des Diebstahls angeklagt, bevor man sie an Bord der *London Pride* hierherbrachte.«

William erinnerte sich daran, das Schiff gesehen zu haben, als er in den Hafen kam. Er hatte es sofort als Besitz seines Widersachers J. Horace Turnbull erkannt. Er kannte auch die du Mercers und hatte kurz vor seinem Aufbruch aus England von irgendeinem Skandal bezüglich Maurice' Verlobter gehört. Angeblich war das Mädchen aus London geflohen, bevor es zu einer Eheschließung kommen konnte. Er hatte auch gehört, daß Maurice' Großmutter über diese Entwicklung mehr als erfreut gewesen sei. »Dann bist du noch nicht lange mit Shemaine verheiratet?«

Gage spürte, wie sein Lächeln langsam gefror. »Lange genug, um unsere Verbindung zu schätzen zu wissen.«

William, dem die Festigkeit in der Stimme seines Sohnes nicht entgehen konnte, versteifte sich. Offensichtlich hatte das kleine Flittchen keine Zeit verschwendet und gepetzt. Kein Wunder, daß sie jetzt so verlegen dreinschaute. »So, sie hat dir also erzählt, daß es mir nicht gefällt, daß du eine Straftäterin zur Frau genommen hast, wie?«

Gage biß die Zähne aufeinander, bis die Muskeln in seinen Wangen zuckten. »Shemaine hat kein Wort darüber verloren, Vater, aber da du dich nie zuvor zögerlich gezeigt hast, dachte ich mir schon, daß du dich mit deiner Meinung über sie wahrscheinlich nicht zurückgehalten hast.« Mit jedem Wort, das er sprach, vertiefte sich sein Zorn. »Von jetzt an bestehe ich darauf, daß du dich, wenn du etwas zu unserer Ehe zu sagen hast, an mich wendest und nicht an Shemaine. Es *gefällt* mir nicht, daß du meine Frau kränkst, und ich werde es nicht dulden. *Hast du mich verstanden!«*

Andrew begann zu zittern und preßte sein kleines Gesicht an Gages Schulter. Sein Vater legte Andrew tröstend eine Hand auf den Rücken und begriff, daß er sich allein um des Kindes willen beherrschen mußte.

»Es tut mir leid, Vater«, entschuldigte er sich mühsam. »Wir scheinen immer noch nicht allzugut miteinander auszukommen. Und ich habe immer noch nicht gelernt, meine Zunge zu bezähmen.«

»Vielleicht wäre es das beste, wenn ich ginge«, erwiderte William mit angespannter Stimme. Er wandte sich ab und wäre zur Tür gegangen, hätte Shemaine sich nicht von Gage gelöst, um dem älteren Mann eilig eine Hand auf den Arm zu legen.

»Gehen Sie nicht, Mylord, bitte«, bat sie. »Ich möchte nicht der Grund für einen neuerlichen Bruch zwischen Ihnen beiden sein. Bleiben Sie zum Abendessen bei uns, und wenn es Ihnen nichts ausmacht, für eine Weile unser Heim zu teilen, gäbe es oben ein kleines Schlafzimmer, in dem Sie ein wenig ungestört sein könnten.« Tapfer legte sie ihre zitternden Finger auf die dünne, blaugeäderte Hand, während sie in sanftem Tonfall leise fortfuhr: »Sie müssen schon um Andrews willen bleiben. Außer Ihnen hat er doch keine Großeltern.«

William sah sie durch die Tränen an, die er trotz größter Anstrengung nicht hatte niederzwingen können. »Ich habe so lange gebraucht, um meinen Sohn zu finden, daß es mir verhaßt wäre, wieder fortzugehen, ohne seine Familie besser kennenzulernen«, antwortete er mit brüchiger Stimme.

Shemaines Herz flog dem einsamen Mann entgegen, und mit einem freundlichen, einladenden Lächeln drängte sie: »Dann bleiben Sie, Mylord, und seien Sie ein Teil unserer Familie.«

William tätschelte vorsichtig den Rücken ihrer Hand, während sie die seine weiter umfangen hielt. »Vielen Dank, Shemaine. Ich nehme Ihre Einladung gern an.«

Shemaine führte ihren Arm unter den seinen und zog ihn zu Gage zurück. »Um Andrews willen sollte es heute abend keine weiteren Ausbrüche mehr geben«, bat sie flehentlich. Dann blickte sie ihrem Mann direkt in die Augen und nahm seine Hand. »Du magst in der Vergangenheit so manchen Groll gehegt haben, mein Liebster, aber ohne zu vergeben, kann keiner von uns seine Verletzungen vergessen und die Last seines Herzens erleichtern.«

Obwohl Gage die Weisheit ihrer Worte begriff, verstrichen lange Sekunden, bevor er in die unglücklichen Augen seines Vaters blicken und fragen konnte: »Möchtest du dir das Schiff anschauen, das ich baue?«

Eine Woge der Erleichterung durchflutete William. »Jawohl, und ich würde auch gern deine Tischlerwerkstatt sehen.« Er deutete auf die verschiedenen Möbel im Raum. »Stücke wie diese finden sich sonst nur in den besten Häusern Englands. Du kannst sehr stolz auf deine Leistungen sein, Gage.«

Andrew hob den Kopf und sah erst seinen Großvater, dann seinen Vater an. »Darf Andy mitkommen, Papa?«

Gages Lippen zuckten. »Du kannst mir helfen, deinen Großvater herumzuführen.«

Andrew zog die Nase kraus und ahmte das Grinsen seines Vaters nach. »Hilft Opa dir Schiff bauen, Papa?«

»Vielleicht – wenn er lernt, Befehle entgegenzunehmen wie alle anderen Männer, die für mich arbeiten«, zog Gage seinen Vater auf, der daraufhin beinahe an seinem eigenen Atem erstickt wäre. Gage schlug ihm auf den Rücken, damit er wieder Luft bekam, konnte es sich aber nicht verkneifen, einige der Bedingungen aufzuzählen, die sein Vater einst ihm gestellt hatte. »Aber du wirst als Lehrling anfangen müssen, bis du deinen Wert gezeigt hast.«

William hatte Mühe, zu entscheiden, ob er husten, stöhnen oder lachen sollte. »Ich will verwünscht sein, Gage, wenn du dich nicht noch eines Tages an mir rächen wirst!«

Gage lachte leise, und endlich fiel seine Anspannung von ihm ab. »Jawohl, Sir, durchaus möglich.«

Später am Abend streifte Shemaine sich im Schlafzimmer ihr Nachtgewand über den Kopf und warf es aufs Bett, bevor sie zwischen die Laken und die wartenden Arme ihres Mannes schlüpfte. Gage lächelte in einer Mischung aus Belustigung und Entzücken, während sie sich an ihn kuschelte.

»Die meisten Frauen ziehen ihr Nachthemd an, bevor sie ins Bett gehen, meine Liebste, aber du tust genau das Gegenteil.«

Shemaine nagte spielerisch an seiner Brust, und er zuckte überrascht zusammen, bevor er ein lachendes »Autsch!« ausstieß. Sie antwortete mit einem zufriedenen Kichern. »Auf die meisten Frauen wartet auch kein Mann wie du im Bett, mein Herzallerliebster.« Sie strich mit der Hand über seinen nackten Leib und stieß bei dem, was sie fand, einen gurrenden Laut der Bewunderung aus. »Wenn doch, würden sie nämlich keine Zeit verschwenden, sich in ein Gewand zu hüllen. Sie würden ihren Mann mit offenen Armen im Bett erwarten.«

Gage ließ seinen Blick über das lächelnde Gesicht seiner Frau wandern. »Warum war ich dann derjenige, der auf dich gewartet hat?«

Shemaine schob einen Schenkel über sein Bein und drängte sich noch dichter an ihn, bis ihre weichen Linien sich verführerisch an seinen muskulösen Körper schmiegten. »Weil ich nach meinem Bad noch einiges in der Küche zu erledigen hatte. Du wolltest doch sicher nicht, daß ich splitternackt durchs Haus laufe, wo wir deinen Vater zu Gast haben, oder?«

»Nein, Madam. Solche Anblicke behalte ich mir zu meinem eigenen Vergnügen vor«, wisperte Gage, dann umfaßte er ihr Knie und zog es höher zu sich herauf. Seine Hand wanderte liebkosend über die Innenseite ihres Schenkels bis zu ihrer Hüfte hinauf. »Diese Dinge teile ich mit niemandem.«

Als seine Hand vom Kurs abkam und nun die Weichheit ihrer Weiblichkeit erkundete, stockte Shemaine vor Wonne der Atem. »Glaubst du, dein Vater kann uns oben hören?«

»Hoffentlich nicht, aber ich würde nicht zulassen, daß diese Furcht dein Vergnügen beeinträchtigt, meine Liebste. Ich habe den ganzen Nachmittag begierig darauf gewartet, mir holen zu können, was du mir auf der Veranda versprachst.«

Auf die Ellbogen gestützt, blickte sie verwirrt zu ihm hinab. »Was habe ich denn versprochen?«

Seine Hand drückte ihren Kopf so nahe an seinen, bis ihre Lippen kaum mehr voneinander entfernt waren. »Das, was dein Kuß versprach, und ich bin stets begierig, die Früchte solch aufreizender Einladungen so bald wie möglich zu ernten.«

Ihre Augen blitzten im sanften Schein der Kerzen warm auf. »Sie fassen schon den leisesten Schwung meiner Röcke als Einladung auf, Sir«, neckte sie ihn. »Tatsächlich glaube ich langsam, daß Sie stets nur das eine im Sinn haben ... und daß uns das unausweichlich ins eheliche Bett führt.«

Gage sah anbetend zu ihr auf. »Jetzt haben Sie mich endgültig durchschaut, Madam.«

18. Kapitel

William Thornton war keineswegs restlos begeistert, als ihn, noch bevor die Sonne sich über dem Horizont zeigte, das lautstarke Gezwitscher der Vögel draußen weckte. Das Konzert, das sich in den Bäumen vor der Hütte abspielte – ein Kreischen, ein Trällern und ein merkwürdiges Zischen –, vermochte ihn augenblicklich aus seinen Träumen zu reißen. Da er bei diesem Lärm wohl kaum wieder einschlafen konnte, beschloß er, sich hinauszuwagen und die fremde Wildnis zu erkunden.

Er zog seine Hose an, stopfte den Zipfel seines Nachthemds hinein und stieg eilig in ein Paar Stiefel. Dann tastete er sich die Treppe hinunter, entriegelte die Tür und trat hinaus auf die Veranda. Eine Eule flog direkt an ihm vorbei; das Tier bewegte seine Flügel beinahe gemächlich im Vergleich zu dem kleineren Vogel, der ihm nachjagte und zweifellos Vergeltung für irgendein unbekanntes Vergehen suchte. Vielleicht war ein frühmorgendlicher Raubüberfall mit dem Ziel, Eier oder frisch geschlüpfte Vögel aus einem Nest zu stehlen, der Grund für das lautstarke Treiben.

Einen Augenblick lang überließ William sich dem Zauber der blütenduftgefüllten Luft und der noch vom Mond beschienenen Landschaft, die sich ihm darbot. Dann ging er zur Treppe und stieg zu dem Pfad hinunter, der zum Fluß führte. In weniger als einer Stunde würde der Tag anbrechen, und er konnte sich vorstellen, daß man das berauschende Bild eines Sonnenaufgangs über dieser grünenden Lichtung von Bord eines Schiffes aus besser würdigen konnte als aus der Enge einer Blockhütte heraus. Da es ihn durchaus danach verlangte, sich diesen Anblick von wahrscheinlich atemberaubender Schönheit zu gönnen, schlenderte er auf das Schiff zu, bemerkte im Näherkommen jedoch, daß daneben ein zweites, kleineres Schiff lag. Mehrere Männer eilten verstohlen zwischen den beiden Booten hin und her. William trat hastig hinter einen Baum, um sich verborgen zu halten, bis er die Absicht der Besucher erraten konnte.

Plötzlich stellten sich ihm schier die Nackenhaare auf. Ein gewaltiger Koloß von einem Mann ging mit einem Holzfaß auf der Schulter die Helling hinauf. Wie schwer das Faß sein mußte, sah man daran, wie der Bursche es schließlich einem anderen in die Arme legte, der ihn oben auf der Helling erwartete. Nachdem der Mann zu dem kleineren Schiff zurückgekehrt war, um ein weiteres Faß zu holen, kam daraus ein großer, stämmiger Kerl zum Vorschein, der an Land ging. Auf einen langen Stab oder genauer, auf eine Soldatenpike gestützt, die er locker an der Spitze gefaßt hielt, ging er am Fluß entlang auf das Schiff zu. William hatte diese Pike schon einmal gesehen, und obwohl die Gestalt des anderen Mannes im Laufe der Jahre breiter geworden war, war er beinahe sicher, daß es sich bei ihrem Besitzer um denselben Mann handelte wie damals. Sein Argwohn fand sich denn auch sofort bestätigt, als er den Mann mit einem Matrosen reden hörte: »Sechs Fässer Schwarzpulver sollten genügen, um jedes Brett des Schiffes in die Luft zu sprengen. Das wird meine gerechte Rache sein für das, was die Thorntons mir einst gestohlen haben.«

William zog sich verstohlen zurück und hastete zur Hütte. Um durch keinen Laut die Aufmerksamkeit der Schurken zu erregen, drückte er die Haustür ganz vorsichtig auf und eilte dann auf das Schlafzimmer zu. Ein schnelles Klopfen gegen die Türe weckte die Eheleute, dann stürmte er auch schon in das vom Mond erhellte Zimmer. Er hatte dem Paar kaum Zeit gelassen zu reagieren, und sein Sohn fuhr so heftig von seinem Kissen hoch, daß Shemaine, die dicht an ihn geschmiegt gelegen hatte, erschrocken aufjapste.

»Gage, komm schnell!« erklärte William mit einem drängenden Flüstern. »Unten am Fluß sind Männer, und ich glaube, sie wollen dein Schiff in die Luft sprengen. Wenn mich mein Gedächtnis nicht sehr täuscht, ist ihr Anführer kein anderer als Horace Turnbull.«

Mit einem unterdrückten Fluch warf Gage die Decke zurück, sprang aus dem Bett und stürmte mit zwei langen Schritten zu dem Stuhl, auf dem er am Abend zuvor seine Kleidung gelassen hatte.

Er fuhr erst mit dem einen, dann mit dem anderen Bein in die Wildlederhose, bevor er fragte: »Wie viele Männer hat er bei sich?«

»Ich habe mindestens sechs gesehen, aber es könnten auch mehr sein.« Aus den Augenwinkeln sah William, wie Shemaine nach dem Nachthemd griff, das auf der Decke lag. Dann zog sie es unter ihre Decke und streifte es sich über den Kopf.

»Zu viele, als daß wir zwei ihnen mit Gewehren den Garaus machen könnten«, murmelte Gage, während er seine Fellstiefel unter dem Stuhl hervorzog.

»Ich kann euch helfen«, erbot sich Shemaine, die sich die Bettdecke immer noch bis unters Kinn hielt.

»Du bleibst, wo du bist!« blaffte Gage sie mit strenger Stimme an. »Es ist zu gefährlich. Lieber lasse ich diese Männer das verdammte Schiff in die Luft jagen, bevor ich dein Leben aufs Spiel setze!«

»Aber Gage, du hast mir doch beigebracht, wie man ein Gewehr abfeuert!« wandte sie ein, während sie versuchte, das Nachthemd am Hals zu schließen. »Und du weißt, daß ich jetzt meistens treffe, worauf ich ziele!«

William mischte sich in die Auseinandersetzung des Paares ein. »Wenn wir diese Sache für uns entscheiden wollen, Gage, brauchen wir jede Waffe, die zu unserer Verfügung steht. Wenn Shemaine sich hinter einem Baum versteckt hält und von dort auf die Banditen schießt, kann sie sie vielleicht ein oder zwei Sekunden lang festhalten, während wir an Bord deines Schiffes gehen.«

Gage sah mit besorgtem Stirnrunzeln auf seine Frau hinunter. Dann schob er sich ein paar Pistolen in den Bund seiner Hose. »Du kannst uns helfen, aber nur, wenn du versprichst, dich in einiger Entfernung zu halten. So daß sie dich nicht sehen werden.«

Shemaine hatte keine Zeit, zu antworten, denn William drängte bereits: »Schneller, Gage!«

William rannte aus dem Zimmer, und sein Sohn folgte dicht hinter ihm, während Shemaine aus dem Bett sprang und nach ihrem Morgenmantel griff. Gage holte noch ein paar Steinschloßflinten aus einem Wohnzimmerschrank, von denen er eine seinem Vater zuwarf. In aller Eile luden sie die Waffen und verließen die Hütte.

Hinter der Haustür setzte Gage sich an die Spitze der kleinen Truppe und lief voraus. Einen Augenblick später wurde die Tür langsam wieder aufgedrückt, und Shemaine stahl sich, ebenfalls mit einer Pistole bewaffnet, auf die Veranda. Dann huschte sie durch die Dunkelheit auf den nächsten Baum zu und blieb dort stehen, um Gage und seinem Vater nachzusehen.

Der Himmel wurde von Osten her langsam hell, so daß Gage die Aktivitäten um das Schiff herum genau beobachten konnte. Als er sich der Helling näherte, erspähte ihn einer der Schurken und stieß einen Warnschrei aus. Der Mann riß sich eine Pistole aus dem Gürtel und schoß auf Gage, wodurch seine Komplizen auf die beiden Thorntons aufmerksam wurden. Die Bleikugel schwirrte an Gage vorbei, ohne Schaden anzurichten, und er belohnte den Banditen prompt mit einem Schuß, der diesen mit einem großen Loch in der Brust zu Boden streckte.

Gage hatte keine Zeit nachzuladen und warf das Gewehr fort. Er zog die Pistolen aus dem Gürtel – genau in dem Augenblick, als sein Vater das lange Gewehr hob und einen weiteren Gegner ins Verderben schickte, bevor dieser seine Pistole auf Gage abfeuern konnte. William rannte weiter, hob die Pistole des Mannes auf und benutzte sie auch sogleich, als ein weiterer Gauner ihn mit seiner Waffe anvisierte. Die Bleikugel traf den Schurken mitten in der Brust, so daß er jäh zurücktaumelte. Nachdem der Mann zusammengebrochen war, stürzten sich zwei kleinere Halunken auf William, um diesen zu überwältigen. Er schlug dem einen mit einer Pistole ins Gesicht und versetzte dem anderen einen kräftigen Fausthieb auf das stoppelige Kinn. Der Schurke stolperte einige Schritte rückwärts und wartete ein paar Sekunden, bis die Welt aufhörte, sich vor seinen Augen zu drehen; dann preschte er abermals vor, um sich eine zweite Portion eiserner Fäuste einzuhandeln.

Gage stürmte indessen bereits die Helling hinauf. Er feuerte auf die beiden Männer, die ihm dort entgegenkamen, traf den einen ins Gesicht und den anderen in die Kehle. Als dann noch ein baumlanger Riese quer über das Deck auf ihn zutrampelte, griff Gage nach einem Holzknüppel und schwang diesen mit brutaler Gewalt gegen den kahlen Schädel des Mannes. Der massige Hüne torkelte mit verblüfftem Gesichtsausdruck mehrere Schritte rückwärts, vermochte es aber mit einem heftigen Kopfschütteln, das bißchen Grips, das er besaß, wieder zu mobilisieren, bevor er sich mit finsterem Blick knurrend auf seinen Gegner stürzte. Mit einem lauten, zornigen Schrei schlug er dem anderen Mann die aufs neue erhobene Keule aus der Hand.

Als der Hüne eine massige Faust auf sein Gesicht zuschnellen ließ, ging Gage in Deckung, so daß sein schwergewichtiger Gegner das Gleichgewicht verlor. Der Mann taumelte zwar, erholte sich aber schnell, und Gage machte einen Ausfall nach vorn, um den Knüppel aufzuheben. Aber der primitive Riese, gegen den er kämpfte, durchschaute den Plan seines Gegners und riß den Knüppel an sich. Gage sprang ein paar Schritte rückwärts, wurde aber von den Pulverfässern aufgehalten, die man dort übereinandergestapelt hatte. Sein Widersacher nutzte diesen Vorteil für sich, hechtete vor und knallte Gage den Knüppel auf den Kopf. Ein greller Blitz des Schmerzes durchjagte seinen Körper, und Gage wankte benommen zurück.

Der Riese johlte triumphierend, als er sah, daß der schwächere Mann ihm nun auf Gedeih und Verderb ausgeliefert war. Ohne länger zu überlegen, warf er den Knüppel beiseite, ließ in freudiger Erwartung seine Knöchel knacken und rumpelte auf sein Opfer zu.

William kam gerade rechtzeitig auf die Helling, um zu sehen, wie eine mächtige Faust das Gesicht seines Sohnes traf. Gage stürzte gegen die Fässer und stützte sich einen Augenblick schwerfällig auf einen Ellbogen, aber der Riese holte bereits aus, um ihm den Rest zu geben.

William richtete seine Pistole auf den Mann und wollte gerade abdrücken, als schon das Krachen eines anderen Gewehres über das Schiff hallte. Wie in Zeitlupe gaben die Knie des gewaltigen Banditen nach, und er brach zusammen. Im Licht der beginnenden Morgendämmerung glitzerte das Blut rot auf, das aus einem Loch in seinem Kopf spritzte und über sein Ohr rann. William drehte sich verblüfft um.

Oben auf der Werft stand Shemaine und hielt ein rauchendes Gewehr umklammert. Selbst in dem dürftigen Licht konnte William sehen, daß sie unkontrolliert zitterte, nachdem sie gerade einen Menschen getötet hatte.

Ein gellender Wutschrei lenkte Williams Aufmerksamkeit schließlich auf den stämmigen Mann, der die Kajüttreppe heraufgestolpert kam. Als er schließlich auf Deck stand, hielt Horace Turnbull inne und sog keuchend die Luft in seine Lungen, während er im Licht der Dämmerung das Gemetzel an Bord des Schiffes entdeckte. Er hielt immer noch die Pike in der Hand, eine Waffe, die er in weit jüngeren Jahren als Fußsoldat zu benutzen gelernt hatte. Wegen eines gebrochenen Beines hatte man ihn aus der Armee entlassen, aber bis zu diesem Zeitpunkt hatte er die Lanze zu beherrschen und zu schätzen gelernt. Sie wurde ihm zu einer Art Andenken, denn kurz nachdem sein Bein verheilt war, begann er sowohl mit ungesetzlichen als auch manchmal mit gesetzlichen Methoden Geld zu scheffeln. Bei »nicht offiziellen« Unternehmungen wie dieser trug er die Waffe immer noch bei sich, denn er hatte es mit der Handhabung von Feuerwaffen nie zu besonderer Meisterschaft gebracht, war allerdings stets darauf gefaßt, daß sich irgend jemand an ihm rächen wollte.

Als sein Blick sich nun auf den Mann heftete, der vor langen Jahren mitsamt seiner Ladung aus Portsmouth davongesegelt war, flackerten Horace Turnbulls Augen voller Rache auf. Gage saß, den Kopf benommen in den Händen geborgen, auf einem Faß, ohne von der Gefahr, in der er schwebte, etwas zu bemerken, und war vollkommen wehrlos.

Turnbull riß die Lanze zurück und zielte. »Sehen Sie genau zu, Lord Thornton!« brüllte er, denn er hatte Seine Lordschaft von Anfang an erkannt. »Sehen Sie zu, wie ich mich jetzt an Ihnen beiden rächen werde… Für Ihren Sohn den Tod, für Sie die Qualen seines Verlustes, denn Sie waren es, der ihn ausgesandt hat, mir meine Ladung zu stehlen!«

»*TURNBULL, NEIIIN!*« gellte Williams Schrei über das Schiff, aber es war zu spät.

Die Lanze sirrte bereits durch die Luft.

Shemaine schrie auf, aber sie konnte nichts anderes tun, als in gelähmtem Entsetzen zuzusehen. William dagegen war nicht bereit, seinen Sohn so kurz, nachdem er ihn wiedergefunden hatte, aufzugeben. Mit einer aus der Verzweiflung geborenen Schnelligkeit rannte er los und warf sich vor Gage. Die Pike sank tief in Williams Rücken, und ein erstickter Schrei kam über seine Lippen. Doch er drehte sich mit letzter Kraft zu Turnbull um, hob den Arm und richtete die Pistole, die er noch nicht abgefeuert hatte, sorgfältigst aus.

Horace Turnbull starrte wie hypnotisiert in die Mündung der Pistole, und die Augen traten ihm beinahe aus den Höhlen, als ihm klar wurde, was passierte. Mit fassungslosem Kopfschütteln glotzte er William an. »Nein... Bitte! Das dürfen Sie nicht!« stieß er schluchzend hervor und begann dann mit jämmerlicher Stimme zu feilschen: »Ich gebe Ihnen mein ganzes Geld... alles...«

Noch einmal zerriß ein Pistolenschuß die Stille des frühen Morgens, und im Bruchteil einer Sekunde hatte die Kugel Turnbull mitten zwischen die Augen getroffen. Starr wie eine Statue kippte der Mann rückwärts die Kajüttreppe hinunter, wo er mit dem Kopf auf den Stufen liegenblieb, die Augen blicklos geöffnet.

Shemaine rannte zu William, dessen Beine vor Schwäche nachzugeben begannen. Sie stützte ihn mit ihrem eigenen Körper und bugsierte ihn vorsichtig auf eines der Fässer nahe dem, auf dem Gage saß. Blut sickerte aus Williams Rückenwunde und tränkte sein weißes Nachthemd bedrohlich rot. Shemaine drückte eine Hand gegen seine Schulter, umfaßte mit der anderen den Holzschaft und versuchte, ihn herauszuziehen. Aber ihre Bemühungen erwiesen sich als nutzlos, denn die Lanze steckte zu tief im Fleisch.

Von der Helling kam das Geräusch eiliger Schritte, so daß Shemaine erschrocken herumfuhr, aber dann atmete sie mit einem Seufzer der Erleichterung auf. Es war Gillian. Mit wachsender Panik hatte der junge Mann die Leichen entdeckt, die um das Schiff herum lagen, bevor er auf die Helling gestiegen war. Jetzt entdeckte er außerdem noch eine Leiche auf Deck und eine weitere am Fuß der Kajüttreppe. In maßlosem Entsetzen sah er Shemaine an.

»Was ist passiert?«

»Jetzt ist keine Zeit für Erklärungen, Gillian«, erwiderte sie rasch. »Helfen Sie mir, Gage und seinen Vater zur Hütte zu bringen. Sie sind beide verletzt, vor allem Seine Lordschaft.«

Die Situation verlangte augenblickliches Handeln. Das sah Gillian nun selbst. Er rannte zur Reling und blickte zu dem kleinen Boot hinab, das er und sein Vater gerade ans Ufer gezogen hatten. Als er den älteren Mann in der von Bäumen überschatteten Dämmerung erblickte, brüllte er zu ihm hinab: »Beeil dich, Pa! Die Thorntons sind verwundet!«

Flannery Morgan war weit beweglicher und flinker, als man vielleicht vermutet hätte. Es dauerte nur ein paar Sekunden, da stand er auf dem Deck und half seinem Sohn, William Thornton vom Schiff zu tragen. Flannery war dagegen, die Pike ohne einen Arzt herauszuziehen, aber um dem Verletzten die zusätzlichen Schmerzen des Gewichts zu ersparen, sägte er den Schaft ab, während Gillian ihn festhielt; sie ließen die Waffe gerade weit genug aus William Thorntons Fleisch herausragen, um sie noch mit festem Griff umfassen zu können. Gemeinsam trugen die beiden dann den älteren Thornton in die Hütte und legten ihn auf dessen Bett. Anschließend kamen sie zurück, um ihren Käpt'n zu holen.

Gage war in den Armen seiner Frau in eine tiefe Ohnmacht gesunken. Die Tatsache, daß er sich nicht wecken ließ, vergrößerte Shemaines Furcht, und sie eilte neben den beiden Schiffsbauern her, während diese ihren Mann ins Schlafzimmer trugen. Sie bat sie, Gage die Stiefel und das Hemd auszuziehen, auf das von der offenen Wunde an seinem Schädel Blut getropft war. Dann säuberte sie die Verletzung, bevor sie die Treppe hinauflief, um festzustellen, wie sie William helfen konnte. Mit Tränen der Angst in den Augen schnitt sie dem älteren Mann das Nachthemd vom Leib; Lord Thornton versuchte trotz seiner Schmerzen, ihr dabei zu helfen.

»Ruhen Sie sich etwas aus, wenn Sie können, Mylord«, drängte sie ihn mit erstickter Stimme und wischte sich mit dem Ärmel ihres Morgenrocks die Tränen ab, die sie beinahe blind machten.

»Was ist mit Gage?« fragte William mit röchelnder Stimme.

»Ich weiß es nicht«, antwortete sie tränenerstickt. »Er ist bewußtlos.«

»Er muß leben!«

Shemaine hatte das Gefühl, als würde sie zusammenbrechen, aber sie holte tief Luft und zwang sich weiterzumachen. »Sie müssen beide leben!«

Als kurz darauf Erich Wernher zur Arbeit kam, erhielt er den Auftrag, Früher von der Koppel zu holen und zu Doktor Ferris zu reiten. Er war der beste Reiter, den sie hatten, und an ihm lag es nun, daß der Arzt so schnell wie möglich herbeigeschafft wurde. Der Doktor galoppierte nach ungefähr einer Stunde auf dem Rücken seines eigenen, schnellen Reittiers heran und wurde sofort nach oben geführt, wo er den alten Lord untersuchte, der immer noch bei vollem Bewußtsein war. Colby Ferris zögerte nicht lange, sondern schickte Gillian gleich hinunter, damit er aus der Küche ein starkes Getränk holte. Der Alkohol sollte Seiner Lordschaft gegen den Schmerz helfen, den er gegenwärtig litt, und auch gegen die Qualen, die ihm bevorstanden, wenn sie die Lanze herauszogen. Colby war der Auffassung, daß Seiner Lordschaft mit einem Rausch momentan besser gedient sein würde als mit voller Klarheit. Wenige Augenblicke später kehrte Gillian mit einem Krug von dem Gebräu zurück, das sein Vater normalerweise an Bord des Schiffes aufbewahrte, um sich jeden Abend vorm Nachhausegehen mit einem Schlückchen davon zu stärken.

»Geben Sie auf Seine Lordschaft acht, bis ich gesehen habe, wie es seinem Sohn geht«, wies Colby den jungen Mann an. »Ermutigen Sie ihn, zu trinken, soviel er kann... *Selbst* wenn Sie mit ihm trinken müssen. Sehen Sie nur zu, daß genug übrigbleibt, um vorher und nachher die Wunde zu reinigen.«

Gillian musterte die lang ausgestreckte Gestalt des Engländers, der mit dem Gesicht zur Wand auf der Seite lag. Er konnte nur ahnen, welche Schmerzen der Mann litt, in dessen Rücken noch immer die Lanze steckte. Und die Schmerzen würden sich gewiß noch verschlimmern, wenn er versuchte, sich aufrecht hinzusetzen. »Aber wie soll Seine Lordschaft denn trinken...«

William sah sich mit einer schmerzverzerrten Grimasse um und bedeutete den beiden Männern, ihm den Krug zu geben. Dann stützte er sich mit Colbys und Gillians Hilfe auf einen Ellbogen, während die beiden schnell einige Kissen unter ihn schoben. Zufrieden damit, daß sein Patient nicht widerspenstig war, überließ der Arzt dem Iren die ungewöhnliche Aufgabe, einen englischen Lord betrunken zu machen.

Colby ließ die beiden allein und ging die Treppe hinunter, um Gages Kopfverletzung zu untersuchen. Mittlerweile hatte der Riß aufgehört zu bluten, aber unter der Wunde hatte sich ein großer Bluterguß gebildet. Im Augenblick konnte Colby den Zustand seines Patienten nicht endgültig einschätzen. »Möglich, daß Ihr Mann die Sache unbeschadet übersteht…«, sagte er zu Shemaine. »Kann aber auch sein, daß er's nicht tut. Sorgen Sie einfach dafür, daß stets eine kühle, feuchte Kompresse auf der Wunde liegt, und behalten Sie ihn genau im Auge. Sobald ich mit seinem Vater fertig bin, werde ich die Wunde an Gages Kopf nähen müssen. Ihr Mann hat offensichtlich eine Gehirnerschütterung und wird für eine Weile vielleicht nicht wieder zu Bewußtsein kommen. Es hängt alles davon ab, wie stark der Druck ist, der sich unter dem Schädel aufbaut.«

Shemaine spürte, wie ihre Beine unter ihr nachgaben. Eine lähmende Kälte fuhr ihr in die Glieder, aber sie biß mit jäher Entschlossenheit die Zähne zusammen und weigerte sich, der lauernden Angst nachzugeben. Dies war ihr Mann, und er brauchte sie! Sie durfte nicht ohnmächtig werden!

Bei all dem Aufruhr im Haus war natürlich auch Andrew aufgewacht. Shemaine nahm sich ein paar Minuten Zeit, um dem Jungen zu essen zu geben und ihn anzuziehen, bevor sie selbst sich wusch und ankleidete. Dann trugen sie zu zweit den Schaukelstuhl aus seinem kleinen Schlafzimmer in das größere, wo sie über Gage wachen konnten. Den kleinen Andrew dicht an sich gedrückt, schaukelte Shemaine hin und her und sang ihm etwas vor, und gemeinsam warteten sie und beteten, daß mit dem Ehemann und Vater, den sie beide liebten, alles wieder gut werden würde. Nach einer Weile schlüpfte Andrew von ihrem Schoß und kletterte auf das Bett, um sich an seinen Vater zu schmiegen. Shemaine folgte ihm, schlang einen Arm um den Jungen und bettete den Kopf an die Brust ihres Mannes, bis sein starker und gleichmäßiger Herzschlag ihr ein wenig Trost spendete.

Als Colby Ferris auf den Dachboden stieg, um zu sehen, wie es Gillian mit Lord Thornton ergangen war, fand er Seine Lordschaft mit klarem Kopf und bei vollem Bewußtsein vor. Gillian dagegen nuschelte nur noch, da er dem scharfen Getränk nicht viel entgegenzusetzen hatte. Colby ahnte, daß der junge Schiffsbauer dringend ein wenig frische Luft benötigte, und da er selbst zwei starke Männer brauchte, die Seine Lordschaft festhielten, schickte er Gillian aus, Ramsey Tate und Sly Tucker zu holen. Die beiden halfen im Augenblick, die Leichen auf einen Wagen zu laden, damit sie ihre letzte Reise nach Newportes Newes antreten konnten.

Außer zum Säubern der Wunde war der Whisky nicht so hilfreich gewesen, wie Colby gehofft hatte, denn Seine Lordschaft blieb während der ganzen schmerzhaften Prozedur, bei der ihm die Pike aus dem Rücken gezogen wurde, bei vollem Bewußtsein. Es waren zwar keine lebenswichtigen Organe beschädigt worden, aber die Wunde ging sehr tief. Die Säuberung der offenen Wunde mit der feurigen Flüssigkeit hätte einen schwächeren Mann umgeworfen, aber William, der während des ganzen Martyriums auf dem Bauch liegen mußte, biß die Zähne zusammen und begrub das Gesicht in den Kissen, um jedes Geräusch zu ersticken. Das Zittern, das seinen angespannten Leib durchlief, war ein lebhafter Beweis für die Anstrengung, die es ihn kostete, nicht laut zu schreien. Erst im allerletzten Stadium, als der gewaltige Schnitt in seiner Schulter genäht wurde, verlor Seine Lordschaft endlich das Bewußtsein. Der Arzt, der ihn versorgte, konnte über die Zähigkeit und Willenskraft des Mannes nur staunen.

Als Colby wieder die Treppe hinunterging, fand er Andrew und Shemaine dicht aneinandergeschmiegt neben Gage auf dem Bett. Sie waren beide eingeschlafen, aber Gage war aufgewacht und betrachtete seine Frau und seinen Sohn, als wären sie kostbare Schätze.

»Wie fühlen Sie sich?« fragte Colby leise, nachdem er die Wunde genäht hatte.

»Als hätte mir jemand mit einem Holzhammer auf den Kopf gedroschen.«

»Sie können von Glück sagen, daß Sie noch am Leben sind.«

Gage zog die Brauen zusammen, verzichtete danach aber wohlweislich auf jede weitere Regung seines Gesichtes. »Bin ich denn so schwer getroffen worden?«

»Das kann ich nicht sagen.« Colby deutete kurz auf Shemaine. »Nach dem Bericht Ihres Vaters hat Ihre Frau den Mann erschossen, der versucht hatte, Sie zu töten.« Er hielt inne, um Gage Zeit zu geben, diese Eröffnung zu verdauen. Ein Ausdruck der Verblüffung huschte über Gages Züge. »Und nach *Shemaines* Bericht hat Ihr Vater sich über Sie geworfen, um die Lanze abzufangen, die für Sie bestimmt war.«

Gage sah den Arzt erschrocken an. Auf das Schlimmste gefaßt, brauchte er lange Sekunden, bis er seine Stimme so weit wieder unter Kontrolle hatte, daß er sprechen konnte. »Ist er tot?«

»Nein, Seine Lordschaft sollte sich eigentlich recht gut erholen, es sei denn, die Wunde würde sich entzünden, aber vor dieser Komplikation schützt ihn hoffentlich Flannerys Whisky. Ich habe in meinem ganzen Leben noch kein stärkeres Gebräu gekostet, aber bei Seiner Lordschaft schien es kaum Wirkung zu zeigen. Offen gesagt, erstaunen mich seine Durchhaltekraft und seine Fähigkeit, Schmerz zu ertragen. Er ist kein einziges Mal ohnmächtig geworden und hat trotz der Schmerzen, die wir ihm zufügen mußten, keinen Muckser von sich gegeben. Ihr Vater und Ihre Frau müssen Sie sehr lieben, Mr. Thornton.«

Gage, den die Worte des Arztes in Verwirrung stürzten, nahm seine eigene Antwort kaum wahr, die ihm, wann immer ihn jemand bei seinem vollen Namen nannte, beinahe zur zweiten Natur geworden war. »Mein Name ist Gage.«

»Ruhen Sie sich aus, so gut Sie können, Gage«, wies Colby ihn an. »Dann geht es Ihnen bald besser, und Sie kommen um so schneller wieder auf die Beine.«

Gage erinnerte sich daran, wo er den Arzt das letzte Mal gesehen hatte. »Was macht übrigens Calley? Ramsey erzählt mir ständig, daß es ihr schon viel besser gehe, aber ich mache mir immer noch Sorgen um sie. Ihre Schwangerschaft dürfte doch wohl langsam vorüber sein, oder?«

»Calley geht es bemerkenswert gut, ja, und es müßte bald soweit sein. Annie behält sie genau im Auge und kann es ebensowenig wie die Mutter selbst abwarten, daß das Baby endlich zur Welt kommt.«

»Ramsey möchte Annie für seine Frau behalten«, eröffnete Gage dem Arzt, »aber Calley sagt, sie könnten es sich nicht leisten. Sie möchte, daß zumindest einer ihrer Söhne das William-and-Mary besucht, und sie spart jeden Penny, den sie erübrigen kann, um sich diesen Wunsch zu erfüllen. Wenn es nach ihr ginge, würden all ihre Kinder dort erzogen werden.«

Dr. Ferris strich mit der Stiefelspitze über den Zypressenholzboden. »Ich habe übrigens darüber nachgedacht, ob ich Ihnen Annie nicht abkaufen könnte…«

Überrascht sah Gage den Mann an. »Ich dachte, Sie hätten gesagt…«

»Vergessen Sie, was ich gesagt habe. Annie wäre mir eine große Hilfe, und in letzter Zeit habe ich auch daran gedacht, mich wieder zu verheiraten. Ich bin immer noch jung genug, um Kinder zu haben. Meine Frau konnte keine bekommen, und sie starb kinderlos. Was Annie sich wünscht, ist ein eigenes Kind, und ich glaube, das könnte ich ihr geben. Sie mag mich jetzt noch nicht lieben, aber in Zukunft würde sie vielleicht…«

»Haben Sie sie denn schon gefragt?«

»Nein, das konnte ich nicht, nicht solange sie Ihnen gehörte. Myers hat sich übrigens bei mir über Sie beklagt. Sie hätten gesagt, Sie würden Annie zurückbringen, hätten es dann aber nie getan. Er denkt, Sie sollten ihm mehr Geld geben, weil Sie ihn überlistet hätten.«

Gage schnaubte. »Er hat auch so schon genug bekommen.«

»Das dachte ich mir, aber ich fand, Sie sollten es wissen. Es ist nämlich nicht unter seiner Würde, Ärger zu machen, wo er nur kann. Er und Roxanne Corbin sind sich neulich in die Haare geraten, weil Mrs. Pettycomb ihr gegenüber wiederholt hat, was er über sie erzählt – daß ihre Erwartungen nämlich reichlich überzogen seien, wenn sie wirklich geglaubt hätte, irgendein Mann würde eine alte Jungfer mit Pferdegesicht heiraten. Roxanne ist zu ihm gegangen und hat ihn auf seiner eigenen Veranda zur Rede gestellt; sie hat ihn eine rückgratlose kleine Kröte genannt, weil er nicht gewagt habe, ihr seine Meinung ins Gesicht zu sagen. Nun, daraufhin hat er seine Beleidigung wortgetreu wiederholt, und Roxanne hat ihm beinahe die Augen ausgekratzt, bevor er sich mit den Fäusten auf sie stürzte. Ich bin natürlich rübergelaufen, um die beiden auseinanderzubringen; es war ein Gefühl, als wäre ich zwischen zwei rasende Katzen geraten. Roxanne hat ganz schön was abbekommen, und Myers hat im Gesicht und am Hals tiefe Kratzer von ihren Krallen davongetragen. Ich habe keinen von ihnen ärztlich versorgt, weil ich fand, sie hätten es beide verdient – Myers für seine Beleidigungen, Roxanne für ihre Unbeherrschtheit.«

»Myers sollte etwas vorsichtiger sein, wenn er nicht verfrüht das Zeitliche segnen will«, bemerkte Gage. »Schon manch einer hat es heftig bedauern müssen, sich mit den falschen Gegnern angelegt zu haben.«

»Diplomatie war nie Myers' Stärke, wie Sie und ich wissen, aber ich glaube kaum, daß er uns allzusehr verunglimpfen kann, da die Wahrheit auf unserer Seite steht. Ihretwegen ist Annie jetzt vor seinen Mißhandlungen sicher und hat sich eng mit Calley angefreundet. Annies Leben hat sich zum Besseren gewandelt, und wenn sie will, können wir bald unsere eigene Familie gründen. Vielleicht wird sie dann eines Tages das Kind, das ihr geraubt wurde, vergessen können. Mit Ihrem Einverständnis möchte ich Ihnen gern das Geld zurückerstatten, das Sie für sie bezahlt haben.«

»Ich bin mehr als einverstanden«, erwiderte Gage und hob trotz seiner Schmerzen fragend die Brauen. »Werden Sie uns zu Ihrer Hochzeit einladen?«

Colby lachte. »Wenn Annie mich nimmt.«

»Das wird sie.«

Der Arzt legte einen Lederbeutel voller Münzen auf den Nachttisch und verließ dann leise das Zimmer. In der darauffolgenden Stille spürte Gage, wie die Hand auf seiner Brust sich zu regen begann und ihn gemächlich liebkoste. Als er den Blick senkte, sah er, daß seine Frau lächelnd zu ihm aufschaute.

»Habe ich Ihnen eigentlich je gesagt, Mr. Thornton«, flüsterte Shemaine verschlafen, »wie überaus teuer Sie mir sind?«

Sein Herz schien vor Glück einen Purzelbaum zu schlagen. »Soll das heißen, daß du mich liebst, Shemaine?«

»Ja, Gage. Das heißt, daß ich dich sehr, sehr liebe.«

Gage nahm ihre schlanken Finger in seine Hand und führte sie zu einem sanften Kuß an die Lippen. »Und ich liebe dich, Shemaine, ich liebe dich über alle Maßen.«

19. Kapitel

William und Gage Thornton ähnelten einander wahrhaftig nicht nur äußerlich, überlegte Shemaine, nachdem sie versucht hatte, beide Männer länger als einen Tag im Bett zu halten. Obwohl Gage am folgenden Morgen immer noch unter bohrenden Kopfschmerzen litt, versah er wie gewohnt seine Pflichten und ging dann zur Arbeit in die Werkstatt. Am selben Nachmittag versuchte sein Vater, während Shemaine vor der Hütte im Bach Kleider wusch, vom Dachboden zur Außentoilette zu gelangen, obwohl man ihm in bequemer Reichweite in seinem Zimmer einen Nachttopf aufgestellt hatte. Nachdem er den größten Teil der Treppe hinter sich gebracht hatte, wurde ihm schwarz vor Augen. Er verlor das Gleichgewicht und stürzte die letzten Stufen hinunter, wobei nicht wenige der Stiche aufrissen, mit denen die Wunde genäht war, und diese von neuem zu bluten begann. Andrew sah den Sturz vom Flur aus mit an und rannte mit angstgeweiteten Augen auf die Veranda, um nach Shemaine zu schreien, die schnell zurückkommen und seinem Großvater helfen solle.

Vor Schreck stieß sie den Wäschekorb um, und die Kleider flogen kunterbunt durcheinander. Als Shemaine William erreichte, hatte dieser gerade den Zipfel seines Nachthemds über seine nackten Lenden gezogen, um wenigstens bis zu einem gewissen Grad den Anstand zu wahren. Dann zog er sich in eine sitzende Position hoch, bis er an der Wand am Fuß der Treppe lehnte. Sein verzerrter Gesichtsausdruck verriet, welche Schmerzen er litt. Trotzdem kam nicht mehr als ein ersticktes Stöhnen über seine Lippen, als Shemaine versuchte, ihn aufzurichten. William war zu schwach, um ihr dabei helfen zu können, und zu schwer, als daß es ihr allein hätte gelingen können, so sehr Andrew sich bemühte, sie zu unterstützen.

»Andy, geh und hol deinen Vater aus der Werkstatt«, bat sie den Jungen. »Und eil dich!«

Kurze Zeit später kehrte Gage mit Sly Tucker zurück, und zu zweit trugen sie William wieder in sein Bett. Seine Lordschaft zog – in Anwesenheit einer Dame ängstlich darauf bedacht, Sitte und Anstand genüge zu tun – hastig das Laken über seine Taille, bevor er ihnen erlaubte, ihm das blutbefleckte Nachthemd über den Kopf zu streifen. Anschließend tupfte Shemaine ihm mit sanfter Hand das Blut vom Rücken, während Gage ein Handtuch auf die Wunde preßte, um das Blut zu stoppen.

»Opa wieder ganz krank?« fragte Andrew besorgt. Er mochte nicht näherkommen, sondern war oben auf der letzten Treppenstufe stehengeblieben. Der Anblick von soviel Blut verstörte den Kleinen.

Shemaine lächelte ihm ermutigend zu. »Deinem Großvater wird es bald wieder bessergehen, Andy. Er ist viel zu störrisch, um sich von so einem kleinen Mißgeschick aus der Ruhe bringen zu lassen.«

William, der vor Ärger rot angelaufen war, sah das Mädchen durchdringend an und bekam dafür prompt einen überaus vielsagenden Blick zurück. Shemaine brauchte ihn nicht für seine Tat zu schelten, er wußte auch so, daß er sich einen Tadel weiß Gott verdient hatte. Daß er den Jungen erschreckt hatte, war nur ein kleiner Teil seines Vergehens.

Colby war bereits unterwegs, um seine Patientenrunde zu absolvieren, und erschien, kurz nachdem es ihnen gelungen war, die Blutung zu stillen. Er war aufgebracht, daß der Earl so bald nach einer derart schwerwiegenden Verletzung versucht hatte, das Bett zu verlassen.

»Wenn Sie noch ein einziges Mal aufstehen und sich weitere Nähte aufreißen, bleibt mir nichts anderes übrig, als die Wunde mit einem glühendheißen Eisen zu schließen! Haben Sie verstanden, was ich sage? Ich habe Sie nicht zusammengeflickt, damit Sie sich anschließend umbringen, nur weil Sie zur Toilette wollen.« Mit unverhohlenem Zorn zeigte er ruckartig mit dem Daumen über die Schulter auf den notwendigen Gegenstand. »Der Topf steht gleich da drüben und wartet nur darauf, benutzt zu werden! Also ersparen Sie mir ein paar Fahrten hier heraus und benutzen Sie ihn!«

Andrew hatte sich inzwischen durchs Zimmer geschmuggelt und ließ sich am Kopfende des Bettes auf den Boden sinken, bis seine Nase auf dem Federbett ruhte. Er war sich keineswegs sicher, ob es ihm gefiel, daß der Mann mit seinem Großvater schimpfte. Wenn er jemals krank wurde oder sich verletzte, hoffte er nur, daß man für ihn nicht den Doktor holen mußte.

Colby Ferris beschränkte seine Kritik jedoch nicht auf Seine Lordschaft, sondern wandte sich mit zornigem Blick an Gage, der am Waschbecken stand und sich das Blut seines Vaters von den Unterarmen spülte. »Und was haben Sie hier zu suchen? Habe ich Ihnen nicht klipp und klar gesagt, daß Sie für eine Weile ins Bett gehören?«

»Ich bin ja auch im Bett geblieben – eine Weile«, gab Gage grinsend zurück. »Aber ich hatte zu arbeiten.«

»Es ist wirklich unübersehbar, daß Sie beide eng miteinander verwandt sind!« brummte Colby und wandte sich an Shemaine, als könne er in ihr möglicherweise eine Verbündete finden. »Vielleicht können Sie irgend etwas tun, um diese beiden dazu zu bringen, auf meinen Rat zu hören.«

Shemaine lächelte und begann, saubere Wäsche für das Bett und frische Lappen für den Arzt herauszulegen, während dieser die Wunde nachnähte. In Erinnerung an James Harpers Lieblingssprüche antwortete sie mit einer Frage. »Haben Sie jemals die Sonne im Osten untergehen sehen, Dr. Ferris?«

Colby, der zwischen Vater und Sohn hin und her blickte, preßte die Lippen zusammen. Die beiden zeigten keinerlei Reue und würden zweifellos tun, was immer ihnen gefiel. »Ich verstehe, was Sie meinen.«

»Trotzdem würden sie dem Jungen vielleicht ein besseres Beispiel geben, wenn sie Ihren Anweisungen etwas mehr Beachtung schenkten«, fügte Shemaine hinzu und sah verschmitzt zu Gage auf, bevor sie ihm ein Handtuch reichte. »Von Andrew würden sie gewiß erwarten, daß er tut, was Sie sagen, Doktor, genau wie mein Mann von seinen Angestellten erwartet, daß sie sich seinem sachkundigen Urteil unterwerfen.«

Colby grinste und begriff, daß die junge Dame ihre Ziele mit sanften Argumenten weit besser erreichen würde als er mit all seinem Gezeter. Gage und William, die sich beide auf einmal für das schlechte Beispiel schämten, das sie dem Jungen gegeben hatten, drehten sich zu Andrew um. Schließlich war es William, der sich leicht zur Seite wandte, um die Hand seines Enkels zu ergreifen und ihn neben sich aufs Bett zu ziehen.

»Hast du verstanden, daß ich mir diesen neuen Kummer selbst zuzuschreiben habe, weil ich nicht auf den Doktor hören wollte?« Das Kind sah seinen Großvater nur mit weit aufgerissenen Augen an. »Ich hätte mehr Rücksicht auf deine Mutter nehmen und mir vorher überlegen sollen, wieviel Schwierigkeiten ich ihr mache, wenn ich die Laken und die Treppe mit meinem Blut beschmutze. Außerdem weiß ich, daß ich dich erschreckt habe, und das tut mir leid. Ich hätte hier auf dem Dachboden bleiben und nicht versuchen sollen hinunterzugehen. Hätte ich das nicht getan, hätte der Doktor meine Wunden nicht noch einmal zu nähen brauchen. Hast du verstanden?«

Der Junge nickte, und William zauste sein dunkles Haar, was ihm ein Grinsen von dem Kleinen eintrug.

Auch Gage, der sich gerade die Hände abtrocknete, fügte sich nun mit einem Lächeln den sanften Argumenten seiner Frau. »Also gut, meine Liebste, ich werde meinen Männern sagen, daß sie den Rest des Tages ohne mich auskommen müssen. Ist das in deinem Sinne?«

»Ich hätte eine Sorge weniger, wenn ich wüßte, daß du dich ausruhst.« Shemaine streckte die Hand aus, strich leicht mit den Fingern durch sein Haar und tastete vorsichtig die Schwellung ab, die unter der genähten Wunde immer noch zu fühlen war. »Ich möchte doch nicht, daß dir irgend etwas zustößt, jetzt, da wir einander gefunden haben.«

Es hieß, Gertrude Turnbull-Fitch habe in Newportes Newes nach dem Tod ihres Vaters für solchen Aufruhr gesorgt, daß die britische Verwaltung des Weilers sich für die Frage zu interessieren begann, ob sie möglicherweise in den Anschlag auf Gage Thorntons Schiff verwickelt war. Um sich einen Zugang zu Turnbulls Reichtum offenzuhalten, zerrte Kapitän Fitch seine Frau mit Gewalt an Bord der *London Pride* und nahm Kurs auf England, bevor irgend jemand tatsächlich beschloß, sie zu verhaften. Sie zischte wie eine Viper und keifte wie eine Wahnsinnige, aber Everette lächelte nur. Jetzt, da J. Horace Turnbull tot war, hatten die Drohungen seiner Tochter kaum noch Gewicht. Er nahm sich fest vor, daß es Gertrudes letzte Fahrt auf der *London Pride* sein würde, denn sie hatte ihnen durch den Verlust an Menschenleben ein größeres Loch in die Kasse gerissen, als er das mit seinen Diebstählen je getan hatte. James Harper und die Mannschaft errieten die Absicht ihres Kapitäns, wagten es aber nicht, ihre erleichterten Seufzer hören zu lassen. Erst nachdem sie die Gestade Englands wieder erreicht hatten und sicher sein konnten, die Xanthippe das letzte Mal gesehen zu haben – erst dann würde es eine Feier geben, die selbst ihre kühnsten Träume übertraf.

Anfänglich hofften Shemaine und Gage beide, daß die *London Pride* mit Potts wieder in See gestochen war, aber sie sollten schon bald erfahren, daß er desertiert war und sich immer noch in der Nähe aufhielt. Einige Leute behaupteten, er scharwenzele wieder um Morrisa herum. Indessen ließ sich unschwer ahnen, daß Freida, die ihre Mädchen und deren Kundschaft genauestens im Auge behielt, Potts für jede Gunst Morrisas kräftig zur Kasse bitten würde. Der Sold eines Matrosen konnte bei solcher Prasserei nicht lange reichen, und er würde wohl eines Tages wieder Arbeit suchen oder zu drastischeren Maßnahmen greifen müssen, um sich auch nur mit dem Allernotwendigsten versorgen zu können.

Potts' Wohlergehen lag Shemaine und Gage jedoch weniger am Herzen. Ihre Sorge galt vielmehr den Drohungen, die der Mann in der Vergangenheit ausgestoßen hatte. Sie fürchteten, daß sehr bald der Tag kommen würde, da er abermals Rache zu nehmen versuchte. Es verging keine einzige Stunde, in der sie sich nicht fragten, ob er wieder in den Wäldern auf sie lauerte und nur auf eine günstige Gelegenheit wartete, einen von ihnen zu töten.

Kurz nach der Abreise der *London Pride* brachte Calley ein kleines Mädchen zur Welt, und ihr Glück war vollkommen. Annie blieb noch eine Woche bei ihr, gerade lange genug, daß die Frau sich wieder selbst um die alltäglichen Belange ihres Haushalts kümmern konnte. In den folgenden Tagen wurde für Annie und Dr. Colby Ferris eine kleine Hochzeit in einer Kirche im Weiler geplant. Der Zeremonie würden nur wenige enge Freunde beiwohnen, aber das ganze Dorf war eingeladen, anschließend an dem großen Festmahl in der Taverne teilzunehmen, die das beste Essen weit und breit auftischte. Zumindest für diesen speziellen Nachmittag hatte der Besitzer versprochen, Freida und ihre Mädchen daran zu hindern, in den Räumlichkeiten der Taverne ihrem Gewerbe nachzugehen, eine Situation, die der Bordellwirtin nicht unbedingt angenehm war.

Mary Margaret erbot sich großzügig, zur Hütte hinauszukommen und ein Auge auf Andrew und William zu haben, während Gage und Shemaine die Hochzeit besuchten. Da es wohl recht spät werden würde, bis sie zurückkamen, hatte das Paar Mrs. McGee eingeladen, die Nacht bei ihnen zu verbringen, so daß sie nicht zu später Stunde den Rückweg antreten mußte. Die Frau nahm den Vorschlag bereitwillig an, aber William konnte sich für diese Idee absolut nicht erwärmen. Bei dem Gedanken, daß eine irische Amme sich um ihn kümmern sollte, kräuselten sich ihm geradezu die Nackenhaare. Aber da die kategorischen Anweisungen des Arztes ihn nun einmal auf sein schmales Bett verdammten, konnte er keinen Fluchtweg ersinnen.

Gage hatte kein Mitleid mit dem brummigen William. »Ich habe schon alte Wildschweine erlebt, die ein freundlicheres Temperament hatten als du«, warf er ihm vor. Das unausgesetzte Genörgel seines Vaters, nur weil Mrs. McGee einige Stunden lang über ihn und seinen Enkel wachen sollte, ging ihm allmählich auf die Nerven. »Du hast dich über die Enge deines Bettes beschwert, über die zu niedrige Decke, über die Unannehmlichkeit, in einen Nachttopf pinkeln zu müssen, und über eine lange Liste anderer Dinge, zu denen nicht zuletzt die Tatsache zählt, daß ihr beide, du und Andrew, in Mrs. McGees Obhut bleiben sollt. Mrs. McGee ist eine überaus tüchtige und freundliche alte Dame, und …«

»Alte Dame … grmpf!« schnaubte William und drosch mit geballter Faust auf seine Decke. »Wird wohl eher eine alte Xanthippe sein! Was soll sie denn machen, mir den Nachttopf holen, wenn ich mal muß? Beim heiligen Georg, eher will ich in der Hölle verrotten!« Es war geradezu absurd, sich vorzustellen, er würde sich von irgendeiner alten Vettel versorgen lassen! Sie würde ihn gewiß als Invaliden betrachten und in ihrem Eifer, ihm behilflich zu sein, versuchen, ihm den Zipfel seines Nachthemds hochzuheben, während er mit weichen Knien zum Nachttopf wankte. Er war schon viel zu lange auf diesem verfluchten Dachboden eingesperrt, und eine hinfällige alte Schachtel, die ihm half, war das letzte, was ihm jetzt noch fehlte! »Verflixt, Gage! Ich will nicht, daß irgendeine neugierige alte Schachtel um mich herumtanzt!«

Gage bemühte sich krampfhaft, nicht in Gelächter auszubrechen. Er konnte verstehen, daß sein Erzeuger immer reizbarer wurde, jetzt, da er sich nicht mit seiner gewohnten Selbständigkeit und Energie bewegen konnte. Aber die Wunde war doch sehr ernst gewesen, und es würde einige Zeit dauern, bis sie verheilte – eindeutig sehr viel länger, als sein Vater in Betracht zu ziehen bereit war. Seine Geduld schien sich rapide dem Ende zu nähern.

»Mrs. McGee kommt hauptsächlich Andrews wegen her«, erklärte Gage langsam, als wolle er seinem Vater helfen, zu begreifen, warum die Frau überhaupt kommen mußte. »Und wenn sie, während sie sich um ihn kümmert, bereit sein sollte, dir eine Mahlzeit zu bereiten oder dir einen kleinen Dienst zu erweisen, dann möchte ich dich ermahnen, keinen ungebührlichen Widerstand zu leisten. Mrs. McGee ist keineswegs so alt, daß sie dir nicht gehörig die Leviten lesen könnte.«

»Wie alt ist das Frauenzimmer überhaupt?« blaffte William seinen Sohn an. »Wahrscheinlich eine Greisin, die obendrein noch schlecht gekleidet ist, nehme ich an!«

»Im Gegenteil. Mary Margaret ist eine recht hübsche Person.« Gages Lippen zuckten vor Belustigung, als ihm klar wurde, daß das Alter der Frau seinem Erzeuger weit mehr Kopfzerbrechen bereitete als alles andere. »Ich nehme an, wir hätten eine jüngere Frau finden können, die dir Gesellschaft leistet, aber sie wäre vielleicht nicht annähernd so reizvoll gewesen wie Mrs. McGee.«

William sah seinen Sohn mit schmal gewordenen Augen argwöhnisch an. »Was sagtest du gleich, wie alt sie ist?«

Gage zuckte die Achseln. »Genaugenommen hab' ich gar nichts gesagt. Ich habe nämlich keine Ahnung, wie alt sie ist. Ich habe sie nie danach gefragt, aber sie kann nicht viel älter sein als du, wenn überhaupt. Wie alt bist du, fünfundsechzig? Sie müßte in etwa genauso alt sein.«

Andrew kam mit einem Arm voller Bücher die Treppe heraufgestampft und polterte dann an das Bett seines Großvaters, wo er seine Last fallen ließ.

»Mami Shiam sagt, du kannst mir vorlesen, wenn du willst, Opa, weil sie sich anziehen muß und im Moment keine Zeit hat.« Mit diesen Worten stützte der Kleine sich mit den Ellbogen auf die Bettkante, bettete das Kinn in die Hände und sah seinen Großvater schmeichelnd an. »Machst du's, Opa?«

William konnte dem rührend flehentlichen Blick seines Enkels nicht widerstehen. Also räusperte er sich und zwang sich um des Kindes willen zu einer freundlicheren Miene. Trotzdem verfärbten seine Wangen sich, als er noch einmal zu Gage aufschaute und lahm auf seine Ledertruhe zeigte. »Im obersten Fach findest du eine Brille. Würdest du mir die bitte holen?«

»Ich hol' sie dir, Opa!« rief Andrew eifrig und rannte zu dem Schrankkoffer hinüber, während sein Vater den Deckel anhob und das oberste Abteil öffnete. Nachdem er die Brille mit der Ermahnung, vorsichtig zu sein, in Empfang genommen hatte, kehrte der Junge zu seinem Großvater zurück und sah neugierig zu, wie er das Gestell aufsetzte. William warf einen Seitenblick auf das Kind, das sich, fasziniert von seinem eigenen Spiegelbild in den Brillengläsern, vorbeugte.

»Siehst du ein kleines Eichhörnchen?« fragte William liebevoll.

»Ich sehe Andy!«

»Ich glaube, du siehst ein kleines Eichhörnchen«, neckte William ihn, und ein Grinsen ließ seine Lippen zucken.

»O nein, Opa!« Andrew streckte seinen kleinen Zeigefinger aus und deutete auf seine Brust. »Das bin ich! Mami Shiam hat's mir im Wasser gezeigt, als wir unten beim Teich waren. Das ist Andy!«

»Von dieser Seite der Brille aus sehe ich ein kleines Eichhörnchen.«

»Darf ich auch mal gucken?« Andrew konnte sich kaum bezähmen, während er sein Gesicht neben das seines Großvaters drückte und versuchte, aus dieser Perspektive durch die Gläser zu schauen.

Williams Grinsen vertiefte sich. »Siehst du was?«

Andrew schloß das eine Auge und spähte mit dem anderen noch aufmerksamer durch die Brille. »Hm-hm.«

»Dann solltest *du* die Brille vielleicht tragen. Damit du besser sehen kannst.«

Andrew ließ sich das Drahtgestell willig hinter den Ohren befestigen, aber als er versuchte, durch die Gläser zu schauen, fing er schon bald an zu schielen. Er wandte den Kopf in diese und jene Richtung und versuchte, irgend etwas zu sehen. »Opa! Ich seh' überhaupt nichts!«

Gage preßte mühsam seine Lippen zusammen, um nicht in amüsiertes Gelächter auszubrechen. Auf Zehenspitzen schlich er durch das Zimmer zur Treppe hinüber, wo er kurz stehenblieb und zusah, wie sein Vater nach der Zeichnung eines Eichhörnchens griff, die er vor einigen Stunden angefertigt hatte.

William hielt sie vor den Jungen hin und sagte: »Jetzt nimm die Brille ab.«

Andrew gehorchte und jubelte vor Begeisterung, als er die naturgetreue Zeichnung sah. »O Opa! Du malst Eichhörnchen so schön wie Papa Schiffe malt!«

Gage ging mit derselben Vorsicht, mit der er zuvor den Raum durchmessen hatte, die Treppe hinunter, denn er wollte die beiden, die da so ganz in ihre Unterhaltung vertieft waren, nicht stören. Es tat ihm unendlich gut, seinen Vater mit Andrew spielen zu sehen, denn es war eine nüchterne Tatsache, daß er nie gedacht hätte, sein Erzeuger würde sich jemals für seine Enkelkinder interessieren. Jetzt lernte er seinen Vater in einem neuen Licht kennen, im Licht der natürlichen Neugier eines Kindes.

Als Gage ins Schlafzimmer trat, blickte Shemaine auf und drehte sich sofort um, um ihm die Spitze zu zeigen, die sich im Nacken ihres Leibchens verheddert hatte. »Ich werde wohl langsam fett!

Oder Victoria war so dünn wie eine Bohnenstange, als sie dieses Kleid trug! Ich mußte die Spitze auslassen, um überhaupt atmen zu können, und sieh nur, was ich angerichtet habe, als ich die Säume wieder zusammennähen wollte!«

Gage, der inzwischen dicht hinter seine Frau getreten war, schlang die Arme um sie und umfaßte mit nachdenklicher Miene ihre Brüste. »In der Tat, eine ganz schöne Portion.« Er beugte sich über ihre Schulter, hielt den Ausschnitt ein Stück von ihrem Busen weg und blickte in das Kleid, um die schwellende Fülle zu bewundern, die sich verlockend über dem spitzengesäumten Leibchen erhob. »Zwei reife Melonen, die nur darauf warten, gekostet zu werden. Ich wünschte, wir wären schon wieder daheim.«

Shemaine stieß einen Ellbogen nach hinten in seine Rippen und wies ihn mit einem gezierten Blick über die Schulter lachend zurecht: »Benehmen Sie sich, Sir!«

»Bei jeder anderen Frau außer dir, meine Liebste«, versicherte ihr Mann mit heiserer Stimme, bevor er ihre Kehle mit Küssen bedeckte. »Du bist meine einzige Quelle für fleischliche Freuden.«

»Da bin ich aber froh«, seufzte Shemaine und lehnte sich an seine Schulter, während sie die schlanken Hände streichelte, die abermals den Weg zu ihren Brüsten gefunden hatten. »Ich könnte es nicht ertragen, dich mit einer anderen Frau zu teilen. In dieser Hinsicht bin ich genau wie Roxanne.«

»Jawohl, Madam, aber ich gehöre Ihnen, nicht ihr. Sie haben das Recht, so zu empfinden.«

Ein leises Klopfen an der Haustür unterbrach ihr Gespräch und kündigte die Ankunft ihres Gastes an. Dieses unverfängliche Geräusch rief Gage in Erinnerung, daß Andrew in dieser Nacht in seinem Schlafzimmer Gesellschaft haben würde und daß die Wände nicht dick genug waren, um das Knarren eines Bettes unhörbar zu machen.

»Heute nacht werden wir wohl den Bärenläufer ausprobieren müssen«, überlegte Gage laut. Dann ließ er noch einmal eine Hand in das Leibchen seiner Frau gleiten, um eine runde Brust zu liebkosen. »Oder Mary Margaret wird bemerken müssen, daß wir unmöglich die Finger voneinander lassen können.«

»Ich habe den Läufer gestern gelüftet«, informierte Shemaine ihn und begegnete seinem warmen, leuchtenden Blick mit einem Lächeln. »Da ich deinen unersättlichen Appetit kenne, habe ich darüber nachgedacht, welche Alternativen uns bleiben, wenn Mrs. McGee im Nebenzimmer schläft.«

»Wie überaus weitblickend du doch bist, meine Liebe«, murmelte Gage und streifte ihre Stirn mit einem zärtlichen Kuß. Dann ließ er ein letztes Mal einen Finger mit eindeutigem Vorsatz über eine vorwitzige Brustknospe streichen, bevor er seine Hand zurückzog und schwer atmend von seiner Frau abrückte. Aber dieser Versuch, seine Erregung zu bezähmen, wurde ihm erheblich erschwert, als seine Frau hinter sich griff und ihrer Hand eine schnelle Erkundung seiner unteren Körperhälfte gestattete, die einen heißen Blitz durch seine Lenden zucken ließ. Dann warf sie ihm ein triumphierendes Lächeln zu, das auch ihre Vorfreude nicht verhehlen konnte. »Ich kann tatsächlich nicht lange in deiner Nähe sein, ohne angesteckt zu werden. Wenn Mary Margaret nicht draußen vor der Tür stünde, würde ich es in genau diesem Augenblick einzurichten wissen, daß uns noch ein wenig Zeit bleibt.«

»Ich komme später auf dein Versprechen zurück«, entgegnete Gage mit einem vielsagenden Zwinkern, bevor er zur Tür trat.

Im Wohnzimmer atmete er tief und konzentriert durch, um sich und seine Gelüste unter Kontrolle zu kriegen. Als er öffnete, begrüßte Mary Margaret ihn mit einem Lächeln und wandte sich zum Abschied noch einmal Gillian zu, der sie mit dem Boot seines Vaters flußaufwärts gebracht hatte.

»Wir sehen uns morgen!« rief sie dem jungen Mann zu.

Als Mary Margaret sich dann wieder ihrem Gastgeber zuwandte, musterte sie diesen vom Kopf bis zu den Zehen und nickte anerkennend. Gehrock, Hosen, Wams und Strümpfe waren aus dunkelblauer Seide und wurden von einem frisch gebügelten, weißen Hemd mitsamt Spitzenrüsche und Kragen noch betont.

Mit einer ausladenden Geste forderte Gage sie auf einzutreten, bevor er sich mit vorgestelltem Bein elegant verbeugte. »Willkommen in unserem Heim, Mylady«, sagte er lächelnd.

Mary Margaret nahm seine Ausgelassenheit mit einem Grinsen

zur Kenntnis. »Nun, Sie hübscher Halunke, ich sehe, Sie haben seit unserer letzten Begrüßung Ihr schmuckes Aussehen keineswegs eingebüßt. Allerdings möchte ich schwören, daß Sie heute bei weitem prächtiger gewandet sind als an jenem anderen Tag.«

»Ein Geschenk meines Vaters«, gab Gage zu und strich geistesabwesend über den kostbaren Rock. Er hatte beinahe vergessen, wie herrlich weich sich Seide anfühlte. »Er sagte, sein Umfang habe sich verbreitert, so daß ihm die Kleider kaum mehr passen würden. Aber da er genauso aussieht, wie ich ihn stets gekannt habe, halte ich diese Behauptung für übertrieben.«

»Dann betrachten Sie die Kleidungsstücke als Geschenk eines liebenden Vaters«, empfahl die Frau freundlich.

Ein nachdenkliches Lächeln ließ Gages Lippen kaum merklich zucken. »Ich habe diesen Mann noch nie zuvor als liebenden Vater gesehen, aber ich werde wohl meine Meinung ändern müssen, wenn ich daran denke, daß er sich lieber selbst von der Lanze treffen ließ, als daß sie mich ins Jenseits beförderte.«

In den irischen blauen Augen stand ein verschmitztes Funkeln, als Mary Margaret nun den Kopf betont geziert zur Seite legte. »Haben Sie mich vermißt?«

»Ungemein!« erwiderte Gage mit einem leisen Lachen. Dann holte er ihren kleinen Koffer von der Veranda herein, während sie sich auf ihren Stock gestützt umsah.

»Wo ist Ihre hübsche Frau? Und Andrew, wo ist der?«

Gage zeigte beiläufig nach oben. »Andrew ist bei seinem Großvater auf dem Dachboden. Wenn Sie wollen, können Sie hinaufgehen und sich vorstellen. Shemaine ist noch nicht fertig und bedarf meiner Hilfe, bevor sie sich präsentieren kann.« Er hielt das kleine Gepäckstück in die Höhe, um die Aufmerksamkeit von Mary Margaret zu erringen, bevor er auf das Schlafzimmer zuging. »Das hier bringe ich in Andrews Zimmer, falls Sie Ihre Sachen suchen sollten. Das Bett habe ich bereits aufgestellt, daher werden Sie den Koffer neben dem Bett finden, in dem Sie heute nacht schlafen können. Ich denke, das größere Bett wird Ihnen bessere Dienste leisten.«

Als Mary Margaret das leise Gemurmel einer tiefen Stimme aus dem oberen Stockwerk hörte, blickte sie auf. Die Stimme hat einen schönen Klang, fand sie, aber dann drehte sie sich noch einmal um und richtete besorgt das Wort an Gage. »Sind Sie sicher, daß ich Andrew nicht störe, wenn ich heute nacht in seinem Zimmer schlafe?«

»Er wird sich freuen, daß er Gesellschaft hat«, beruhigte Gage sie. »Er ist ein bißchen einsam in seiner kleinen Kammer, seit wir die Wand zwischen die Zimmer gezogen haben.«

»Der kleine Lümmel wird ohne Zweifel bald ein Brüderchen oder ein Schwesterchen bekommen«, kommentierte Mary Margaret ungeniert. »Das wird ihm seine Einsamkeit gewiß versüßen.«

Gage grinste und sah sie mit fragend hochgezogenen Brauen an. »Jetzt erweist es sich, wer in Wirklichkeit mit Argusaugen Ausschau hält, ob Shemaines Bauch sich rundet«, neckte er sie und hob dann beiläufig die Schultern. »Sie werden uns schon ein wenig Zeit geben müssen, Mary Margaret.«

»Als hätte ich Ihnen nicht schon mehr als genug gegeben, Sie Halunke!« wies sie Gage lachend zurecht. »Wieviel Zeit brauchen Sie denn noch?«

»Plus minus ein oder zwei Monate... oder vielleicht mehr.«

Mary Margaret wedelte mit der einen Hand, als wolle sie gegen sein Argument protestieren. »Sie haben Ihre Zeit verschwendet, sonst wüßten Sie, ob Ihre Frau was Kleines erwartet oder nicht.« Mit plötzlichem Argwohn beäugte die Irin ihn fragend. »Aber andererseits waren Sie mir immer ein bißchen verschlossen, Gage Thornton, und ich könnt' mir denken, Sie würden's erst verraten, bis wir anderen es mit eigenen Augen sehen.«

»Ah, glauben Sie wirklich, daß ich ein solches Geheimnis vor Ihnen verbergen würde?« fragte Gage mit echter Zuneigung.

Mary Margaret antwortete mit einem übertriebenen Schnauben. »Ich wette, genau das würden Sie tun, Sie Teufel Sie!«

Während ihr Gastgeber noch leise vor sich hinlachte und Mary Margaret bereits auf den Flur zuschritt, fiel ihr siedendheiß eine Angelegenheit von größer Wichtigkeit ein. Schnell wandte sie sich um, um Gages Aufmerksamkeit auf sich zu ziehen, bevor er wieder im Schlafzimmer verschwand. Es ging ihr zutiefst gegen den Strich, den Thorntons so bald nach ihrem Kampf mit Horace Turnbull und seinen Männern schlimme Nachrichten zu überbringen, aber sie war der Meinung, daß ihre Freunde davon erfahren mußten. »Sie haben wahrscheinlich noch nicht gehört, daß Samuel Myers seit zwei Tagen verschwunden ist…«

Gage sah sie verblüfft an. »Sie meinen, er hat Newportes Newes verlassen?«

»Nur im Geiste.«

Gage zog die Augenbrauen hoch. »Was soll das heißen?«

»Man hat Mr. Myers heute morgen in seinem Brunnen gefunden. Sein Hals war gebrochen.« Sie seufzte versonnen. »Man hätte ihn vielleicht nie entdeckt, wenn sich sein Fuß nicht irgendwie im Zugseil verfangen gehabt hätte.«

Gage runzelte nachdenklich die Stirn. »Ich glaube nicht, daß er sich bei seinem Sturz in den Brunnen den Hals gebrochen hat.«

»Er ist wohl auch nicht gerade freiwillig in den Brunnen gestiegen. Alma Pettycomb sagte, sie habe neulich Mr. Myers aufgesucht und ihn im Streit mit seinem Nachbarn, Dr. Ferris, angetroffen. Es sah so aus, als hätten die beiden Männer sich wegen Annie gestritten. Myers behauptete, Sie hätten ihn betrogen, und Colby schimpfte ihn einen elenden Erpresser und Lügner.«

Gages Lippen zuckten verächtlich. »Also zeigt Mrs. Pettycomb jetzt mit dem Finger auf Colby, um ihn zum Mörder zu stempeln.«

Mary Margaret nickte. »Sie ist ziemlich beeindruckt davon, daß Ihr Vater ein Lord ist, und im Augenblick werden Sie von ihren Bösartigkeiten verschont. Ansonsten würde diese Dame gewiß auch auf Sie mit dem Finger zeigen.«

»Wie überaus reizend von ihr«, erwiderte Gage mit grimmigem Hohn.

»Ach, eigentlich nicht.«

Er sah die alte Irin an und spürte, daß da noch mehr kam.

»Alma erzählt jetzt überall rum, Shemaine sei nicht gut genug, um Ihre Frau zu sein, wo sie doch ein Sträfling ist und so weiter.«

»Wirklich schade, daß niemand Mrs. Pettycomb in einen Brunnen geworfen hat!« knurrte Gage verärgert.

»Ja, durchaus möglich, daß sich irgendwann irgend jemand zu

einer solchen Tat überreden ließe, aber ich hoffe, es wird nicht einer meiner Freunde sein.« Mary Margaret sah den Mann durchdringend an, bis ihm die volle Bedeutung ihrer Worte aufging und Gage lachend mit einem Kopfschütteln antwortete:

»Keine Sorge, Mary Margaret, ich werde mir wegen dieser alten Krähe nicht mein Leben zerstören. *So* sehr geht sie mir nun doch nicht auf die Nerven.«

»Dann bin ich beruhigt.« Mary Margaret lächelte erleichtert und deutete dann mit ihrem Stock Richtung Flur. »Ihr Vater wird sich doch anständig benehmen, oder?«

»Ich glaube nicht«, versetzte Gage, der ihrer Frage absichtlich eine andere Bedeutung unterschob. »Im Augenblick könnte er es wahrscheinlich mit Potts aufnehmen und als Sieger aus der Begegnung hervorgehen. Also seien Sie gewarnt.«

Mary Margaret zuckte nicht einmal mit der Wimper, als sie einen Blick auf die Treppe warf. »Ich glaube, ich kann recht gut auf mich achtgeben.«

»Da hatte ich nie auch nur die geringsten Zweifel, Madam.«

Mit einem leisen Lachen scheuchte die Irin ihn in sein Schlafzimmer und wandte sich selbst der Treppe zum Dachboden zu. Bevor sie ihren Fuß auf die letzte Stufe setzte, klopfte sie mit der Spitze ihres Stocks auf den Boden, um sich bemerkbar zu machen.

»Hier ist Mary Margaret McGee, die die beiden Herren in diesem oberen Zimmer besuchen möchte.«

»Miz McGee!« rief Andrew, rannte ihr freudestrahlend entgegen, griff nach ihrer Hand und führte sie zum Bett.

William hatte sich hastig die Brille herabgerissen und in der Brusttasche seines Nachthemds verstaut, bevor er sich die Decke bis zum Kinn hochzog und sie finster ansah. Die Aussicht, daß er sich während der nächsten Stunden von einem redseligen alten Zankteufel versorgen lassen mußte, hatte ihn überaus verdrießlich gemacht. Als er jetzt aber die kleine, schmucke und immer noch reizvolle Frau erblickte, kamen ihm doch Zweifel über seine Einstellung. Er versuchte sich auf seinem Kissen aufzustützen, aber ein quälender Schmerz schoß von seinem Rücken bis in seine Brust, so daß er mit einer verzerrten Grimasse aufs Kissen zurückfiel.

»Bitte um Verzeihung, Madam«, entschuldigte William sich verlegen, als sie näher kam. »Ich habe nicht die Kraft, aufzustehen und Ihnen mit der geziemenden Höflichkeit entgegenzutreten. Die langen Tage, die ich nun schon in diesem Bett verbringe, haben ihren Tribut von mir verlangt.«

»Machen Sie sich keine Mühe, Mylord«, versicherte Mary Margaret mit einem süßen Lächeln. »Mir ist Ihr Zustand bekannt, und ich mache Ihnen keinerlei Vorwürfe deswegen.« Dann unterzog sie ihn einer beiläufigen, aber dennoch aufmerksamen Musterung und sah sich zum ersten Mal in ihrem Leben gezwungen, Mrs. Pettycomb recht zu geben. Er war *tatsächlich* eine bewundernswerte Ausgabe von einem Mann, sogar für einen englischen Lord. Aber andererseits hatte sie Gage Thornton schon immer für einen außergewöhnlich gutaussehenden Mann gehalten, und Vater und Sohn waren einander eindeutig verblüffend ähnlich.

»Ich habe gerade meinem Enkelsohn vorgelesen«, erklärte William und zeigte auf die Bücher, die Andrew auf den Dachboden geschleppt hatte.

»Bitte, lassen Sie sich nicht stören«, sagte sie und legte dem Jungen eine Hand auf die Schulter. »Ich bin sicher, daß Sie Andrew damit eine große Freude machen. Ich werde uns in der Zwischenzeit eine Kanne Tee kochen. Wie ich Shemaine kenne, hat sie bestimmt ein paar kleine Kuchen oder Hörnchen gebacken, die wir zum Tee knabbern können.« Dann gab sie Andrew noch einen leichten, liebevollen Klaps auf die Schulter und ging zur Treppe.

»Mrs. McGee...?« Der drängende Ton seiner Stimme erstaunte William einigermaßen, und er tadelte sich dafür, daß er momentan in der Gegenwart von Frauen so unbeholfen war. Vielleicht war er aber auch zu lange Witwer gewesen und zu ehrgeizig, was den Bau seiner Schiffe betraf. Im Grunde genommen hatte er den größten Teil der gesellschaftlichen Formen verlernt, die Frauen bei Männern so anziehend fanden. In den Jahren nach dem Tod seiner Gemahlin war er hart geworden, ungehobelt und reizbar. Kein Wunder, daß es ihm schwerfiel, sich mit dem schönen Geschlecht zu unterhalten.

Mary Margaret kehrte an sein Bett zurück und blickte fragend auf ihn hinab. »Haben Sie noch einen Wunsch, Mylord?«

Er streifte sie mit einem schnellen, zögernden Blick, aber als er in Augen sah, die blauer waren als der Himmel selbst, wagte er es, ihren Blick festzuhalten. »Ich wüßte gern, wie es um Ihre Fähigkeiten beim Kartenspiel bestellt ist...«

Die blauen Augen blitzten, als Mary Margaret ihr kleines, energisches Kinn hob und ihn herausfordernd ansah. »Gewiß gut genug, um es mit Ihrer Lordschaft aufzunehmen.«

William grinste und verriet denselben betörenden Charme, auf den auch sein Enkelkind sich so meisterlich verstand. »Es ist langweilig so ganz allein hier oben. Vielleicht würden Sie, wenn Andrew im Bett liegt, ein oder zwei Spielchen in Erwägung ziehen...?«

Mary Margaret senkte ihren eleganten weißen Schopf zu einem kaum wahrnehmbaren, anmutigen Nicken, aber das Leuchten ihrer Augen sprach für sich. »Ein oder zwei Spielchen... vielleicht sogar drei...«

Shemaine und Gage kamen gerade aus ihrem Schlafzimmer, als Mary Margaret vom Flur in die Küche trat. Die ältere Dame blieb stehen, um die junge Schönheit zu betrachten, die ein Kleid aus dunkeltürkisfarbener Seide trug – das bezauberndste Stück, das Victoria besessen hatte. Die Frau erinnerte sich noch deutlich, wie hübsch die frühere Besitzerin darin ausgesehen hatte, aber doch nicht annähernd so atemberaubend wie die gegenwärtige. Ein schmales, türkisfarbenes Band schmückte Shemaines schlanken Hals, und an ihren Ohrläppchen hingen Perlohrringe, ein Geschenk, das Gage seiner Braut vor noch nicht allzulanger Zeit gemacht hatte. Sie hatte ihr feuerrotes Haar unter einem weißen Spitzenhäubchen nach oben frisiert. Einige vorwitzige Löckchen unrahmten ihr Gesicht und verliehen der Frisur eine kokette Verspieltheit. Um die Schultern trug sie einen zu ihrem Kleid passenden Spitzenschal.

»Was für ein schönes Paar Sie beide doch sind«, rief Mary Margaret begeistert. »Das schönste, das ich je gesehen habe!«

Shemaine deutete einen Knicks an. »Sie sind so gütig wie immer, Mrs. McGee.«

Die Irin lachte leise auf. »Glauben Sie ja nicht, ich würde Ihnen den Kopf mit lügnerischen Komplimenten füllen, weil mir nichts Besseres einfiele, Schätzchen. Ich pflege stets die Wahrheit zu sagen, vergessen Sie das nicht.«

Shemaine sank lachend zu einem noch tieferen Knicks herab. »Das werde ich nicht, Mrs. McGee, und nochmals vielen Dank.«

Shemaine nickte ihr noch einmal fröhlich zu und lief dann die Treppe hinauf, um festzustellen, ob William noch etwas brauchte, bevor sie und Gage gingen. Als Seine Lordschaft sie erblickte, nahm er seine Brille ab und musterte sie ebenso aufmerksam wie anerkennend.

»Ich frage mich, ob Maurice du Mercer weiß, was ihm entgangen ist«, überlegte er laut, während sie seine Kissen aufschüttelte.

»Ich bin mir sicher, daß Maurice mittlerweile gnadenlos mit Einladungen überhäuft wird – zweifellos von ungezählten Eltern, die darauf brennen, eine gute Partie für ihre Tochter zu machen. Wahrscheinlich hat er sich längst mit einer anderen jungen Dame verlobt.«

»Es fällt mir schwer, zu glauben, daß Maurice Sie so ohne weiteres vergessen haben sollte, meine Liebe, aber sein Pech hat meinem Sohn zum Glück verholfen.«

Shemaine fühlte sich nicht in der Stimmung, über ihren früheren Verlobten zu reden, solange ihr Mann auf sie wartete. »Stört es Sie wirklich über die Maßen, daß wir Sie mit Mrs. McGee allein lassen? Ich versichere Ihnen, daß sie eine sehr angenehme Frau ist.«

Gegenwärtig widerstrebte es William ebensosehr, seinen Meinungsumschwung bezüglich der Witwe zu diskutieren, wie es Shemaine widerstrebte, über den Marquis zu reden. »Machen Sie sich meinetwegen keine Gedanken. Andrew und ich werden schon zurechtkommen.«

Seine Antwort stellte Shemaine keineswegs zufrieden, aber einem Impuls gehorchend bückte sie sich und drückte ihm einen Kuß auf die Stirn, ein Einfall, der seine Augenbrauen vor Überraschung in die Höhe fahren ließ.

»Wir kommen zurück, sobald wir können«, murmelte sie und strich kurz über seine Hand, bevor sie sich abwandte, um Andrew an sich zu ziehen und zu küssen. An der Treppe drehte sie sich noch einmal mit einem Lächeln zu ihnen um. »Und ihr beide werdet jetzt hübsch brav sein, sonst wird Mrs. McGee euch verpetzen.«

Andrew gluckste bei dem Gedanken, daß sein Großvater zu gutem Benehmen ermahnt werden müsse. William zwinkerte ihm zu, setzte sich dann seine Augengläser wieder auf, griff nach einem anderen Buch und zog den Kleinen wieder an seine Seite, um ihm weiter vorzulesen.

20. Kapitel

Die Hochzeitszeremonie, bei der Annie Carver und Dr. Colby Ferris vereint wurden, war ein freudiges Fest. Shemaine hatte ihre Freundin noch nie so hinreißend gesehen. Das hellblaue Kleid, das Colby mehreren Näherinnen für seine Braut in Auftrag gegeben hatte, brachte Annies Teint gut zur Geltung und verlieh ihrer hellen, olivfarbenen Haut und ihren grauen Augen einen warmen Schimmer. In ihr glattes braunes Haar waren blaue Bänder geflochten worden, bevor man ihr die Zöpfe zu einer kunstvollen Hochfrisur festgesteckt hatte. Miles Becker, ein enger Freund des Arztes, hatte ihr ein Paar modische Schuhe angefertigt und sie dem Paar als ein verfrühtes Hochzeitsgeschenk überreicht.

Colby Ferris hatte ebenfalls eine Verwandlung durchgemacht. Der stoppelige Backenbart, der bisher seine hageren Züge bedeckt hatte, war abrasiert, sein jetzt ordentlich gestutztes Haar wurde im Nacken von einem schwarzen Band zusammengehalten. Die maßgeschneiderten Kleidungsstücke aus einem gedeckten grauen Tuch verliehen seiner hochgewachsenen, schlaksigen Gestalt ein würdevolleres Aussehen.

Die Gelübde sprachen sie mit leisen, undeutlichen Stimmen, und nachdem der Bund mit einem Ring und einem zögerlichen Kuß besiegelt war, knieten Annie und Colby nieder, um den Segen des Priesters zu empfangen. Zur heiligen Ehe vereint, erhoben sie sich und wandten sich um, um die Glückwünsche ihrer Freunde entgegenzunehmen.

»Meine Damen und Herren, darf ich Ihnen Dr. und Mrs. Ferris vorstellen.«

Die Gäste anworteten mit herzlichem Applaus, während überall in der Kirche Hochrufe laut wurden. Gage und Shemaine traten zusammen mit Calley und Ramsey vor das frisch verheiratete Paar.

Mit Freudentränen in den Augen schlang Annie die Arme um Shemaine und hielt sie eine Weile eng an sich gedrückt.

»Hätten Sie je gedacht, daß wir in diesem Land hier so glücklich sein würden, Myliedy?«

»Nein, Annie«, lachte Shemaine und erwiderte innig die Umarmung ihrer Freundin. »Ich hätte nie gewagt, zu glauben, daß aus meiner Verhaftung soviel Schönes erwachsen würde – bis Gage mich kaufte und mich mit in sein Haus nahm. An dem Tag begann mein Leben von neuem.« Sie trat zurück und sah ihre zierliche Freundin lächelnd an. »Ich wünsche dir und Colby alles Glück der Welt, Annie... und mögt ihr *viele* wunderschöne Kinder bekommen.«

Annie warf einen furchtsamen Blick auf Colby und errötete. »Sie werden's vielleicht merkwürdig finden, Myliedy, wo ich doch ein Baby bekommen hab', aber ich war mein ganzes Leben bloß ein einziges Mal mit einem Mann zusammen. Ehrlich, ich bin so nervös wie eine unberührte Jungfrau.«

Shemaine lächelte. »Ich bin sicher, daß Colby sanft mit dir sein wird, Annie... genauso, wie er es bei Calley war, als er ihr Kind auf die Welt geholt hat. Du hast doch gesehen, wie vorsichtig er war. Kannst du dir vorstellen, daß er dir gegenüber roh sein könnte?«

Annie schüttelte den Kopf. »Nein, Myliedy.«

»Dann brauchst du ja keine Angst zu haben.«

Schließlich trat Shemaine zurück, um auch den anderen Gelegenheit zu geben, mit Annie zu reden. Dann hakte sie sich bei ihrem Mann unter und blickte glücklich in seine warm leuchtenden Augen. »Annie bringt mir erst richtig zu Bewußtsein, wie reich ich bin.«

»Kein Bedauern mehr, daß du England verlassen mußtest, meine Liebste?« fragte Gage zärtlich und strich liebevoll über ihre Hand, die auf seinem Ärmel ruhte.

Sie senkte ihren feuerroten Schopf und versuchte den Klumpen, der sich plötzlich in ihrer Kehle gebildet hatte, herunterzuschlucken. »Nur daß ich meine Eltern so sehr vermisse.«

»Vielleicht können wir sie besuchen, wenn ich das Schiff verkauft habe«, meinte er. »Würde dir das gefallen?«

Shemaine nickte und fächelte sich mit einem Taschentuch Luft zu, weil sie sich mit einem Mal etwas schwach fühlte. »Ich finde, es ist furchtbar stickig hier drin, Gage, meinst du nicht auch?«

Gage strich ihr sanft mit einem Finger über das Gesicht. »Du hast auch ganz rote Wangen.«

»Das ist bestimmt deine Schuld«, murmelte sie mit einem Lächeln und tauchte in die Wärme seiner Augen ein.

»Möchtest du hinausgehen, um ein wenig frische Luft zu schnappen?«

»Ich kann es kaum erwarten.«

Etliche Zeit später, nachdem alle dem Paar ihre guten Wünsche überbracht hatten, gesellte Annie sich zu Shemaine auf den Kirchhof. Bisher hatte Annie es immer vermieden, von den Dingen zu sprechen, die zu ihrer Verhaftung geführt hatten, denn ihre Erinnerungen waren ihr allzu schmerzlich erschienen, aber jetzt schien sie ihre Vergangenheit gelassener betrachten zu können.

»Dieses Land und seine Menschen haben mir einen neuen Anfang ermöglicht, Myliedy. Hier stehe ich, endlich verheiratet und mit ein wenig Hoffnung für die Zukunft.« Die kleine, zierliche Frau bedachte ihr neues Kleid mit einem bewundernden Blick und strich mit ihren von der Arbeit rauhen Händen über die Ärmel. »Etwas so Kostbares hätte ich in England niemals besessen, Myliedy. Nachdem meine Ma krank wurde, besaßen wir keinen einzigen Penny mehr. Ich habe den Mann, der in der Apotheke arbeitete, angebettelt, mir die Kräuter zu geben, die meine Ma brauchte, denn sie war wirklich furchtbar krank. Er sagte, er würd's tun, wenn ich ihm zu Willen wäre. Er war so grob, daß ich anfing zu schluchzen, bevor er mit mir fertig war. Da wurde er erst richtig wütend und schlug mich, damit ich den Mund hielt. Hinterher sagte er, ich wär' eine Schlampe, weil ich für eine Handvoll Kräuter meine Jungfräulichkeit verkauft hätte. Dann hat er mich mit einem Tritt aus dem Laden geworfen, ohne mir auch nur ein winziges Zweiglein zu geben. Er meinte, ich würd' nichts verdienen, weil ich ihn bei seinem Spaß empfindlich gestört hätte. Da hab' ich mit der Faust an die Tür gehämmert und ihn angefleht, mir die Kräuter zu geben, aber er hat nicht mehr geantwortet. Später hab' ich dann gemerkt, daß ich sein Kind im Leib trug. Es war schon fast

Zeit für die Geburt, als ich noch mal zu ihm ging, um ihn anzuflehen, denn mit meiner Ma war es immer schlimmer geworden. Er hat mich nur ausgelacht und gemeint, das Balg wär' bloß meine Sorge, nicht seine. Er hat mich so wütend gemacht, daß ich ihm mit einer schweren Phiole auf den Kopf geschlagen und die Kräuter gestohlen hab'. Aber als ich zurück zu meiner Ma kam, war sie bereits tot. In derselben Nacht ist dann mein Sohn zur Welt gekommen. Eine Zeitlang hab' ich mich versteckt, denn ich wußt' nicht, wohin, aber kurze Zeit später hat der Vater des Kindes mich auf der Straße betteln sehen und mich verhaften lassen.«

Shemaine blinzelte hastig gegen die Tränen an, die ihr in die Augen geschossen waren, und schlang die Arme um ihre Freundin, um sie lange und tröstend festzuhalten. »Hast du Colby erzählt, was dir passiert ist?«

Annie nickte schniefend. »Das mußte ich doch, Myliedy. Ich konnte ihn nicht heiraten, ohne ihm die ganze Wahrheit zu sagen. Er meinte, er würd' mich trotzdem lieben, und wir würden miteinander einen neuen Anfang machen. Wir würden eine Familie gründen und zusammen alt werden.«

Shemaine lächelte voller Zuneigung. »Es sieht so aus, als hätte dir das Schicksal einen liebevollen und fürsorglichen Ehemann geschenkt, Annie.«

In diesem Augenblick trat Colby zu ihnen und legte seiner Braut einen Arm um die Schultern. »Unsere Gäste brechen zum Gasthof auf, Annie. Wir sollten besser vorausgehen, damit wir sie dort begrüßen können.«

Als sie gingen, sah Shemaine sich nach Gage um. Dann huschte ein Lächeln über ihre Züge, als sie plötzlich jemanden dicht hinter sich spürte und blau gekleidete Arme sie umschlangen.

»Suchen Sie zufällig nach mir, Madam?« flüsterte ihr Mann ganz nah an ihrem Ohr.

Ihre Antwort kam mit einem glückseligen Seufzer. »Nur wenn Sie der Mann meiner Träume sind.«

»Sagen Sie mir, Madam, wie sieht der Mann Ihrer Träume aus?«

»Groß, mit schwarzen Haaren, bernsteinbraunen Augen, viel zu gut, als daß ich ihm widerstehen könnte.«

»Wollen Sie ihm denn widerstehen?«

»Nein, niemals. Selbst in Gegenwart anderer sehne ich mich nach seiner Berührung.«

Gage ließ die Hände zärtlich über ihre Arme gleiten. »Wird meine Berührung Ihnen denn genügen, Madam?«

»Nur bis wir wieder in unser Bett zurückkehren können und ich den Mann meiner Träume wieder in den Armen halte.«

»Dann können wir sofort aufbrechen, meine Liebste«, schlug Gage vor, der diesen Gedanken durchaus faszinierend fand. »Ich kann mir nicht vorstellen, daß hier irgend etwas passiert, das auch nur annähernd so verlockend sein könnte wie das, von dem du gesprochen hast.«

»Wenn wir jetzt gingen, wären dein Vater und Mrs. McGee noch auf«, wandte Shemaine vernünftigerweise ein. »Sie würden sich gewiß fragen, was uns so früh nach Hause geführt hat, und zweifellos darüber reden wollen. Ob hier oder dort, wir müßten in jedem Fall eine Verzögerung in Kauf nehmen. Außerdem erwartet Annie gewiß, daß wir bleiben und ihr Glück teilen.«

Gage fügte sich klaglos der Entscheidung seiner Frau. »Wie Sie wünschen, Mylady. Wollen wir zu Fuß zur Taverne gehen, oder soll ich die Kutsche vorfahren?«

»Ich denke, wir können zu Fuß gehen«, erwiderte Shemaine und drehte sich mit einem koketten Lächeln zu ihm um. »Es kommt nicht oft vor, daß ich gemächlich durch die Straßen schlendern und all die Frauen beobachten kann, die dich mit offenem Mund anstarren.«

»Das liegt nur daran, daß ich dich unbedingt vor all den Männern im Weiler geheimhalten will«, konterte Gage. »Wenn sie dich angaffen, schwillt mir der Kamm.«

»Das ist nicht nötig, mein Liebster, denn ich habe nur Augen für dich.«

Galant bot Gage ihr einen Arm an und führte sie zum Gasthaus. Sie waren so aufeinander konzentriert, daß sie Alma Pettycomb kaum bemerkten, bis sie sie und den Mann neben ihr fast erreicht hatten. Ausnahmsweise einmal schien die Matrone sich mehr mit ihren eigenen Angelegenheiten zu beschäftigen als mit denen anderer. Sie krakeelte vor sich hin und zappelte vor Ungeduld, während ihr Mann, der mit unbewegtem Gesicht neben ihr herging, ihre gedämpften Nörgeleien offensichtlich ignorierte.

»Ich habe es dir doch gesagt, Sidney! Ich möchte zum Hafen runter, um mir das neue Schiff anzusehen, das gerade eingelaufen ist!« Als sie keine Antwort bekam, zog sie gereizt an seinem Mantelärmel. »Hast du mich gehört, Sidney?«

»Es dürfte wohl unmöglich sein, dich nicht zu hören«, erwiderte er schroff.

»Und?!«

»Ich will mein Abendessen, Frau! Und damit ist der Fall erledigt! Ich habe es satt, daß du dich überall herumtreibst und deine lange Nase in die Angelegenheiten sämtlicher Leute hier in der Gegend steckst. Ich habe beschlossen, daß du dein Benehmen in Zukunft gründlich ändern wirst, oder du wirst es mit mir zu tun bekommen. Colby Ferris ist ein Freund von mir, und ich habe mich dafür geschämt, daß du die Frechheit hattest, einen unbedeutenden Streit, den er mit dieser Kröte Samuel Myers hatte, derart aufzubauschen. Nur deinetwegen konnte ich mich nicht dazu überwinden, an seiner Hochzeit teilzunehmen. Erst muß ich versuchen, wieder ein wenig Ordnung in mein eigenes Haus zu bringen. Ich bin ein gottesfürchtiger Mann, Madam, aber ich möchte dir ein für allemal klarmachen, daß es ein furchtbares Unheil gibt, wenn du von jetzt an nicht den Mund hältst. Und falls du glaubst, es wäre mir nicht ernst mit dem, was ich sage, dann darfst du durchaus damit rechnen, daß dein Hintern mit einer Rute Bekanntschaft macht.«

Alma keuchte empört auf. »Das würdest du nicht wagen!«

Sidney Pettycomb wandte leicht den Kopf zur Seite und sah sie mit hochgezogenen Augenbrauen durchdringend an. »Ich stehe zu meinem Wort, Madam. Du wirst die Konsequenzen tragen, wenn mir auch nur ein einziges weiteres Gerücht zu Ohren kommt, mit dem du auf deine boshafte Art und Weise einen anderen Menschen verleumdet hast.«

Als sich die beiden Paare näherten, tippte Sidney höflich an seinen Hut und nickte erst Gage, dann Shemaine grüßend zu. Die beiden Thorntons waren maßlos erstaunt von dem, was sie gerade mitangehört hatten, und schöpften sogar noch mehr Hoffnung, als Sidney das Wort an sie richtete. »Bitte, grüßen Sie doch Colby ganz herzlich von mir, würden Sie das tun, Gage? Ich habe mir erlaubt, ihm ein kleines Präsent zu schicken, aber mein richtiges Hochzeitsgeschenk ist noch in Arbeit.«

Gage bezähmte seinen Drang zu grinsen und neigte nur kurz den Kopf, um anzudeuten, daß er die Botschaft des Mannes ausrichten werde – mitsamt seiner eigenen Interpretation, worum es sich bei Sidneys *richtigem* Geschenk handeln könne, von dem sie wohl alle profitieren würden.

Man hatte Musiker engagiert, die der Feier zusätzliche Fröhlichkeit geben sollten. Zu dem Festmahl wurde eine große Zahl von Colbys Patienten, Freunden und Bekannten erwartet. Gage war recht verblüfft darüber, wie viele Menschen in der Gegend wohnten, aber die große Schar von Gratulanten sprach eine deutliche Sprache: Colby Ferris war ein Mann, der viele Freunde hatte. Ramsey und Calley Tate waren mit ihrem Neugeborenen in einem gepolsterten Korb zuerst in der Kirche und nun auch bei der Feier zugegen. Als er die Tates und die Thorntons erspäht hatte, winkte Colby die beiden Paare an ihren Tisch, so daß Annie im Kreis ihrer engsten Freunde auch die letzte Befangenheit verlor.

Das Essen war reichlich und köstlich, aber Shemaine stellte fest, daß ihr jeder Appetit vergangen war. In die abgestandene Luft der Taverne mischte sich eine Vielzahl von Gerüchen: der unangenehme Gestank verschwitzter Männer, der Pferdemist, den die Leute mit hereintrugen, die verschiedenen Gerüche der auf den langen Tischen aufgestellten Speisen und der überwältigende Geruch nach Parfum, mit dem eine ältere Matrone sich freizügig eingesprengt hatte. Der Qualm des Feuers, über dem gerade ein weiteres Ferkel geröstet wurde, drohte Shemaine vollends den Atem zu rauben. Ihr wurde übel, und sie tupfte sich mit einem frisch duftenden Taschentuch die feuchte Stirn ab, bevor sie es sich unter die Nase drückte. Die zarte Barriere genügte für einige Sekunden, bis ein etwas ungehobelter Trapper achtlos gegen ihren Stuhl stieß, so daß ihr das schützende Taschentuch in den Schoß fiel. Der Geruch des Mannes, der sich über sie beugte, um sich zu entschuldigen, wäre beinahe ihr Verderben gewesen, denn er stank so ziemlich nach allem, was zu riechen sie zu vermeiden suchte. Der Mann ging weiter, und Shemaine beugte sich mit einem jähen Gefühl der Panik vor, um sich bei ihren Freunden zu entschuldigen.

»Es tut mir leid, ich brauche dringend etwas frische Luft«, stieß sie hervor. Dann wandte sie sorgsam den Blick von ihren Tellern ab und erhob sich, aber als sie sich mit steifen Bewegungen zu Gage umdrehte, war dieser bereits aufgestanden. Sie legte ihm eine zitternde Hand auf die Brust und bat ihn mit leiser Stimme: »Bitte, bleib und beende wenigstens du dein Mahl. Ich werde nicht lange fort sein.«

Er griff nach ihrer Hand. »Es wäre mir gar nicht recht, wenn die gerade gelandeten Seeleute und Passagiere dich irrtümlich für eine der ›Damen‹ hielten, die in diesem Haus normalerweise ein und aus gehen.«

Shemaine erkannte die Klugheit seiner Sorge und erlaubte ihm, sie auf den Gehsteig hinauszubegleiten. Dort sog sie in tiefen Zügen die abendliche Luft ein und fühlte sich augenblicklich ein wenig erleichtert. Nachdem sie dann eine Weile neben ihrem Mann einhergeschlendert war, ging es ihr schließlich eindeutig besser. Sie liefen gemächlich bis zu den letzten Häusern des Städtchens und betrachteten die Schaufenster der Läden auf ihrem Weg. Ab und zu lenkte sie seine Aufmerksamkeit auf etwas, das ihr gefiel. Sie genoß ihren ruhigen Spaziergang und war stolz, Gage an ihrer Seite zu haben.

Die Passagiere des gerade eingelaufenen Schiffs kamen ihnen aus der Ferne vom Kai her entgegen. Einge von ihnen schienen es überaus eilig zu haben, den Dorfkern zu erreichen. Ein großer, dunkelhaariger, gutgekleideter Herr ging mit zügigen Schritten allen anderen voraus. Seine langen Beine waren ihm in dieser Hinsicht überaus dienlich. Tatsächlich war der silberbeschlagene Stock, den er bei sich trug, wohl eher ein Zeichen seines Offiziersranges denn eine Gehhilfe. Seine Schritte waren lang und sicher, und mit hoch erhobenem Kopf sah er sich um, als suche er nach jemandem oder nach etwas. Als er aus der Ferne die Thorntons erspähte, blieb er wie angenagelt stehen, um Shemaine durchdringend anzusehen.

Dann ging er, anscheinend leicht verwirrt, weiter, aber sein Schritt war langsamer und zögerlicher geworden.

Als sie das Ende des Gehsteigs erreicht hatten, wandte Gage sich fürsorglich an Shemaine. »Geht es dir etwas besser, mein Liebstes?«

»Ja.«

»Brauchst du noch mehr Luft?«

»Wenn es dir nichts ausmacht.«

»Du weißt, daß ich alles für dich tue«, erwiderte er, sah sie mit einem glücklichen Lächeln an und wollte mit ihr in eine ruhigere Seitenstraße abbiegen.

Als Gage hörte, daß jemand eilig hinter ihnen herlief, blickte er über seine Schulter und sah, daß der kostbar gekleidete Herr sich ihnen in aller Eile näherte. Ein Irrtum war ausgeschlossen. Die Augen des Mannes ruhten auf Shemaine.

Angesichts dieser Unverfrorenheit stieß Gage ein leises, kehliges Knurren aus. »Da schau her! Einer der Neuankömmlinge hat bereits eine Vorliebe für dich gefaßt?«

Die leise hervorgestoßene Frage ihres Mannes lenkte Shemaines Blick den Gehsteig hinunter, so daß der unausweichlich näher kommende Verehrer sie im Profil sehen konnte.

»Shemaine! Shemaine! Beim Himmel, du bist es wirklich!«

»Maurice?« Als sie die Stimme erkannte, drehte sie sich verdutzt um, und plötzlich stand ihr ehemaliger Verlobter vor ihr, ließ seinen Stock fallen und riß sie stürmisch in seine Arme. Dann wirbelte er sie, von Begeisterung gepackt, im Kreis herum, bis sie den Boden unter den Füßen verlor.

»Shemaine, wir haben schon gedacht, wir würden dich nie wiederfinden!« rief er, ohne von seinem Freudentanz abzulassen. »Durch reinen Zufall hat deine Mutter eine Frau gesehen, die deine Stiefel trug, und sie bestochen, ihr zu verraten, woher sie sie hatte!«

»Sie entschuldigen?« blaffte Gage den anderen Mann an. Er hatte den Namen erkannt und wähnte sich angesichts der schönen und aristokratischen Gesichtszüge des Fremden in ernster Gefahr, das Herz seiner Frau wieder an ihren ehemaligen Verlobten zu verlieren.

»Maurice, setz mich ab! Um Himmels willen, setz mich ab!

Sofort!« keuchte Shemaine und preßte sich das Taschentuch auf den Mund, da ihre Welt sich wie verrückt vor ihren Augen drehte.

Der Marquis kam ihrer Bitte auf der Stelle nach und sah dann einigermaßen verwirrt zu, wie Shemaine sich taumelnd einige Schritte von ihm entfernte. Mit tiefen, regelmäßigen Atemzügen mühte sie sich tapfer, die Übelkeit niederzukämpfen, die in ihr aufstieg, aber die Stadt um sie herum schien immer noch nicht haltmachen zu wollen. Ihr Magen rebellierte, und sie streckte schwach eine Hand hinter sich, worauf Gage sofort an ihre Seite trat.

Maurice sah stirnrunzelnd zu, wie der Fremde einen Arm um die schmale Taille legte, die er selbst früher besitzergreifend umfaßt hatte. Dann strich der Mann über dieselbe klare Stirn, die auch er einstmals liebevoll geküßt hatte. Die beiläufige Vertraulichkeit, mit der der Fremde seine Verlobte berührte, entfachte einen nicht geringen Zorn in seinem Herzen. Beinahe wäre er vorgetreten, um zu protestieren. Doch in diesem Augenblick dämmerte ihm endlich, in welchen Nöten seine Verlobte sich befand, da sie versuchte, ein Würgen hinter einem Spitzentaschentuch zu verbergen.

Ohne lange zu zögern, eilte Maurice zu dem Pferdetrog, befeuchtete sein Taschentuch und kehrte zurück, um es ihr hinzuhalten. Shemaine schenkte ihm zum Dank ein schwaches Nicken und tupfte sich, immer noch an Gage gelehnt, über das Gesicht. Er strich ihr ein paar Haarsträhnen von den erhitzten Wangen und legte ihr einen Arm um die Schultern, während sie ihren Kopf hilfesuchend gegen seine Brust lehnte.

Die Vertrautheit, mit der Gage sie in den Armen hielt, quittierte ihr ehemaliger Verlobter mit einem finsteren Blick, doch er war zu verblüfft, um zu reagieren.

»Was zum Teufel geht hier vor?« verlangte eine andere Stimme von der Straße aus zu wissen; der Neuankömmling schien Maurice die Worte aus dem Mund zu nehmen.

»Papa?« Shemaine hob ruckartig den Kopf und sah sich mit klopfendem Herzen um. Die Stimme war unverkennbar, und als ihr Blick auf den drahtigen, elegant gekleideten Mann fiel, der breitbeinig mitten auf der Straße stand, glaubte sie nicht länger an eine Halluzination. »Papa! Oh, Papa!«

Shemaine vollführte am Rand des Gehsteigs beinahe einen Luftsprung und rannte ihm überglücklich entgegen. Mit vier langen Schritten stand Shemus O'Hearn schließlich vor ihr und riß seine Tochter in die Arme. Gage sah dem Treiben zuerst zornig, dann jedoch respektvoll zu. Er hatte endlich verstanden, was sich da abspielte.

»Wer zum Teufel sind Sie eigentlich?« fuhr Maurice du Mercer ihn an, ohne Gage Zeit zum Antworten zu geben. Mit energischer Stimme erklärte er seinerseits: »Als wir, kurz nachdem ihre Stiefel gefunden wurden, in Newgate Nachforschungen anstellten, erzählte man uns, Shemaine sei mit der *London Pride* außer Landes gebracht worden. Wir hatten das Glück, die Segel der *London Pride* zu erkennen, während wir hierher unterwegs waren, und wir haben unseren Kapitän veranlaßt, Kurs auf dieses Schiff zu nehmen und uns überzusetzen. Als wir an Bord der *London Pride* gingen, erzählte Kapitän Fitch uns, daß Shemaine hier in Newportes Newes als Dienerin an einen Siedler namens Gage Thornton verkauft worden sei. Sind Sie dieser Mann?«

»Jawohl, der bin ich.«

Maurice' Gesicht verzog sich vor Ärger. »Der Bootsmann der *London Pride* hat uns überdies davon in Kenntnis gesetzt, daß ihm in der Stadt Gerüchte zu Ohren gekommen seien, daß der Siedler, der Shemaine gekauft hatte, seine erste Frau getötet haben soll.«

»Solche Gerüchte hat es gegeben«, erwiderte Gage scharf. »Aber es konnte nie bewiesen werden, da ich sie nicht getötet habe!«

Maurice warf den Kopf mit einer verächtlichen Geste in den Nacken. »Wie kommt es nur, daß ich Ihnen nicht glaube?«

»Vielleicht weil Sie mir nicht glauben wollen«, gab Gage zurück.

»Da haben Sie recht! Ich will es nicht! Ich will vielmehr etwas ganz anderes: Ihnen meine Faust zu schmecken geben!«

Als Gage den Blick des Marquis erwiderte, war der Ausdruck seiner Augen kühl und gelassen. »Meinetwegen. Sie können es gern versuchen.«

»Shemaine!« erklang da eine weibliche Stimme, und die beiden Streithähne sowie auch Shemaine richteten ihre Aufmerksamkeit auf eine kleine, schlanke Frau mit hellblondem Haar, die über die Straße auf Shemaine und ihren Vater zugeeilt kam. Neben ihr gingen zwei Frauen in der Aufmachung von Dienerinnen, die alle Mühe hatten, mit ihrer Herrin Schritt zu halten – eine davon eine ältere, rundliche Frau mit grauem Haar und die andere eine Magd von etwa dreißig Jahren.

»Mama!« rief Shemaine und befreite sich verzückt aus der Umarmung ihres Vaters. Sie winkte ihrer Mutter überglücklich zu und rannte ihr ebenso entgegen wie vorher ihrem Vater. Mit einem Freudenschrei fielen die beiden Frauen sich in die Arme. Fest aneinandergedrückt standen sie mitten auf der Straße und scherten sich nicht darum, daß vor ihnen und hinter ihnen Reiter und Wagen passierten. Endlich lockerten sie ihre stürmische Umarmung, so daß sie einander ansehen und begreifen konnten, daß sie wirklich leibhaftig voreinanderstanden.

Die ältere Dienerin weinte vor Rührung und wartete ungeduldig, Shemaine ebenfalls zu umarmen. Während sie sich lautstark in ein Taschentuch schneuzte, dämmerte es Shemaine, daß auch ihre alte Köchin mitgekommen war. Sie löste sich von ihrer Mutter, drehte sich strahlend zu der Frau um und nahm sie fest in die Arme. »O Bess! Wie wunderbar, dich wiederzusehen! Euch alle!« Mit einem glücklichen Lachen trat Shemaine einen Schritt zurück und umarmte dann auch die jüngere Dienerin. »Nola! Um Himmels willen, was tust du denn hier?«

Ihre Mutter schaltete sich ein und erklärte: »Ich habe mir Nola in deiner Abwesenheit als Zofe genommen, Shemaine, weil meine alte Sophy zu kränkeln begann. Aber Nola wird, sobald du zurück in England bist, wieder dir gehören.«

Shemaine sah sich um und streckte dann die Hand nach Gage aus, um ihn zu sich zu bitten. Ihr Vater und Maurice, die beide auf der Stelle eine maßlose Abneigung gegen den Siedler gefaßt hatten, folgten ihm dicht auf den Fersen. Es war sein vertrauter Umgang mit der Frau, die ihnen als Tochter und Verlobte am Herzen lag, der ihnen zutiefst gegen die Ehre ging.

»Mama... Papa... Maurice...« Shemaine streifte jeden der Genannten mit einem kurzen Blick, bevor sie liebevoll die Hand auf

Gages Arm legte und ihn an sich zog. »Das ist mein Mann, Gage Thornton.«

»Dein Mann!« stieß Maurice hervor. »Aber du warst mit mir verlobt!«

Shemus ergriff Gages rechte Schulter und drehte ihn heftig zu sich herum, bis die beiden Männer sich Auge in Auge gegenüberstanden. Es spielte keine Rolle, daß der Siedler einen ganzen Kopf größer war als der Ire. Shemus packte Gages Rockaufschläge und starrte mit dem ganzen Zorn eines empörten Vaters zu ihm auf. Selbst sein gelocktes rotes Haar, in das sich im Laufe der Jahre hellere, fast weiße Strähnen gemischt hatten, schien vor Wut zu Berge zu stehen. »Was hat das zu bedeuten, daß Sie meine Tochter ohne meine Einwilligung geheiratet haben?«

Shemaine preßte sich erschrocken eine Hand auf die Kehle. »Papa, nicht!«

»Ich brauchte Ihre Erlaubnis nicht«, antwortete Gage angespannt. Dann umfaßte er die Handgelenke des kleineren Mannes und zog die Finger, deren Knöchel weiß vor Anstrengung geworden waren, von seinem Rock. »Shemaine gehörte bereits mir.«

Maurice trat neben die beiden, deren Blicke wie glitzernde Säbel waren, mit denen sie ein erbittertes Duell ausfochten. »Das ist der Mann, der ihre Papiere gekauft hat...«, informierte der Marquis Shemus. »Derjenige, von dem Kapitän Fitch uns erzählt hat! Der Mörder seiner eigenen Ehefrau, wie der Bootsmann sagte! Offensichtlich hat dieser Siedler Shemaine gezwungen, ihn zu heiraten!«

»Nein!« Shemaine schaute die Männer verzweifelt an. Die Welt, die ihr vor nur wenigen Sekunden wie ein himmlisches Paradies erschienen war, schien in tausend Scherben zu zersplittern. Sie wandte sich flehentlich an ihre Mutter. »Er ist kein Mörder, Mama! Er hat mich gebeten, ihn zu heiraten, und ich habe seinen Antrag angenommen! Weil ich es wollte!«

Camille war ebenso verwirrt wie ihr Mann, trat nun aber einen Schritt vor und legte Shemus besänftigend eine Hand auf den Arm. »Solche Dinge erörtert man nicht mitten auf der Straße, mein Lieber. Wir sollten uns um ein Zimmer bemühen. Vielleicht würde eines in einem Gasthaus genügen.«

»Bitte um Verzeihung, Madam«, mischte Gage sich steif in das Gespräch. »Es sind in letzter Zeit mehrere Schiffe hier vor Anker gegangen, und da es nur ein einziges Gasthaus im Weiler gibt, möchte ich stark bezweifeln, daß sie dort auch nur für einen einzigen von Ihnen ein Quartier finden.«

»Aber wo sollen wir denn dann hin?« Diesmal war es die Mutter, die sich hilfesuchend an die Tochter wandte. »Wir sind so viele. Und wir haben eine so weite Reise hinter uns, was sollen wir nur tun?«

Shemaine blickte ihren Mann an und fragte mit gedämpfter Stimme: »Meinst du, Mrs. McGee wäre bereit, ihnen Quartier zu geben?«

Gage hätte mit Freuden zugesehen, wie sie allesamt auf der Straße schliefen, aber um seiner Frau willen mußte er wohl helfen. »Morgen vielleicht, aber was ist mit heute nacht, Shemaine? Es wird ziemlich spät sein, bevor wir nach Hause zurückkommen. Wir können unseren Gast kaum aus dem Bett reißen und mit der Aufgabe betrauen, in den Weiler zurückzukehren und sein Heim für völlig fremde Menschen zu öffnen. Das wäre zuviel erwartet von der alten Dame.«

»Läßt es sich denn irgendwie einrichten, daß sie heute nacht bei uns bleiben?« versuchte Shemaine ihn mit sanfter Stimme zu überreden. »Vielleicht können wir beide auf dem Boden schlafen...«

»Wir würden nicht im Traum daran denken, dich aus deinem eigenen Bett zu verbannen«, warf Camille ein, obwohl sie es kaum gutheißen konnte, daß ihr kleines Mädchen mit diesem Fremden verheiratet war. Sie war so jung und er so... so... Camille fiel kein passendes Wort ein, um ihre Gefühle für diesen Mann zu beschreiben; nur eines glaubte sie sicher zu wissen: Er mußte ein Schurke sein, der ihre Tochter ausgenutzt hatte.

»Ich möchte diesen Lumpen aus dem Bett meiner Tochter verwiesen sehen!« knurrte Shemus.

»Ich möchte eine Annullierung vorschlagen«, bemerkte Maurice kühn. »Dieser Rohling hat sich ihr zweifellos aufgedrängt. Ob Shemaine es zugibt oder nicht, ich bin sicher, daß sie seinen Antrag nur unter großem Druck angenommen haben kann.«

Shemus war weniger zivilisiert mit seinen Empfehlungen. »Ich möchte den Mann kastriert sehen!«

Shemaine preßte sich eine Hand auf den Mund und stöhnte: »Ich glaube, ich muß mich übergeben!«

»Gütiger Himmel, Kind!« rief Camille mit entsetzter Miene. »Erzähl mir nicht, daß du… daß du…«

»Daß du was?« unterbrach Shemus sie scharf. Wenn seine Frau schon aufgeregt war, dann war es verdammt sicher, daß er gleich in Weißglut geraten würde, was immer die Ursache war.

Camille machte eine schwache Handbewegung und hoffte, daß ihre Vermutung nicht stimmte. »Schwanger…« Shemaine schloß die Augen und zuckte heftig zusammen, als ihr Vater einen fürchterlichen Wutschrei ausstieß.

»Wo ist ein Messer? Ich werde dem verfluchten Kerl auf der Stelle die Eier abschneiden!«

Shemaine wirbelte in Panik herum und beugte sich vor, um ihre letzte Mahlzeit zu erbrechen. Gage legte einen Arm um ihre Schultern und stützte sie, während Nola lief, um im Wassertrog ein Tuch zu befeuchten. Bess kramte in der Zwischenzeit ein Fläschchen mit Riechsalz aus ihrer Tasche und hielt es Shemaine unter die Nase.

»So, mein kleiner Liebling, und nun holen Sie mal tief Luft«, sagte die alte Köchin begütigend.

Da hörte Gage eine vertraute Stimme vorsichtig die Fremden begrüßen, und als er sich umsah, stellte er mit Erleichterung fest, daß Ramsey mit wachsamer Miene näher kam. »Calley schickt mich. Ich sollte mich nach dir und Shemaine umsehen, bevor wir nach Hause fahren«, erklärte er Gage. »Als ich aus der Taverne trat, hatte ich den Eindruck, daß du mit diesen Leuten hier irgendwie in Streit geraten bist. Brauchst du Hilfe?«

»Keine – es sei denn, du könntest diese guten Leute hier mit Betten für die Nacht versorgen«, murmelte Gage nicht gerade begeistert.

Dieses Ansinnen kam für Ramsey offensichtlich ziemlich überraschend. »Du meinst, ich soll nett zu diesen Leuten hier sein? Aber die waren doch drauf und dran, dir den Schädel einzuschlagen!«

»Jawohl, und genau das möchte ich immer noch tun!« drohte Shemus, der eine Faust in Gages Richtung schüttelte. »Sie brauchen sich also keine Gedanken darüber zu machen, ob Sie meiner Familie irgendeinen Gefallen tun wollen!«

Gage, der die Einschüchterungsversuche des anderen Mannes achselzuckend ignorierte, schob einen Arm unter Shemaines Knie und hob sie hoch. Sie hatte nicht einmal die Kraft, den Kopf von seiner Schulter zu nehmen, während er mit ihrem Vater sprach. »Wenn Sie mit in mein Haus kommen wollen, Sir, werden Sie entweder auf dem Fußboden oder auf dem Sofa im Wohnzimmer schlafen, denn Ihre Tochter ist nicht in der Verfassung, auf ihr Bett zu verzichten.«

»Tochter?« Plötzlich dämmerte Ramsey, was der ganze Aufruhr zu bedeuten hatte, und er sah zwischen seinem Arbeitgeber und dem älteren Herrn hin und her.

Gage sprach widerstrebend weiter: »Shemaines Mutter kann die andere Hälfte des Betts nehmen, vorausgesetzt, Mrs. McGee macht es nichts aus, das Schlafzimmer meines Sohnes mit ihr zu teilen. Mein Sohn wird entweder mit uns im Bett oder auf dem Boden schlafen müssen.« Seine bernsteinbraunen Augen bedachten den Marquis mit einem eisigen Blick. »Wenn Mr. Tate hier«, er nickte Ramsey zu, »Ihnen ein Zimmer in seinem Haus zur Verfügung stellt, dann können Sie die Nacht einigermaßen behaglich zubringen. Ansonsten findet sich an Bord des Schiffes, das ich baue, eine Koje mit einem allerdings schon recht mitgenommenen Federbett darin. Der alte Schiffsbauer, der für mich arbeitet, benutzt sie für sein Nickerchen nach dem Mittagessen. Dort können Sie schlafen, solange Sie seiner Arbeit nicht im Weg sind.«

»Und wo befindet sich dieses Schiff?« fragte Maurice spitz.

»Am Fluß, ungefähr hundert Schritte hinter meiner Hütte, wo wir anderen sein werden.«

»Und gibt es, abgesehen von dem Fluß, noch ein anderes Gewässer und einen Platz zum Baden?«

»Baden können Sie im Flußweiher in der Nähe der Hütte.« Gage wartete und rechnete damit, daß der Marquis seinen Vorschlag zurückweisen und nach etwas Besserem verlangen würde. Der

Mann war offensichtlich an Luxus gewöhnt, von dem er in der Wildnis jedoch nicht viel finden würde.

»Gibt es in diesem Weiher Schlangen und ähnliches oder baden Sie selbst dort?«

Gage nickte langsam und drehte mit einigen wenigen Worten das Messer um, das bereits im Herz des Mannes steckte. »Shemaine und ich haben dort schon gebadet.«

Maurice' dunkle Augen hielten seinem kalten, gleichmütigen Blick stand. »Dann werden Shemaine und ich es vielleicht auch eines Tages in Erwägung ziehen, uns dort eines gemeinsamen Bades zu erfreuen... nachdem man Sie wegen des Mordes an Ihrer Frau gehängt hat.«

Ramsey schnappte hörbar nach Luft und sah Gage fragend an. »Soll ich ihm in deinem Namen eins auf die Nase geben, wo du doch deine Frau auf dem Arm hast?«

Obwohl Maurice Gage keine Sekunde lang aus den Augen ließ, verriet sein Gesichtsausdruck, daß ihm eine solche Ablenkung hochwillkommen gewesen wäre. »Möchte Ihr Freund damit andeuten, daß Sie vielleicht über ein Duell Vergeltung für die Beleidigung suchen werden?«

»Kein Duell!« murmelte Shemaine schwach und hob nun doch den Kopf von Gages Schulter. Sie wußte nur allzugut, daß Maurice ein hervorragender Schütze war. In der Tat gab es viele Dinge, auf die Maurice sich verstand. Seine Fähigkeit, sich mit Männern, die sich ihm in den Weg stellten, durch Worte zu duellieren, zählte gewiß nicht zu seinen geringsten Talenten. Er war stets in Hochform gewesen, wenn er sich bei Gericht gegen lächerliche Äußerungen selbstherrlicher Lords gewehrt hatte. Er konnte einen Gegner mit Zweideutigkeiten überschütten, die dieser zuerst gar nicht bemerkte. Erst wenn der Saal unter johlendem Gelächter erbebte, bekam sein Widersacher mit, daß er verloren hatte.

»So gern ich Ihnen zu Diensten wäre«, versetzte Gage mit leisem Spott, »sehe ich keinerlei Notwendigkeit, mich wegen Shemaine mit Ihnen zu schlagen. Sie ist meine Frau, und ich habe nicht die Absicht, Ihnen zu erlauben, mich zu töten, damit Sie sie für sich fordern können.«

Maurice zischte verächtlich. »Sie sind ein Feigling und ein greinender Flegel.«

Gage, dem durchaus klar war, daß der andere Mann ihn zu einer Torheit herauszufordern versuchte, zuckte nur die Achseln. »Denken Sie, was Sie wollen, aber ich habe eine Ehefrau und werdende Mutter und zusätzlich einen Sohn zu Hause...«

Mit einem wütenden Schnauben trat Maurice auf den Siedler zu, um ihm den Besitz seiner ehemaligen Verlobten streitig zu machen. Doch er verhielt mitten im Schritt, denn Shemaine hob den Kopf von der Schulter ihres Mannes und drehte dessen Gesicht mit einer sanften Berührung ihrer Hand zu sich herum. Maurice fühlte sich in dem Moment vergessen und verraten von dieser jungen Frau, deren Verschwinden ihn mit Trauer und tiefster Sorge erfüllt hatte.

Shemaine blickte forschend in das wie gemeißelte, edle Antlitz ihres Mannes, und sein Lächeln verriet ihr, daß er ihr Geheimnis, das sie zumindest noch ein Weilchen vor ihm hatte verborgen halten wollen, bereits endeckt hatte. Es hatte nicht der entgeisterten Worte ihrer Mutter bedurft, um ihn über ihren Zustand ins Bild zu setzen.

Shemaines Lippen formten eine lautlose Frage: *Wieso wußtest du?*

Gage raunte dicht an ihrem Ohr: »Keine Unterbrechungen in unseren nächtlichen Freuden, seit wir geheiratet haben, meine Liebste. Aus Erfahrung kennt sich ein Witwer mit monatlichen Zyklen und solchen Dingen aus. Entweder konntest du überhaupt keine Kinder bekommen, oder du mußtest kurz nach unserer Heirat schwanger geworden sein. Und als ich dann eine Veränderung deiner Brüste bemerkte, war ich mir schließlich ganz sicher. Aber ich habe abgewartet, bis du bereit warst, es mir zu erzählen.«

Mit einem leisen, zufriedenen Seufzer schmiegte Shemaine den Kopf an seine Schulter, und Gage kehrte wieder zu den Erfordernissen des Augenblicks zurück.

»Ihre Dienerinnen dürfen sich gern in irgendeinem Winkel meines Hauses niederlassen«, sagte er zu Camille. »Shemaine hat einige neue Federmatratzen für uns gemacht. Sie sind noch nicht fertig, aber trotzdem benutzbar.«

»Ihr werdet es enger haben als die Bäume im Wald«, bemerkte Ramsey trocken. »Und weißt du noch was? Ihr werdet nicht mal niesen können, ohne daß euch jemand anderes das Taschentuch halten muß.«

Gage hätte keiner eingehenderen Erklärungen seines Freundes bedurft, denn Ramsey hatte die Neigung, direkt zum Kern der Dinge vorzustoßen. Einfach ausgedrückt würde es in der vor ihnen liegenden Nacht annähernd unmöglich sein, Shemaine zu lieben, ohne daß ihre Besucher es mitbekamen.

Shemus schob seinen Gehrock zurück und stemmte die Fäuste auf die Hüften, bevor er auf Gage zutrat. »Wenn es in Ihrem Haus so wenig Schlafzimmer gibt, wo zum Teufel hat dann meine Tochter genächtigt, bevor sie Ihre Frau war?«

»Bitte, Papa«, sagte Shemaine und warf ihrem Vater einen flehentlichen Blick zu. »Kann das nicht warten, bis wir nach Hause kommen? Oder müssen wir die Sache wirklich im Stehen und mitten in der Stadt austragen?« Ihr Blick flackerte zu den Leuten, die sich längs des Gehsteigs versammelt hatten, um sie neugierig anzustarren. »Wir sind ja eine größere Attraktion als die Braut und der Bräutigam auf dem Hochzeitsfest.«

»Sagen Sie es mir einfach!« Shemus ließ nicht locker, sondern bedachte Gage mit einem durchdringenden, wütenden Blick.

»Ihre Tochter hat bis zu unserer Hochzeit auf dem Dachboden geschlafen, Mr. O'Hearn«, erwiderte Gage. »Aber dort ist gegenwärtig mein Vater untergebracht, der sich von einer ernsthaften Verletzung erholt. Außerdem haben wir noch einen weiteren Gast, mit dem Ihre Gattin das Schlafzimmer meines Sohnes teilen wird.«

»Warum kann sie nicht bei meiner Tochter schlafen?« fragte Shemus.

Gage sah dem anderen Mann direkt in die Augen und nannte ihm seine Gründe, als spräche er mit einem Schwachsinnigen. »Weil *ich* bei Ihrer Tochter schlafe und weil *ich* keine Lust habe, bei Ihrer Gattin zu schlafen!«

Ramsey brüllte vor Lachen und schlug seinem Freund auf die Schulter, um ihm den Rücken zu stärken. Als ihm daraufhin ein finsterer Blick aus Shemus' grünen Augen zuteil wurde, kraulte er sich, in dem vergeblichen Versuch, sein Grinsen zu verbergen, in seinem borstigen Schnurrbart. Hinter vorgehaltener Hand hüstelte er dann und brachte es schließlich fertig, das aufsässige Zucken seiner Mundwinkel zu bezähmen und sich zu guter Letzt mit halbwegs ernster Miene an Gage zu wenden. »Willst du die Verwandtschaft deiner Frau nicht lieber zu mir raufschicken, da du dich einmal verpflichtet hast, sie alle unterzubringen?«

Gage sah Shemus mit fragend hochgezogenen Brauen an. »Mein Freund hat einige Schlafzimmer leer stehen, da seine Söhne zur Zeit in Williamsburg arbeiten. Wenn Sie sich für die Nacht mehr Behaglichkeit und Ungestörtheit wünschen, als ich Ihnen bieten kann, würde ich Ihnen ernsthaft vorschlagen, seine Gastfreundschaft anzunehmen. Ihre finanziellen Mittel lassen es gewiß zu, daß Sie ihn anschließend für die Unannehmlichkeit, Sie alle in seinem Heim unterbringen zu müssen, entschädigen können. Mr. Tate findet sich für gewöhnlich gleich nach Sonnenaufgang in meiner Werkstatt ein, falls Sie morgen früh mit mir sprechen wollen.«

»Vielleicht wäre es am besten so, Shemus«, meldete Camille sich zu Wort und legte eine Hand auf den Arm ihres Mannes. »Wir sind alle sehr erregt, und wenn wir nun auch noch so zusammengepfercht werden, daß wir nicht einmal schlafen können, fallen wir womöglich wie ein Rudel wilder Wölfe übereinander her.«

Shemus mußte sich widerstrebend ihrer Klugheit beugen. »Wenn du es wünschst, meine Liebe, aber ich möchte diese Sache so bald wie möglich hinter mich bringen.«

»Ich weiß, mein Liebster«, erwiderte sie begütigend. »Wir können morgen darüber reden.«

Dann wandte Camille sich an Ramsey und schenkte ihm ein wohlwollendes Lächeln. »Wenn Sie uns als Gäste in Ihrem Haus aufnehmen wollen, Sir, wären wir Ihnen mehr als dankbar für Ihre Freundlichkeit.«

Ramsey gönnte ihr einen Zipfel seiner allerbesten Manieren und holte zu einer schwungvollen Verbeugung aus – sehr zum Erstaunen seines Arbeitgebers, der seinen Freund mit leisem Spott ansah. »Es wird mir eine große Freude sein, wenn Sie mich und meine Frau in mein Haus begleiten wollen, Mylady.«

Shemus hob argwöhnisch die Brauen, denn ihm war aufgefallen, daß der Mann ihn nicht in seine Einladung mit eingeschlossen hatte. »Heißen Sie uns übrige mit demselben Eifer willkommen?«

Ramsey nahm kein Blatt vor den Mund, wenn er einmal einen Entschluß getroffen hatte. »Solange Sie weder in meinem Haus noch in meiner Gegenwart Mr. Thorntons guten Namen verleumden, sollen Sie mir alle willkommen sein. Ansonsten können Sie sich ein anderes Quartier für die Nacht suchen.«

Camille wartete auf die Antwort ihres Mannes. Die Bitte in ihren beredten blauen Augen sagte ihm, daß sie dringend einen Waffenstillstand für die Nacht wünschte. Also nickte er widerstrebend und unterwarf sich damit den Bedingungen, die Ramsey so klar und deutlich gestellt hatte.

»*Verwünscht sollen Sie sein, Sie durchtriebenes Frauenzimmer*!«

Dieser Aufschrei war das erste, was Gage und Shemaine hörten, nachdem sie durch die Tür ihrer Hütte getreten waren. Sie sahen einander in jäher Bestürzung an, denn sie konnten nur ahnen, mit welchem Schwall von Schimpfwörtern sich William als nächstes auf Mary Margaret McGee stürzen würde.

Gage rannte durch den Flur, um seinen Vater nach Möglichkeit zu besänftigen, bevor noch schlimmere Wörter fallen konnten. Shemaine folgte ihm auf dem Fuß, denn sie vermeinte zu wissen, daß die Irin nach einer solchen Schmähung dringend ihres Trostes bedurfte.

»Sie haben absichtlich Ihren Buben geopfert, um mir meinen König abzuluchsen«, setzte William seine Anklage mit unterdrücktem Gelächter fort. »Und jetzt habe ich nichts, womit ich Ihre Königin schlagen kann! Sie nehmen den letzten Stich und die Kasse.«

Mary Margarets fröhliches Gelächter ließ Gage und Shemaine unvermittelt am Fuß der Treppe verharren. Ganz schwach vor Erleichterung fielen sie einander in die Arme, während das Gespräch auf dem Dachboden fortgesetzt wurde.

»Steht Ihnen der Sinn noch nach einem weiteren Spiel, Mylord?« erkundigte Mary Margaret sich mit dem Tonfall süßer Unschuld.

»Was, nur um mir noch einmal das Fell über die Ohren ziehen zu lassen?« Sein unbeschwertes, amüsiertes Lachen schien diese Möglichkeit auszuschließen. »Noch so eine Niederlage, und von meinem männlichen Stolz ist kein Fitzelchen mehr übrig!«

»Ich weiß gar nicht, warum Sie auf diesen Gedanken kommen, Mylord«, kam die charmante Antwort der Irin. »Dabei haben Sie doch so viel, worauf Sie stolz sein können. Wahrhaftig, mir ist noch nie ein Engländer vor Augen gekommen, der besser ausgesehen hätte als Sie, Sir – das heißt, außer Ihrem Sohn natürlich, aber ich würde schwören, daß er Ihnen wie aus dem Gesicht geschnitten ist. Und dann wäre da natürlich noch der kleine Andrew, der das Beste von Ihnen beiden in sich vereint.«

»Ja, er ist ein hübscher Junge, nicht wahr?« stimmte William ihr von Herzen zu. »Er erinnert mich sehr an Gage in diesem Alter.«

Es folgte nur eine kurze Pause, bevor die gewitzte Kupplerin leutselig fragte: »Haben Sie Ihre Frau in England zurückgelassen, Euer Lordschaft?«

»O nein, Elizabeth starb, als Gage zwölf war. Sie hatte sich erkältet und ein gräßliches Fieber bekommen. Ihr Tod hat mich so wütend gemacht. Ich war nicht dafür gerüstet, meinen Sohn mit der Sanftheit großzuziehen, die ihr zu eigen war. Ich fürchte, ich war sehr hart mit ihm und habe zuviel von ihm verlangt.«

»Und Sie haben nie wieder geheiratet?« fragte Mary Margaret überrascht.

»Ich wollte nicht. Die meiste Zeit hatte ich ohnehin zuviel zu tun; es war mir eine Herausforderung, immer größere und bessere Schiffe zu bauen. Außerdem hatte ich ständig Schwierigkeiten mit Frauen … ich nehme an, es ging mir da in etwa so wie meinem Sohn. Diejenigen, mit denen ich zu tun hatte, haben mich gewiß stets für einen widerlichen alten Kauz gehalten.«

»Es fällt mir schwer, das zu glauben, Euer Lordschaft«, sagte Mary Margaret warmherzig. »Denn ich finde Ihre Gesellschaft sehr angenehm. Tatsächlich haben Sie etwas an sich, das mich stark an meinen eigenen lieben, verblichenen Ehemann erinnert.«

»Wie das, Mrs. McGee?« fragte William neugierig.

»Mein Name ist Mary Margaret, Mylord, und ich würde mich

geehrt fühlen, wenn Sie mich in Zukunft nicht mehr so formell ansprechen würden.«

»Vielen Dank, Mary Margaret. Und wenn Sie nichts dagegen hätten, mein Name ist William.«

»Ah, der entschlossene Beschützer«, seufzte Mary Margaret nachdenklich.

»Wie bitte?« Der Tonfall Seiner Lordschaft verriet seine Verwirrung.

»William… bedeutet ›der den Frieden im Heim Schützende‹«, erwiderte Mary Margaret. »Der Name paßt gut zu Ihnen. Sie waren bestimmt ein entschlossener Beschützer Ihres Sohnes, nicht wahr?«

»Ja, das stimmt wohl. Um die Wahrheit zu sagen, ich konnte es einfach nicht ertragen, ihn zu verlieren, nachdem ich so lange nach ihm gesucht hatte.«

»Sie müssen ihn sehr lieben.«

»Ja, das tue ich, aber es ist mir immer sehr schwergefallen, ihm das zu sagen.«

»Nun, darüber brauchen Sie sich jetzt keine Gedanken mehr zu machen, William. Mit Ihren Taten haben Sie Ihre Liebe weit ausdrucksvoller unter Beweis gestellt.«

Unten im Flur drückte Gage lächelnd einen Finger auf die Lippen und blickte auf Shemaine hinab. Dann nahm er ihre Hand und führte sie verstohlen ins Wohnzimmer. Nachdem sie in ihr Schlafzimmer getreten waren, zog er sacht die Tür hinter sich zu. Mit derselben Lautlosigkeit ging Gage in das kleine Schlafzimmer nebenan, um seinen Sohn zu betrachten. Das engelsgleiche Gesicht war zu unwiderstehlich, als daß er es nicht hätte küssen müssen, und nachdem er sich wieder aufgerichtet hatte, sah Gage, daß auch Shemaine neben dem Bettchen niedergekniet war. Liebevoll strich sie dem Jungen über die Stirn und sang ihm mit einer Stimme, die beinahe so sanft war wie die zarte Berührung ihres Atems, ein Schlaflied. Ein Lächeln huschte flüchtig über das kleine, rosige Mündchen, bevor Andrew sich mit einem beglückten Seufzer auf die Seite drehte, um sich an sein Stoffkaninchen zu schmiegen. Gage hielt Shemaine die Hand hin, während sie sich erhob, und gemeinsam gingen sie wieder ins Nebenzimmer. Dann wurde ganz leise der Riegel vorgeschoben.

»Ich finde, wir sollten einen Jungen bekommen, damit Andrew einen Spielkameraden hat«, meinte Shemaine lächelnd.

Gage legte die Arme um sie und zog sie fest an sich. Als sie den Kopf an seine Brust lehnte, senkte er das Kinn auf ihr Häubchen und strich mit der Hand in sanfter Liebkosung über ihren Bauch. Er schien so flach zu sein wie eh und je. »Ob Junge oder Mädchen, meine Geliebte, es spielt keine Rolle, was das Schatzkästlein hier birgt. Ich kann nur beten, daß du alles gut überstehen wirst. Wenn ich dich verlöre, würde mein Herz aufhören zu schlagen.«

Shemaine lachte und schmiegte sich an ihn. »Keine Angst, mein Liebster. Die Mutter meines Vaters hat ohne Schwierigkeiten sechs Kinder geboren, und sie war kleiner als ich. Eine überaus temperamentvolle Dame, meine Großmutter«

»Dann hat dein Vater diesen Charakterzug also von ihr«, bemerkte Gage mit einem flüchtigen Grinsen. »Da werden sicher die Fetzen fliegen, wenn William Thornton und Shemus O'Hearn einander Auge in Auge gegenüberstehen. Ich bin mir sicher, daß selbst die abscheulichste Xanthippe hier in der Gegend von den beiden noch lernen könnte.«

»Ja, aber wir hatten auch Angst, daß dein Vater und Mrs. McGee sich in die Haare geraten würden, und sieh nur, was passiert ist«, erinnerte Shemaine ihren Mann.

Gages Gedanken wanderten zu dem Gespräch auf dem Dachboden zurück, und er dachte mit Schmunzeln darüber nach, wie sehr sich die Haltung seines Vaters gegenüber der Irin doch gewandelt hatte. »Nach Mary Margarets vorsichtigen Erkundigungen könnte ich mir vorstellen, daß sie es sich in den Kopf gesetzt hat, wieder einmal eine Ehe zu stiften.«

Shemaine ließ lächelnd eine Hand über sein Wams gleiten. »Ich hoffe, du bist nicht allzu überrascht, mein Liebster, wenn sich herausstellt, daß es sich in diesem Falle um eine Ehe für Mrs. McGee handelt.«

Gage nahm seiner Frau mit einem Grinsen das Spitzenhäubchen vom Kopf und begann, ihr Mieder aufzuknöpfen. »Die beiden machen tatsächlich den Eindruck, als kämen sie prächtig miteinander aus. Wer weiß? Vielleicht finden sie zusammen noch einmal ihr Glück.«

Ein tiefer Seufzer kam über Shemaines Lippen, als sie unvermittelt wieder an den Zornesausbruch ihres Vaters denken mußte. »Ich wünschte, meine Eltern hätten genausoviel Verständnis, was uns betrifft.«

»Vielleicht werden sie mit der Zeit doch einsehen, daß ich nicht gar so ein Ungeheuer bin«, überlegte Gage.

»Mein Vater hat ein furchtbares Temperament, Gage, also *bitte* versuch ihn nicht über Gebühr aufzuregen, wenn sie morgen herkommen«, bat Shemaine ihren Mann.

Gage küßte sie beruhigend auf die Stirn. »Ich werde versuchen, mir vorzustellen, was ich empfinden würde, wenn irgendein Lump einer unserer Töchter ein Unrecht getan hätte. Wahrscheinlich würde ich genauso zornig sein, vor allem, wenn ich gehört hätte, daß dieser Mann seine eigene Ehefrau umgebracht habe.«

»Du mußt auch, was Maurice betrifft, vorsichtig sein«, warnte Shemaine ihn. »Laß dich von ihm nicht zu etwas Törichtem provozieren.«

»Ich habe gespürt, daß der Marquis die Absicht hat, dich um jeden Preis zurückzubekommen.« Gage konnte es dem Mann nicht allzusehr verargen, daß er diesen Wunsch hegte, denn er wußte, im umgekehrten Falle wäre er genauso beharrlich. »Aber ich werde vorsichtig sein, mein Herz.«

»Maurice mag wie ein verwöhnter Weichling aussehen, aber laß dich nicht täuschen. Er versteht sich auf den Umgang mit dem Schwert genausogut wie auf den mit der Pistole. Bisher hat er seine Gegner nur verwundet, wenn er zum Duell gefordert wurde, aber in deinem Falle könnte er auf etwas anderes aus sein.«

»Zweifellos. Zweifellos«, erwiderte Gage, während er Shemaine das weitere Entkleiden allein überließ und selbst aus seinem Rock schlüpfte. »Wenn er mich tötet, wäre der Weg zu dir frei und...«

»Das könnte er denken«, unterbrach Shemaine ihn. »Aber wenn er dich tötet, würde er sich nur meinen unsterblichen Haß zuziehen.«

Gage zog sein Wams aus, hängte es zusammen mit dem Rock über einen Stuhl und befreite sich dann von Hemd und Kragen, bevor er sich wieder daranmachte, etliche Spitzenbänder des Kleides seiner Frau zu lösen. »Mary Margaret wird wohl noch für eine Weile oben bleiben und mit meinem Vater reden. Vielleicht könnten wir, solange sie noch nicht im Bett liegt, in unserem eine Weile die Zeit vertrödeln, nur um zu sehen, was sich ergibt.«

»Und zweifeln Sie nicht daran, *daß* sich etwas ergeben könnte, Mr. Thornton?« fragte Shemaine durch den Stoff ihres Gewandes, während ihr Mann es über ihren Kopf und ihre erhobenen Arme zog.

»Nicht, solange *du* die Frau bist, mit der ich die Zeit vertrödle, meine Geliebte«, versicherte er ihr mit einem leisen Lachen, bevor er sich abwandte, um das Kleid über die Kommode zu legen.

Als er sich wieder zu ihr umdrehte, um sie nur mit einem Spitzenhemdchen bekleidet zu bewundern, fuhr sie sich mit ihren schlanken Fingern durchs Haar und hob die gelockten Flechten hoch über den Kopf. Als widerstrebe es ihr, ihm zu nahe zu kommen, bewegte sie sich vorsichtig im Halbkreis um ihn herum, wobei sie mit einem süßen, hinterhältigen Lächeln und leuchtenden grünen Augen seine volle Aufmerksamkeit auf sich zog. »Wäre ich eine Hexenmeisterin, Mr. Thornton, würde ich Sie in meiner Höhle gefangenhalten, wo Sie Tag und Nacht meinem Vergnügen dienen müßten. Meine unablässigen Forderungen würden Sie entkräften, bis Sie sich nicht einmal mehr von Ihrem Lager erheben könnten, und dann würde ich Sie mit einem fremdartigen Zauber dazu bringen, abermals vor Verlangen nach mir zu vergehen.«

Ein begehrliches Lächeln spielte um die Mundwinkel ihres Mannes. »Das tue ich auch ohne Ihren Zauber, Madam.« Dann legte er ihr einen Arm um die Taille, zog sie zwischen seine Beine und ließ sich gemeinsam mit ihr auf das Bett sinken. Dort zog er geschickt an den Bändern, die das Mieder ihres Unterkleids hielten, und streifte den sich lockernden Stoff so weit nach unten, bis die vollen Brüste über die Spitzen lugten. Erwartungsvoll drängten sie sich ihm entgegen und verlockten ihn, sie zu streicheln und zu kosten. Mit einem gutturalen Stöhnen nahm er beide Brüste in die Hände und verwöhnte ihre Knospen abwechselnd mit seiner heißen Zunge.

Shemaines Stimme war nur ein Flüstern, als sie die Lippen auf seinen dunklen Kopf senkte. »Nur wenn der Prinz meiner Träume in meinen Armen Wirklichkeit wird, gibt die Hexenmeisterin all ihre Listen und Beschwörungen auf und folgt ihm unterwürfig, wo immer er sie hinführt. Und dann kann sie nichts mehr von ihm fernhalten.«

Gage hob den Kopf und blickte forschend in ihre lächelnden Augen. »Nichts, mein Herz?«

»Absolut gar nichts, mein Geliebter.« Ihre Lippen öffneten sich, während sie sich seinem Mund darboten, und wenn noch irgendein Zweifel zurückgeblieben war, löschte sie ihn mit diesem langen, sehnsuchtsvollen Kuß.

21. Kapitel

Kurz nachdem die Mietkutsche der O'Hearns am nächsten Morgen vor der Hütte angehalten hatte, eilte Gage über die Veranda. Seine Gäste kamen viel früher, als er erwartet hatte, denn Ramsey hatte ihm erzählt, daß der Marquis und die O'Hearns sich gerade erst zu rühren begonnen hatten, als er zur Arbeit ging. Gage bat die Neuankömmlinge, sich einige Minuten in Geduld zu fassen, während er und Shemaine noch einige Arbeiten beendeten. Im Augenblick half er seinem Vater beim Bad, und während der Earl unten beschäftigt war, säuberte Shemaine oben sein Zimmer und wechselte seine Bettwäsche, damit sie ihn später nicht mehr stören mußte. Obwohl den Besuchern die Art von Empfang, die ihnen zuteil wurde, nicht recht zu behagen schien, versicherte Gage ihnen höflich, daß es nicht mehr lange dauern würde, bis er und seine Frau sich zu ihnen gesellen konnten. Bis dahin würde Ramsey sich, wenn es ihnen nichts ausmachte, um ihre Bedürfnisse kümmern.

In Abwesenheit seines Arbeitgebers übernahm Ramsey die Aufgabe, die O'Hearns und den Marquis durch die Möbelwerkstatt zu geleiten, während Sly Tucker und die beiden Lehrlinge ihren jeweiligen Beschäftigungen nachgingen. Mit großem Stolz führte Ramsey die erstklassigen Möbelstücke vor, die hier aufs sorgsamste gefertigt wurden. Als erstes zeigte er den Gästen die Entwürfe und Pläne seines Arbeitgebers, die Gages unglaubliches Talent im Umgang mit Feder und Tinte belegten. Dann machte Ramsey sie auf die unterschiedlichen Maserungen des Holzes aufmerksam, das sie benutzten. Ob es sich um Zypresse, Kirschbaum, Ahorn, Eiche oder ein anderes Gehölz handelte, die ungewöhnlichen Eigenschaften eines jeden Baumes konnten ein Möbelstück zu etwas Einzigartigem machen. Als er mit seinem Vortrag fertig war, brachte Ramsey sie wieder zu Sly Tucker, der ein vor kurzem fertiggestelltes Büfett polierte; dort drängte er die O'Hearns, ihre Diener und den Marquis, die Oberfläche des Stückes zu befühlen, um sich selbst von deren Glätte zu überzeugen.

Vor allem schien Camille ehrlich begeistert zu sein von der Anrichte. Sie war nämlich diejenige, die im Laufe ihrer Ehejahre die Möbelstücke ihres Hauses ausgewählt hatte, eine Aufgabe, die Shemus ihr bereitwillig überlassen hatte. Ihm war schon vor langer Zeit klargeworden, daß seine Frau die natürliche Begabung besaß, die einfachste Unterkunft zu einem behaglichen, geschmackvoll eingerichteten Heim zu gestalten. Über die Jahre hinweg hatte Camille einen scharfen Blick entwickelt, so daß sie wußte, wann sie ein wirklich exquisites Stück vor sich hatte. Und obwohl die Linien des Büfetts ziemlich einfach waren, machte die Tigeraugenmaserung des Holzes, aus dem es gefertigt war, es zu einem herausragenden und wunderschönen Möbelstück. Nachdem sie betont hatte, daß es zu dem Besten zählte, was sie je gesehen hatte, bat Camille ihren Mann inständig, es genauer in Augenschein zu nehmen, denn sie wünschte, daß er verstand, wieviel Talent und Hingabe notwendig waren, ein so außergewöhnliches Stück herzustellen.

Nach außen hin schien Ramsey der leisen Unterredung des Ehepaares keine besondere Beachtung zu schenken, aber in Wirklichkeit hatte er die Ohren gespitzt und hörte genau zu. Während er Sly einen Augenblick zur Hand ging, hatte er außerdem Gelegenheit, Maurice zu beobachten, wenn auch verstohlen. Der Marquis begegnete Camilles Begeisterung mit kühler Gleichmütigkeit und sah sich gelangweilt in der Werkstatt um. Seine Zurückhaltung schien unerschütterlich. Im weiteren Verlauf der Führung stellte Ramsey die gelassene Standfestigkeit des Mannes auf die Probe, indem er bewußt ein wenig Salz in die Wunden des Marquis rieb.

»Da dürfte es wohl keinen Zweifel geben. Mr. Thornton ist der begabteste Schreiner hier in der Gegend. Der Mann ist nicht nur in der Lage, Möbelstücke wie dieses hier aus der Phantasie zu zeichnen«, erklärte Ramsey und untermauerte seine Worte, indem er sich mit dem Finger gegen die Schläfe tippte, »er ist obendrein wohlhabend genug, um mehrere Familien zu versorgen. Er zahlt gerechte

Löhne, jawohl, und keinem von uns ginge es heute so gut, wenn wir für einen anderen Zimmermann arbeiten würden.«

Nachdem er seine Besucher zum Fenster geführt hatte, wischte er den feinen Holzstaub ab, bis sie die noch im Bau befindliche Brigantine sehen konnten, die unweit des Flußufers auf Stapel lag. »Sehen Sie das?« Er schaute sich um, um sicherzugehen, daß er auch wirklich ihre ungeteilte Aufmerksamkeit hatte, und registrierte flüchtig die Gleichgültigkeit, die der Marquis nach wie vor an den Tag legte. »Mr. Thornton hat sich auch dieses Schiff da ausgedacht. Wenn es ihm nicht so am Herzen läge, Schiffe zu entwerfen und zu bauen, wäre er wahrscheinlich mittlerweile der reichste Mann hier in der Gegend, nur durch das, was er mit seinen Möbeln verdient. Aber warten Sie's nur ab, in ein oder zwei Jahren, vielleicht auch in dreien, wird er sich als Schiffsbaumeister durchgesetzt haben, daran kann kein Zweifel bestehen!«

Maurice gestattete sich einen gereizten Seufzer, bevor er sich vom Fenster abwandte. Es ging ihm gegen den Strich, daß dieser prinzipienlose Schurke mit Lob überhäuft wurde. Wenn es nach ihm ginge, würde er Gage Thornton gleich an Ort und Stelle fordern und die Welt von einem unwürdigen Halunken befreien.

Ramsey streifte den hochgewachsenen, gutgekleideten Mann mit einem aufmerksamen Blick. Die finstere Feindseligkeit, die nun deutlich wahrnehmbar hinter diesen noblen Zügen brodelte, bewies, daß der Marquis seinen Köder geschluckt hatte. Nun war wohl eine Führung durch die Brigantine angebracht, um den Stachel noch tiefer ins Fleisch zu bohren und den Marquis wissen zu lassen, daß es kein gewöhnlicher Mann war, den er von Gottes Erdboden vertreiben wollte.

Nachdem er die kleine Schar der Fremden gebeten hatte, ihn zu begleiten, führte er sie den Weg hinunter zur Schiffsbaustelle am Fluß und stellte sie dort Flannery Morgan vor. Auf dem Schiff überließ er es dem ergrauten Schiffsbauer, die Vorzüge von Gages Entwurf zu preisen, denn das konnte niemand mit größerer Begeisterung tun als er.

»Wenn das Schiff fertig ist, wird es das sein, was Sie eine Zweimastbrigantine nennen«, erklärte ihnen der alte Mann. »Der Rumpf ist niedrig mit schlanken Linien. Wenn Sie überhaupt etwas von Schiffen verstehen, meine Damen und Herren, werden Sie feststellen, daß der Mast ziemlich weit vorne steht. Das trägt zur Stabilität des Schiffes bei. Aber der größte Vorteil, das möchte ich wetten, wird sein, daß es schneller läuft. Wahrhaftig, es wird die See durchpflügen wie eine Meerjungfrau, die nach einem Mann Ausschau hält.«

Camille lief bei seinem Vergleich ein wenig rot an, aber der alte Seebär bemerkte ihr Unbehagen nicht, sondern drängte seine Besucher, ihm den Niedergang hinunter zu folgen. Dort machte er sie hie und da auf besonders interessante Punkte des meisterlichen Entwurfes aufmerksam und führte sie dann durch die unteren Decks, wobei er unaufhörlich die außergewöhnliche Vorstellungskraft und Begabung seines Arbeitgebers hervorhob. Schließlich brachte er sie wieder auf das Hauptdeck.

Shemus O'Hearn überließ die anderen sich selbst und ging an das entgegengesetzte Ende des Schiffes, um es von dort aus zu betrachten, denn er wollte alles, was man ihm gezeigt hatte, in Ruhe abwägen. Er hatte aufmerksam zugehört und versucht, auf diese Weise Erkenntnisse über den Menschen Gage Thornton zu gewinnen. Was ihn am meisten überraschte, waren die Angestellten. Shemus hatte im Laufe seines Lebens viele Männer in seinen Diensten gehabt, aber er war sich keineswegs sicher, daß auch nur einer von ihnen so loyal gewesen war oder *seine* Arbeit und *seine* Leistungen mit derselben Freude betrachtet hätte, wie Ramsey, Sly Tucker, Flannery und die anderen es mit Thorntons Arbeit und Leistungen zu tun schienen. Angesichts ihrer Treue und ihrer Begeisterung mußte er sich fragen, wie es einem Schurken gelungen sein könnte, solche Gefühle in seinen Männern zu wecken.

Shemus Patrick O'Hearn war selbst der Schmied seines Glückes gewesen; er hatte mit wenig angefangen und sich seinen Weg nach oben erarbeitet. Es war daher keineswegs überraschend, daß ihm der Siedler langsam einen widerwilligen Respekt abnötigte, während ihm die vielen Leistungen und der ungebrochene Ehrgeiz des Mannes zu Bewußtsein kam, der seine Tochter geheiratet hatte. Er erinnerte sich noch allzugut seiner eigenen Anfänge und auch daran, welche Befürchtungen Camilles Eltern einst bezüglich des irischen Emporkömmlings ausgesprochen hatten, der sich gut genug wähnte, ihrer Tochter den Hof zu machen. Während ihm all diese Dinge durch den Kopf gingen, fragte er sich, ob er in bezug auf den Tischler nicht zu voreilig und zu hart geurteilt hatte. Im Laufe der Jahre hatte er sich im Herzen von Camilles Familie einen Platz erkämpft. Diese Leute würden zu den ersten gehören, die heute mit Nachdruck darauf bestanden, daß er ein Mitglied ihrer Familie war. Würde jemals der Tag kommen, an dem auch er seinem neuen Schwiegersohn mit solcher Wertschätzung begegnete?

Die Frage, inwieweit Gage für den Tod seiner ersten Frau verantwortlich war, blieb jedoch seine Hauptsorge. Dies war eine Angelegenheit, die unbedingt geklärt werden mußte, sonst würde sie wie ein scharfer Keil auf immer zwischen ihnen stehen und sie in gegnerische Lager teilen. Tief drinnen wußte Shemus, daß er zuerst vollends von Gages Unschuld überzeugt sein mußte, bevor er mit Shemaines Ehe auch nur halbwegs seinen Frieden machen konnte, ganz gleich, wie fleißig der Siedler sein mochte. Aber wenn nach einem ganzen Jahr noch immer solche Gerüchte in dem Weiler kursierten, bezweifelte Shemus, daß diese Sache so ohne weiteres würde bewiesen werden können. Selbst wenn er Shemaine mit Gewalt an Bord eines Schiffes nach England zerren mußte, wußte Shemus, daß er seine Tochter unmöglich in der Obhut eines Mannes lassen konnte, der des Mordes verdächtigt wurde.

Während der Führung durch das Schiff hatte Maurice du Mercer phlegmatisches Schweigen bewahrt. Er war noch immer von einer wilden Feindseligkeit gegen den Mann beseelt, der ihm seine Verlobte gestohlen hatte, und er wäre eher erstickt, als auch nur einen Funken von Interesse oder Bewunderung für die Leistungen seines Rivalen zu zeigen. Man konnte jedoch auch nicht behaupten, daß er nicht beeindruckt gewesen wäre, trotz des Grolls, den er gegen den Mann hegte. Er zweifelte keinen Augenblick daran, daß Gage Thornton ein gutes Auge für Qualität und Schönheit hatte. Shemaine war gewiß der lebende Beweis dafür. Dennoch hätte Maurice, wenn er das Schicksal zu seinen Gunsten hätte beeinflussen können, durchaus gewünscht, daß der Siedler erblindet wäre, bevor er einen Blick auf die schwindelerregende Schönheit werfen konnte, der er einst selbst sein Herz geschenkt hatte.

Die Wolken, die seit ihrer Ankunft in undurchdringlich düsterem Grau über Maurice' Dasein gehangen hatten, verflüchtigten sich, sobald Shemaine sich zu ihnen auf das Schiff gesellte. Sie trug ein hübsches hellblaues Kleid, ein weißes, spitzengesäumtes Häubchen und hatte sich eine weiße Schürze um die schlanke Taille gebunden. Alles in allem sah sie genauso aus, wie man sich die Frau eines Siedlers vorstellte. Unendlich reizvoll, überlegte Maurice, der ihre Schönheit in sich aufsog, während sie ihre Eltern umarmte. Tatsächlich bewegte ihn ihre Gegenwart so sehr, daß er wohl seinen ganzen Reichtum fortgegeben hätte, nur um der Mann zu sein, der sie nun besaß.

»Es tut mir leid, daß Gage und ich euch nicht gleich nach eurer Ankunft anständig begrüßen konnten«, entschuldigte Shemaine sich anmutig. »Seine Lordschaft ist noch nicht voll wieder bei Kräften, aber er hatte dennoch das ehrliche Bedürfnis nach einem ausgiebigen Wannenbad, nachdem er sich allzulange mit einem kleinen Waschbecken behelfen mußte. Dafür brauchte er Gages Hilfe. Mir schien das eine gute Gelegenheit zu sein, sein Zimmer sauberzumachen. Ich hoffe, ihr nehmt es uns nicht übel.«

»Seine Lordschaft?« Maurice hatte die Bedeutung dieser Anrede sogleich aufgegriffen und war überaus neugierig.

Jegliche Zweifel, ob der Marquis genauso groß sei wie ihr Mann, konnten nun endlich begraben werden, als Shemaine den Kopf in den Nacken legte, um seinen Blick zu erwidern. Dasselbe mußte sie tun, wenn sie in die bernsteinbraunen Augen aufschaute. »Gages Vater ist Lord William Thornton, der Earl of Thornhedge.«

Ein Ausdruck des Erstaunens trat in Maurice' Gesicht. Lord Thornton war bei so mancher Gesetzesvorlage im Parlament sein Fürsprecher gewesen. Meist war es darum gegangen, die Rechte des einzelnen vor dem Gesetz zu stärken, und einmal auch um das Verbot, Strafgefangene nach Übersee zu verschiffen allein zu dem Zweck, den Abschaum englischer Gefängnisse an die Kolonien loszuwerden.

»Kennen Sie ihn, Marquis?« fragte Shemaine.

Maurice legte den Kopf zur Seite und sah sie so merkwürdig eindringlich an, daß es ihr die Röte in die Wangen trieb. In seinen dunklen Augen lag ein verletzter Schimmer, während ein bitteres Lächeln seine schön geschwungenen Lippen verzog. »Wie hast du mich genannt, Shemaine? Ich dachte, über das Stadium von Titeln und formeller Anrede seien wir längst hinaus gewesen.«

Shemaine wußte, daß die scheinbare Mühelosigkeit, mit der Maurice sie im Augenblick aus dem Gleichgewicht bringen konnte, vor allem ihren Gewissensbissen zuzuschreiben war. So begierig war sie darauf gewesen, den Antrag ihres Mannes anzunehmen, daß sie kaum daran gedacht hatte, wie sehr sie Maurice mit ihrer Entscheidung vielleicht weh tun würde. Sie hatte es im Grunde für selbstverständlich gehalten, daß ihr ehemaliger Verlobter seine Aufmerksamkeit bei so vielen reizvollen Verehrerinnen nach ihrem Verschwinden sofort auf eine andere gerichtet hätte.

»Wir sind nicht länger verlobt, Marquis«, erinnerte sie ihn mit gedämpfter Stimme, denn die glühende Leidenschaft in diesen dunklen Augen erfüllte sie mit Unbehagen. »Und ich halte es nicht für schicklich, Sie immer noch mit Ihrem Taufnamen anzusprechen.«

»Du hast meine Erlaubnis, genau das zu tun, Shemaine«, murmelte Maurice und trat einen Schritt näher an sie heran. »Du wirst immer einen Platz in meinem Herzen haben, auch wenn ich dich nicht zurückgewinnen kann.«

Wo sie sich einst in Maurice' Gesellschaft vollkommen unbefangen gefühlt hatte, hatte Shemaine nun das Gefühl, auf einem Nadelkissen zu sitzen. Sie war davon überzeugt, daß seine Nähe, sobald ihr Mann zu ihnen kam, zu einem weiteren Zusammenstoß führen würde, und das beunruhigte sie. War es wohlüberlegte Taktik seinerseits, um Gage zu erzürnen, oder hoffte er, seine Nähe würde auf ihre Gefühle wirken und sie vielleicht bedauern lassen, eine andere Ehe eingegangen zu sein? Was auch immer seine Gründe sein mochten, Shemaine hätte ihn lieber in sicherem Abstand gewußt. Gage konnte jeden Augenblick auf die Werft kommen, und wenn sie eines aus ihrer Begegnung am vergangenen Abend in Newportes Newes gelernt hatte, dann die Tatsache, daß ihr Mann sehr besitzergreifend war, was sie betraf – ganz als fürchte er, sie an ihren ehemaligen Verlobten zu verlieren.

In dem verlegenen Schweigen, das nun folgte, trat Camille schließlich vor und küßte ihre Tochter liebevoll auf die Stirn. »Du siehst wunderhübsch aus, mein Kind.« Dann griff sie eine Bemerkung Shemaines auf, die sie mit einiger Neugier erfüllte. »Aber sag mir doch, Kind, hast du denn keine Diener, die für dich saubermachen?«

Shemaine, die dankbar für die Unterbrechung war, lachte unbekümmert auf. »Nein, Mama, ich besorge das Kochen und Putzen selbst.«

»Das Kochen?« wiederholte Bess und starrte ihre frühere Schülerin mit offenem Mund an. »Sie meinen, wirklich alles?«

Die unverhohlene Entgeisterung der Köchin entlockte Shemaine ein belustigtes Kichern. »Du wärest überrascht, wieviel ich von deinen Anweisungen im Gedächtnis behalten habe, Bess. Tatsächlich hat Gage gesagt, ich sei die beste Köchin hier in der Gegend.«

Bess war baß erstaunt. »Meine Güte, Kind! Und da dachte ich, ich hätte Ihnen nicht mal die Grundregeln beigebracht.«

Camille war diejenige gewesen, die darauf bestanden hatte, daß Shemaine in allen haushaltlichen Pflichten unterwiesen werden müsse. Sie war jedoch gewiß nicht anders als andere hingebungsvolle Mütter, die es vorzogen, ihre Sprößlinge zu verhätscheln, zumindest solange sie in der Nähe waren. Camille hatte die beiden Dienerinnen auf die Reise mitgenommen, damit sie ihnen das Leben in der unerschlossenen Wildnis erleichterten, und jetzt war sie erst recht glücklich über deren Anwesenheit. »Vielleicht würde es dir gefallen, Shemaine, wenn Bess und Nola dir, solange wir hier sind, diese Dinge abnehmen würden, damit wir mehr Zeit füreinander haben. Würde dir das sehr viel ausmachen?«

Shemaine schlang die Arme um ihre Mutter und zog sie an sich. »Nein, natürlich nicht, Mama. Mir hat Bess' Küche in letzter Zeit furchtbar gefehlt, und schon bei dem bloßen Gedanken daran läuft mir das Wasser im Munde zusammen.«

»Und Gage? Würde er es sehr anmaßend finden, wenn wir seinen Haushalt übernähmen?« fragte Camille zögerlich.

Shemaine, die ihren Mann die Werft heraufkommen sah, unterbrach das Gespräch und eilte ihm entgegen. Als sie den frostigen Blick sah, mit dem er den Marquis musterte, hakte sie sich bei ihm ein und drückte ihn beschwichtigend an sich, während sie flüsterte: »Ich liebe dich.«

Eine schmale Hand fuhr liebkosend über ihre Finger, bevor er zur Antwort wisperte: »Noch mitten im tiefsten Zorn erfüllst du mein Herz mit Glückseligkeit, mein Schatz. Du bist meine große Liebe, alles, was mein Herz begehrt.«

Unter seinem warmen Lächeln wurde sich Shemaine einmal mehr ihres eigenen beseligenden Glückes bewußt. Sie zog ihn zu ihrer Mutter hinüber und erklärte ihm, worüber sie gerade gesprochen hatten. »Gage, Mama wüßte gern, ob es dir etwas ausmachen würde, wenn Bess und Nola, solange sie hier sind, bei uns das Kochen und die Hausarbeit übernehmen würden.«

Gage bemerkte, während er nun Camille O'Hearn ansah, daß seine Frau ihre Schönheit von ihrer Mutter geerbt hatte. Ihren Teint mochte Shemaine zwar vom Vater haben, aber die zarten Gesichtszüge hatte sie eindeutig ihrer Mutter zu verdanken. »Wenn Bess meine Frau unterrichtet hat, Mrs. O'Hearn, habe ich keinen Zweifel daran, daß sie eine außerordentliche Köchin sein muß. Shemaine wird sicher froh sein, ein wenig Zeit übrig zu haben, die sie mit Ihnen verbringen kann.«

Shemaine drückte die Hand ihrer Mutter. »Siehst du, Mama. Er ist kein Ungeheuer.«

Camille wurde rot und wandte verlegen den Blick vor den lächelnden bernsteinbraunen Augen ab, die auf ihr ruhten. »Ich fürchte, meine Tochter übertreibt, Sir. Ich habe Sie nie für ein Ungeheuer gehalten.«

»Schön, das zu wissen, Madam«, erwiderte Gage unbefangen, obwohl er sicher war, daß sie ihn immer noch für einen Mörder hielt.

Gage trat ein kleines Stück beiseite und wandte sich zu seinem Rivalen um. Bei der Attraktivität des Marquis war es gewiß kein Wunder, daß ihn vorhin die Eifersucht gequält hatte, als er den Mann so dicht neben seiner Frau entdeckt hatte. Der Adlige war aufs sorgfältigste gekleidet, mit einem königsblauen Gehrock, schmalgeschnittenen Hosen, Wams, Strümpfen und kostbaren Schuhen, die allesamt in einem weichen, cremefarbenen Ton gehalten waren. In dem strahlenden Sonnenlicht blendeten der um etliche Nuancen hellere Ton seines Hemdes und seines Kragens geradezu. Sein schwarzes Haar trug er im Nacken zu einem säuberlichen Zopf gebunden, und seine Haut hatte während der Seereise von England in die Kolonien eine tiefe, warme Bräune angenommen. Gage konnte jetzt verstehen, warum Shemaine so sicher gewesen war, daß Maurice eine andere Frau finden würde. Er sah so gut aus, daß er die Frauen gewiß in Scharen anzog.

»Sie scheinen gut erholt zu sein, Marquis«, bemerkte Gage ohne jede Wärme. »Darf ich davon ausgehen, daß das Quartier angemessen war?«

Maurice' Augen glitzerten eisig über einem kühlen Lächeln. »Die Gastfreundschaft der Tates hätte nicht herzlicher sein können, aber ich denke, Sie können sich vorstellen, daß ich an etwas anderes dachte.«

»Sie sprechen von Shemaine«, bohrte Gage nach.

»Ja, Shemaine«, murmelte Maurice verträumt, als beschwichtige schon der Name allein seinen Geist. »Sie ist wie ein milder Frühling nach einem harten Winter.«

»Durchaus!« gab Gage ihm recht. »Aber sie gehört mir!«

Maurice antwortete mit einem Achselzucken. »Zumindest für den Augenblick.«

Flannery lenkte Gages Aufmerksamkeit auf sich, während er von der Kajüttreppe aus näherkam. »Könnte ich wohl ein Wort mit Ihnen sprechen, Käpt'n?«

»Natürlich, Flannery.« Die Störung kam Gage keineswegs gelegen, aber er entschuldigte sich bei seinen Gästen und folgte dem Schiffsbauer an die Reling.

Flannery sah mit einem breiten Grinsen zu ihm auf. »Ich weiß, daß Sie Gesellschaft haben, Käpt'n, aber ich dachte, es würd' Ihnen gefallen, was ich Ihnen zu erzählen hab'... wo es doch um ein paar Leute geht, die wo sich heute dieses Schiff hier ansehen wollen. Und was das Beste ist, Sir, sie wollen es vielleicht kaufen.«

Die beiden Männer setzten ihre Unterhaltung noch einige Minuten mit gedämpfter Stimme fort, dann kam Gage mit dem gleichen ansteckenden Grinsen, das bereits den alten Seebären infiziert hatte, zu Shemaine zurück und nahm sie, nachdem er sich abermals bei ihren Gästen entschuldigt hatte, beiseite. »Flannery hat mir gerade eine wunderbare Neuigkeit gebracht, meine Liebste, und ich wollte sie mit dir teilen, damit du mir raten kannst. Es sieht so aus, als hielte sich im Augenblick ein Seekapitän hier in der Gegend auf, dessen Familie im Reedereigeschäft ist. Er ist von Richmond aus flußabwärts gefahren und hat gestern abend Flannery in Newportes Newes aufgesucht. Er will mit anderen Mitgliedern seiner Familie heute noch nach New York aufbrechen, aber bevor er in See sticht, möchte er sich gern unser Schiff ansehen. Flannery ist früher unter ihm gesegelt und hat mir versichert, daß der Mann das Geld hätte, um das Schiff zu kaufen, falls es seinen Bedürfnissen entspricht.«

»Oh, Gage, das wäre ja wunderbar!« rief Shemaine, der sofort der Gedanke kam, daß ihre Eltern sich wohl kaum in eine verbale Auseinandersetzung mit ihrem Mann stürzen würden, solange Fremde zugegen waren. Sie wollte diesen Streit mit aller Macht vermeiden, und nun durfte sie die Hoffnung hegen, sogar Unterstützung von außen zu bekommen.

Gage blickte eher zweifelnd auf sie hinab und fragte: »Werden es deine Eltern nicht als Kränkung empfinden, wenn ich den größeren Teil meiner Aufmerksamkeit diesen anderen Leuten widme, während sie heute hier sind? Ich darf wohl kaum auf ihre Billigung hoffen, solange sie mich weiterhin für einen Mörder halten. Und wenn sie den Eindruck gewinnen, daß ich ihnen absichtlich aus dem Weg gehe, könnten sie vielleicht versuchen, dich von mir fortzureißen, ohne mich anzuhören.«

»Ich wäre unbeschreiblich zornig auf sie, wenn sie das täten«, erwiderte Shemaine, aber dann lächelte sie und zerstreute seine Bedenken. »Oh, Gage, ich bin mir ganz sicher, daß mein Vater versteht, wie wichtig es ist, daß man in geschäftlichen Dingen nicht den entscheidenden Augenblick verpaßt. Und ich möchte um nichts in der Welt riskieren, daß du dir diese Gelegenheit entgehen läßt. Du hast doch von Anfang an davon geträumt, das Schiff zu verkaufen. Außerdem haben meine Eltern auf diese Weise mehr Zeit, sich an den Gedanken zu gewöhnen, daß wir verheiratet sind. Es war ein ziemlicher Schock für sie, hier anzukommen in der Hoffnung, ihre jungfräuliche Tochter aus der Knechtschaft retten zu können, nur um dann festzustellen, daß ich, seit sie mich das letzte Mal sahen, nicht nur geheiratet, sondern auch ein Kind empfangen habe.«

»Ja, sie betrachten dich wahrscheinlich immer noch als ihr kleines Mädchen.«

Shemaine lachte leise, und ihre folgenden Worte waren allein für seine Ohren bestimmt. »Wenn sie wüßten, zu welch lüsternem Geschöpf ich mich entwickelt habe, mein Liebster. Wahrhaftig, sie wären fest davon überzeugt, daß man mich irgendwie verzaubert haben müsse.«

Gages Lippen zuckten. »Mit welcher Belohnung darf ich denn rechnen, wenn ich deine Geheimnisse für mich behalte, mein Herz?«

Shemaine dachte mit ernster Miene über seine Frage nach und spielte das arme Mädchen, das ein Opfer der Umstände geworden war. »Alles, was Sie wollen, mein vornehmer Herr. Es sieht wohl so aus, als hätten Sie mich da beim Wickel, denn wenn ich mich Ihren Wünschen nicht unterwerfe, werden Sie gewiß meinen guten Namen schänden.«

»Alles?« Gages Augen glühten.

»Ich bin Ihnen auf Gedeih und Verderb ausgeliefert, Sir. Sie können verlangen, was Sie wollen«, antwortete sie und senkte dann unterwürfig den strahlenden Blick, während sie in Wirklichkeit versuchte, ein Lachen zu unterdrücken. »Ich kann nur beten, daß Sie nicht allzu roh mit mir umgehen werden.«

»Ah, nein, roh niemals, meine Geliebte«, versprach Gage. »Sonst würde ich am Ende die Schätze zerstören, nach denen es mich so sehr verlangt.«

Shemaine konnte gar nicht genug von diesem Spiel bekommen. »Von welchen Schätzen mögen Sie wohl sprechen, Mylord?«

»Von deiner Liebe ... und deiner umgehenden Antwort auf die leiseste meiner Berührungen.«

»Ist das so auffällig?«

Gage versank tief im durchscheinenden Ozean ihrer lächelnden grünen Augen. »Ja, aber ich würde es nicht anders wollen, meine Geliebte.«

»Ich auch nicht«, hauchte sie. »Wie Sie ganz richtig geschlossen haben, läßt mich die leichteste Liebkosung von Ihrer Hand vor Verlangen erbeben. Sie haben mich wirklich und wahrhaftig zu Ihrer Sklavin gemacht, Sir.«

»Ah, nicht zur Sklavin«, versicherte er ihr, »sondern zu einer warmen und willigen Gattin. Mir sind unsere ungestörten, gemeinsamen Stunden unendlich teuer, wenn wir an Körper und Seele vereint sind.«

Shemaine wäre am liebsten in seine Arme gesunken, wußte aber, daß Maurice sie genauestens im Auge behielt und verspürte daher die Notwendigkeit, das Gespräch auf weniger anregende Dinge zu lenken. »Sag mir doch bitte, Gage, wann wird dieser Seekapitän erwartet?«

Gage sah sich um und fragte sich, was wohl der Grund für ihren Themenwechsel sein mochte. Als sein suchender Blick die kalten, durchdringenden Augen des Marquis streifte, verstand er sofort. Einen Moment lang fochten ihre Augen ein unerbittliches Duell aus. Dann wandte Gage dem anderen Mann brüsk wieder den Rücken zu und sah abermals auf seine junge Frau hinab. »Flannery meinte, sie müßten noch vor der Mittagsstunde hier sein, mein Kätzchen.«

»Dann werde ich Bess Anweisung geben, ein Festmahl für unsere Gäste zu bereiten«, erwiderte Shemaine, der die ganze Sache immer besser gefiel.

»So kurzfristig?« fragte Gage erstaunt.

»Natürlich, mein Liebling. Bess kann in weniger als einer Stunde wahre Wunder wirken.«

Gage wußte nicht recht, ob es nicht eine Zumutung war, von der Köchin, die eine fremde Küche vorfand und obendrein noch so wenig Zeit zur Vorbereitung hatte, ein üppiges Mahl zu erwarten. »Vielleicht solltest du zuerst mit Bess darüber reden, Shemaine, und sie entscheiden lassen, ob sie so etwas zuwegebringen kann oder nicht.«

»Bess hat noch nie eine Herausforderung abgelehnt«, erwiderte Shemaine. »Also mach dir keine Sorgen, daß meine Wünsche sie verärgern könnten. Aber wenn du möchtest, werde ich die Sache mit ihr besprechen und ihr die Entscheidung überlassen.«

»Das wäre mir tatsächlich lieber, mein Herz.«

Shemaine sah mit einem zärtlichen Lächeln zu ihm auf. »Wer auch immer behauptet hat, du seiest ein übellauniger Rohling, kannte dich nicht besonders gut, Gage Thornton. Deine Sorge, du könntest einer Dienerin mehr aufbürden, als man normalerweise von ihr verlangt, läßt keinen Zweifel daran, was für ein überaus fürsorglicher Mensch du bist. Das ist nur einer der Gründe, warum ich dich so sehr liebe.«

Die bernsteinfarbenen Augen senkten sich tief in die ihren. »Du weißt gar nicht, wie unendlich glücklich du mich mit diesen Versicherungen machst, meine Liebste.«

»Brauchst du denn welche?« zog Shemaine ihn liebevoll auf. Ganz gleich, wer sie beobachtete, es fiel ihr unbeschreiblich leicht, mit all der Zärtlichkeit und Hingabe einer Frau, die liebte und geliebt wurde, auf ihren Mann zu reagieren. Es war seltsam, aber nie fühlte sie sich so sehr als Frau wie in den Augenblicken, die sie mit Gage teilte. »Habe ich dir nicht immer das Beste gegeben, was ich zu bieten hatte? Mein Herz, meinen Körper, ja, alles gehört ganz allein dir. Oder sollte die Gegenwart meines ehemaligen Verlobten dein Selbstvertrauen untergraben haben?«

»Der Marquis ist ein sehr gutaussehender Mann, Madam«, gab Gage zu, ohne ihre Frage direkt zu beantworten.

»Ja, aber das bist du auch, mein Liebling … und *du* bist der Mann, den ich liebe.«

Gage quittierte ihre Beteuerungen mit einem kurzen Neigen des Kopfes, während in seinen Augen weiterhin ein Leuchten stand, diesmal jedoch über einem schurkischen Grinsen. »Ich brauche so viele Versicherungen von dir, wie ich nur bekommen kann. Sobald wir heute abend wieder die Ungestörtheit unseres Schlafzimmers genießen, werde ich noch weit mehr benötigen, um mein Herz zu beruhigen. Und ich möchte natürlich gern auch der anderen Sache, die wir zuvor besprochen haben, auf den Grund gehen. *Alles* läßt eine Menge Möglichkeiten offen, Madam.«

Shemaine, deren weiße Zähne sich in ihre Unterlippe gruben, hatte alle Mühe, ein Lachen zu verbergen. »Ich werde dies als ein Versprechen auffassen, Sir.«

Gages Augen hatten das funkelnde Strahlen gelber Diamanten. »Dann sind Sie ja gewarnt, Madam.«

Shemaine bereiteten seine Worte unverhohlenes Entzücken. »Ich werde dem erwähnten Ereignis freudig entgegensehen.«

»Nicht mehr als ich.«

Shemaine sah an Gage vorbei und bemerkte, daß Maurice' Blick sich zusehends verfinsterte, als mißfalle ihm die Tatsache, daß sie mit ihrem eigenen Mann geflirtet hatte. Shemaine versuchte, seinen Zorn zu dämpfen, indem sie eine ernstere Miene aufsetzte – um den Mann zu schützen, der ihrem Herzen am nächsten stand. Sie wußte um Maurice' Fähigkeiten und wagte es nicht, ihn noch mehr herauszufordern. »Wenn diesem Kapitän dein Schiff gefällt, Gage, würde er es dann sogar kaufen, bevor es fertig ist?«

»Wenn das, was er sieht und hört, seine Billigung findet, dann wäre das durchaus möglich. Mit meiner Garantie, daß alles wie geplant fertiggestellt werden wird, kann er versichert sein, daß niemand anderer in seiner Abwesenheit das Schiff kaufen wird.«

»Aber was ist, wenn er Veränderungen vornehmen will? Wäre das statthaft, nachdem ihr euch auf eine Summe geeinigt habt?«

»Solange die Veränderungen nicht meinem Entwurf im Wege stehen, sind sie akzeptabel. Ich werde lediglich die Kosten jeder zusätzlichen Arbeit berechnen müssen, bevor wir uns auf einen Preis einigen. Dann kann der Handel hoffentlich zustandekommen. Er wird einen Teil des Preises als Sicherheit anzahlen müssen, aber sobald das Schiff fertiggestellt ist und in allen Punkten meinen Garantien entspricht, kann der Mann zurückkehren, den Rest seiner Schuld bei mir begleichen und das Schiff augenblicklich in Besitz nehmen.«

Shemaine sah ihn plötzlich besorgt an. »Es besteht doch nicht die Möglichkeit, daß er dich betrügt, wie Horace Turnbull es versucht hat, oder?«

Gage zerstreute mit einem Lachen ihre Sorge. »Flannery sagt, das Wort des Kapitäns sei so gut wie Gold in einer Börse. Wenn ich liefere, was er erwartet, dann wird er im Gegenzug das gleiche tun. Er sucht nach einem Schiff, das so schnell wie einige von denen ist, die die Franzosen jetzt segeln. Ich will nicht mit meinen Leistungen prahlen, aber ich glaube, dieses hier wird selbst die französischen Schiffe hinter sich lassen.«

Shemaine seufzte zufrieden. »Es wäre schön, wenn wir wenigstens ein Weilchen auf dem Schiff mitsegeln dürften, bevor es für immer aus unseren Augen verschwindet.«

»Ich bin sicher, das läßt sich einrichten, meine Geliebte. Der Mann wird es gewiß erproben wollen, bevor er es endgültig kauft, und dann werde ich ihn fragen, ob er willens ist, Passagiere an Bord zu dulden, die ihn für eine kurze Fahrt längs der Küste begleiten.«

»Das wäre schön!«

Camille trat zu ihnen und legte Shemaine eine Hand auf den Arm, um ihre Aufmerksamkeit auf den Weg zur Hütte zu lenken, wo Erich Wernher und Tom Whittacker zwei große Schiffskoffer Richtung Hütte schleppten. »Ich habe einige deiner Kleider aus England mitgebracht, mein Kind. Wo sollen sie hingebracht werden?«

»Meine Kleider!« jubilierte Shemaine. Mit rosig überhauchten Wangen und vor Aufregung blitzenden Augen drehte sie sich zu ihrem Mann um und bedachte ihn mit einem strahlenden Lächeln. »O Gage, das muß ich mir sofort ansehen!«

»Dann lauf nur, mein Herz«, drängte er sie mit leisem Lachen. »Und vergiß nicht, mit Bess über unsere zusätzlichen Gäste zu sprechen. Es werden fünf sein, drei Frauen und zwei Männer. Und wenn sie sich bereit findet, für so viele Menschen zu kochen, können Erich und Tom ein paar Bretter aufbocken, so daß wir einen Tisch auf der Veranda hätten. Da könnten wir dann alle essen.«

Shemaine nickte, drehte sich halb um und winkte ihrem Vater, damit er ihre Mutter in die Hütte geleitete. Dann hielt sie kurz inne und wandte sich mit einer weiteren Frage an ihren Mann. »Wird dein Vater aufstehen können, um uns Gesellschaft zu leisten?«

Gage antwortete mit einem verschmitzten Grinsen. »Ich bin

sicher, daß er es zumindest versuchen wird – immerhin ist Mary Margaret ja auch noch hier.«

»Dann werde ich für ihn mitdecken lassen«, sagte Shemaine, während sie einige Schritte rückwärts ging. »Laß es mich auf jeden Fall wissen, sobald unsere Gäste ankommen. In der Zwischenzeit werde ich meine Kleider anprobieren, um festzustellen, welche von ihnen noch passen.«

Ihr Mann sah sie zweifelnd an. »Du glaubst doch nicht, daß du mehr als nur eine winzige Spur dicker geworden bist, oder?«

Shemaine strich verstohlen über ihr Mieder, um die Gegend anzudeuten, um die sie sich die meisten Gedanken machte. »An manchen Stellen eventuell.«

Gages Lachen begleitete sie noch ein ganzes Stück weit, aber als er sich umdrehte und sich Maurice' finsterem Blick gegenübersah, erstarb seine Heiterkeit. »Sie sind noch hier, Marquis?« bemerkte er herausfordernd, denn es mißfiel ihm, daß der Mann ihn mit Habichtsaugen verfolgte. »Ich dachte, Sie hätten mittlerweile verstanden, daß Shemaine durchaus zufrieden ist, meine Frau zu sein, und wären aus eigenem Antrieb gegangen. Oder sehen Sie immer noch einen Vorteil darin, ihr wie ein sabberndes Schoßhündchen nachzulaufen?« Maurice war kaum in der Stimmung, Unverschämtheiten entgegenzunehmen oder sich gar zu entschuldigen. Allzulange hatte er das Paar ins Gespräch vertieft gesehen, und ihre offenkundige Zuneigung zueinander hatte seine Eifersucht geschürt. Hätte nicht ein grausames Schicksal sie auseinandergerissen, wäre er vielleicht derjenige gewesen, für den Shemaines Augen jetzt strahlten.

Die Hände hinter dem Rücken gefaltet, trat Maurice mit verhaltener Drohgebärde auf Gage zu, dankbar für die Gelegenheit, endlich einmal allein mit dem Mann zu sein. Er brannte darauf, dem Schurken ein paar Wahrheiten unter die Nase zu reiben, und dafür brauchte er ein gewisses Maß an Ungestörtheit. Er drückte sich so klar und präzise aus, wie es ihm nur möglich war. »Ich werde den Kolonien nicht eher den Rücken kehren, Mr. Thornton, als bis ich in der Lage bin, sie mit der Frau, die mir teuer ist, zu verlassen.«

Gage musterte den anderen Mann kalt. »Um das zu tun, Marquis, werden Sie mich töten müssen.«

Ein unverschämtes Achselzucken unterstrich die Antwort des Marquis. »Das ist mir bewußt.«

»Vielleicht sollten Sie auch bedenken, daß Shemaine mich Ihnen vorziehen könnte.«

Maurice' schwarze Augen wanderten von den bronzefarbenen Zügen seines Gegners hinab zu den breiten Schultern in dem weißen Hemd mit den weiten Ärmeln und den schmalen Hüften in den lohfarbenen Hosen. Dann betrachtete er beiläufig die schwarzen, vorne quadratisch zulaufenden Schuhe, bevor er abermals in Gages nun leicht belustigt blickende Augen sah. »Ich will einräumen, daß Shemaine Grund gehabt haben könnte, sich zu einem Mann von Ihrer Statur und Ihrem Aussehen hingezogen zu fühlen, Sir, aber ich bin mir sicher, daß sie Sie mit der Zeit vergessen wird.«

Bei Gages Antwort wäre dann doch um ein Haar Blut geflossen. »So wie sie Sie vergessen hat?«

In den schwarzen Augen loderte brennender Zorn auf. »Ich bin fest davon überzeugt, daß es nur die Umstände waren, die Shemaine dazu trieben, Ihren Heiratsantrag anzunehmen, Mr. Thornton. Hätte sie gewußt, daß wir bereits zu ihrer Rettung unterwegs waren, zweifele ich nicht daran, daß sie Ihr Angebot zurückgewiesen hätte.«

»Vielleicht«, gab Gage zu. »Aber nur, weil sie sich verpflichtet gefühlt hätte, ihrem Verlöbnis Rechnung zu tragen.« Er sah den Marquis versonnen an. »Aber sagen Sie mir doch eins, wenn Sie so freundlich sein wollen. Wenn Sie mich töten würden, wie könnten Sie das Kind ignorieren, das jetzt unter ihrem Herzen wächst?«

Der scharfe Stich, den ihm der Gedanke an diese Angelegenheit versetzte, behagte Maurice überhaupt nicht. »Weil das Kind ein Teil von Shemaine sein wird, werde ich mich bemühen, ihm alles zu geben, was ich auch meinen eigenen Kindern geben würde.«

Gage lachte höhnisch auf. »Alles?«

»Natürlich nicht meinen Titel, aber ich würde dafür sorgen, daß es ihm… oder ihr… an nichts mangelt.«

»Außer an seinem wahren Vater.«

»Dagegen läßt sich unglücklicherweise nichts tun«, gab Maurice energisch zurück. »Sie verstehen doch sicher, daß ich Shemaine nicht hier allein bei Ihnen lassen kann, nicht, da ich weiß, daß Sie sie vielleicht eines Tages töten werden, so wie Sie Ihre erste Frau getötet haben. Ich würde es mir nie verzeihen, wenn ihr etwas zustoßen würde, das ich hätte vermeiden können.«

»Sie haben mich also kurzerhand schuldig gesprochen, um jedwede Bedenken zu ersticken, die Ihnen vielleicht kommen würden, wenn Sie versuchen, mich zu töten…«

»*Versuchen?!*« Der Marquis lachte schneidend über Gages Wortwahl. »Mein guter Mann, wenn ich mich dazu entscheide, Sie zu töten, dann dürfen Sie versichert sein, daß ich es einfach tun werde. Ich werde nicht nur einen Versuch unternehmen!«

Mit einem gerüttelt Maß Ungläubigkeit fragte Gage: »Sind Sie so sicher, daß Sie mich töten können?«

»Das steht außer Frage.«

Gage hielt nachdenklich einen Augenblick lang inne, während er das Selbstbewußtsein des Marquis überdachte. Seine Worte waren nicht mit verachtenswerter Arroganz ausgesprochen worden, sondern mit unerschütterlicher Überzeugung. »Shemaine hat mich, was Ihre Talente mit Duellpistolen und Schwert betrifft, gewarnt, aber sie sagte auch, daß Sie Ihre Gegner bisher nur verwundet hätten.«

»Ich würde allergrößte Mühe darauf verwenden, Ihnen ein Todesurteil zukommen zu lassen, Sir.«

Gage legte den Kopf versonnen zur Seite. »Wenn Sie sich so gut auf das Duellieren verstehen, Marquis, wäre der Kampf mit einem Mann, der noch nie im Leben ein Duell ausgefochten hat, da nicht gleichbedeutend mit Mord?«

Maurice' Mundwinkel zuckten sarkastisch. »Ich hoffe, daß ich auf diese Weise Shemaine zu ihrem Recht verhelfen und ihr das Schicksal eines frühen Todes ersparen kann.«

»Und nichts wird Sie von dem Weg, für den Sie sich entschieden haben, abbringen können?«

Maurice schwieg einen Augenblick, um Gages Frage abzuwägen, und antwortete schließlich mit einem kurzen, bestätigenden Nicken. »Wenn Sie vollkommen von der Ermordung Ihrer ersten Frau entlastet werden könnten, dann müßte ich wohl in Erwägung ziehen, daß Sie möglicherweise einen akzeptablen Ehemann für Shemaine abgäben. Zumindest könnte ich sie mit dieser Gewißheit ohne Sorge in Ihrer Obhut lassen.«

Gage erwiderte den ruhigen Blick des Marquis, denn er verstand den Mann vollkommen. Er würde an seiner Stelle nicht anders handeln. »Dann werde ich versuchen, um meiner Familie willen darauf zu hoffen, Mylord, daß ein solches Wunder passiert.«

Maurice' Miene wurde nachdenklich, als er den anderen Mann nun durchdringend musterte. »Ich habe den Eindruck, daß Sie kein Feigling sind, Mr. Thornton.«

Gage neigte kaum wahrnehmbar den Kopf, bevor er das Kompliment erwiderte. »Nein, und Sie auch nicht, Marquis.«

William Thornton unternahm einen tapferen Versuch, sich zu erheben, als Camille und Shemus O'Hearn den Salon betraten, aber Shemaine legte ihm beschwichtigend eine Hand auf die Schulter und hielt ihn auf seinem Stuhl zurück.

»Bemühen Sie sich nicht, Mylord«, bat sie mit leiser Stimme. »Meine Mutter weiß, daß Sie sich von einer ernsten Verwundung erholen und uns nicht die Ehre Ihrer allerbesten Manieren erweisen können.«

»Ich habe das Seiner Lordschaft auch schon gesagt, aber auf meinen Rat hört er ja nicht«, bemerkte Mary Margaret vom Sofa aus, während sie die Spielkarten, die sie in der Hand gehalten hatte, beiseite legte.

Andrew sprang vom Sofa auf und rannte zu Shemaine. Als Bess und Nola in die Küche gekommen waren, hatte er Trost bei der vertrauten Freundin, Mrs. McGee, gesucht, aber jetzt, da Shemaine zurückgekehrt war, fühlte er sich endlich wieder wirklich wohl. Shemaine stellte zuerst die älteren Gäste einander vor und präsentierte ihren Eltern dann den Jungen.

»Und das ist mein Sohn Andrew«, erklärte sie stolz und zog den Kleinen zärtlich an sich. »Er ist gut zwei Jahre alt, kann bis zehn zählen und sogar seinen Vornamen buchstabieren.«

»Oh, was für ein hübscher, großer Junge du doch bist«, lobte Camille den Jungen voll echter Bewunderung. »Und so klug!«

»Mami Shiam hat mir das beigebracht«, sagte er mit einem scheuen, aber bezaubernden Lächeln.

»Andrew, das sind meine Mutter und mein Vater...«

Erstaunt sah der Kleine zu Shemaine auf. »Deine Mama und dein Papa?«

Sie antwortete mit einem glücklichen Lächeln. »Ja, und sie sind den ganzen Weg von England bis hierher gekommen, um uns zu besuchen.«

»Meinen Papa auch?«

Sie nickte bestätigend. »Sie kennen deinen Papa zwar erst seit gestern, aber sie wollen auch ihn besuchen.«

»Das ist mein Opa!« verkündete Andrew stolz und zeigte mit einem Finger auf William.

Der Earl of Thornhedge sah die O'Hearns aufmunternd an. »Uns fehlen noch dringend zwei Spieler für eine Whist-Runde. Hätten Sie vielleicht Interesse?«

»Mein Vater ist ein berüchtigter Kartenspieler«, warnte Shemaine ihren Schwiegervater mit einem funkelnden Lächeln.

Shemus schnaubte belustigt. »Deine Mutter mag zwar wie ein Engel aussehen, mein Mädchen, aber sie ist mir über, und zwar in mehr Dingen, als ich gern aufzählen möchte.«

Camille tätschelte ihrem Mann liebevoll den Arm. »Das liegt nur daran, daß du mich gewinnen läßt, mein Lieber.«

»Ha!« stieß Shemus angesichts der Absurdität einer solchen Vorstellung aus. Dann sah er William an und deutete mit schwungvoller Gebärde auf seine Frau. »Die Wahrheit ist vielmehr, Mylord, daß *sie* mich gewinnen läßt.«

William lachte und zuckte dann zusammen, da er sich jäh an seine noch nicht ganz verheilte Wunde erinnert fühlte. Ein wenig atemlos fragte er dann: »Heißt das, wir haben eine Whist-Runde beisammen?«

»Ich möchte zuerst meine Tochter in ihr Schlafzimmer begleiten, dann werde ich mich nur allzugern auf ein Spielchen zu Ihnen und Ihrer bezaubernden Partnerin gesellen«, erwiderte Camille freundlich.

Bess kam mit einem kleinen Tablett Hörnchen von der Küche ins

Wohnzimmer. Sie hatte sie in kleine, mundgerechte Stücke geschnitten und bot diese jetzt ihrer Herrin an. »Sie werden gewiß zuerst eine kleine Kostprobe wünschen, Madam.«

Camille ließ verwundert einen Blick über das Tablett gleiten. »Wozu denn das um Himmels willen, Bess? Ich habe deine Hörnchen doch schon früher gekostet. Sind diese denn anders?«

»Und ob, Madam. Die hat nämlich Ihr kleiner Liebling gebacken.«

»Oh.« Camille war sich keineswegs sicher, ob sie sich gerade in diesem Augenblick einer so fragwürdigen Aufgabe unterziehen wollte. Während etlicher Jahre katastrophalster Ereignisse in der Küche hatte sie sich an die mangelhaften Resultate der Kochkünste ihrer Tochter gewöhnen können. Im Augenblick stand ihr der Sinn nicht unbedingt nach einer weiteren Kostprobe derselben; wenn sie auch nur einen einzigen Bissen nahm, würde sie den Geschmack zweifellos den ganzen Tag auf der Zunge haben und ihre Unvorsichtigkeit noch bedauern, wenn sie sich spät am Abend zu Bett legte.

»Es ist in Ordnung, Madam. Probieren Sie ruhig«, ermutigte Bess ihre Herrin.

Camille nahm mit spitzen Fingern ein kleines Häppchen und führte es zum Mund. Ganz allmählich verwandelte sich ihr Gesichtsausdruck von vorsichtiger Zurückhaltung in ein zufriedenes Strahlen. Mit einem überraschten Lächeln sprach sie ihr Urteil. »Die sind ja köstlich!«

Bess nickte stolz. »Wir haben's geschafft, Madam. Wir haben unserem kleinen Liebling wirklich Kochen beigebracht!«

William gab sich alle Mühe, seine Belustigung im Keim zu ersticken, bevor er abermals die schmerzhaften Konsequenzen zu tragen hatte, aber je mehr er es versuchte, um so heftiger wurde der Drang zu lachen. Schließlich preßte er ein Kissen an die Brust, um den Schmerz zu dämpfen. Dann sah er vorsichtig zu Shemaine hinüber. »Es sieht so aus, als hätten diese beiden Damen eine Weile gewisse Zweifel an Ihren Kochkünsten gehegt, meine Liebe.«

»Glauben Sie mir, Mylord, ihr Mißtrauen ist mehr als verdient«, konterte Shemaine erheitert.

»Aber das gehört der Vergangenheit an, möchte ich meinen«,

mischte Mary Margaret sich ein. »Seine Lordschaft und ich haben uns schon gefragt, ob Ihre Bess wirklich genausogut kochen kann wie Sie, meine liebe Shemaine Thornton.«

»Vielleicht nicht«, überlegte Bess laut. Dann zog sie gutmütig ihre rundlichen Schultern in die Höhe. »Und wenn ich nicht so gut kochen kann wie sie, dann werde ich mir jedenfalls einbilden können, daß ich mich selbst übertroffen hab', als ich es ihr beigebracht habe.«

»Das Lob gebührt zur Gänze Ihnen, Bess«, stellte William leutselig fest. »Sie haben unser aller Leben mit Ihren Bemühungen angenehmer gemacht.«

»Vielen Dank, Euer Lordschaft.« Bess knickste kurz und eilte dann mit erfreutem Schmunzeln wieder zur Küche.

Shemaine folgte der Köchin, um ein paar Augenblicke unter vier Augen mit ihr zu sprechen und ihr zu erklären, daß sie gegen Mittag noch weitere Gäste erwarteten. Bess versicherte ihr sofort, daß sie mühelos ein Festmahl zubereiten konnte, an dem alle ihre Freude haben würden. Nichts Raffiniertes, räumte die Köchin ein, aber genug für alle. Es war genau das, was Shemaine erwartet hatte, und sie legte voller Zuneigung die Arme um die ältere Frau. »Ich dachte mir, daß du es schaffst, Bess, aber mein Mann wollte dir nicht mehr Arbeit aufhalsen, als du bewältigen kannst.«

Bess lächelte sie breit an. »Sagen Sie Ihrem Herrn Gemahl, ich weiß seine freundliche Aufmerksamkeit zu schätzen, Kindchen.« Dann beugte sie sich vor und flüsterte ihr ins Ohr: »Wenn Sie mich fragen – das ist ein richtig feiner Herr, Ihr Mann.«

»Das ist er wirklich«, gab ihr Shemaine ebenfalls flüsternd recht.

Dann wies Shemaine Erich und Tom eilig den Platz zum Aufstellen des Tisches zu, und als sie ins Wohnzimmer zurückkehrte, zeigte Camille unmißverständlich auf das Eheschlafzimmer, wo sie die Aufmerksamkeit ihrer Tochter auf die beiden Schrankkoffer der O'Hearns lenkte, die in der Nähe des Bettes standen. »Wollen wir hineingehen und uns ansehen, was Nola eingepackt hat?«

»Ich kann's kaum erwarten!« Shemaine ergriff die Hand ihrer Mutter und zog sie hinter sich her.

Nachdem sie sich mit Hilfe ihrer Mutter voller Entzücken durch einen Teil der kostbaren Kleider gegraben hatte, schüttelte Shemaine ein wasserblaues Seidengewand mit rechteckigem Ausschnitt und dreiviertellangen Ärmeln aus. Das wollte sie als erstes anziehen – ihr Lieblingskleid. Nola bügelte es in aller Schnelle, und Shemaine streifte es dankbar über. Camille trat hinter ihre Tochter, um die Schnüre des Leibchens strammzuziehen; dann schlang Shemaine ein schmales Band mit einem Juwelenanhänger um ihren Hals und verließ sich zu guter Letzt auf Nolas Fähigkeit, eine passende Frisur zu kreieren. Daß sie noch einmal Gelegenheit hatte, Shemaines Haar zu bürsten und zu kämmen, trieb der Zofe die Freudentränen in die Augen. Vor nicht allzulanger Zeit hatte sie um ihre junge Herrin, die sie für tot hielt, getrauert, und sie war von Herzen dankbar, daß die Suche der O'Hearns nicht mit einer furchtbaren Entdeckung hatte enden müssen. Für sie war es eine Art Feier, daß sie nun die schweren Zöpfe zu einer bezaubernden Frisur auf dem Kopf ihres Schützlings anordnen durfte, bevor sie ein paar zierliche Löckchen hervorzupfte, die sich keck um Schläfen und Ohren ringelten.

Aus einem der Koffer wurde ein Handspiegel zutage gefördert, und Nola hielt ihn vor Shemaine hin, damit ihre junge Herrin das Ergebnis ihrer Bemühungen bewundern konnte. Camille sah gerührt zu und schätzte sich unendlich glücklich, ihre Tochter wiedergefunden zu haben.

»Oh, Nola, jetzt bin ich langsam wieder ich selbst!« rief Shemaine. »Ich danke dir!«

»Sie sind hübscher denn je, Madam«, erwiderte Nola und betrachtete ihre Herrin voller Zuneigung. Dann wandte die Zofe sich mit einem Lächeln ab und verließ den Raum.

»Du siehst tatsächlich so schön aus wie eh und je, mein Kind«, sagte Camille und blinzelte gegen die Tränen an, die ihr den Blick zu trüben drohten. »Warte nur, bis Maurice dich sieht.«

Shemaine versteifte sich leicht, und als sie sich zu ihrer Mutter umdrehte, sah sie mit einem flehentlichen Blick in deren tränenverschleierte blaue Augen. »Mutter, ich bin nicht mit Maurice verheiratet. Gage ist mein Mann. Ich möchte dich bitten, das im Gedächtnis zu behalten.«

Camille zog bekümmert die Brauen zusammen. »Wird er dir je geben können, was Maurice dir geben könnte?«

Shemaine bemerkte das leichte Zittern in der Stimme ihrer Mutter und sah auch den Schmerz und die Qual in dem zarten Antlitz. So sehr sie ihre Mutter auch liebte, sie würde sich weder mit schönen Kleidern noch mit Versprechungen auf unendlichen Reichtum von Gage weglocken lassen. »Mama, ich *liebe* meinen Mann, und ich will keinen anderen als ihn...«

»Aber es gibt viele Leute, die behaupten, er hätte seine erste Frau getötet...«

»Ja, und mir sind mehrere Menschen begegnet, die es wagen, solche Dinge auszusprechen. Wenn du sie kennenlernen würdest, Mama, würdest du ihr hinterhältiges Spiel durchschauen und auch den Eifer, mit dem sie Geschichten verbreiten, die sie für ihre eigenen Zwecke ausgeschmückt haben. Roxanne Corbin ist eine unverheiratete Jungfer, die Gage schon nachläuft, seit er vor fast zehn Jahren nach Virginia kam, aber er hat statt dessen Victoria geheiratet. Roxanne konnte diese Tatsache nie akzeptieren. Und wer weiß? Vielleicht war sie sogar diejenige, die Victoria getötet hat. Sie war jedenfalls die, die Victorias Leiche fand. Nachdem Gage und ich geheiratet hatten, kam sie am Tag danach hierher und hat uns belästigt, während wir unser Alleinsein, unsere Hochzeit, feierten. Damals schwor sie, allen zu erzählen, er hätte Victoria getötet. Sie ist durch und durch gehässig, Mama. Sie will Gage für sich, und wenn sie ihn nicht bekommen kann, dann möchte sie ihn wenigstens zerstört sehen. Ist das ein Mensch, dem du Glauben schenken würdest? Würdest du Zweifel an Papa hegen, wenn ein neidischer Eindringling zu dir käme und ihn des Diebstahls bezichtigte?«

»Nein, natürlich nicht, Shemaine, aber...«

»Kein aber!« Shemaine hob die Hand, um den Argumenten ihrer Mutter zuvorzukommen. »Ich höre mir keine Verleumdungen gegen meinen Mann mehr an! Und wenn du mir heute diese Kleider gebracht hast, weil du hofftest, mich auf diese Weise überreden zu können, Gage zu verlassen, dann nimm sie wieder mit. Ich komme durchaus ohne sie aus. Und ich möchte, daß du eines weißt, Mama:

Ich werde keinen anderen Ehemann als Gage haben, bis einer von uns im Grab liegt!«

Camille preßte eine bebende Hand auf die Stirn und versuchte, sich nicht dem Schmerz zu überlassen, der sie schier zerriß. »Wie kann ich dich hier bei ihm lassen, wenn ich weiß, daß du möglicherweise nicht in Sicherheit bist... daß er auch dich töten könnte?«

»Mama, bitte«, flehte Shemaine. »Mach dir keine Sorgen wegen Gage...«

»Ich kann nicht dagegen an, Shemaine«, stöhnte Camille in tiefster Verzweiflung. »Du bist unser einziges Kind, unser geliebtes, kleines Mädchen. Wir könnten es nicht ertragen, wenn du ermordet würdest! Und du bist noch so jung! Du hattest nicht viel Erfahrung mit Männern! Gage ist soviel älter...«

»Er ist nur zwei Jahre älter als Maurice«, wandte Shemaine unglücklich ein. »Spielen diese zwei Jahre deiner Meinung nach eine solche Rolle?«

Camilles Augenbrauen zuckten in die Höhe, und sie versuchte krampfhaft, eine passende Rechtfertigung für ihr Vorurteil finden zu können. »Gage *wirkt* viel älter.«

»Vielleicht liegt das daran, daß ihm die Welt nicht auf einem silbernen Tablett dargeboten wurde, Mama. Er mußte für das, was er geleistet hat, hart arbeiten. So wie Papa es einst hat tun müssen.«

»Dein Vater war viel jünger, als er und ich heirateten.«

»Laß uns diese Diskussion jetzt beenden«, bat Shemaine. Ihre Mutter versuchte noch einmal, das Wort zu ergreifen, aber Shemaine schüttelte ungestüm den Kopf. »Ich gehe jetzt hinaus, um Gage mein Kleid zu zeigen. Wenn ich zurückkehre, hoffe ich, daß du dich damit abgefunden hast, daß ich mit ihm verheiratet bin. Ich werde nicht zulassen, daß irgend jemand etwas gegen diese Ehe unternimmt. Dein erstes Enkelkind ist unterwegs, Mama, und ich möchte gerne denken, daß du dich genausosehr auf dieses Kind freust wie ich. Bitte, verschwende deine Zeit nicht damit, mir zu sagen, wie sehr du meinen Mann verabscheust und wie tief dein Mißtrauen gegen ihn ist, denn damit säst du nur Zwietracht zwischen dich und mich.«

Camille schüttelte traurig den Kopf und schneuzte sich. »Ich verabscheue Gage nicht, Shemaine. Ich versichere dir, wenn die Anschuldigungen gegen ihn sich als Lügen erweisen sollten, wäre ich zufrieden und glücklich, daß du ihn so sehr liebst.«

»Dann werde ich darum beten, daß irgend etwas passiert, damit du deine Befürchtungen vergessen kannst«, sagte Shemaine leise. »Denn ich kann es nicht ertragen, dich weinen zu sehen.«

Shemaine küßte ihre Mutter sanft, ging dann durch den Raum und zog die Schlafzimmertür hinter sich zu. William war der erste, dem ihr verändertes Aussehen und ihre kunstvoll arrangierte Frisur auffielen, und das Lob, das er für sie hatte, hätte es mit dem eines höfischen Verehrers aufnehmen können.

»Nach dem Glanz, der plötzlich diesen Raum erfüllt, hätte ich schwören können, daß die Sonne heute ein zweites Mal aufgegangen ist. Aber jetzt sehe ich mit eigenen Augen, daß es allein das Leuchten deiner Schönheit ist, das den Raum erfüllt.«

»Sie sind überaus galant, Mylord«, antwortete Shemaine mit einem strahlenden Lächeln, bevor sie in einen tiefen Knicks versank.

Als sie an der Haustür stand, verharrte sie kurz, um sich nach Andrew umzudrehen, der sich einen Platz auf dem Schoß seines Großvaters ergattert hatte. »Ich gehe nur kurz hinaus zu deinem Vater, Andy. Möchtest du mitkommen?«

»Au ja, zu Papa!« gluckste er freudestrahlend und sprang schnell zu Boden.

Shemaine nahm seine kleine Hand in die ihre, sah kurz in die besorgten Augen ihres Vaters und brachte ein flüchtiges Lächeln zustande, bevor die beiden die Hütte verließen.

Während sie sich dem Schiff näherten, stockten Gage und Maurice in ihrem verbalen Schlagabtausch. Beide Männer waren stumm vor Ehrfurcht über ihre Schönheit. Als Gage aber dann die Arme um Shemaine legte und sie zu einem innigen Kuß an sich zog, durchzuckte Maurice ein solch quälender Schmerz, daß er ihm die Eingeweide zu verbrennen schien. Der Zwang, sich von dem glücklichen Paar zu entfernen, war plötzlich wichtiger als alles andere. Mit geballten Fäusten und steifem Rücken ging er über das Deck und sah sich nicht ein einziges Mal um, während er auf die Helling hinunterstieg.

In Abwesenheit seiner Tochter eilte Shemus in das Schlafzimmer, wo er seine Frau lautlos in ihr Taschentuch weinend vorfand.

»Hattest du Gelegenheit, mit ihr zu reden?« fragte er gespannt.

»Ja, aber aus unserem Gespräch ist nichts Gutes erwachsen. Shemaine ist fest entschlossen, bei Gage zu bleiben. Sie sagt, sie liebe ihn und wolle keinen anderen.«

»Zum Teufel mit der irischen Sturheit!«

»Shemus! Schäm dich! Sie ist unsere Tochter!«

»Ja, aber ich bin es, mein eigenes verstocktes Wesen, das ich in ihr sehe!«

»Vielleicht hat sie ja recht, Shemus«, meinte Camille schniefend. »Welches Recht haben wir, den Mann zu verdammen, obwohl wir nur so wenig von der Wahrheit wissen? Shemaine schwört, daß hinter einem Teil der Gerüchte bloßer Neid steckt. Eine unverheiratete Frau, die Gage zum Mann wollte...«

»Wir werden sehen, was Maurice ausrichten kann«, murmelte Shemus, der seiner Frau kaum zuhörte. »Vielleicht kann er sie ja dazu überreden, mit uns zurückzukommen. Sie hat doch früher einmal behauptet, ihn zu lieben, und ich weiß, daß er sie liebt.«

»Ich glaube nicht, daß Shemaine mit uns nach Hause kommen wird, Shemus, nicht ohne ihren Mann. Und wenn wir sie dazu zwingen, wird sie uns beide für immer hassen.«

»Haben wir sie verloren...?«

»Ja, Shemus, genau das befürchte ich. Wir haben unseren kleinen Liebling verloren. Sie ist zur Frau herangewachsen und hat einen eigenen, sturen Kopf.«

22. Kapitel

»Da kommen sie«, rief Flannery, kurz nachdem Gillian Andrew mit in den Wald genommen hatte, um nach Niederwild Ausschau zu halten. Gage und Shemaine stellten sich zu dem Schiffsbauer an die Reling, während dieser mit einem schwieligen Finger auf ein großes Ruderboot zeigte, das sich dem Landesteg näherte. Ein hochgewachsener Mann, der einen Dreispitz trug, sprang heraus und wickelte die Vorleine um einen Pfosten, während sein männlicher Gefährte die Ruder ins Boot zog.

Der erste Gentleman geleitete zwei der jungen Damen die Helling hinauf, während der Mann, der die Ruder bedient hatte, der dritten half. Als die beiden Männer Shemaine erblickten, zogen sie höflich ihre Dreispitze. Sie waren genauso groß wie Gage, aber der ältere hatte dichtes dunkelkastanienbraunes Haar, das er in einem Zopf hinter dem hohen, steifen Kragen seines Gehrocks trug. Sein Gesicht war eckig, und seine Augen waren braun. Die winzigen Linien um seinen Mund, hinter dem wohlgepflegte weiße Zähne aufblitzten, verrieten einen erfrischenden Humor.

Flannery stellte den Mann als einen ehemaligen Kapitän vor. »Kapitän Thornton«, sagte er an Gage gewandt. »Das hier ist Kapitän Beauchamp...«

»Nathaniel Beauchamp«, erklärte der Fremde und hielt Gage zum Gruß die Hand hin. »Oder Nathan, wenn Ihnen das lieber ist...«

Die gewohnte Antwort kam wie erwartet. »Ich werde hier gemeinhin Gage genannt.«

Nachdem Shemaine vorgestellt worden war, deutete Nathaniel auf die Frauen in seiner Gesellschaft. »Das sind meine Zwillingsschwestern Gabrielle und Garland«, sagte er. Dann legte er einen Arm um die etwas ältere, brünette Frau, die neben ihm stand. »Und das ist meine Frau Charlotte.«

Das Haar der Zwillinge war genauso schwarz wie die Mähne des jüngeren Mannes, der einer seiner Zwillingsschwestern ähnlicher sah als diese sich untereinander. Beide hatten Augen so golden und durchscheinend wie polierter Bernstein.

»Mein jüngerer Bruder Ruark«, erklärte Nathaniel und legte dem anderen Mann die Hand auf die Schulter.

»Ihr Diener, Madam Thornton.« Ruark ließ eine Reihe blendendweißer Zähne sehen, bevor er sich mit einem breiten Grinsen galant vor Shemaine verbeugte. »Ihre Schönheit zeigt mehr als nur eine Spur dessen, was ich bei den irischen Mädchen auf der grünen Insel gesehen habe, Madam.«

Die grünen Augen erwiderten amüsiert seinen Blick. »Und Sie, Sir, müssen ebenfalls mit irischem Blut gesegnet sein, wenn Sie eine so beredte Zunge haben.«

Ruark warf den Kopf in den Nacken und lachte vergnügt auf. »Ich habe jedenfalls eine Schwäche für die Iren, soviel steht fest.«

»Dann möchte ich meinen, daß Sie einen hervorragenden Geschmack haben, Sir«, gab Shemaine zurück, was die Männer mit einem belustigten Lachen honorierten.

Gabrielle trat mit einem schelmischen Funkeln in den Augen vor. »Ich glaube, ich sollte Sie vor meinem Bruder warnen, Mrs. Thornton. Er scheint fest entschlossen zu sein, trotz seiner fortgeschrittenen Jahre ungebunden zu bleiben. Dennoch behandelt er jedes hübsche Mädchen, das ihm in die Quere kommt, als wäre sie die einzige, die jemals sein Herz stehlen könnte. In Wahrheit wird er Ihr Herz stehlen, wenn er kann.«

»Schäm dich, du freche kleine Rübe«, schalt Ruark seine Schwester liebevoll. »Du bist mir gerade die Rechte, so ein Urteil zu sprechen! Darf ich dich vielleicht darauf hinweisen, daß du jetzt zwanzig Jahre alt bist und immer noch keinen Mann gefunden hast, der dir passend scheint?«

»Ihre Warnung ist überflüssig, Mistress Beauchamp«, antwortete Shemaine und schlang lächelnd einen Arm um die Hüften ihres Mannes, woraufhin dieser sie sofort an sich zog. »Mein Herz ist bereits vergeben.«

»Dann kann Ihnen ja nichts passieren! Das ist gut!« Gabrielle feixte ihren hübschen Bruder triumphierend an, der ihr wohlgelaunt mit dem Finger drohte, als kündige er ihr ernsthafte Konsequenzen an. Sie warf den Kopf ungeachtet seiner wortlosen Ermahnung kokett in den Nacken und suchte dann mit plötzlichem Kreischen das Weite, als er bedrohlich auf sie zuging. »Ich sag's Mama, wenn du mir *schon wieder* weh tust!«

Kopfschüttelnd beobachtete Garland ihre ausgelassen herumhüpfenden Geschwister, bevor sie sich an Shemaine wandte. »Wie Ihnen vielleicht schon aufgefallen ist, Madam, bin ich der einzig normale Mensch in der Familie«, behauptete sie, was ihren grinsenden Brüdern nur freches Gelächter abnötigte. Ohne ihnen auch nur die geringste Beachtung zu schenken, hob sie ihre schöne, gerade Nase hochmütig in die Luft, aber ihre goldenen Augen leuchteten vor Vergnügen, als sie abermals das Wort an Shemaine richtete. »Bitte, nennen Sie mich Garland, Mrs. Thornton, und ich gebe Ihnen auch die Erlaubnis, meine Schwester beim Vornamen anzusprechen…« Sie warf einen neckenden Blick auf Gabrielle, als wolle sie sie maßregeln, »da sie nicht die Manieren hatte, es Ihnen selbst anzubieten.«

»Und ich werde mich geehrt fühlen, wenn Sie mich Shemaine nennen.«

Gabrielle, die ihre schlanken Schultern hochzog, als könne sie kein Wässerchen trüben, kam nun langsam zurückgeschlendert. »Garland denkt, sie sei bei weitem würdevoller und intelligenter als der gesamte Rest der Familie. Na schön, sie hat den Lektionen unserer Hauslehrer aufmerksamer gelauscht, als ich es jemals tun würde, aber ich wüßte noch andere Bezeichnungen, die besser zu ihr passen würden…, langweilig, eingebildet, affektiert…«

Ein gedämpftes Stöhnen kam über die Lippen der Geschmähten, und wie ihr Bruder ging Garland nun drohend auf ihre Zwillingsschwester zu, als sei sie auf Rache aus. Gabrielle antwortete mit einem leisen, spöttischen Kichern. Dann tanzte die koboldhafte Schwester glucksend davon wie ein Kind, dem es größte Freude bereitet, seine Spielkameraden zu foppen.

»Mädchen, benehmt euch«, flehte Charlotte die beiden an und warf ungläubig die Hände hoch. »Was sollen diese guten Leute nur von uns denken? Bestimmt nur das Schlechteste, möchte ich wetten.«

Gage, der die ganze Familie schlichtweg hinreißend fand, lachte leise auf. »Im Gegenteil, Madam. Sie führen mir nur vor Augen, was mir als Einzelkind entgangen ist.«

»Wir sind eine ziemlich ungezügelte Brut«, gestand Nathaniel mit komischer Zerknirschung ein. »Wir haben noch einen Bruder, der kaum zwanzig ist. Er hatte einen Freund zu Besuch und ist lieber zu Haues geblieben, um all die Dinge mit dem anderen Jungen anzustellen, die man von Burschen dieses Alters erwarten darf. Als ich sie das letzte Mal sah, haben sie gerade mit den Nachbarsmädchen geflirtet.« Dann ließ Nathaniel seinen Blick über das Deck wandern, und seine Augen glühten vor Begeisterung. »Ich kann es kaum mehr erwarten, diese Schönheit von einem Schiff zu sehen, das Sie gebaut haben.«

Shemaine faßte diese Bemerkung als ihr Stichwort auf und wandte sich an die drei Frauen. »Wollen wir vielleicht in die Hütte gehen, meine Damen? Mein Mann und ich haben noch weitere Gäste, mit denen ich Sie gern bekanntmachen würde.«

Alle drei stimmten ihrem Vorschlag erfreut zu.

Maurice du Mercer hatte vor einer Weile ebenfalls Zuflucht in der Hütte gesucht und sah dem fröhlichen Quartett der anderen beim Kartenspiel zu. Als Shemaine eintrat und die drei anderen Damen in den Salon führte, erhob er sich dankbar für die reizvolle Ablenkung. Allerdings hatte er nicht gleich so viele Schönheiten erwartet. Als erstes stellte man ihm Charlotte und dann Gabrielle vor, die ihn sogleich in atemloser Hast mit so vielen Fragen bestürmte, daß es ihm schwerfiel, ihr Antwort zu geben und gleichzeitig ihre Schwester zu begrüßen. Garland war in der Tür stehengeblieben, um die Möbel zu bewundern, aber als Shemaine sie nun in den Raum führte, um sie vorzustellen, blickte er plötzlich in dunkelbewimperte bernsteinfarbene Augen.

»Garland, das ist ein Freund der Familie, der Marquis du Mercer«, sagte Shemaine. »Marquis, das ist Mistress Garland Beauchamp...«

»Maurice dürfte genügen«, sagte er und machte eine schwungvolle Verbeugung vor Garland.

Die junge Frau deutete ihrerseits einen höflichen Knicks an. »Und wenn's recht ist, Mylord, mein Name ist Garland.« Ein Lächeln huschte über ihre Lippen. »Wenn man mich Mistress nennt, fühle ich mich so ... so unglaublich altjüngferlich.«

»Eine sehr junge und schöne alte Jungfer, das dürfte wohl feststehen«, protestierte Maurice charmant.

Gabrielle seufzte im Geiste, denn ihr wurde rasch klar, daß es ihr wenig nützen würde, wenn sie versuchte, den Marquis mit witziger Konversation in Beschlag zu nehmen. Selbst eine Blinde konnte sehen, daß er sich zu ihrer Zwillingsschwester hingezogen fühlte. Ihr war schon vor langer Zeit klargeworden, daß man, wenn die richtigen Leute zusammenfanden, für gewöhnlich so etwas wie eine Axt brauchte, um sie auseinanderzubringen. In diesem Fall schien das auf der Stelle zuzutreffen, obwohl Garland eine elegante Zurückhaltung zeigte, die interessanterweise an Hochmut grenzte. Gabrielle kam zu dem Schluß, daß sie sich das Beispiel, das ihre Schwester im Augenblick gab, unbedingt zu Herzen nehmen sollte, denn ihr war es noch nie gelungen, mit ihrer Neigung zu unablässigem Geplapper einen Verehrer zu bestricken.

Als gute Verliererin stellte Gabrielle nur noch eine Frage, und die war vor allem zum Nutzen ihrer Schwester. »Und gibt es auch eine Marquise, Mylord?«

»Abgesehen von einer Großmutter habe ich weder eine Ehefrau noch Kinder oder sonstige Angehörige«, antwortete Maurice mit einem bedeutungsvollen Blick in Shemaines Richtung, deren plötzliches Erröten ihm zumindest ein wenig Befriedigung verschaffte.

Gabrielle legte einen Finger auf die Lippen und dachte über eine Antwort nach. »Ich frage mich, wie es mir als Einzelkind wohl ergangen wäre. In der Familie Beauchamp gibt es fünf Geschwister, und da Garland obendrein mein Zwilling ist, mußten wir alles miteinander teilen, alles ...«

Maurice bewahrte interessiertes Schweigen, denn er war keineswegs sicher, ob Gabrielle andeuten wollte, daß sie auch ihn würde teilen müssen.

»Ich glaube, mein Kind, wir brauchen noch mehr Stühle«, informierte Camille ihre Tochter. »Habt ihr irgendwo noch welche?«

»Natürlich, Mama«, erwiderte Shemaine. Normalerweise hätte sie Nola gebeten, zwei von oben zu holen, aber als sie Bess sah, die von der Küche aus versuchte, ihre Aufmerksamkeit zu erregen, entschuldigte sie sich augenblicklich, um sich der Köchin zu widmen, die nicht recht wußte, welche Art von Soße sie zu dem Wildbret machen sollte.

»Ich hole die Stühle«, erbot sich der Marquis zuvorkommend; er hatte auf der Veranda mehrere stehen sehen. Als die Stühle hereingebracht wurden, legten die Damen ihre Hüte ab. Maurice, der Garland einen Stuhl zurechtrückte, bemerkte nicht, daß dieser schon recht wackelig war, denn er konnte unmöglich den Blick von ihrem Nacken abwenden, in dem sich das schwarze Haar zu einem raffinierten Knoten zusammenfügte. Unter der dichten Mähne schimmerte hell ihre Haut.

Garland machte es sich gerade auf dem Stuhl bequem, als die Sitzfläche sich löste und die ganze Konstruktion zusammenbrach, so daß sie rückwärts zu Boden zu stürzen drohte. Die Folge war ein allgemeiner Aufschrei und erschrockene Blicke, aber Maurice' Reflexe waren hervorragend. Mit ausgestreckten Armen machte er einen Satz nach vorn, fing das fallende Mädchen auf und wurde augenblicklich von einem verlockend köstlichen Duft belohnt, einer süßen Mischung von Lilien und Seife, die wie ein frischer Wein seinen Kopf benebelte. Als sie das Gesicht kurz an seiner Brust barg, erhaschte er einen Blick auf sanftgerundete Brüste, die von malvenfarbenem Stoff eingehüllt wurden, sowie einer Kaskade cremefarbener Spitze, die sich vom Kragen ihres Mieders ergoß. Einen Augenblick später schlang er sicherheitshalber die Arme um ihre schmale Taille.

»Gütiger Himmel!« stieß Garland hervor und staunte gleichzeitig darüber, wie herrlich sicher sie sich in seinen Armen fühlte.

Maurice stellte sie wieder auf die Füße und beugte sich zu ihr, um sich mit ernster Miene zu erkundigen: »Ist alles in Ordnung mit Ihnen?«

Als Garland aufblickte und in seine leuchtend schwarzen Augen sah, schlug eine unerwartete Woge der Erregung über ihr zusammen. Sie hatte immer geglaubt, ihr Bruder sei zu attraktiv, als daß er in puncto gutes Aussehen einen ernsthaften Konkurrenten haben könnte, aber nun würde sie ihre Meinung noch einmal überdenken müssen. »Oh, gewiß doch, Mylord«, beeilte sie sich, dem Marquis nervös zu versichern. »Ich habe mich nur erschreckt, das ist alles.«

»Maurice«, erinnerte er sie flüsternd.

Jetzt endlich wurde dem Paar die Tatsache bewußt, daß die anderen Leute im Raum still geworden waren und sie beobachteten. Eine tiefe Röte überzog Garlands Wangen, aber Maurice, der solch eingehende Musterungen gewöhnt war, wurde spielend mit der Situation fertig, während er sich bückte, um den Stuhl aufzuheben.

»Also wirklich, Shemaine, für einen Möbeltischler läßt dein Mann einiges zu wünschen übrig.« Mit diesem bewußten Seitenhieb wollte Maurice seiner ehemaligen Verlobten deutlich vor Augen führen, daß der Mann, dem sie sich geschenkt hatte, nicht ohne Fehl war.

Shemaine jedoch stellte die Situation sofort richtig. »Der Fehler liegt bei mir, Marquis«, erwiderte sie gespreizt. »Ich hätte darauf achten müssen, daß der Stuhl, den Sie von der Veranda hereingeholt haben, einer von denen war, die ein Kunde zur Reparatur hiergelassen hat. Es ist kein Stuhl, den Gage gemacht hat.« Sie deutete auf die übrigen Möbelstücke, die den Raum füllten. »Das ist die Art Möbel, die er herstellt.«

Plötzlich hörte man von draußen einen verängstigten Aufschrei, und Shemaine, die Andrews Stimme sofort erkannt hatte, rannte auf die Veranda. Andrew stolperte, so schnell er konnte, auf die Hütte zu, und Gillian folgte ihm in einiger Entfernung. Shemaine lief die Treppe hinunter und hastete dem Jungen entgegen, der sich in ihre geöffneten Arme warf, als sei ihm ein Rudel wilder Hunde auf den Fersen. Schluchzend ließ er sich von ihr in die Arme nehmen, barg sein Gesicht an ihrer Schulter und weigerte sich, noch einmal den Kopf zu heben. Gillian, der ganz außer Atem war, hatte sie endlich erreicht.

»Was ist passiert?« wollte Shemaine wissen. »Was hat ihn so erschreckt.«

»Cain«, stieß Gillian keuchend hervor. »Der Bucklige hockte in einem verrotteten Baumstumpf und war so gut versteckt, daß ich ihn überhaupt nicht gesehen habe, aber Andy hat ihn bemerkt.«

Shemaine erinnerte sich an das bemitleidenswerte Geschöpf, mit dem sie sich angefreundet hatte. Sie hatte Cain für harmlos gehalten und fürchtete nun, daß sie sich vielleicht geirrt haben könnte. »Hat Cain ihm etwas getan?«

»Nein, es war nur der Schock, der Andy so Hals über Kopf davonlaufen ließ.«

Erleichtert drückte Shemaine den zitternden Jungen dicht an sich. Als sie Gage heranstürmen sah, rief sie beruhigend: »Es ist alles in Ordnung. Andy hat sich nur erschreckt.«

Als Gage sie erreicht hatte, mußte Gillian alles, was er Shemaine erzählt hatte, noch einmal erklären, aber sein Arbeitgeber ging den Dingen weiter auf den Grund. »Haben Sie Cain gefragt, was er da im Wald zu suchen hatte?«

Gillian nickte. »Deshalb bin ich erst so spät gekommen. Es ist ziemlich schwer, ihn zu verstehen, Käpt'n, aber soweit ich mir einen Reim auf das Ganze machen konnte, hat er über Ihre Gattin gewacht.«

»Er wacht über Shemaine?« Gage zog verwirrt die Stirn kraus und tauschte einen verwunderten Blick mit seiner Frau, bevor er sich abermals an den jüngeren Mann wandte. »Hat Cain auch gesagt, warum?«

»Ja, er sagte etwas darüber, daß Potts und andere... ihr Böses wollten.«

»Andere? Haben Sie ihn gefragt, wer... wer das sein könnte?«

»Ich hab's versucht, Käpt'n, aber er wollte nicht antworten. Er hat sich nur aus seinem Schlupfloch geschlängelt, sein Maultier aus seinem Versteck gezerrt und ist davongeritten.« Gillian schüttelte den Kopf. »Käpt'n, Sie sollten sich mal ansehen, was er da im Wald aufgebaut hat. Mir ist vollkommen schleierhaft, wann er das gemacht haben könnte. Er hat für sein Maultier mit dicken Stöcken eine Koppel abgesteckt und dann ein paar Büsche davor aufgestellt, so daß man das Tier nicht mehr sehen konnte. Das Ganze wirkte so natürlich, daß ich es nicht bemerkt habe, obwohl ich nur ein paar Schritte davon entfernt stand. Für mich sah es so aus, als hätte er die Absicht, eine ganze Weile dazubleiben und wollte nicht, daß die Leute, die in den Wald kommen, ihn sehen... auch wir nicht.«

»Ich wüßte doch gern, ob er nicht vielleicht der war, den wir die ganze Zeit gesucht haben«, murmelte Gage halb bei sich selbst.

»Keine Ahnung, Käpt'n«, antwortete Gillian. »Aber für mich steht fest, daß er schon eine ganze Weile da draußen gehaust hat.«

Gage runzelte die Stirn. »Aber wie wollte Cain Potts denn aufhalten, wenn er sich plötzlich hier gezeigt hätte?«

Diese Frage konnte Gillian ihm beantworten. »Ich war ungefähr fünfzig Schritte weit entfernt, als Andy anfing zu schreien, und ich bin natürlich zu ihm gelaufen, um festzustellen, was ihn so in Angst versetzt hatte. Da habe ich dann Cain gesehen, wie er da in einem hohlen, alten Baumstamm hockte. Er hatte einen grünen Zweig davorgezogen und hielt sich so still wie eine Maus, bis ihm klar wurde, daß ich ihn gesehen hatte. Als er den Zweig wegschob, habe ich sofort gesehen, daß er eine verrostete Pistole auf dem Schoß liegen hatte. Ich hab' mich ganz schön erschreckt, weil ich nicht wußte, ob er das Ding nicht womöglich gegen uns richten würde. Weiß Gott, Käpt'n, die Pistole sah so alt aus, daß sie ihm womöglich in der Hand explodiert wäre, wenn er sie abgefeuert hätte. Ich glaube, er wollte damit auf Potts schießen.«

Gage nahm seiner Frau den immer noch schniefenden Jungen ab. Shemaine hatte seine Augen getrocknet und ihm die Nase geputzt, aber Gage konnte das Zittern seines Sohnes immer noch spüren. Er schlang seine kleinen Arme um den Hals seines Vaters und hielt sich entschlossen dort fest, zumindest bis Shemaine ihm beschwichtigend mit der Hand über den Rücken strich. Da hob Andrew den Kopf und sah sie mit einem kläglichen Grinsen an.

»Du kleiner Halunke«, neckte sie ihn. Dann zauste sie ihm das Haar. »Du hättest mich beinahe zu Tode erschreckt.«

»Ich nehme ihn mit runter zum Schiff«, sagte Gage.

»Gillian!« rief Andy und sah sich nach dem jungen Mann um.

Gillian stellte sich so hin, daß der Junge ihn sehen konnte. »Ich bin hier, Andy.«

»Wir gehen zu Papas Schiff. Kommst du mit?«

Gillian lachte. »Das sollte ich wohl besser. Pa wird sich bestimmt schon fragen, wo ich abgeblieben bin.«

Shemaine sah ihnen nach, bis sie die Werft hinaufstiegen, dann drehte sie sich um und stellte fest, daß alle, die in der Hütte gewesen waren, jetzt von der Veranda aus zusahen. Mit einem leisen Seufzer ging sie auf ihre Gäste zu.

William war überaus besorgt und fragte, als sie näherkam: »Was ist passiert, Shemaine?«

»Nichts Ernstes, Mylord. Andrew hat sich nur erschreckt, das ist alles. Irgendwo zwischen unserem Land hier und Newportes Newes lebt ein furchtbar entstellter Mann. Andy hat ihn im Wald gesehen, und Sie wissen ja, wie sehr er sich vor Fremden fürchtet. Er war zu Tode erschrocken, als er Cain sah...«

»Cain?« wiederholte ihre Mutter. »Was für ein seltsamer Name.«

»Da bin ich ganz deiner Meinung, Mama, aber wenn du den armen Mann sehen würdest, könntest du gewiß verstehen, wie passend der Name ist.«

»Belästigt er euch?« fragte Maurice.

»Nein, überhaupt nicht«, erwiderte Shemaine, der aufgefallen war, daß ihr ehemaliger Verlobter sich einen Platz neben Garland am Rand der Veranda gesucht hatte. Die beiden gaben tatsächlich ein schönes Paar ab, und sie hoffte, daß sich aus dieser ersten Begegnung mehr ergeben und Edith du Mercer das Mädchen vielleicht für eine passende Gefährtin für ihren Enkelsohn halten würde. »Im Gegenteil – wenn Gillian den Mann richtig verstanden hat, hat er nur über mich wachen wollen.«

Camille blickte mit jäher Sorge auf und preßte sich eine Hand auf die Kehle. »Warum sollte er so etwas tun? Hat er den Verdacht, daß dir irgend jemand etwas Böses will?«

Shemaine wußte, wen ihre Mutter in Verdacht hatte, und versuchte, möglichst sorglos mit den Achseln zu zucken. »An Bord der *London Pride* war ein Matrose, der mir drohte, mich zu töten...«

»Ist der Mann immer noch hier?« unterbrach Shemus sie, der die Besorgnis seiner Frau teilte.

»Ja, Papa. Jacob Potts scheint ziemlich fest entschlossen zu sein, seinen Schwur zu halten.«

»Aber warum sollte Cain sich zu deinem Wächter berufen fühlen?« Camille war äußerst besorgt über die merkwürdige Umgebung ihrer Tochter. Was hatte Shemaine ihnen alles *nicht* erzählt?

Es widerstrebte Shemaine, die Sache zu erklären, denn sie wußte, daß ihre Mutter zutiefst schockiert sein würde, wenn sie alles erfuhr. »Ich habe Cain einmal geholfen...«

»Auf welche Weise?« hakte ihr Vater nach.

Sie zuckte nur abermals lahm mit den Schultern. »Potts verprügelte den Mann, und ich habe mich eingemischt...«

»Wie?« Shemus wurde immer hellhöriger. Er kannte seine Tochter gut genug, um zu spüren, wann sie etwas vor ihm zu verbergen suchte. »Was *genau* hast du getan?«

»Ich habe Potts geschlagen«, antwortete Shemaine mit nervöser Hast.«

»Du hast was?« brüllte Shemus.

Camille taumelte beinahe vor Schreck. »Ich wage es nicht, mir das länger anzuhören!«

Ihr Mann jedoch ließ nicht locker. »Ich verlange, daß du uns alles erzählst!«

Shemaine stieß einen tiefen Seufzer aus, denn sie rechnete vollauf damit, daß ihr ein Zornesausbruch von seiten ihrer Eltern bevorstand. Es war offensichtlich, daß ihr Vater die ganze Wahrheit hören wollte. »Die Sache ist im Grunde ganz einfach. Potts hat auf Cain eingeschlagen, und ich habe mir einen Knüppel genommen und damit ein paarmal auf den Kopf des Matrosen eingedroschen. Das ist alles.«

Camille stöhnte gepeinigt. »Oh, nein, das hat sie nicht getan! Shemus, sag mir, daß sie so etwas nicht tun würde!«

»Oh, und ob sie das getan hat!« erklärte Mary Margaret fröhlich; sie zumindest fand das Verhör äußerst amüsant. »Ich habe es mit eigenen Augen gesehen!«

Maurice erstickte beinahe, während er sich bemühte, sein Lachen zu bezähmen, aber dieser Versuch mißlang ihm gründlich. Einige Sekunden später begann er, sehr zum Entzücken der Zwillinge und zum Kummer Camilles, schallend zu lachen. Schließlich gelang es ihm, sich wieder ein wenig zu fassen, aber nicht, bevor er Shemaine verschwörerisch zugeblinzelt hatte. »Das ist mein Mädchen.«

»Wie mutig Sie sind!« rief Gabrielle mit unverhohlener Begeisterung. »Ich wünschte, ich wäre auch so tapfer.«

»Du fängst doch schon an zu kreischen, wenn du nur eine kleine Maus siehst«, zog ihre Zwillingsschwester sie auf.

Gabrielle warf ihren schönen Kopf in den Nacken und tat die Fopperei ihrer Schwester mit einem Achselzucken ab. »Na, das ist immer noch besser, als zu versuchen, jedes kleine Tier zu füttern, das einem über den Weg läuft!«

Shemus sprach eine vorsichtige Vermutung aus. »Ich muß wohl davon ausgehen, daß dieser Potts kleiner ist als der Durchschnittsmann.«

Seine Tochter wagte ein Lächeln, aber es war ziemlich schwach und nicht sehr überzeugend.

»Gütiger Himmel!« platzte Shemus heraus. »Das Mädchen hat den Verstand verloren!«

»Wie groß ist dieser Potts denn nun?« fragte Camille bang.

Shemaine nagte verlegen an ihrer Unterlippe. Es fiel ihr unendlich schwer, dem ängstlichen Blick ihrer Mutter standzuhalten, während sie versuchte, sich auf eine unverbindliche Antwort zu besinnen. »Eher groß, würde ich sagen.«

Shemus hatte keine Geduld mit ihrem Ausweichmanöver. »Wie groß genau ist dieser Mann, Tochter?«

»Hast du schon Sly Tucker kennengelernt?« fragte Shemaine und hoffte inbrünstig, daß das nicht der Fall war.

»Oh, *neiiin*!« stöhnte Camille und preßte sich entsetzt eine Hand auf den Mund.

Von Shemus kam ein zorniges Brüllen. »Ist dir jemals in den Sinn gekommen, Tochter, daß ein solcher Mann dich an Ort und Stelle hätte töten können?«

Mary Margaret, die sich an der Situation ergötzte, wie kaum in ihrem ganzen Leben, antwortete an Shemaines Stelle. »Oh, dieser große Ochse hat es tatsächlich versucht, aber unser hübscher Mr. Thornton ist wie ein wütender Stier zu ihrer Rettung geeilt. Hat den Schlammfresser mit einem Tritt auf die Straße befördert, jawohl!«

»Ich gehe hinein!« erklärte Camille schwach. »Ich habe mehr erduldet, als ich an einem Tag verkraften kann! Und möge ich nie wieder einen Tag wie diesen erleben!«

Shemaine stieß einen Seufzer aus und war dankbar dafür, daß sie den schlimmsten Teil des Verhörs durch ihre Eltern hinter sich hatte.

»Diese elende Wildnis ist schuld!« giftete Shemus, bevor er seiner entnervten Frau folgte. »Sie sollte mit uns zurück nach Hause kommen! Mit dem ersten Schiff, das nach England segelt!«

Mit den O'Hearns gingen auch alle übrigen außer den Zwillingen und dem Marquis hinein. Maurice, den ihre Eskapade überaus erheitert hatte, sah Shemaine ehrfurchtsvoll an. »Ich war schon immer der Meinung, daß du das Zeug dazu hast, einen Mann umzuwerfen, Shemaine. Es verschafft mir eine ehrliche Befriedigung, zu erfahren, daß ich, was dich betrifft, die ganze Zeit über richtig gelegen habe.«

»Ich finde, sie ist wunderbar!« meldete Gabrielle sich zu Wort. Sie war jetzt überaus neugierig, zu erfahren, welcher Art die Beziehung zwischen dem Marquis und der Frau des Siedlers sein mochte, denn sie argwöhnte, daß die beiden irgendwann in der Vergangenheit einander mehr gewesen sein mußten als flüchtige Bekannte. Sie beschloß, ihre Neugier zu befriedigen. »Sind Sie beide schon lange befreundet?«

Maurice' dunkle Augen schimmerten vor Bewunderung, als er seine ehemalige Verlobte betrachtete. Es war ihm nicht im mindesten peinlich, zu erklären, daß sie die Frau war, die er gerne geheiratet hätte. »Shemaine war meine Verlobte, bevor Mr. Thornton sie mir gestohlen hat.«

»Oh«, hauchte Gabrielle, aber ihre Stimme wurde kräftiger, als sie fragte: »Ich dachte, wenn ein Paar verlobt ist, wäre das schon fast wie verheiratet.«

Shemaine errötete heftig, denn sie hatte nicht den Wunsch, das Ganze näher zu erklären. »Maurice und ich wurden getrennt, und ich hatte keinen Grund, zu hoffen, daß wir einander jemals wiederfinden würden.«

»Wie traurig«, meinte Garland voller Mitleid.

»Ach, eigentlich nicht«, sagte Shemaine nun offen. »Verstehen Sie, ich liebe meinen Mann sehr.«

»Aber Sie müssen doch auch den Marquis geliebt haben«, warf Gabrielle ein.

»Ja, aber vielleicht nicht so tief, wie ich das früher einmal gedacht haben mag«, gestand Shemaine leise und sah dabei tapfer in die schönen dunklen Augen, die sie durchdringend musterten. »Maurice und ich haben uns von der Schönheit des Augenblicks hinreißen lassen. Er ist so attraktiv…« Sie hielt kurz inne, denn sie wollte einerseits die Wahrheit sagen, andererseits aber nicht die Gefühle verletzen, die er vielleicht noch für sie hegte. »Aller Wahrscheinlichkeit nach war ich sehr überwältigt und … und fühlte mich geschmeichelt von seiner Aufmerksamkeit.«

Gabrielle, die von einem zum anderen sah, verstand ihre Erklärung vollkommen. Die beiden hätten ein schönes Paar abgegeben. Andererseits war sie geneigt, zu glauben, daß Mr. Thornton auch kein unwürdiger Partner für ihre Gastgeberin war. Sie wäre vielmehr außerstande gewesen, zu entscheiden, welcher der beiden Männer der attraktivere war. Da ihre Schwester es nie wagen würde, den Marquis nach seinen gegenwärtigen Lebensumständen zu fragen, mußte sie wohl die notwendigen Erkundigungen einziehen. »Gibt es in England ein Mädchen, dem Sie gegenwärtig den Hof machen?«

Garland spürte, wie ihr der Kiefer nach unten klappte. Sie schämte sich furchtbar, daß ihre Schwester so ungeniert sein konnte, und beeilte sich, dem Mann zu raten: »Sie brauchen diese Frage nicht zu beantworten, Mylord. Meine Schwester muß wahrhaftig alles vergessen haben, was unsere Mutter ihr an guten Manieren beizubringen versucht hat.«

Maurice war jedoch nicht gekränkt. Er hatte sich in seinem Verlangen nach Shemaine zu lange verzehrt. Nachdem er sie nun verloren hatte, wußte er, daß er unbedingt eine andere Frau finden wollte, die genauso bewunderungswürdig war wie sie. Er mußte über den Schmerz hinwegkommen, der noch immer in ihm nagte. In Wahrheit hätte er Shemaine überglücklich zurückgenommen und sie nie bedauern lassen, was in der Zeit ihrer Trennung geschehen war. Doch Garland war eine liebreizende junge Frau, und ihre aufrechte, stille Art gefiel ihm. Dennoch konnte er nicht vorhersagen, wie sich ihre Beziehung entwickeln würde, war aber andererseits durchaus bereit, ihr eine gewisse Aufmerksamkeit zu zollen, während er abwartete, was sich weiter zwischen Gage und Shemaine abspielte. »Jetzt, da Shemaine mit Thornton verheiratet ist, Gabrielle, muß ich wohl in naher Zukunft beginnen, nach einer anderen jungen Dame Ausschau zu halten.«

Das Lächeln, mit dem die junge Frau diese Worte aufnahm, war das spitzbübischste, das er je gesehen hatte. Als sie zum Sprechen ansetzte, war er daher auf einiges gefaßt.

»Vielleicht möchten Sie uns ja einmal in unserem Haus flußaufwärts besuchen, wenn wir aus New York zurück sind«, meinte sie. »Ich schaue schon lange nach einem passenden Gemahl für meine Schwester, damit ich unser Zimmer endlich für mich allein habe…«

»Gabrielle!« stieß Garland empört hervor. »Wie kannst du es wagen, anzudeuten, der Marquis könne sich möglicherweise für mich interessieren! Wir sind uns gerade erst vorgestellt worden.«

Gabrielle ignorierte den Ausbruch ihrer Schwester. »So wie die Dinge halt liegen, müssen wir uns ein Zimmer teilen, und sie nimmt alles so genau! Ständig liegt sie mir in den Ohren und erzieht mich, weil ich angeblich so unordentlich bin. In Wahrheit habe ich es nur gerne etwas behaglicher als sie.«

Maurice erkannte sofort den Vorteil, daß er, falls er ernsthaft beabsichtigte, ihrer Schwester offiziell den Hof zu machen, in Gabrielle eine Verbündete haben würde. »Wenn Sie mir sagen, wann mit Ihrer Rückkehr zu rechnen ist, werde ich Ihrer reizenden Familie mit Freuden einen Besuch abstatten.«

»Gütiger Himmel!« flüsterte Garland mit atemloser Bestürzung. Mit nervöser Hast strich sie ihr Spitzenjäckchen glatt und wünschte nur, sie hätte einen Fächer, um ihr brennendes Gesicht zu kühlen. Der Marquis war der Inbegriff dessen, was sie sich von einem Ehemann erträumt hatte, aber sie hatte nie erwartet, daß er um sie werben würde. Die empörende Dreistigkeit ihrer Schwester entsetzte sie… obwohl sie ihr andererseits durchaus dankbar war.

Bess trat auf die Veranda hinaus und machte sich daran, Decken über die provisorischen Tische zu legen, die die Lehrlinge aufgestellt hatten. »Haben wir denn überhaupt genug Geschirr für alle, mein Liebling?«

»Ja, ich bin gleich bei dir und zeige dir, wo du alles findest, Bess«, erwiderte Shemaine. Dann stieg sie die Stufen hinauf, wo sie neben ihrem ehemaligen Verlobten stehenblieb, um ihm sacht eine Hand auf den Arm zu legen. »Ich bin froh zu sehen, daß es vielleicht doch noch zu etwas Gutem führt, daß du den weiten Weg von England hierher gemacht hast, Maurice. Ich hoffe, daß du mir eines Tages verzeihen kannst, daß ich mein Versprechen dir gegenüber gebrochen habe, indem ich Gage heiratete.«

»Ich habe den Schmerz noch keineswegs verwunden, Shemaine«, erwiderte er freimütig mit gedämpfter Stimme. »Ob du mich geliebt hast oder nicht, ich habe dich jedenfalls geliebt und wollte dich zur Frau. Und da wäre noch eine andere Angelegenheit, um die ich mich kümmern muß, bevor ich es in Erwägung ziehen kann, dich in der Obhut deines Mannes zu lassen. Es ist dein Leben und dein Wohlergehen, das mir am Herzen liegt... und natürlich dein Glück.«

»Ich bin glücklich, Maurice, bitte, glaube mir«, sagte sie ernst.

»Das mag für den Augenblick so sein, aber ich mache mir Sorgen um die Zukunft, Shemaine, und ich werde nicht rasten, bevor ich, was das betrifft, Gewißheit habe. Wenn Gage kein unbescholtener Gemahl für dich ist, dann möchte ich es um jeden Preis sein.«

23. Kapitel

Nur wenige Tage, nachdem Edith du Mercer die Nachricht bekommen hatte, daß ihr Enkelsohn mit den O'Hearns zu den Kolonien aufgebrochen war, um Shemaine O'Hearn zu finden, hatte sie ebenfalls in aller Eile England in Richtung Amerika verlassen. Obwohl Edith eine beträchtliche Summe für eine private Kabine auf der *Moonracer* bezahlt und weder eine Dienerin noch eine Zofe mitgenommen hatte, mußte sie, kurz nachdem sie an Bord gegangen war, feststellen, daß sie gezwungen sein würde, ihr Quartier mit einer anderen Frau von beträchtlichem Reichtum zu teilen. Es war eine durch und durch qualvolle Überfahrt gewesen. Daß ihr Schlaf gnadenlos von lautem, durchdringendem Schnarchen gestört wurde, bis sie einem Nervenzusammenbruch nahe war, hatte ihre Zähigkeit auf eine harte Probe gestellt, ein Erlebnis, mit dem sie auf ihrem Weg in die Kolonien gewiß nicht gerechnet hatte. Selbst eine Dame von mildem Wesen wäre verständlicherweise verärgert gewesen. Doch Edith du Mercer hatte in ihrem ganzen Leben nichts anderes gekannt als Reichtum und Macht. Ein Großvater, der ihr immer wieder eingetrichtert hatte, wie wichtig aristokratische Herkunft sei und welch herausragende Stellung ihre Familie gegenüber dem niederen Adel einnehme, hatte ihre herrische Veranlagung zusätzlich geprägt.

Wenn sie die Situation zu ihren Gunsten hätte beeinflussen können, ohne Verdacht zu erregen, hätte sie jemanden bestochen, die Dame unauffällig über Bord zu werfen. Aber sie hatte versucht, an dieser Stelle nicht an ihre eigene Behaglichkeit zu denken, sondern nur an ihr eigentliches Ziel: ihren Enkelsohn mit einer Frau von Rang und Adel zu verheiraten, die ihn schon aufgrund ihrer eigenen Referenzen dem Thron näherbringen konnte. Niemand konnte abstreiten, daß Maurice Charakter, Charme, Würde und Rechtschaffenheit besaß. Aber wenn es eines gab, woran es ihrem Enkel mangelte, dann der unbezähmbare Ehrgeiz, zu einem engen Vertrauten Seiner Königlichen Hoheit König Georg II. zu werden und vielleicht der Erzeuger der Nachkommen, die eines Tages England regieren könnten.

In seinem Verlangen, diese irische Närrin für sich zu gewinnen, hatte Maurice einfach nicht begriffen, daß er alle Hoffnung, seine höheren Ziele jemals zu erreichen, aufgab, wenn er sie zur Frau nahm. Wäre er damit zufrieden gewesen, Shemaine einfach zu seiner Geliebten zu machen, hätte er sich eine Frau mit einem hohen Titel nehmen können und seine Chancen auf eine Stellung von Rang nicht aufgeben müssen. Aber er war zu fasziniert von Shemaine gewesen und vollauf zufrieden damit, an sein eigenes Glück zu denken, statt an die hohe Position, die ihm als Marquis offengestanden hätte. Zweifellos hätte es ihm genügt, eine Brut halbirischer Bälger großzuziehen, die nichts anderes getan hätten, als den Namen du Mercer zu ruinieren und es bestenfalls zu nomineller Anerkennung und Position zu bringen. Mit den vielen Argumenten, mit denen Maurice sie von Shemaines Vorzügen zu überzeugen versucht hatte, hatte er ihr in Wirklichkeit nur eines klargemacht: daß ihren Enkel nämlich nichts von seiner Wahl würde abbringen können. Damit seine Heirat mit diesem Geschöpf überhaupt vereitelt werden konnte, hatte sie, Edith, heimlichere Wege beschreiten müssen, um eine Alternative zu finden. In diesem Bemühen hatte sie Erfolg gehabt, ohne daß Maurice etwas davon erfuhr. Er war viel zu ehrenhaft, als daß er sich hätte vorstellen können, wie weit eine Großmutter gehen würde, um sicherzustellen, daß die Nachfahren der du Mercers zu Ruhm und Größe gelangen konnten.

Jetzt hockte sie hier in diesem schmutzigen, kleinen Weiler namens Newportes Newes und versuchte, ein privates Zimmer für sich zu finden. Als der Gastwirt ihr erzählte, daß es absolut kein freies Zimmer in seinem Haus mehr gebe, war sie verärgert gewesen und hatte versucht, ihn mit dem Angebot, das Doppelte des normalen Preises zu zahlen, zu ködern. Daraufhin hatte er darüber geklagt, daß bereits drei Leute in jedem Bett schliefen und daß ein jeder ihn bestochen habe, nur um überhaupt einen Platz zum Schlafen zu finden. Er hatte sogar zusätzliche Matratzen in allen verfügbaren Räumen und Fluren ausgelegt, um den Gästen zumindest ein Dach über dem Kopf zu geben. Wenn er sich nicht an die bereits getroffenen Vereinbarungen hielte, würden diese Besucher gewiß über ihn herfallen, um ihn in Stücke zu reißen.

»Sie könnten's mal in der Taverne versuchen«, schlug er dann vor. »Die haben da auch Zimmer zu vermieten – falls sie eins finden können, das gerade nicht von Freidas Mädchen und ihren Kunden benutzt wird. Heutzutage servieren die Köche in der Taverne besseres Essen als wir hier. Davon abgesehen haben Sie keine große Wahl mehr, es sei denn, eine der Familien aus dem Dorf würde Ihnen privat ein Zimmer vermieten. Aber am besten versuchen Sie es erst mal in der Taverne.«

»Vielen Dank, das werde ich tun«, antwortete Edith barsch. Dann wandte sie sich arrogant ab, legte eine knochige Hand auf den Silberknauf ihres Gehstocks und verließ das schäbige Gasthaus mit energischen Schritten. Sie war überaus dankbar, daß es eine Alternative im Dorf gab, denn Staub und Schmutz waren ihr zutiefst verhaßt, und es stand ohne Zweifel fest, daß das Gasthaus einer dringenden Reinigung bedurfte.

Edith blieb stehen, um sich mit einem Spitzentaschentuch den Schweiß vom Gesicht zu tupfen. Ihr schwarzes Seidenkleid schien die Hitze der Sonne förmlich zu speichern, und obwohl ihr kostbares Häubchen ihr Gesicht beschattete, machte seine ebenfalls schwarze Farbe es schier unerträglich. Wahrhaftig, wenn sie im Augenblick ihren Enkel in Reichweite gehabt hätte, hätte sie ihm gehörig die Leviten gelesen, daß er sie solcher Mühsal aussetzte, und das alles nur wegen dieser hübschen, kleinen Larve, die loszuwerden sie sich so sehr bemüht hatte.

Die versprochene große Belohnung für denjenigen, der ihr einen Beweis für das Ableben der kleinen Schlampe lieferte, hatte ihr nichts eingetragen als Ärger. Zahllose Termine bei ihrem Anwalt, verstohlene Kutschfahrten nach Newgate mitten in der Nacht und heimliche Treffen auf der Straße draußen vor dem Gefängnis mit diesem widerlich stinkenden Schließer hatten sich als absolut nutzlos erwiesen. Nachdem sie vom Auslaufen des Sträflingsschiffs erfahren hatte, hatte sie dennoch nicht die Hoffnung auf eine Ermordung aufgegeben. Der Mann, dem es nicht gelungen war, das irische Frauenzimmer zu erwürgen, hatte sich schließlich der Hilfe einer Gefangenen an Bord des betreffenden Schiffs versichert. Aber dann kam die Nachricht, daß Maurice auf dem Weg nach Virginia war, und Edith hatte sofort gewußt, daß sie ihm unbedingt folgen mußte. Sie durfte einfach nicht riskieren, daß ihr Enkel seine Angebetete lebendig vorfand und nach England zurückbrachte. All ihre Mühen wären dann umsonst gewesen!

Sie hatte Glück gehabt, daß günstige Winde die Segel der *Moonracer* gebläht und sie nur einen Tag, nachdem Maurice' Schiff vor Anker gegangen war, in den Hafen gebracht hatte. Ihre Ankunft zur rechten Zeit weckte in ihr die Hoffnung, daß sie die Sache endgültig und heimlich regeln konnte, bevor ihr Enkel auch nur von ihrer Anwesenheit erfuhr.

Die Befragung eines Einheimischen in der Nähe des Hafens hatte Edith die Information eingetragen, daß Shemaine O'Hearn nicht nur lebendig war, sondern sich offensichtlich bester Gesundheit erfreute und mit irgendeinem hinterwäldlerischen Siedler lebte, der genug Münzen zusammengekratzt hatte, um sie zu kaufen. Aber die Frau, die ihr all das erzählt hatte, schien bemerkenswert zu schwanken zwischen eifrig hervorgesprudelten Berichten, denen dann nervöse Zurückhaltung folgte, als habe sie Angst, beobachtet zu werden und überhaupt irgend etwas zu sagen. Mrs. Pettycomb war gewiß das merkwürdigste Geschöpf, das ihr je untergekommen war. Der größte Teil ihres Geschwätzes war genau das gewesen, nämlich Geschwätz und absolut nutzlos. Außerdem behielt Edith im Gedächtnis, daß dies ein Land war, in dem Sträflinge hausten und der Abschaum eines jeden Landes, den ein Kapitän auftreiben konnte, um diese Subjekte hierherzutransportieren; sie durfte also nicht allzuviel von den Bewohnern dieser Kolonie erwarten. Maurice' Bemühungen, dem Export von Straftätern Einhalt zu gebieten, hatten niemals ihre Billigung gefunden, denn die Wildnis schien der beste Ort zu sein, um dieses Gesindel loszuwerden.

Oh, stöhnte Edith bei sich, warum konnte diese widerliche Kreatur nicht sterben und sie von ihrer Sorge wegen Maurice' Zielen und seiner Zukunft als Edelmann befreien? Jede wahre Dame wäre den Härten der Gefangenschaft und einer Seereise an Bord eines Sträflingsschiffes erlegen. Es mußte dieses verderbte, irische Blut sein, das ihr die Zähigkeit zum Überleben gab!

Edith malmte mit den Kiefern. Maurice hatte ja keine Ahnung, welche Last er seiner einzigen Verwandten aufbürdete, indem er diese Schlampe in das Schloß seiner Vorfahren brachte und unmißverständlich erklärte, daß er sie heiraten wolle. All dieses rote Haar hätte ihm, schon bevor man sie einander vorstellte, klarmachen müssen, daß sie keine Aristokratin war. Aber nein! Er hatte sich ja großzügig zeigen müssen in seiner liberalen Unparteilichkeit! Seine Toleranz konnte zu nichts Gutem führen, denn er hatte seine Großmutter zu Taten genötigt, daß ihr fast Blut an den Händen klebte.

»Es wird mir noch gelingen«, knirschte Edith. »Ich muß lediglich dieses Flittchen finden und die Hunde auf ihre Fährte hetzen, damit sie ihren widerwärtigen Kadaver fressen.«

Edith blieb auf dem Gehsteig stehen und betrachtete die Fassade der Taverne mit einer angewiderten Grimasse, und als sie aus dem Inneren brüllendes Gelächter hörte, schauderte sie vor Ekel. Der zotige Kommentar einer heiseren Frauenstimme sandte einen kalten Schauer durch ihren Leib. Zu welch erniedrigenden Dingen hatte ihr Enkelsohn sie getrieben? dachte sie voller Zorn. Zuerst die Bestechung eines korrupten Anwalts, der Shemaines Verhaftung und Verurteilung in die Wege leitete. Dann eine Vielzahl anderer Verbrechen, mit denen eine Aristokratin von zarterer Art sich niemals die Hände zu beschmutzen gewagt hätte. Und jetzt dieser letzte Affront gegen ihren Stolz! Wie ein Mitglied des gemeinen Volkes in der Höhle von Trunkenbolden und Huren wohnen zu müssen! Vielleicht versuchte sie ja, die falsche Person zu töten, dachte sie gereizt. All ihr Ärger und die Sorgen hätten gewiß ein Ende gefunden, wenn Maurice das Zeitliche segnete.

Mit einem von Abscheu angefüllten Seufzer drückte Edith die Taverntür auf und trat mit all ihrer gesamten hochmütigen Arroganz ein. Das laute Getöse hätte sie beinahe zurücktaumeln lassen, aber nur beinahe. Denn nun verebbte der Lärm, und jeder Kopf wandte sich dem Neuankömmling zu.

Morrisa Hatcher stützte einen Ellenbogen auf die Bretter eines Tisches ganz in der Nähe des Eingangs und starrte die Fremde ehrfürchtig an. Noch nie hatte sie ein Tuch von so edlem Glanz gesehen, und obwohl die Farbe des Gewandes so schwarz war wie ihr eigenes Haar, war dies gewiß das kostbarste und schönste Kleid, das sie in ihrem ganzen Leben gesehen hatte.

»Und ausgerechnet so ein altes Weib darf das tragen«, grummelte sie neidvoll. Dann erhob sie sich und zwinkerte der Hure, die neben ihr saß, zu. »Vielleicht ist die Lady ja gekommen, um ein paar von den Jungs hier zu bedienen?«

Die andere Dirne kicherte hinter vorgehaltener Hand und stachelte Morrisa zu weiteren Unverschämtheiten an. »Warum fragst du sie nicht, in welchem der Betten sie arbeiten will?«

Morrisa lenkte die Aufmerksamkeit der Bordellwirtin auf sich und zeigte mit dem Daumen auf die Frau, die direkt hinter der Tür stehengeblieben war. »Wo hast du denn dein neues Mädchen her, Freida?«

Freidas knallrote Lippen verzogen sich zu einem belustigten Grinsen. »Aus dem Buckingham-Palast. Ich erwarte eine ganze Ladung davon.«

Morrisa, die beiläufig zum Eingang geschlendert war, ging nun mit einigem Abstand um die schwarzgewandete Dame herum und musterte sie von Kopf bis Fuß. Die Frau hatte nicht ein Fetzchen am Leibe, das nicht teuer ausgesehen hätte. »Haben Sie sich verirrt, Mylady?«

»Meine schlimmste Befürchtung ist die, daß genau das nicht der Fall ist«, versetzte Edith hochmütig. Dann rümpfte sie die Nase und führte sich mit affektierter Gebärde ein Spitzentaschentuch an die Nase. Das Flittchen hatte offensichtlich in parfümiertem Toilettenwasser gebadet, denn sie stank abscheulich. »Ich nehme an, dies hier ist die Taverne, an die man mich verwiesen hat, damit ich mich hier nach einem Privatzimmer erkundige?«

»Hoho!« Morrisa lachte hämisch über die elegante Ausdrucksweise der älteren Frau. »Sie sind ja eine ganz Vornehme.«

Edith musterte die Dirne mit dem rabenschwarzen Haar mit einem verächtlichen Blick. »Hast du noch nie zuvor eine Dame sprechen hören?«

»Natürlich«, antwortete Morrisa bereitwillig. »Ich hab' schon mal welche gehört. Ich seh' sogar manchmal welche. Aber die Damen aus dem Dorf kommen selten hierher, es sei denn, in Begleitung eines Mannes. Ansonsten würde man ihnen vielleicht eine Arbeit zuweisen.«

»Ein Bett, meinst du wohl«, entgegnete Edith spitz. Wenn die Hure sie für schwachsinnig hielt, dann war sie einem ernsten Irrtum aufgesessen. Sie hatte nicht vierundsiebzig Jahre auf Erden geweilt, ohne zu lernen. »Ich bin viel zu alt, um für deine Freunde von Interesse zu sein, also denke ich, daß mir keine Gefahr droht. Alles, was ich brauche, ist ein Privatzimmer, wo ich die Nacht verbringen kann, ein heißes Bad und eine erträgliche Mahlzeit. Ist das zuviel verlangt?«

Der Mut der alten Lady beeindruckte Morrisa. »Ich denke nicht, jedenfalls, wenn Sie dafür bezahlen können.«

»Das laß nur meine Sorge sein«, erwiderte Edith schroff. »Und wenn du die notwendigen Vorkehrungen triffst, damit mein Gepäck von der *Moonracer* hierhergeholt wird, werde ich *dich* bezahlen. Oder möchtest du dich lieber den Männern widmen?«

Morrisa quittierte die Frage mit einem anzüglichen Lachen. »Ich kann das für Sie erledigen, aber Sie müssen mir genug bezahlen, um auch meine Brötchengeberin zufriedenzustellen.«

»Du wirst schon genug bekommen«, versprach Edith. »Aber ich dulde keinen Aufschub. Ich habe, seit ich England verließ, keine einzige Nacht mehr ordentlich geschlafen, und ich will das, worum ich gebeten habe, unverzüglich haben. Hast du verstanden?

Morrisa überlegte, daß es wohl kaum unter ihrer Würde war, einmal in ihrem Leben als Zofe zu dienen. Außerdem war sie neugierig. Es kam tatsächlich selten vor, daß eine wohlhabende Dame allein reiste, und sie konnte nicht umhin, sich zu fragen, was diese Frau vorhaben mochte. Welche Notlage hatte sie gezwungen, ohne die Unterstützung von Dienern oder einem männlichen Begleiter eine so anstrengende Seereise auf sich zu nehmen?

Mit einem Nicken akzeptierte Morrisa die Bedingungen der Dame, verlangte dafür aber das Doppelte ihres gewöhnlichen Lohns, und nahm sich vor, Freida über den zusätzlichen Verdienst im dunkeln zu lassen. Nachdem sie die Summe entgegengenommen hatte, eilte sie davon, um mit der Tavernenbesitzerin zu reden; im Nu war sie wieder zurück. »Sie können das letzte Zimmer rechts im ersten Stock haben. Die Schankmädchen werden Ihnen oben ein Bad bereiten, während ich jemanden zum Schiff runterschicke, der Ihr Gepäck holt. Obwohl der Kapitän Sie wohl kaum verwechseln wird, geben Sie mir doch besser Ihren Namen, damit er sicher sein kann, daß Sie den Mann wirklich geschickt haben, Ihre Sachen zu holen.«

»Lady Edith du Mercer.«

Morrisa runzelte nachdenklich die Stirn. »Dachte ich mir doch, daß Sie aus 'ner guten Familie kommen und einen Titel haben.«

»Ich fühle mich geehrt, daß dir das aufgefallen ist«, versetzte Edith spöttisch.

Morrisa hatte bereits den Mund zu einer scharfen Antwort geöffnet, entschied sich dann aber doch dagegen. Dieser alte Drachen würde eine Abfuhr gewiß nicht allzugut aufnehmen, schoß es Morrisa durch den Kopf, und wenn sie der Fremden mit schnippischen Bemerkungen kam, würde sie vielleicht verlieren, was sie gewinnen konnte, wenn sie den Mund hielt.

»Und dein Name?« fragte die Dame.

»Morrisa. Morrisa Hatcher.«

»Ist Hatcher dein richtiger Name oder einer, den du im Laufe der Jahre angenommen hast?«

Morrisa wand sich unbehaglich unter den Blicken der Frau. Wer immer diese alte Vettel war, eine Närrin war sie nicht. »Meine Ma hat mich zur Welt gebracht, ohne vorher zu heiraten, wenn es das ist, was Sie wissen wollen.«

»Nun, Morrisa Hatcher, wie wäre es jetzt mit etwas zu essen?«

»Ich hole Ihnen sofort was, wenn Sie gebadet haben«, sagte Morrisa. »Brauchen Sie vielleicht Hilfe, um Ihre Kleider auszupacken oder sich auszuziehen?«

Edith de Mercer war so raffiniert, wie Morrisa in ihrem Leben zu sein gehofft hatte, und spürte das vorsichtige Abwägen, das hinter diesen dunklen Augen, die sie so genau musterten, vorging. »Jegliche Hilfe, die du mir leistet, wird ihren gerechten Lohn finden, aber nur, wenn ich dieses Haus mit nicht weniger Besitztümern verlasse, als ich es betreten habe.«

Morrisa sah in Ediths kalte Augen und begriff, welche Chance sie hatte, wenn sie sich bereit fand, der Frau zu helfen. »Ich werd' Sie nicht beklauen, wenn es das ist, was Sie meinen.«

»Du bist sehr klug, mein Kind. Wir verstehen einander bestens.«

»Ich bin keine Diebin nicht«, erklärte Morrisa empört.

»Nein?« Edith gestattete sich den Hauch eines Lächelns. In ihrer Stimme schwang eine gewisse Ungläubigkeit mit, als sie nun fragte: »Bekommst du wirklich soviel, wie du vor ein paar Minuten von mir verlangt hast? Oder bist du nur eine Lügnerin?«

Morrisa wurde ganz heiß unter den Blicken dieser hellwachen Frau. »Ein Mädchen muß sich schließlich auf die eine oder andere Weise seinen Unterhalt verdienen.«

»Natürlich, Morrisa«, gab Edith ihr recht. »Und solange du ehrlich bleibst, während du für mich arbeitest, kannst du bei mir vielleicht weit mehr verdienen als im Bett mit deinen Verehrern. Aber vergiß nicht, daß ich dir hier nicht mehr zahle, als ich zu geben bereit bin, und zwar nach meinem eigenen Gutdünken. Hast du mich verstanden?«

»Ich höre, was Sie sagen«, erwiderte Morrisa.

»Dann magst du mir alle Hilfe leisten, deren ich bedarf.«

Von Neugier getrieben, begleitete Morrisa die Dame auf ihr Zimmer, überwachte dann selbst die Vorbereitung ihres Bades und legte ihr ein Untergewand und einen Morgenmantel zurecht, die beide so kostbar und schön waren, daß sie sich den Preis kaum vorstellen konnte. Mit einiger Ehrfurcht ließ sie eine Hand über die Kleider gleiten und fragte sich, wie sie wohl in ihnen aussehen würde. Aber den Gedanken, hinter dem Rücken dieses Drachens die Besitztümer zu durchstöbern, schlug sie sich schnell wieder aus dem Kopf. Sie würde ihren gesamten Monatslohn verwetten, daß die alte Schlange ihr die Hölle heiß machen würde, wenn sie sie verärgerte.

»Ich hab' noch nie so feine Kleider gesehen wie die hier«, gestand die Hure, während sie sich vorsichtig umsah.

Edith hatte sie beobachtet, um sich davon zu überzeugen, daß dieses Frauenzimmer klug genug war, nicht zu versuchen, irgend etwas unter seine Röcke zu stopfen. »Falls du mir gute Dienst geleistet hast, Morrisa, werde ich dir vielleicht einige davon überlassen, wenn ich wieder nach England segle. Ich habe zu Hause noch mehr als genug davon.«

»Das wär' richtig freundlich von Ihnen, Mylady«, erwiderte Morrisa beeindruckt.

»Dann komm und hilf mir, mich auszukleiden«, drängte Edith, »und während ich mein Bad genieße, können wir uns weiter unterhalten.«

Ediths Anweisungen wurden kommentarlos ausgeführt und zwei Laken über die niedrigen Balken vor der Wanne gehängt, damit die Matrone einigermaßen ungestört sein konnte. Während Morrisa auf der anderen Seite wartete, begann Edith ihre Fragen zu stellen.

»Weißt du, ob hier in der Gegend eine junge Frau namens Shemaine O'Hearn lebt?«

Morrisa schnaubte angewidert. Heutzutage schienen sich alle Leute, die mit den neuen Schiffen in den Hafen kamen, nach dem Aufenthaltsort des kleinen Irentrampels zu erkundigen. »Natürlich weiß ich das. Wir sind zusammen auf der *London Pride* hierhergesegelt.«

»Hast du dich mit ihr angefreundet?«

Die Hure lachte abschätzig. »Angefeindet käme der Sache wohl näher.«

»Du haßt sie«, stellte Edith fest. »Warum?«

Morrisa war wachsam, aber aufrichtig. Niemand konnte sie hängen, weil sie einen anderen nicht mochte. »Sh'maine hat ständig ihre Nase in Sachen gesteckt, die sie nichts angingen. Ich hatte die anderen Frauen gerade so richtig gut im Griff, als sie anfing, sie gegen mich aufzuhetzen. Wenn Sh'maine nicht gewesen wäre, wären die alle vor mir auf dem Bauch gekrochen!«

»Du kannst sie also nicht leiden?«

»Ja, das können Sie wohl sagen.«

»Ich bin sicher, daß du manchmal wütend genug gewesen sein mußt, um ihr sogar den Tod zu wünschen.« Edith formulierte ihre Vermutung sehr vorsichtig und wartete gespannt auf die Antwort.

»Ich habe ihren Tod nicht nur gewünscht, sondern hatte auch allen Grund, dabei nachzuhelfen... nicht, daß ich das getan hätte«, stellte Morrisa vorsichtshalber sicher. »Sie müssen wissen, daß es noch andere gab, die ihren Tod wollten und bereit waren, dafür zu zahlen. Der Schließer in Newgate hat mir erzählt, daß in London jemand wär', der es gar nicht erwarten könnte, für ihren Tod zu zahlen. Er sagte, er könnte mir wirklich sehr von Nutzen sein, wenn ich ihr das Lebenslicht ausblasen täte und ihm einen Beweis dafür schicken würde. Aber wo er doch in England sitzt und ich so weit weg in den Kolonien, schien es mir nicht wahrscheinlich, daß ich meine Belohnung jemals bekommen würde, wenn ich diesen Irentrampel ins Grab befördere. In letzter Zeit habe ich sogar manchmal gedacht, daß er wahrscheinlich gehofft hat, ich würde ihm den Beweis liefern, damit er sich das ganze Geld allein unter den Nagel reißen konnte. Und dann zum Teufel mit mir.«

Edith war klar gewesen, daß ihre Versuche, Shemaines Dahinscheiden zu beschleunigen, nicht ohne Schwächen gewesen waren, aber das hatte sich unglücklicherweise nicht vermeiden lassen. Ihr Anwalt hatte eingesehen, wie wichtig es war, daß der Adel seinen Namen und sein Erbe schützte, und obwohl er den Häscher gedungen hatte, um das Mädchen zu verhaften, und den Richter bestochen, damit dieser das Mädchen verurteilte, hatte er sich doch geweigert, persönlich an der Ermordung einer jungen Frau aus einer wohlhabenden Familie mitzuwirken. Die Konsequenzen wären allzu unerfreulich, hatte er eingewandt. Zumindest in diesem Punkt konnte keine Summe, so hoch sie sie auch angesetzt hatte, ihn umstimmen. Er hätte eine tiefe Abneigung dagegen, aufgehängt zu werden, hatte er erklärt, würde aber dennoch für sie den Namen einer Person ermitteln, die bereit wäre, den Befehl auszuführen. Danach hatte er dafür gesorgt, daß sie inkognito Kontakt zu diesem Mann aufnehmen konnte. Der wiederum hatte mehrere Abende später berichtet, daß jemand gefunden worden sei, ein

Schließer im Gefängnis von Newgate, der schon zuvor auf Bestellung getötet hatte. Aber wie Edith später herausgefunden hatte, hatte der Mann versagt. Jetzt mußte sie nach neuen Möglichkeiten Ausschau halten.

Edith beendete ihr Bad, zog ein Unterkleid an und einen Morgenrock über ihre hagere Gestalt. Dann trat sie zu der Hure auf die andere Seite des Lakens, setzte sich auf eine Bank und nahm das Gespräch wieder auf, während Morrisa ihr langes, von grauen Strähnen durchzogendes, schwarzes Haar bürstete. »Ich wüßte gern, Morrisa, ob irgend jemand jemals versucht hat, Shemaine zu ermorden.«

»Ja, aber bisher hat der Bursche nichts Nennenswertes erreicht.«

»Jemand, den du kennst?«

»Ein Matrose von der *London Pride*. Er kann Sh'maine irgendwie nicht leiden, meint, sie wär' ihm was schuldig wegen ihrer hochmütigen Art. Aber Mr. Thornton war ein paarmal in der Stadt, um mich zu warnen, daß er nicht nur Potts, sondern auch mich finden würde, wenn Sh'maine jemals wieder etwas zustoßen oder sie gar getötet werden sollte. Na ja, ich fand's nicht gerecht, daß er mir die Schuld gab, und er hat mich so geärgert, daß ich Potts geraten hab', sich für eine Weile zu verstecken, weil er sonst uns beide in eine häßliche Klemme bringen könnte.«

»Wenn du an irgendeinen Ort deiner Wahl gehen könntest, irgendwohin, wo dieser Mr. Thornton dich nicht finden würde, würdest du es dann in Erwägung ziehen, Potts seine Rache an ihr nehmen zu lassen?«

»Ich wär' nicht traurig, den Irentrampel unter der Erde zu sehen, aber ich würd' Sh'maine niemals selber töten. Also, wenn Sie glauben, Sie könnten mich für was erwärmen, für das ich hängen würd' – das is' nich.«

»Nun reg dich mal nicht gleich auf, Morrisa«, beschwichtigte Edith sie. »Ich möchte Shemaines Tod genausosehr wie du, aber bisher hat es leider noch nicht geklappt.«

Morrisa konnte sich nicht vorstellen, daß eine echte Lady einer anderen ein Leid zufügen wollte. Aber andererseits war sie nie lange genug in der Gesellschaft von Aristokraten gewesen, um sich ein Bild machen zu können, wie diese Leute dachten. Trotzdem war sie neugierig. »Warum sollte eine feine Lady, wie Sie eine sind, Sh'maine tot sehen wollen? Was hat sie Ihnen getan?«

»Sie hat das Herz meines Enkelsohns erobert, und ich verabscheue sie dafür.«

Ein lautes, wenig damenhaftes Schnauben begleitete Morrisas Antwort. »Sein Herz ist nicht das einzige, das Sh'maine gestohlen hat. Dieser Mr. Thornton hat sie für sich gewollt.«

»Ja, ich habe gehört, daß irgendein Siedler sie gekauft hätte...«

Morrisa lachte höhnisch. »Nicht nur gekauft, sondern auch mit in sein Bett genommen!«

»Du meinst, sie sei entehrt worden?« Der Gedanke versetzte Edith nur für einige Sekunden in Hochstimmung, dann bedachte sie die Entschlossenheit, mit der ihr Enkel versuchte, Shemaine wiederzufinden, und es erschien ihr zweifelhaft, daß Maurice dem Mädchen die Schuld dafür geben würde, daß ihr Herr sie in sein Bett gezwungen hatte. Edith gab einen gequälten Seufzer von sich, als sie sich vorstellte, wie Maurice dem Mädchen edelmütig einen Heiratsantrag machte, obwohl die Wahrscheinlichkeit bestand, daß sie das Kind eines anderen Mannes unterm Herzen trug.

»Ich fürchte, ihre verlorene Unschuld wird nichts ändern. Sie hat meinen Enkel total verhext. Die kleine Schlampe hat ihre Krallen in sein Herz gesenkt und mag nicht loslassen.«

»Nun, ich denk' mir, daß Sh'maine sich da zwischen den beiden entscheiden muß, denn Mr. Thornton wird seine Ehefrau nicht kampflos mit einem anderen Mann davonspazieren lassen. Er hat seine erste Frau getötet, jedenfalls habe ich das gehört. Wenn er Sh'maine dabei erwischt, wie sie Ihrem Enkel schöne Augen macht, bringt er sie vielleicht auch um.«

»Shemaine ist also verheiratet?« fragte Edith und erhielt ein knappes Nicken zur Antwort. »Vielleicht könnte diese Tatsache Maurice von weiteren Schritten abhalten.«

»Pah! Wenn Ihr Enkel der ist, wo Sh'maine und Mr. Thornton gestern abend gleich hier vor der Taverne zur Rede gestellt hat, glaube ich nicht, daß er sie so ohne weiteres aufgeben wird, selbst wenn er weiß, daß sie mit dem Siedler verheiratet ist.«

»Wie sehr ich mich danach gesehnt habe, dieses Frauenzimmer tot zu sehen«, klagte Edith. »Wenn ich nur endlich die richtige Person fände, die das zuwegebrächte! Der Betreffende könnte ein Vermögen verdienen.«

Morrisa kaute einen Augenblick lang nachdenklich an einem Fingernagel und überlegte, ob sie der Frau vertrauen konnte. Wenn die alte Dame versuchte, sie in die Falle zu locken, dann wäre es überaus töricht von ihr, vorzuschlagen, sie selbst könne dafür sorgen, daß Shemaine etwas Schreckliches zustieß. Andererseits – warum sollte Edith du Mercer den ganzen Weg von England in die Kolonien zurücklegen, nur um eine Hure in eine Falle zu locken? Der Gedanke war derart weit hergeholt, das er geradezu lächerlich wirkte.

Vom ersten Augenblick ihrer Begegnung an unten in der Taverne war Morrisa klar gewesen, daß diese vornehme Dame sehr energisch war und ein klares Ziel vor Augen hatte. Und je länger sie sich unterhielten, um so mehr war sie davon überzeugt, daß sie hier keinem unschuldigen Engel Gesellschaft leistete. »Also ich kann Ihnen klipp und klar sagen, daß dieser Potts nur darauf brennt, Sh'maine die Kehle durchzuschneiden.«

»Wenn du ihn dazu überreden kannst, Shemaine umzubringen, dann ist auch für dich eine beträchtliche Belohnung drin. Wenn du an Bord der *London Pride* hierhergekommen bist, dann nehme ich an, daß deine Papiere sich im Besitz von …«

»Von Freida befinden, unserer Madam …«

»Mit dem Geld, das ich dir zu geben bereit wäre, Morrisa, könntest du dir deine Freiheit erkaufen und deine eigenen Mädchen für dich arbeiten lassen, wo immer es dir gefällt. Aber wenn man dich erwischt, darfst du von unserer Vereinbarung nichts verlauten lassen. Es wäre ja ohnehin kaum denkbar, daß irgend jemand dir Glauben schenkte, aber solltest du mich in die Sache hineinziehen, würdest du in Kürze die Bekanntschaft der Hölle machen. Dein Schweigen jedoch würde dir eine noch größere Belohnung eintragen, und da du nicht direkt mit der Sache zu tun hättest, könnte ich wahrscheinlich veranlassen, daß du deine Freiheit wiedergewinnst.«

»Ich weiß, wann ich den Mund halten muß, Mylady. Machen Sie sich da mal keine Sorgen.«

»Ich habe gleich, als ich dich sah, gedacht, daß wir beide uns verstehen würden.«

»Es wird nicht schwer für mich sein, Potts zu überreden, Sh'maine zu töten. Er tut alles, was ich von ihm verlange. Er wird jedoch auch Mr. Thornton umbringen müssen, um unser beider Haut zu retten, nachdem er Sh'maine abgemurkst hat. Danach wird Potts etwas Bares brauchen, damit er über die Runden kommt, solange er sich verstecken muß. Er selber ist im Augenblick nämlich blank.«

»Ich bin bereit, auch ihn zu bezahlen – eine kleine Summe vorher, um ihn zu ermutigen, und eine große Belohnung nachher, wenn die Tat getan ist.«

»Nur für den Fall, daß er nicht mitmacht, wüßte ich wohl noch jemanden, der sich dafür gewinnen ließe. Die Frau, die ich meine, würde Sh'maine schon zu ihrem eigenen Vergnügen töten. Sie hat keine Ahnung, was ich gesehen hab' oder wieviel ich erraten hab', was sie und einen gewissen widerlichen Kümmerling betrifft, der ihretwegen ins Gras beißen mußte. Die Dame ist viel zu hochnäsig, um mit mir zu reden. Mit Ihnen aber würde sie sicher reden, wenn Sie das wollen, Mylady. Ich könnt' mir außerdem denken, daß sie furchtbar gerne von hier weg käme und eine dicke Börse bräuchte, um woanders neu anzufangen.«

»Glaubst du, wir beide brauchen Potts und diese andere Frau, um Shemaine zu töten?« Edith dachte daran, wie klein und zierlich sie das Mädchen in Erinnerung hatte. Es erschien ihr unwahrscheinlich, daß zwei Meuchelmörder vonnöten sein würden.

Morrisa zögerte. »Potts hat seine Versuche für meinen Geschmack zu oft verpfuscht und nichts erreicht außer einem Loch in seinem eigenen Bauch. Mr. Thornton würde ihn wahrscheinlich erschießen, wenn er ihn nur sieht, es sei denn, Potts würde den anderen zuerst töten. Das ist meine Hauptsorge – der Mann würde mich bis ans Ende der Welt jagen, um sich zu rächen, wenn wir seinen Liebling umbringen. Aber Roxanne Corbin käme, selbst wenn sie entdeckt würde, wohl zumindest nahe genug an Sh'maine ran, um sie schwer zu verletzen, und ich glaube, die Chance, obendrein noch eine schwere Börse zu kriegen, würde sie mit beiden Händen ergreifen.«

»Und diese Roxanne Corbin ist die Frau, mit der ich sprechen soll?«

»Ja, sie wird es schon machen wollen. Sh'maine hat ihr doch den Mann gestohlen, den sie heiraten wollte. Nach allem, was ich von dieser kleinen Kröte gehört hab', hat Roxanne sich schon vor ungefähr zehn Jahren in diesen Thornton vergafft. 'n paar Leute behaupten, sie hätt' seine Bedürfnisse befriedigt, aber der alte Sam meinte, das stimme nicht, weil sie zu häßlich wär' und Mr. Thornton ein Auge auf die Hübschen hätte. Gleich nachdem Thornton seine erste Frau heiratete, ist Roxanne fast durchgedreht. Dann wurde seine Missus umgebracht, und haste was, kannste was, führte sie Thornton den Haushalt und schmiedete Pläne, ihn zu heiraten.

Dann kam Sh'maine daher, und dieser Thornton hat nichts Eiligeres zu tun, als den Irentrampel zu heiraten. Daraufhin hatte Roxanne natürlich 'ne Mordswut im Bauch; sie wär fast geplatzt vor Eifersucht. Im Augenblick versucht sie, allen Leuten weiszumachen, Thornton hätt' seine erste Frau um die Ecke gebracht, aber ich weiß, daß sie ihn bloß zurückhaben will. Ich kann's in ihren Augen sehen, wenn er mit seinem stolzen Gang die Straßen hinuntermarschiert. Sie weiß natürlich nicht, daß ich sie beobachte. Roxanne ist so scharf darauf, ihn unter ihre Unterröcke zu kriegen, daß er bloß mit dem Finger zu schnippen bräucht', und sie würd' die Röcke hochreißen, weil sie's gar nicht erwarten könnte. Aber Mr. Thornton ist so vernarrt in Sh'maine, daß er weder von diesem pferdegesichtigen Weibsbild noch von irgendeiner anderen Frau was wissen will. Ich hab's versucht, ihn zu überreden, mit mir nach oben zu kommen, aber er wollte nichts von dem, was ich ihm hätt' geben können. Roxanne müßte eigentlich wissen, daß sie nicht den Funken einer Chance hat, solange Sh'maine am Leben ist... Ich denk', sie wär' mehr als willens, dem Irentrampel das Lebenslicht auszublasen. Wenn sie die Sache machen will, würde eine Börse als Dreingabe bestimmt nichts schaden, weil sie dann auch ihrem Pa abhauen könnte.«

»Du scheinst ja eine Menge über die Leute in diesem Ort zu wissen, Morrisa.«

Die Hure zuckte die Achseln. »Ein paar von meinen Kunden sind manchmal ziemlich redselig. Andererseits kommt mir auch 'ne Menge vor Augen, während ich versuch', Freier zu finden.«

»Du sagtest, du hättest gesehen, wie Roxanne diesem widerlichen Kümmerling, wie du ihn nanntest, etwas angetan hat?«

»Ich war in der Nacht, als er getötet wurde, in seinem Haus. Sie war tatsächlich schuld. Nicht daß sie selber Hand angelegt hätte, verstehen Sie, aber schuldig ist sie trotzdem.«

»Wenn sie nicht bereit ist, Shemaine für eine Belohnung zu töten, kann ich sie vielleicht davon überzeugen, daß es zu ihrem Vorteil wäre, sich unseren Plänen zu fügen, es sei denn, sie möchte wegen Mordes verhaftet werden.«

»Wie ich schon sagte, Mylady. Roxanne hat es nicht direkt selber getan«, beharrte Morrisa, die diesen Punkt nicht genug betonen konnte.

»Nun, wenn sie dem Mann eine Falle gestellt hat, dann ist sie doch so gut wie schuldig, oder?«

Morrisa schob den Unterkiefer leicht vor, während sie darüber nachdachte, welche Gefahren es mit sich bringen würde, die Tochter des Schmieds zu bedrohen. »Wenn Sie meinen Namen erwähnen, Mylady, wird sie mir ihren Hund auf den Pelz hetzen. Wenn der mich kriegt, bin ich so gut wie tot.«

»Ist das der Grund, warum du möchtest, daß ich mit ihr spreche? Weil du Angst vor ihr hast?«

»Ich hab' nicht vor vielen Leuten Angst, Mylady, aber was ich in der Nacht zu sehen bekommen hab', hat mir einen ganz schönen Schrecken eingejagt.«

»Na gut, Morrisa, ich werde versuchen, Roxanne für meine Pläne zu gewinnen, ohne irgendwelche Drohungen auszusprechen. Ich werde dir noch heute nachmittag ein Schreiben geben, das du ihr schicken kannst. Wenn irgend möglich, hätte ich diese Angelegenheit gern bis morgen abend erledigt. Es wäre mir lieb, wenn mein Enkelsohn weder von meiner Ankunft noch von meiner Abreise etwas erführe. Je eher Shemaine stirbt, um so größer sind meine Chancen, unerkannt zu entkommen.«

»Meinen Sie nicht, daß sich die Sache herumsprechen wird, Mylady? In diesem Ort wird mächtig viel geredet.«

»Das Risiko gehe ich ein. Außerdem – wenn ich wieder weg bin, bevor die Leute im Dorf anfangen zu reden, kann ich immer noch behaupten, ich hätte nach Maurice gesucht und erfahren, daß er nach Norden abgereist sei oder etwas in der Art.«

Morrisa feixte. »Sieht so aus, als wäre ich nicht die einzige Lügnerin hier im Zimmer.«

Edith zog indigniert eine Braue in die Höhe.

24. Kapitel

Es war ein Vertrag zwischen Gage Thornton und Nathaniel Beauchamp über den Verkauf der Brigantine angefertigt worden, die letzteren als zukünftigen Besitzer des Schiffes auswies. Es war ein für beide Männer fairer und gerechter Handel, aber jetzt, da Gage vor der schwierigen Entscheidung stand, seine Tischlerwerkstatt zu schließen und sich nur noch dem Bau von Schiffen zu widmen, wurde ihm klar, daß er ein Unternehmen aufgab, das sich als überaus einträglich erwiesen hatte. Hinzu kam die Tatsache, daß Ramsey Tate, Sly Tucker und die beiden jüngeren Lehrlinge ihren Lebensunterhalt mit der Fertigung von Möbeln verdienten. Wenn er sie nicht weiterhin mit seinen Entwürfen und seiner Sachkenntnis, vor allem bei den Furnier- und Einlegearbeiten unterstützte, würden die Männer beträchtliche Schwierigkeiten haben. Sie arbeiteten hart und verstanden sich auf ihr Handwerk, waren aber nicht besonders kreativ, jedenfalls nicht genug, um sein Talent und seine Führung der Geschäfte auszugleichen.

Gage hatte seine Pläne nie vor seinen Männern geheimgehalten, und nachdem die Beauchamps sich verabschiedet hatten, war er in die Werkstatt gegangen, um mit verständlichem Stolz zu verkünden, daß er sein Schiff verkauft hatte. Die halbherzige Freude der Möbeltischler ließ keinen Zweifel daran, daß sie diese Entwicklung befürchtet hatten. Angesichts ihrer gedämpften Glückwünsche fragte er sich, ob sie ihre eigenen Grenzen nicht erkannt hatten oder es ihnen vielleicht schwerfiel, für sich selbst zu sprechen. Sie hatten sicher keinen Gedanken daran verschwendet, ihn überreden zu wollen, seinen langgehegten Traum, ein bedeutender Schiffsbauer zu werden, womöglich aufzugeben. Doch ihre Begeisterung war überwältigend, als er sie davon in Kenntnis setzte, er habe nach eingehender Überlegung beschlossen, daß es töricht sei, die Möbelproduktion einzustellen. Er würde daher seinen Ehrgeiz bezüglich des Schiffbaus auf das beschränken, was er während der letzten Jahre getan hatte, nämlich immer nur ein Schiff zu bauen – langsam, aber sicher. Und daneben die Möbel zu entwerfen.

Shemaine war nicht minder glücklich über die Neuigkeit, denn sie hätte es nicht verstehen können, wenn ihr Mann ein Handwerk aufgab, für das er eine solche Begabung hatte. Während die älteren Leute im Salon Karten spielten und Andrew in seinem Zimmer ein Schläfchen hielt, hatten sie sich einige Augenblicke der Ungestörtheit in ihrem Schlafzimmer ermöglicht. Maurice hatte die Beauchamps gebeten, ihn auf ihrem Schiff nach Newportes Newes mitzunehmen, jedoch nicht, ohne Gage zuvor unmißverständlich zu versichern, daß er am nächsten Tag zurückkehren werde, denn er wollte Shemaine nicht verlassen, bevor die Angelegenheit zwischen ihnen auf die eine oder andere Weise geklärt worden war. Bess und Nola waren in der Küche, um das Abendessen zuzubereiten, und zum ersten Mal seit der Ankunft ihrer Eltern an diesem Morgen konnten Gage und Shemaine das Glück genießen, einfach nur allein miteinander zu sein.

»Außerdem kannst du sowieso jetzt nicht aufhören, Möbel zu bauen«, erklärte seine Frau ihm. »Du mußt für unsere wachsende Familie weitere Betten und andere notwendige Dinge herstellen. Nach dem Besuch der Beauchamps bin ich davon überzeugt, daß uns beiden viel Schönes entgangen ist, weil wir ohne Geschwister aufgewachsen sind. Ich finde, wir sollten ernsthaft über eine große Familie nachdenken. Oh, Gage, überleg nur, wieviel Spaß es machen wird, viele Kinder großzuziehen, und wenn wir alt und grau sind, Enkelkinder zu haben, die uns besuchen und auf unseren Schoß klettern, um sich einen Kuß abzuholen oder eine Geschichte erzählt zu bekommen. Es wäre ein wahrer Quell der Freude und geradezu ein Elixier für Jugendlichkeit. Sieh dir doch nur deinen Vater an. Allein durch Andrews Gesellschaft hat er neuen Schwung bekommen.«

Ihren überzeugenden Argumenten gab Gage sich sofort geschlagen. »Es wird uns zwar viel Mühe kosten, sie großzuziehen. Aber andererseits – stell dir nur die Freuden vor, die wir haben werden, wenn wir sie erzeugen.« Er strich grinsend den Stoff ihres Kleides über ihrem Bauch glatt und trat zu einer nachdenklichen Musterung einen Schritt zurück. Damit er besser sehen konnte, drehte seine Frau sich bald in diese, bald in jene Richtung, aber er schüttelte den Kopf, denn er konnte, seit er sie das letzte Mal in Augenschein genommen hatte, keine Veränderung entdecken. »So langsam, wie dieses Kind wächst, wird es wohl erst Anfang nächsten Jahres kommen.«

»Du ziehst mich auf«, beklagte Shemaine sich mit einem Giggeln und schmiegte sich an ihn. »Du weißt sehr wohl, wann das Baby kommen wird.«

»Ja, aber ich habe mich gefragt, ob du vielleicht die neun Monate vergessen hast, die ein Baby braucht, um zu wachsen. Bei der Anzahl von Kindern, die du offensichtlich haben willst, scheint mir, daß du stets eins im Bauch und ein anderes an der Brust haben wirst.«

Shemaine konnte sich vorstellen, wie lebhaft es in ihrem Haus zugehen würde, wenn sie mit so vielen nahezu gleichaltrigen Kindern fertigwerden mußten. »Nun ja, vielleicht sollten wir uns doch nicht allzusehr beeilen. Schließlich müssen wir einem jeden von ihnen Zeit geben, alle Vorteile eines Säuglings zu genießen, bevor wir es aus der Wiege verscheuchen.«

Gage konnte ihr nur von Herzen zustimmen. »Und wir hätten auf diese Weise auch mehr Zeit, uns an den kostbaren Augenblicken der Entwicklung zu erfreuen. Es ist sehr wichtig, ein Kind zu umhegen und mit sanfter, liebevoller Hand zu führen, damit es sich geliebt weiß, aber auch versteht, wo seine Grenzen innerhalb der Familie liegen. In der Tat, Madam, es wäre nicht sehr klug von uns, wenn wir eine große Schar unerzogener Wilder in die Welt setzten, die nicht nur uns auf der Nase herumtanzen würden.«

Shemaine strich lächelnd über seine Schläfe bis hinab zu der festen Linie seines Kiefers. »Deine Weisheit hast du schon bei Andrew bewiesen, mein Liebster, und ich werde mich bemühen, nach der Geburt unseres Kindes deinen Rat zu befolgen, obwohl ich weiß, daß ich in Versuchung sein werde, das süße Geschöpf übermäßig zu verwöhnen.«

»Das würde euch beiden gewiß guttun, aber laß das neue Baby nicht zum wichtigsten Mitglied der Familie werden. Schließlich genießt es auch dein Ehemann, an deiner Brust gehätschelt zu werden, meine Liebste.«

»Oh, diesen Rausch würde ich niemals aufgeben«, entgegnete Shemaine. »Es genügt schon eine solch simple Erinnerung, und meine Nerven prickeln vor erwartungsvoller Vorfreude.« Ihr verheißungsvoller Blick verschlug ihrem Mann fast den Atem, und er holte tief Luft, als sie seine Hände auf ihre schwellenden Brüste legte. »Siehst du, was du mit mir machst?«

Seine Daumen strichen über die hart gewordenen Knospen und entlockten ihr einen Seufzer der Wonne. »Habe ich dir eigentlich schon gesagt, wie schön du in deinen eigenen Kleidern aussiehst?« raunte Gage und ließ seine Lippen über ihre Stirn gleiten. »Du hast auch in Victorias Kleidern immer einen herrlichen Anblick geboten, und es hat mir bestimmt nichts ausgemacht, daß sie über deinen Brüsten spannten, aber deine eigenen Sachen stehen dir halt doch besser.«

»Jetzt kann ich wenigstens atmen«, erwiderte sie und holte so tief Luft, daß ihr Busen sich unter seinen Händen hervorreckte.

»Trotzdem bist du in deinen eigenen Kleidern immer noch nicht so verführerisch wie zu den Zeiten, da du überhaupt keine anhast«, flüsterte Gage.

Shemaine blickte ihn mit einem warmen, vieldeutigen Lächeln in die funkelnden Augen. »Dasselbe kann man von Ihnen behaupten, Mr. Thornton.« Sie ließ die Hände über seine Hüften gleiten, um bewundernd seine harten Gesäßmuskeln zu streicheln. »Du hast die attraktivste Kehrseite, die zu betrachten ich je das Vergnügen hatte.«

»Aller Wahrscheinlichkeit nach die einzige, die du nackt betrachten konntest«, konterte er belustigt.

»Stimmt«, räumte Shemaine ein, »aber ich weiß elegante Linien zu schätzen, wenn ich welche sehe.«

»Maurice ist ebenfalls einigermaßen gutaussehend. Wie schneide ich im Vergleich zu ihm ab?«

Shemaine lehnte sich in seinen Armen zurück und heuchelte

nachdenkliche Verblüffung. »Keine Ahnung, Mr. Thornton. Maurice ist ein recht attraktives Exemplar der männlichen Gattung…«

»Pah!«

Gages verächtliches Schnauben verführte seine Frau zu weiterem fröhlichen Gekicher. »Aber Sir! Ich glaube, Sie sind tatsächlich eifersüchtig!«

»Mir ging es besser, bevor ich wußte, *wie* attraktiv dein Verlobter ist«, bemerkte er trocken. Dann verschränkte er die Arme vor der Brust und hob den Blick himmelwärts. Einen Augenblick lang behielt er diese Pose bei, bis ihr Gelächter ihn veranlaßte, sie über seine Nase hinweg entrüstet anzupeilen. »Ist das alles, was Ihnen an mir gefällt, Madam? Meine Kehrseite?«

Shemaine schmiegte sich an ihn und schnurrte zärtlich. »Aber gewiß nicht, Sir. Es gibt andere Stellen an Ihnen, die ich bei weitem noch fesselnder finde, aber Sie würden mich für allzu lüstern halten, wenn ich zugäbe, daß ich da ganz spezielle Vorlieben habe.«

Solchermaßen beruhigt, schlang Gage die Arme um sie und war keineswegs überrascht, festzustellen, daß er auf ihre anzügliche Bemerkung reagierte. Seine Lippen zuckten belustigt, während er über seine Schulungsstunden ihr gegenüber nachdachte. »Habe ich deine Kühnheit nicht stets ermutigt? Vielleicht sollten wir deinen Fetisch einmal näherer Erkundung unterziehen.«

Sie zog lüstern die Luft ein, als sähe sie ein köstliches Festmahl vor sich. »Führen Sie mich jetzt nicht in Versuchung, Sir. Heute nacht wäre gewiß der bessere Zeitpunkt. Bei so vielen Besuchern in der Hütte sind diese Wände nicht dick genug, um meine seligen Schreie zu ersticken.«

»Was? Hast du Angst, du könntest deiner Mutter in bezug auf ihren unschuldigen kleinen Liebling einen falschen Eindruck vermitteln?« neckte Gage sie, nachdem ihm ihre frühere Bemerkung wieder eingefallen war.

»Genau das!« Shemaine lächelte verführerisch, während ihre Hand zwischen ihnen hinunterglitt, bis ihm der Atem stockte. »Sie soll nicht erfahren, daß ich mich zu einem unersättlichen Monstrum entwickelt habe, das es immer nach den Freuden gelüstet, die du weckst. Meine Mutter würde auf der Stelle ohnmächtig umfallen, wenn sie von meiner Besessenheit Kenntnis hätte.«

Ihr Mann blickte zärtlich auf sie hinunter. »Glaubst du wirklich, daß sie deinen Vater nie auf dieselbe Art und Weise berührt hat, wie du mich jetzt berührst?«

Shemaine krauste versonnen die Stirn. »Es fällt mir schwer, mir vorzustellen, daß meine Mutter so... so dreist gewesen sein könnte.«

»Deine Eltern lieben einander, Shemaine. Ist es da wirklich so schwer, zu vermuten, daß deine Mutter deinem Vater ähnliches Glück schenkt, wie du mir? Und denkst du wirklich, daß wir das einzige verheiratete Paar auf der Welt sind, das sich ohne Kleidung und ohne ein trennendes Laken liebt? Da bist du bei weitem unschuldiger, als du glaubst, meine Liebste.«

»Es fällt mir einfach nur schwer, mir vorzustellen, daß mein Vater und meine Mutter alles das tun, was wir tun«, gestand Shemaine.

Gage lächelte und liebkoste noch einmal ihre Brüste. »Die beiden sind vielleicht nicht so kreativ wie wir, mein Herz, aber ein wenig Phantasie mußt du ihnen schon zugestehen.«

Shemaine seufzte verunsichert und schien plötzlich Hemmungen zu haben, ihn zu streicheln. »Wenn ich mir die beiden zusammen im Bett vorstelle, werde ich sie gleich überhaupt nicht mehr ansehen können.«

Gage lachte über die Aufrichtigkeit seiner jungen Frau. »Tut mir leid, daß ich dich mit solchen Gedanken belästigt habe, mein Liebes.«

Sie zog einen Schmollmund. »Das sollte es dir auch, aber ich verstehe, daß du eifersüchtig auf Maurice warst und der Versuchung, dich ein klein wenig zu rächen, nicht widerstehen konntest.«

»Er schon wieder!« knurrte Gage und bemühte sich, ihren Verdacht mit einem Lachen zu zerstreuen. »Wie sehr ich mir doch wünschte, ich hätte diesen gutaussehenden Burschen nie gesehen!«

»Du brauchst dir keine Sorgen zu machen, mein Geliebter«, sagte Shemaine dicht an ihn gekuschelt. »Du wirst in meinen Augen immer viel attraktiver sein, als alle anderen Männer es je sein könnten. Andererseits mag meine Sicht durch die Liebe ein wenig getrübt sein.«

»Solange ich diese Liebe besitze, Madam, werde ich über die Maßen glücklich sein. Und so sehr es mich drängt, hierzubleiben und mir mit dir die Zeit zu vertreiben, muß ich jetzt doch hinunter zum Schiff, bevor die Morgans fortgehen, und mit Flannery einige Dinge besprechen.«

»Und ich sollte besser langsam Andrew wecken, sonst bekommen wir heute nacht überhaupt keinen Schlaf, weil er viel zu wach ist«, sagte Shemaine.

»Dann gib mir einen Kuß, der mich über die Runden rettet, bis wir wieder zusammen sind«, drängte Gage und zog sie sehnsüchtig an sich.

Shemaine, die ihm nur zu gerne entgegenkam, schlang die Arme um ihn und gab ihm einen so leidenschaftlichen Kuß, daß all seine Zweifel bezüglich Maurice zu einem Nichts zusammenschmolzen.

Die Tatsache, daß er die Brigantine nun verkauft hatte, ermöglichte es Gage, das Schiff in einem neuen Licht zu sehen. Während er bisher hauptsächlich über das Unvollendete gegrübelt hatte, schien seine Sicht jetzt klarer und umfassender geworden zu sein. Seine Arbeiter waren nach Hause gegangen und hatten die O'Hearns, Nola und Mary Margaret mitgenommen – letztere, um sie zu ihrem Haus zu begleiten, während die anderen wieder bei Ramsey nächtigen würden. Nur Bess und Gages eigene Familie waren jetzt noch in der Hütte. Sein Vater hatte sich auf den Dachboden zurückgezogen, Bess war in der Küche, um Brot und andere Speisen für den nächsten Tag vorzubereiten, und Shemaine war damit beschäftigt, Andrew zu baden. Gage wollte kurz an Bord gehen und sich sein Schiff noch einmal ansehen, bevor es endgültig dunkel wurde. Er empfand ein seltsames Gefühl des Triumphs, während er über die Planken schritt, doch gleichzeitig auch Trauer.

In den nächsten Monaten würde er das Schiff davonsegeln sehen, und es war ihm, als verlöre er einen alten Freund, den er während der letzten neun Jahre gehegt und gepflegt hatte. Es würde natürlich eine Herausforderung sein, wieder ein neues zu beginnen, aber nun, da ein Schiff, das er selbst entworfen und gefertigt hatte, die

Meere befahren würde, würde er nicht mehr mit derselben Unbefangenheit an weitere Baupläne herangehen. Der Erfolg würde ihn immer weitertreiben, immer größeren Herausforderungen entgegen. Die Schwierigkeiten, die es einstmals zu überwinden galt, erschienen ihm jetzt nicht mehr so gewaltig; es würde nicht mehr so schwierig sein, das notwendige Geld aufzutreiben. Die Leute würden seine Ideen nicht mehr verlachen oder ihn voreilig zum Narren stempeln. Vielleicht würde sein Vater sogar seinen Rat suchen oder Seite an Seite mit ihm arbeiten.

William hatte vor kurzem erwähnt, daß er erwäge, seinen ganzen Besitz in England zu verkaufen und sich hier in den Kolonien, irgendwo in der Nähe, niederzulassen. Schließlich, so hatte sein Erzeuger ihn informiert, brauchte Andrew einen Großvater, den er gelegentlich auch besuchen konnte. Nachdem im übrigen ein weiteres Enkelkind unterwegs war, lagen seine Besitztümer in England ihm lange nicht mehr so sehr am Herzen, wie seine Familie es tat. Und dann war da natürlich auch seine neue Freundin, Mary Margaret McGee, die den unschlagbaren Vorteil hatte, eine ebenso passionierte Kartenspielerin zu sein wie er selbst.

Außerdem prophezeite William, daß die O'Hearns der Verbindung ihrer Tochter zu guter Letzt ihren Segen geben würden, sobald sie ihre Befürchtungen bezüglich Gages Charakter beschwichtigt sahen. Gage war nicht ganz so optimistisch, daß das tatsächlich irgendwann der Fall sein könnte. Schließlich war über ein Jahr verstrichen, und nichts war ans Licht gekommen, das ihn in den Köpfen der Menschen von Victorias Ermordung freisprach. Vielleicht war ihr Tod doch ein Unfall gewesen, und man würde nie einen Mörder finden. Würden die Leute im Dorf im Laufe der Jahre aufhören, ihn mit ihrem Argwohn zu verfolgen?

Zweifelhaft, seufzte Gage im Geiste. Noch auf Jahre hinaus würden Besucher wie Maurice du Mercer übertriebene Berichte von seinem *schrecklichen* Temperament zu hören bekommen und ihn blind verurteilen. Vielleicht würde Maurice morgen sogar zurückkommen und Satisfaktion in einem Duell fordern, zur Tat getrieben von irgendeinem zusammenphantasierten *Beweis*, den Mrs. Pettycomb oder ein anderes altes Klatschweib ersonnen hatten.

Der Marquis hatte gesagt, er werde nicht rasten, bevor er eine endgültige Antwort auf die Frage von Gages Schuld oder Unschuld gefunden habe. Angesichts einer solchen Warnung wurde Gage sich seiner eigenen Grenzen im Umgang mit einer Pistole bewußt. Er verstand sich außerordentlich gut auf ein Steinschloßgewehr, aber sobald es ums Duellieren ging, waren seine Erfahrungen äußerst gering. Es war überaus wahrscheinlich, daß er bei einer solchen Herausforderung getötet würde. Dann konnten all die kühnen Pläne, die er sich ausgemalt hatte, niemals in Erfüllung gehen.

Gage verschränkte die Hände hinterm Rücken und schlenderte zum Bug vor. Niemand hatte je die Tatsache akzeptiert, daß er Victoria geliebt hatte. Er hatte hart gearbeitet, um ihr alles zu ermöglichen, was sich eine Frau ihrer Herkunft wünschen konnte. Sie war auch immer so überaus dankbar gewesen und voller Freude über seine Geschenke, daß er um so härter gearbeitet hatte, um selbst ihre kleinsten Wünsche erfüllen zu können. Mrs. Pettycomb und andere Leute im Weiler hatten seine Arbeitsgewohnheiten als Selbstsucht und ehrgeizige Jagd nach Erfolg betrachtet. Zu Unrecht.

Victorias Tod hatte ihn in all den Monaten danach gnadenlos verfolgt. Wie oft war er mitten in der Nacht aus Alpträumen hochgeschreckt, in denen er verzweifelt die Arme ausstreckte, um sie aufzufangen, nachdem sie vom Bug des Schiffes gestürzt war. Aber natürlich immer ohne Erfolg. Während der langen, quälenden Stunden des Tages hatte er sich ständig bittere Vorwürfe gemacht, Victoria allein gelassen zu haben. Aus irgendeinem unerklärlichen Grund war ihm, als hätte er sie im Stich gelassen. Dennoch war dieser Tag nicht anders als andere gewesen, denn sie hatten oft gemeinsam auf dem halb fertiggestellten Deck des Schiffs gestanden und ihre Träume geteilt, Träume davon, wie es sein würde, wenn das Schiff erst einmal verkauft war. Keiner von ihnen hätte je vermutet, daß sie plötzlich nicht mehr neben ihm stehen würde. Sie waren intensiv damit beschäftigt gewesen, das Leben und ihre Liebe zu genießen.

Wenn Liebe sich messen ließ, mußte Gage zugeben, daß seine Gefühle für Shemaine über das, was er einst für Victoria empfunden hatte, weit hinausgingen. Es erschien ihm eigentlich unmöglich, und dennoch wußte er, daß es die Wahrheit war. Als Victorias Ehemann hatte er einst fest geglaubt, daß keine andere Frau jemals ihren Platz in seinem Herzen würde einnehmen können. Er hatte sie aufrichtig, tief und ehrlich geliebt. Und doch war er nun vollkommen vernarrt in seine junge Frau. Manchmal stieg die Freude seiner Liebe zu Shemaine so stark in ihm auf, daß ihm beinahe schwindelig wurde. Wann immer sie in den wundervollen Riten der Liebe zueinanderfanden, war er so erregt und voller Hingabe wie ein unerfahrener Jüngling bei seiner ersten Eroberung. In jeder Nacht, die er in ihren Armen lag, erfüllte ihn die überwältigende Zärtlichkeit und Ausschließlichkeit, die er für sie empfand, mit neuerlicher Dankbarkeit. Was war ihm seit jenem schicksalsschweren Tag von Victorias Tod widerfahren? War seine Erinnerung an die Liebe zu ihr im Laufe der Zeit im Nebel versunken oder gar ganz gelöscht worden? Oder hatte er mit der Zeit eine andere Sicht der Dinge bekommen – so wie er das Schiff jetzt anders sah, das er entworfen hatte?

Wußte Shemaine überhaupt, wie sehr er sie liebte und daß sein Herz ganz allein für sie schlug? Wenn es Maurice gelang, ihn zu töten, konnte sie dann in den folgenden Wochen, Monaten oder gar Jahren dazu verleitet werden, zu glauben, er hätte seine Frau vielleicht doch in einem Wutanfall getötet, so wie Roxannes behauptet hatte?

Mein Gott, nicht das! stöhnte er im Geiste auf. *Laß sie weiter an mich glauben! Wenn ich sterben muß, laß ihre Liebe nicht mit mir sterben!*

Ein verstohlenes Knarren von Holz auf der Helling ließ Gage erwartungsvoll herumfahren. Shemaine hatte gesagt, daß sie, sobald sie Andrew gebadet und zu William hinaufgebracht hatte, damit er ihm eine Geschichte vorlas, zu ihm aufs Schiff kommen würde. Aber die massige Gestalt, die er jetzt erblickte, war keineswegs seine grazile Shemaine.

Jacob Potts blickte ihn triumphierend an und richtete eine Pistole direkt auf seine Brust. »Jetzt hab' ich dich«, knirschte der Matrose. »Morrisa meinte, ich sollte Sie zuerst töten, damit Sie uns nicht jagen, sobald ich Shemaine aus dem Weg geschafft habe. Tut mir richtig leid, daß mir die Idee nicht selber gekommen ist – bevor Sie mir das Loch in den Pelz gebrannt haben.«

Gage wußte, daß er absolut wehrlos war. Er hatte keine Waffe. Potts war nicht nahe genug, damit er sich auf den Mann hätte werfen und mit ihm ringen können. Seine einzige Hoffnung bestand darin, Zeit zu gewinnen, bis die Umstände sich zu seinen Gunsten wenden ließen. »Ihnen muß doch klar sein, daß meine Männer den Wald Ihretwegen beobachten. Selbst wenn Sie ihnen momentan entwischt sind, werden meine Arbeiter eine ziemlich genaue Vorstellung davon haben, wer der Mörder ist.«

»Reden Sie keinen Blödsinn«, fauchte Potts. »Ich war nicht mehr hier seit dem Tag, an dem Sie auf mich geschossen haben, und im Wald war niemand.« Er schnaubte höhnisch. »Morrisa hat mir gesagt, ich solle die Finger von Ihnen und dieser Irenschlampe lassen. Nachdem Sie bei Morrisa waren und gedroht haben, Sie würden sich an uns rächen, hat sie kalte Füße bekommen. Vermutlich auch deshalb, weil ihr Freida erzählt hat, Sie hätten Ihre erste Frau kaltgemacht. Ich hab' aber keine Angst vor Ihnen.«

Gage ließ den Blick verächtlich über den hünenhaften Mann gleiten. »Ich sehe, daß Sie sich wieder ganz gut erholt haben.«

»Ja, aber es hat ziemlich lang gedauert, Sie Mistkerl! Wirklich schade, daß dieses kleine Irenweib so zäh ist, sonst hätte ich sie an jenem Tag vielleicht töten können. Ihr Tod hätte mir geholfen, die Schmerzen meiner Wunde besser zu ertragen.«

»Shemaine hat Ihnen nie irgend etwas getan«, entgegnete Gage vernünftig. »Warum sind Sie so darauf versessen, sie zu töten?«

»Zum einen ist mir das kleine Biest noch etwas schuldig. Ich hab's ihr versprochen, müssen Sie wissen. Ich kann dieses Stück Dreck nicht leiden. An dem Tag, an dem sie die *London Pride* verließ, habe ich geschworen, mich an ihr zu rächen, und wenn ich einem Feind mein Wort gegeben habe, halte ich es auch.« Potts zuckte kurz mit seinen massigen Schultern. »Und zum zweiten gibt es jetzt auch noch eine hübsche Belohnung für den, der Sie kaltmacht. Entschädigt mich für die Wartezeit sozusagen.«

»Wer hat denn eine Belohnung ausgesetzt?« Gage konnte sich

nicht vorstellen, daß Roxanne über die Mittel verfügte, um Potts oder Morrisa für ihre Sache zu gewinnen. Selbst abzüglich dessen, was sie Freida geben mußte, verdiente die Hure wahrscheinlich in einer Woche mehr, als Roxanne in einem ganzen Jahr zusammenbekommen konnte, wenn sie für ihren Vater putzte und kochte.

»Keine Ahnung. Morrisa weiß es, bloß daß sie's mir nicht sagen will.«

»Vielleicht lügt Morrisa und hofft, daß Sie erschossen werden. Ich habe ja gesagt, daß ich Sie töten würde, wenn ich Sie das nächste Mal hier draußen erwische. Morrisa ist das offensichtlich egal. Warum sollten Sie ihr also Glauben schenken?«

Potts durchwühlte seine Beutel und förderte eine weiche Lederbörse zutage, der von zu hoher Qualität war, um auf normalem Wege in den Besitz des Matrosen gelangt sein zu können. Nun hielt er ihn hoch und schüttelte ihn, bis die Münzen darin klimperten. »Weil Morrisa mir für den Anfang diese volle Börse hier gegeben hat. Wenn sie nicht glauben würde, daß ich zurückkäme, hätte sie mir das Geld nie gegeben. Sie hätte mir bloß gesagt, daß nach getaner Arbeit eine Börse auf mich warten würde.«

Gage schien einen Augenblick lang über die Logik des Mannes nachzudenken, aber nur, um nach möglichen Fluchtwegen zu suchen. Vielleicht ließ sich der Schwachkopf mit einer List übertölpeln.

Also blickte Gage bewußt an dem Mann vorbei und zur Helling hinüber. Dann machte er eine ruckartige Kopfbewegung, als wolle er einem Verbündeten das Zeichen geben, die Sache in die Hand zu nehmen. Aber Morrisa hatte den Matrosen eigens gewarnt, sich nicht von dem gerissenen Siedler hinters Licht führen zu lassen, so daß der sofort ein Täuschungsmanöver witterte. Die Pistole immer noch sorgfältig auf Gage gerichtet, trat Potts vorsichtig zur Seite, bis er relativ gefahrlos einen flüchtigen Blick auf die Helling riskieren konnte. Wie erwartet, war dort niemand zu sehen.

»Sie versuchen, mich auszutricksen«, schnauzte Potts und kniff seine Schweinsäuglein wütend zusammen.

»Es tut mir leid, ich mußte zumindest versuchen, mich zu retten«, entschuldigte Gage sich höflich. Mit einem lässigen Achselzucken tat er seinen gescheiterten Versuch ab und ging bedächtig auf den Matrosen zu, woraufhin dieser mit einem tiefen Knurren einige Schritte zurücktapste.

»Bleiben Sie, wo Sie sind, Sie elender Kerl, oder ich werde Sie auf der Stelle töten!«

Gage breitete in einer Geste reiner Unschuld die Hände aus. »Ich bin unbewaffnet, Potts. Warum machen Sie sich solche Sorgen?«

»Weil Sie ständig irgendwelche Schurkereien im Kopf haben! Wie an dem Tag, an dem Sie mir einen Tritt in den Hintern verpaßt haben, als ich mich auf Sie stürzen wollte.«

Gage lächelte freundlich; es freute ihn, daß Potts das nicht vergessen hatte. »Sie müssen zugeben, Potts, wenn die Situation umgekehrt gewesen wäre, hätten Sie vielleicht auch etwas Derartiges versucht; das heißt, *wenn* Ihnen etwas Derartiges eingefallen wäre.« Seine Andeutung, daß der Matrose nicht besonders hell im Kopf war, mochte nicht allzu deutlich ausgefallen sein, das mußte Gage zugeben. Aber eigentlich hätte selbst ein größerer Idiot die Beleidigung erkennen müssen. Er war enttäuscht, daß Potts zu den noch größeren Idioten gehörte, denn er ging nicht weiter auf die Sache ein. Also mußte Gage sich klarer ausdrücken. »Wirklich schade, daß Sie nicht so weit vorausdenken können.«

»Nun, diesmal legen Sie mich mit Ihren bescheuerten Manövern nicht aufs Kreuz«, erklärte Potts schroff.

Gage beschloß, die Intelligenz des Mannes weiter zu untergraben. Er sah sich suchend um, als hätte er etwas verloren. In Wirklichkeit plante er, einen Eisenschlegel hochzureißen, der dicht neben seinen Füßen an einem Eimer mit Sand lehnte. Wenn es ihm gelang, dem Matrosen die provisorische Waffe mit voller Wucht an den Kopf zu schleudern, würde das Potts gewiß außer Gefecht setzen, vielleicht sogar töten, was Gage von Herzen hoffte. Er war es müde, ständig mit der Angst zu leben, ob Potts vielleicht in der Nähe war und er ein Mitglied seiner Familie verletzen oder töten würde. Zumindest hatte sich dieses Ungeziefer aus seinem Versteck gewagt.

»Was machen Sie da?« brüllte Potts ihn gefährlich an. »Versuchen Sie sich umzubringen, bevor ich mit Ihnen fertig bin?«

»Ich bin Ihre leeren Drohungen leid, Potts, also ersparen Sie mir Ihre hirnverbrannten Kommentare. Sie sind doch nichts als ein tolpatschiger Schlammfresser…«

Mit einem schrillen Aufkreischen richtete Potts die Pistole auf den Kopf seines Herausforderers, aber Gage duckte sich blitzschnell und griff nach dem Schlegel. Er hatte nur eine einzige Chance, den Matrosen kampfunfähig zu machen. Er rechnete zwar damit, daß er dadurch sein eigenes Leben verlieren würde; denn er konnte nicht hoffen, daß er den Mann mit dem schweren Hammer treffen und gleichzeitig dem Schuß entgehen konnte. Aber zumindest wäre Shemaine dann gerettet.

Noch während er das Klicken eines Abzugs hörte, riß Gage das Eisen im hohen Bogen über seinen Kopf. Im nächsten Augenblick zerriß eine Explosion die Stille, und er schleuderte den Schlegel dem Matrosen entgegen. In angespannter Qual wartete Gage darauf, daß der Schuß ihn mitten in der Brust treffen würde – und war erstaunt, als Potts' gewaltiger Körper ruckartig und von heftigen Krämpfen geschüttelt nach vorn kippte. Das Eisen verfehlte den Kopf des Matrosen nur um Haaresbreite, während dieser mit ungelenken Schritten auf Gage zutaumelte. Ein seltsam gurgelnder Laut kam aus Potts' Kehle, dann quoll ihm ein Schwall Blut aus dem Mund. Er starrte Gage mit unaussprechlicher Überraschung an.

Gage war genauso verblüfft, während er den Mann fasziniert beobachtete. Potts hob mühsam den Arm und betrachtete den großen roten Flecken darunter, der sich pilzförmig unter dem Ärmel seines weißen Hemdes ausbreitete. Durch ein häßliches Loch in der Brust pulste das Blut aus seinem Körper. Dann erst spürte er den brennenden Schmerz des Bleis, das seine Lunge durchschossen hatte. Mit vor Staunen weit offenem Mund hob Gage den Blick zu der schlanken Gestalt, die auf der Helling stand, an eben der Stelle, zu der Gage nur wenige Minuten zuvor täuschungshalber hinübergewunken hatte.

Shemaine ließ die noch rauchende Waffe sinken und ihren tauben Fingern entgleiten, während sie geschockt auf Potts hinabstarrte. »Du hättest nicht versuchen sollen, meinen Mann zu töten!«

Shemaine biß die Zähne zusammen, damit sie ihr nicht aufeinanderschlugen und unternahm den tapferen Versuch, ihr heftiges Zittern zu unterdrücken, aber ihre Selbstbeherrschung würde nicht lange halten. Es war das zweite Mal, daß sie gezwungen gewesen war, einen Menschen zu erschießen, um das Leben ihres Mannes zu retten. Diesmal gefiel es ihr genausowenig wie beim ersten Mal.

Potts richtete schwerfällig seine Pistole auf sie, aber Gage warf sich auf den Mann und riß seinen Arm nach oben. Das ohrenbetäubende Krachen der explodierenden Waffe schien über den Fluß zu hallen, so daß die Wasservögel erschreckt kreischend in alle Richtungen flogen. Gage rammte dem Seemann die Faust in das breite Gesicht, und Potts rutschte rückwärts quer über die Planken und hinterließ eine breite Blutspur auf dem Holz. Der Matrose versuchte, sich aufzurichten, aber die heftigen Bewegungen beschleunigten nur den Strom des Blutes, der aus seiner Wunde quoll. Verdrossen und als sei er über alle Maßen erschöpft, fiel sein Kopf auf das Deck, und er starrte zum rosafarbenen Himmel empor, unter dem eine Schar Vögel hinwegzog. Müde schloß er die Augen und hauchte mit einem heiseren Seufzen sein Leben aus.

Ein Ruf aus der Hütte zog Gages Aufmerksamkeit auf sich, und er eilte auf die gegenüberliegende Seite des Schiffes. William, Bess und Andrew standen auf der Veranda. Gage schwenkte den Arm hoch über dem Kopf, um seinem Vater zu signalisieren, daß sie in Sicherheit waren. Daraufhin kehrten die drei in die Hütte zurück.

Gage eilte zu seiner jetzt völlig aufgelösten Frau, nahm sie in die Arme, küßte ihr Haar und versuchte, ihren Schock zu lindern. »Was hat dich auf den Gedanken gebracht, mit einer Pistole hierher zu kommen, meine Liebste?«

»Ich habe Potts vom Eingang der Hütte aus gesehen«, brachte Shemaine mit dünner Stimme heraus. Sie hatte gerade gehen wollen, als sie die allzu vertraute, breite Gestalt über die Lichtung auf das Schiff hatte zuschleichen sehen. »Aber wie kommt es, daß du mich gesehen hast? Ich dachte, ich wäre so vorsichtig gewesen, als ich mich die Helling hinaufschlich.«

Gage war völlig verwirrt. »Ich habe dich nicht gesehen.«

»Aber du hast die Stirn gerunzelt und mich direkt angesehen, während ich auf der Helling hockte. Ich war ganz sicher, daß Potts mich beim Umdrehen entdecken würde.«

Gage erinnerte sich an das Täuschungsmanöver, mit dem er die Aufmerksamkeit des Matrosen von sich ablenken wollte, damit er sich auf ihn stürzen konnte; nun war er von Herzen dankbar, daß Potts zu lässig und unaufmerksam gewesen war, sich genauer umzusehen. Der Idiot hätte Shemaine töten können. »Ich habe dich weder gesehen… noch gehört. Ich habe lediglich versucht, Potts abzulenken, damit ich versuchen konnte, ihn zu überwältigen. Mir wäre im Traum nicht eingefallen, daß du dich hinter der Reling versteckt haben könntest. Was für ein entsetzlicher Gedanke, sich vorzustellen, was ich hätte anrichten können, als ich versuchte, Potts abzulenken.«

Shemaine zog zitternd die Nase hoch und wischte sich über die Augen. »Ich war bereit. Ich hätte ihn erschossen.«

»Ich kann es nicht ertragen, mir etwas anderes auch nur vorzustellen«, stöhnte Gage. Sein Herz war bei der entsetzlichen Aussicht, Shemaine hätte getötet werden können, schier stehengeblieben.

Als nun noch einmal ihr Blick auf den toten Mann fiel, begann Shemaine abermals, unkontrolliert zu zittern. »Ich zw-zweifle daran, daß Potts je auf den Gedanken g-gekommen wäre, sein H-Haß auf uns k-könne ihn das L-Leben kosten.«

Gage rieb die Arme seiner Frau, um sie zu wärmen. Sie stand kurz vor einem Nervenzusammenbruch, und er wußte, daß er ihr vor allen Dingen diese Leiche aus den Augen schaffen mußte. »Ich werde Potts in die Werkstatt runterbringen und einen Sarg für ihn zimmern.«

»W-Während du das tust, sollte i-ich besser das B-Blut vom D-Deck waschen«, stotterte sie, außerstande, ihr Zittern unter Kontrolle zu bekommen. »Es wird bald dunkel, und es w-wäre mir schrecklich, wenn das Blut ü-über Nacht in das H-Holz einsickern würde.«

Gage faßte den Seeman am Arm, zog ihn sich über die Schultern und trug ihn zur Werft. »Ich komme zurück und helfe dir, sobald ich Potts verstaut habe.«

Shemaine richtete sich unter Aufbietung all ihrer Kräfte auf und bekam sich nach und nach wieder in den Griff. Als sie sich etwas beruhigt hatte, ging sie kurz zur Hütte hinauf und erklärte William unter vier Augen, was sich zugetragen hatte. Er versicherte ihr, daß er Andrew ins Bett bringen würde, ohne daß der Junge erfuhr, was auf dem Schiff geschehen war. Sie drückte William die Hand und zeigte ihm mit dieser kurzen Geste ihre wachsende Zuneigung. Er selbst überraschte sie, indem er ihre Hand festhielt und an die Lippen führte. Es wurde kein Wort gesprochen. Das war auch nicht nötig. Mit jedem Tag, der verging, wurde deutlicher, wie sehr er sie schätzte. Noch dazu hatte sie heute zum zweiten Mal einen Menschen getötet, um seinen Sohn zu retten.

Shemaine kehrte mit einem Eimer Seifenwasser, einem Bündel Lumpen und einer Bürste wieder auf das Deck des Schiffs zurück. Sie hatte sich zuvor ein älteres Kleid und eine Schürze angezogen. Ihr schauderte vor der gräßlichen Aufgabe, die vor ihr lag. Dennoch ließ sie sich unverzüglich auf Hände und Knie nieder und begann, das Blut wegzuschrubben. Sie hatte gehofft, ein klein wenig mit ihrem Mann allein sein und sich mit ihm über den Verkauf des Schiffes freuen zu können, aber im Augenblick wäre sie schon dankbar gewesen, ihn nur in ihrer Nähe zu wissen und in seiner Ruhe und Kraft Trost zu finden. Da es bald dunkel werden würde, wollte sie so bald wie möglich wieder in die Hütte zurückkehren und die Wärme und den Schutz ihrer Familie genießen. Sie fühlte sich unwohl so allein hier draußen. Es war fast, als beobachte sie jemand, und sie konnte nur vermuten, daß der Schock, Potts getötet zu haben, ihr keinen Frieden ließ.

Schließlich wurde der Eindruck, daß da jemand war, so stark, daß Shemaine ihn nicht länger ignorieren konnte. Sie hockte sich hin und sah reflexartig zum Niedergang hinüber. Augenblicklich krampfte sich ihr Herz zusammen, denn dort stand Roxanne Corbin mit einer gespannten Pistole in der Hand und einem hinterhältigen Lächeln im Gesicht.

»Du hast aber lange gebraucht, um zu merken, daß ich hinter dir stehe«, höhnte Roxanne.

Shemaine konnte sich nur vorstellen, daß die Frau an Bord geschlichen war, während sie sich in der Hütte aufgehalten hatte; wahrscheinlich hatte sie es während der letzten Augenblicke genossen, zuzusehen, wie ihre Rivalin grobe Arbeiten verrichtete.

»Ich sehe, ihr hattet heute abend schon einen Besucher«, bemerkte die Frau. »Er hieß Potts, nicht wahr? Arme Seele, er war wirklich nicht sehr geschickt bei seinen Versuchen, dich zu töten, nicht wahr, Shemaine? Er hat es schon mal versucht, habe ich gehört… und war so unfähig, daß er sich dafür ein Loch im Bauch eingehandelt hat. Ich hätte ihm sagen können, daß Gage ein hervorragender Schütze ist, aber Potts hatte natürlich keinen Grund, mich um Rat zu fragen. Doch ich kann dir versichern, daß mir so ein Fehler nicht unterlaufen wird.«

Shemaine erhob sich wachsam. »Was haben Sie vor?«

Roxanne schlenderte mit selbstgefälligem Lächeln auf Shemaine zu. »Bist du wirklich so naiv? Wenn jemand eine geladene Pistole auf dich richtet, was würdest du dann normalerweise vermuten? Eine freundliche Kaffee-Einladung?« Sie lachte boshaft auf. »Ich hab' mir nie viel daraus gemacht, mit anderen Frauen zu tratschen. Ich habe Victoria nur deshalb besucht und sie in dem Glauben gewiegt, ich brauche ihre Freundschaft, weil ich in Gages Nähe sein wollte. In Wirklichkeit habe ich sie nämlich gehaßt. Von Anfang an wollte ich sie sterben sehen. Ihre Freundlichkeit und die kleinen Gefälligkeiten, die sie mir erwies, waren mir zuwider. Ich habe mich ihr niemals in irgendeiner Weise verpflichtet gefühlt. Sie hatte mir Gage gestohlen, und das habe ich ihr nie verziehen. In der Nacht, in der sie Andrew zur Welt brachte, habe ich gehofft, daß sie vor der Geburt sterben würde. Dann hätte ich mich nicht jedesmal an sie erinnern müssen, wenn ich diesen greinenden Winzling ansah. Ich wollte Gage ganz für mich und haßte den Gedanken, ihn mit irgend jemandem teilen zu müssen, selbst mit Andrew. Aber das kleine Balg gab mir nachher einen Grund, hier herauszukommen, und ich habe jeden Augenblick genutzt, den ich bei Gage war, weil ich hoffte, er würde nachgeben und mich heiraten.«

Roxannes Mundwinkel zogen sich vor Abscheu hinab. »Dann bist du gekommen, und mir wurde klar, daß alles vergebens war. Er würde dich heiraten, so wie er Victoria geheiratet hatte.«

Die flachshaarige Frau warf den Kopf in den Nacken, als wolle sie den Gedanken abschütteln. »Aber ich habe nicht den Wunsch, deine Ermordung hinauszuzögern, bis Gage zurückkommt. Er könnte nämlich versuchen, mich aufzuhalten. Auch Victoria wollte er immer beschützen, der Narr. Ich habe die Absicht, deine Leiche so liegenzulassen, daß man ihn für deine Ermordung zur Rechenschaft ziehen wird. Nur daß ich diesmal nicht zu seiner Rettung eilen werde. Ich werde ihn mit größtem Genuß vom höchsten Galgen baumeln sehen. Er hat mich zu oft abgewiesen. Nach deinem Tod werden die Leute im Dorf sicher eher bereit sein, zu glauben, er hätte Victoria getötet. Ja, ich denke, sie werden Gage ziemlich schnell den Prozeß für beide Morde machen.«

Shemaine versuchte, den Plan der Frau zu durchkreuzen. »In der Hütte sind noch andere Leute, Roxanne. Diesmal wird deine List nicht funktionieren.«

Roxanne lachte höhnisch auf. »Gage war auch in der Hütte, als Victoria über den Bug auf die Felsen unten geworfen wurde. Ich wußte, daß die beiden an Tagen, an denen seine Männer nicht hier waren, für gewöhnlich zusammen aufs Schiff gingen. Ich habe das Boot meines Vaters im Gebüsch versteckt und gewartet, bis ich Gage mit Andrew zur Hütte hinaufgehen sah. Er nahm soviel Rücksicht auf sie, daß er für gewöhnlich Andrew versorgte, wann immer ihm das möglich war – damit Victoria mal einen freien Tag hatte sozusagen. Nachdem er sie schreien hörte, kam er angerannt, aber es war zu spät. Victoria war bereits mausetot, als er aus der Hütte stürmte. Doch das Seltsame daran war, daß sie starb, bevor sie auf den Felsen aufschlug. Ihr Hals war gebrochen worden, verstehst du? Genau wie beim Samuel Myers, bevor er in den Brunnen geworfen wurde.«

Shemaine reagierte völlig gelassen, sah ihre Gegnerin nur wachsam an. Sie fragte sich, wieso Roxanne die Kraft hatte, so grauenvolle Dinge zu tun, denn die Frau sah nicht übermäßig kräftig aus. »Wie hast du es geschafft, ihnen den Hals zu brechen?«

Ihre Frage schien Roxanne zu amüsieren. »Genaugenommen bin ich nicht diejenige, die sie getötet hat. Ich habe lediglich meinen Freund davon überzeugt, daß Victoria – dieser süße kleine Engel!

– versucht habe, mich zu töten. Ich habe meinen Freund hierhergelockt, indem ich ihm sagte, ich bräuchte jemanden, der mich beschützt, damit ich mit ihr reden kann und sie fragen, warum sie mich töten wollte. Um seinetwillen tat ich dann so, als kämpfte ich um mein Leben, nachdem ich sie mir gegriffen hatte. Natürlich konnte mein Freund es nicht ertragen, zuzusehen, wie man mir weh tat. Er kam aus seinem Versteck heraus und packte sie von hinten. Victoria war so zart, daß er ihr den Hals brach, als er ihr nur kräftig den Kopf verdrehte. Dann habe ich ihm gesagt, er solle sie über den Bug werfen, damit es wie ein Unfall oder ein Selbstmord aussieht. Er hat auch Samuel Myers für mich getötet, nachdem diese kleine Ratte mich verprügelt hat. Was Myers betrifft, war mein Freund allerdings bei weitem entschlossener. Schließlich hatte ich die blauen Flecken zum Beweis dafür, daß der Mann mich verprügelt hatte.« Roxanne stieß einen Seufzer aus, als hätte sie irgend etwas verstimmt. »Für gewöhnlich ist es so einfach, meinen Freund dazu zu bekommen, zu tun, was ich will. Ich brauche lediglich zu behaupten, jemand habe mir in irgendeiner Weise etwas angetan, und schon ist er zu meiner Rettung da. Aber dich hat er zu sehr ins Herz geschlossen, Shemaine, und weigert sich, dir etwas anzutun. Er stellt sich sogar vor, du wärest seine Freundin.«

»Mein Freund?« Shemaine zog die Stirn kraus.

»Wirklich, Shemaine, ich habe keine Zeit, dir die Sache in allen Einzelheiten zu erklären. Es würde Stunden dauern, um dir begreiflich zu machen, wie sorgsam ich bisher alles geplant habe. Du bist so ein einfältiges Geschöpf. Du hast wirklich keine Ahnung, wer es sein könnte, nicht wahr? Ich war furchtbar wütend, als es mir nicht gelang, unseren Freund zu bewegen, dich zu töten. Dann machte man mir heute nachmittag einen Vorschlag, und in Anbetracht der Eile, mit der die Sache erledigt werden muß, habe ich beschlossen, sie selbst in die Hand zu nehmen.« Roxanne bedeutete Shemaine mit der Pistole, zum Bug hinaufzugehen. »Ich will das hinter mir haben, bevor Gage zurückkommt. Dann werde ich meine Belohnung kassieren und Newportes Newes für immer hinter mir lassen.«

»Welche Belohnung?«

»Ich werde dafür bezahlt, dich zu töten, du Närrin. Da es meinem Freund ja so sehr widerstrebt, dir etwas anzutun, hätte ich mich wohl schließlich sowieso dazu durchgerungen, dich selbst zu töten. Das Angebot einer dicken Börse hat mich veranlaßt, es sofort zu tun. Das Geld wird mir viele Dinge ermöglichen, die ich immer gewollt habe. Vielleicht reise ich sogar nach England oder halt irgendwo anders hin. Bei der enormen Belohnung, die mich erwartet, wenn ich Erfolg habe, kann ich überall leben, wo ich will.« Roxanne gestikulierte noch einmal mit der Pistole. »Und jetzt schnell. Tu, was ich dir sage.«

Shemaine schüttelte hartnäckig den Kopf. »Wenn Sie glauben, ich kletterte freiwillig zum Bug hinauf und lasse mich von Ihnen hinunterstoßen, damit Sie meinem Mann die Schuld in die Schuhe schieben können, dann sind Sie hier die einfältige Närrin, Roxanne!«

»Geh da rauf, habe ich gesagt!« schrie Roxanne sie an und umklammerte den Kolben der Pistole noch fester. »Ich kann mit diesem Ding umgehen, also denk' ja nicht, ich würde nicht schießen.«

»Oh, ich bin sicher, daß Sie damit umgehen können, Roxanne«, erwiderte Shemaine. »Sie scheinen sehr kaltblütig zu sein, wenn es darum geht, sich zu verschaffen, was Sie vom Leben wollen.«

»Ja, das mußte ich auch sein, um das Leben mit meinem Vater zu ertragen«, versetzte Roxanne. »Seit meine Mutter ihn verließ, bekomme ich jeden Tag zu hören, was für eine abscheuliche Hündin sie war. Nun, er verdient es, verlassen zu werden, und genau das werde ich auch tun, sobald ich dich getötet habe...«

»Sie sind stolz auf das, was Sie getan haben, nicht wahr?« unterbrach Shemaine sie. »Sie klingen richtig angeberisch, wenn Sie von Victorias Tod sprechen und darüber, wie Sie alles geplant haben. Aber Sie sind nicht ganz so klug, wie Sie glauben, Roxanne. Am Ende wird die Wahrheit ans Licht kommen.«

Die Frau grinste verschlagen. »Abgesehen von Gage hat mich niemand je verdächtigt. Ich habe mich gefragt, ob wohl irgend jemand Verdacht schöpfen würde, aber nein. Ich hatte sogar Angst vor dem Tag, an dem es so ausgesehen hätte, als ob mein Freund dir etwas getan hätte. Ich war sicher, daß die Leute dann anfangen würden, mich zu verdächtigen. Schließlich wußte man, daß ich mich mit ihm angefreundet hatte. Es hätten nur ein paar Leute schlauer sein müssen als die anderen, um zwei und zwei zusammenzuzählen. Aber ich hatte nichts zu befürchten. Es war immer dieser dämliche Schlammfresser, der versucht hatte, dich vor aller Augen zu töten.«

Roxanne hob drohend die Pistole; ihre ohnehin nur geringe Geduld hatte sich erschöpft. »Und jetzt da rüber mit dir, Shemaine, oder dein Leben wird noch in diesem Augenblick enden.«

Ein unmenschliches, wimmerndes Heulen von der Helling ließ Roxanne erschrocken herumfahren.

Shemaine erstickte ein verzweifeltes Aufstöhnen, als ihr endlich klar wurde, wer Roxannes Freund war. Es war Cain, der Bucklige. Er huschte mit seinem seltsam verzerrten Gang auf Roxanne zu, blieb dann vor der wütenden Frau stehen und schwenkte mit wildem Gestikulieren die Arme.

»Nach Shamon! Nach Shamon! Nach Shamon!« flehte er in panischer Angst und versuchte, Roxanne die Pistole zu entreißen.

»Doch Shemaine!« beharrte Roxanne und riß den Arm zurück, so daß er ihn nicht zu fassen bekam. Mit verzerrtem Gesicht zischte sie ihn an: »Sie hat versucht, mich umzubringen, Cain. Begreifst du das denn nicht? Aber das ist dir wohl egal, was? Du machst dir nur Sorgen um deine kostbare kleine Shemaine.«

»Nach Shamon! Nach Shamon!« schluchzte er flehentlich.

»Halt den Mund, du widerlicher, häßlicher Kerl!« fauchte Roxanne. »Sonst haben wir es gleich mit Mr. Thornton zu tun.«

Dann wandte die Frau sich wieder an Shemaine und fuchtelte noch einmal Richtung Bug. »Geh jetzt da rauf, du Flittchen! Sonst baller' ich dir da, wo du stehst, ein Loch in den Leib!«

»Du wirst mich tatsächlich hier erschießen müssen, Roxanne. Und wenn du mich auf diese Weise tötest«, stieß Shemaine hervor, »dann wird es dir schwerfallen, Gage die Schuld zuzuschieben. Es wird Zeugen in der Hütte geben, die herbeigelaufen kommen, und zweifellos werden diese Leute ihn in dem Moment aus der Werkstatt treten sehen. Auch sein Vater wird wahrscheinlich herkommen, um festzustellen, was passiert ist. Er ist nicht so beweglich wie

Gage, daher wird er vielleicht etwas länger brauchen, aber er wird kommen. Ja, ich denke, es ist bei weitem besser, wenn du mich mit der Pistole tötest, Roxanne, denn auf diese Weise kann ich sicher sein, daß du den Leuten nicht einzureden vermagst, Gage habe mich getötet.«

»Bring sie zum Bug rauf, Cain«, blaffte Roxanne den Buckligen mit einem zornigen Blick an. »Wenn du's nicht tust, schieße ich deinem kleinen Liebling auf der Stelle ein Loch in den Kopf!«

»Nach Shamon!« krächzte er, und sein Gesicht verzerrte sich gräßlich unter den Qualen, die in ihm tobten. »Batt nach Shamon!«

»Bitte! Bitte! Bitte!« äffte Roxanne ihn hämisch nach. »Habe ich dich nicht gebeten, mir zu helfen? Und was hast du getan? Du hast dich taub gestellt gegen mein Flehen, das hast du getan! Nun, ich werde Shemaine töten, Cain, und nichts, was du sagen oder tun könntest, wird mich davon abhalten. Es wird entweder ein Schuß in den Kopf sein oder ein Sturz vom Bug, aber so oder so, sterben wird sie.«

Roxanne streckte den Arm aus und zielte mit dem Lauf der Pistole zwischen Shemaines Augen. Shemaine spürte, wie eine übelkeiterregende Furcht ihr den Magen hochstieg, aber sie weigerte sich, auch nur einen einzigen Schritt in Richtung Bug zu machen. Sich erschießen zu lassen war die einzige Möglichkeit, wie sie ihren Mann vor dem Henker retten konnte.

Mit einem unmenschlichen Brüllen hüpfte Cain ein paar Schritte nach vorn und schlug Roxanne die Pistole aus der Hand. Mit einem furchtbaren Krachen löste sich ein Schuß, der über die ganze Lichtung hallte. In der Werkstatt war Gage gerade damit fertig geworden, den Sargdeckel über Potts' Leiche zu schließen und zuzunageln, als das Geräusch ihn erschrocken auffahren ließ. In der nächsten Sekunde rannte er auch schon zur Tür.

In der Hütte war William gerade aus dem Zimmer seines schlafenden Enkels getreten, als das Echo des Schusses ihn jäh verharren ließ. Nachdem er einen entsetzten Blick mit Bess getauscht hatte, hastete er auf den hohen Schrank neben der Tür zu, nahm ein paar Pistolen heraus und versicherte sich, daß sie geladen waren. Ungeachtet des Schmerzes, den seine Bewegungen ihm immer noch bereiteten, hetzte er auf die Veranda und verfluchte im stillen seine Unbeweglichkeit.

Beide Männer rannten jetzt auf das Schiff zu, auch wenn der eine schneller vorankam als der andere. Während William noch immer den Pfad, der von der Hütte zum Fluß führte, hinunterlief, jagte Gage bereits die Helling hinauf und rief verzweifelt Shemaines Namen. Er war gerade oben angekommen, als Cain einen Arm um Roxannes Taille schlang und sie zum Bug hinaufschleppte.

»Du Narr! Was soll das?« kreischte sie. »Laß mich runter! Laß mich runter, sage ich!«

Der Bucklige warf einen Blick über die Schulter. Gage rannte bereits auf ihn zu, aber Cain hatte mehr Kraft in seinen Armen und Beinen, als man erwartet hätte. Er schleppte sich und seine Last das Vorschiff hinauf, obwohl die Frau zeternd um sich schlug, um sich zu befreien. Ohne Roxanne, die er in der Armbeuge festhielt, loszulassen, sah der Bucklige noch einmal zu Gage hinüber und trat dann ganz nah an den Abgrund. Gage begriff sofort, daß Cain, wenn er auch nur einen einzigen Schritt weiter ging, in den Tod springen und Roxanne mit sich nehmen würde.

»Cain, setz Roxanne ab«, drängte Gage mit ruhiger Stimme.

»Nöan! Nöan!« Cain schüttelte seinen mißgestalteten Kopf und machte eine weit ausholende, gefährliche Geste mit dem Arm, mit der er Gage bedeutete stehenzubleiben. Gage hatte keine Wahl, als zu verharren.

Cain neigte den Kopf in einem seltsamen Winkel und blickte auf Shemaine hinab. Tränen tropften über sein entstelltes Gesicht, das in dem sich vertiefenden Zwielicht kaum mehr zu erkennen war.

»Shamon möan Föindi.« Er berührte kurz sein Herz. »Cahn lahb Shamon.«

»Ich liebe dich auch, Cain«, antwortete Shemaine bebend voll innigem Mitgefühl. »Du warst mir ein guter Freund und hast über mich gewacht.« Während sie die Tränen, die ihr über die Wangen rannen, fortwischte, versuchte sie ihn umzustimmen. »Bitte, Cain, bitte, tu Roxanne nichts. Komm einfach hier herunter, wo ihr beide in Sicherheit sein werdet.«

»Cahn moß stöbe! Cahn daide Waktoha! Cahn moß stöbe!«

Gage hatte die ganze Zeit über Shemaine angesehen, aber nun fuhr sein Kopf jäh herum, als ihm klar wurde, was der Bucklige da gesagt hatte.

»Nein, Cain, du brauchst nicht zu sterben«, wandte Shemaine verzweifelt ein. »Roxanne hat dich glauben gemacht, daß Victoria sie töten wolle, aber du hast ihr nicht absichtlich den Hals gebrochen, als du sie gepackt hast. Es war ein Unfall. Dann hat Roxanne dir gesagt, du sollst sie vom Schiff werfen, damit es so aussehen würde, als sei Victoria gestürzt, aber das hatte sie die ganze Zeit über so geplant.« Shemaine sah Gage an, der aufmerksam jedem Wort lauschte, das sie sagte. Sie wußte, daß ihr Mann alles über Victorias Tod wissen mußte und sollte, aber sie konnte jetzt keine näheren Erklärungen abgeben, nicht, solange sie Cain davon abhalten konnte, von dem Schiff auf die Felsen unten zu springen. »Du dachtest, du hättest Roxanne vor Victoria beschützt, aber Roxanne hat dich belogen, Cain. Victoria hätte ihr niemals weh getan. Sie glaubte, Roxanne sei ihre Freundin.«

»Cahn moß stöbe! 'oxahn moß stöbe!«

Bei diesen Worten erneuerte Roxanne ihre verzweifelten Versuche, sich zu befreien, und versuchte, mit den Krallen sein verunstaltetes Gesicht zu zerkratzen, während sie in einer Mischung aus Angst und Hysterie schrie: *»Laß mich los, du Ungeheuer! Laß mich los, hörst du! Ich will nicht sterben! Ich will leben!«*

»Lab wohl, Shamon.«

Mit diesen geflüsterten Abschiedsworten riß Cain seine Gefangene herum und sprang mit einem gewaltigen Satz vom Bug des Schiffs. Roxannes Schrei währte nicht länger als eine Sekunde, dann war sie für immer still. Shemaine und Gage rannten zum Bug. Zu diesem Zeitpunkt war auch William schweratmend an der Helling angelangt. Er eilte zu den beiden Menschen, deren zerschmetterte Körper verstümmelt auf den scharfkantigen Felsen lagen. Obwohl es ihm Schmerzen bereitete, bückte er sich, um beide zu untersuchen. Roxanne hatte sich bei dem Sturz den Hals gebrochen, aber Cain atmete noch, auch wenn sein Leben an einem seidenen Faden hing. Er lag quer über den Steinbrocken, und einer der Felsen, der höher und spitzer als die übrigen war, hatte sich in seinen Rücken gebohrt. Mit einem lauten, pfeifenden Geräusch seiner verletzten Lungen versuchte der Bucklige zu lächeln, als er Williams Hand spürte, die begütigend über seinen Arm strich. Dann verkrampfte sich sein Körper, Cain hustete und spuckte Blut aus. Er verspürte einen grausamen Schmerz in der Brust, als hätte man ihm ein langes Messer in den Leib gerammt. Dann sah Cain Shemaine, die sich mit tränenüberströmtem Gesicht hoch über ihm über die Reling des Vorschiffes lehnte.

»Lahbe Shamon... möan Föindi«, flüsterte er mit letzter Kraft. Dann schloß er die Augen und holte mit einem seltsam gurgelnden Geräusch noch einmal Atem. Sein Kopf sackte zur Seite, und so etwas wie Frieden breitete sich auf seinem entstellten Gesicht aus. Cain war tot.

»Armer Mann«, murmelte William ergriffen.

Gage hastete mit Shemaine an der Hand vom Vorschiff hinunter zum Unglücksort.

»Es ist schon zu spät, um die Leichen heute abend noch nach Newportes Newes zu bringen«, seufzte Gage. »Ich werde sie bis morgen früh in der Werkstatt lassen müssen. Ramsey und die anderen Männer können mir helfen, die Särge für den Weg in die Stadt auf die Kutsche zu laden.«

»Ich helfe dir, sie zu bauen«, erbot sich William.

»Mir wäre es lieber, du würdest in die Hütte gehen und dich um Andy kümmern, Vater«, sagte Gage. »Vielleicht hat er die Schüsse oder die Schreie gehört und weiß nicht, was passiert ist. Er wird Angst haben, wenn er aufwacht und nur Bess bei ihm ist.«

William verstand die Sorge seines Sohnes und nickte. »Ist in Ordnung. Ich bleibe bei dem Jungen.«

»Vielen Dank, Vater.« Gage wußte, wie anstrengend und schmerzhaft es für seinen Vater gewesen sein mußte, mit seiner noch nicht verheilten Wunde diese Entfernung von der Hütte bis zum Schiff zurückzulegen. Er trat auf ihn zu, um ihn zu stützen. »Komm, ich helfe dir in die Hütte zurück.«

William winkte energisch ab. »Es wäre mir lieber, mein Sohn, wenn du auf Shemaine aufpassen würdest. Sie trägt mein Enkelkind unterm Herzen, und nach dem, was sie heute durchgemacht hat, wüßte ich sie gerne möglichst bald im Bett, damit keine Gefahr besteht, daß sie womöglich das Kind verlieren könnte. Wenn sie einverstanden wäre, mit mir in die Hütte zurückzukommen, dann kann ich auf sie aufpassen, während du die Särge baust.«

Shemaine brachte ein zittriges Lächeln für ihren Schwiegervater zuwege. »Mir geht es ganz gut, Euer Lordschaft.«

»Warum nennst du mich nicht William oder Vater, Shemaine«, schlug William vor. »Papa klingt natürlich viel hübscher, aber ich fürchte, da dein eigener Vater in der Nähe ist, würde das einige Verwirrung stiften.«

Sie trat auf ihn zu, stellte sich auf die Zehenspitzen und hauchte einen Kuß auf seine Wange. »Vielen Dank, Papa William.«

Seine Lordschaft lächelte beifällig. »Das klingt hübsch, Tochter.«

Als seine Frau ihn liebevoll ansah, legte Gage beschützend einen Arm um ihre Schultern. »Papa hat recht, Shemaine«, sagte er und kam damit unbewußt auf seine vertraute frühere Anrede zurück, was seinem Vater Tränen des Glücks in die Augen trieb. »Warum gehst du nicht hinein und ruhst dich aus? Ich brauche keine Hilfe. Und ich bin sicher, daß du mit deinen Kräften am Ende sein mußt.«

»Na ja. Ich habe fast das ganze Blut vom Deck abgewaschen«, sagte Shemaine unsicher. »Und ich würde lieber nicht noch mal allein da raufgehen … zumindest im Moment nicht.«

»Das würde ich auch gar nicht zulassen.« Gage hob die Hand, um William ein Zeichen zu machen. »Warum läßt du dich nicht von Papa zur Hütte begleiten? Ich komme, sobald ich mit meiner Arbeit fertig bin.«

»Ich bin ziemlich erschöpft«, gab Shemaine jetzt zu. »Aber ich möchte helfen. Auf diese Weise habe ich etwas zu tun und muß nicht im Geiste alles wieder und wieder durchleben. Und jemand muß Cain waschen, bevor er in den Sarg gelegt wird. Das kann ich tun, während du die Särge baust, und dann gehen wir gemeinsam aufs Schiff, um das Deck völlig wieder in Ordnung zu bringen.«

»Also gut, mein Liebes, wenn du das wirklich willst.«

»Dann lasse ich euch beide jetzt allein«, sagte William widerstrebend. »Aber beeilt euch. Ich werde keine Ruhe finden, bis ich weiß, daß ihr in Sicherheit seid.«

In Shemaines Anwesenheit wagte Gage nicht, seinem Vater beizupflichten. Möglicherweise hatten sie noch allen Grund zur Sorge, solange es jemanden gab, der für Shemaines Tod zu zahlen bereit war. Seine junge Frau hatte viel durchgemacht, und er konnte nur hoffen, daß sie nicht Ohrenzeuge seines Gesprächs mit Potts gewesen war.

Shemaine brachte das Thema jedoch selbst zur Sprache. »Gage, Roxanne sagte, jemand habe sie bezahlt, damit sie mich tötet...«

William hielt inne und drehte sich noch einmal zu den beiden um. Er machte sich Sorgen um die junge Frau, und ihre Worte bestätigten nur, daß sie nicht unbegründet waren.

»Potts hat dasselbe gesagt«, gestand Gage mit einem müden Seufzer ein. »Es sieht so aus, als wäre es jemandem sehr ernst mit dem Wunsch, dich tot zu sehen, meine Geliebte.«

»Aber wer könnte, abgesehen von Morrisa, meinen Tod wollen?« fragte Shemaine verwirrt. »Und Morrisa würde ihr Geld nicht darauf verschwenden, Potts den Auftrag zu geben, mich zu töten. Das hätte er sicher auch ohne Bezahlung für sie getan.«

»Ich weiß nicht, wer es sein könnte, mein Herz«, erwiderte Gage. »Aber ich habe die Absicht, es bald herauszufinden. Potts sagte, Morrisa wisse, wer der Betreffende sei. Ich werde sie morgen noch einmal besuchen, gleich nachdem ich die Särge nach Newportes Newes geschafft habe.«

Angestrengt versuchte Shemaine, die Lösung des Problems zu finden, aber ihr fiel niemand ein, der sie so hassen konnte – zumindest nicht hier in den Kolonien. »Ich werde keine Ruhe finden, solange ich mich fragen muß, wer genug Geld hatte, um die beiden zu bezahlen.«

»Dann sollten wir uns jetzt um unsere Arbeit kümmern, damit wir alles rasch hinter uns bringen«, drängte Gage sie. Er ging über die Felsen und hob Roxanne auf. Es erstaunte ihn, wieviel schwerer diese Frau war als Shemaine.

William ging nun müden Schrittes zur Hütte, während Gage und Shemaine sich Richtung Werkstatt wandten. Gage kehrte noch einmal zum Fluß zurück, um Cains Leiche zu holen, und legte den Buckligen dann in der Werkstatt neben Roxanne auf den Tisch. Auf

Shemaines beharrliches Bitten hin holte Gage einen Krug mit Wasser und ein Waschbecken und sah dann mit wachsender Sorge zu, wie sie begann, das Blut von Cains Gesicht zu waschen. Ihre Hände zitterten, und schon bald bebte sie am ganzen Leib. Er versuchte, sie mit Fragen abzulenken, während er ihr den Lappen abnahm und sich selbst dieser schauerlichen Aufgabe widmete. »Was hatte das zu bedeuten, daß Cain Victoria getötet habe? Du sagtest, Roxanne habe ihn belogen ...«

Shemaine, die außerstande war, den Blick abzuwenden, starrte wie gebannt das zerstörte Gesicht des Buckligen an, während sie ihrem Mann alles erzählte, was sie von Roxanne erfahren hatte.

»Es sieht so aus, als wäre Cain Roxannes Marionette gewesen, die arme Seele«, bemerkte Gage, als sie mit ihrer Geschichte am Ende war.

»Ich glaube wirklich nicht, daß er Victoria etwas Böses antun wollte«, sagte Shemaine mit matter Stimme. »Er kannte einfach seine eigene Kraft nicht, aber genau dieser Umstand diente Roxannes Zwecken bestens. Ich glaube, daß Cain erst ganz am Ende klargeworden ist, *wie* böse Roxanne in Wirklichkeit war. Das ist wahrscheinlich der Grund, warum er meinte, auch Roxanne müsse sterben.«

»Er glaubte offensichtlich, den Tod verdient zu haben, weil er Victoria getötet hatte«, überlegte Gage. »Er hat sich selbst verurteilt und befunden, für seine Taten sei die Todesstrafe angemessen.«

»Roxanne sagte, Cain sei im Falle von Samuel Myers entschlossener zu Werke gegangen, als er ihm den Hals brach und ihn anschließend in den Brunnen warf.«

»Nun, zumindest kann ich Myers' Tod besser verstehen als seinerzeit Victorias«, sagte Gage mit einem tiefen Seufzer. »Sie war so freundlich zu allen Menschen, daß ich mir einfach nicht vorstellen konnte, warum irgend jemand sie ermorden sollte. Andererseits weigerte ich mich, zu glauben, sie sei freiwillig in den Tod gesprungen. Der einzige Mensch, den ich je verdächtigt habe, war Roxanne. Aber es war einfach unmöglich, daß sie die Kraft hätte aufbringen können, Victoria über das provisorische Geländer des Bugs zu heben und hinunterzustürzen. Victoria mag schlank gewesen sein, aber sie war für ihre Größe sehr kräftig. Zweifellos war Roxanne von Anfang an klar gewesen, daß sie einen Komplizen brauchte, um Victoria zu töten. Deshalb hat sie Cain dazu gebracht, ihre Lügen zu glauben.«

Sie erwägten das Warum und Weshalb von Roxannes Motiven und Potts' Haß auf Shemaine noch mehrere Male, bevor Gage und Shemaine endlich zur Hütte zurückkehrten. Zum ersten Mal seit ihrem Hochzeitstag beendeten sie den Abend nicht mit zärtlichen Liebesspielen. Shemaine war sichtbar mitgenommen, und es dauerte eine ganze Weile, bis sie entspannt genug war, um in den schützenden Armen ihres Mannes einschlafen zu können. Doch Gage konnte keine Ruhe finden. Unablässig wirbelten die widersprüchlichsten Gedanken durch seinen Kopf.

Sobald es im Haus still und dunkel geworden war, begann Gage durch die Räume zu wandern, blickte durch die Fenster in die undurchdringliche Dunkelheit jenseits der Glasscheiben, überprüfte erneut die Riegel an den Türen und stellte seine Gewehre in Reichweite des Vordereingangs auf. Aber als ihm klar wurde, daß er Bess störte, die auf dem Fußboden der Wohnküche auf einer federgefüllten Matratze schlief, kehrte er ins Schlafzimmer zurück und schloß die Tür. Dann überprüfte er noch einmal, ob seine Pistolen auch wirklich geladen waren, und legte eine auf seinen Nachttisch, bevor er neben seiner Frau wieder ins Bett schlüpfte. Dort nahm er sie abermals in die Arme, starrte zur Decke hinauf und grübelte darüber nach, wer die möglichen Schuldigen sein konnten. Obwohl Morrisa ganz oben auf der Liste stand, fiel ihm nur ein Mensch ein, der reich genug war, um sich der Hilfe anderer zu versichern, damit Shemaine den Tod fand. Angesichts Maurice du Mercers Anwesenheit in den Kolonien konnte da eine ernsthafte Verbindung bestehen, auch wenn die Chance nur gering war. Trotzdem nahm Gage sich vor, daß er am nächsten Tag zum Hafen gehen wollte, um bei den Kapitänen Erkundigungen einzuholen. Er mußte wissen, ob auf einem der Schiffe aus England, die jüngst in Newportes Newes vor Anker gegangen waren, eine ältere Dame von Adel gereist war.

Endlich dämmerte der Tag, und nach einem herzhaften Frühstück, das Bess ihm zubereitet hatte, ging Gage in die Werkstatt hinunter. Mittlerweile waren auch Ramsey und die anderen Männer gekommen, und alle betrachteten stirnrunzelnd die am Vortag gezimmerten Särge. Sie fragten sich ernsthaft, ob ihr Arbeitgeber seit neuestem auch in dieser Branche tätig war.

»Du kannst es uns ruhig sagen, wenn du keine Möbel mehr machen willst«, witzelte Ramsey. »Dann werden wir uns alle empfehlen und es dir nicht weiter verargen. Besser in senkrechter Haltung freiwillig hier herausspazieren, als in einem von diesen Dingern waagerecht getragen zu werden.«

Gage konnte sich angesichts des unverdrossenen Humors seines ersten Tischlergesellen das Lachen nicht verbeißen. »Diese Särge scheinen mir in den Maßen für Männer wie dich und Sly nicht ausreichend zu sein.«

Ramsey fand, daß er sich diese Bemerkung nicht gefallen lassen könne, und fuhr mit den Händen über seinen Bauch, der sich in letzter Zeit üppig gerundet hatte. »Willst du damit andeuten, wir wären ein wenig zu breit und zu schwer geworden?«

»Ein wenig?« zog Gage ihn auf. Der Humor seines Freundes war immer schon heilsam gegen mancherlei Trübsinn gewesen. »So, wie du in letzter Zeit zugelegt hast, frage ich mich besorgt, ob wir nicht bald breitere Türen einbauen müssen.«

Sly wieherte vor Lachen. »Ja, ich hab' auch schon überlegt, ob ich ihm nicht ein Paar von meinen Hosen leihen sollte, damit er seine Kehrseite bedecken kann. Jedesmal, wenn er sich nach vorne beugt, entblößt er mehr, als *ich* ertragen kann.«

Gage brach in befreiendes Lachen aus, während Ramsey sich mit einem gespielt rachsüchtigen Blick zu seinem Kollegen umdrehte.

Da stürzte Gillian auf der Suche nach Gage durch die Tür. Beim Anblick der drei Särge blieb er wie angewurzelt stehen.

»Heilige Mutter...«, flüsterte er, während er sich an der Türe festhielt. Der junge Ire starrte mit offenem Mund die Kiefernkästen an und wandte sich dann mit einem hörbaren Schlucken an Gage. »Wen haben Sie da reingesteckt, Käpt'n?«

»Roxanne, Cain und Potts«, antwortete sein Arbeitgeber sachlich.

Die drei Männer stießen ein entsetztes Stöhnen aus, und Sly schüttelte fassungslos den Kopf. »Ich hatte tatsächlich gehofft, sie wär'n leer.«

Nun tauchten auch die beiden Lehrlinge aus dem hinteren Teil des Raumes auf, um nur ja nichts von der Geschichte zu versäumen. Sie alle scharten sich um Gage.

»Die drei müssen dich wohl leicht verärgert haben«, vermutete Ramsey, schon wieder grinsend, der darauf brannte, Näheres zu erfahren. »Hast du alle drei erschossen?«

»Nein, keinen einzigen«, antwortete Gage mit einem schwachen Lächeln. »Meine Frau hat Potts erschossen, der versuchte, mich zu töten. Cain hat sich selbst und Roxanne mit einem Sprung vom Bug des Schiffes getötet.«

»Ist Ihnen eigentlich je der Gedanke gekommen, daß dieses Schiff da verhext sein könnte?« fragte Ramsey verblüfft.

Gillian vermied, daß der Gedanke sich in einem der Köpfe der Anwesenden festsetzen konnte. »Warum hat Cain Roxanne getötet, Käpt'n?«

»Sie war eine von denen, die versucht haben, Shemaine zu töten, und das gefiel ihm nicht. Die ganze Sache ist ziemlich kompliziert, und ich werde euch, während ihr mir helft, die Särge auf den Wagen zu laden, alles erzählen, was ich weiß.« Dann sah er fragend zu Gillian hinüber, der anscheinend vergessen hatte, weswegen er in die Werkstatt gestürzt war. »Haben Sie nach mir gesucht?«

»Ja.« Plötzlich fiel Gillian wieder ein, was er hier gewollt hatte. »Seine Lordschaft wollte wissen, wo Sie stecken, Käpt'n.«

»Mein Vater, meinen Sie?«

»Nein, ich meine den anderen, den jüngeren, schwarzhaarigen.«

Gage hätte wissen können, daß der Marquis Wort halten würde. »Sie können ihm sagen, wo er mich findet.«

»Wird gemacht, Käpt'n.«

Wenige Sekunden später betrat Maurice du Mercer die Möbelschreinerei, und seine Reaktion, als er die Särge erblickte, fiel etwa genauso aus wie bei Gillian. Nur sein Ausruf war ein anderer, aber der Ausdruck der Überraschung auf seinem Gesicht war recht ähnlich.

»Gütiger Himmel! Was ist hier passiert? Für wen sind diese Särge? Geht es Shemaine gut?«

Gage lächelte dünn über die vielen Fragen des Mannes. »Sie brauchen nichts zu befürchten, Marquis. Keiner dieser Särge ist für meine Frau bestimmt. Sie ist in der Hütte. Sie ist allerdings noch ein wenig mitgenommen, nachdem sie gestern abend einen Mann getötet hat.«

»Shemaine? Meine Shemaine?«

Gage spürte, wie in ihm die Empörung hochkroch, und er machte sich höflichst daran, den Mann zu verbessern. »Nein, Marquis, *meine* Shemaine… Falls es noch eine andere geben sollte…«

»Was ist passiert?« lenkte Maurice ab. »Wer war der Mann, und warum hat sie ihn getötet?«

»Um mein Leben zu retten. Jemand hat Potts dafür bezahlt, Shemaine zu töten. Aber der Matrose beschloß, zuerst mich ins Jenseits zu befördern, bevor er sich mit ihr beschäftigte. Shemaine versteht sich mittlerweile recht gut auf den Umgang mit Feuerwaffen. Noch ein paar Lektionen, und sie könnte es vielleicht sogar mit Ihnen aufnehmen.«

Maurice zeigte unwillig auf die Holzkisten. »Und wer noch…?«

»Das sind Leute, die Sie nicht kennen«, versicherte Gage ihm. »Ein Buckliger aus der Stadt, der meine erste Frau durch einen Unfall getötet hat, und die Frau, die ihn mit ihren Lügen dazu verleitet hat. Jemand hat auch ihr angeboten, sie für den Mord an Shemaine zu bezahlen.«

»Er hat Ihre erste Frau getötet, sagen Sie?« wiederholte Maurice. Es klang sehr zweifelnd. »Äußerst bequem für Sie, nicht wahr?«

Gage sah dem Marquis gelassen in die Augen. »Bequemer für mich als für Sie, könnte ich mir denken. Jetzt haben Sie keinen Grund mehr, mich zum Duell zu fordern und zu töten, um angeblich meine Frau vor meinen mörderischen Neigungen zu retten, damit Sie sie, ganz nebenbei, für sich gewinnen können. Wenn Sie meinen Worten keinen Glauben schenken wollen, können Sie gern Shemaine befragen. Ihr haben Roxanne und Cain die Geschichte erzählt, soweit der arme Mann in der Lage war, etwas zu erklären.«

Maurice suchte in der Tasche seines kostbaren braungrauen Gehrocks und förderte den glatten Lederbeutel zutage, den Potts siegesbewußt vor Gages Augen geschwenkt hatte. »Dürfte ich fragen, wie Sie an diesen Beutel gekommen sind? Ich fand ihn auf dem Deck Ihres Schiffes, als ich dort hinaufging, um nach Ihnen zu suchen.«

Gage nahm den Geldbeutel in die Hand, betrachtete ihn kurz und gab ihn dann zurück. »Potts hat ihn mir gezeigt, als er damit prahlte, jemand habe ihn beauftragt, Shemaine zu töten. Die Börse könnte Potts gehört haben, aber für einen Matrosen scheint sie mir doch ein wenig zu elegant. Vielleicht gehörte sie der Person, die ihn mit dem Mord beauftragt hat.« Gage runzelte nachdenklich die Stirn, während er den Edelmann betrachtete. Maurice' Gesicht war plötzlich von einer kreideweißen Blässe. »Wenn er nicht Potts gehörte, wissen Sie dann zufällig, wer der Besitzer ist?«

»Möglicherweise«, knurrte der Marquis. Er drehte sich abrupt um und ging mit energischen Schritten zur Tür. Nachdem er sie aufgerissen hatte, drehte er sich noch einmal zu Gage um. Ein bitteres Lächeln lag auf seinen Zügen. »Wenn das, was Sie sagen, die Wahrheit ist, Mr. Thornton, dann haben Sie meine Verlobte wahrhaftig für sich gewonnen. Ich wünsche Ihnen Glück, Ihnen beiden.«

»Sie gehen? Endgültig?« fragte Gage überrascht. Er konnte sich nicht vorstellen, daß der Marquis so plötzlich aufgeben würde.

»Ja. Ich komme nicht zurück, es sei denn, Shemaine wäre Witwe geworden – wenn auch auf andere Weise, als ich beabsichtigt hatte.«

»Da werden Sie aber lange warten müssen«, erklärte Gage. »Ich habe die feste Absicht, alt und grau zu werden.«

»Dann soll es so sein.«

»Shemaine und die O'Hearns werden fragen, wohin Sie gegangen sind«, beharrte Gage. »Was soll ich ihnen sagen?«

Maurice dachte einige Augenblicke über die Frage nach, dann huschte ein schmerzliches Lächeln über sein Gesicht. »Sagen Sie ihnen, ich sei ausgezogen, die Mutterratte zu fangen.«

Mit diesen Worten trat Maurice über die Schwelle und zog die Tür sacht hinter sich zu.

»Die Mutterratte?« Ramsey war sichtlich verblüfft. »Was meint der Marquis damit?«

Gage beobachtete durchs Fenster, wie sein Rivale auf den Fluß zueilte. »Ich glaube, der Marquis wird ein Gespräch mit der Person führen, die Potts dafür bezahlt hat, Shemaine zu töten.«

»Woher will er denn wissen, wer das war?« erkundigte sich sein Freund perplex.

»Die Börse«, antwortete Gage geistesabwesend. »Ich glaube, er hat sie wiedererkannt... oder zumindest die Art von Börse, die jemand benutzt, den er kennt.«

»Ich dachte, er hätte hier keine Bekannten.«

»Es könnte sein, daß sich daran vor kurzem etwas geändert hat. Nach der Ankunft des Marquis, möchte ich annehmen.«

25. Kapitel

Kaum hatte Maurice du Mercer die Schwelle der Taverne überschritten, schienen die Leute in dem Schankraum den Atem anzuhalten. Jedes Mädchen, das es geschafft hatte, sich zu dieser frühen Morgenstunde aus dem Bett zu rollen, blieb stehen, um ihn mit offenem Mund anzugaffen. Im Vergleich zu der Kundschaft, die sie hier in der Gegend bedienten, sah der Marquis so köstlich und verführerisch aus wie ein dicker Wurm in einem Hühnerstall. Gleich einer Brut gackernder Hennen stürzten sie nach dem ersten Erstaunen auf ihn zu und stießen und schubsten einander in ihrer Gier, diesen Leckerbissen zu ergattern. Ihrem Charakter entsprechend, gelang es Morrisa, sich an die Spitze ihrer Kolleginnen zu drängen.

»Kann ich Ihnen zu Diensten sein, Euer Lordschaft?« gurrte sie und bewegte sich gewohnheitsmäßig so, daß ihr Ärmel die nackte Schulter hinunterglitt. Ein weiteres Drehen ihres Oberkörpers entblößte obendrein noch einen beträchtlichen Teil ihres üppigen Busens.

»Möglicherweise«, antwortete Maurice mit hochgezogenen Brauen. »Wenn ich die Besitzerin recht verstanden habe, hält meine Großmutter sich hier auf. Können Sie mich zu ihrem Zimmer führen?«

»Nun, ich weiß nicht recht, Mylord.« Morrisa ging vorsichtig mehrere Schritte rückwärts, nachdem sie ihren Fehler erkannt hatte. Dies war der Enkelsohn, der nach Lady du Mercers Schilderungen in Shemaine verliebt war, und da weder Potts noch Roxanne von den Thorntons zurückgekehrt waren, um ihre Belohnung abzuholen, wußte sie nicht, was dort passiert war oder worauf dieser Mann es abgesehen hatte. Worin seine Mission allerdings auch bestehen mochte, sie schien unaufschiebbar, denn seine schwarzen Augen waren wie scharfe Dolche, die sie zu durchbohren schienen.

Dennoch hatte Ihre Ladyschaft keinen Zweifel daran gelassen, daß nach Möglichkeit niemand und erst recht nicht ihr Enkelsohn erfahren sollte, daß sie hier war.

»Wenn du es mir nicht sagst, finde ich sie auch allein«, erklärte Maurice eisig. »Vielleicht schrecke ich ein paar von deinen ›Schwestern‹ auf, wenn ich die Türen öffne, aber ich glaube kaum, daß der Anblick, den ich hinter diesen Türen finde, die Mädchen in größere Verlegenheit stürzen wird. Ihren Kunden dagegen könnte die Störung schon weit unbehaglicher sein.«

Morrisa lenkte sofort ein. Auf die Reaktion von Freida konnte sie gerne verzichten, wenn sich bei ihr die Kunden über eine Störung beklagten. Sie wußte nicht, wie Ihre Ladyschaft den Besuch ihres Enkels aufnehmen würde. Aber sie war davon überzeugt, daß die Dame der Sache gewachsen war. Mit Freida dagegen wollte sie jeden weiteren Ärger nach Möglichkeit vermeiden. »Das letzte Zimmer auf der rechten Seite oben. Ich habe Ihrer Ladyschaft erst vor kurzem den Tee hinaufgebracht, sie ist also wach und gerade beim Frühstück.«

Maurice lief die Treppe hinauf und nahm dabei immer drei Stufen auf einmal, während die Dirnen ihm nachstarrten. Oben riß er in unziemlicher Hast, aber zumindest nach einem flüchtigen Klopfen die Tür auf und stürmte ins Zimmer. Seine Großmutter, die an einem kleinen Tisch saß und ihre Morgenmahlzeit einnahm, fuhr vom Stuhl hoch. In dieser Umgebung war sie darauf eingestellt, daß es sich bei einem unangemeldeten Besucher nur um einen schmutzigen Banditen mit einer Pistole in der Hand handeln konnte, der ihr Geld verlangte. Als sie das vertraute Gesicht erkannte, ließ sie sich ächzend auf ihren Stuhl zurücksinken und preßte sich eine blaugeäderte Hand aufs Herz.

»Maurice! Du hast mich erschreckt«, japste sie.

»Das war auch meine Absicht«, entgegnete er scharf.

Ein kurzes nervöses Zucken ihrer Mundwinkel war das Äußerste an Lächeln, das sie zuwegebringen konnte. Es hätte ihr niemand zu erzählen brauchen, daß da etwas nicht stimmte. »Machst du dir neuerdings einen Spaß daraus, älteren Verwandten das Leben zu verkürzen?«

»Wenn das zuträfe, dürfte es sich bei meinem Überfall wohl um etwas Harmloseres handeln als bei den Späßen, die du mit mir getrieben hast.«

Die knochigen Finger zitterten leicht, als Edith nun nach einem Spitzentaschentuch griff und sich elegant die Mundwinkel betupfte. »Ich weiß nicht recht, ob ich verstehe, wovon du sprichst, Maurice.«

Der Marquis ließ sich von ihrer Unschuldsmiene nicht täuschen. »Du müßtest doch weit besser wissen als ich, Großmutter, was du getan hast. Ich war in Shemaine verliebt, und jetzt habe ich sie verloren…«

»Ist sie tot?« Edith hatte hoffnungsvoll auf eine solche Ankündigung gewartet, hätte sich allerdings niemals träumen lassen, daß die Botschaft ausgerechnet ihr Enkelsohn überbringen würde.

In Maurice' dunklen Augen glitzerte kaum unterdrückter Zorn. »Shemaine lebt, ist verheiratet mit einem Siedler und trägt sein Kind unter dem Herzen… und ich würde all meinen Reichtum hergeben, um den Platz in ihrem Herzen einzunehmen, den dieser Mann heute einnimmt.«

Edith stöhnte leise bei der Nachricht, daß Shemaine wohlauf sei, aber sie war eine talentierte Schauspielerin. »Deinen ganzen Reichtum?« Sie zwang sich, über die allzu hohe Versicherung ihres Enkelsohns zu lachen, und tat seine Behauptung mit einer amüsierten Handbewegung ab. »Wirklich, Maurice, kein Mann, der noch recht bei Verstand ist, würde ein Vermögen wie das deine für so ein kleines Nichts von einem Mädchen aufgeben…«

»Ihr Name ist Shemaine, Großmutter«, erwiderte er in eisigem Tonfall. »Jetzt Shemaine Thornton. Es hätte Lady Shemaine du Mercer heißen sollen. Wärest du nicht gewesen, wäre es auch so gekommen.«

»Ich bitte dich, Maurice, du bist überreizt und weißt nicht, was du sagst.«

»Ich weiß ganz genau, was ich sage.« Maurice ließ eine Hand in die Tasche seiner Weste gleiten und holte den weichen Lederbeutel heraus. Mit einer Drehung seines Handgelenks warf er ihn auf den Tisch vor seine Großmutter. Er landete mit einem vernehmlichen

Klirren von Münzen. »Erkennst du das, Großmutter?« fragte er schneidend. »Du warst doch immer so stolz auf deinen schlichten, aber eleganten Geschmack. Ich brauchte nicht einmal hineinzuschauen und deine Initialen zu sehen, um zu wissen, daß er dir gehört. Ich frage mich, wie viele von diesen schönen Lederbeuteln du dir im Laufe der Jahre wohl gemacht haben wirst. Ich habe sie mein ganzes Leben lang zu Gesicht bekommen. Als ich noch klein war, hast du mir auch einige dieser Beutel geschenkt. Du hast damals versucht, mir den Wert einer Münze klarzumachen, erinnerst du dich noch?«

Ediths Gesicht war eine undurchdringliche Maske, die wirkungsvoll den inneren Aufruhr verbarg, der in ihr tobte. Der Tonfall ihres Enkels enthüllte weit mehr, als seine Worte bisher verraten hatten. Tief in ihrem Herzen wußte sie, daß sie dieses mörderische Spiel verloren hatte – wegen eines dummen Fehlers, für den sie allein die Verantwortung trug! Sie hatte Morrisa die Geldbörse gegeben und sie angewiesen, Potts einige Münzen auszuzahlen und ihm noch mehr zu versprechen, um seinen Auftrag zu beschleunigen. Woher hätte sie wissen sollen, daß Morrisa ihm die wenigen Münzen in dem Lederbeutel verpackt geben würde – und damit ihr Geheimnis lüftete?

»Wie bist du zu dieser Börse gekommen?« fragte Edith unschuldig. »Ich dachte, ich hätte sie verloren.«

Maurice tat diese Möglichkeit mit einem zynischen Schnauben ab. »Du hast sie nicht verloren. Du hast sie Potts gegeben, als du ihn ausschicktest, Shemaine zu töten. Aber er hat keinen Erfolg gehabt, Großmutter, und mit seinem Leben dafür bezahlt. Dieses kleine Nichts von einem Mädchen, das du nicht ausstehen kannst, hat ihn erschossen, als er versuchte, ihren Mann zu töten. Wahrscheinlich hast du auch Roxanne Corbin eine beachtliche Belohnung in Aussicht gestellt, aber auch sie wird nicht zurückkehren … es sei denn, in dem Sarg, den Gage Thornton für sie gezimmert hat. Was ich gerne wüßte, Großmutter, ist, wie du so grausam zu mir sein konntest … und zu meiner Verlobten.«

Edith du Mercer saß in würdevollem Schweigen da und weigerte sich zu antworten, während sie blicklos durch den Raum schaute.

Mit weißen Knöcheln umklammerte sie den Silbergriff ihres Gehstocks, den sie gegen den Holzfußboden gestemmt hatte.

»*Antworte mir*!« fuhr Maurice sie an. Dann schlug er mit der flachen Hand auf den Tisch, so daß seine Großmutter erschrocken aufkeuchte. »Verdammt sollst du sein für dein kaltes, unmenschliches Herz!« stieß er angeekelt hervor. »Ich weiß jetzt, daß du mit käuflichen Richtern unter einer Decke gesteckt haben mußt, um in deinem maßlosen Ehrgeiz Shemaines Verhaftung in London zu arrangieren und ihre Verbannung aus England. Die ganze Zeit über hast du wahrscheinlich obendrein geglaubt, mir einen guten Dienst zu erweisen… für meinen Ruhm und meine Zukunft als Marquis. Es tut mir in der Seele weh, zu denken, was Shemaine deinetwegen gelitten hat. Nachdem die O'Hearns herausfanden, was ihr zugestoßen war, wollte ich einfach nicht glauben, daß du deine Hand dabei im Spiel haben könntest. Aber ihr Verschwinden kaum einen Monat nach unserer Verlobung war allzu auffällig. Du warst merkwürdig gelassen in deinen Versicherungen mir gegenüber, daß Shemaine gefunden werden würde. Ich habe weit mehr Entsetzen in deinen Augen gesehen, als ich dir meine Absicht kundtat, sie zu heiraten.« Er bedachte seine einzige noch lebende Verwandte mit einer abfälligen Grimasse. In ihm war nur noch Verachtung für sie. »Wahrscheinlich hast du auf die Nachricht von Shemaines Tod gewartet. Dann hättest du es so einzurichten gewußt, daß mir diese Information zugespielt würde.«

Das verzerrte Lächeln erreichte nicht seine Augen. »Ich zweifle keinen Augenblick daran, daß du dir aus jedem englischen Gefängnis, in das ich dich schicken könnte, einen Weg in die Freiheit erkaufen würdest. Daher habe ich eine passendere Bestrafung für dich ersonnen, Großmutter. Vom heutigen Tag an wirst du mich nie wiedersehen. Falls ich überhaupt noch einmal nach England zurückkehre, dann nur, um meinen Besitz aufzulösen. Den Rest meines Lebens werde ich als gewöhnlicher Siedler verbringen, und du wirst *nie, niemals* in dem Haus willkommen geheißen werden, das ich für mich und meine Familie bauen werde, falls ich das Glück haben sollte, überhaupt zu heiraten. Und die Nachkommen, die ich eventuell bekommen werde, Großmutter, wirst du niemals sehen, niemals hören und niemals auf sie stolz sein können – oder auf deren Kinder, falls du so lange lebst. Und du wirst niemals in der Lage sein, dich in ihr Leben einzumischen, wie du es bei mir getan hast. Dies ist ein Abschied für immer, Großmutter. Mögest du ein langes, einsames und elendes Leben haben.«

Damit drehte Maurice sich auf dem Absatz um, durchmaß mit langen Schritten das Zimmer, trat auf den Korridor und donnerte die Tür mit solcher Heftigkeit hinter sich zu, daß Edith die Ohren dröhnten.

Nachdem er fort war, saß Edith du Mercer reglos da, starrte vor sich hin und sah doch nichts. Sie fühlte sich taub. Vielleicht war sie bereits tot? Alles, wofür sie gekämpft hatte, wonach sie sich gesehnt hatte, worauf sie gehofft hatte, war mit dem Zuschlagen dieser Tür gestorben. Als es einige Sekunden später erneut klopfte, war sie nicht einmal fähig, »Herein« zu rufen. Doch für Morrisa war das kein Hinderungsgrund. Sie wollte wissen, was geschehen war.

»Potts und Roxanne sind tot«, informierte Edith sie tonlos. »Du solltest besser so bald wie möglich verschwinden. In meiner Tasche neben dem Bett ist ein Beutel mit Münzen. Nimm ihn dir. Es müßte genügen, um dir eine Fahrt nach New York zu ermöglichen... oder irgendwo anders hin.«

»Aber was ist mit Freida?« fragte Morrisa ängstlich. »Wenn ich weggehe, ohne vorher meine Papiere zurückzukaufen, wird sie jemanden hinter mir herschicken... Vielleicht wird sie mich sogar töten.«

Edith griff nach dem Beutel, den Maurice ihr gerade auf den Tisch geworfen hatte, und reichte ihn Morrisa. »Vielleicht ist das genug, um deine Papiere zu kaufen. Aber wie dem auch sei, du solltest weggehen. Ich denke, daß dieser Mr. Thornton irgendwann heute morgen herkommen wird, vielleicht, um die Leichen zu bringen, vielleicht, um nach dir zu suchen. Ich selbst werde die nächste Kutsche nach Norden nehmen und dann ein Schiff zurück nach England.«

Nachdenklich wog Morrisa den kleinen Beutel in der Hand; sie wußte genau, was er enthielt. Es war mehr als genug, um ihre Papiere damit zu kaufen. Aber wieviel würde in der anderen Börse sein? Sie konnte nur hoffen, daß sie sich damit eine Weile über Wasser halten konnte. Denn was sollte sie tun, wenn das Geld erst aufgebraucht war? Wieder zu ihrem Gewerbe zurückkehren? Es war gefährlich, Freida zu verlassen, ohne ihr ihr Geld zurückzuzahlen. Doch sie hatte eigentlich keine andere Wahl, wenn sie noch etwas Geld für sich übrigbehalten wollte, nachdem sie ihr Ziel erreicht hatte – wo immer das liegen mochte. Gage Thornton würde in Bälde hier auftauchen und zweifellos nach ihr suchen. Sie konnte nicht länger warten. Sie mußte gehen. *Sofort!*

Hugh Corbin humpelte, kurz nachdem er Gages Kutsche in der Gasse vor seinem Haus gehört hatte, auf die Veranda hinaus. Er wußte, daß Roxanne in der vergangenen Nacht nicht nach Hause gekommen war, und als er die Holzkisten auf dem Wagen erblickte, bestätigte sich seine böse Ahnung, daß ihr etwas Furchtbares zugestoßen sein mußte.

Gage nahm den Hut ab, als er auf den alten Mann zuging. Hugh sah ihn wortlos an, bis Gage schließlich vor ihm stand. Es war das erste Mal seit einer Ewigkeit, daß Hugh ihn ohne eine Beleidigung empfing. »Mr. Corbin, es tut mir sehr leid, Ihnen das sagen zu müssen, aber Roxanne ist tot.« Dann drehte er sich leicht zur Seite und deutete mit seinem Hut auf die Särge in der Kutsche. »Ihr Leichnam befindet sich in einer dieser Kiefernkisten dort. Ich habe ihren Namen hineingeschnitzt, damit wir wissen …«

»Sie elender Bastard, warum mußten Sie sie töten?« stieß Hugh haßerfüllt hervor. »Reichte es Ihnen nicht, daß sie hinter Ihnen her war und sich, seit Sie nach Newportes Newes gekommen sind, zum Narren gemacht hat? Aber das war nicht genug für Sie, nicht wahr? Sie konnten keine Ruhe geben, bis Sie ihr nicht den letzten Atemzug geraubt haben, genau wie bei Victoria.«

»Ich habe sie nicht getötet, Mr. Corbin«, versicherte Gage ihm ruhig. »Es war Cain.«

»Cain?« Hugh Corbin starrte Gage an und schien für einen Augenblick überzeugt zu sein, daß der andere den Verstand verloren hatte. »Cain hätte sie nie getötet!«

»Es tut mir leid, Mr. Corbin. Meine Frau und ich konnten ihn nicht davon zurückhalten.«

»Warum?!« verlangte Hugh zu wissen. »Warum zum Teufel sollte Cain Roxanne so etwas antun?«

Gage zuckte kaum merklich mit den Achseln. »Weil Roxanne wollte, daß er meine Frau tötete, und weil er nicht bereit war, ihr zu gehorchen. Er hat auch Victoria für Roxanne getötet, nachdem sie ihn mit einer List dazu gebracht hatte. Als sie Shemaine bedrohte, klammerte Cain sich an Roxanne, schleifte sie zum Bug meines Schiffes und sprang mit ihr in die Tiefe. Roxanne hat den Sturz nicht überlebt. Sie starb an einem gebrochenen Genick, nachdem ihr Kopf auf einen der Felsen aufschlug.«

Hugh Corbin starrte Gage stumpfsinnig an; er konnte kaum begreifen, was der jüngere Mann ihm erzählte. Nach einigen Sekunden angespannten Schweigens fuhr er sich mit zitternden Händen über seine Hosen und murmelte bei sich: »Es wird eine Weile dauern, bis ich zwei Gräber ausgehoben habe...«

Gage sah den Schmied an, denn er war sich nicht sicher, ob er den Mann verstanden hatte. »Ich dachte, ich versuche die Hütte dieser alten Frau zu finden, draußen im Wald, wo Cain gelebt hat. Ich wollte ihn dann dort begraben. Wenn Sie wissen, wo das ist, würde mir das sehr helfen...«

»Ich werde Cain neben Roxanne begraben.«

»Sind Sie wirklich sicher, daß Sie das tun wollen, Mr. Corbin?« fragte Gage verwundert. »Schließlich hat Cain sie getötet...«

»Das ist der Ort, an dem Cain geboren wurde; das ist der Ort, an dem er begraben werden wird.«

Gage fragte sich, ob der Schock über Roxannes Tod den Verstand des Schmieds getrübt hatte. »Soweit ich mich erinnern kann, hat die Frau im Wald nie gesagt, woher Cain kam. Wollen Sie andeuten, daß Cain in Newportes Newes zur Welt kam... oder hier in der Nähe...?«

»Er war mein Sohn«, antwortet Hugh mit brechender Stimme. »Mein Erstgeborener. Leona hat ihn ein paar Wochen zu früh ganz alleine auf die Welt gebracht. Als ich sah, wie grotesk entstellt das Kind war, habe ich Leona befohlen, so zu tun, als wäre sie immer noch schwanger. Dann habe ich das Kind in den Wald gebracht und auf die Schwelle des Hauses dieser alten Frau gelegt. Schien mir irgendwie nicht recht zu sein, meinen eigenen Sohn zu töten. Nachdem die Alte Cain gefunden und die Sache sich herumgesprochen hatte, habe ich ein paar Leuten erzählt, bei Leona hätten die Wehen eingesetzt, aber ich wollte niemanden im Haus haben. Später habe ich dann einen kleinen Sarg gebaut, ihn mit einem Beutel Korn gefüllt und den Leuten im Dorf erzählt, unser Sohn sei tot geboren worden. Ich wollte mich nicht zu diesem gräßlichen Geschöpf bekennen, das ich in den Wald gebracht hatte. Aber Cain war der einzige Sohn, den ich je hatte.«

»Wußte Roxanne, daß Cain ihr Bruder war?«

»Ich habe es nie einer Menschenseele erzählt... bis zu diesem Augenblick... und jetzt scheint es mir nicht mehr wichtig zu sein.«

Gage wußte, daß er den Mann allein lassen mußte, damit er mit seinem Kummer fertig werden konnte. Der Schmied hatte sein einsames Leben selbst gewählt und wollte ganz sicher kein Mitleid. Er würde sich keinen Deut ändern, sondern genauso verstockt und hart sein wie eh und je.

Gage half dem Schmied, die beiden Särge abzuladen, und brachte dann den dritten mitsamt einer Aussage darüber, wie der Matrose Potts zu Tode gekommen war, zum zuständigen britischen Stützpunkt. Anschließend fuhr Gage in die Taverne, wo er eine wutschnaubende Freida vorfand.

»Ich möchte mit Morrisa reden«, eröffnete er der Bordellwirtin. »Wissen Sie, wo sie ist?«

»Ich wünschte, das täte ich«, brauste Freida gereizt auf. »Sie ist hier verschwunden, ohne es einen von uns wissen zu lassen. Nach allem, was ich höre, hat sie sich von dem ersten Kerl, der des Weges kam, mitnehmen lassen, einem Trapper, der sie vor kurzem besucht hat. So wie es aussieht, hat sie nicht die Absicht, bald wiederzukommen.«

»Dann darf ich wohl davon ausgehen, daß Morrisa sich nicht die Mühe gemacht hat, ihre Freiheit zurückzukaufen.«

Mit einem wütenden Schnauben bestätigte Freida seine Vermutung. »Wenn ich sie in die Finger kriege, wird sie sich wünschen, sie hätte es getan – darauf können Sie wetten.«

»Ich nehme an, Morrisa hatte mehr Angst vor mir als vor Ihnen«, überlegte Gage.

Freida sah ihn mit zusammengekniffenen Augen an. »War Potts wieder bei Ihnen drüben?«

Gage antwortete mit einem Nicken. »Diesmal hat er versucht, mich zu töten, und gesagt, Morrisa hätte ihm den Auftrag gegeben. Wenn er mich aus dem Weg geschafft hätte, wollte er meine Frau ermorden.«

Die Bordellwirtin musterte ihn ausgiebig und schüttelte dann den Kopf. »Aber Sie sind hier und Potts nicht.«

»Ich habe seinen Sarg eben beim britischen Posten abgeliefert.«

Freida schürzte die geschminkten Lippen zu einem runden »Oh« und lehnte sich auf ihrem Stuhl zurück, um ihn noch besser ansehen zu können. »Sie suchen also nach Morrisa und wollen sich an ihr rächen, wie Sie's ihr versprochen haben. Da werden Sie aber hübsch warten müssen, bis Sie an der Reihe sind. Denn ich werde sie zuerst finden. Und wenn ich mit ihr fertig bin, wird sie sich wünschen, sie wäre schon vorher abgekratzt.«

»Nun, meinen Segen haben Sie. Solange sie sich nicht hier in der Gegend aufhält, brauche ich mir wohl keine Sorgen mehr zu machen, daß sie eine Gefahr für Shemaine darstellt.«

»Oh, ich werde sie wieder hierher zurückbringen. Könnte auch sein, daß sie bei dem Versuch getötet wird. Ganz unabsichtlich selbstverständlich. Ich habe Freunde, die mich über so manche Dinge auf dem laufenden halten. Bis ich herausgefunden habe, wo sie ist, werde ich mir überlegen, wie ich sie am wirksamsten bestrafen kann. Mit einem Körper voller Peitschennarben wird sie mir nicht mehr viel nutzen können. Aber den Herren wird's nichts ausmachen, wenn einer Hure ein oder zwei Finger fehlen, solange sie nur genug andere Dinge hat, um ihre Aufmerksamkeit auf sich zu ziehen. Und ich kenne da noch ein paar andere Tricks, wie ich das Flittchen zur Vernunft bringen kann. Wenn Morrisa auch nur ein bißchen was im Kopf hat, wird sie sich von da an benehmen. Sonst wird sie es bereuen, überhaupt noch zu leben. Das habe ich ihr jedenfalls versprochen, und ich pflege meine Versprechungen zu halten.«

Gage hätte nicht zu sagen vermocht, welches das größere Unglück für Morrisa war – nach der Pfeife eines brutalen Trappers tanzen zu müssen oder der Gnade einer bösartigen Gegnerin wie Freida ausgeliefert zu sein. Welches auch immer ihr Schicksal sein mochte, er zweifelte daran, daß es ihr Spaß machen würde.

Die Nachricht von Edith du Mercers überstürzter Abreise aus Newportes Newes erreichte Gage, noch bevor er den Weiler verließ, und er kehrte mit der Zuversicht zu seiner Familie zurück, daß Maurice du Mercer die Situation auf die Weise geregelt hatte, die die effektivste in diesem Fall war. Als einige Zeit später Shemus und Camille von einem Ausflug ins Dorf in die Hütte zurückkehrten, erzählten sie Shemaine und Gage, daß Maurice sie aufgesucht und von seinen Plänen unterrichtet habe. Er ziehe es in Erwägung, sich eines Tages in der Nähe von Richmond niederzulassen, um Garland Beauchamp den Hof zu machen und abzuwarten, was sich aus dieser Beziehung entwickelte. Im Augenblick war er jedoch immer noch in Shemaine verliebt und hielt es für das beste, um seines eigenen Seelenfriedens willen ein wenig Abstand zwischen sie zu legen. Er hatte vor, nach einem Besuch bei den Beauchamps nach England zurückzukehren, um dann in etwa einem Jahr wieder in die Kolonien zu reisen und flußaufwärts nach Richmond zu fahren. Wenn Shemaine bis dahin verwitwet oder auf sich allein gestellt sein sollte, solle sie ihm im Gasthaus von Newportes Newes eine Nachricht hinterlassen. Da sie ihren Mann offensichtlich von Herzen liebte, würde er sich zurückziehen. Aber sollte sie sich eines anderen besinnen und ihn, Maurice, wollen, bevor er eine andere zur Frau nahm, würde er sie mit seiner ganzen Liebe überschütten.

Gage grunzte gereizt, als er diese Erklärung hörte, konnte dem Mann aber kaum einen Vorwurf daraus machen. Im Gegenteil – falls Shemaine jemals Witwe würde, konnte Gage sich keinen besseren Mann für sie denken als Maurice. Dennoch hoffte Gage, daß sich die Wünsche des Marquis nicht erfüllen würden. Schließlich wollte er zusammen mit Shemaine steinalt werden. Sie war ganz eindeutig die Art Ehefrau, die einem Mann mehr bedeuten konnte als alle Schiffe, aller Ruhm und aller Reichtum dieser Welt.

Shemus rutschte unbehaglich auf seinem Stuhl hin und her, nachdem ihn seine Frau wiederholt gestupst hatte. Schließlich wandte er sich mit einem verlegenen Räuspern an seinen Schwiegersohn. Die Tatsache, daß William ebenfalls anwesend war, steigerte sein Unbehagen nur noch. »Jetzt, da Sie nicht mehr unter dem Verdacht stehen, Ihre erste Frau ermordet zu haben, muß ich mich wohl bei Ihnen entschuldigen – Sie wissen schon, für all das, was ich Ihnen bei unserer ersten Begegnung gesagt habe.«

»Nur wenn es Ihnen wirklich ernst ist«, entgegnete Gage. »Eine lahme Entschuldigung ist nicht viel wert, es sei denn, man steht wirklich dahinter.«

Shemaine legte ihrem Mann einen Arm um die Hüften, lehnte sich gegen seine kräftige, hochgewachsene Gestalt und lächelte ihren Vater an, während sie ihn ermutigte, die Sache endgültig klarzustellen. »Jetzt möchtest du ihn doch nicht mehr kastrieren, oder, Papa? Schließlich würde das bedeuten, daß du nur das eine Enkelkind bekommen würdest, das ich jetzt unterm Herzen trage.«

Eine gequälte Röte überzog das Gesicht ihres Vaters. »Deine Mutter und ich wollten immer eine große Familie, aber es hat nicht sollen sein. Mehrere Enkelkinder würden uns sehr gefallen.«

»Dann sag es, Papa!« bat Shemaine inständig.

Shemus räusperte sich und begann, sich mit stockender Stimme zu entschuldigen. »Es tut mir leid, was ich gesagt habe ... daß ich Ihnen was abschneiden wollte, Gage, aber ... damals ... konnte ich nur denken, daß Sie meine Tochter zu irgend etwas gezwungen hatten. Können Sie mir verzeihen?«

»Ich verstehe, daß Sie sich Sorgen um Shemaine gemacht haben. Ich hätte wohl ähnlich gehandelt, wenn es meine Tochter gewesen wäre.« Gage streckte versöhnlich die Hand aus und lächelte, als der Ire bereitwillig einschlug. »Wir haben ein gemeinsames Ziel, Sir, und das ist Shemaines Wohlergehen. Ich gebe Ihnen mein Wort darauf, daß ich alles in meiner Macht Stehende tun werde, um sie glücklich zu machen.«

Shemus lachte befreit und legte nun auch noch seine andere Hand auf die seines Schwiegersohns, um seiner aufrichtigen Freude Ausdruck zu verleihen. »Ich bin glücklich, daß Sie es waren, der

Shemaine gekauft hat, Sir. Ansonsten hätte ihr Abenteuer möglicherweise ein furchtbares Ende genommen.«

Nun sprach Shemaine das aus, was ihr schon seit längerem auf dem Herzen lag. »Vor meiner Verhaftung, Papa, lebte ich in einer wunderschönen, behüteten Welt. Gegen meinen Willen wurde mein Leben auf einen völlig anderen Kurs gebracht. Und doch kann ich, wenn ich nun zurückschaue, nur glauben, daß eine wissende, gütige Hand mich durch alles Elend geleitet hat. Heute empfinde ich unendliches Glück und grenzenlose Liebe für meinen Mann, für meinen Sohn, für das Kind, das ich unterm Herzen trage... und für unsere Familien.«

»Hört, hört!« rief Gage beeindruckt, und William und Shemus fielen wie aus einem Munde begeistert mit ein: »Hört, hört!«

Die schäumenden Wellen liefen zu beiden Seiten der *Blue Falcon* ab, während das Schiff auf seinem Weg zum offenen Meer hinaus mühelos das Wasser teilte. Die weißen Segel blähten sich stramm in dem Wind, der das Schiff vor sich hertrieb, und unter dem klaren blauen Himmel blendete fast das leuchtendweiße Tuch die auf Deck versammelten Teilnehmer dieser Jungfernfahrt. Alle empfanden geradezu ehrfürchtig die Eleganz und Vollkommenheit dieses Schiffes.

»Was für ein herrliches Schiff!« rief Nathaniel Beauchamp und warf einen Blick auf den Mann neben sich. »Und Sie, Sir, haben ein Wunder geschaffen!«

Gage hatte Mühe, sein Glücksgefühl unter Kontrolle zu halten. Ihm war sein Traum, sein Lebenswerk, wirklich gelungen! All seine Zweifel, sein Ringen um die nackte Existenz, waren vergessen. Er hatte es geschafft. Wortlos blickte er zum Rahsegel empor, dankbar für alles, wozu Gott ihm die Gaben geschenkt hatte.

William Thornton streckte die Hand aus und legte sie in stiller Übereinkunft seinem Sohn auf die Schulter. Das Glück, das in ihm aufwallte, hatte ihm die Tränen in die Augen getrieben. Er konnte seinem eigenen Lob keinen Ausdruck verleihen. Der Kloß, der sich in seiner Kehle gebildet hatte, hätte gewiß all die Gefühle preisgegeben, die im Zaum zu halten er sich gegenwärtig so sehr bemühte.

»Papa, sieh nur! Ein großer Fisch!« rief Andrew und zeigte auf eine Schule von Delphinen, die an der Steuerbordseite aufgetaucht war. Der Junge zupfte an Gillians Hand und bat: »Heb mich hoch, Gillian, damit ich besser sehen kann.«

Shemaine lächelte, als ihr Mann neben sie trat. Er legte den rechten Arm um ihre Schulter und zog sie dicht an sich, bevor er die linke Hand unter den weiten Umhang gleiten ließ, den sie übergestreift hatte, um ihren Bauch, der langsam zu wachsen begann, zu verbergen. Im Schutz dieses Kleidungsstücks liebkoste er nun voller Zärtlichkeit die leichte Rundung.

»Ich glaube, die *Blue Falcon* gefällt Nathaniel, mein Herz«, murmelte Gage.

Shemaine blickte ihn mit liebenden Augen an und korrigierte seine Bemerkung sanft. »Ich denke, Kapitän Beauchamp ist außerordentlich beeindruckt von der *Blue Falcon*, Mr. Thornton. Er grinst begeistert von einem Ohr zum anderen, seit wir abgelegt haben.«

»Ja, das ist mir auch aufgefallen.«

»Andererseits hast du dich ebenfalls nicht damit zurückgehalten, was stolzes Grinsen betrifft, mein Liebling, fast genauso deutlich wie Flannery.« Shemaine deutete mit dem Kopf auf den alten Schiffsbauer, der mitten auf dem Deck stand und sichtlich das Gefühl genoß, ein gutes Schiff unter seinen Füßen zu wissen. Sein zerfurchtes Gesicht strahlte vor Freude und Triumph, und man hätte sagen können, daß sein Grinsen so breit war wie das Schiff lang.

Gage fand, daß der alte Seebär genau die Gefühle ausdrückte, die sie alle empfanden. »Nathaniel hat den richtigen Namen ausgesucht, mein Liebes. *Blue Falcon* ist genau richtig für die Brigantine. Sie wird so leicht und elegant wie ein Raubvogel durchs Wasser gleiten.«

Shemaine legte belustigt den Kopf schräg. »Ich bin dankbar, daß nicht Sie der Kapitän dieses Schiffes sind, Sir. Ich fürchte, dann müßte ich mich bald mit dem zweiten Platz neben dem ersten einer hölzernen Geliebten begnügen.«

»Nein, das würde niemals geschehen, meine Geliebte«, sagte Gage und legte das Kinn auf ihren Kopf. »Du bist meine einzige

Geliebte und meine größte Liebe. Ich könnte dir ebensowenig davonsegeln wie meinem eigenen Herzen.«

»Ja, so geht es mir auch«, seufzte Shemaine. »Ich könnte dich niemals verlassen. Als wir uns das erste Mal in Liebe vereinten, sind damit nicht nur unsere Körper verschmolzen, sondern auch unsere Seelen. Wir sind wahrhaft zu einem Wesen geworden.«

»Ja, mein Herz, und unser Kind wird ein Unterpfand unserer Liebe sein, denn unser Glück war vollkommen, als du es empfangen hast.«

Shemaine kuschelte sich an seine Brust. »Ja, so ist es, Mr. Thornton. So ist es!«

Epilog

Die Laufplanke des gerade aus England eingetroffenen Schiffs wurde hinabgelassen. Nachdem die ersten Passagiere von Bord gegangen waren, nahm Gage seinen einjährigen Sohn auf den einen Arm und zeigte mit dem anderen auf das elegant gekleidete Paar, das versuchte, einen Platz an der Reling zu ergattern. Shemaine, die dem Fingerzeig ihres Mannes gefolgt war, erspähte schließlich ihre Eltern und hüpfte wie besessen, um deren Aufmerksamkeit zu erregen.

»Mama! Papa! Hierher müßt ihr schauen!«

Camille erkannte trotz des herrschenden Tumults die vertraute Stimme und suchte augenblicklich den Hafen nach ihrer Tochter ab. Als sie Shemaine erblickte, winkte sie lebhaft. »Wir kommen, Liebling! Wir sind gleich unten.«

Einen Augenblick später eilten Camille und Shemus O'Hearn mit einer ganzen Armee von Dienern im Schlepptau die Laufplanke hinunter und liefen mit weit geöffneten Armen auf ihre Tochter zu. Shemaine fiel beiden Eltern um den Hals, während Gage und William mit den Kindern hinter ihr warteten. Andrew umklammerte die Hand seines Großvaters und fand es nicht im mindesten erstrebenswert, sich von irgendeinem der Fremden, die nun näherkamen, umarmen und küssen zu lassen. Widerwillig ließ er die Prozedur über sich ergehen, bis Shemaine ihre Eltern weiterzog, um sie mit ihrem neuen Enkelsohn bekanntzumachen.

»Mama, Papa, das ist Christopher Thornton.«

Der Einjährige hob den Arm, um die zärtliche Liebkosung der unbekannten Frau abzuwehren. Verstört wandte er außerdem die grünen Augen ab und barg den dunklen Schopf schutzsuchend unter dem Kinn seines Vaters. Der drückte ihn lachend an sich. »Christopher hat genausowenig für Fremde übrig wie sein Bruder«, erklärte Gage den O'Hearns. »Aber sobald er euch besser kennt, wird er euch nicht mehr von den Fersen weichen, weil er's gar nicht erwarten kann, auf euren Schoß zu klettern. Besonders gern hat er es nämlich, wenn man ihm vorliest.«

»So früh schon?« fragte Camille bewundernd. »Was für ein kluger Junge.«

»Er sieht aus wie sein Vater«, grummelte Shemus leicht enttäuscht. Er hatte im stillen gehofft, mehr von seiner eigenen Tochter in dem Kleinen zu erkennen.

»Ja, aber es dürfte wohl kein Zweifel darüber bestehen, von wem er seine grünen Augen hat«, sagte seine Frau belustigt und legte ihm eine Hand auf den Arm.

Shemaine konnte sich keinen Augenblick mehr bezähmen. »Ist es wirklich wahr, Papa, daß du alles verkauft hast und ihr von jetzt an in Williamsburg leben wollt?«

Ihr Vater schob die Daumen in die Taschen seiner Weste und grinste. »Maurice sagte, es gebe dort großartige Möglichkeiten für einen Mann mit Unternehmungsgeist. Er lebt jetzt mit seiner Frau Garland dort und meinte, ich sollte mir überlegen, ob ich nicht in der Stadt ein Geschäft aufziehen will.«

»O Papa, das ist wunderbar! Jetzt werden wir so dicht beieinander wohnen, daß wir uns regelmäßig sehen können.«

Shemus blickte Gage fragend an. »Baust du immer noch Schiffe?«

»Ja, zusammen mit meinem Vater, der bei mir eingestiegen ist«, erwiderte sein Schwiegersohn. »Wir haben noch ein paar Leute mehr eingestellt, und dadurch können wir besser und schneller arbeiten.«

»Oh, ich hoffe, du hast die Möbelherstellung nicht aufgegeben«, warf Camille stirnrunzelnd ein, die diese Frage sehr beschäftigte. »Wir haben all unsere Möbel verkauft, bevor wir aus England abreisten, daher werden wir, sobald wir ein Haus gefunden haben, neue brauchen.«

»Im Gegenteil. Die Möbelwerkstatt ist jetzt noch größer«, erzählte Shemaine ihrer Mutter stolz. »Gage hat mehrere neue Lehrlinge eingestellt, die ihm helfen, die Aufträge all der Leute zu erfüllen, die seine Möbel kaufen wollen. Wir haben übrigens auch die Hütte vergrößert und eine Dienerin eingestellt, die mir beim Saubermachen und Kochen hilft. Ihr beide, du und Papa, könnt bei uns wohnen, und, wann immer ihr zu Besuch seid, ein eigenes Gästezimmer bekommen. William benutzt nach wie vor den Dachboden, wenn er bei uns ist.«

»Und was ist mit Mary Margaret?« fragte Camille ihre Tochter mit gedämpfter Stimme. »Ich dachte, sie und William interessierten sich füreinander.«

»Sie sind sehr gut befreundet, soviel steht wohl fest«, zog Shemaine ihre Mutter leise ins Vertrauen. »Aber ich glaube nicht, daß sie allzu ernsthaft darüber nachdenken, zu heiraten. Jedenfalls jetzt noch nicht. Für eine Frau, die bei anderen Menschen all die Listen einer geborenen Kupplerin hemmungslos einsetzt, ist Mary Margaret bei sich selbst ziemlich zögerlich. Das Witwendasein möchte sie aus irgendeinem Grund nicht so bald aufgeben. Die beiden spielen ziemlich oft miteinander Karten, aber sie sehen sich auch sonst häufig. Die älteren, nicht verheirateten Frauen im Dorf kriegen jedesmal Stielaugen, wenn William im Dorf auftaucht. Sie sind genauso närrisch hinter ihm her wie die jüngeren Frauen früher hinter Gage.«

»Und das mit gutem Grund«, flüsterte Camille zwinkernd. »Mein liebes Kind, wenn dein Ehemann in reiferen Jahren noch genausogut aussieht wie sein Vater jetzt, dann wirst du dich gegen ganze Heerscharen von Frauen zur Wehr setzen müssen.«

Shemaine lachte unbesorgt. »Gage versichert mir oft genug, Mama, daß ich die einzige Liebe seines Lebens sei. Genau das glaube ich und nichts anderes.«

Andrew zupfte an den Hosen seines Vaters. »Opa will mich und Chris mit aufs Schiff nehmen, Papa. Dürfen wir gehen?«

»Dann gib gut auf deinen kleinen Bruder acht«, erwiderte Gage und stellte seinen jüngsten Sohn auf die Füße. Christopher packte unverzüglich vertrauensvoll die Hand seines großen Bruders. Mit der anderen umfaßte er den Zeigefinger von William und drehte sich mit einem unternehmungslustigen Strahlen zu seinem Vater um.

»Dö, Pa-pa.«

Gage lachte über den Versuch seines Kleinsten zu reden. »Adieu, Chris.«

Shemus war beeindruckt von dem bestrickenden Charme seines Enkels und folgte den dreien schmunzelnd die Laufplanke hinauf. Er brauchte nicht lange, um das Vertrauen des Kleinen zu gewinnen, während er ihn auf die Möwen aufmerksam machte, die über ihren Köpfen kreisten. Bevor sie wieder von Bord gingen, hatte sich Christopher mit seinem neuen Großvater schon eng angefreundet. Vergnügt quietschend ließ er sich auf seinen Armen vom Schiff tragen und hatte auch nichts mehr gegen seine Großmutter, die ihm gerührt zwei dicke Küsse auf die Pausbäckchen gab.

Gage legte die Hand seiner Frau auf seinen Arm und beobachtete ihre Familie. »Hättest du je gedacht, Shemaine, daß deine Eltern einmal einen so durch und durch glücklichen Eindruck machen würden?« fragte er bewegt. »Es sieht so aus, als hättest du ihnen mit Christopher neue Lebenskraft geschenkt.«

»Ich glaube, du hast wohl auch ein wenig damit zu tun, mein geliebter Gemahl«, erinnerte seine Frau ihn mit einem verführerischen Lächeln.

Ein amüsiertes Grinsen flackerte über Gages Gesicht, bevor er ernst nickte. »Ja, unser Sohn ist uns ganz gut gelungen, nicht wahr, mein Herz?«

»Und ob, mein Liebster. Sehr gut.«

Gage bedachte sie mit einem lüsternen Seitenblick. »Und da, wo er herkommt, gibt es sicher noch ein paar andere, Madam.«

Mit vor Liebe leuchtenden Augen drückte Shemaine den Arm ihres Mannes. »Jawohl, Mr. Thornton, daran habe ich keinen Zweifel. Laß uns schnell nach Hause gehen.«